www.tredition.de

Autor

Der Autor war in der Zeit 1964 bis 2003 in verschiedenen Ländern der Bundesrepublik als Kriminalist in den unterschiedlichsten Bereichen der Kriminalitätsbekämpfung tätig. Er war fast 1 1/2 Jahre als sog. verdeckter Ermittler im Bereich der organisierten und internationalen Kriminalität eingesetzt. Diese Tätigkeit war mit unkalkulierbaren Risiken verbunden, die ihn wiederholt in Lebensgefahr brachte. Später arbeitete er unter anderem in spektakulären Mordkommissionen und für das Bundeskriminalamt in der Terrorismusbekämpfung.

Nach seiner Pensionierung schrieb er das vorliegende Buch, dass seine Tätigkeit als verdeckter Ermittler schildert. Die Arbeit der Sicherheitsbehörden war geprägt durch die damaligen rechtlichen, technischen und personellen Voraussetzungen, die für schwerste Fehlschläge in der Kriminalitätsbekämpfung verantwortlich waren. Er bezeichnete dieses Buch als Roman, weil er alle Namen, Bezeichnungen und Handlungsorte so veränderte, dass lebende Personen nicht erkannt werden können. Seine Schilderungen machen deutlich, dass die föderalen Strukturen in der Bundesrepublik mit 16 Bundesländern eine der Ursachen für spektakuläre Fehlschläge in der Kriminalitätsbekämpfung waren. Aus naheliegenden Gründen veröffentlicht er sein Buch unter dem Pseudonym Sven Berger.

Kriminalist im Schatten

Sven Berger

© 2019 Sven Berger

Verlag& Druck: tredition GmbH, Halenreie 40-44, 22359 Hamburg

Autor: Sven Berger
Umschlaggestaltung: Sven Berger

ISBN
Paperback: 978-3-7497-1659-3
Hardcover: 978-3-7497-1660-9
e-Book: 978-3-7497-1661-6

www.tredition.de

Inhaltsverzeichnis

Abschied

„Wir bedauern sehr, dass du unser erfolgreiches Team verlässt. Für dich freuen wir uns, dass du deine verdiente Pension gesund erreicht hast, und wünschen dir für deinen neuen Lebensabschnitt alles Gute!"

Die letzten Worte seines noch Vorgesetzten, des Kriminaloberrats Alfons Alvers, vernahm Kriminalhauptkommissar Sven Berger, wie aus weiter Ferne, als ob sie nicht ihm galten. Er war, wie häufig in den letzten Jahren, in Gedanken bei seiner einzigen Tochter Irina. Seit Jahren war sie drogen- und alkoholabhängig und meldete sich nur sehr selten bei den Eltern. Vor etlichen Monaten war ihm von Kollegen des Drogendezernats anvertraut worden, dass sie nicht ansprechbar in eine Klinik eingeliefert worden war. In der Hoffnung sie dort anzutreffen, suchte er umgehend während seiner Dienstzeit die Klinik auf. Der behandelnde Arzt konnte ihm nur bedauernd mitteilen, dass sie, nachdem sie wieder zu sich gekommen war, die Klinik in einem unbeobachteten Moment verlassen habe. Er sei sich nicht einmal dazu gekommen sie genau zu untersuchen, weshalb er sich über ihren Gesundheitszustand nicht äußern könne. Gut sei es ihr aber nicht gegangen. Sven vermutete, dass sie wieder irgendwo im Drogenmilieu in Deutschland lebte. Seit dem Tod seiner Frau Jessica vor zwei Jahren sah er sie kaum noch. Er nahm an, dass sie sich eine gewisse nicht unbegründete Schuld an dem so frühen Tod der Mutter gab. Er hatte zusehen müssen, wie sich ihre Mutter vor Kummer über den Zustand ihrer Tochter mehr und mehr vom Leben zurückzog. Sie verließ das Haus immer seltener mit der Begründung, dass Irina unverhofft auftauchen und Hilfe benötigen könnte.

Alfons beendete seine kleine Ansprache und sah Sven mit einem Glas Orangensaft in der Hand erwartungsvoll an. Die letzten Worte waren Sven entgangen und er war unsicher, was er erwidern sollte. Er bedankte sich mit wenigen Worten bei Alfons und seinen Kolleginnen und Kollegen für die gute Zusammenarbeit der letzten Jahre. Svens Stimmung war ohnehin in Anbetracht seines bevorstehenden Ruhestandes nicht gerade euphorisch. Es war allgemein bekannt, dass er seinen Dienst beim Dezernat Kapitalverbrechen zu gerne noch ein paar Jahre ausgeübt hätte. Die Anwesenden erkundigten sich nach seinen zukünftigen Plänen. Aus naheliegenden Gründen waren ihnen seine familiären Probleme bekannt. Sie verstanden gut, dass er sich vor der Pensionierung fürchtete und nicht schon mit 60 seinen Beruf aufgeben wollte, was aber für Kriminalbeamte die Regel war.

Hier in den Räumen der Dienststelle waren von ihm lediglich ein paar Flaschen Sekt und Orangensaft bereitgestellt worden, um auf seinen Abschied anstoßen zu können. Sein Dezernatsleiter war gerade im Begriff das Glas zu heben, als der Leiter der Kriminaldienststelle Kurt Sebald hereinkam und auf Sven zuging. „Ich komme wohl genau im richtigen Moment?" scherzte er und gratulierte ihm zu seiner Pensionierung. Er ließ sich ebenfalls ein Sektglas mit Orangensaft füllen und stieß mit dem nicht besonders glücklich aussehenden Sven auf dessen Abschied an. Auch ihm war Svens Situation bekannt. Leise fragte er: „Hast du in der letzten Zeit etwas von deiner Tochter gehört?" Sven schüttelte leicht den Kopf. „Seit Monaten nichts mehr," antwortete er ebenso leise, wohl wissend, dass jeder sein Problem kannte.

Mit Kurt Sebald dem Dienststellenleiter verband Sven ein besonderes Verhältnis. Sie hatten zusammen den Laufbahnlehrgang für Kriminalbeamte besucht und sich ein Zimmer geteilt. Durch ihre gegenseitige Unterstützung während des Lehrgangs entstand fast eine Freundschaft. Schon während des Kriminalfachlehrgangs bewunderte Sven Kurts zielstrebigen Ehrgeiz, mit dem es ihm gelang als Lehrgangsbester abzuschneiden, weshalb der Aufstieg zum leitenden Kriminaldirektor vorprogrammiert war.

„Hast du schon Pläne für die Zukunft?" erkundigte sich Kurt.

Sven schüttelte wieder seinen Kopf und gab zur Antwort: „Ich werde vermutlich 2 bis 3 Wochen irgendwo hinfahren, um Abstand von der bisherigen Arbeit zu gewinnen."

Weist du schon, wohin die Reise gehen soll? Wollte Kurt wissen.

Sven verneinte, obwohl er sein Ziel bereits kannte. Es kam ihm vor, als wolle er mit dieser Reise vor seinen trüben Gedanken fliehen und vermeiden, dass jemand ihn finden kann. Immer wieder ertappte er sich bei den Überlegungen, nach seiner Tochter suchen zu wollen. Er wusste, dass es schwierig, ja ohne konkrete Anhaltspunkte für ihren Aufenthalt unmöglich war und sich seine Wünsche, seine Tochter zurückzugewinnen, ohnehin nicht erfüllen würden. Die anwesenden Kolleginnen und Kollegen vermieden in ihren Gesprächen mit ihm, seine Tochter zu erwähnen. Einige beneideten ihn, dass er seine Pensionierung bei guter Gesundheit erreichte. Einige äußerten, zu gerne mit ihm tauschen zu wollen, was auch ehrlich gemeint war. Ein Gesprächsthema beherrschte die Runde, dass nicht so recht zum Anlass ihrer kleinen Feier passte. Wie bei Kriminalisten nicht ungewöhnlich unterhielten sie sich über einen Sexualmord, den sie versuchten seit ein paar Tagen aufzuklären. Am Abend war eine kleine Abschiedsfeier mit seinen Kolleginnen und Kollegen geplant. Er wusste nur zu genau, dass dieses Thema den Abend beherrschen würde, was ihm aber entgegenkam. So konnte er vermeiden, dass man sich mit seiner Situation befasste.

Sven war vor über 40 Jahren zur Polizei gegangen, weil er seiner Wehrpflicht auf diese Weise nachkommen und die Zeit zur Weiterbildung nutzen wollte. Trotz der festen Absicht, nach dem Ableisten seiner Wehrpflicht in die sog. freie Wirtschaft zurückzukehren, verschob er die Entscheidung Jahr um Jahr, weil sich die Verhältnisse in der freien Wirtschaft nicht entscheidend änderten.

Nach seiner Ausbildung und ein paar Jahren Dienst bei der Schutzpolizei bewarb er sich für die Laufbahn der Kriminalpolizei. Sie war damals eine eigenständige fast elitäre Organisation. Nach etlichen Jahren Dienst im Landeskriminalamt ließ er sich aus familiären Gründen vor 10 Jahren nach Osnabrück versetzen, wo er ein kleines Reihenhaus günstig erwerben konnte. Hier lebte er mit seiner Frau Jessica und der einzigen Tochter Irina, die vor einigen Jahren auszog. In den letzten Jahren war ihm seine Arbeit, die Ermittlungen beim Dezernat 1 (Kapitalverbrechen, Tötungsdelikte) fast zum Lebensinhalt geworden. Sie lenkte ihn von seinen familiären Problemen ab. Eine merkwürdig anachronistische Innenpolitik der Bundesländer, machte Sven den Abschied ein wenig leichter. Diese "Organisations- und Ausbildungsreform" intgegrierte die Kriminalpolizei in die Schutzpolizei als eine Art Ermittlungsabteilung ohne spezialisierte Ausbildung. Trotz der von Fachleuten seit vielen Jahren geforderten kriminalistischen Ausbildung in Studiengängen, führten die Bundesländer eine generalisierte Polizeihochschulausbildung für alle Polizeibeamten ein. Eine professionelle Verbrechensbekämpfung wurde daduch fast unmöglich.

Von seinem Haus auskonnte er zu Fuß seine Dienststelle in etwas 10 Minuten erreichen. Ein schmaler Trampelpfad führte durch brachliegendes Bebauungsgebiet, über dessen Verwendung sich der Stadtrat seit Jahren stritt. Das Gelände bestand aus verwildertem Buschbestand und ungepflegten Rasen, der nur selten gemäht wurde. Sven benutzte gerne den Trampelpfad, weil er auf diesem Wege schneller seine Dienststelle erreichen und seinen Pkw zu Hause stehen lassen konnte. In den letzten Tagen vor seiner Pensionierung benutzte er diesen Weg fast jeden Tag. Die Nächte waren bereits sehr kalt und kündigte den bevorstehenden Winter an. Einige Tage vor seiner Pensionierung glaubte er auf diesem Weg zur Dienststelle, ca. 500 Meter von seinem Haus entfernt, auf der linken nördlichen Wegseite durch einen Busch verborgen, Teile einer Schaufensterpuppe zu sehen. Die verfärbten Blätter der Büsche waren teilweise infolge des Herbestes bereits abgefallen.

Er ging neugierig näher, um zu sehen, ob noch anderer Abfall an der Stelle lag. Zu seinem blanken Entsetzen entpuppten sich die vermeintlichen Teile einer Schaufensterpuppe als weibliche Leiche.

Sprachlos starrt er die Leiche einen Moment an. Er sah schon viele Leichenfundorte, auch von getöteten Kindern oder Frauen, die einem Sexualmord zum Opfer gefallen waren. Doch jetzt ein paar Tage vor seiner Pensionierung fand er selbst eine weibliche Leiche. Nach dem ersten Schock über den Fund, informierte er mit seinem Handy die Kollegen der Dienststelle. Sehr vorsichtig sah er sich die völlig entkleidete Leiche genauer an. Es war ein junges Mädchen, dessen Augen geöffnet waren. Er sah auf der linken Seite der Leiche Leichenflecke. Sie konnten sich nur gebildet haben, wenn die Leiche nach der Tötung einige Zeit auf der linken Körperseite lag. Er fasste das linke Handgelenk an und spürte die Kälte des Körpers und die eingetretene Leichenstarre. Weil er nichts verändern wollte, unterließ er es ihr die Augen zu schließen, was ihn einiges an Überwindung kostete. Mit der flachen Hand deckte er ihre offenstehenden Augen ab und beobachtete, dass ihre Pupillen sich nicht veränderten. Behutsam ging er die paar Schritte zum Trampelpfad zurück und wartete auf seine Kollegen.

Die Auffindesituation sprach für einen Sexualmord. Es war auch für ihn schon wegen nicht regelrecht ausgeprägten Leichenflecken erkennbar, dass die junge Frau nicht an diesem Ort getötet worden sein konnte. Im näheren Bereich sah er auch keine Kleidungsstücke. Sie lag auf dem Rücken und die Beine waren leicht angewinkelt. Es sah aus, als habe der unbekannte Täter die Leiche bewusst in dieser Pose präsentiert, damit sie schneller entdeckt würde. Doch wie transportierte der unbekannte Täter die Leiche zum Fundort? Mit einem Pkw konnte er den Trampelpfad nicht benutzt haben. Es wären Reifenspuren in dem nicht befestigten Weg zu sehen gewesen. An einigen Stellen war der Weg so schmal, dass Reifenspuren sich im hohen Gras rechts und links des Pfades nicht hätten vermeiden lassen. Von den letzten Häusern der Siedlung würde der unbekannte Täter die etwa 50 kg schwere Leiche zu Fuß kaum einige 100 m transportiert haben. Es blieb nur die Möglichkeit, von der nördlichen Seite mit dem Pkw auf einem Geröllfeld bis nahe an die Rasenfläche heranzufahren. Von dort waren es zu Fuß etwa 50

Meter bis zum Leichenfundort. Die Kriminaltechnik bestätigte später aufgrund vorhandener Spuren seine Vermutung.

Seine Kollegen kamen und vernahmen ihn als Leichenentdecker. Es wurde sofort eine kleine Sonder

kommission gebildet, die wie immer in solchen Fällen die übliche Tatortarbeit und die notwenigen Maßnahmen professionell in Angriff nahm. Auf seine Mitarbeit verzichtete die Soko, weil er in ein paar Tagen ohnehin pensioniert wurde. Als man ihm zutrug, dass überlegt werde, ob er mit dem Sexualdelikt etwas zu tun haben könne, weil ausgerechnet er die Leiche fand, hielt er es noch für eine gewisse professionelle Vorgehensweise. Zunächst galten alle Personen im weitesten Sinne als verdächtig, die auch nur theoretisch infrage kommen konnten. Ein Alibi besaß er auch nicht, weil er am vergangenen Abend in seinem Haus alleine vor dem Fernseher saß, als die junge Frau nach den ersten Berechnungen getötet worden sein musste. Als einige Kollegen begannen, ihm die Ermittlungserkenntnisse vorzuenthalten, mit der Begründung, dass er einerseits als Leichenentdecker auch tatverdächtig sein könne und andererseits in einigen Tagen Privatmann sei, fühlte er sich brüskiert. Der Umstand, dass die Leiche ausgerechnet auf einem Rasenstück mit Buschbestand abgelegt wurde, der sich neben seinem Weg zur Dienststelle befand, machte aber auch ihn nachdenklich. Dieser Fußweg wurde nur von sehr wenigen Bewohnern des Wohnviertels benutzt, weil ihre Arbeitsstellen entgegengesetzt lagen. Der unbekannte Täter konnte aber nicht wissen, wann Sven diesen Weg nehmen würde. Seinen Dienst musste er in der Zeit 06.30 Uhr bis 08.30 Uhr aufnehmen. So benutzte er den Weg zu unregelmäßigen Zeiten, sofern er nicht mit seinem Pkw fuhr, um nach dem Dienst Besorgungen zu erledigen.

Der Leiter der Kriminaldienststelle, dem das Verhalten der Kollegen aufgefallen war, informierte ihn unter 4 Augen vom Stand der Ermittlungen und bat, dies für sich zu behalten. Die Gerichtsmedizin habe ebenso wie er festgestellt, dass der Ablageort nicht

Tatort sei. Der Täter habe die junge Frau sexuell missbraucht und dabei ein Kondom einer bestimmten Marke benutzt. Anhand von Rückständen des Kondoms hätten Anal- Vaginal- und Oralverkehr nachgewiesen werden können. Abwehrspuren an den Händen und Armen des Opfers würden den Schluss zu lassen, dass der Geschlechtsverkehr nicht einvernehmlich erfolgte. Die Gerichtsmedizin habe weiter festgestellt, dass der Tod des Opfers durch Erwürgen eingetreten war. Sven solle das Verhalten seiner Kollegen nicht so wichtig nehmen. Hätte er später Fragen, solle er ihn persönlich aufsuchen. Seine Tür stünde für ihn immer offen, was er ihm ausdrücklich nochmals versichere. Dass die junge getötete Frau aufgrund einer noch am gleichen Tag erstatteten Vermisstenanzeige sehr schnell identifiziert werden konnte, wisse er ja. Sie habe sich mit zwei Freundinnen in der Innenstadt von Osnabrück in einer Diskothek aufgehalten und sei früher als ihre Freundinnen nach Hause gegangen. Von da an verlöre sich ihre Spur, bis Sven sie tot aufgefunden habe. Warum der unbekannte Täter die Leiche ausgerechnet an einer Stelle ablegte, an der nur wenigen Bewohnern des Wohnviertels vorbeikämen, beschäftige die Soko besonders. Er habe als Leiter der Kriminaldienststelle vorgeschlagen, Sven in die Ermittlungen einzubeziehen, habe aber auch vom zuständigen Staatsanwalt eine Abfuhr erhalten. Niemand von der Soko würde ihn verdächtigen, auch nicht der Staatsanwalt. Es würden aber alle Fälle von Sexualdelikten der Vergangenheit überprüft, bei deren Ermittlungen er beteiligt gewesen sei. Sollte er sich für den Ermittlungsstand interessieren, dürfe er Kurt jederzeit anrufen.

Bei seiner kleinen abendlichen Verabschiedungsfeier in einer in der Nähe seiner Wohnung gelegene Gaststätte fehlten einige seiner Kollegen. Trotzdem verlief die Feier harmonisch, wenn man von den Gesprächsthemen absah, die auch hier den Abend beherrschten und sich schon wegen der Abwesenheit einiger Kollegen aufdrängten, die wegen ihrer Zugehörigkeit zu einer vor ein paar Tagen eingerichteten Sonderkommission der Abschiedsfeier ferngeblieben. Er nahm es ihnen nicht übel, obwohl ihm ihre Gründe nicht so recht einleuchteten. Auch die anwesenden Kolleginnen und Kollegen rieten Sven, das Verhalten seiner nicht anwesenden Kollegen nicht als Affront aufzufassen. Wie er es ja selbst in der Vergangenheit häufig erlebte, seien sie wirklich mit einigen Maßnahmen beschäftigt, die nicht aufgeschoben werden könnten. Die Anwesenheit seines Dienststellenleiters Kurt Sebald und seines Dezernatsleiters versöhnte ihn ein wenig. Besonders sie versicherten ihm, dass sie ihn um seine gewonnene Freiheit beneideten. Die Entwicklung innerhalb der Polizei und speziell der Kriminalpolizei, beurteilten sie aufgrund ihrer in den letzten Jahren gewonnenen Berufserfahrungen sehr negativ, weswegen er sich glücklich schätzen könne, pensioniert zu werden. Sven erkannte ihre Bemühungen, ihm den Abschied zu erleichtern. Als der letzte seiner Gäste gegangen war, erfasste ihn ein Gefühl des Verlassenseins. Er spürte, wie ihm Tränen in die Augen stiegen, und war froh, dass er allein war. Er zahlte und verließ in einer sehr deprimierten Stimmung die Gaststätte.

Zu seinem Haus waren es nur wenige Hundert Meter, die er in Gedanken versunken zurücklegte. Mitternacht war längst vorüber und einige markierte Straßenlaternen bereits abgeschaltet. Der majestätisch sich über ihn wölbende Sternenhimmel entfaltete in der sternenklaren Nacht seine ganze Pracht. Er blieb stehen und schaute wie so oft seit seiner Kindheit hinauf zu den Milliarden von Sternen. Das sich über das Firmament spannende Band der Milchstraße konnte er stundenlang betrachten. Die Faszination des Sternenhimmels schlug ihn seit seiner Kindheit in den Bann. Ihm wurden wieder die ungeheuren Dimensionen des Weltalls bewusst. Ja, nach der Lektüre des Buches "Eine kurze Geschichte der Zeit" des populären und schwer kranken Wissenschaftlers *Stephen-Hawking*, der von der Möglichkeit eines unendlichen und ewig existierenden Weltraums schrieb, bekam für ihn die Natur und sein eigenes Leben ganz andere Dimensionen. Wie so oft, wenn er nachts den Sternenhimmel betrachtete, schienen angesichts dieser Unendlichkeiten seine persönlichen Probleme bedeutungslos zu werden. Gab es auf einem der schillernden kleinen Punkte Leben wie hier auf der Erde?

Er musste an seine verstorbene Frau, seine Tochter und an das junge Mädchen denken, dessen Leiche er fand. Er dachte an die Gefühlskälte so mancher Sexualmörder, mit denen er in der Vergangenheit zu tun bekam und die ihn immer wieder überraschte. Auch die Lektüre so mancher Fachbücher über Sexualität und Verbrechen brachte ihm die Gedankenwelt dieses Tätertyps nicht näher. Der Zusammenhang von Gewalt und Sexualität war ihm trotz Studiums einschlägiger Literatur zwar erklärlich aber für ihn emotional unverständlich geblieben. Ihm fiel ein Satz des Philosophen Friedrich Nietzsche ein. "Und wenn man lange in einen Abgrund schaut, schaut auch der Abgrund in einen zurück." Lange stand er so in der Dunkelheit und blickte zum Sternenhimmel hoch. Schmerzen seiner Nackenmuskulatur holten ihn in die Realität seines Daseins zurück. Er setzte seinen kurzen Weg fort. Angesichts der Milliarden über ihm funkelnder Sterne kam er sich klein, hilflos und verloren vor. Ein Gefühl der Angst vor dem Alleinsein machte ihm zu schaffen, obwohl er glaubte, sich in den letzten beiden Jahren an das Alleinsein gewöhnt zu haben. Bei dem unregelmäßigen Dienst und den ständig anfallenden Überstunden war er sich dessen kaum bewusst geworden. Erst jetzt, wo alle beruflichen Verpflichtungen wegfielen, nahm er die Einsamkeit umso deutlicher wahr. Um seinen depressiven Gedanken zu entfliehen, war von ihm bereits für den nächsten Tag seine Abreise geplant. Er wollte 14 Tage am Bodensee Urlaub machen, als hätte er in Zukunft nicht ständig Urlaub. Dass er sich nicht an der Aufklärung des Verbrechens beteiligen konnte, machte ihm sehr zu schaffen. Die Ermittlungen in solch einem Verfahren und die Aussicht den Täter ermitteln, und der irdischen Gerechtigkeit zuführen zu können, befriedigte ihn jedes Mal in besonderem Maße. Nur ohnmächtig zuzusehen, ohne selbst aktiv werden zu können, empfand er als persönliche Niederlage.

Obwohl er einen Pkw besaß, wählte er für seine Reise an den Bodensee den Zug. Den Tipp Bodensee gab ihm ein Nachbar, der ein kleines Juweliergeschäft in Osnabrück besaß und häufig seine Preziosen auch auf Messen anbot und daher viel reiste. Sven entschied sich für den Zug, weil er es genoss, bequem im Zug sitzend die Landschaft vorübergleiten zu lassen, und sich seinen Gedanken hinzugeben. Die Bodenseelandschaft wollte er sich Busgesellschaften anschließend erkunden. Er hoffte, auf diese Weise mit den Menschen eher in Kontakt zu kommen. Schon als er den Bahnhof in Osnabrück betrat, waren seine Gedanken wieder bei seiner verstorbenen Ehefrau und seiner Tochter. Es waren traurige Gedanken, die sich nicht verdrängen ließen.

Mit einer kleinen Reisetasche in der Hand wartete er auf dem Bahnhof und sah dem einfahrenden weißen, eleganten, futuristisch aussehenden ICE zu, wie er langsamer werdend, fast schwebend an ihm vorbei fuhr und anhielt. Die Türen öffneten sich automatisch mit einem leichten zischenden Geräusch. Reisende stiegen aus und hasteten zum Ausgang. Einige wurden erwartet und herzlich umarmend begrüßt. Sven suchte nach der Wagennummer, die auf seinem Fahrschein mit der Reservierung vermerkt war. Er musste sich beeilen, weil er den Wagen nicht sofort fand. Er war froh die Waggonnummer endlich gefunden zu haben und bestieg nervös geworden den Zug. Seinen reservierten Fenstersitz fand er schnell und machte es sich in dem Abteil gemütlich. Als er aus dem Fenster auf den Bahnsteig sah, kündigte bereits im Lautsprecher eine weibliche Stimme die Abfahrt des Zuges an. Seine Koffer waren bereits einen Tag vorher abgeholt worden, damit sie pünktlich bei seinem Eintreffen am Urlaubsort zur Verfügung stünden. Er bedauerte, dass die Bahn diesen Service nicht mehr anbot, den er vor etwa 40 Jahren bei Bahnfahrten schätzen lernte. Verspätete Reisende liefen hastig auf den Zug zu. Menschen umarmten sich und nahmen ganz offensichtlich schweren Herzens Abschied. Auf dem Bahnsteig stand niemand, der ihn verabschiedete. Sofort dachte er wieder an seine Tochter und seine verstorbene Frau. Er empfand in seinem Innern einen tiefen Schmerz, der ihm fast den Atem nahm. Was würde er dafür gegeben, seine Tochter auf diese Reise mitnehmen zu können. Aber wahrscheinlich wäre er dann mit dem Pkw gefahren, dachte er ganz pragmatisch.

Langsam setzte sich der Zug in Bewegung und der Bahnsteig mit einigen winkenden und Abschied nehmenden Menschen glitt langsam vorbei. Schneller und schneller begannen draußen die Häuser und bald darauf auch Wiesen, Felder und die Landschaft vorüberzuziehen. Er war allein im Abteil und sah, dass zwei weitere Plätze ab Köln reserviert waren. Der Zug glitt förmlich mit einem leisen Summen über die Gleise. Er vermisste das Stakkato des über die Gleisschwellen fahrenden Zuges, wie er es aus seiner Kindheit kannte. Er wusste, dass das Geräusch nicht durch die Schwellen, sondern durch die Verschraubungen der Gleisenden verursacht wurde. In seiner Kindheit konnte er an dem schneller werdenden Stakkato der rollenden Räder die zunehmende Geschwindigkeit erkennen. Dieses Geräusch war jetzt einem Summen gewichen, das ihn eher an eine Flugreise denken und schläfrig werden ließ.

Ausbildung

Die Bilder der vorbeigleitenden Landschaft verschwammen langsam vor seinen Augen und ließen ihn in eine Art Trance verfallen. Seine Gedanken wanderten zurück zum Beginn seiner Laufbahn. Die Idee sich bei der Polizei zu bewerben, entsprang einer Laune, nachdem er mit Schulfreunden in eine Polizeikontrolle geraten war. Die Beamten verwickelten sie in ein Gespräch und fragten, ob sie sich vorstellen könnten, diesen Beruf zu erlernen. Als die Polizeistreife weiterfuhr, war er sich mit den Freunden einig, dass es zu schwierig sein würde, angenommen zu werden. Es weckte aber seinen Ehrgeiz. Er wollte sich und ihnen beweisen, dass es für ihn nicht unmöglich war. Seine kurz darauf eingereichte schriftliche Bewerbung verschwieg er ihnen, damit sie sich nicht bei einem Scheitern über ihn lustig machen konnten. Er kannte seine mangelnden sportlichen Ambitionen und bezweifelte daher den Erfolg seiner Bewerbung. Spätestens bei der Eignungsprüfung würde er schon wegen seiner fehlenden sportlichen Fähigkeiten scheitern. Zu seiner Überraschung wurde er nicht lange nach Absenden seines Bewerbungsschreibens zu einer zweitägigen Eignungsprüfung eingeladen.

Beim sportlichen Test schnitt er zu seiner Verblüffung überdurchschnittlich gut ab. Auch die theoretischen Leistungen entsprachen den Anforderungen. Nach etlichen Jahren der Ausbildung und späterer Tätigkeit bei der Verkehrspolizei und im Revierdienst, bewarb er sich bei der Kriminalpolizei, deren Tätigkeit ihm wesentlich eher zusagte. Ihm war inzwischen klar geworden, dass er wohl nicht mehr in die freie Wirtschaft zurückkehren würde. Über die hohen Anforderungen der Ausbildung und des späteren Dienstes machte er sich keine Illusionen. Er musste feststellen, dass die beruflichen Belastungen größer waren, als er es sich hatte vorstellen können. Besonders den psychischen Belastungen waren manche seiner Kolleginnen und Kollegen nicht gewachsen. Er selbst trainierte ein Verhalten, seine Gefühle in bestimmten Stresssituationen zu unterdrücken. Nur so war es ihm möglich, auch in dramatischen Situationen nicht die Beherrschung zu verlieren. Seine gefasste Haltung war ihm oft als Gefühlskälte und fehlende Empathie vorgeworfen worden. Doch ohne diesen Schutzwall wäre er einigen Situationen nicht gewachsen gewesen. Welche traumatischen Erlebnisse auch zu verkraften waren, psychologische Hilfen oder Beratungen standen zu Beginn seiner beruflichen Tätigkeit nicht zur Verfügung. Polizisten durften sich solche Schwächen nicht leisten, sonst wären sie abqualifiziert worden. Diese voreingenommene antiquierte früher weitverbreitete Denkweise innerhalb der Polizeiorganisation, blieb für den einzelnen Polizei- bzw. Kriminalbeamten nicht ohne Folgen. Inwieweit bei Frühpensionierungen fehlende oder mangelhafte psychologische Betreuung oder auch Defizite bei Führungsqualifikationen einzelner Vorgesetzter eine Rolle spielten, blieb unbekannt.

Sven erinnerte sich eines Ereignisses, bei dem ein Vorgesetzten sich auf eine handgreifliche Auseinandersetzung mit einem Untergebenen einließ, der sich berechtigt zur Wehr gesetzt hatte. Der Disziplinarvorgesetzter ließ wohl wissend, dass der Untergebene nicht der Verursacher war, disziplinarisch gegen ihn ermitteln. Auf den Vorhalt des ermittelnden Beamten, dass er gegen den Vorgesetzten ermitteln müsse, wurde er von seinem Chef gemaßregelt, dass er sich an die Anordnungen zu halten habe. Würde gegen den Vorgesetzten disziplinarrechtlich ermittelt, könne er ihn nicht mehr mit Führungsaufgaben betrauen. Der ermittelnde Kollege war schon sehr konsterniert. Er hielt es für eine Fehlentscheidung. Wie so oft stellte Sven sich die Frage, was war Recht und was Gerechtigkeit. Über die Erklärung des Chefs, dass er die Autorität des Vorgesetzten nicht durch ein Disziplinarverfahren beschädigen wolle, war Sven bestürzt und vermutete ganz andere Gründe. Diese gelegentlichen Randerscheinungen innerhalb der Polizei konnten Svens Vertrauen in diese Institution aber nicht erschüttern. Seine persönlichen Erfahrungen bis auf solche Einzelfälle waren durchaus positiv.

Jetzt saß er hier im Zug, um seinen ersten Urlaub nach der Pensionierung zu genießen. Merkwürdig, ausgerechnet jetzt erinnerte er sich jener Zeit, als ihm vom Landeskriminalamt ein Angebot verdeckt zu ermitteln unterbreitet wurde. Aber damit begann ja auch ein besonderes Kapitel seiner beruflichen Tätigkeit, die ihm Einsichten in so manche kriminellen Subkulturen ermöglichte, auf die er in der Rückschau gerne verzichtet hätte. Die Erlebnisse würden heute wohl als traumatisch bezeichnet werden, obwohl er glaubte, sie psychisch verkraftet zu haben. Er erinnerte sich noch gut, wie man ihn überredete und die Tätigkeit als sog. Undercover auf das Reizvollste beschrieb. Sein ehemaliger Vorgesetzter bei der Schutzpolizei, zu dem er noch freundschaftliche Kontakte unterhielt, riet ihm dringend davon ab, als er ihn ins Vertrauen zog und ihn um Rat fragte. Seinen Ausführungen nach, seien die rechtlichen Voraussetzungen ungeklärt. Jeder der sich zu solch einer Tätigkeit bereit fände, stünde ständig mit einem „Bein im Gefängnis". Doch die Kollegen des Landeskriminalamtes verstanden es, seine Bedenken zu zerstreuen. Sie erläuterten, dass er immer im Einvernehmen mit einem zuständigen Staatsanwalt eingesetzt und tätig werde, was seine Entscheidung beeinflusste.

Hinzu kam, dass man ihm darlegte, genau der Richtige zu sein, weil er bereits die 30 überschritten und damit die notwendige charakterliche Stärke besäße, die für diese Tätigkeit unerlässlich sei. Vor einem halben Jahr seien ein paar jüngere Polizeibeamte für diese Aufgabe eingesetzt worden. Dass eintretende Fiasko habe zu einer Entlassung eines Beamten geführt, der den Verlockungen seines kriminellen Gegenübers nicht widerstehen konnte.

Vor ein paar Monaten seien in Oldenburg in einem Café ein paar junge Männer aufgefallen. Sie spielten Karten mit hohen Einsätzen. Auf dem Tisch lagen Bündel von Banknoten in DM und verschiedenen Devisen. Als die Bedienung beobachtete, dass diese Männer schwer bewaffnet waren, habe sie ihren Chef informiert, der die Polizei benachrichtigte. Davon ausgehend, dass es sich um schwer bewaffnete Gangster handeln müsse, habe die Polizei in einer Großaktion das Café umstellt und sei schlagartig eingedrungen, um die unbekannten Täter festzunehmen. Ohne von der Polizeiaktion etwas mitbekommen zu haben, hatten diese aber bereits mit ihren Pkws Oldenburg verlassen. Es wurde eine Großfahndung ausgelöst, von der auch ein Beamter des LKA Kenntnis erhielt. Da ihm eines der Kennzeichen bekannt vorkam, sah er in seinen Unterlagen nach. Mit Entsetzen stellte er fest, das eines der Kennzeichen zu einem „Konspi"rativen Pkw gehörte. Mit diesem Fahrzeug waren seine verdeckt agierenden Ermittler zu einem Einsatz nach Emden unterwegs. Ihr Einsatz wäre zwar erst in 4 Stunden, sodass sie offensichtlich die Zeit für Aktivitäten nutzten, die ihm unbekannt waren. Als er die Einsatzleitung in Oldenburg vom Sachverhalt unterrichtete, ließ ihn der dort verantwortliche Polizeipräsident wissen, dass er sich aus gutem Grund veranlasst sähe, die Presse zu informieren. Zum Glück konnte das LKA mit den verdeckt agierenden Polizeibeamten Kontakt aufnehmen. Sie bestätigten, dass sie aus lauter Übermut sich mit anderen in Ausbildung befindlichen Polizeibeamten getroffen und ihnen nur ihre Ausstattung gezeigt hätten. Es bedurfte eines Gespräches zwischen Innenminister und Polizeipräsidenten, um ihn davon abzuhalten, die Presse zu informieren. Angeblich soll ihm angeboten worden sein, in die allgemeine Verwaltung der Regierung zu wechseln, wenn er sich der Presse gegenüber äußere.

Sven machten die Schilderungen nur noch neugieriger. Ihm wurde weiter erklärt, dass es einen Verdachtsfall gäbe, für dessen Aufklärung er vorgesehen sei. An einer Universität seien in kurzen Abständen 2 Studenten auf unerklärliche Weise verschwunden. Es gäbe Anhaltspunkte, dass dieses Verschwinden mit illegalem Drogenhandel zu tun haben könne. Man habe Personen im Verdacht, denen aber bisher nichts nachzuweisen war. Die Staatsanwaltschaft prüfe derzeit, ob in diesem Fall der Einsatz eines verdeckt ermittelnden Polizeibeamten gerechtfertigt sei. Speziell für diese Ermittlungen würden sie Sven gerne einsetzen, sobald die Staatsanwaltschaft „grünes Licht" gäbe.

Die Erlebnisse in der Folgezeit prägten seine gesamte Einstellung zum Leben, zur Polizei und besonders zur Politik. Die Menschen, mit denen er es nun zu tun bekam, setzten skrupellos ihre kriminellen Neigungen zur Erzielung von Gewinnen ein, die legal nie hätten realisiert werden können. Es waren merkwürdige Verhaltensweisen, die seine jeweiligen „Vertragspartner" an den Tag legten. Er war gefordert sich immer auf das entsprechende Milieu einzustellen. Für ihn war es fast unmöglich sich auf die unterschiedlichsten Subkulturen einzustellen. Auch die Charaktere der handelnden Personen konnten nicht unterschiedlicher sein. Ob Drogendealer, Einbrecherbanden, die alles auf Wunsch liefern konnten, Wirtschaftskriminelle, die teilweise auch in Drogengeschäften investierten, marode Firmen aufkauften und sie danach auf kriminelle Art und Weise versilberten, die Bandbreite war grenzenlos. Das Misstrauen dieser Personen zu überwinden, war immer wieder eine fast unlösbare Aufgabe. Ohne dieses Vertrauen war mit ihnen eine Zusammenarbeit nicht möglich. Wiederholt sah er sich kritischen Situationen sog. „Keuschheitsproben" ausgesetzt, bei denen von ihm Beteiligungen an strafbaren Handlungen verlangten wurden. Weigerte er sich, waren die Konsequenzen für ihn unkalkulierbar, abgesehen von seiner damit verbundenen Enttarnung.

Das von ihm zu führende Doppelleben war in jeder Hinsicht beschwerlich. Ständig musste er auf der Hut sein, sich nicht durch unbedachte Äußerungen oder Verhaltensweisen zu verraten. Auch die Kontakte zu seinen zuständigen Kollegen des LKA waren nicht selten schwierig herzustellen. Abgesehen von Telefonkontakten, benutzten sie so genannte "tote Briefkästen" oder angebliche Reisen, die jedes Mal sorgfältig vorbereitet werden mussten. Sven begriff, dass seine Aufgabe schwierig sein würde, weil der Kriminalpolizei auf diesem Gebiet der Ermittlungsführung teilweise noch die notwendige Erfahrung fehlte. Das machte die Aufgabe für Sven aber nur noch interessanter. Vielleicht war es zu pathetisch aber er glaubte, mit seinem Engagement für die Bekämpfung besonders schädlicher Verbrechen einen wichtigen Beitrag für die Sicherheit der Bevölkerung zu leisten.

Allein die Art und Weise, wie er zu seinen Ausweisen kam, war aber schon alles andere als normal. Die Kollegen beim Landeskriminalamt (LKA), die für ihn als sogenannte Führungsleute tätig waren, besorgten ihm einen Führerschein und einen Kfz-Schein auf seinen Decknamen. Mit der Beschaffung des Personalausweises mussten sie warten, bis der Leiter des zuständigen Einwohnermeldeamtes im Urlaub sei, berichteten sie. Er würde sich weigern, Ausweise auf nicht existierende Personalien auszustellen. Eine merkwürdige Situation. Verdeckt zu ermitteln schien nach allem, was Sven bekannt war, zulässig zu sein. Selbst führende Persönlichkeiten der Politik setzten sich dafür ein. So lag dem Leiter des LKA die ausdrückliche Zustimmung des Innenministers und des Ministerpräsidenten vor. Aber im Verlauf seiner Tätigkeit erfuhr Sven, dass verdeckte Ermittlungen keineswegs so unumstritten waren, wie er glaubte. So sprach sich einer der Polizeipräsidenten wiederholt gegen diese Art der Ermittlungsführung aus und scheute nicht, den Innenminister öffentlich zu kritisieren. Inzwischen wurde die fast 200 Jahre alte Strafprozessordnung mit einer Regelung zur verdeckten Ermittlung der Polizei versehen. Danach bedarf es eines richterlichen Beschlusses für den Einsatz von verdeckten Ermittlern in dem der Klarname und der Deckname des Ermittlers vermerkt ist. Wer im Strafprozess wohl diesen Beschluss anfordert? Damit steht diese Ermittlungsmöglichkeit für die Polizei nicht mehr zur Verfügung.

Während Sven sich mit seiner Legende (seinem Pseudolebenslauf usw.) vertraut machte, sorgten seine Führungsleute für die notwendigen Ausrüstungsgegenstände. Er wurde mit so manchen Techniken, die ganz allgemein auch bei Agenten für den Spionageeinsatz benötigt werden vertraut gemacht. Bei einer der verschiedenen Besprechungen berichteten seine Führungskollegen, nennen wir sie Franz und Erich, von einem „Basiswagen", der für Observationszwecke beschafft werden sollte. Franz und Erich hätten den Verwaltungsbeamten darauf aufmerksam machen wollen, dass es sich um einen Kastenwagen ohne Fenster handeln müsse, worauf dieser ziemlich erbost geäußert habe, dass er nicht blöd sei, er wisse selbst, was für ein Fahrzeug benötigt würde. Ein paar Wochen darauf sei ihnen ein VW-Bus mit Fenstern von der Verwaltung übergeben worden. Eine Reklamation sei sinnlos gewesen. Die Verwaltung hätte aber zugesagt, bei der nächsten Beschaffung den Fehler zu korrigieren. Das hieß aber, dass vor nächstes Jahr kein entsprechendes Fahrzeug zur Verfügung stand. Nicht nur die Kollegen des LKA Franz und Erich beklagten die Ausrüstungsmängel, auch Sven war über die Defizite der technischen Ausstattung in den70er Jahren überrascht.

Erst als Repräsentanten des Staates und der Wirtschaft in den späten 70er Jahren von menschenverachtenden Terroristen bei Mordanschlägen ihr Leben lassen mussten, änderten manche Politiker ihre negative Einstellung gegenüber den Erfordernissen einer effektiven Kriminalitätsbekämpfung.

Um sich im Rahmen der Ausbildung mit einer kleinen Minoxkamera vertraut zu machen, übte Sven in Hannover die unauffällige Handhabung. Als er am späten Nachmittag ins LKA zurückkehrte, teilte Franz ihm mit, dass besorgte Bürger bei der Polizei anriefen, ein Spion mit einem Minifotoapparat sei in Hannover unterwegs und mache Aufnahmen. Einerseits beruhigend zu wissen, dass es noch aufmerksame Bürger gab, andererseits ein Hinweis für Sven, dass er noch einiges lernen musste. Er nahm für einige Wochen an einem Observationskurs teil. Es wurde geübt, wie spiegelnde Flächen genutzt werden konnten, um sich nicht auffällig umdrehen zu müssen, oder nicht vor Schaufensterscheiben zu verweilen, vor denen kaum jemand stehen bleiben würde. Er nahm an Kursen des BND und des Verfassungsschutzes teil und war beeindruckt, was ein Agent alles lernen musste, der z. B. in Auslandseinsätze geschickt würde. Ein kleines Tonbandgerät hatte es ihm besonders angetan. Es wurde mit einem Federwerk aufgezogen und besaß nur eine sehr kleine Batterie für die elektronische Aufnahme. Der Ton war kristallklar, wie er ihn von herkömmlichen Tonbandgeräten nicht kannte. Neben den technischen gab es auch rechtliche Unterweisungen. Er wurde mit den verschiedenen legalen und illegalen Drogen und den wissenschaftlichen Studien über die Folgen des Missbrauchs solcher Stoffe im Detail vertraut gemacht. Auch die Falschgeldherstellung und der illegale Waffenhandel waren thematisiert. Die für die Ausbildung vorgesehene Zeit ging schneller vorbei, als Sven anfangs befürchtete.

An einem der Wochenenden während seiner Ausbildung suchte Sven in Hannover eine ihm empfohlene Diskothek auf, um auf andere Gedanken zu kommen. Er war von seinem möblierten Zimmer in Isernhagen mit der Straßenbahn in die Innenstadt von Hannover gefahren, weil er nicht wegen ein paar Gläser Bier seinen Führerschein verlieren wollte. Widerwillig bezahlte er den hohen Eintrittspreis von 15 DM und sah sich um. Es war noch früh am Abend und nur wenig Gäste anwesend. Sein inzwischen langes Haupthaar und der Bart verliehen ihm ein etwas ungepflegtes Aussehen. Während er am Eingang stand und überlegte, ob er sich an einem Tisch oder an der Theke niederlassen sollte, wurde sein Interesse von einigen jungen Frauen geweckt, die mit wenigen Ausnahmen paarweise an den Tischen saßen. Der Discjockey bemühte sich mit lustigen Kommentaren die Stimmung ein wenig in Schwung zu bringen, was ihm aufgrund der wenigen Gäste nicht so recht gelingen wollte. Peer wusste, dass sich das Publikum erst ab 23 Uhr einfinden würde. Jetzt war es 21 Uhr und niemand wagte sich auf die Tanzfläche. Die letzte Straßenbahn würde gegen 01 Uhr fahren und die Nächste gegen 4 Uhr.

Plötzlich tippte ihm jemand auf den Rücken. Er drehte sich um und sah in das Gesicht einer jungen Frau, die in seinem Alter sein musste. Peer war sprachlos, dass er mit seinem Aussehen das Interesse einer jungen Frau weckte, die zudem noch hübsch aussah und sofort sein Interesse weckte. Sie wirkte auf ihn ausgesprochen sympathisch und unkompliziert, was ihn verwirrte. Sofort fühlte er sich zu ihr hingezogen und erschrak über seine Empfindungen. Sie fragte ihn:

"Bist du alleine? Wenn Du willst, kannst du dich zu mir an den Tisch setzen."

Eine sehr zielstrebige und selbstbewusste Frau dachte er und überlegte, wie er sich ihr vorstellen sollte. Zu Beginn der Ausbildung als verdeckter Ermittler wiesen die Ausbilder auch auf die Probleme privater Kontakte zum weiblichen Geschlecht hin und rieten ihm, während seines verdeckten Einsatzes solche zu meiden. Mit zwei Identitäten zu leben war schon kompliziert genug und erforderte seine ganze Konzentration. Er verfluchte den gedankenlosen Besuch der Diskothek und begriff, dass er jetzt in einem Dilemma steckte, dass er vermeiden wollte. Er spürte, wie ihm das Blut in den Kopf stieg und befürchtete, dass man ihm dies auch deutlich ansah. Er schämte sich und begann zu stottern.

"Vielen Dank. Ich muss schon wieder weg. Vielleicht können wir uns ein anderes Mal treffen."

Er schämt sich in Grund und Boden, weil er sie nicht verletzten und etwas ganz anderes sagen wolle. Ihm war bewusst, dass die Ausrede angesichts des Eintrittspreises alles andere als überzeugend klang. Er bereute das Gesagte im gleichen Augenblick und wünschte sich, es nicht gesagt zu haben. Dem Gesichtsausdruck der jungen Frau war ihre Verblüffung und Rotlosigkeit deutlich anzusehen. Er wollte sich schon entschuldigen und seine Ablehnung rückgängig machen, als die Frau ihre Sprachlosigkeit überwand und ihm antwortete:

"Dann wünsche ich für den Abend viel Erfolg."

Sven drehte sich um und rannte förmlich zum Ausgang. Er

machte sich heftige Vorwürfe, die junge Frau so brüskiert zu haben. Er begriff aber auch, dass er nicht ständig jedem sich ergebenden privaten Kontakt ausweichen konnte. Er musste lernen, damit umzugehen. Es ärgerte ihn, dass er einem Impuls folgend die Diskothek aufsuchte, den hohen Eintrittspreis zahlte und nun fluchtartig die Diskothek verließ. Er empfand es als eine Flucht zurück in die selbst gewählte Einsamkeit einer gespaltenen Lebensführung. Er fuhr wieder nach Isernhagen zurück und schwor sich, keine Diskotheken mehr aufzusuchen, solang er als verdeckter Ermittler tätig war.

Wie von seinen Ausbildern immer wieder versichert, benötigte er nicht die gesamte Ausbildung eines Agenten, da er im Ausland ohnehin nie ohne Einverständnis des betreffenden Auslandes eingesetzt würde. Bisher hätte man auch noch nie im Ausland verdeckte Ermittler eingesetzt, weil es aufgrund der vorhandenen Strafprozessordnung kaum möglich war und die Staaten es auch nicht zuließen. Es stünden dem so viele rechtliche Probleme entgegen, dass es bisher nicht in Erwägung gezogen worden war. Anfangs war Sven für einen Einsatz im Bereich der internationalen Wirtschaftskriminalität vorgesehen, der nach einigen Besprechungen mit Fachleuten als undurchführbar galt.

Am Ende seiner Ausbildung wurde Sven mit kleineren Aufträgen betraut, um ihn langsam mit der Praxis vertraut zu machen. Der Kriminalpolizei in Osnabrück war bekannt geworden, dass vermutlich ein unbekannter britischer Armeeangehöriger Süchtige mit Heroin versorgte. Mit einigen dieser namentlich bekannten Abnehmer sollte Sven versuchen Kontakt aufzunehmen und etwas über den unbekannten Dealer zu erfahren. Er sollte eine Probe Heroin von dem Unbekannten erwerben und ihn veranlassen danach eine größere Menge zu liefern. Bei der Übergabe war vorgesehen, den Dealer festzunehmen. Sven selbst sollte beim Zugriff die Flucht gelingen. Zur Unterstützung Svens war ein Kollege vorgesehen, der sich noch in der Ausbildung zum verdeckten Ermittler befand.

Für die Einsätze war ihnen ein alter gebrauchter PKW Opel zur Verfügung gestellt worden. Sven machte sich mit dem Wagen vertraut und musste feststellen, dass irgendein Motorschaden vorlag. Die Leistung des Motors ließ zu wünschen übrig. Er nahm sich vor, in den nächsten Tagen eine Werkstatt aufzusuchen, verschob es aber immer wieder, weil der Wagen lief. Sven wählte für seine Legende den Namen Peer Peters. Also nennen wir ihn weiterhin Peer. Sein neuer Kollege, mit dem er zusammen agieren sollte, nannte sich Lars Person. Wie er wirklich hieß, erfuhr Peer zwar aber für ihn hieß er zukünftig Lars. Es war einfacher, wenn er sich auf einen Namen konzentrierte.

Für Einsätze im Drogenmilieu waren ihnen kleine Briefwaage, ein paar Brocken Haschisch und zwei in Segeltuch eingenähte Haschischplatten so genannter „schwarzer Afghane" anvertraut worden, deren Empfang sie quittieren mussten. Peer ließ sich außerdem überreden ein paar kleine stark nach Ammoniak riechende Brocken Opium mitzunehmen. Die Drogen dienten dem Renommee und sollten die Glaubwürdigkeit der verdeckten Ermittler (VE) erhöhen. Ihnen wurde eingeschärft, sie nicht zu verkaufen oder zu verschenken, weil die Drogen später wieder zurückgegeben werden müssten. Peer befürchtete allerdings, dass sie sich damit nur bei Polizeikontrollen in Schwierigkeiten bringen würden. Bei einer ihrer ersten Fahrten gerieten sie prompt in eine Verkehrskontrolle. Einer der kontrollierenden Polizeibeamten streckte entgegen jeglicher Dienstanweisung für die Selbstsicherung seinen Kopf durch das geöffnete Seitenfenster der Fahrerseite und fragte nach den Fahrzeugpapieren. Er wich kurz darauf zurück und es sah so aus, als ob er taumelte. Er schien den intensiven Geruch der Haschischplatten wahrgenommen zu haben. Doch er reagierte nicht weiter, nahm die Fahrzeugpapiere entgegen, warf einen prüfenden Blick darauf und gab sie mit den Worten „Danke sehr, gute Fahrt!" zurück. Peer war verblüfft. Der Polizeibeamte schien den Haschischgeruch nicht zu kennen oder nicht wahrgenommen zu haben. Peer nahm den Geruch bereits 100 m vom abgestellten Pkw wahr. Die beiden Haschischplatten lagen im Handschuhfach. Es war ja Absicht, dass bestimmte Personen den Geruch wahrnehmen sollten.

Die letzten Wochen besuchten Peer und Lars die Schulungen für die VE gemeinsam und lernten sich dabei besser kennen. Bei der Fahrt zu ihrem ersten Einsatzort bemerkte auch Lars, dass der für sie beschaffte Pkw einen Motordefekt haben musste. Er kannte sich ein wenig mit Automotoren aus und war der Ansicht, dass die Kompression des Motors nicht stimmte. Es war auch deutlich am Auspuff zu erkennen, dass der Motor Öl verbrannte.

In Osnabrück überlegten sie, ob sie sich außerhalb der Stadt oder im Zentrum Zimmer nehmen sollten. Sie entschlossen sich aus Kostengründen, innerhalb der Stadt in einer kleinen ungepflegten Pension zu übernachten. Ihre Kontaktbeamten Franz und Erich rieten ihnen auf Empfehlung der örtlich zuständigen Kriminalbeamten des Drogendezernats zu dieser Pension, weil sie zentral und in der Nähe von Lokalen lag, die sie aufsuchen sollten, um Kontakt zu Drogenabhängigen knüpfen zu können. Außerdem war bekannt, dass die Besitzerin der Pension kaum Fragen stellte. Sie prägten sich Namen und Beschreibungen einiger Personen ein, die im Verdacht standen, von einem britischen Staatsangehörigen mit Heroin versorgt zu werden.

Die erste „Gaststätte", die sie gegen 21.00 Uhr aufsuchten, besaß eine kleine Tanzfläche, auf der sich ein paar junge Leute offensichtlich im Drogenrausch alleine rhythmisch hin und her bewegten. Tanz konnte man es kaum nennen. Die Bedienung hinter der Theke spielte Tonbänder mit psychedelischen Klängen ab. Bei den jungen Leuten war die Gaststätte als Diskothek bekannt, in der nicht nur Getränke aller Art, sondern auch Drogen konsumiert werden konnten. Peer gesellte sich zu den auf der Tanzfläche schaukelnden jungen Leuten, versuchte es ihnen gleichzutun und kam sich dabei sehr albern vor. Aus den Augenwinkeln beobachtete er die Tanzenden, ob sie von ihm Notiz nähmen und sein Verhalten akzeptierten. Sie schienen ihn zu ignorieren. Er stellte seine "Gymnastik" ein und bestellte sich an der Theke ein Bier. Beiläufig fragte er die Bedienung hinter der Theke, ob sie Chrissi heute schon gesehen habe. Die Kollegen des in Osnabrück zuständigen Drogendezernats nannten diesen Namen. Chrissi solle sich abends fast täglich in dieser Diskothek aufhalten und mit dem unbekannten Heroinlieferanten befreundet sein. Sie sei Mutter einer kleinen zweijährigenTochter, die Chrissi abends häufig alleine in der Wohnung lasse. Der Vater des Kindes befände sich aufgrund eines Gerichtsbeschlusses zum Entzug in der Bonhoeffer-Klinik in Berlin, „Bonnies Ranch genannt". Die Bedienung, eine junge rothaarige Frau, würdigte Sven keines Blickes und entgegnete nur: „Kenne ich nicht!"

Kurz darauf entdeckte Peer eine junge schlanke dunkelhaarige Frau, die der Beschreibung Chrissis entsprach und zur Theke ging. Sie machte einen ungepflegten Eindruck. Die Schatten unter ihren Augen verrieten einen ungesunden Lebensstil. Trotz des ungepflegten Äußeren war nicht zu übersehen, dass sie sehr hübsch war. Sie sprach mit der Bedienung und Peer glaubte, dass die Bedienung kurz zu ihm hinüber sah. Er saß inzwischen wieder mit Lars am Tisch und tat sehr gleichgültig, beobachtete aber aus den Augenwinkeln, wie die junge Frau auf ihn zukam. Sie blieb am Tisch stehen und sprach ihn an:

„Was willst du von mir? Ich kenne dich nicht." Peer sah kurz nach links und rechts, so als vergewissere er sich, dass niemand ihn hörte, und entgegnete leise:

„Mir hat ein Bekannter gesagt, du kannst mir was besorgen."

Chrissi entgegnete ziemlich unwirsch:

„Besorg's dir doch selber!" und wollte gehen. Peer fragte noch mal:

„Weißt du, wer mir Stoff besorgen kann?"

Chrissi starrte ihn an und sagte daraufhin:

„Vielleicht. Wie viel willst du? Meinst du "Eitsch"?"

Peer bejahte und erklärte, dass er 1 bis 2 Gramm wolle und später, wenn der Stoff gut sei, er auch mehr abnähme. Chrissi schwieg und setzte sich zu ihnen an den Tisch und sagte zu Peer gewandt:

„Du kannst mir ein Bier ausgeben."

Peer bestellte 3 Bier. Er nannte nicht seinen Namen und Chrissi fragte auch nicht danach. Nachdem die Bedienung das Bier brachte, erklärte Chrissi:

"Vielleicht kann ich was bekommen. Wenn du mir das Geld jetzt gibst, können wir uns morgen Abend hier zur gleichen Zeit treffen." Peer schüttelte den Kopf.

"So nicht. Wenn du morgen den Stoff bringst, kannst du das Geld kriegen."

"Das geht nicht. Ich muss den Stoff gleich zahlen und habe nicht so viel Mäuse. Wenn du mir nicht die 300 jetzt gibst, kannst du es vergessen."

"Dann nicht. Es gibt sicher noch andere, die mir den Stoff besorgen können." Entgegnete Peer und machte Anstalten die Gaststätte zu verlassen, indem er zu Lars gewandt ihn aufforderte:

"Trink aus, wir gehen."

Chrissi, die ihr Glas Bier in einem Zuge ausgetrunken und bereits aufgestanden war, setze sich wieder und sagte zu Peer:

"Warte noch, vielleicht kann ich doch noch etwas bekommen, wenn ich den Lieferanten überreden kann, mir den Stoff zu geben. Ich kann es aber nicht garantieren und du musst mir versprechen, morgen Abend wieder hier zu sein."

Peer stand auf und wartete, bis auch Lars aufgestanden war.

"Einverstanden! Bis morgen"

Peer wusste, dass für diesen Einsatz keine weiteren Observationsbeamten zur Verfügung stünden und man sehen musste, wie man die Angelegenheit selbst in den Griff bekam. Er war ohnehin sehr erstaunt, dass alles so reibungslos ohne Probleme abgelaufen war und dass man auf Anhieb Kontakt hatte herstellen können. Peer zahlte das Bier an der Theke und beobachtete Chrissi, die noch am Tisch sitzend vor sich hinstarrte. Sie verließen die Gaststätte und postierten sich in einiger Entfernung, wo sie nicht von den die Gaststätte verlassenden Gästen gesehen werden konnten. Kurz darauf verließ Chrissi das Lokal und ging zu Fuß alleine in Richtung Innenstadt. Sie verzichteten darauf sie zu observieren, weil sie kein Risiko eingehen wollten und annehmen konnten, dass sie nach Hause ging und den unbekannten Lieferanten nicht noch am Abend aufsuchen würde.

Ihre Überlegungen, ob sie eine weitere Person suchen sollten, die ebenfalls zu dem unbekannten Dealer Kontakt haben musste, verwarfen sie, weil sie befürchteten, dass dieses Verhalten den unbekannten Drogenlieferanten nur misstrauisch machen musste.

Am nächsten Tag verabredeten Peer und Lars sich mit den Kollegen vom Drogendezernat. Es wurde ein Treffen außerhalb der Stadt Osnabrück in Georgsmarienhütte vereinbart. Dort in einem Park traf man sich und Peer berichtete vom abendlichen Treffen. Die Kollegen berichteten über das Umfeld von Chrissi und rieten zu besonderer Vorsicht. Chrissi sei stark abhängig und habe schon einige Süchtige betrogen, in dem sie Vorauskasse verlangte aber nicht die Ware lieferte. Sie hätte den Stoff selbst konsumiert.

Wie vereinbart fanden sich Lars und Peer am Abend in der Diskothek ein. Lars hielt sich zunächst draußen in der Nähe der Diskothek auf, um festzustellen, in wessen Begleitung Chrissi auftauchen würde. Vielleicht könnten sie so gar den unbekannten Dealer identifizieren, wenn er Chrissi mit dem Auto zur Diskothek fahren würde. Peer suchte die Diskothek bereits gegen 20.30 Uhr auf und wartete bis gegen 21.30 Uhr. Chrissi tauchte nicht auf. Er verließ das Lokal und suchte Lars, der sich darüber ärgerte, dass er umsonst 1 Stunde draußen die Stellung hielt. Sie wechselten sich ab und Peer observierte die Diskothek. Lars war gerade ins Lokal gegangen als Peer Chrissi erkannte, die auf das Lokal zusteuerte. Sie war alleine und schien gut gelaunt zu sein. Peer wartete etwa 10 Minuten. Nachdem er keine weiteren Personen sah, mit denen Chrissi gekommen sein konnte, begab er sich ebenfalls in die Diskothek und setzte sich zu den Beiden an den Tisch. Lars war sehr ungehalten und erklärte, dass Chrissi nicht nur Vorauskasse verlange, sondern auch den Stoff erst am nächsten Abend liefern wolle. Peer vermutete, dass Chrissi sich bereits bedient und nur das Geld für den Stoff wollte, der ihr bereits geliefert worden war, wie die Kollegen es ihnen warnend berichteten. Dies würde aber auch bedeuten, dass sie einen recht guten Kontakt zu dem Lieferanten haben musste. Peer kam es nun darauf an, zumindest einen Teil des Heroins zu bekommen, damit man es untersuchen konnte. Chrissi schien heute auch gepflegter zu sein und sah auffallend hübsch aus. Peer war von ihrem Charme beeindruckt. Sie war ausgeglichener und redselig und versuchte zu erklären, dass der Lieferant ihr nur gegen Vorauskasse den Stoff überlassen wolle.

"Wenn du mir das Geld gibst, kann ich dir morgen ganz sicher den Stoff bringen." Versuchte sie Peer zu überreden.

Sie tat Peer sehr leid aber er musste versuchen, sie zur Herausgabe zu zwingen. Er herrschte sie in gespielter Wut an:

"Du hast den Stoff. Wenn du ihn mir jetzt nicht sofort gibst, kannst du alles vergessen. Ich lasse mich nicht von dir linken."

Er konnte nur hoffen, dass sie nicht merkte, dass seine Wut gespielt war. Mit weinerlicher Stimme gestand sie jammernd:

"Ich hab den Stoff doch schon genommen. So viel war es ja nicht. Du musst mir das Geld geben, dann bring ich dir morgen den Stoff."

Nachdem Peer aufstand und eine drohend Haltung einnahm und so tat als wolle er sie schlagen, kramte sie ein Briefchen mit vielleicht einem halben Gramm weißen Pulvers hervor und begann zu weinen. Die Tränen rannen ihr die Wangen herunter und man sah, dass sie sich geschminkt war. Peer gab ihr die Hälfte des vereinbarten Betrages und beobachtete dabei unauffällig die anderen Gäste, die sich keinen Deut um die Drei und ihr Gespräch kümmerten. Solche Gespräche schienen hier nicht ungewöhnlich zu sein.

Chrissi jammerte weiter.

"Ich hab ein Gramm gekriegt und muss doch auch ein Gramm zahlen."

"Das wird wohl dein Problem sein. Wenn dir der Lieferant ohne Vorauskasse den Stoff gegeben hat, hat er ja Vertrauen zu dir und ihr werdet schon klarkommen."

Entgegnete Peer und sah jetzt die Möglichkeit, mit dem Lieferanten Kontakt zu bekommen.

"Wenn der Stoff gut ist, nehme ich 100 Gramm oder auch mehr. Ich verhandle aber nur mit dem Lieferanten selbst und lasse mich nicht linken. Wenn es klappt, hast du auch etwas davon."

Peer versuchte Chrissis Interesse mit der Aussicht zu wecken, dass sie bei einem Deal genug Stoff zur Verfügung haben würde und an dem Handel partizipieren könne. Chrissi schien sehr interessiert darauf eingehen zu wollen und reagierte richtig euphorisch. Gleichzeitig wurde sie aber auch wieder vorsichtig und erklärte:

"Der Lieferant verhandelt nur mit mir. Er macht mit Fremden keine Geschäfte."

Peer ließ aber keinen Zweifel daran, dass man wegen der eben gemachten Erfahrung nur mit dem Lieferanten direkt verhandeln werde.

"Und ich verhandle nur mit dem Lieferanten. Du kannst ja versuchen, ihn zu überreden. Du kennst uns jetzt und weißt, dass wir dich nicht linken, wie du uns linken wolltest. Wenn er Interesse hat, soll er sich melden."

Peer war eigentlich guten Mutes, dass es klappen würde, weil Chrissi zu dem Lieferanten einen recht guten Kontakt haben musste und sie ihn schon in ihrem eigenen Interesse überreden würde. Man wollte es aber nicht forcieren, weil der unbekannte Dealer erfahrungsgemäß auch Zeit benötigte, um das „Geschäft" vorzubereiten.

"Gib mir deine Telefonnummer. Ich sage dir Bescheid."

Peer winkte lachend ab.

"Ich bin ständig unterwegs. Mich kann man telefonisch nicht erreichen. Du kannst mir aber deine Telefonnummer geben."

"Ich habe kein Telefon."

log sie, obwohl Peer ihre Telefonnummer kannte.

Sie vereinbarten, sich übernächsten Tag zur gleichen Zeit am gleichen Ort zu treffen, um alles Weitere zu besprechen. Es war zu klären, ob der unbekannte Lieferant überhaupt liefern könne und wolle. Sie mussten die Drogen erst untersuchen, was auch einige Zeit in Anspruch nahm. Für einen Zugriff würde aber ein kurzer Test ausreichen, damit sie nicht Tüten mit Mehl sicherstellten, was trotzdem immer wieder möglich war.

Chrissi hatte sich wieder gefangen und auf der Toilette frisch gemacht. Sie sah in dem Halbdunkeln des Lokals wirklich hübsch aus, registrierte Peer wieder und versuchte, sich abzulenken. Wahrscheinlich hielt er sie nur für hübsch, weil er zurzeit keine Freundin besaß und daher für weibliche Reize besonders empfänglich war. Ihn beschlich wieder ein Gefühl des Mitleids und gleichzeitig wurde er auf die Drogenhändler wütend, denen das Leben dieser unglücklichen Menschen nicht nur völlig gleichgültig war, sondern an deren Unglück sie sich auch noch in schamlosester Weise bereicherten.

Chrissi war ihm so sympathisch, dass er sich zu ihr hingezogen fühlte und sie zu gerne näher kennenlernen würde. Er bestellte ihr ohne sie zu fragen ein Bier und unterhielt sich mit ihr über die Musik, die in der Diskothek gespielt wurde. Sie hielt nichts von dem Gedudel, wie sie es nannte. Peer wollte wissen, welche Musik ihr gefiel. Er erhielt aber keine Antwort, sondern Chrissi stand auf, weil sie nach Hause müsse. Peer schalt sich einen Narren, wenn er glaubte, dass er sie näher kennenlernen konnte. Er dachte an seinen gescheiterten Diskothekenbesuch in Hannover. Er war im Einsatz und hatte zu funktionieren.

Am nächsten Tag trafen Peer und Lars bei einem „Konspi"rativen Treffen mit den Kollegen des örtlichen Drogendezernats wieder außerhalb der Stadt Osnabrück zusammen. Sie bestellten Lars und Peer zu einer Gaststätte, die im Gebiet Schölerberg lag, wo sich in der Nähe ein Zoo befand. Peer übergab die Heroinprobe. Er sollte am späten Nachmittag im Drogendezernat anrufen und sich über das Prüfungsergebnis informieren. Der zuständige Staatsanwalt für das Ermittlungsverfahren sei über alles unterrichtet und mit einem Zugriff einverstanden, sobald der unbekannte Lieferant eine größere Menge liefere. Sollte es sich um einen britischen Soldaten handeln, was nicht auszuschließen war, werde aber wohl die britische Militärpolizei das Verfahren übernehmen.

Für einen Zugriff empfahlen die örtlichen Kollegen den Park in Georgsmarienhütte, in dem sie sich zum ersten Mal trafen. Durch den am Rand es Ortes idyllisch angelegten gepflegten Park plätscherte ein kleiner Bach. Der lockere Baum- und Buschbestand bot verschiedene Deckungsmöglichkeiten und war für solch einen Einsatz geradezu ideal. Peer spürte ein beklemmendes Gefühl. Vielleicht war es die Angst vor einem ersten realen Einsatz als VE. Dabei war es nur ein kleiner Einsatz, der eher als Übung gedacht war. Doch Peer glaubte, dass dieses unangenehme Gefühl durch seine Skrupel ausgelöst wurde, Menschen zu manipulieren. Es war ihm zuwider aber er wusste nur zu gut, dass es unerlässlich war, wenn man gegen den Drogensumpf etwas ausrichten wollte.

Lars und Peer machten sich noch mal mit den Gegebenheiten des Parks, wo der Zugriff erfolgen sollte, vertraut, sofern der Lieferant sich überhaupt dazu bereitfinden würde. Peer wusste von Kollegen aus früheren Einsätzen, dass es häufig nicht so ablief, wie man es plante. Man musste ständig in der Lage sein zu improvisieren, ohne dabei gewisse Sicherheitsstandards zu vergessen. Als sie den Park nochmals unter dem Blickwinkel eines Einsatzortes inspizierten, mussten sie den örtlichen Kollegen recht geben. Der Park war wirklich Ideal für solche Zwecke, weil auch die Zugänge recht gut überwacht werden konnten.

Als Peer am Nachmittag im Drogendezernat anrief, teilte man ihm mit, dass es sich bei der Probe um 0,34 Gramm Heroin sehr reiner Konsistenz handele. Es sei daher auch nicht verwunderlich, dass Chrissi besonders guter Laune gewesen sei, wenn sie den Rest von dem 1 Gramm konsumiert haben sollte. Man teilte ferner mit, dass einige Kollegen für den folgenden Abend in Bereitschaft stünden. Man solle lediglich mitteilen, wann und wo eine Übergabe stattfände. Alles andere würden die Kollegen regeln. Sie sollten sich bei einem evtl. Zugriff in jedem Falle aus dem Staube machen und sich in der Gaststätte am Neumarkt einfinden, die ihnen bereits genannt worden sei. Dort würde mit Sicherheit keiner der Verdächtigen je auftauchen.

Es handelte sich um die Gerichtsklause, wo man angeblich auch gut essen könne. Peer und Lars hatten sich vorgenommen, dort am Abend zu speisen, um sich für den folgenden Abend ein wenig zu entspannen. Ihr Auto parkten sie in einer in der Nähe befindlichen Tiefgarage. In der Gerichtsklause war es in der Tat sehr gemütlich und das Ambiente entsprach dem Geschmack Peers. Auch Lars schien von der Atmosphäre und der Speisekarte angetan zu sein. Peer dachte allerdings an seine Geldbörse, die nur sehr bedingt solch ein Speiselokal vertrug. Sie bekamen schließlich von ihrem Arbeitgeber dem Land keinerlei Geldzuwendungen für ihren Einsatz als VE. Dem Land, also dem Landesparlament, war der Einsatz der VE keinen Pfennig wert. Die Kollegen im verdeckten Einsatz mussten sehen, wie sie mit den üblichen Reisekosten hinkamen, sofern sie überhaupt Reisekosten erhielten, was bei Einsätzen im Bereich Ihrer Dienststelle des LKA Hannover nicht der Fall war. Später strich man den Kriminalbeamten so gar ihre Fahndungskostenpauschale von 30 DM im Monat und kurz darauf das sogenannte Kleidergeld von 28 DM. Peer empfand die Streichung dieser Zulagen als Anfang der Demontage der Kriminalpolizei, die auch nicht lange auf sich warten ließ und einige Jahre darauf stattfand. Kurz vor seiner Pensionierung musste er noch erleben, dass ein Polizeipräsident jedem mit disziplinären Maßnahmen drohte, der den Begriff Kriminalpolizei offiziell benutzte.

In der Pension angekommen, verfassten sie auf einer Lars gehörenden kleinen Reiseschreibmaschine ihren Bericht über die Ereignisse. Später bei größeren Einsätzen, bei denen jeder auf sich gestellt sein würde und mit Gegenobservationen rechnen musste, konnten sie sich die Erstellung solcher Berichte nicht leisten. Selbst der Besitz einer Reiseschreibmaschine hätte sie verdächtig erscheinen lassen können. Ihnen war immer wieder erläutert worden, dass es lebensgefährlich sein konnte, das Gegenüber zu unterschätzen. Aus den Fehlern der Vergangenheit hatte man gelernt und die Erkenntnisse in die Ausbildung der verdeckten Ermittler einfließen lassen. Ihnen war beigebracht worden Telefonnummern oder andere wichtige Daten verschlüsselt festzuhalten, sodass sie nicht auffielen und besonders nicht als Telefonnummern erkannt wurden. Es gab eine Fülle von Möglichkeiten, sich solche Daten „Konspi"rativ zu notieren. Peer verstand nicht, dass er große Mühen und Zeit in den Aufbau seiner neuen Identität investieren musste und seine Tarnung bei solch einem Einsatz, der für sie im Grunde nur eine Art Übung darstellte, aufs Spiel gesetzt wurde. Schließlich hätte die Aufgabe des potenziellen Käufers jeder Kollege einer benachbarten Dienststelle übernehmen können. Andererseits war es sicherlich nicht unwichtig, sich in der Realität zu beweisen.

An diesem Abend gingen beide noch spät in eine kleine in der Nähe ihrer Pension liegende Gaststätte und tranken ein paar Bier, um sich zu entspannen. Es war für sie sehr wichtig, dass sie nicht ihre innere Balance verloren. Peer beschäftigte besonders das Kind von Chrissi, das diese angeblich abends immer allein ließ. Er hatte die örtlichen Kollegen mehrfach darauf angesprochen. Sie versprachen ihm, sich darum zu kümmern und mit dem Jugendamt zu sprechen. Bei ihrem letzten Treffen informierten sie Peer, dass sich das Jugendamt bereits seit einiger Zeit mit der Angelegenheit befasse. Es gäbe so gar Großeltern, die sich rührend um ihre Enkelin kümmern würden. Sie fragten Peer auch, ob sein Interesse für Chrissi dienstlich begründet sei. Ein deutlicher Hinweis für ihn, seine Gefühle noch mehr zu kontrollieren. Er war lange genug bei der Polizei, um zu wissen, dass die Fakten in den Akten nicht immer der Realität entsprachen. Aber die Antworten der Kollegen beruhigten ihn zumindest. Er bemerkte auch, dass ihm Chrissi zunehmend sympathischer wurde. Er trank an diesem Abend vielleicht ein Bier zu viel.

Am Morgen standen sie recht früh gegen 06.30 Uhr auf und frühstückten in ihrer Pension. Das Frühstück entsprach nicht Peers Vorstellungen. Es gab einige Scheiben Brot, Margarine oder Butter, Marmelade, Käse, Wurst und ein weich gekochtes Ei. Peer hätte gerne ein frisches, knuspriges Brötchen gegessen. Er aß nur eine Scheibe Brot und das gar nicht weiche Ei, das zudem noch kalt war. Der Kaffee war auch nicht nach seinem Geschmack. Aber vielleicht lag es auch einfach an einem Bier zu viel vom Vorabend. Lars schien es zu schmecken.

Franz und Erich vereinbarten mit Peer, dass man sich in der Nähe von Osnabrück zu einem Gespräch trifft. Das Treffen fand in einer kleinen Ortschaft am Rande des Teutoburger Waldes statt. Die von ihnen gewählte kleine Gaststätte war ihnen von den örtlichen Kollegen empfohlen worden. Peer und Lars trafen bei der noch geschlossenen Gaststätte gegen 10.30 Uhr ein. Gegen 11.00

Uhr wollten die Kollegen des LKA eintreffen. Die Gaststätte öffnete aber erst gegen 11.30 Uhr. Um 11.00 Uhr erschien aber nur Erich. Franz sei in einer anderen Sache in Braunschweig unterwegs. Erich schilderte kurz den Sachverhalt aus Braunschweig. Es gäbe Überlegungen Peer und Lars gemeinsam in Braunschweig einzusetzen. Was er schilderte, war nicht angetan, die Stimmung von Peer und Lars zu heben. Seit einigen Monaten sei in Braunschweig und Umgebung wiederholt sehr hochprozentiges mit Strychnin versetztes Heroin aufgetaucht. Es seien bereits 3 Personen im Stadtgebiet von Braunschweig an einer Überdosis gestorben.

Heroin hat wie alle Opiate eine beruhigende Wirkung. Weil die Abhängigen aber aktiv sein wollen, mischte man Koffein mit Heroin. Die neueste Kreation war Strychnin, dem ebenfalls eine belebende Wirkung nachgesagt wurde. Bis den Drogenpanschern die richtige therapeutische Breite bei der Beimischung gelang, konnten einige Abhängige sterben.

Unter den Abhängigen in Braunschweig hielte sich harneckig das Gerücht, das die Lieferanten äußerst gefährliche Personen seien. Der zuständige Polizeipräsident hätte das LKA gebeten, so schnell wie möglich verdeckte Ermittler einzusetzen, da alle bisherigen Ermittlungen im Sande verlaufen seien. Es sei bereits erwogen worden, Peer und Lars aus Osnabrück abzuziehen. Da der Einsatz hier voraussichtlich aber ohnehin in 2 bis 3 Tagen erledigt sei, habe man davon abgesehen. Andere VE stünden zurzeit noch nicht zur Verfügung. Peer wagte den Einwand, dass er doch für einen ganz speziellen Einsatz vorgesehen sei. Erich erläuterte, dass es sich bei diesem speziellen Einsatz, um einen sehr schwierigen und vor allen Dingen um einen Einsatz handele, der vermutlich viele Monate beanspruche. Daher sei es nicht so wichtig, ob man damit nun sofort oder in einigen Wochen begänne. Vielleicht könne man so gar erste Maßnahmen parallel in Angriff nehmen. Bei dem Gedanken war es Peer gar nicht wohl. Er schwieg und konzentrierte sich auf den heutigen Abend.

Inzwischen war die Gaststätte geöffnet worden und die beiden

Kollegen des örtlichen Drogendezernats eingetroffen. In der Gaststätte, die recht einfach aber nicht ungemütlich eingerichtet war, bestellten sie gemeinsam Mittagessen und Peer musste wieder an sein Budget denken. Er fragte Erich, ob er ihm behilflich sein könne, seinen Reisekostenantrag einzureichen, da seine finanziellen Mittel langsam schrumpften. Erich lachte und erklärte, er habe Formulare dabei. Peer solle eines unterschreiben. Erich werde es mit den Daten ausfüllen und der Verwaltung geben, damit sie den Betrag überweisen könne. Während sie aßen, sprachen sie nur sehr belanglose dienstliche Themen. Nach dem Essen bestellten sie Kaffee und Erich meinte mit einem Seitenhieb auf Peers klamme Kasse, dass er ihn spendiere. Er bekomme ja für diesen Ausflug nach Osnabrück ebenfalls Reisekosten.

Während sie ihren Kaffee tranken, erläuterten die beiden Kollegen aus Osnabrück die verschiedenen Einsatzkonzeptionen. Man solle versuchen noch am heutigen Abend den Lieferanten zu einer Übergabe zu bewegen. Die örtlich zuständigen Kollegen gingen davon aus, dass der Unbekannte keine so erheblichen Mengen in kurzer Zeit liefern könne. Außerdem würden bei einem Zugriff Durchsuchungen in den Wohnräumen des Verdächtigen vorgenommen, sodass man nicht so lange herumtaktieren solle. Peer war es sehr recht. Er fragte nach dem Namen von Chrissi. Sie hieß Christine Breuer, 19 Jahre alt, hatte das Gymnasium abgebrochen, als sie vermutlich ihre Schwangerschaft zu spät bemerkte. Als Drogenkonsumentin sei sie erst einige Monate nach der Geburt ihres Kindes aufgefallen. Der Vater des Kindes dürfte sie wohl hierzu überredet haben, weil er seit Jahren als Drogenabhängiger bekannt war. Wegen verschiedener Eigentumsdelikte war er schließlich zu einer Freiheitsstrafe verurteilt worden. Der Richter hatte ihm freigestellt, sie in der Drogentherapie abzuleisten.

Die beiden Kollegen aus Osnabrück rieten Peer und Lars, Waffen mitzunehmen. Sie warnten, dass ein britischer Soldat nicht selten bewaffnet sei, wenn er Straftaten beginge. Peer versprach, sich mit Lars abzusprechen. Erich nahm Peer zur Seite und fragte ihn, ob er überhaupt eine Waffe dabei habe. Peer verneinte und wies darauf hin, dass nach den bisherigen Informationen nicht davon auszugehen war, es mit bewaffneten Dealern zu tun zu haben, die sich wegen paar Gramm Heroin auf eine Schießerei einlassen würden. Da auch Erich die Sachlage so beurteilte, war Peer entschlossen, keine Waffe mitzunehmen. Ihre Waffen lagen zu Hause, sodass sich die Überlegung bewaffnet oder nicht erübrigte. Wäre die Mitnahme von Waffen erforderlich, wären die Kollegen in Osnabrück ihnen bestimmt behilflich gewesen. Vom LKA war ihm auf seinen Wunsch eine kleine 6,35 mm Pistole zur Verfügung gestellt worden, die er unauffällig mitführen konnte. Mit dieser Waffe war die Weibliche Kriminalpolizei (WKP) ausgerüstet, die zu dieser Zeit noch existierte. Ob Lars mit der Entscheidung Peers einverstanden war, wusste Peer zwar nicht, aber auch er hatte keine Waffe mitgenommen. Auch ein Handfunksprechgerät mit „Konspi"rativem Zubehör lehnte Peer ab.

Ob es klug war die Mitnahme von Waffen abzulehnen, beschäftigte ihn. Erst vor einigen Wochen war ein verdeckter Ermittler von den eigenen Kollegen bei Köln während eines Einsatzes erschossen worden, weil er für einen flüchtigen Drogendealer gehalten wurde. Wegen des überraschenden Einsatzes konnten die Einsatzkräfte nicht genau über die Personenbeschreibung der verdeckten Ermittler informiert werden. Was hätte dem Kollegen auch die Waffe genutzt. Bei solchen Einsätzen legten die Einsatzleiter großen Wert darauf, dass sich alle eingesetzten Kräfte vorher trafen und auch die verdeckten Ermittler persönlich kennenlernten. Sie vereinbarten, nach einem Zugriff an einem bestimmten Ort in der Nähe des Parks für evtl. Rückfragen zu warten. Die Kollegen aus Osnabrück mussten auch noch mit ihrem zuständigen Staatsanwalt sprechen, ob dieser mit den gewählten Einsatzkonzeptionen einverstanden sei. Dies war in der Regel eine Formsache, weil es Teil der Ausbildung der Kriminalpolizei war, strafprozessuale Grundvoraussetzungen zu beachten, damit eine spätere Beweisführung vor Gericht nicht an Formfehlern scheiterte. Bei größeren Einsätzen war nicht selten der zuständige Staatsanwalt bei der Einsatzleitung vor Ort, um wichtige strafprozessuale Entscheidungen zu treffen.

Die beiden Osnabrücker Kollegen und Erich verabschiedeten sich. Erich wollte pünktlich nach Hannover zurückkehren. Peer und Lars suchten ihre Pension auf und nutzten die verbliebene Zeit um die Verhandlungen und den Tagesablauf in einem Protokoll festzuhalten, den angeblich auch der zuständige Staatsanwalt bekam. Wobei mit ihm vereinbart war, dass diese Protokolle nur für seine Handakten bestimmt und nicht in den offiziellen Gerichtsakten landen durften.

Gegen 20.30 Uhr begaben sich Peer und Lars zu der Diskothek, wo sie gegen 21.00 Uhr Chrissi erwarteten. Diesmal ging Peer ins Lokal, während Lars aus der Nähe das Lokal beobachten sollte. Als Peer in das Halbdunkel der Kneipe trat, spielte die Musik irgendeine psychedelische ihm unbekannte Melodie. In der Nähe der Tanzfläche, wenn man für den freien Fleck in dem Lokal überhaupt von Tanzfläche sprechen konnte, saß Chrissi bereits alleine an einem Tisch. Peer sah sie sofort, nachdem sich seine Augen ein wenig an das schummrige Licht gewöhnten. Er war erstaunt, dass sie bereits so früh gekommen war. Er setzte sich und fragte:

„Was gibt's?"

Chrissi konnte noch nicht lange anwesend sein, denn sie hatte noch nichts zu trinken bestellt. Sie fragte nicht, sondern forderte Peer auf, ihr einen Cocktail zu bestellen.

"Bestell mir einen Cocktail, dann erzähl ich dir wie es weitergeht."

Peer fand das Ansinnen ein wenig unverfroren, bestellte aber für Chrissi den gewünschten Cocktail und für sich ein Bier. Er wollte zunächst in Anbetracht des bevorstehenden Einsatzes etwas Antialkoholisches. Dies schien ihm aber zu auffällig, weswegen er doch ein Bier nahm.

„Was ist? Kann dein Mann den Stoff liefern?" fragte Peer. Chrissi schüttelte den Kopf und entgegnete:

„Er hat nur noch 20 Briefchen, vielleicht 10 Gramm."

Peer war verärgert, ließ es sich aber nicht anmerken. Er antwortete daraufhin vielleicht ein wenig zu unwirsch.

„Gut, dann machen wir das Geschäft gleich. Er soll selbst kommen. Wie viel will er haben?"

Chrissi entgegnete:

"3.000 DM!"

Peer schüttelte den Kopf und erklärte:

"Du spinnst ja. Für die Briefchen einen Tausender und die Sache ist gleich erledigt."

Chrissi schüttelte wieder den Kopf und erklärte:

"Der Stoff ist sehr gut. Entweder du zahlst 3.000 oder kein Deal. Der Lieferant lässt nicht mit sich handeln."

Peer wurde immer ärgerlicher und dachte daran, dass man ohnehin den Zugriff beabsichtigte, und stimmte zu.

"Wenn der Lieferant die Ware gleich übergibt, kann er auch gleich das Geld bekommen."

Chrissi schüttelte wieder den Kopf und erklärte:

"Mein „Mann" kann die Ware erst morgen Mittag liefern."

Peer war jetzt doch überrascht und fragte:

"Warum erst Morgen?"

"Das weiß ich auch nicht."

Während des gesamten Gespräches hatte Peer versucht aus den Augenwinkeln die Gäste des Lokals zu mustern und sich ihre Gesichter einzuprägen, was wegen des schummrigen Lichtes nicht einfach war. Sie verhandelten bereits seit einer Stunde, als Lars ins Lokal kam. Er setzte sich zu ihnen an den Tisch und begrüßte Chrissi mit Handschlag, was sie zu erstaunen schien. Als sie Lars die Hand reichte, rutschte ihr Blusenärmel ein wenig zurück und Peer sah frische Nadeleinstiche, wie sie bei Heroinabhängigen häufig zu sehen waren. Chrissi war heute sehr hübsch angezogen. Peer spürte, dass sie ihm besonders gefiel und nicht gleichgültig war, was er sich aber nicht eingestehen wollte. Er setzte Lars über die Lage in Kenntnis und machte keinen Hehl aus seiner Verärgerung. Lars fragte Chrissi:

"Wo soll die Übergabe stattfinden?"

"Im Schlosspark am Neuen Graben."

"Das ist mir zu gefährlich. Das ist ja mitten in der Stadt."

Lehnte Peer ab. Nachdem man verschiedene Varianten besprach, schlug Lars wie vereinbart den Park in Georgsmarienhütte vor, weil dieser recht weit von der Stadt Osnabrück entfernt liege und sie auch besser die Umgebung kontrollieren könnten. Chrissi war recht schnell einverstanden und erklärte:

"Mein „Mann" trifft euch um 13.00 Uhr am südlichen Eingang zum Park."

Peer fragte:

"Wie erkennen wir ihn denn?

"Mein "Mann" wird euch schon erkennen."

Erklärte Chrissi. Peer vermutete daher, dass Chrissis „Mann" im Lokal saß und sie beobachtete. Er suchte unauffällig nach einer einzelnen Person, konnte aber niemanden entdecken, der infrage kommen würde. Chrissi ließ sich noch einen Cocktail spendieren und Peer bestellte für sich und Lars ein Bier. Als sie ausgetrunken, verabschiedeten sie sich von Chrissi, die keine Anstalten machte, das Lokal zu verlassen. Draußen überlegten sie, ob sie nach kurzer

Zeit wieder das Lokal aufsuchen sollten, um zu sehen, mit wem Chrissi zusammen war. Dies müsste der Lieferant sein. Sie verwarfen den Gedanken aber wieder, weil sie nicht unnötig die ganze Aktion gefährden wollten, die sich jetzt ohnehin zu einer Miniaktion entwickelte. Sie unterrichteten telefonisch die beiden Osnabrücker Kollegen, die froh waren, dass der Einsatz für sie in dieser Nacht ausfiel. Peer solle morgen gegen 13.00 Uhr wie vereinbart den Park aufsuchen. Alles Weitere werde man sehen.

Am nächsten Tag schliefen Peer und Lars länger und frühstückten in aller Ruhe. Nach dem Frühstück zahlten sie ihre Mietschulden und räumten ihre Zimmer. Sie gingen davon aus, dass, egal wie auch immer der Einsatz ablief, sie noch am gleichen Tag nach Hannover zurück fahren würden.

Gegen 12.45 Uhr erreichten sie bei strahlendem Sonnenschein den vereinbarten Treffpunkt. Ihren Wagen stellten sie ein wenig abseits auf einem Parkplatz ab. Dort sollten sie nach dem Zugriff einige Zeit warten. Am Parkeingang war ihnen einer der Kollegen aufgefallen, der ihnen sehr unauffällig zuwinkte. Gegen 13.00 Uhr schlenderte ein junger Mann auf den Parkeingang zu, der sich ihnen immer wieder unauffällig nach rechts und links schauend näherte. Gekleidet ist er wie ein englischer Soldat in zivil dachte Peer und hoffte inständig, dass er keine Schusswaffe mit sich führte. Er war noch etwa 5 Meter von ihnen entfernt, als er sie ansprach und in englischer Sprache fragte:

"You have the money?". Peer war während seiner Ausbildung immer wieder darauf hingewiesen worden, solche Fragen mit nein zu beantworten, egal ob es stimmte oder nicht. Es musste sich um einen englischen Soldaten handeln und Peer glaubte auch, ihn mit zwei anderen Personen am Vorabend in dem Lokal gesehen zu haben. Peer entgegnete auf Deutsch:

„Zeig erst mal den Stoff!"

Der junge Mann holte ohne zu zögern einen kleinen Kunststoffbeutel mit kleinen "Briefchen" aus seiner Jackentasche, nahm eines der kleinen „Briefchen" aus dem Beutel und gab es Peer, der es ganz vorsichtig öffnete und darin ca. 0,5 Gramm eines weißlichen Pulvers fand, das von der Konsistenz her Heroin sein konnte. Das „Briefchen" sah auch so aus, wie das von Chrissi mit der Probe übergebene. Peer wollte zunächst ganz vorsichtig mit der Zungenspitze prüfen, ob es den typischen bitteren Geschmack aufwies und nicht Mehl war. Lies es aber dabei, faltete es wieder zusammen und gab es zurück an den Engländer, der das Briefchen zurück in den Plastikbeutel steckte. Ob der Engländer eine Waffe mit sich führte, konnte er nicht feststellen. Radebrechend forderte Peer den Engländer auf:

"Come on, we get money!"

Der Engländer folgte ihnen, ohne zu zögern. Sie waren ein paar Schritte in den Park hineingegangen, als Peer sich als Zeichen des Zugriffs wie vereinbart mit der linken Hand ans linke Ohrläppchen fasste und inständig hoffte, dass der Engländer keine Waffe bei sich hat.-

Wie aus dem Nichts stürzten plötzlich 4 Personen aus den Büschen hervor. Zwei griffen den Engländer und zwei liefen auf Peer und Lars zu, die jeder in entgegengesetzter Richtung davon rannten als sei der Leibhaftige hinter ihnen her. Bei ihrem Pkw trafen sie sich nach kurzer Zeit außer Atem wieder. Sie setzten sich ins Auto und warteten. Es waren etwa 20 Minuten vergangen, als einer der Kollegen aus Osnabrück mit einem nicht gerade freudigen Gesicht auftauchte. Er fragte, wo der Kunststoffbeutel mit den Drogen geblieben sein könne und ließ sich schildern, wie der Kontakt abgelaufen war. Den Kunststoffbeutel habe man nicht finden können. Er müsse weggeworfen worden sein. Der Engländer habe sich beim Zugriff so heftig gewehrt, dass er verletzt wurde und man ihn in die Ambulanz eines Krankenhauses gefahren habe. Es handle sich tatsächliche um einen britischen Soldaten. Er habe bereits gegen die Beamten Strafanzeige wegen Körperverletzung erstattet. Nach

Rücksprache mit der Staatsanwaltschaft werde man ihn nach der ärztlichen Untersuchung der britischen Militärpolizei übergeben. Gemeinsam begaben sie sich zum Ort des Zugriffes und suchten das ganze Gelände nach dem Plastikbeutel ab. Von einem Plastikbeutel war weit und breit nichts zu sehen. Sie vermuteten, dass der Engländer den Beutel vielleicht auch geschluckt haben könnte. Wie man von der englischen Militärpolizei erfuhr, mussten sie den Soldaten wieder freilassen. Es hätten konkrete Anhaltspunkte für den Drogenbesitz gefehlt. Eine Röntgenuntersuchung seines Magen- und Darmtraktes sei nach englischem Recht nur mit Einwilligung des Festgenommenen zulässig sei, was er ablehne.

Ein bedauerliches Dilemma, für das Peer und Lars sich aber nicht verantwortlich fühlen sollten. Man werde mit den Problemen schon fertig werden. In welcher Form gegen die mitbeteiligte Chrissi ermittelt werden müsse, würde der zuständige Staatsanwalt entscheiden. Etliche Wochen später erfuhren Peer und Lars von der Einstellung der Verfahren gegen Chrissi und den Engländer. Für Peer und Lars ein sehr unbefriedigendes Ende, aber eine interessante Erfahrung.

Braunschweig

Auf der Fahrt zurück nach Hannover schwiegen beide. Sie parkten ihren Pkw in einer Seitenstraße, in der Nähe der Büroräume, die vom LKA für eine geplante „Konspi"rative Firma angemietet worden waren. Diese Räumlichkeiten nutzten sie als Büro und Aufenthaltsraum, bis die Firma ihre vorgesehene Aufgabe übernahm. Hier konnten sie ihre Berichte schreiben und Besprechungen abhalten. Wie ihnen von Erich telefonisch mitgeteilt, sei am nächsten Morgen um 09.00 Uhr die Besprechung über den Braunschweiger Einsatz. Franz und ein Kollege aus Braunschweig würden ebenfalls daran teilnehmen.

An ihrem Dienstort Hannover erhielten sie keine Reisekosten. Aus den unterschiedlichsten Gründen war es für sie aber nicht ratsam, sich in Hannover Zimmer zu mieten. Um in den Büroräumen übernachten zu können, besorgten sie sich Campingliegen, obwohl die Übernachtung untersagt war. Franz und Erich tolerierten es, weil auch sie die Problematik kannten, und versuchten bei der Wirtschaftsverwaltung des LKA eine akzeptable Lösung für die VE zu finden. Die Verwaltungsbeamten sahen zwar ein, dass das Problem gelöst werden musste, konnten aber mangels entsprechenden Verwaltungsvorschriften nicht helfen.

Mit dem Vorschlag, den verdeckten Ermittlern eine monatliche pauschale Aufwandsentschädigung zu zahlen, um ihnen mehr finanzielle Bewegungsfreiheit zu verschaffen, stieß man im Innenministerium auf taube Ohren. Es wurde vermutet, dass der Einsatz von VE bestimmten, ideologisch geprägten Verwaltungsjuristen nicht passte. Den Gesprächen, die Peer während seiner Ausbildung mit dem einen oder anderen Kollegen des höheren Dienstes führte, entnahm er, dass in den Innenministerien ein gewisser akademischer Standesdünkel herrschte und nicht Polizeibeamte, sondern Verwaltungsjuristen den Ton angaben. Dies wurde ihm bei Gesprächen mit Mitarbeitern der Wirtschaftsverwaltung bestätigt. Sie berichteten von deutlichen Vorbehalten einiger Juristen, was den Einsatz von VE anbetraf. Daher sei auch die Finanzierung solcher Einsätze schwierig und manchmal gar unmöglich.

Am nächsten Morgen waren Peer und Lars bemüht, ihr spartanisches Nachtlager in einen respektablen Besprechungsraum umzuwandeln. Mit einer kleinen Kaffeemaschine bereiteten sie sich ein bräunliches Getränk, das mit Milch so gar genossen werden konnte. Peer rauchte nach Jahren seine erste Zigarette. Vor ein paar Jahren war es ihm gelungen, sich die gesundheitsschädliche Sucht abzugewöhnen, wofür er fast 1 Jahr benötigt. Er beobachte, dass so mancher seiner Gesprächspartner irritiert reagiert, wenn er angebotene Zigaretten als Nichtraucher ablehnte. Ein Nichtraucher schien ihnen suspekt zu sein, weshalb er sich entschloss, nur für den Zeitraum seiner Tätigkeit als verdeckt ermittelnder Kriminalbeamter wieder zu rauchen. Dass er in den letzten 3 Monaten keinen Friseur mehr aufsuchte und sich nicht rasierte, war auch seiner Aufgabe geschuldet. Entsprechend gekleidet konnte er für einen Landstreicher gehalten werden, was Lars zu manch ironischen Kommentaren veranlasste.

An diesem Morgen war selbst Lars der Appetit vergangen. Gegen 09.00 Uhr tauchten pünktlich Erich, Franz und der Kollege aus Braunschweig auf. Von guter Laune keine Spur. Man kam gleich zu Sache und der Kollege aus Braunschweig berichtete über die Existenz von 3 Drogenleichen und den Stand der Ermittlungen, die für Lars und Peer Einsatz aber nicht hilfreich waren. Er berichtete weiter über einige Personen und beschrieb ihr Umfeld, von der vermutete, dass sie Kontakt zu den unbekannten Dealern unterhielten. In der Altstadt von Braunschweig unterhielte ein älterer Mann aus Russland einen kleinen Antiquitätenladen. Es würde vermutet, dass er gute Beziehungen zur kriminellen Szene pflege. Als er von Beamten der Kripo um Hilfe bei den Ermittlungen nach den unbekannten Drogendealern gebeten wurde, habe er auch eine gewisse Hilfsbereitschaft erkennen lassen. Bisher hätte er sich aber nicht mehr gemeldet. Weiterhin stünde eine bestimmte Prostituierte, die in der Bruchstraße ihrer Beschäftigung nachgehe, im Verdacht, zu den unbekannten Dealern Kontakte zu unterhalten. Sowohl Gespräche mit ihr, als auch ihre Observation hätten zu keinen weiteren Erkenntnissen geführt. Eine Zusammenarbeit mit der Polizei sei von ihr aber kategorisch abgelehnt worden. Des Weiteren stünden einige ganz bestimmte Süchtige im Verdacht, von dem oder den unbekannten Dealern beliefert zu werden. Auch deren Observationen seien erfolglos gewesen. Die richterlich angeordnete Telefonüberwachung der Prostituierten und des einen und andere Süchtigen seien bisher ebenso negativ geblieben.

Der zuständige Staatsanwalt begrüße daher den Einsatz von VE, habe aber Wert darauf gelegt, dass man ihnen nochmals deutlich mache, dass sie sich selbst an keiner Straftat beteiligen dürften. Wie weltfremd doch manche Juristen sind, dachte Peer. Wie sollten sie sich verhalten, wenn sie in kleinere Delikte verwickelt würden. Eine Masche dieser Klientel, dem VE die gewünschten Drogen nur unter der Voraussetzung zu übergeben, wenn er davon eine kleine Probe einem Süchtigen überließ, in dessen Begleitung sich der Lieferant befand, war auch den Juristen bekannt. Sicherlich konnte man darauf hinweisen, dass er doch selbst den Stoff dem Abhängigen zukommen lassen könne. Doch das war ja nicht der Sinn der Sache und hätte nur zu Folge, dass damit jeder Kontakt abgebrochen wurde, weil der Drogenhändler bei solch einer Reaktion davon ausging, es mit einem verdeckten Ermittler zu tun zu haben.

Der Braunschweiger Kollege unterrichtete sie nun im Detail über das familiäre und berufliche Umfeld der erwähnten Personen und legte auch entsprechendes Bildmaterial vor. Er empfahl, dass sie von Hannover aus mit einem Pkw mit Hamburger Kennzeichen agieren sollten. Franz sicherte die Beschaffung entsprechender Tarnkennzeichen und deren Absicherung auf eine existierende Adresse in Hamburg zu. Der Kollege aus Braunschweig bot an, Lars und Peer mit seinem Dienstwagen nach Braunschweig mitzunehmen. Sie könnten sich schon mit den Örtlichkeiten vertraut machen, während Franz sich um die Ergänzung der Legenden der VE und um Tarnkennzeichen usw. kümmere. Am Abend könnten sie mit dem Zug wieder nach Hannover zurückkehren. Peer und Lars willigten ein.

Der Kollege aus Braunschweig, nennen wir ihn Robert, nahm wie vereinbart in seinem Dienst-Pkw, einem älteren VW-Passat, Lars und Peer mit nach Braunschweig. Unterwegs berichtete er von den dienstlichen und rechtlichen Problemen im Zusammenhang mit den aktuellen Ermittlungen gegen den oder die unbekannten Drogendealer. Er beklagte die mangelnde Unterstützung der Kripoleitung, die es nicht für nötig hielt, das Drogendezernat aufzustocken. Das Legalitätsprinzip zwänge sie gegen jeden Konsumenten zu ermitteln, während die Staatsanwaltschaft fast jede Anzeige gegen Konsumenten einstelle. Diese unökonomische Arbeitsweise führe dazu, dass sich die Kollegen in den Drogendezernaten der örtlichen Dienststellen ausgenutzt fühlten. Für Ermittlungen gegen die verantwortlichen Dealer fehle das notwenige Personal, dass durch die teilweise unnötigen Ermittlungen gegen Abhängige gebunden würde, damit die Staatsanwaltschaften ihre Arbeitsstatistik erfüllten. Es sei eine absurde Situation, dass man gegen die Drogenkranken ständig Anzeigen vorlegen müsse, diese aber ohnehin eingestellt würden, während man gegen die gefährlichen Drogendealer mangels Personal nicht ermittelt würde, weil ja auch niemand gegen sie Anzeige erstattete. Robert war ganz offensichtlich über seine Tätigkeit frustriert und berichtete über ein Seminar, bei dem holländische Kollegen über ihre Tätigkeit der Drogenbekämpfung berichteten. Dort sei jedem Polizeibeamten ein gewisser Ermessensspielraum eingeräumt worden, Drogen bei Süchtigen sicherzustellen und von Anzeigen abzusehen, wenn gewisse Voraussetzungen erfüllt seien. In Deutschland besäßen Polizeibeamten nicht den kleinsten Ermessensspielraum. Deswegen träten besonders die örtlichen Dienststellen in der Drogenbekämpfung vielfach auf der Stelle. Peer kannte diese Situation aus seiner bisherigen Tätigkeit nur zu gut. Sie traf im Grund für die gesamte Kriminalitätsbekämpfung zu. Aber er wollte nicht noch Öl ins Feuer gießen und stimmte Robert allgemein zu. Lars hielt sich mit Kommentaren zurück, obwohl er sicherlich ebenfalls Probleme ähnlicher Art hätte beklagen können.

Inzwischen waren sie in Braunschweig angekommen und Robert zeigte Ihnen das kleine Antiquitätengeschäft in der Altstadt, die mit einem Sichtschutz abgeteilte Bruchstraße, wo Prostituierte ihre Freier empfingen und einige Lokalitäten, wo Süchtige häufig angetroffen werden konnten. Peer und Lars baten Robert, sie in der Nähe des Domes aussteigen zu lassen und erklärten, dass sie sich alles persönlich aus der Nähe ansehen wollten. Robert verabschiedete sich von ihnen und warnte, dass es sehr unvorsichtig sei, dass sie in der Stadt ausstiegen. Er wolle hoffen, dass sie nicht von bestimmten Personen beobachtet würden. Auch Peer hielt es für ein gewisses Risiko, wollte aber auch nicht mit einem Dienst-Pkw in der Stadt herumfahren, obwohl der Pkw entsprechend zivil mit Tarnkennzeichen versehen war.

Was die Tarnkennzeichen von Dienstkraftfahrzeugen der Kriminalpolizei anbelangt, gab es eine steuerrechtliche Absurdität. Waren die Dienstkraftfahrzeuge nicht als Dienstkraftfahrzeuge zu erkennen, musste das entsprechende Land Kfz.-Steuer zahlen. Der Leser hat genug Fantasie, sich vorzustellen, welche Reaktionen dies bei den verantwortlichen Dienststellenleitern auslöste. Erst nach Jahrzehnten wurde diese steuerrechtliche Regelung geändert.

Peer und Lars schlenderten durch die Altstadt Braunschweigs und überlegten, wie sie vorgehen sollten. Kontakt zu der genannten Prostituierten oder einem namentlich bekannten Drogenkranken aufzunehmen, barg ihrer Meinung nach die Gefahr, dass unkontrolliert viele Personen von ihrem Interesse an dem unbekannten Dealer erfahren würden. Trotzdem wollten sie es versuchen, weil sie Zeit sparen würden und schneller zum Erfolg kommen könnten.

Wie schon in Osnabrück suchten sie die Lokalitäten auf, die nach Roberts Bericht von der angeblichen Prostituierten häufig besucht wurden. Zu Peers Überraschung fanden sie die Frau schon in der ersten Kneipe in ein Gespräch mit 2 männlichen Personen vertieft. Peer versuchte möglichst nah bei ihnen, einen Platz zu finden. Obwohl er mit Lars am Nebentisch Platz nehmen konnte, war das Gespräch der drei nicht zu verstehen. Nur den Namen der Frau verstanden sie. Die beiden Männer nannten sie Melina. Von Robert wussten sie, dass der Vorname der Frau so lautete. Wieso Robert davon ausging, dass Melina der Prostitution nachging, hatte er ihnen nicht mitgeteilt. Peer war der Ansicht, sie sollten offensiv vorgehen, und Melina unverblümt fragen, ob sie ihnen jemanden vermitteln könne, der ihnen Stoff liefern kann. Die beiden Männer, mit denen Melina sich unterhielt, standen auf und verließen das Lokal. Worauf Peer aufstand und sich zu Melina an den Tisch setzen wollte, die ihn prompt anherrschte, wer ihn eingeladen habe. Peer entschuldigte sich und machte ihr ein Kompliment, dass sie ihm wegen ihres attraktiven Aussehens aufgefallen sei. Er fragte, ob er sie einladen dürfe, weil er sie gerne kennenlernen würde.

"Einen Piccolo kannst du mir ausgeben. Das Gesülze kannst du dir sparen, du Rasputin."

Das war wohl ein Seitenhieb auf seinen ungepflegten Bart. Peer bot ihr eine Zigarette an, die sie wie selbstverständlich annahm. Er reichte ihr Feuer und fragte:

Kennst du jemand, der mir Stoff besorgen kann?"

"Das hättest du auch jemand anders fragen können. Wie soll ich das wissen?"

"Entschuldige, war eine blöde Idee von mir. Ich kenne hier niemanden und mein Kumpel ist auf Entzug. Er braucht dringend was. Weißt du vielleicht, wen ich fragen könnte? Er braucht es wirklich dringend."

"Dein Kumpel sieht aber nicht danach aus."

"Er hat sich sehr im Griff. Lars komm setz dich zu uns an den Tisch. Was macht der Entzug? Schaffst du es noch ein paar Tage?" Ein wenig verdutzt sah Lars ihn an, begriff aber schnell und klagte, dass er es nicht mehr lange aushalte.

"Ich frag mal rum, wer was hat. Wir können uns morgen hier

wieder treffen. Sagen wir 19 Uhr? Könnt ihr mich nach Hause bringen?"

"Na ja, wir haben zwar noch was vor, aber das geht schon."

Peer zahlte an der Theke seine Zeche und verließ im Schlepptau mit Lars und Melina die Kneipe. Lars fuhr den Wagen, was Melina überraschte. Sie sagte aber nichts. Ihrem Gesicht war aber zu entnehmen, dass sie Lars nicht als geeigneten Fahrer ansah. Peer setzte sich mit Melina auf den Rücksitz. Sie dirigierte Lars zu dem Wohnblock, in dem sie wohnte, und lud Peer zu sich in die Wohnung ein. Peer lehnte dankend mit dem Hinweis ab, dass sie noch etwas vorhätten. Er kannte Melina kaum und musste an Roberts Information denken, dass Melina als Prostituierte tätig wäre.

Am nächsten Tag trafen sie Melina wie vereinbart in der Kneipe. Sie zeigte sich aber sehr zugeknöpft und wollte nicht mit Peer reden. Sie setzten sich an den Tisch, an dem Melina allein vor einem Bier saß. Peers Gruß erwiderte sie nicht. Auch auf Lars Frage, ob sie jemanden kenne, der ihm etwas besorgen könne, reagierte sie nicht. Zu Peer gewandt forderte sie ihn auf, ihr ein Piccolo zu zahlen. Peer ging darauf ein und fragte sie, ob sie heute nicht mit ihnen reden wolle. Als sie ihren Piccolo zur Hälfte geleert hatte, antwortete sie Peer, dass sie mit Bullen keine Geschäfte mache. Peer war sprachlos und sah sie wohl so überrascht an, dass sie ihn anfuhr:

"Brauchst gar nicht so blöd gucken. Ich weiß, dass ihr Bullen seid."

"Was ist denn mit dir los? Spinnst du jetzt total. Wieso sollen wir Bullen sein? Wer hat dir diesen Blödsinn erzählt?"

Fragte Peer fassungslos und überlegte krampfhaft, wo sie einen Fehler gemacht haben könnten. Wie konnte sie das wissen?

"Das hat mir keiner erzählen müssen. Das habe ich gestern selbst gemerkt. Wenn du kein Bulle wärst, hättest du meine Einladung gestern nicht abgelehnt."

"Du spinnst aber wirklich. Ich habe Dir doch gestern gesagt, dass wir noch was vorhatten. Nur weil du mich eingeladen hast, kann ich doch die Leute nicht versetzen. Mein Kumpel kann dir bestätigen, dass wir noch einen wichtigen Termin hatten."

Peer schimpfte über den Schwachsinn der Verdächtigung, der völliger Blödsinn sei, und wurde von Lars dabei unterstützt. Doch für Melina waren und blieben sie Bullen, mit denen man keine Geschäfte macht. Peer ärgerte sich über sie und sich. Melinas Überlegungen waren gar nicht so dumm und hatten ihnen eine Möglichkeit genommen, an den unbekannten Dealer heranzukommen. Es waren häufig klischeehafte Vorurteile, die einer gewissen Logik folgend ihre Glaubwürdigkeit infrage stellte. Es gab aber auch Situationen, die nicht einer gewissen Komik entbehrten. So verweigerte ein Verdächtiger die Zusammenarbeit mit Peer und Lars, weil das Kennzeichen ihres „Konspi"rativen Fahrzeuges in der Mitte die zufällig gewählten Zwischenbuchstaben "RD" aufwies, was seiner Meinung nach eindeutig auf "Rauschgift Dezernat" hinwies. Bei ihren Planungen versuchten sie immer auf bestimmte kompromittierende Bezeichnungen und Konstellationen zu achten, was aber nicht ganz zu vermeiden war, wie das Beispiel zeigt.

Als Nächstes beabsichtigten sie, Kontakt zu dem Antiquitätenhändler aufzunehmen. Am nächsten Tag suchten sie das Antiquitätengeschäft gegen 17.30 Uhr auf. Sie fanden es nicht auf Anhieb. Doch nach einigem Suchen standen sie vor dem Laden. Sie betrachteten die im Schaufenster ausgestellten verstaubten Exponate und konnten durch die Scheibe niemanden im Geschäft sehen, weshalb sie vermuteten, dass es geschlossen war. Zu ihrem Erstaunen ließ sich die Eingangstür öffneten und eine Glocke über der Tür läutete, ohne dass sich etwas ereignete. Sie sahen sich um und Peer rief laut: „Hallo! Ist jemand da?" Keine Reaktion. Sie waren gerade im Begriff das Geschäft zu verlassen, als sie hörten, wie jemand aus dem Hintergrund sich räusperte und rief: „Ich komme gleich!" Kurz darauf betrat ein älterer etwa 65 bis 70 Jahre alter unrasierter

Mann aus einem hinteren Raum kommend das Geschäft. Seine langen weißen Haare und sein auffallend faltiges Gesicht passten zum Interieur des Raumes. Er entschuldigte sich, dass er in den hinteren Räumen Möbel restauriere und daher nicht gleich hatte kommen können. Peer glaubte aber eher, den Händler bei einem Nickerchen gestört zu haben.

Peer übernahm die Gesprächsführung und erklärte, dass sie sich für ältere Stilmöbel aber auch für Ikonen interessierten. Der Händler betrachtete sie und es war ihm deutlich anzusehen, dass er nicht allzu viel von ihnen hielt. Nun Peer war sicherlich nicht das, was man sich unter einem Gentleman vorstellt. Er trug Jeans und eine Jeansjacke in gleicher Farbe. Die Jeansjacke wies aber eine Besonderheit auf. Von einer ihm bekannten Schneiderin hatte er sich einige Innentaschen einnähen lassen, die von außen nicht sichtbar waren. In Ihnen konnte er unauffällig eine kleine Waffe oder andere Dinge unterbringen. Als Peer bemerkte, dass der Händler über seine Kundschaft nicht sehr erfreut war, deutete er auf eine besonders interessante Ikone und fragte den Händler, ob sie verkäuflich sei und was sie kosten würde. Vor einiger Zeit musste er sich dienstlich mit Ikonen beschäftigen und glaubte, dass es eine besonders schöne und wertvolle sein müsse. Sicher war er sich aber nicht. Als der Händler plötzlich sehr erfreut reagierte, und von Peers guten Kenntnissen überrascht schien, war Peer erleichtert. Der Händler erläuterte, dass es eine ganz besondere Ikone sei, die er aber nicht verkaufe. Mit ihr wäre eine Geschichte verbunden, die ihn an seine vor einigen Jahren verstorbene Ehefrau erinnere. Er glaube auch, dass sie sehr wertvoll sei, habe sich aber nie um den Wert gekümmert, weil er sie nicht verkaufen werde. Peer bedauerte sehr und machte dem Händler wegen der doch sehr schönen und alten Möbel Komplimente, ohne zu wissen, ob dies überhaupt gerechtfertigt war. Mit antiken Möbeln kannte er sich kaum aus. Er war aber froh, dass dem Händler die Komplimente gefielen und er sich darüber freute.

Der Händler lud sie zu einem Glas Whisky ein. Was blieb ihnen anderes übrig, als die Einladung anzunehmen. Peer trank gelegentlich gerne 1 oder 2 Glas guten Whisky. Der Händler brachte 3 Trinkgläser stellte sie auf einen Tisch im Verkaufsraum und füllte jedes zur Hälfte mit Whisky. Peer erschrak und protestierte, dass es doch viel zu viel sei. Der Händler tat überrascht und erklärte, dass er immer so viel trinke, und stellte eine Flasche Cola neben die Gläser und füllte sich sein Glas mit Cola auf. Er forderte sie auf, sich zu bedienen und ihre Gläser ebenfalls mit Cola aufzufüllen. Lars füllte sein Glas mit Cola bis zum Rand auf und warf Peer einen verzweifelten Blick zu. Da es sich um eine recht gute Whiskymarke handelte, trank Peer den Whisky pur. Der Händler stieß mit ihnen an und erklärte, dass er Igor genannt werde. Peer und Lars stellten sich ebenfalls mit ihren Vornamen vor. Igor prostete ihnen zu und berichtete von seiner verstorbenen Ehefrau. Peer gewann den Eindruck, dass Igor schon einigen Whiskey getrunken haben musste. Er war jetzt sehr aufgekratzt und überaus redselig. Er berichtete von Russland, von wo er nach dem II. Weltkrieg mit seiner Ehefrau und 2 Töchtern geflüchtet war. Von seinen Töchtern berichtete er nicht und Peer vermied es auch, ihn danach zu fragen. Peer hatte vielleicht die Hälfte seines Glases geleert, als Igor schon wieder sich und Peer nachschenkte. Peer war dies auf jeden Fall zu viel und er füllte sein Glas ebenfalls mit Cola bis zum Rand auf, um zu verhindern, dass Igor ihm wieder nachschenkt. Zwar würden sie mit dem Zug nach Hannover zurückfahren, doch so viel Alkohol war Peer nicht gewohnt, weil er auf das Kfz. angewiesen war und daher kaum Alkohol trank. Lars schien es nicht anders zu gehen. Peer versuchte im Gespräch anzudeuten, dass man sich verabschieden müsse, weil es bereits 20.00 Uhr wäre. Doch Igor war ganz offensichtlich froh, Gesprächspartner zu haben und wollte sie keineswegs schnell gehen lassen. Er ging zu Eingangstür und verschloss sie und erklärte, dass man nun zum gemütlichen Teil übergehen solle.

Er forderte beide wiederholt auf zu trinken und goss ihnen immer wieder Whiskey nach und hatte bereits die 2. Flasche geholt und zur Hälfte geleert. Während dessen überlegte Peer krampfhaft, wie er Igor dazu bringen konnte, über seine Kontakte zum kriminellen Milieu zu sprechen. Es war verblüffend, dass sie so schnell Kontakt zu dem Händler bekamen. Sie erfuhren von ihm, dass er gar nicht selten in den hinteren Räumen seines Geschäftes übernachtete, seit vor einiger Zeit bei ihm eingebrochen worden war. Die Täter hätten sich aber nur für Bargeld interessiert, wovon er nicht viel in seinem Geschäft aufbewahre. Peer spürte inzwischen den Alkohol. Er musste einen kräftigen Rausch haben. Der Raum begann sich zu bewegen und Peer stand ruckartig auf und wäre gefallen, wenn Lars ihn nicht gestützt hätte, der wortkarg geworden Igor und Peer beobachtete. Peer machte Igor unmissverständlich klar, dass man jetzt unbedingt gehen müsse, weil sie den Zug nach Hamburg noch erreichen müssten. Es war wirklich Zeit. Er vernahm selbst seine verwaschene Aussprache und versicherte Igor lallend, dass sie morgen oder übermorgen wieder kämen und sich weiter unterhalten könnten. Vielleicht hätte Igor auch noch andere Ikonen, die für ihn interessant seien. Sie verabschiedeten sich, wobei ihnen Igor nochmals die Gläser voll schenkte, die sie schnell hinunterkippten, um so schnell wie möglich Igors Geschäft verlassen zu können. Es kam ihnen wie eine Flucht vor und doch sie waren froh das Geschäft verlassen zu können.

Als Nächstes suchten sie eine Gaststätte auf und Lars bestellte für Peer uns sich einen starken Kaffee. Peer konnte kaum sprechen und musste auf seine Balance achten, die er nur mit Mühe halten konnte, wenn Lars ihn nicht beim Gehen immer wieder stützte. Es war bereits 21.00 Uhr und sie wussten nicht, wann der nächste Zug nach Hannover fuhr. Nachdem sie den Kaffee getrunken, ließen sie sich ein Taxi rufen und fuhren zum Bahnhof. Dort stellten sie fest, dass ihnen noch 35 Minuten bis zur Abfahrt des nächsten Zuges blieben, und tranken noch einen Kaffee. Lars stöhnte, das könne er nicht öfter machen, es drehe sich alles um ihn. Peer spürte zwar deutlich seinen Rausch, schwankte aber dank des starken Kaffees

inzwischen kaum noch. Er suchte auf den ausgehängten Abfahrt-
zeiten eine Zugverbindung nach Hamburg, die er sich einprägte.
Man konnte nie vorsichtig genug sein. Vielleicht würde Igor misstrauisch einmal danach fragen.

Als sie Hannover erreichten, war es bereits nach Mitternacht. Sie
fuhren mit der Straßenbahn bis in die Nähe ihrer Behausung, den
„Konspi"rativen Büros des LKA und ließen sich auf ihre Campingliegen, die sie erst aufstellen mussten, fallen. Lars war sofort eingeschlafen, während Peer über den ganzen Ablauf des Tages nach-
dachte. Es war ihm alles zu schnell gegangen. Er wusste auch gar
nicht, wie man den Kontakt zu Igor nutzen konnte. Den Äußerungen Igors ließ sich entnehmen, dass er den staatlichen Einrichtun-
gen nicht traute. Ob dies aber ausreichen würde, ihnen bei der Suche nach den unbekannten Dealern behilflich zu sein, bezweifelte
er. Er legte sich eine Geschichte zurecht, mit der man Igor vielleicht
dazu bringen könnte, dass er selbst ein Interesse an einem Drogen-
deal entwickelte. Peer war sich bewusst, dass sie damit die Grenze
zur strafbaren Anstiftung überschreiten würden. Wenn sie wenigstens wüssten, über welches Lokal die Kontakte liefen. Aber vielleicht würde es ausreichen Igor einfach danach zu fragen, sofern
ihm dies überhaupt bekannt war. Peer nahm sich vor, am nächsten
Tag seine Kenntnisse über Ikonen zu erweitern und sich über anti-
ke Möbel zu informieren. Er überlegte, ob es klug gewesen war,
sich als arbeitsloser Kaufmann auszugeben, dessen Firma in Hamburg Konkurs gegangen war. Er hatte weder den Namen der Firma
noch den Zeitpunkt des Konkurses genannt und zudem erkennen
lassen, dass er von Mitgesellschaftern abhängig war. Peer gewann
auch den Eindruck, dass Igor ein ziemlich ausgebuffter Händler
war. Man müsste mehr über ihn erfahren, um ihn besser beurteilen
zu können. Vielleicht wusste der Kollege aus Braunschweig mehr.
Er müsste im Standesamt versuchen herauszufinden, was mit den
Töchtern von Igor geschehen war und wo sie wohnten. Igor erwähnte sie mit keinem Wort, außer der Information, dass er mit
seiner Frau und beiden Töchtern aus Russland geflüchtet war.

Als Peer erwachte, roch es nach Kaffee. Lars hatte mit der vorhandenen Kaffeemaschine bereits Kaffee gebrüht und saß am Schreibtisch in dem zweiten Büroraum, den er als Schlafraum nutzte, und schien sich mit etwas zu beschäftigen. Peer wusch sich am Handwaschbecken in der Toilette, so weit dies unter den sanitären Bedingungen überhaupt möglich war. Er sehnte sich nach einer schönen heißen Dusche und überlegte, ob sie nicht ein Hallenbad aufsuchen sollten, um sich wieder einmal gründlich zu waschen und um sich ein wenig zu entspannen. Er wollte Erich und Franz bitten, einen Reiseantrag für 2 Wochen nach Braunschweig zu stellen. Sie könnten dort in einer preiswerten Pension wohnen und wären direkt vor Ort. Als Peer in den Büroraum trat, in dem Lars an einem Schreibtisch saß, goss Lars ihm eine Tasse Kaffee ein. Er schien nicht sehr ausgeruht. Er schimpfte über den üblen Säufer Igor und stellte berechtigt die Frage in den Raum, ob man sich mit so einem üblen Säufer befassen sollte. Peer verstand die Verärgerung, aber es war im Augenblick wohl die einzige Möglichkeit bei den Ermittlungen voranzukommen. Lars schlug vor, dass Peer diesen Kontakt alleine wahrnehmen solle. Er habe nicht die Absicht, sich totzusaufen. Peer schwieg zu dem Vorschlag. Sie vereinbarten, sich am heutigen Sonntag nur auszuruhen. Nach einem ausgedehnten Aufenthalt in einem Hallenbad aßen sie in einem Restaurant und versuchten sich von den unerfreulichen Dingen ihres Berufes abzulenken.

Gleich am Montagmorgen, es war bereits 08.30 Uhr, setzte Peer sich telefonisch mit Franz in Verbindung. Franz fragte sofort nach dem Verlauf des Samstagabend und wollte im Detail wissen, wie er verlaufen war. Peer berichtete und vergaß auch nicht Lars Verärgerung über den üblen Säufer, worauf Franz nur lachte. Er teilte mit, dass der Pkw mit dem Hamburger Kennzeichen gegen Mittag zur Verfügung stünde. Auch der Motor sei repariert worden. Um den Reisekostenantrag werde er sich kümmern. Zwar sei Braunschweig nicht allzu weit von Hannover entfernt, aber sie müssten ja bis spät in die Nacht tätig sein und es sei wichtig, dass sie sich auch ausruhen könnten. Das Argument, dass sie Alkohol konsumieren müssten und danach nicht mehr mit dem Pkw zurückfahren könnten, wolle er lieber nicht erwähnen, obwohl auch dies ein triftiger ein Grund sei. Aber die Wirtschaftsverwaltung werde von Verwaltungsjuristen geführt, die für solche auch noch so plausiblen Argumentationen nicht empfänglich seien. Er wolle sich beim Standesamt über die Töchter von Igor informieren. Sie brauchten Robert deswegen nicht ansprechen. Der hätte so viel Arbeit, dass man versuchen solle, so viel wie möglich vom LKA aus zu erledigen. Beim LKA werde die gesamte Übernahme des Verfahrens diskutiert. Im Übrigen sollten sie nicht vergessen, ihre Berichte zu schreiben, wenn ihnen dazu Zeit blieb. Hierbei wären besonders Ereignisse von großer Bedeutung, bei denen sie Kenntnisse von Straftaten erhielten oder selbst in Straftaten verwickelt würden. Als Kriminalbeamte gelte für sie die Strafverfolgungspflicht. Mit der Staatsanwaltschaft müsse jeweils abgesprochen werden, wie bzw. auch wann die Informationen verwendet werden könnten. Es sei ein besonders heikles Thema, weil sie nicht vom Strafverfolgungszwang entbunden werden könnten, wie die Mitarbeiter des Verfassungsschutzes. Man hätte es sicherlich rechtlich regeln können. Aber die Parlamentarier wären bisher hierzu nicht bereit gewesen, sodass die Arbeit eines VE weiterhin mit erheblichen rechtlichen Risiken verbunden sei.

Peer nahm sich vor, die notwendigen Berichte zu schreiben und Robert telefonisch über den Sachstand zu unterrichten. Robert war nicht überrascht, von dem trunksüchtigen Igor zu hören. Er war aber sehr zufrieden, dass man so schnell Kontakt hatte aufnehmen können. Peer erläuterte seine Vorgehensweise, mit der Robert einverstanden war und gut fand. Peer wollte Igor fragen, wo man größere Mengen Heroin erhalten könne, weil sein ehemaliger Chef ihm für die Vermittlung eine nicht unbedeutende Summe in Aussicht gestellt habe. Robert glaubte auch, dass Igor ihnen bestimmt behilflich sein würde, wenn er merke, an dem Deal partizipieren zu können.

Er nannte Peer eine Telefonnummer, unter der er jederzeit erreichbar sei, wenn sie etwas benötigten. Als Peer Lars von dem Gespräch berichtete, meinte dieser, es wäre sehr schön, wenn Peer gelegentlich daran denke, dass auch sie Menschen mit Ruhebedürfnissen seien. Peer entschuldigte sich und fragte, ob Lars etwas anderes geplant habe. Lars erklärte, dass er morgen länger schlafen und erst am Nachmittag fahren wolle. Er würde die bestimmten Kneipen aufsuchen, um sich ein Bild über die Szene zu verschaffen, während Peer mit dem „Suffkopf" verhandeln könne. Es wäre wahrscheinlich auch nützlicher, wenn er mit Igor die Angelegenheit alleine bespräche.

Am nächsten Tag suchten sie zum Frühstück ein Kaffee in der Nähe auf und ließen sich dafür viel Zeit. Sie wollten am späten Nachmittag ein gepflegtes Restaurant aufsuchen, um anschließend nach Braunschweig zu fahren, wo sie nach einer Pension suchen und Lars alleine die bewussten Kneipen inspizieren würde. Peer kaufte in einem Supermarkt eine Flasche Whisky der Sorte, die Igor trank. In Braunschweig angekommen, telefonierten sie mit dem Zimmernachweis und bekamen eine Adresse einer Pension, die gar nicht weit vom Stadtzentrum entfernt lag. Trotz Stadtplan mussten sie zweimal Passanten nach der Adresse fragen. Als sie gegen 16.00 Uhr dort eintrafen, mussten sie nach dem Besitzer fahnden, den sie schließlich in einem oberen Stockwerk beim Saubermachen eines Zimmers antrafen. Er entschuldigte sich, dass seine Frau unterwegs sei und er die Zimmer nach Abreise von Gästen herrichten müsse. Er zeigte Ihnen ihrem Wunsche entsprechend 2 Einzelzimmer, die trotz der spärlichen Ausstattung noch eine gewisse Gemütlichkeit ausstrahlten. Vielleicht waren es auch nur die Stilmöbel, mit denen die Zimmer ausgestattet waren. Der Preis für die Zimmer überstieg ihr Reisekostenbudget und Peer hoffte, dass man es reisekostenrechtlich irgendwie regeln könnte. Die Lage der Pension war geradezu ideal. Sie verstauten ihr Gepäck und trafen sich 20 Minuten später an der Rezeption, wo der Pensionswirt ihnen die Schlüssel gab und ihnen erklärte, dass sie von 06.00 bis 10.00 Uhr frühstücken könnte. Er hätte als Gäste häufig Geschäftsleute, die morgens sehr früh aufständen. Seine Pistole führte Peer mit sich, weil er sie nicht im Hotelzimmer zurücklassen wollte. Wegen des Schulterhalfters musste er eine Jacke tragen. Lars besaß ein Pistolenhalfter, den er am Gürtel befestigen konnte. Zu gerne hätten sie auf die Waffen verzichtet, weil es nicht nur unbequem war, sondern auch ihre Bewegungsfreiheit einschränkte. Sie im Hotelzimmer zu deponieren war aber zu gefährlich. Sie im Hoteltresor unterzubringen wäre wegen ihres „Konspi"rativen Einsatzes unmöglich gewesen.

Lars und Peer begaben sich zu Fuß ins Stadtzentrum und unterhielten sich über die Möglichkeit beim nächsten Hotel darauf zu achten, dass im Zimmer ein Tresor vorhanden ist, in dem sie die Waffen aufbewahren könnten. Nach einem kurzen Fußmarsch trennten sie sich. Während Lars begann, einige der genannten Lokale aufzusuchen, begab sich Peer zu Igors Antiquitätengeschäft in der Hoffnung, dass es geschlossen ist. Er fand es sofort, ohne jemanden fragen zu müssen. Er drückte gegen die Tür, die nachgab und sich öffnen ließ. Peer fluchte innerlich. Er trat ein und rief nach hinten: „Hallo Igor!" Es blieb ruhig. Peer ging nach hinten und wollte sehen, wo Igor blieb. Vielleicht machte er ein Nickerchen und wurde infolge seines Rausches nicht wach. Es war nur ein kleiner Raum, wo einiges an Gerümpel herumlag und stand. Ein alter Schaukelstuhl und ein kleines Tischchen waren das Einzige, was offensichtlich benutzt wurde. Für Restaurationsarbeiten war der Raum ungeeignet und viel zu klein. Auf dem Tisch standen wie erwartet eine angebrochene Whiskyflasche und ein leeres Glas. Peer war aus seiner bisherigen Tätigkeit unaufgeräumte Zimmer gewöhnt. Er registrierte auch nicht, dass wohl seit einiger Zeit nicht Staub gewischt worden war. Von Igor war nichts zu sehen. Womöglich hatte Igor in seinem Rausch vergessen die Eingangstür abzuschließen, als er das Geschäft verließ. Peer ging zurück in den Ausstellungsraum und wollte erleichtert gerade das Geschäft verlassen, als Igor das Geschäft betrat und sich entschuldigte, dass er noch Besorgungen hätte machen müssen. Er freute sich ganz offensichtlich über Peers Besuch und lud ihn sofort zu einem Glas Whisky ein, was Peer ablehnte. Peer übergab sein Geschenk, die Whiskyflasche und bedankte sich nochmals für die vorgestrige Gastfreundschaft. Er versuchte Igor zu erklären, dass er heute nichts trinken könne, weil er am Abend noch etwas vorhabe und mit dem Auto fahren müsse. Doch Igor füllte bereits ein Glas für Peer zur Hälfte. Er nahm das Glas und einen Stuhl aus dem Ausstellungsraum und ging nach hinten. Er lud Peer ein, sich hinten zu ihm an den Tisch zu setzen, ging zur Eingangstür und schloss sie ab. Peer protestierte und versuchte Igor begreiflich zu machen, dass er nicht lange bleiben könne. Doch er verhielt sich so, als hätte er nichts verstanden, holte eine Flasche Cola aus einem Regal und goss sich ebenfalls ein Glas Whisky und Cola ein. Er erklärte Peer, dass er in seinem Schaukelstuhl am bequemsten sitze und es sich so viel besser reden lasse.

So gern Peer gelegentlich ein Gläschen guten Whisky genoss. Das war eindeutig zu viel. Er füllte sein Glas mit Cola auf und nahm sich vor, nur daran zu nippen, damit Igor nicht nachschenken konnte. Dieser schwelgte wieder in der Vergangenheit und berichtete von seinen geschäftlichen Anfängen und von seiner verstorbenen Frau. Peer konnte es sich nach einer gewissen Zeit nicht verkneifen, nach den Töchtern zu fragen. Igor schien die Frage völlig zu überhören. Lediglich sein Gesichtsausdruck schien ernster geworden zu sein. Plötzlich schwieg er einen Moment und Peer wollte schon das Gespräch fortsetzen, als Igor heftig fluchte:

„Diese verfluchten Schweine haben meine Töchter auf dem Gewissen! Sie haben sie abgeschlachtet diese elenden Kriminellen!"

Peer war entsetzt und hätte sich ohrfeigen können, diese Frage gestellt zu haben. Es brach jetzt aus Igor hervor. Er berichtete, wie Soldaten der Roten Armee seine Töchter vor den Augen ihrer Mutter vergewaltigten und danach umbrachten. Er sei nach Hause gekommen und hätte seine völlig verstörte Frau und die toten Töchter vorgefunden. Deshalb sei er mit seiner Frau nach Westen geflüchtet. Er führte den frühen Tod seiner Frau auf dieses Erlebnis zurück. Als wäre ein Damm in Igor gebrochen, so ergoss sich ein Redeschwall, während Tränen über sein zerfurchtes Gesicht liefen. Seine Hände zitterten, wenn er sich nachschenkte. Was sich Peer anhören musste, entsetzte ihn und lähmte sein Denken. Er sah Igor jetzt aus einem völlig anderen Blickwinkel. Er verstand nur zu gut, dass Igor der Trunksucht verfallen war. Er wusste nicht, was er sagen sollte und schämte sich, die Frage überhaupt gestellt zu haben. Als Igor unvermittelt schwieg und vor sich hinstarrte, entschuldigte Peer sich, die Frage überhaupt gestellt zu haben. Das Entsetzliche, was Igor widerfahren war, täte ihm unendlich leid. Peer fragte sich, ob er den Gedanken Igor zu benutzen, nicht fallen lassen sollte. Die Schilderungen Igors waren zu entsetzlich, als dass man Igor auch noch als Informanten benutzen sollte. Die Details, die Igor schilderte, waren für Peer kaum zu ertragen. Er konnte sich auch nicht vorstellen, dass Igor dies erfunden haben könnte. Solche Erlebnisse können nicht der Fantasie eines Menschen entspringen. Nach seiner bisherigen Berufserfahrung konnten die Realitäten nicht selten die schlimmsten Fantasien der Menschen übertreffen. Andererseits musste gegen den unbekannten Dealer etwas getan werden, der ebenfalls großes Leid über viele Menschen brachte. Peer nahm sich vor, Igor so weit, wie es irgend möglich war aus der Geschichte herauszuhalten.

Während ihres Gespräches schenkte Igor ständig Whisky nach. Peer spürte deutlich seinen Rausch und wollte Igor ablenken. Er fragte ihn über die örtliche Drogenszene aus und musste dabei darauf achten, nicht zu deutlich zu werden. Was war Igor überhaupt bekannt? Peer erzählte Igor, dass er gerade arbeitslos sei, weil sein Geschäftspartner das Geschäft in den Sand gesetzt habe. Sein Geschäftspartner sei aber keinesfalls mittellos, er hätte Peer so gar angesprochen, ob er ihm nicht jemanden nennen könne, der ihm eine größere Menge Drogen (Heroin oder Kokain) verkaufe. Er kenne sehr viele betuchte Personen, die ihm alles abnähmen, was er liefern könne. Für die Vermittlung hätte er ihm eine größere Vermittlungsprovision in Aussicht gestellt. Peer sei zwar an dem Verdienst interessiert, weil er keinen Job habe, kenne aber niemanden der Drogen in größeren Mengen besorgen könne. Igor schien plötzlich sehr interessiert und fragte, was für ihn dabei herausspringe. Peer erklärte, man könne sich die Provision teilen. Für ein Kg Heroin sei ihm 50.000 DM versprochen worden. Es sei kaum ein Risiko dabei, weil man lediglich vermitteln müsse und sonst mit dem Geschäft nichts zu tun habe. Aber das sei gar nicht so einfach. Igor würde sicherlich auch niemanden kennen, der solche Mengen an Drogen beschaffen könne. Doch Igor, der inzwischen deutliche Sprachschwierigkeiten aufwies, um nicht zu sagen, dass er lallte, berichtete von 2 ehemaligen Fremdenlegionären aus einer Kneipe. Er hätte die beiden vor einiger Zeit unter den Tisch getrunken. Es seien zwei ganz harte Jungs, die ihm jede Menge Stoff anboten liefern zu können, wenn er mal Interesse haben sollte. Wenn Peer wolle, werde er mit ihnen reden. Peer wurde es langsam zu heiß. Er bat Igor, zu warten. Er müsse erst noch mit seinem ehemaligen Geschäftspartner sprechen, ob dieser noch Bedarf habe. Er fragte Igor, in welcher Kneipe die beiden anzutreffen seien. Doch Igor wollte nicht mit der Sprache raus. Wenn sein Geschäftspartner Interesse habe, solle Peer Bescheid sagen.

Für Peer wurde es auch langsam Zeit aufzubrechen, sonst würde er noch bei Igor zusammenbrechen. Wie Igor so viel Alkohol vertrug, war Peer ein Rätsel. Peer verabschiedete sich und musste erschreckt feststellen, dass es bereits 22.30 Uhr war.

Da Lars sich bisher nicht meldete, war vereinbart, dass Peer ihn in den verschiedenen Lokalen suchen sollte. Peer merkte, dass er schwankte, als er nach draußen trat. Er suchte die nächste Gaststätte auf und bestellte einen starken Kaffee und ein Mineralwasser. Er hatte durch die viele süße Cola Durst bekommen. Nach dem Kaffee ging es ihm schon ein wenig besser. Er zahlte und begann die Lokale abzuklappern. In einem saß Lars mit einem noch recht jungen Mann zusammen am Tisch. Peer überlegte erst, ob er sich zu ihnen an den Tisch setzen, oder sie von einem anderen Tisch beobachten sollte. Lars schien ihn auch bemerkt zu haben, verzog aber keine Mine, sondern setzte sein Gespräch mit dem jungen Mann fort, ohne Peer eines Blickes zu würdigen. Als Lars merkte, dass Peer zögerte, winkte er ihn zu sich an den Tisch. Peer setzte sich zu ihnen, ohne sich vorzustellen. Er begrüßte beide nur mit „Guten Abend!" Dem Gespräch entnahm Peer, dass der unbekannte junge Mann Heiko hieß und wohl „Stoff" liefern könne. Lars stellte Peer als seinen Kumpel vor, der ihm gelegentlich helfe. Heiko äußerte sich aber nur noch sehr vorsichtig. Ihm schien der neu hinzuge-kommene Peer suspekt zu sein. Larsspendierte eine Runde Bier, ohne Peer gefragt zu haben. Da Peer seinen Rausch immer noch deutlich spürte, hätte er seinen großen Durst lieber mit antialkoho-lischen Getränken gestillt, sagte aber nichts und trank das Glas Bier, das der Kellner brachte, in einem Zug aus. Lars und Peer verab-schiedeten sich bald darauf.

Draußen meinte Lars man solle noch eine vernünftige Gaststätte aufsuchen, wo man ein gepflegtes Bier trinken und Informationen austauschen könne. Peer wäre lieber ins Bett gegangen, sah aber ein, dass sie einiges besprechen mussten. Die Gaststätte, die sie zu der späten Stunde betraten, machte auch von außen einen sehr se-riösen Eindruck. Sie war auch um diese Zeit noch gut besucht. Sie bestellten sich zwei Pils. Peer schilderte in Kürze Igors Geschichte und dass Igor angeblich Typen kenne, die größere Mengen Drogen liefern könnten. Lars war erstaunt, weil er nicht damit gerechnet hätte. Er berichtete daraufhin von dem jungen Mann namens Heiko, der ihm morgen Nachmittag 1 Gramm Heroin für 300 DM liefern wolle. Als Treffpunkt sei der Eingang der Gaststätte verein-bart, in der er vorher Heiko kennenlernte. Lars solle Heiko um 15.00 Uhr vor der Gaststätte mit dem Geld erwarten. Lars bat Peer, in der Nähe die Übergabe zu überwachen. Heiko hätte geprahlt, jede Menge liefern zu können.

Am nächsten Morgen berichteten sie telefonisch Erich und

Franz. Franz informierte sie, dass es bei der Kripo in Braunschweig zwischen der Sonderkommission, die die Todesfälle mit den Drogentoten untersuchte und dem Drogendezernat zu Kompetenzgerangel gekommen sei, weil die Soko zu spät über den Einsatz von VE unterrichtet worden sei. Auch die verschiedenen Staatsanwälte hätten sich eingeschaltet. Der Staatsanwalt, der für die Ermittlungen in den Todesfällen zuständig sei, hätte so gar den Einsatz von VE infrage gestellt. Das LKA werde wohl die Ermittlungen übernehmen, was aber die Zuständigkeiten der Staatsanwälte nicht beeinflusse. Die leitenden Herren der Dienststellen würden versuchen eine Lösung herbeizuführen, was aber die Arbeit von Peer und Lars nicht beeinträchtigen solle. Der Leiter des LKA habe ihnen Rückendeckung gegeben, da es zurzeit keine Alternative gäbe. Die 300 DM sollten sie erst aus eigener Tasche zahlen, sofern sie noch Bargeld hätten. Er würde das Geld mitbringen, wenn er die Probe abhole. Im Übrigen sei es gar nicht verwunderlich, dass sich der Staatsanwalt, der für die Todesermittlungen zuständig sei, so in Szene setze. Er sei für sein gestörtes Verhältnis zur Kriminalpolizei bekannt, und entwickle gelegentlich eigenartige Rechtsvorstellungen. Er verböte der Kriminalpolizei jede Art von Einmischungen in seine Arbeit. Er würde nicht selten Zeugen und Verdächtige selbst vernehmen und hätte sich schon wiederholt schriftlich beschwert, wenn Kriminalbeamte im Rahmen ihrer Ermittlungen Vernehmungen durchführten, für die er sich zuständig fühlte. Es sei sehr schwierig mit ihm zu arbeiten, weil er Besprechungen mit kriminalpolizeilichen Sachbearbeitern ablehne, und sie ohne sein Einverständnis keine Ermittlungen durchführen dürften. Das werde sich aber mit der Zeit geben, weil er noch sehr jung und unerfahren sei und ihn die Realitäten der Arbeitsüberlastung der Staatsanwaltschaften schnell eines Besseren belehren würden. Eigentlich hätte Franz sie gar nicht damit belasten wollen. Er halte es aber doch für angebracht, sie zu unterrichten, damit sie wüssten, wie die Situation von manchen Staatsanwälten rechtlich beurteilt würde.

Für Peer und Lars fanden diese unerfreulichen und überflüssigen Querelen hinter den Kulissen einfach nur ärgerlich. Während sie ihr Leben, ihre Gesundheit und sogar eigene finanzielle Mittel einsetzten, um zu einem Erfolg zu kommen, stritten sich Politiker, ob der Staat befugt sei, verdeckte Ermittler bei der Kriminalitätsbekämpfung einzusetzen. Peer war dabei, einen Bürger zu einer Beteiligung am Drogenhandel anzustiften. Er fragte sich, wie würde der zuständige Staatsanwalt diesen Sachverhalt beurteilen. Aus den Schulungen war ihm bekannt, dass Staatsanwälte im Rahmen ihrer Einstellungskompetenz solche Straftaten einstellten. Ihm war aber auch bekannt, dass jeder Staatsanwalt die Sachverhalte anders beurteilte. Zwar waren die Staatsanwälte weisungsgebunden aber man überließ ihnen sehr viel Spielraum, der gelegentlich erst von Gerichten wieder reguliert werden konnte. Peer dachte an den Kollegen der Schutzpolizei, der ihm abriet, sich als VE zur Verfügung zu stellen.

Nach den Telefongesprächen mit Franz und Erich kamen sie ihrer Dokumentationspflicht nach und hämmerten abwechselnd auf der alten Reiseschreibmaschine von Lars ihren Bericht. Lars war wegen der Informationen äußerst ungehalten, und sprach von „In Sack hauen!" und „Dreck hinschmeißen!" Sollten die Staatsanwälte doch sehen, wo sie von wem Informationen bekommen. Es war sicherlich nicht sehr ernst gemeint, machte aber die Stimmung Lars deutlich. Sie aßen in einem kleinen Imbiss zu Mittag und trafen sich dort auch mit Erich, der ihnen mitteilte, dass das LKA die gesamten Ermittlungen übernommen habe. Er übergab Franz 300 DM für den Probeankauf des Heroins und gab bekannt, dass die Wirtschaftsabteilung ihnen die Pensionskosten in voller Höhe erstatten wird. Sie sollten sich nur Quittungen geben lassen. Auch für den höheren Verzehrbedarf habe man eine Regelung getroffen. Sie sollten, sofern sie keine Quittungen verlangen konnten, die Kosten notieren. Franz oder Erich würden die Abrechnungen mit der Verwaltung regeln. Das war doch mal wieder eine erfreuliche Nachricht und hob gleich die Stimmung von Peer und Lars. Peer legte Erich dar, wie sie den Ankauf abwickeln wollten. Peer würde mit einem 9-mm-Revolver, den er vom LKA für die Einsätze als VE erhalten hatte, den Übergabeort überwachen. Erich sagte, dass er bis gegen 17.00 Uhr warten würde, damit er die Probe gleich mitnehmen könne. Er würde sich am Dom beim Löwen aufhalten. Sollte die „Luft rein sein," sollten sie ihm dies durch Zeichen zu verstehen geben. Er würde die Probe dann übernehmen. Sollte sich bis 17.00 Uhr niemand melden, sollten sie Robert anrufen. Dort würde er auf ihre Nachricht warten.

Während sich Peer bereits ab 14.30 Uhr in der Nähe der bewussten Kneipe herumdrückte, kam Lars erst kurz vor 15 Uhr. Er stand in der Nähe des Einganges zur Kneipe. Plötzlich kam Heiko um die Ecke und war gerade auf Höhe von Peer, als ein VW-Bus der Polizei vorbeifuhr, anhielt und Heiko als auch Peer kontrollierten. Als Peer das Dienstkraftfahrzeug der Polizei sah, überlegte er, ob er nicht flüchten sollte. Doch die Möglichkeit ihnen zu entkommen war äußerst gering. So machte er einen sehr gelangweilten Gesichtsausdruck und übergab ihnen seinen Personalausweis. Ihm machte nur Heiko Sorgen, der wohl ein Gramm Heroin bei sich führen würde. Auch der gab auffallen gleichgültig seinen Personalausweis ab und die Kollegen der Schutzpolizei fragten über Funk die Personalien in der Fahndungskartei, die damals noch manuell geführt wurde, ab. Sie waren zu dritt. Ein jüngerer Polizeibeamter hielt eine Maschinenpistole im Anschlag, die entsichert war, wie Peer beobachten konnte. Er zielte zwar nicht direkt auf sie, brauchte die Waffe aber nur leicht hochzunehmen. Peer dachte an seinen Revolver, der hinten im Hosenbund steckte. Er war froh keine Drogen mitgenommen haben, die sie zu bestimmten Zwecken besaßen. Nachdem die Überprüfung der Fahndungskartei vermutlich negativ verlaufen war, kam der zweite Beamte ohne die Papiere zurück. Er ließ sie alle Taschen ausleeren. Peer legte seinen Kfz.-Schein mit der Hamburger Zulassung, seine Briefwaage und einig weitere Kleinigkeiten in die Hand des Beamten. Der fragte, ob er alle Taschen ausgeleert habe. Als Peer bejahte, musste er sich mit dem Gesicht zur Hauswand drehen und mit den Händen abstützen. Als das Polizeifahrzeug in die Straße einbog, hatte Peer beobachtet, wie Lars das Weite suchte, als er das Polizeifahrzeug sah. Der Beamte durchsuchte ihn und der junge Polizeibeamte mit der MP im Anschlag sicherte die Durchsuchung. Peer hatte ganz bewusst die Waffe nicht herausgezogen, um sie abzugeben, weil er befürchtete, dass dies missverstanden werden könnte. Als nun der durchsuchende Beamte die Waffe fand, sah Peer wie der junge Mann mit der MP ganz weiß im Gesicht wurde und die Waffe auf ihn richtete. Auch der Polizeibeamte, der ihn durchsuchte, schien sehr überrascht. Die Handschellen klickten und Peer fand sich als Insasse im Dienstfahrzeug wieder. Als Nächstes kam Heiko dran. Zur Verblüffung Peers fanden die Beamten bei ihm kein Heroin. Peer glaubte, dass man Heiko damit entließe, weil man bei ihm nichts Kompromitierendes fand. Doch weit gefehlt. Auch Heiko wurden Handschellen angelegt und gefragt, ob er mit Peer etwas zu tun habe, was er verneinte. Auch Peer wurde gefragt, ob er Heiko kenne, was er ebenfalls verneinte. Sie fuhren mit Peer und Heiko zu ihrer Dienststelle und wollten unterwegs unbedingt wissen, wo der Pkw mit dem Hamburger Kennzeichen stehe. Ihnen war auch nicht entgangen, dass der Kfz.-Schein eine andere Adresse als der Personalausweis aufwies, äußerten sich aber nicht dazu. Erich muss dies dringend ändern lassen, merkte Peer sich. Er schwieg beharrlich und Heiko grinste vor sich hin. Er erklärte mehrfach, er habe doch gar nichts angestellt, warum sie ihn mitnähmen. Er erhielt keine Antwort. Peer überlegte, wenn Heiko gar keine Drogen mit sich führte, wäre es gar nicht so abwegig, dass er die Polizei von dem Treffen selbst vielleicht auch anonym informierte, um zu sehen, ob sie nicht zufällig EV sind. Doch zunächst musste man die Situation irgendwie auflösen.

Zu Peers Verblüffung wurden sie in einer Zelle untergebracht, weil angeblich keine andere frei war. Peer hoffte, sich mit einem der Beamten unter vier Augen unterhalten zu können. Nach einigem Nachdenken läutete er, damit ein Beamter kommt und ihn auf die Toilette ließ. Zwar war in der Zelle ein Loch, das wohl als Toilette dienen sollte, aber er wollte unbedingt mit einem der Beamten alleine sein. Ein Beamter kam und fragte durch die Türklappe, was sie wollten, Peer erklärte sein Begehren, dass er nicht in Anwesenheit einer zweiten Person die Toilette benutzen könne. Die Zelle sei auch nur für eine Person vorgesehen. Der Beamte antwortete nur, „wer muss, der kann!" Peer fluchte innerlich und überlegte krampfhaft, wie er Kontakt zu den Beamten aufnehmen könnte, ohne dass sein Zellengenosse etwas mitbekam. Der fragte natürlich, wo er die Waffe herhabe und was es für eine Waffe sei. Peer erzählte ihm eine Geschichte, die Heiko einleuchtete. Peer klingelte noch mal Sturm. Heiko warnte ihn, dass die Beamten ihn sehr ungehalten verhauen würden. Peer glaubte dies nicht, weil es ja unzulässig war. Er hörte zwei Personen kommen. Die Zelle wurde geöffnet und einer der Beamten fragte, wer geläutet hätte. Peer erklärte, er müsse zur Toilette und könne nicht im Beisein einer zweiten Person. Die Zelle sei ja auch nur für eine Person vorgesehen. Beide Beamten hielten Gummiknüppel in der Hand und gingen auf Peer los und verdroschen ihn. Heiko hatte sich in eine Ecke gedrängt und erklärte mehrmals, er habe ihn gewarnt. Peer schnaufte wütend, das hat noch ein Nachspiel. Er war fest entschlossen, gegen die schlagenden Beamten vorzugehen. Diese verließen mit den Worten „jetzt kannst du!" die Zelle. Heiko jammerte, „ich habe dich gewarnt, nachher kriege ich es auch noch ab."

Es verging etwa eine halbe Stunde, als wieder ein Beamter die Zelle aufschloss, Peer Handschellen anlegte und ihm befahl, mitzukommen. Er führte ihn in ein Zimmer, in dem zwei weitere Beamte am Schreibtisch saßen. Sie fragten ihn wieder, wo sein Pkw stünde. Als Peer ihnen erklärte, dass er Kriminalbeamter und als VE im Einsatz sei, lachten sie nur und meinten, eine bessere Geschichte sei ihm wohl nicht eingefallen. Peer verlangte, dass sie sofort Robert Körber von der Kripo Braunschweig anrufen sollten. Der werde alles aufklären können. Sie weigerten sich und wollten den Standort des Pkw. Peer erklärte ihnen, sehr ernsthaft, sie sollten umgehend dort anrufen, sonst würden sie mit erheblichen Konsequenzen rechnen können. Der Pkw gehe sie nichts an. Wenn sie sich nicht umgehend wie professionelle Polizeibeamte verhielten, würden sie die Folgen zu spüren bekommen. Im Übrigen sollten sie den noch in der Zelle Befindlichen nur mitteilen, das man die Waffe beschlagnahmt habe und gegen ihn wegen Waffengesetzes ermitteln werde. Einer der Beamten verließ den Raum und kam nach kurzer Zeit zurück, nahm ihm die Handschellen ab, gab ihm den Revolver zurück und teilte mit, dass ein Kollege des LKA ihn abhole. Es täte ihnen leid, aber sie würden in dem Bereich häufig begründet kontrollieren. Man hätte sie vom Einsatz informieren sollen, dann wäre das nicht passiert. Peer gab deutlich zu verstehen, wenn man sich professionell verhalten hätte, wäre er nicht verprügelt worden. Kurz darauf traf Erich ein und ließ sich berichten. Er sprach unter vier Augen mit dem Dienststellenleiter. Die Beamten, die Peer verprügelten, entschuldigten sich und baten von einer Anzeige abzusehen. Der Dienststellenleiter erklärte ihnen, dass er mit ihnen noch einiges zu besprechen habe.

Erich und Peer verließen die Dienststelle und Erich berichtete, dass Lars sich schon mit ihnen in Verbindung gesetzt habe, als er beobachtete, wie sie kontrolliert wurden. Er hätte sich ja ausmalen können, was geschehen werde. Dass man bei Heiko keine Drogen fand, überraschte Erich ebenfalls. Vielleicht hat er sie nur gut versteckt, überlegte er. Nun man würde es bald wissen. Erich ließ Peer in der Nähe der Innenstadt aussteigen und erklärte ihm, dass Lars ihn in der Gaststätte treffen wolle, wo sie gestern Abend ihr letztes Bier getrunken hätten. Man werde Heiko sicherlich bald in der bewussten Kneipe treffen und könne mit ihm alles Weitere besprechen. Ob er noch Vertrauen habe, werde man ja sehen. Es sei auch bedauerlich, dass man noch keinen Hamburger Personalausweis bekommen habe, aber das sei über Ländergrenzen eben nicht so einfach. Der Kollege vom LKA Hamburg habe aber zugesagt, so schnell wie möglich einen zu besorgen. Im Gegenzug habe er den Vorschlag unterbreitet, dass die VE aus Hannover auch für ihn in

Hamburg mal etwas tun könnten. Dies sei aber nicht so ernst gemeint.

In der Gaststätte wartete Lars bereits seit längerer Zeit, wie er äußerte. Peer, dessen Glieder schmerzten, berichtete, wie man ihn verprügelte. Lars schien es lustig zu finden, denn er grinste unverhohlen, was Peer nur noch wütender machte. Erich hatte Peer dringend gebeten, von einer Anzeige abstand zu nehmen. Die Beamten würden mit erheblichen Konsequenzen zu rechnen haben. Eine Anzeige könnte aber das ganze Projekt infrage stellen, weil nicht gewährleistet sei, dass die Öffentlichkeit es nicht doch erfahre. Es gäbe in den verschiedensten Behörden Mitarbeiter, denen die Funktion von VE ein Dorn im Auge sei und die alles unternähmen, den Einsatz zu torpedieren. So habe man auch feststellen müssen, dass manche Dekane an den juristischen Fakultäten ihre Studenten entsprechend rechtsideologisch beeinflussten. Man brauche gar nicht auf die sog. 68er-Bewegung zurückzugreifen. Peer sah dies ein. Dass Lars sich aber auch noch darüber lustig machte, ärgerte ihn sehr. Heiko sei kurz nach Peer entlassen worden, nachdem bei ihm nichts gefunden wurde. Man hätte ihn nur mitgenommen, weil er gerade in der Nähe von Peer gewesen sei, weswegen die Polizeibeamten annahmen, dass sie zusammengehörten. Nach glaubhafter Darstellung des Dienststellenleiters des Polizeireviers sei es eine übliche Routinekontrolle gewesen. Hinweise auf das Treffen habe es nicht gegeben. Nachdem auch Erich der Meinung war, dass sie das Lokal noch am Abend aufsuchen sollten, in dem sie Heiko kennenlernten, begaben sich Peer und Lars zu der Kneipe. Inzwischen war es bereits 19.30 Uhr und Peer wollte noch eine Kleinigkeit essen. In der „Kupferkanne", wie das Lokal hieß, in dem sie Heiko kennenlernten, wollte Peer nicht essen. So gingen sie an dem Imbiss vorbei, wo sie sich mit Erich trafen. Lars hatte bereits gegessen. Peer aß seine Bratwurst hastig und verzichtete auf ein Getränk. Er würde in der „Kupferkanne" noch genug trinken müssen. In der "Kupferkanne" hielten sich nur wenige Gäste auf. Es war bereits 20.00 Uhr und Lars fragte den dort bedienenden Kellner nach Heiko. Der zuckte nur die Schulter und meinte, er kenne ihn nicht. Sie bestellten beide ein Bier unterhielten sich über banale Dinge und warteten. Lars wollte am Wochenende zu seiner Familie. Über seine Familie sprach Lars mit Peer nie. Als Peer Lars einmal danach fragte, schien er die Frage bewusst überhört zu haben, weshalb Peer es stets vermied, noch mal danach zu fragen. Er hörte Lars zu, der von seinen Eltern berichtete. Als Peer nach einer Freundin fragte, erklärte Lars, er sei verheiratet, seine Frau habe aber eine Auszeit von der Ehe genommen und mache einen Selbstfindungsprozess durch, wie sie sich geäußert habe. Er nehme jetzt auch seine Auszeit. Es klang verbittert. Peer versuchte, das Gespräch in andere Bahnen zu lenken. Er selbst musste die Erfahrung machen, dass seine Beziehungen scheiterten, wenn die Damen von seiner Tätigkeit bei der Kriminalpolizei erfuhren. Zumindest glaubte er einen Zusammenhang erkennen zu können, weil eine seiner Bekanntschaften ihm erklärte, dass sie großen Wert auf geregelte Tagesabläufe lege. Bei seiner Tätigkeit gäbe es diese wohl eher nicht. Er hatte sich wiederholt drüber Gedanken gemacht und konnte sich nicht erklären, dass Frauen darauf so großen Wert legten. Es gab außer dem Beruf des Kriminalbeamten ja eine ganze Fülle von Berufen, bei denen der berufliche Tagesablauf sich nicht vorhersagen ließ. Lars gegenüber äußerte er sich aber nicht.

Er stand auf und ging zur Toilette, die sich nach dem Hinweis über einer Tür im hinteren Teil des Lokals befinden musste. Er öffnete die Tür und befand sich in einem sehr spärlich beleuchteten Gang. Nach ein paar Schritten bemerkte er, dass eine äußerst finstere und ungepflegte Gestalt ihm entgegenkam. Er wich nach rechts, dann nach links aus, um den ihm entgegenkommenden Unbekannten vorbeizulassen. Als ob er Peer foppen wollte, machte der Unbekannte die gleichen Bewegungen. Peer fühlte, wie schlagartig eine Hitzewallung durch seinen Körper flutete. Er blieb stehen und wollte den Bärtigen schon ansprechen, als er plötzlich erkannte, dass er seinem eigenen Spiegelbild gegenüberstand. Das Ende des Ganges war verspiegelt. Der Gang machte dort einen rechtwinkligen Knick und führte nach ein paar weiteren Metern zu den Toiletten. Er schalt sich einen überspannten Esel, aber ihm wurde klar, dass den festnehmenden Beamten sein Erscheinungsbild verdächtig erschien. Das genau war ja auch beabsichtigt, dass er in der Szene glaubwürdig herüberkam. Wieder am Tisch erzählte er Lars von seinen „Spiegeleien", der sich vor Lachen ausschütten konnte und immer wieder erneut einen Lachkrampf bekam, was Peer ärgert und zur Bemerkung veranlasste, dass er ja mit wenig unterhalten werden könne. So lustig sei es nun doch nicht gewesen. Was bei Lars aber wieder einen Lachkrampf auslöste.

Plötzlich kam Heiko zur Tür herein und ging direkt auf ihren Tisch zu. Er setzte sich und grinste über das ganze Gesicht. Zu Peer gewandt sagte er: „Ich hatte dich gewarnt." Peer schimpfte, er sei jetzt seinen Revolver los, für den er 2.000 DM gezahlt habe, und hätte auch noch eine Anzeige wegen illegalen Waffenbesitzes am Hals. Er sah, wie Heiko Lars etwas unter dem Tisch in die Hand drückte. Heiko fragte Lars, „Hast du die Moneten dabei?" Lars bejahte, stand auf und ging zu Toilette. Peer fragte Heiko, wo er denn den Stoff gehabt habe, weil die „Bullen" nichts bei ihm fanden. Heiko entgegnete, er habe es doch Lars gesagt, dass die Bullen ständig in der Gegend Kontrollen machen. Deshalb habe er den Stoff deponiert und wäre mit Lars zum Depot gegangen, wenn die Kontrolle vorbei gewesen sei. Lars kehrte von der Toilette zurück und reichte ebenfalls unter dem Tisch Heiko das Geld. Peer fragte Heiko, warum er ihnen den Stoff nicht gleich beim ersten Mal in der „Kupferkanne" gegeben habe, man hätte sich doch den ganzen Ärger sparen können. Ich habe euch nicht gekannt und hatte ja auch nichts dabei, meinte Heiko. Außerdem hätte er Lars gewarnt, dass die Bullen hier ständig Kontrollen machten. Sie kämen in Abständen manchmal 3 Mal am Tage. Wenn Peer Interesse hätte, könne er ihm für einen Tausender auch eine Waffe besorgen. Peer wollte es sich überlegen. Lars fragte, wie er Heiko erreichen könne. Dieser antwortete nur, wie bisher auch. Auf die Frage, woher er den Stoff beziehe, gab er keine Antwort. Lars erklärte, man hätte einen

Interessenten, der auch größere Mengen abnähme, der aber nur mit dem Lieferanten selbst verhandeln werde. Man würde ihnen auch eine gute Provision zahlen. Heiko zuckte nur die Schultern und erklärte, dass seine Lieferanten nur über ihn ihren Stoff abgäben. Es hätten schon andere danach gefragt. Wenn sie größere Mengen wollten, sollten sie es sagen. Er würde es schon regeln. Was sie denn zahlen würden, fragte er. Lars meinte fürs Kilo „Eitsch" guter Qualität 100.000 DM. Heiko verzog keine Mine und meinte, er werde mit den Lieferanten reden. Es war mittlerweile fast Mitternacht und sie verabschiedeten sich. Sie gingen gemeinsam auf Umwegen zu ihrer Pension und achteten ständig darauf, dass ihnen niemand folgte. Fast hätten sie sich verirrt, und waren froh als Peer das Geschäft von Igor sah, weil er von dort den Weg zu der Pension kannte.

Am nächsten Morgen schrieben sie ihren Bericht, informierten Erich über den vergangenen Abend, dass sie die Probe besäßen und 100.000 DM für 1 Kg Heroin geboten hätten. Erich bat, dass sie gegen 12.00 Uhr im Bahnhofsrestaurant auf ihn warteten. Dort übernahm er die Probe und unterrichtete sie, dass die Verfahren wegen der Todesfälle und des Drogenhandels von einem Staatsanwalt bearbeitet würden. Es sei der Staatsanwalt, der bereits zu Beginn die Ermittlungen gegen die unbekannten Drogenhändler geführt und den Einsatz der VE für erforderlich gehalten hatte. Der andere Staatsanwalt habe sich beim leitenden Staatsanwalt beschwert, dass die Ermittlungen bei der Staatsanwaltschaft getrennt würden, obwohl sie zusammenhingen. Der Leitende habe ihm recht gegeben. Ob die anschließende Entscheidung dem Beschwerdeführer gepasst habe, sei nicht bekannt. Erich riet ihnen, ein verlängertes Wochenende zu nehmen und sich erst am Montag oder Dienstag wieder aktiv zu werden. Wenn man es zu schnell angehe, könne man das bisher Erreichte nur gefährden. Er hätte in den vergangenen Jahren so seine Erfahrungen mit verdeckten Ermittlungen gemacht. Er berichtete, dass es Franz gesundheitlich im Augenblick nicht besonders gehe. Er hätte nach einem schweren Verkehrsunfall vor einigen Jahren mit den Spätfolgen zu kämpfen. Die Begleitumstände des Verkehrsunfalles wären dramatisch gewesen, weil Franz als verdeckter Ermittler unterwegs war und sein Wagen voll mit Waffen und Drogen gewesen sei. Es hätte einige Zeit und Nerven gekostet, die ganze Angelegenheit zu entwirren. Peer erinnerte sich an das Angebot von Heiko, ihm eine Waffe besorgen zu wollen und erwähnte es Erich gegenüber. Der schüttelte den Kopf und meinte, dass es wahrscheinlich für das Waffendezernat nicht interessant sein würde. Er würde dort aber nachfragen. Peer solle das Angebot Heiko gegenüber gar nicht mehr erwähnen.

Sie kamen überein, am Dienstag erst Igor und anschließend die „Kupferkanne" aufzusuchen. Man wollte sich alle Optionen offen lassen. Bis dahin wüsste Erich auch, ob es sich bei der Heroinprobe um den gleichen Stoff handelt, an denen die Verstorbenen durch Überdosierung verstarben. Lars schien es plötzlich sehr eilig zu haben. Sie verabschiedeten sich von Erich und begaben sich zu ihrer Pension, wo sie ihre Zimmer zahlten und dem Wirt mitteilten, dass sie am Dienstag wiederkommen würden. Ihrer Meinung nach waren sie in der Drogenszene noch nicht so bekannt, dass sie mit einer Gegenobservation rechnen müssten. Weder Heiko noch Igor erhielten von ihnen Adressen oder Telefonnummern. Entsprechenden Fragen waren Lars und Peer aus dem Weg gegangen. Was Lars bewog, unbedingt mit dem Zug nach Hannover fahren zu wollen, war Peer unverständlich. Es kostete ihn einige Mühe Lars zu überreden mit ihm im Dienst-Pkw nach Hannover zu fahren. Schließlich willigte Lars ein. Auf der Fahrt nach Hannover war Lars sehr einsilbig und erwähnte nur, dass er seine Eltern aufsuchen werde, um sich ein wenig zu entspannen. Seine Eltern hätten ihn in den letzten Jahren sehr selten gesehen. Peer merkte deutlich, dass Lars nicht weiter darüber sprechen wollte, weswegen er lediglich mit Lars vereinbarte, dass man sich am Dienstag um 10.00 Uhr in den „Konspi"rativen Büros des LKA treffe. Dort angekommen entledigte sich Lars seiner „Konspi"rativen Ausweispapiere und packte ein paar Sachen zusammen, gab Peer die Hand und verschwand ohne weiteren Kommentar. Peer nahm an, dass Lars seinen Eltern wohl seine schmutzige Wäsche bringen würde und damit das Angenehme mit dem Nützlichen verband. Aber er hatte auch nicht übersehen, dass es Lars nicht leicht gefallen war, seine Rolle bei diesem Einsatz zu spielen. Peer überlegte, ob er sein möbliertes Zimmer außerhalb von Hannover aufsuchen oder ob er zuvor seine Wäsche in Hannover in einem Automatenwaschsalon waschen sollte. Dort wo er wohnte, gab es keinen Waschsalon und er brauchte die Wäsche bis Dienstag. Er hätte sie dort nur in eine Wäscherei geben können. Er erinnerte sich aber noch mit grausen, wie seine Hemden aus Kunstfasern aussahen, als er sie aus der Wäscherei zurückbekam. So entschloss er sich noch einen Tag zu bleiben, um seine Wäsche zu waschen. Am nächsten Tag würde er zu seinem möblierten Zimmer fahren und die Wäsche bügeln und sich überlegen, was er am Wochenende machen könnte.

Zunächst waren aber noch Berichte zu schreiben und das Fahrtenbuch des Dienst-Pkw auszufüllen. Das Fahrtenbuch war auch so ein überflüssiges Übel. Es zu den Einsätzen mitzunehmen, war viel zu riskant. Also musste man sich eine Möglichkeit ausdenken, die Daten festzuhalten, damit man sie irgendwann nachtragen konnte. Peer hatte wiederholt versucht mit der Verwaltung des Amtes irgendeine Regelung zu finden, die gefahrenen Kilometer und die Einsatzorte zu einem späteren Zeitpunkt pauschal eintragen zu können, was aber immer wieder auf heftigen Widerstand der Verwaltungsfachleute stieß. Er konnte ihnen offensichtlich die Problematik nicht begreiflich machen, mit denen sie im „Konspi"rativen Einsatz kämpften. Obwohl er in seiner Argumentation auf bestimmte Verfahrensweisen des Verfassungsschutzes und anderer Geheimdienste verwies, kam es ihm vor, als mache man sich über ihn lustig. Ein Verwaltungsjurist erklärte ihm unmissverständlich, dass seiner Meinung nach, der Einsatz verdeckter Ermittler gegen das Grundgesetz der Bundesrepublik Deutschland verstoße, weil die Polizei nicht verdeckt ermitteln dürfe. Nach Vorstellung dieses Juristen hätte er einem Dealer erklären müssen, dass er Polizeibeamter sei und von ihm wissen wolle, an wen er Drogen verkaufe. Peer fragte sich häufig, auf welchem Stern solche Menschen leben. Dass es rechtlich problematisch war, die Erkenntnisse des VE ins Strafverfahren einzuführen, war Peer zur Genüge bekannt. Es war auch nicht seine Aufgabe, sich darüber Gedanken zu machen. Er war froh, im augenblicklichen Einsatz den Verwaltungsaufwand bewältigen zu können. Ihm graute davor, in ein kriminelles Netzwerk eingebunden zu sein, wo er diese Verwaltungsarbeiten, schon zu seiner eigenen Sicherheit, nicht würde vornehmen können. Es war ihm bereits angedeutet worden, dass er als Mitarbeiter in eine Luftfahrtgesellschaft eingeschleust werden sollte. Weil seine vorgesehene Aufgabe, sich in einem kriminellen Firmengeflecht zu engagieren, aber eine Fülle von rechtlichen Problemen aufwarf, sei der Einsatz verschoben worden. Es gäbe seit einiger Zeit Erkenntnisse, dass Drogen aus Südamerika über den Flughafen Hannover hereingeschmuggelt würden. Welche Luftfahrtgesellschaften infrage kämen, sei noch unklar. Man berate zurzeit auch seine Aufgaben und in welcher Funktion er dort tätig werden könnte.

Peer machte sich über seinen laufenden Einsatz Gedanken und ging alle Schritte nochmals durch. Vor allem war es ihm daran gelegen, alle rechtlichen Aspekte seiner möglichen zukünftigen Entscheidungen auf ihre Rechtmäßigkeit bereits vorher durchdacht zu haben, um nicht in einem ungünstigen Augenblick vor Entscheidungen gestellt zu werden, die er nicht übersah. Er machte sich zu seinem Erstaunen weniger über die tatsächlichen Gefahren Gedanken, als über falsche rechtliche Entscheidungen. Das war doch pervers, sich vor rechtlichen Fehlentscheidungen mehr zu fürchten, als vor einer Schießerei, bei der er umkommen konnte. Er ärgerte sich über seine Gedanken und versuchte sie beiseitezuschieben.

Die Berichte waren geschrieben und die Daten im Fahrtenbuch nachgetragen. Er suchte seine Schmutzwäsche zusammen, packte sie in eine Sporttasche und ging die paar Straßen weiter, wo er einen Automatenwaschsalon wusste. Er hatte Lars davon erzählt, der sich aber nicht dafür zu interessieren schien. In den Waschsalons trafen sich ja eher Alleinstehende ohne einen größeren Haushalt. So verdankte Peer die eine oder andere Bekanntschaft diesen Waschsalons. Leider waren es aber immer wieder junge Frauen, die entweder keine längere Beziehung wünschten oder die von einer festen Beziehung Abstand nahmen, wenn sie seinen Beruf erfuhren. Peer nahm sich daher vor, nie wieder seinen tatsächlichen Beruf zu nennen. Ob es nun Zufall war, oder er immer wieder an Frauen geriet, deren Verhältnis zu seinem Beruf gestört war, konnte er auch nicht beantworten. Die Hälfte der Wegstrecke zum Waschsalon lag hinter ihm, als er einen intensiven, süßlichen Geruch vernahm, der ihm nur zu gut bekannt war. Peer schaute sich unauffällig um und erkannte in etwa 50 m Entfernung seinen Dienst-Pkw. Natürlich, die zwei in Jutesäckchen eingenähten Haschischplatten, die im Handschuhfach des Wagens deponiert lagen, taten ihren Dienst. Er wundert sich immer wieder, dass noch nie ein Passant oder ein Ordnungshüter daran Anstoß nahm. Im Waschsalon waren nur wenige Personen. Peer sah sich um, welche Maschinen er benutzen konnte und wie sie bedient wurden. Hier war er zum ersten Mal. Ein Mann mittleren Alters kam auf ihn zu und fragte, ob er behilflich sein könne. Ihm war wohl aufgefallen, dass er Peer in dem Waschsalon noch nie sah und sich daher auch ein wenig unsicher verhielt. Er erklärte Peer die Bedienung und bemerkte, dass der Waschsalon um 22.00 Uhr geschlossen werde. Peer nahm die Maschine, die der Besitzer ihm zeigte, legte seine Wäsche hinein und füllte mit dem vorgesehenen Waschpulver auf. Unauffällig sah er sich um, ob jemand anwesend war, mit dem er sich unterhalten konnte. Es saßen nur zwei Frauen zwischen 30 und 40 Jahren und ein älterer Mann auf den Wartestühlen und lasen in Zeitschriften. Seine Maschine würde etwa 50 Minuten brauchen. Er entschloss sich, die Zeit für ein Abendessen zu nutzen.

Er wusste, dass in der Nähe eine kleine Gaststätte war, die er noch nicht kannte. Ob man dort essen konnte, war ihm auch unbekannt, weil keine Speisekarte am Eingang hing. Trotzdem betrat er das Lokal, das eher einer Bar glich. Außer der Theke waren lediglich zwei kleine runde Tische mit jeweils 3 Stühlen vorhanden. Um die Theke, die einen halbierten Kreis beschrieb, saßen ein paar Männer, die sich über Sportthemen unterhielten. Peer ging zur Theke und fragte, ob er auch etwas zu Essen bekommen könne. Der Wirt hinter der Theke nickte und erklärte, er könne kleinere warme Mahlzeiten bekommen. Er bot Peer Toast, Bockwurst oder „Strammen Max" an. Peer freute sich, wieder mal einen „Strammen Max" zu bekommen, den er gerne aß, der aber auf vielen Speisekarten nicht aufgeführt war. Zu seinem Erstaunen fragte der Wirt, wie viel Eier er möchte. Peer ließ sich den „Strammen Max" mit drei Eiern zubereiten und bestellte sich dazu ein Pils. Er setzte sich an einen freien Platz an der Theke. Während er auf sein Pils wartete, gingen ihm wieder die Ermittlungen durch den Kopf, die jetzt von Kollegen des LKA und der örtlichen Dienststelle in Braunschweig geführt wurden. Er wusste, dass sie über das ganze Wochenende stattfanden. Ihn plagte ein schlechtes Gewissen, weil er es sich hier bei einem gut temperierten Pils und einem „Strammen Max" gut gehen ließ. Erich hatte ihm zwar wiederholt versichert, dass er sich keine Gedanken machen müsse. Es sei wichtig, dass sie sich entspannten. Sie würden noch mehr als ihnen lieb sei gefordert werden. Peer bekam sein Pils und kurz darauf auch den „Strammen Max". Während er aß, fühle er sich behaglich und dachte, dass es schön war, hier zu sitzen und keine Probleme zu haben. Er bestellte sich noch ein Pils, und seine Gedanken begannen, sich wieder um seine verflossenen Beziehungen zu drehen. Was hatte er falsch gemacht? Was wollten diese Frauen, die nicht akzeptieren konnten oder wollten, dass man in manchen Berufen terminlich fremd bestimmt wird? Viele seiner Kolleginnen oder Kollegen waren verheiratet und hatten scheinbar diese Probleme nicht mit ihren Lebens- oder Ehegefährten. Zumindest nicht die meisten.

Seinen "Strammen Max" aß er mit Appetit, bestellte sich noch ein Pils, dachte daran, dass seine Wäsche noch eine Weile trocknen müsse und er heute wegen des genossenen Alkohols nicht mehr zu seinem möblierten Zimmer nach Isernhagen fahren könne. Die Straßenbahn benutzte er ungern, weil er sich möglichen Observationen nicht so leicht entziehen konnte, wie es ihm mit dem Pkw möglich war. Es ärgerte ihn, wieder im Büro übernachten zu müssen. Er sollte auf alkoholfreies Bier umsteigen.

Als er im Büro auf seiner Liege lag, gingen ihm wieder so allerlei an Gedanken durch den Kopf. Da stritten sich Politiker angesichts der terroristischen Bedrohung durch das sog. RAF, ob man einen Fingerabdruck im Personalausweis oder Pass aufnehmen sollte, was etliche vehement ablehnten, weil es angeblich die Freiheitsrechte der Bürger beschnitt. Peer verstand diese Diskussion angesichts tausender Vermisstenfälle, unbekannter Toter und ständig auftauchender Personalausweis- und Passfälschungen nicht. Er selbst kannte Fälle, bei denen der Täter nur gefasst und überführt werden konnte, weil das Opfer vor Jahren der Prostitution nachgehend daktyloskopisch erfasst war und daher das Umfeld und die letzten Kontakte des Opfers sehr schnell ermittelt werden konnten. So mancher Straftäter äußerte sich bei Vernehmungen ihm gegenüber fast schon zynisch, das die Polizei keine Lobby hätte und das deshalb solche Ausweispapiere nie kommen würden. Diese ganze politische Diskussion zu diesem Thema empfand er als Verdummungsorgie. Er konnte sich auch beim besten Willen nicht vorstellen, dass Politiker nicht wussten, über was sie redeten. Daher glaubte er, dass sie ganz bewusst den Kriminellen das Leben erleichtern wollten. Was brachte ihm persönlich ein Recht, seinen Fingerabdruck nicht im Ausweis hinterlassen zu müssen? Dieser Irrsinn schien Methode zu haben, vermutete er.

Am nächsten Morgen setzte er sich vom Büro aus telefonisch mit Erich in Verbindung, der ihm aber nicht viel Neues zu berichten wusste. Heikos Identität war wohl geklärt. Er war gelegentlich wegen Besitz geringer Mengen von Drogen angezeigt, die Verfahren aber immer eingestellt worden. Auch seine Biografie zeigte nichts Auffallendes. Igors Biografie stimmte ebenfalls mit den bisherigen Erkenntnissen überein. Abgesehen von seinen Kontakten zur kriminellen Szene, deren er sich anderen gegenüber selbst rühmte, war über ihn nichts bekannt. Erich wünschte ein schönes Wochenende und riet Peer, sich keine Gedanken zu machen und das Wochenende nur zur Entspannung zu nutzen.

Pünktlich um 10.00 Uhr traf Lars im Büro ein. Peer hatte bereits seine Ausweispapiere gegen die Deckausweispapiere gewechselt und sich diesmal mit einer 9-mm-Pistole bewaffnet, die er sich hinten in den Hosenbund steckte. Er trug seine präparierte Jeansjacke, in der er seine Ausweispapiere und andere Gegenstände verstaute. Das Telefon läutete und Franz teilte mit, dass Erich und er gegen 10.30 Uhr eintreffen würden. Als sie eintrafen, konnten sie bereits mitteilen, dass die Heroinprobe nicht nur kaum gestreckt war, sondern genau der Stoff war, an dem die 3 Personen in Braunschweig verstorben waren. Dies war eine sehr positive Mitteilung, weil man jetzt wusste, dass man an der richtigen Adresse war. Sie sprachen noch mal alle Details durch, wie man vorgehen wollte. Zunächst würden sie Igor aufsuchen und mit ihm über seine Kontakte sprechen und ihm erklären, dass der Geschäftspartner von Erich an mindestens 5 Kg Heroin interessiert sei und dafür 200.000,--DM zahlen würde. Den Preis sollten sie bis höchstens 500.000,-- DM verhandeln. Zuvor müssten aber eine Probe von 1 bis 3 Gramm geliefert werden. Sollte der Stoff nach Prüfung den Erwartungen entsprechen, sollten sie so viel wie möglich ordern. Nach dem Gespräch sollte man die „Kupferkanne" aufsuchen und den Abend dort verbringen, um auf Heiko zu warten. Ansprechpartner sei ab sofort nur noch Franz oder Erich, die über eine nicht registrierte Telefonnummer erreichbar sein würden. Erich berichtete noch über ein Gerücht, das während der Ermittlungen in Braunschweig unter den Drogenabhängigen die Runde mache. Danach würden Fremdenlegionäre für die Lieferung hochprozentigen Stoffes infrage kommen, die aber nicht lange fackelten, wenn ihnen Entdeckung drohe. Die Dienststelle würde sämtliche Personen, die in irgendeiner Weise in der Szene eine Rolle spielten, daraufhin überprüfen.

Man wisse bereits, dass der Kellner in der „Kupferkanne" einige Jahre in Frankreich gelebt habe. Die offiziellen Ermittlungen in Frankreich seien aber sehr schwierig, besonders wenn es sich um Angehörige der Fremdenlegion handle. Franz habe aber inoffiziell von einem Bekannten aus Frankreich, der bei der Gendarmerie seinen Dienst verrichte, vertraulich erfahren, dass der Kellner wohl einige Jahre bei der Fremdenlegion gewesen sei. Ob wirklich Zusammenhänge mit der Drogenszene existieren, sei aber noch völlig offen. Plötzlich fiel Peer das schroffe Verhalten des Kellners ein, als er nach Heiko fragte, den er nicht kennen wolle. Peer erwähnte diese Reaktion, worauf Erich und Franz wie elektrisiert wirkten. Sie wollten vordringlich diesen Kellner unter die Lupe nehmen. Peer und Lars sollten aber alles so umsetzen wie vereinbart. Nach dem Gespräch mit Igor sollten sie unter der vereinbarten Telefonnummer über das Ergebnis berichten.

In Braunschweig angekommen mieteten sie sich wieder in der Pension ein, in der sie einige Tage zuvor wohnten. Der Pensionswirt freute sich, sie als Stammgäste begrüßen zu können, und lud sie ein, wenn ihnen Zeit blieb, mit ihm ein Glas Bier zu trinken. Sie bedankten sich höflich, ließen aber erkennen, dass sie abends wohl kaum Zeit fänden. Nach dem Bezug ihrer Zimmer begaben sie sich zu Fuß zum Antiquitätengeschäft von Igor. Der war gerade mit einem Kunden im Gespräch, unterbrach dieses und begrüßte sie überschwänglich, in dem er sie umarmte und ihnen links und rechts auf die Wange küsste, was beiden unangenehm war. Sie ließen es aber klaglos über sich ergehen. Igor entschuldigte sich bei seinem Kunden, dass er gute Freunde begrüßen müsse. Er verabschiedete sich von dem Kunden, dem er nahe legte, sich den Kauf zu überlegen. Ein besseres Angebot werde er nirgends bekommen. Nachdem der Kunde das Geschäft verließ, schloss Igor sein Geschäft ab und bat Lars und Peer in seinem sog. Hinterzimmer an dem kleinen runden Tisch Platz zu nehmen. Er hatte so gar zwei seiner zum Kauf angebotenen Biedermeierstühle an den Tisch gestellt. Ohne zu fragen, stellte er zwei zusätzliche Gläser auf den

Tisch und füllte sie mit Whisky aus der Flasche, die auf dem Tisch stand. Das dritte Glas war fast leer und er füllte auch dieses auf. Peer fragte nach Cola, den Igor sofort holte. Lars verzog das Gesicht und hätte vermutlich am liebsten fluchend das Geschäft verlassen. Igor begann sofort zu berichten, dass er am Wochenende mit zwei Typen eine Nacht durchgezecht habe, die ihm auf seine Fragen jede Menge Stoff angeboten hätten. Nachdem Peer fragte, wo er die beiden getroffen habe, erzählte Igor, dass man in einigen Kneipen gewesen sei. Peer eröffnete Igor, dass sein Geschäftspartner interessiert sei und mit den Typen verhandeln wolle und nach einer kleinen Probe auch, wie bereits erwähnt, eine größere Menge abnehmen wolle. Igor stand plötzlich auf und erklärte, dass er eine Überraschung habe. Sie sollten einen Moment warten, er würde gleich zurückkommen. Er ging zur Eingangstür, schloss sie auf und verließ das Geschäft. Peer und Lars sahen sich verdutzt an aber Igor war bereits verschwunden.

Sie warteten vielleicht 20 Minuten und sahen immer wieder vorne im Verkaufsraum aus dem Schaufenster nach Igor. Plötzlich sahen sie Igor in Begleitung zweier Männer mittleren Alters auf das Geschäft zukommen. Peer und Lars erkannten zu ihrem Entsetzen in einem der Männer den Kellner aus der „Kupferkanne". Peer überlegte krampfhaft, wie er mit Lars unbemerkt das Geschäft verlassen konnte. Einen Hinterausgang gab es nicht und das einzige Fenster im hinteren Raum war vergittert. Igor ließ ihnen auch keine Zeit zum Überlegen, betrat mit den Begleitern sein Geschäft und stellte beide als seine Saufkumpane vor. Zu Peer und Lars gewandt forderte er sie auf mit seinen neuen Bekannten zu reden und ihnen zu erklären, was man von ihnen wolle. Peer war sprachlos und entsetzt zugleich und wusste nicht, wie er reagieren sollte. Aber es gab wohl nicht mehr viel zu überlegen und so trat er die Flucht nach vorn an und fragte die beiden Unbekannten, ob sie ihm Stoff liefern könnten, wie Igor versprochen habe. Der Begleiter des Kellners ergriff das Wort und fragte, was sie für einen Stoff meinten. Peer antwortete: „Eitsch!" worauf der Unbekannte fragte, was das sei. Peer erläuterte, dass er Heroin meine. Der Wortführer der beiden schüttelte den Kopf und meinte, er kenne so etwas nicht. Peer erklärte noch mal, dass Igor gesagt habe, sie könnten Drogen liefern. Sie seien interessiert, ob sie nicht ins Geschäft kommen könnten. In der Zwischenzeit hatte Igor 2 Stühle geholt, die kaum in den kleinen Hinterraum passten und seine Begleiter Platz nehmen lassen. Der Wortführer den Igor Gérard nannte, schüttelte wieder den Kopf und erklärte, er habe mit Drogen gar nichts zu tun. Peer fand beide sehr unsympathisch, ohne dies erklären zu können. Sie machten auf ihn einen ausgesprochen unangenehmen ja finsteren Eindruck. Er hatte ein sehr ungutes Gefühl in ihrer Nähe. Die ausdruckslosen kalten Augen ließen Peer regelrecht erschauern. Es war aber keine Angst, sondern ein so unangenehmes Gefühl, dass er die Beiden am liebsten so schnell wie möglich losgeworden wäre.

Es war unverkennbar, dass beide ihnen überhaupt nicht trauten. Igor begann zu fluchen und beschimpfte beide, man hätte zusammen gesoffen und nun würden sie ihn im Stich lassen. Der Wortführer der beiden Unbekannten erklärte, dass Igor wohl alles missverstanden habe. Sie hätten noch nie mit Drogen zu tun gehabt und wollten auch nichts mit Drogen zu tun haben. Es war ganz offensichtlich, dass sie in Peer und Lars verdeckte Ermittler vermuteten. Peer gewann den Eindruck, dass den Beiden alles zuzutrauen war. Es war die Art, wie sie da saßen und Peer und Lars ansahen. Diese kalten völlig ausdruckslosen Augen, die Peer und Lars zu durchbohren schienen. Die Gedanken überschlugen sich in Peer. Wie sollte er jetzt reagieren? Was würden die beiden jetzt unternehmen? War Igor in Gefahr? Wie konnte man Erich und Franz vom Geschehenen so schnell wie möglich informieren? Wenn man davon ausging, dass es sich um die unbekannten Dealer handelte, war der ganze Einsatz in Gefahr zu platzen, wenn er nicht schon geplatzt war, was er vermutete. Igor hatte beiden zwar gleich zu Beginn je ein Glas mit Whisky eingegossen, das sie aber nicht einmal berührten. Die beiden Unbekannten sahen Igor aus ihren kalten Fischaugen an und erklärten ihm nochmals, dass er alles völlig falsch verstanden habe. Nachdem es immer offensichtlicher wurde, dass jedes weitere Gespräch sinnlos war, verabschiedeten sich Peer und Lars sehr schnell, um Erich und Franz schnellstens zu informieren. Doch die beiden hatten es offensichtlich auch sehr eilig. Sie verließen, ohne sich von Igor zu verabschieden, wortlos das Geschäft, noch bevor Peer und Lars gehen und sich von dem immer noch fluchenden Igor verabschieden konnten, der seinen Whisky in einem Schluck herunterstürzte.

Die beiden Unbekannten verließen das Geschäft so fluchtartig, dass Peer nicht einmal sehen konnte, in welche Richtung sie verschwanden. Sie ließen den fluchenden Igor zurück und suchten eine Telefonzelle, in der sie nicht beobachtet werden konnten. Jetzt mussten sie sich auf Gegenobservationen einstellen. Während Lars draußen die Gegend beobachtete, telefonierte Peer über die angegebene „Konspi"rative Telefonnummer mit Erich, der angesichts der Entwicklung entsetzt war. Er riet ihnen, die Innenstadt von Braunschweig nach den Beiden abzusuchen und sich auf keinen Fall in der „Kupferkanne" sehen zu lassen. Man hätte bereits Erkenntnisse, dass der Kellner mit einer anderen Person zusammenwohne. Beide sollen bei der Fremdenlegion gewesen sein. Man werde sofort die Wohnung durchsuchen. Die bisherigen Erkenntnisse rechtfertigten eine sofortige Durchsuchung. Bei der Suche nach den Beiden sollten sie sehr vorsichtig sein. Sie dürften nicht nur bewaffnet, sondern auch sehr gefährlich sein, wie der Kollege aus Frankreich vertraulich mitgeteilt habe.

Peer und Lars durchstreiften an diesem Abend sämtliche Kneipen in der Innenstadt von Braunschweig und waren erstaunt, wie viele es davon gab. Von den beiden Unbekannten war aber nichts zu sehen. Gegen 21.00 Uhr telefonierten sie wieder über die bewusste Telefonnummer und Franz informierte sie, dass man in der Wohnung bisher insgesamt 1,8 Kg hochprozentiges Heroin gefunden habe, dass an den verschiedensten Stellen versteckt gewesen sei. Die Durchsuchung wäre aber noch nicht zu Ende. Auch die Identität der Beiden sei noch keinesfalls zweifelsfrei geklärt. Die Fahndung nach den Beiden liefe zwar, aber von Nachbarn wisse man, dass sie die Wohnung nur selten benutzten und ganz offensichtlich noch irgendwo eine weitere Wohnung besitzen mussten. Er forderte Peer und Lars auf, sich in der Drogenszene umzuhören. Vielleicht wisse jemand, wo die beiden geblieben seien. Während Peer und Lars sich an den verschiedensten Plätzen herumtrieben, wo sie Drogenabhängige vermuteten, achteten sie stets darauf, immer eine Wand im Rücken zu haben. Auch von Heiko war nichts zu sehen, den sie gelegentlich an bestimmten Treffpunkten von Drogenabhängigen finden konnten. Sie mussten auch feststellen, dass in der Drogenszene eine gewisse Unruhe herrschte. Gespräche wurden sehr schnell abgebrochen oder erst gar nicht geführt. Sie begaben sich daher in eine Gaststätte, die Heiko auch gelegentlich aufsuchte. Peer konnte von seinem Platz an der Theke im verspiegelten Gläserschrank hinter der Theke den Eingang und den gesamten Raum überblicken und alles beobachten, was sich hinter ihm ereignete. Sie bestellte zwei Kaffee. Während Lars trotz des Kaffees gut schlafen konnte, wusste Peer, dass er wegen des Kaffees die ganze Nacht würde kein Auge zu machen können. An Schlaf war in dieser Nacht für ihn ohnehin nicht zu denken.

Peer beobachtete im Spiegel die Gäste. Weil es recht warm war, zog er seine Jeansjacke aus und legte sie sich über die Knie. Nach einer gewissen Zeit glaubte er, dass ihn die Gäste immer wieder musterten. Er schalt sich, angesichts der Fahndung nach den beiden Unbekannten paranoide Ängste zu entwickeln. Lars stupste ihn von der Seite an und erklärte ihm, dass die Gäste sie beobachten würden. Also war sein Eindruck, von den Gästen beobachtet zu werden, doch keine paranoide Wahnvorstellung. Er griff zu seiner Geldbörse, die in der hinteren rechten Hosentasche steckte, und bemerkte zu seinem Schrecken, dass in seinem Hosenbund die 9-mm-Pistole steckte, die jetzt jeder sehen musste, nachdem er die Jacke auszog. Er zog sich die Jacke wieder an und teilte Lars flüsternd seine Entdeckung mit. Der grinste über das ganze Gesicht und meinte, „dann brauchen wir wohl nicht mehr lange warten und du kriegst wieder eine Abreibung von deinen Kollegen." Peer fand diese Bemerkung geschmacklos, zahlte beide Kaffee und mahnte Lars zur Eile. Er wollte es nicht darauf ankommen lassen. Später erfuhr er von Franz, dass bei der Polizei keine entsprechenden Meldungen eingegangen waren. Sie durchstreiften weiter die Innenstadt von Braunschweig, bis sie keine geöffnete Kneipe mehr fanden, in denen die beiden vermutet werden konnten. Die Uhr zeigte mittlerweile 04.00 Uhr und Lars war sehr müde, wie er immer wieder betonte. Sie begaben sich zu ihrer Pension und gingen zu Bett. Peer fand wie erwartet keinen Schlaf und stand bereits um 07.00 Uhr auf, nachdem er sich ständig im Bett hin und her wälzte.

Er frühstückte in aller Ruhe und wartete auf Lars. Er nahm sich die ausliegende Tageszeitung und versuchte darin zu lesen. Immer wieder schweiften seine Gedanken ab und er merkte, dass er sich auf die Zeitungsberichte nicht konzentrieren konnte. Erst gegen 09.00 Uhr tauchte Lars auf, der bekundete, immer noch sehr müde zu sein. Als Erstes wollte man Igor aufsuchen und ihn bitten, nicht mehr nach irgendwelchen Dealern zu suchen. Hätten sie Igors Reaktion auch nur geahnt, hätten sie nie Kontakt mit ihm aufgenommen. Ihnen war klar, dass er es gut gemeint und bestimmt auch an eine mögliche Provision dachte, die ihm nun entgangen war. Gegen 10.00 Uhr gingen sie an dem Geschäft von Igor vorbei, das aber noch geschlossen war. Sie riefen von einer Telefonzelle Erich an, der ihnen mitteilte, dass die Fahndung nach den beiden Dealern bisher erfolglos war. Auch Heiko hätten sie bisher nicht auftreiben können. Der Wirt von der „Kupferkanne" wollte weder Namen noch Wohnung von seinem Kellner kennen. Er schwor „Stein und Bein" ihn eingestellt zu haben, als dieser vorsprach und seine Dienste anbot. Er habe sich sehr geschickt und umsichtig angestellt und sei auch gut mit den betrunkenen Gästen klargekommen. Er habe sich als Pascal vorgestellt. Bekannte von Pascal kenne er nicht. Pascal sei seit etwa 3 Monaten als Kellner für ihn tätig. Der Wirt hätte eingeräumte, ihn nicht angemeldet zu haben, weil Pascal dies nicht wünschte und ohnehin wieder zurück nach Frankreich wollte. Das Pascal mit Drogen zu tun habe, sei ihm völlig unbekannt gewesen. Wie Erich weiter berichtete, sei bei der Durchsuchung ein weiteres Kg Heroin in einem Schuppen hinter dem Wohnhaus gefunden worden. So weit könne man den Einsatz als Erfolg werten, auch wenn die Dealer bisher noch nicht gefasst werden konnten. Sie sollten ihren Einsatz abbrechen, weil man inzwischen mit Sicherheit davon ausgehen könne, das Heroin gefunden zu haben, an dem die Personen in Braunschweig starben. Peers Vorschlag, Igor davon abzuhalten, weiter nach Dealern für Peer und Lars zu suchen, stimmte Erich zu. Sie sollten aber versuchen, sich als Opfer darzustellen, die nichts mit den polizeilichen Ermittlungen zu tun hätten, sich Zeit lassen und lieber noch weiter in der Innenstadt von Braunschweig nach den Beiden suchen. Zu einer Besprechung erwarte er sie erst nächsten Tag um 09.00 Uhr in Hannover. Sie sollten bis dahin auch die Berichte geschrieben haben.

An Igors Eingangstür zum Geschäft hing ein Schild „geschlossen", dass Igor gelegentlich innen an die Tür hängte, wenn er während der üblichen Geschäftszeiten nicht anwesend war. Lars drückte aber trotzdem gegen die Tür, die zu seiner und Peers Überraschung nicht verschlossen war. Sie gingen nach hinten, wo Igor für gewöhnlich ein Schläfchen machte, wenn es ihm danach war. Schon beim Betreten des Geschäftes hörten sie sein Schnarchen. Er saß versunken mit halb geöffnetem Mund in seinem Schaukelstuhl. Auf dem Tisch vor ihm stand ein Trinkglas mit dem Rest einer dunklen Flüssigkeit. Angesichts der leeren Whiskyflasche dürfte es sein Lieblingsgetränk gewesen sein, von dem noch ein Rest im Glas zu sehen war. Peer schüttelte an Igors Schulter und rief ihn. Er öffnete die Augen und sah sie verwirrt an. „Warum seid ihr abgehauen? Die hätten bestimmt noch ein Geschäft gemacht." Murmelte er vor sich hin. Seine Stimme klang vermutlich infolge des Alkoholgenusses sehr verwaschen. Er griff nach der Whiskyflasche, sah, dass sie leer war, und stand auf. Er kramte hinter seinem Schaukelstuhl in mehreren Plastikbeuteln und fand eine volle noch nicht geöffnete Whiskyflasche. Er öffnete sie und schüttere sein Glas halb voll, holte zwei weitere Gläser und füllte sie ebenfalls zur Hälfte, obwohl Peer und Lars protestierten. Igor überhörte den Protest und ließ sich wieder in seinen Schaukelstuhl fallen. Er fluchte auf die zwei unbekannten Legionäre, wie er sie nannte. Peer wunderte sich, dass die beiden sich Igor gegenüber offensichtlich als Legionäre bezeichneten. Er fragte Igor nach dem Abend mit dem Besäufnis aus. Igor fluchte ständig, „verarscht" worden zu sein. Er hätte sie ein paar Mal gefragt, ob sie wüssten, wer ihm Heroin beschaffen könne. Sie hätte ihm gesagt, dass er von ihnen so viel wie er wolle bekommen könne, wenn er es bezahle. Als er ihnen sagte, dass er jemanden kenne, der genug „Zaster" hätte und größere Mengen kaufen wolle, hätten sie zunächst gelacht und ihn nicht ernst genommen. Er hätte ihnen aber immer versichert, dass er sie mit dem Interessenten bekannt machen werde, wenn sie wollten. Sie hätten daraufhin nicht mehr gelacht und nur gemeint, man werde sehen.

Als er wissen wollte, wo er sie erreichen könne, hätten sie ihm gesagt, er könne sie immer in der Kneipe finden, wo sie gerade seien. Dort hätte er sie auch geholt, als Peer und Lars zu ihm gekommen seien. Er sei sich sicher gewesen, dass sie Drogen hätten liefern können. Warum sie sich so blöd verhielten, könne er sich gar nicht erklären. Peer erklärte Igor, dass sein ehemaliger Geschäftspartner wieder eine Firma im Ausland gründe und ihn gefragt habe, ob er mit ihm zusammen das Geschäft gründen wolle. Peer werde also nicht mehr häufig nach Braunschweig kommen. Igor solle daher auch nicht mehr nach jemandem suchen, der Drogen liefern könne. Peers Geschäftspartner hätte schon jemanden gefunden. Igor fluchte wieder auf übelste Art und es war ihm deutlich anzusehen, dass er das Geschäft zu gerne gemacht hätte, für deren Vermittlung ihm eine gute Provision in Aussicht gestellt worden war.

Peer fragte Igor ganz beiläufig, ob einer der Legionäre einen

Heiko kenne. Igor verneinte erstaunt und fragte, wer das sein solle. Peer antworte ausweichend, dass er glaubte, einer nenne sich so. Auf Peers frage, ob Igor vielleicht einen Heiko kenne, entgegnete Igor, dass er niemanden mit dem Namen kenne und sicher sei, dass der eine der Legionäre zumindest Gérard heiße und der andere sicher nicht Heiko. Den Namen des anderen habe er vergessen. Igor bot nochmals an, nach den beiden Legionären zu suchen und ihnen ins Gewissen zu reden. Peer erklärte Igor nochmals sehr eindringlich, dass es sich erledigt habe. Er glaube auch nicht, dass sie Drogen beschaffen könnten. Sie hätten sich wahrscheinlich nur wichtig machen wollen. Igor war aber nicht auf den Kopf gefallen und antwortete, dass er sich absolut sicher gewesen sei, dass sie im Besitz von Drogen waren und auch hätten liefern können. Sie wären ja nicht umsonst mitgekommen, als er sie aus der Kneipe geholt habe. Er hatte ihnen gesagt, dass die Interessenten bei ihm seien, die Heroin in größeren Mengen kaufen wollten. Den Legionären hätten die Gesichter von Peer und Lars nicht gefallen. Sie seien extrem misstrauisch und hätten ihm auch erzählt, dass die „Bullen" sie wiederholt hätten reinlegen wollen. Peer ging davon aus, dass den Legionären Peers und Lars Verbindung zu Heiko bekannt war. Schließlich hatten sie den einen der Beiden in der Gaststätte ja nach Heiko gefragt. Es war also naheliegend, dass man ihnen nun misstraute. Warum sollten sie jetzt noch zusätzlich über Igor versuchen an Stoff zu kommen, wenn Heiko es ihnen ja angeboten hatte und ihnen gegenüber auch nicht unerwähnt ließ, dass die Lieferung nur über ihn abgewickelt werden könne. Peer und Lars verabschiedeten sich von Igor und versprachen sich bei Gelegenheit zu melden.

Lars Glas mit Whisky war unberührt, während Peer ein paar Schluck trank, nachdem er ihn mit Cola verdünnte. Man merkte es Igor an, dass er es bedauerte, beide nicht mehr sehen zu können. Er fragte Peer, ob er noch Interesse an Stilmöbeln oder Ikonen hätte und etwas kaufen wolle aber Peer entgegnete, dass er es bedauere, keines der schönen Stücke, die ihn schon interessieren würden erwerben zu können. Er müsse erst mal sehen, dass er wieder finanziell auf die Beine komme. Er werde sich wieder melden. Igor schien wirklich bekümmert zu sein. Er nahm nicht einmal wahr, dass sie ihre Whiskygläser fast unberührt stehen ließen.

Es tat Peer und Lars wirklich leid, Igor so zurücklassen zu müssen, obwohl er sich so für sie eingesetzt hatte. Von seiner Lebensgeschichte waren sie erschüttert und betroffen. Lars schien es besonders zu beschäftigen, was Peer nicht übersah, ihn aber wunderte, weil Lars die Schilderungen nicht unmittelbar von Igor selbst, sondern von Peer erfuhr. Lars äußerte, Igor sei ihm zwar sympathisch, aber sein Profitinteresse im Zusammenhang mit dem Drogenhandel belege eine gewisse nicht tolerierbare kriminelle Energie. Das müsse man auch berücksichtigen, wenn man seine Person beurteile, mag Igors Biografie auch noch so dramatisch verlaufen sein.

Entsprechend ihrem Auftrag suchten sie noch einmal einige einschlägige Kneipen auf, sahen aber weder einen der beiden Legionäre noch Heiko. Entgegen Erichs ausdrücklichem Verbot suchten sie die „Kupferkanne" auf. Der Wirt bediente alleine. Lars fragte nach Heiko. Der Wirt ignorierte die Frage und wollte wissen, was sie trinken wollten. Sie bestellten zwei Bier und Lars fragte nochmals nach Heiko. Der Wirt antwortete, er kenne keinen Heiko. Auf Lars Frage nach dem Kellner, erklärte der Wirt, der habe heute frei. Unauffällig betrachteten sie die Gäste. Doch diese schienen keine Notiz von ihnen zu nehmen. Es deutete nichts darauf hin, dass sie in der Gaststätte in irgendeiner Weise auffielen. Heiko kannte auch nur Lars Vornamen. Peer glaubte sich zu erinnern Heiko seinen Namen nicht genannt zu haben. Was wusste der Wirt? Hatte er nicht mitbekommen, dass Heiko zu dem Kellner in einer gewissen Beziehung stand? Für sie war nur wichtig, ob der Wirt sie mit den Legionären in Verbindung brachte. Dieser ließ sich aber nichts anmerken. Es war bereits spät geworden. Sie sollten früh morgens ihre Zelte in Braunschweig abbrechen und um 09.00 Uhr am nächsten Tag in Hannover für eine Besprechung zur Verfügung stehen und noch die fälligen Berichte verfassen, vom Fahrtenbuch ganz zu schweigen. Sie waren sich einig, dass sie am nächsten Morgen Erich oder Franz mitteilen würden, dass sie 1 Stunde später zur Verfügung stünden. Auf die Berichte müssten sie ohnehin warten. Auch wenn man ihnen keine Schuld an dem teilweisen Misserfolg gab, schienen Franz und Erich doch verärgert zu sein. Dabei war der Ablauf zum einen auf den Übereifer von Igor und zum anderen auf die Zweigleisigkeit der verdeckten Ermittlungen zurückzuführen. Hätte man ein zweites Team, das aber gar nicht zur Verfügung stand, auf Igor angesetzt, wäre es völlig anders verlaufen. Auf die Besprechung am nächsten Morgen war Peer gespannt. Wie sollte der Einsatz strafprozessual abgewickelt werden?

Am nächsten Morgen frühstückten sie früh, zahlten ihr Zimmer und fuhren nach Hannover zu dem „Konspi"rativen Büro. Unterwegs hielten sie an einer Raststätte und teilten Franz telefonisch mit, dass sie sich um eine Stunde verspäteten und erst gegen 10.00 Uhr auftauchen würden. Franz schien nicht überrascht und verkündete, dass der Abteilungsleiter ebenfalls an der Besprechung teilnehmen werde. Zu der Abteilung gehörten die Dezernate für Falschgeld, Waffen- und Drogenhandel. Die Ausbildung und der Einsatz von verdeckt ermittelnden Kriminalbeamten erfolgten durch Beamte des Drogendezernats. Es gab aber Überlegungen, hierfür ein eigenes Dezernat einzurichten, wenn sich diese Art von Ermittlungen bewähren sollte und die Politik sich nicht dagegen ausspräche. Fachleute des LKA versuchten wiederholt den politisch Verantwortlichen begreiflich zu machen, dass die Arbeit eines verdeckten Ermittlers unentbehrlich ist und diese Beamten für die Dauer ihrer Tätigkeit vom Strafverfolgungszwang ausgenommen werden müssten. Doch das schien in der Politik nicht durchsetzbar, was die Arbeit der VE ungeheuer erschwerte und von den Staatsanwälten je nach ideologischem Standort so oder so gehandhabt wurde. Warum sich die Politik weigerte, die Arbeit der VE zu erleichtern, war rational nicht erklärbar. Schließlich wurde es bei den Mitarbeitern des Verfassungsschutzes akzeptiert. Die Argumente der Politiker leuchteten Peer nicht ein und schienen ihm mehr als fadenscheinig. Immer mit dem Hinweis auf die leidvolle Geschichte Deutschlands begründeten Politiker ihr Misstrauen gegenüber der Exekutive. Peer hielt dies in Anbetracht der verstrichenen Zeit seit Ende des II. Weltkrieges, der recht guten Ausbildung der Polizeibeamten und insbesondere der spezialisierten Ausbildung der Kriminalbeamten für eine in jeder Hinsicht abwegige Argumentation. Ihn beschlich immer der Verdacht, dass zwischen Politik und Kriminalität gelegentlich Querverbindungen existierten. Die immer wieder auftauchenden politischen Skandale bestärkten ihn nur in seiner Meinung.

In Hannover angekommen stellten sie ihren Dienstwagen in einer Seitenstraße ab und begaben sich zu dem Büro. Es war bereits 10.15 Uhr und Peer vermutete, dass man ihnen die Unpünktlichkeit vorhalten würde. In dem größeren der beiden Büroräume erwarteten sie wie angekündigt der Abteilungsleiter, Franz, Erich und zu ihrer Verblüffung der Präsident des LKA. Er begrüßte sie ausgesprochen herzlich und beglückwünschte sie zu dem Erfolg. Er betonte, dass man ohne ihre Hilfe diesen gefährlichen Drogenhandel, der bereits Menschenleben gefordert habe, nicht so schnell hätte aufklären können und sicherlich weitere Menschenleben gekostet hätte. Sie waren sehr überrascht und warteten auf den Pferdefuß, der sicherlich kommen würde. Doch der Präsident lobte sie weiter und führte aus, dass sie sich sehr umsichtig verhalten hätten, was ihre weitere Verwendung als VE sicher stelle. Sie sollten sich auch nicht wundern, dass die Öffentlichkeit nur sehr allgemein von dem Ermittlungserfolg unterrichtet werde. Die Täter seien inzwischen identifiziert und es sei nur eine Frage der Zeit, bis man sie festnähme. Peer bedankte sich und nahm die Gelegenheit war, den Präsidenten nach der ungeklärten Frage des Strafverfolgungszwanges für VE zu fragen. Der Präsident bedauerte, dass sich die Politik in dieser Frage keinen Millimeter bewege. Man dürfe aber die Hoffnung nicht aufgeben. Er fände es auch merkwürdig, dass einen Vorschlag, verdeckte Ermittlungen gegen die organisierte Schwerstkriminalität durch Mitarbeiter des Verfassungsschutzes vornehmen zu lassen, ebenfalls strikt abgelehnt werde. Mit dieser Art von Ermittlungen stände man erst ganz am Anfang, weshalb Geduld gefragt sei. Seiner Meinung nach gäbe es in vielen Fällen keine Alternative, weswegen er davon ausgehe, dass sich diese Art der Ermittlungen in der Bundesrepublik Deutschland langfristig etabliere. Der Abteilungsleiter würde sie jetzt über alles Weitere und auch über ihren nächsten Einsatz informieren. Er selbst habe gegen 11.30 Uhr eine Pressekonferenz einberufen, um zum Ermittlungsstand in Braunschweig Stellung zu nehmen. Zu seinem Abteilungsleiter gewandt bemerkte er, dass es vielleicht angebracht sei, bei dem Gespräch mit dem Leiter des Flughafens den verdeckt ermittelnden Beamten teilnehmen zu lassen. Zum Abschied gab er jedem die Hand und bemerkte zu Erich und Franz: „Sehr gute Arbeit! So habe ich es mir vorgestellt."

Als er gegangen war, ergriff der Abteilungsleiter das Wort, in dem er Peer und Lars ebenfalls lobte und danach Erich aufforderte zu berichten, was man inzwischen alles habe ermitteln können. Man habe in der Wohnung und in einem Schuppen insgesamt 3,4 Kg Heroin gefunden und könne mit den sichergestellten Fingerabdrücken nachweisen, dass die verdächtigen Personen diese Drogen in den Händen hielten. Mit den Fingerabdrücken sei es auch gelungen sie zu identifizieren, da beide in der Vergangenheit wegen verschiedener Delikte in Deutschland aufgefallen, und daher ihre Fingerabdrücke erfasst worden seien. Durch einen Bekannten bei der französischen Gendarmerie, der in Deutschland Dienst tue, habe man inoffiziell in Erfahrung bringen können, dass beide zu gleicher Zeit in der Fremdenlegion gewesen seien, wo sie sich vermutlich kennenlernten. Der eine sei wegen eines unbekannten Vorfalles entlassen worden, der andere nach seiner regulären Dienstzeit. Man könne davon ausgehen, dass das Heroin aus einem illegalen Labor von Marseille stamme. Eine offizielle Anfrage in Frankreich über INTERPOL und ein Rechtshilfeersuchen sei unterwegs. Erfahrungsgemäß könne man mit einer Antwort erst in einigen Monaten rechnen, wobei Auskünfte über Legionäre selten oder gar nicht erteilt würden. Den Lieferanten Heiko habe man inzwischen festnehmen können. Er bestreite aber jeden Kontakt zu den beiden Legionären. Man habe daher mit der Staatsanwaltschaft vereinbart, Heiko wieder freizulassen und sein Telefon abzuhören. Auch im Hinblick auf die verdeckten Ermittlungen wäre diese Regelung zurzeit angebracht. Es sei ihm schließlich nur der Handel mit 1 Gramm Heroin nachzuweisen. Die Ermittlungen gegen ihn würden daher vorerst eingestellt, weil es außer Verhältnis stehe, die Tarnung der VE wegen der geringen Menge Drogen zu gefährden. Für Peer und Lars sei der Einsatz erledigt.

Airport Hannover Langenhagen

Erich forderte nun Franz auf, die neuen Aufgaben für Peer und Lars zu erläutern. Franz nahm einen schmalen Hefter und blätterte darin. Er berichtete, dass seit fast einem Jahr immer wieder der Verdacht auftauche, dass mit Flugzeugen Drogen über den Flughafen Hannover eingeschmuggelt würden. Seit einigen Monaten gäbe es auch immer wieder Anzeigen über gestohlene Gepäckstücke. Bisherige Ermittlungen, insbesondere Befragungen von Flughafenmitarbeitern blieben völlig ergebnislos. Es gäbe auch keinerlei Ansatzpunkte für weitere Ermittlungen. Daher habe die Leitung des LKA nach Rücksprache mit der Leitung des Flughafens den Einsatz von VE beschlossen, wobei über den geplanten Einsatz außer den hier Anwesenden, der Leiter des LKA, der Flughafenleiter und sein Personalchef informiert seien. Dies solle auch so bleiben. Für den Einsatz im Flughafen sei Peer vorgesehen, dessen Aufgabe lediglich darin bestünden, seine Augen offen zu halten und alles Verdächtige zu melden. Lediglich der Leiter der Staatsanwaltschaft sei allgemein informiert, weil man zurzeit nicht einmal wisse, gegen wen sich ein Ermittlungsverfahren richten könne.

Der leitende Staatsanwalt war ebenfalls der Meinung, dass man mit der Eröffnung eines staatsanwaltlichen Ermittlungsverfahrens warte, bis sich ein Verdacht gegen bestimmte Personen ergäbe. Morgen gegen 10.00 Uhr sei eine Besprechung mit dem Flughafenleiter, Personalchef, Abteilungsleiter LKA, Erich und Franz vorgesehen. Die Besprechung fände im LKA-Hauptgebäude statt. Franz fragte den Abteilungsleiter, ob Peer entsprechend des Vorschlages des Präsidenten teilnehmen solle, was dieser bejahte. Peer solle aber sehen, dass er möglichst unauffällig ins Gebäude komme. Er forderte Franz auf, Peer über den Eingang zur Tiefgarage einzuschleusen, damit auch im LKA nicht unbedingt jeder mitbekomme, dass Peer an der Besprechung teilnehme. Er sei schließlich im LKA durch seine frühere Tätigkeit nicht unbekannt und jeder könne sich daher schnell zusammenreimen, was diese Besprechung bezwecke.

Franz machte mit Peer aus, dass er ihn gegen 09.50 Uhr an einer bestimmten Stelle in der Nähe des Hauptgebäudes abhole. Peer gefiel dieser Einsatz gar nicht. Er sah sich schon als Kofferkuli durchs Flughafengelände traben. Er äußerte sich aber nicht. Franz schien Peers Unbehagen bemerkt zu haben, denn er fragte, ob der Einsatz ihm nicht gefiele? Peer meinte, dass es vermutlich nicht einfach werde, neben seiner Tätigkeit als Kofferkuli noch auf andere Personen und deren Tätigkeit achten zu müssen. Franz ergänzte amüsiert, dass er nicht nur Koffer, sondern im Frachtterminal auch Pakete schleppen müsse. Peer schwieg aber jeder nahm seinen Unmut wahr. Franz beschwichtigte, dass man ihn genau einweisen werde und er keineswegs Koffer oder Frachtstücke schleppen müsse. Der Flughafen habe sich für ihn eine Aufgabe ausgedacht, die es ihm möglich machen würde, andere beobachten zu können.

Franz führte zu Lars gewandt weiter aus, dass sich durch Telefonüberwachungen ein sehr konkreter Verdacht gegen einen etwa 40-jährigen türkischen Staatsangehörigen einer ethnischen Minderheit ergeben habe, der im Verdacht stünde, sowohl mit Haschisch als auch mit Heroin zu handeln. Die Drogen würden von seinen Landsleuten aus dem kurdischen Teil der Türkei mit Bussen oder LKW in die Bundesrepublik geschmuggelt und von hier nach Frankreich, Niederlande und England weitertransportiert. Mit einem Teil der Drogen werde der deutsche Markt bedient. Man wisse, dass es in Diyarbakir und Trabzon Labors gäbe, in denen aus Rohopium Heroin hergestellt werde. Mit dem Erlös aus dem Drogenhandel würden bestimmte Untergrundorganisationen in der Türkei ihren sog. „Freiheitskampf" finanzieren. Lars solle bei der Auswertung der Telefonüberwachung mitwirken und später vielleicht auch als Aufkäufer fungieren, wenn sich die Situation ergäbe. Lars machte keinen Hehl daraus, dass ihm die Aufgabe gefiel und er nicht mit einem Whiskysäufer konkurrieren müsse. Der Abteilungsleiter berichtete weiter über Ermittlungsverfahren, die in seinen verschiedenen Bereichen bearbeitet würden, damit die verdeckt operierenden Ermittler informiert seien, welche kriminellen

Aktivitäten sich um sie herum abspielten. Man müsse immer wieder mit Überschneidungen bei den verschiedenen Komplexen rechnen. Nachdem einige bürokratische Modalitäten besprochen waren, verabschiedete sich der Abteilungsleiter mit Erich und Franz von Peer und Lars, die begannen ihre Berichte zu schreiben, das Fahrtenbuch auszufüllen und ihre Reisekostenabrechnungen fertigzustellen. Am Abend aßen sie gemeinsam in einer Gaststätte zu Abend und unterhielten sich über die Verwendung der Büroräume, in denen sie bisher übernachteten. Wie der Abteilungsleiter auch berichtete, habe man das Projekt mit der „Konspi"rativen Firma aufgegeben, weil zu viele rechtliche Hindernisse bestünden. Die Büroräume würden in den nächsten Tagen von einigen Kolleginnen und Kollegen bezogen, die sich mit der Bekämpfung der Wirtschaftskriminalität befassen sollten. Verdeckte Einsätze im Bereich der Wirtschaftskriminalität seien vorerst nicht vorgesehen und sollten nur auf Einzelfälle beschränkt werden. Peer und Lars mussten also die Büros räumen. Lars, der erst vor Kurzem zum LKA versetzt worden war, musste sich um eine Unterkunft bemühen. Peer bot ihm bis auf Weiteres seine Unterkunft an, wo noch ein Sofa stand, dass Lars benutzen konnte, bis er ein Zimmer oder eine Wohnung fand.

Peer und Lars verbrachten die letzte Nacht im Büro. Am Morgen packten sie ihre Sachen zusammen und verstauten sie in ihren Autos. Den Dienst-Pkw sollte Peer weiterhin benutzen, da der Wagen auf seinen Decknamen zugelassen war. Man würde ihm die Kilometer, die er privat fahre, in Rechnung stellen. Deswegen sollte er das Fahrtenbuch gewissenhaft führen. Peer überlegte, ob er lieber seinen privaten Pkw benutzen sollte. Allerdings müsste er dann immer auch seine echten Ausweise mit sich führen, was wieder ein gewisses Risiko mit sich brachte. Zunächst wollte er seinen eigenen Wagen und erst später den „Konspi"rativen Pkw benutzen. Er verwarf den Gedanken wieder, weil es merkwürdig erscheinen konnte, wenn er mit verschiedenen Fahrzeugen gesehen wurde. Auch könnte man anhand der Zulassungsnummer leicht seine

Identität ermitteln und seine Tarnung auffliegen lassen. Dass er von seiner Wohnung im Vorort von Hannover aus fahren musste, war ebenso riskant. Er hatte dies mit Erich und Franz besprochen, die meinten, dass er natürlich ein wenig aufpassen müsse. Er habe doch auch gelernt, auf Gegenobservationen zu achten und sie zu erkennen. Sollte er im Flughafenbereich auf verdächtige Umstände stoßen, die zur Vorsicht Veranlassung böten, müssten sie sich etwas einfallen lassen. Lars fand es ebenfalls nicht sehr professionell, wenn er jetzt im LKA aus und einging, und später als verdeckter Ermittler tätig werden sollte. Doch Erich und Franz hatten ihre Erfahrungen und wüssten schon, was sie rieten.

Weil sie die Parkplatzmisere beim LKA kannten, nahmen sie für den Weg von den „Konspi"rativen Büroräumen zum LKA öffentliche Verkehrsmittel. Während Lars zum Vordereingang des LKA ging, wartete Peer an der vereinbarten Stelle, bis Franz ihn dort abholte. Zusammen gingen sie über die Tiefgarage zu einem Besprechungszimmer im 4. Stock des Gebäudes. Erich wartete bereits. Er teilte mit, dass sich der Flughafenleiter mit seiner Begleitung verspäten würde. Sie hätten angerufen, dass sie im Verkehrsstau stünden. Nach ein paar Minuten tauchte auch der Abteilungsleiter vom LKA auf und kurz darauf teilte man von der Eingangskontrolle mit, dass die beiden Herren vom Flughafen eingetroffen seien. Erich ging zum Eingang und holte sie ab. Sie wurden vom Abteilungsleiter begrüßt, der ihnen Peer als den verdeckten Ermittler vorstellte, der die vorgesehene Aufgabe übernehmen solle. Nachdem die Runde vollständig war und alle saßen, fragte der Personalchef des Airports, ob Peers äußerliches Erscheinungsbild verändert werden könne, weil man beabsichtige, ihn als Systemfachmann einzuführen, der die Abläufe im Passagier- und Frachtbereich analysieren solle, um Systemabläufe zu optimieren. Diese Tätigkeit würde zurzeit nicht auffallen, weil seit 4 Monaten verschiedene Personen einer Fremdfirma solche Untersuchungen vornähmen. Diesen Herren hätte man schon erklärt, dass man auch einen eigenen Mitarbeiter beauftragt habe, nach Lösungen zu suchen, die mit den von der Firma entwickelten Lösungen verglichen würden. Hierzu müsste Peer aber ein seriöseres Aussehen vorweisen. Peer sagte sofort, dass es überhaupt kein Problem darstelle, und fragte noch den Vorstellungen des Personalchefs. Der entgegnete, bartlos, gepflegt mit Schlipps und Kragen, wie ein Bankkaufmann. Dies wäre am unauffälligsten und würde dem gängigen Klischee entsprechen.

Erich berichtete von einem anonymen Anruf, der vor einiger Zeit, merkwürdig genug, direkt beim Drogendezernat des LKA eingegangen sei, wobei der Anrufer auf einen LKW einer Spedition hinwies, der zu einer bestimmten Zeit vom Flughafen Frachtgut abhole. In dem Lkw befände sich ein Paket mit 50 kg Haschisch. Die durchgeführte Kontrolle bestätigte diese Angaben. Man könne aber mit Sicherheit davon ausgehen, dass der LKW-Fahrer ahnungslos war. Das Paket trug keinen Absender und der Adressat war nicht existent. Die Fracht sei in Containern im Frachtbereich des Flughafens bereitgestellt worden. Sämtliche Frachtstücke waren für eine bestimmte Firma vorgesehen. Auch dort sei kein Verdächtiger zu ermitteln gewesen. Man könne sich die ganze Angelegenheit nicht erklären. Es gäbe Spekulationen, dass ein Mitarbeiter im Flughafen oder aber auch aus einem anderen Bereich, vom Drogenschmuggel Kenntnis habe und die Ermittlungsbehörden versuchte, auf diese Weise zu informieren. Vermutlich musste er dafür sorgen, dass das Paket genau mit dieser Marge transportiert würde. Die Umstände deuteten eher auf einen Mitarbeiter des Flughafens hin, als auf einen Außenstehenden. Er müsste aber schon sehr genaue Kenntnisse haben, da er wusste, was sich in dem Paket befand. Es seien alle Speditionen, die in den Tagen Frachtgut im Flughafen übernahmen, ergebnislos überprüft worden.

Der Abteilungsleiter des LKA ergriff das Wort und bedankte sich bei den beiden Herren vom Flughafen für das Entgegenkommen und die Kooperationsbereitschaft, er bezweifle aber, dass man auf diese Weise den oder die Unbekannten entdecken werde. Man müsse davon ausgehen, dass es sich bei dem anonymen Hinweisgeber um jemanden handle, der sehr gute interne Kenntnisse besitze und auch im Frachtbereich beschäftigt sein dürfte, wenn er unbeobachtet Frachtgut umlagern könne. So seien die Mitarbeiter durch die vorgenommenen Befragungen der Polizei bereits gewarnt. Er hielte es für angebrachter jemanden einzuschleusen, der mit dem Frachtgut direkt zu tun habe. Es sei auch denkbar, einen 2. VE zur Verfügung zu stellen. Während der eine die vom Personalchef vorgeschlagene Funktion übernähme, könnte der andere in der Verteilung des Frachtgutes arbeiten. Der Leiter des Flughafens nickte und erklärte sich einverstanden. Er gab nur zu bedenken, dass die Arbeit im Frachtterminal körperlich anstrengend sei und nicht gewährleistet werden könne, dass die dafür eingesetzte Person, die Möglichkeit haben würde, die anderen Mitarbeiter zu beobachten. Doch wenn 2 Beamte eingesetzt würden, sei ein Erfolg eher zu erwarten.

Der Abteilungsleiter forderte Franz auf, den Kollegen Lars zu suchen, um ihn zu bitten, an der Besprechung teilzunehmen. Während sie auf Lars warteten, erläuterte der Personalchef mit dem Abteilungsleiter einige versicherungs- und verwaltungsrechtliche Fragen. Sie konnten wohl zur Zufriedenheit des Personalchefs beantworten werden, denn er meinte, dass es von Seite des Flughafens überhaupt keine Probleme gäbe. Er würde vorschlagen mit dem Einsatz vielleicht schon am Wochenende zu beginnen, weil sich dies gerade wegen eines Personalengpasses anbiete.

Lars traf ein und wurde kurz über den Sachverhalt von Erich informiert. Als Lars hörte, dass er bereits am Wochenende eingesetzt werden sollte, schien sich seine Laune erheblich, zu verschlechtern. Er sagte aber nichts, sondern nickte nur. Der Abteilungsleiter fragte Peer und Lars, wer welche Aufgabe übernähme, worauf Lars sofort antwortete, dass er den Systemprüfer mache. Peer ärgerte sich, dass er nun doch wohl den „Kofferkuli" machen müsse, schwieg aber. Nachdem dies geklärt war, vereinbarten sie, dass beide sich am

Sonntagvormittag gegen 08.00 Uhr beim Personalchef im Flughafen meldeten. Peer fragte, ob er im Frachtbereich mit Krawatte erscheinen müsse, was verneint wurde. Nur für Lars sei dies wünschenswert. Die Flughafenchefs verabschiedeten sich und Franz brachte sie zum Ausgang. Auch der Abteilungsleiter ging und ließ Erich mit Peer und Lars zurück, die verschiedene Aspekte ihres Einsatzes besprachen. Erich erwähnte einige Berichte der vergangenen Monate über Ereignisse am und im Flughafen, die sie sich durchlesen sollten, damit sie über das Wichtigste informiert seien. Peer bat Erich, ihm eine kleine Minoxkamera zu besorgen, damit er Wichtiges im Bild festhalten könne. Während Erich nach einer Minoxkamera sah, lasen sie die verschiedenen Berichte und verließen gegen 16.00 Uhr das Büro, um Erich zu suchen, damit er sie über die Tiefgarage hinausbegleite. Zum Abschied meinte Erich süffisant lächelnd, sie sollten am Sonntag pünktlich ihre Arbeit aufnehmen. Wenn etwas eilig zu melden wäre, könnten sie ihn oder Franz über die ihnen bekannte „Konspi"rative Telefonnummer jederzeit erreichen. Wären sie nicht erreichbar, würde ihr Telefonat automatisch bei einem Bereitschaftsdienst landen, der immer wisse, wie sie Franz oder Erich erreichen könnten.

Lars wollte zwar am Wochenende seine Eltern aufzusuchen, nahm aber davon abstand, weil ihm nur der Samstag blieb. Also vereinbarte er mit Peer etwas gemeinsam zu unternehmen, um sich ein wenig abzulenken. Mit der Straßenbahn fuhren sie in die Nähe ihrer geparkten Pkws. Als sie sich dem „Konspi"rativen Dienstfahrzeug („Konspi") näherten, stieg Peer wieder der unverkennbare intensive Geruch der Haschischplatten in die Nase. Zu Lars gewandt meinte er, dass er die Platten unbedingt im LKA deponieren wolle, solange er im Flughafen Dienst tue, sonst überprüfe den Pkw doch noch eine Polizeistreife. Peer nahm den „Konspi" und Lars seinen Privat-Pkw, um zu Peers Wohnung zu fahren. Peer zeigte in der Wohnung angekommen Lars das Sofa, auf dem er schlafen könne und den Kleiderschrank im Schlafzimmer mit der Bettwäsche. Schlafzimmer war vielleicht ein übertriebener Ausdruck für den Abstellraum, in dem lediglich ein Einzelbett und ein zweiflügeliger Schrank standen. „Und sauber ist es auch!" Entfuhr es Lars. „Was glaubst du von mir?" konterte Peer. Auch die Wohnküche war klein aber funktionell eingerichtet. Beide setzten sich aufs Sofa und Peer fragte, ob Lars ein Bier möchte. Lars schüttelte den Kopf und meinte, dass er vielleicht noch Auto fahren müsse, ob Peer nicht Mineralwasser habe. Peer stellte Lars eine Flasche Mineralwasser und ein Glas auf den kleinen runden Tisch, der vor dem Sofa stand, und nahm sich eine Flasche Bier und ein Bierglas. Peer trank das Bier lieber stilvoll aus einem entsprechenden Pilsglas. Lars meinte, sie sollten etwas essen, und fragte nach einem Restaurant, Gaststätte oder einem Imbiss in der Nähe. Es gäbe eine Gaststätte ganz in der Nähe, wo man kleinere Mahlzeiten bekomme, meinte Peer. Er habe dort schon öfter gegessen. Wenn Lars wolle, könnten sie dort hingehen. Zu Hause habe er nur ein paar Konserven mit Fisch aber nicht einmal Brot.

Er hätte es einfach vergessen, sich etwas zu besorgen. In der Gaststätte könne man morgens ab 09.00 Uhr auch Frühstücken. Peer goss sich langsam sein Bierglas voll und meinte ironisch, dass es sehr unprofessionell sei, dass man von seiner Privatwohnung mit einem „Konspi" zum Flughafen fahre. Auf seine diesbezügliche Bemerkung hätte Erich nur abgewunken und gemeint, man müsse eben vorsichtig sein. Peer ließ deutlich erkennen, dass ihm der ganze Einsatz gar nicht gefiel. Wie er etwas beobachten solle, wenn er sein Augenmerk auf die Arbeit richten müsse, solle man ihm einmal erklären. Er fühlte sich von Lars in dieser Hinsicht überfahren, äußerte seinen Unmut aber nicht. Allerdings machte er auch keinen Hehl daraus, dass er die für Lars vorgesehene Tätigkeit für völlig verfehlt hielt, weil wohl niemand unter Lars Augen Pakete verschwinden ließe. Ihr Gespräch drehte sich um den bevorstehenden Einsatz, den sie beide nicht für sehr sinnvoll hielten, ohne aber zu wissen, was man in dieser Situation hätte machen sollen. Sie rätselten auch über das Motiv des Unbekannten, der 50 kg Haschisch in einen nicht für diesen Transport vorgesehen Lkw legte. Doch vielleicht war der Lkw für den Transport vorgesehen und der Unbekannte beobachtet in Kenntnis des Inhaltes, wie jemand dieses Paket im LKW ablegte. So debattierten sie noch eine ganze Zeit, während Peer sein Bier trank. Sie gingen in die nahe gelegene Gaststätte, wo sie eine Kleinigkeit aßen. Peer trank mehr Bier als, ihm guttat. Lars machte Peer unmissverständlich klar, dass er nicht beabsichtige, am nächsten morgen früh aufzustehen. Peer war's recht. Sie wollten nächsten Morgen überlegen, was sie mit dem Samstag anfingen. Peer schlief sehr schnell ein, während Lars sich in Gedanken ständig mit seiner bevorstehenden Tätigkeit im Flughafen beschäftigte. Er schlief in dieser Nacht sehr unruhig.

Peers Wohnung in Isernhagen lag für den Weg zum Flughafen Hannover sehr günstig. Andererseits befürchtete er, dass einige Mitarbeiter des Flughafens ebenfalls dort wohnten. Vielleicht konnten sie sich aber auch völlig aus den Ermittlungen heraushalten und brauchten nur die notwendigen Erkenntnisse weiterzugeben. Sie standen am Morgen erst sehr spät auf. Peer rauchte eine Zigarette und schlug vor, dass sie zum Frühstücken in die nahe Gaststätte gehen könnten. Lars war aber der Ansicht, dass man sich Zeit lassen und gleich zum Mittagessen in ein gutes Restaurant gehen sollte. Peer kannte in der Nähe kein Restaurant. Er war so selten in seiner Wohnung, dass er kaum die Gelegenheit fand, nach einem Restaurant in der Nähe zu suchen. Lars merkte, dass Peer zögerte, und fragte, ob das Frühstück so wichtig für ihn sei. Peer schüttelte den Kopf und gestand, dass er in Isernhagen noch nie ein Restaurant aufgesucht habe. Lars ließ sich das Branchentelefonbuch geben und sah nach. Er nannte das eine oder andere Lokal und Peer zuckte nur mit den Schultern. Lars entschied sich für ein Lokal, dass Peer ebenfalls nicht kannte. Lars erklärte, dass bei dem Eintrag im Telefonbuch „Bürgerlich Küche" vermerkt sei. Peer nickte wieder mit dem Kopf und zündete sich seine zweite Zigarette an diesem Morgen an und verfluchte sich, dass er wieder rauchte. Seine Absicht stand aber fest, sofort mit dem Rauchen aufzuhören, wenn er nicht mehr als verdeckter Ermittler tätig sein würde. Nach dem

Essen überredete Lars Peer mit ihm in die Heide zu fahren, um dort einen ausgedehnten Spaziergang zu machen. Es war wirklich ein ausgedehnter Spaziergang, der sich bis in den Abend hinein erstreckte. Plötzlich fiel es Peer ein, dass man vergaß, für die nächsten Tage Lebensmittel einzukaufen. Typisch Junggeselle bemerkte Lars. Peer aber ärgerte sich, weil er am nächsten Tag gegen 08.00 Uhr seinen Termin am Flughafen wahrnehmen musste und nicht einmal frühstücken konnte. „Dann rauch doch morgen eine Zigarette, und der Tag fängt gut an." spottete Lars. Peer fand es alles andere als lustig, entgegnete aber nichts. Nach einem Imbiss in der nahen Gaststätte gingen sie recht früh zu Bett, wobei Lars sich aufs Sofa legte.

Peer stand bereits um 06.00 Uhr auf und wusch sich. Während er sich den Bart ein wenig stutze und ihm mit einer Rasur Konturen verlieh, rauchte er eine Zigarette, worüber er sich wieder ärgerte. Er war sich bewusst, dass diese Sucht stärker war, als er sich hatte eingestehen wollen. Er trank ein Glas Mineralwasser und hörte im Radio die 07.00 Uhr Nachrichten, während Lars das Bad in Beschlag nahm. Gegen 07.30 Uhr brach Peer auf, nachdem er mit Lars vereinbarte, dass er ihm abends schildere, welche Möglichkeiten er aus seiner Sicht sähe, Frachtgut unbeobachtet zu verlagern.

Beim Flughafen suchte Peer nach einem Parkplatz, konnte aber keinen gebührenfreien finden. Das war das Nächste, was er regeln musste. Er ging ins Flughafengebäude und fragte nach dem Personalchef. Er wurde von einem Mitarbeiter des Flughafens zum Büro des Personalchefs geführt. Es wäre auch gar nicht so einfach gewesen, dorthin zu gelangen. Der Personalchef begrüßte ihn sehr herzlich und bot Peer Platz an und erklärte, dass man noch auf Lars warte. Sie warteten nicht lange und Lars tauchte in Begleitung eines Sicherheitsangestellten auf. Der Personalchef bat auch Lars sich zu setzen, ging zu seinem Schreibtisch und übergab Peer und Lars einen Sichtausweis mit ihren Personalien und Lichtbild und jedem einen Parkausweis. Er erklärte, dass der Sicherheitschef sehr erstaunt gewesen sei, als er ihn veranlasste die Unterlagen zu besorgen. Er habe ihm zwar eine glaubhafte Geschichte erzählt, warum diese Mitarbeiter nicht mehr überprüft werden müssten, habe aber den Eindruck gewonnen, dass er ihm nicht so recht geglaubt habe. Auf den Sicherheitschef könne man sich aber verlassen. Peer werde von einem Schichtleiter eingewiesen. Lars werde er selbst mit den Örtlichkeiten und den verschiedenen Prozeduren vertraut machen, die für die Funktion des Flughafens wichtig seien. Der Personalchef bemerkte Peers erstauntes Gesicht, als ihm der Sichtausweis übergeben wurde. „Ja bei uns muss alles schnell und reibungslos ablaufen, dazu gehört auch die Ausstellung von Sichtausweisen." Die Lichtbilder mit den Personalien hätte das LKA ihm noch am Freitag übergeben. Kurz nach der kurzen Unterweisung durch den Personalchef klopfte es an die Tür und ein Mitarbeiter kam herein, der vom Personalchef als Schichtleiter Schneider vorgestellt wurde. Schneider begrüßte Peer und forderte ihn auf, ihn zu begleiten. Er sei froh, wieder einen Mitarbeiter zu haben, weil sie personell unterbesetzt seien. Er ging mit Peer über verschiedene Schleusen zu einer riesengroßen Halle, wo Frachtgut gelagert wird. Er erklärte Peer, das Frachtgut in der Regel nur nachts per Flugzeug transportiert werde. Es komme aber immer wieder vor, dass eilige Fracht auch während des Tages ankommt. Sie hätten die Aufgabe, die Flugzeuge zu entladen und die Frachtstücke in bestimmten Arealen der Hallen zu lagern. Dabei werde entsprechend der Adressaten auch bereits eine Auswahl bei der Lagerung vorgenommen. So gäbe es Frachtgut für bestimmte größere Speditionen, die eine Stellfläche in den Hallen hätten, wo es gelagert werde, bis die Speditionen es abhole.

Man unterscheide zwischen den Hallen mit innerdeutschem Frachtgut und der Halle mit ausländischem Frachtgut. Bei dem ausländischen Frachtgut müsse man dem Zoll behilflich sein, die Frachtstücke mit Frachtpapieren zu vergleichen. Der Zoll würde auch gelegentlich stichprobenartige Kontrollen des Frachtgutes vornehmen. Nach der Zollkontrolle werde das kontrollierte Frachtgut als freigegeben gekennzeichnet, sofern es zu keinen Beanstandungen kommt. Früher seien die freigegebenen Frachtstücke in einen anderen Bereich verlagert worden, was aber überflüssige Arbeitsschritte verursachte, die man sich jetzt spare. Lediglich das beanstandete Frachtgut werde vom Zoll in einen anderen Bereich verlagert, damit die weitere Abfertigung nicht behindert werde. Das Frachtgut werde fast ausschließlich auf Containern transportiert, die den Speditionen so übergeben würden. Es käme aber immer wieder vor, dass auch einzelne Frachtstücke transportiert werden müssten, die in dem Falle auf die Container verteilt würden, die den jeweiligen Speditionen zugeordnet seien. Der Frachtumschlag müsse schnell gehen, da es sich immer um eilige Sendungen handle.

Peers Aufgabe bestünde darin, mit den anderen zusammen die Rollcontainer aus den Flugzeugen zu holen und sie mit den elektrischen Transportwagen zu den Hallen zu transportieren. In den Hallen würden einzelne Frachtstücke sortiert, damit sie auf den Containern landen, die für die entsprechenden Speditionen vorgesehen sind. Der Schichtleiter stellte Peer einen Mitarbeiter vor, der die Funktion eines Vorarbeiters zu haben schien. Er ging mit Peer zu einem Seitenraum, wo kleine Metallschränke aufgestellt waren und erklärte, dass es sich um die Spinde der Mitarbeiter handle, die darin ihre Arbeitskleidung bzw. ihre Privatkleidung aufbewahrten. Er holte aus einem Schrank eine Arbeitsmontur, übergab sie Peer und gab ihm einen Schlüssel für einen Spind mit der Nr. 87. Er könne sich jetzt umziehen und solle seinen Sichtausweis an die Brusttasche heften. Er komme gleich, um Peer abzuholen. Keine 5 Minuten später stand er wieder da und fordert Peer auf, mitzukommen. Er ließ Peer auf einem elektrischen Transportwagen platz nehmen und fuhr über das Vorfeld des Flughafens zu einem Flugzeug, dessen Heck geöffnet war und in dem noch einige Rollcontainer standen. Sie gingen in das Flugzeug und der Vorarbeiter, der auf den Namen Hugo hörte, entriegelte die Rollcontainer und ließ sie durch Peer nach außen schieben. Dort wurden sie an den

Transportwagen gehängt. Nachdem einige Container angehängt worden waren, fuhren sie zu einer der Hallen, in der sich der Zoll befand, wie Peer feststellte. Die Container wurden in einem bestimmen Bereich abgestellt. Und Hugo fuhr mit Peer wieder zu dem Flugzeug. Nebenbei bemerkte Hugo, dass die Schicht um 05.00 Uhr beginne. Sie würden in drei Schichten mit unterschiedlichen Stärken arbeiten. Die Schichtstärke richte sich nach der abzufertigenden Fracht. Es sei geplant, nachts mehr Frachtflugzeuge starten und landen zu lassen. Hierfür solle der Frachtbereich in der Nacht verstärkt werden, was aber im Augenblick wegen des Fluglärmes und des damit zusammenhängenden Widerstands in der Bevölkerung noch nicht realisiert sei. Ihre Schicht werde um 13.00 Uhr abgelöst. Die Spätschicht gehe bis 21.00 Uhr, die Nachtschicht von 21.00 bis 05.00 Uhr. Die Mitarbeiter der Schicht seien sowohl für den Frachtbereich als auch für den Passagierbereich zuständig. Der Passagierbereich hätte aber Priorität, sodass es schon vorkommen könne, dass die Frachtmaschinen kurze Zeit auf die Abfertigung warten müssten, was es aber zu vermeiden gelte, weil es sonst Beschwerden von den Luftlinien hageln würde.

Peer lernte, dass manche Passagiermaschinen auch Fracht beförderten und zu bestimmten Zeiten die Passagiermaschinen in Frachtmaschinen umfunktioniert werden, indem man die Passagiersitze herauszog und die Maschine dafür mit Rollcontainern belud. So fuhr Peer mit Hugo zwischen den Flugzeugen hin und her. Lud nach Hugos Anleitung Frachtstücke um und lernte einzelne Frachtstücke den verschiedenen Containern der Speditionen zuzuordnen. Er überlegte, wie man unbemerkt die Frachtstücke verlagern könnte, dass sie dort landeten, wo man sie haben wollte. Ihm schien dies gar nicht so schwer zu sein. Wie es in der Zollabfertigung ablief, verstand er noch nicht. Drogen dürften aus dem Ausland kommen und müssten zwangsläufig in der Zollhalle landen. Doch die 50 kg Haschisch waren in der Halle der innerdeutschen Güter auf den LKW gelangt. Das bedeutete doch, dass man sie von einer Halle in die andere transportiert haben musste.

Im Passagierbereich war die Arbeit, wie Peer befürchtete, noch schwerer. Hier mussten die einzelnen Gepäckstücke aus dem Flugzeug auf die Transportwagen oder umgekehrt gepackt werden. Gegen 13.00 Uhr fühlte sich Peer müde und abgekämpft, obwohl er gar nicht die ganze Schicht arbeitete. Ihm fiel plötzlich siedend heiß ein, dass er seinen Pkw auf dem Parkplatz vergaß. Er zog sich schnell um und verabschiedete sich bei Hugo, der ihm erklärte, dass seine Schicht am nächsten Tag gegen 13.00 Uhr beginne. Am Montag sei immer Schichtwechsel.

Als Peer zu seinem Pkw kam, sah er schon von Weitem den unvermeidlichen Zettel hinter dem Scheibenwischer. Er ging zurück ins Gebäude und wollte zum Personalchef, der aber am Sonntag nur ein Paar Stunden anwesend sei, wie man ihm erklärte. Also nahm er sich vor, die Sache am nächsten Tag zu klären. Er fuhr zu seiner Wohnung und sah wiederholt in den Rückspiegel, ob ihm jemand folgte. Zunächst schien ihm ein Pkw verdächtig, der ihm folgte. Nach einiger Zeit bog er aber in Richtung Hannover ab. Peer war erleichtert. Er wunderte sich, dass er den ganzen Tag nichts von Lars hörte oder sah. Er war neugierig, was Lars ihm berichten würde. Peer war der Auffassung, dass es für das Personal im Frachtbereich gar nicht schwierig war, unbemerkt Fracht- oder Gepäckstücke umzulagern.

Er spürte plötzlich seine Müdigkeit und seinen Hunger. An einem Imbiss, der ihm auf dieser Strecke vom Flughafen nach Isernhagen bisher nicht aufgefallen war, hielt er an und aß eine Bratwurst mit Pommes und trank dazu eine Cola. Er hätte ja lieber ein schönes kühles Pils getrunken, verkniff sich aber den Wunsch. Er stellte den „Konspi" in der Nähe seiner Wohnung ab und ging die letzten paar hundert Meter vorsichtshalber zu Fuß. In seiner Wohnung angekommen lag Lars auf dem Sofa und las in einem Heft. Peer war verblüfft, Lars vorzufinden. „Seid wann bist du schon da?" fragte er erstaunt. Lars berichtete, dass der Personalchef ihn etwa 2 Stunden im ganzen Flughafen rumgeführt und ihm alles

erklärt habe. Er sei so gar im Tower gewesen und hätte den Flug-
lotsen einige Zeit zugesehen. Der Personalchef hätte ihn mehrfach
gefragt, ob er sich vorstellen könne, wie Paket- oder Frachtstücke
unbemerkt auf den Flughafen gelangen könnten. Das Personal
könnte doch keine größeren Gegenstände mitbringen. Dies würde
dem Sicherheitspersonal sofort auffallen. Es gäbe für das Personal
Eingangs- wie Ausgangskontrollen. Sie debattierten die verschiedenen Möglichkeiten und kamen zu der Überzeugung, dass es
verschiedene Möglichkeiten gab, die aber sehr schwer nachzuweisen waren.

Sie spielten einige Möglichkeiten theoretisch durch. So waren sie
sich einig, dass es beispielsweise möglich war, dass ein Mitarbeiter
in Ankara oder sonst wo im Ausland einen Koffer mit einer Adresse ins Passagierflugzeug schmuggeln konnte. Dem eingeweihten
Mitarbeiter im Frachtbereich des Zielflughafens würde er die Beschreibung und Adresse des Koffers mitteilen, der darauf Achten
müsste, dass er mit der Entladung dieses Flugzeuges betraut wird.
Die Gepäckstücke würden vom Flugzeug auf die Transportwagen
gepackt und zu den Transportbändern gefahren. Beim Abladen
braucht der Mitarbeiter bloß gelegentlich einen Koffer oder das
Paket in einem von anderen nicht beobachtetem Moment herunter-
fallen lassen, um es zur Seite oder auch unter das Band zu schieben.
Wenn ihm dies nicht gelingt, braucht er nur zu warten, bis das
Band mit der inkriminierten Fracht wieder erscheint. Von den
Passagieren würde dieses Frachtstück nicht heruntergenommen.
Von den Mitarbeitern würden ja auch Frachtstücke, die wegen der
Eilbedürftigkeit mit Passagiermaschinen transportiert wurden, in
den Frachtbereich transportiert. Dies fiele gar nicht besonders auf.
Wollte man die Mitarbeiter ständig kontrollieren, wäre der Auf-
wand extrem hoch. Dies hätte der Personalchef auch so gesehen,
teilte Lars mit. Wenn gar zwei Mitarbeiter zusammenwirken, kön-
ne man dies kaum verhindern. Der anonyme Hinweis auf den
Schmuggel liege bereits 2 Monate zurück und kann nur von einer
Person kommen, die so gar in den Schmuggel involviert sei. Es sei

bedauerlich, dass es keine Aufzeichnung des Gespräches gäbe, sonst hätte man zumindest die Aufnahme mit den Stimmen der Mitarbeiter vergleichen können, meinte Lars. Er müsse aber auch eingestehen, dass es für ihn bei seiner Tätigkeit kaum Möglichkeiten gäbe, etwas zu beobachten. Er würde dies Franz oder Erich mitteilen und ihnen vorschlagen, ihn vom Flughafen abzuziehen.

Der gleichmäßige Atem und die geschlossenen Augen von Peer deuteten darauf hin, dass er auf dem Sofa eingeschlummert war. Lars rief laut Peers Namen, der seine Augen aufriss kurz zu Lars sah und sich entschuldigte. Die ungewohnte Arbeit hätte ihn doch mehr geschlaucht, als er vermutete. Lars erklärte, dass er mit seinem Ausweis im ganzen Flughafen Zugang habe, was ihm aber auch nichts nütze, weil im Frachtbereich ständig Koffer oder anderes Frachtgut transportiert werde und er gar nicht wisse, was sich in den einzelnen Verpackungen befände. Beide waren überzeugt, durch ihre Tätigkeit kaum etwas zur Aufklärung beitragen zu können. Man müsse von einer straff organisierten Gruppe ausgehen, bei denen wahrscheinlich einer Gewissensbisse bekam und anonym anrief. Sie waren sich einig, dass die Drogen in dem Lkw transportiert wurden, der auch für den Transport vorgesehen war. Als Anrufer könnten ihrer Meinung nach sowohl Mitarbeiter im Flughafen, der Lkw-Fahrer und Mitarbeiter der Spedition infrage kommen. Auch wenn deren Überprüfungen und Befragungen negativ waren, sollte man sie nicht aus den Augen verlieren.

Lars war bereits auf dem Weg zum Flughafen, als Peer aufstand. Lars begann um 08.00 Uhr seinen Dienst im Flughafen, während Peer zur 13.00 Uhr Schicht erscheinen musste. Peer wollte endlich die Haschischplatten loswerden und rief gegen 10.00 Uhr Erich an, der ihn mit dem „Konspi" am Tiefgarageneingang gegen 10.30 Uhr erwartete. Als Peer die Abfahrt zur Tiefgarage herunterfuhr, wurde das Tor geöffnet und Erich erwartete ihn schon. Er ließ sich die beiden Platten geben und fragte ob Peer für ein paar Minuten Zeit habe, Lars hätte bereits angerufen und seine Meinung über den

Einsatz geäußert. Peer stellte den Wagen ab und ging mit Erich in dessen Büro. Auf dem Weg dorthin schilderte Peer seine Erfahrungen und Erich meinte, man sollte die Woche verstreichen lassen. Man sei immer wieder auf die Kooperation des Flughafens angewiesen. Es sei auch nicht erwartet worden, dass es so einfach sei, die verdächtigen Personen herauszufinden, zumal vor 2 Monaten im Flughafen Ermittlungen durchgeführt wurden, wovon jeder Mitarbeiter im Frachtbereich Kenntnis haben dürfte. Leider sei der Personenkreis recht groß, der infrage kommen kann, sodass auch eine Telefonüberwachung rechtlich nicht zulässig sei. Man habe aber auch in den letzten Wochen von bestimmten Informanten gehört, dass weiterhin Drogen über den Flughafen eingeschmuggelt würden. Der Zoll habe auch schon reagiert und einen Spürhund eingesetzt.

Die Tage am Flughafen waren für Peer sehr arbeitsreich und vergingen erstaunlich schnell. Gelegentlich sah er auch Lars, der sich auf dem gesamten Flughafengelände bewegte und sich auch im Frachtbereich alles erklären ließ. Etwa gegen 16.00 Uhr war eine Passagiermaschine aus Istanbul gelandet, deren Gepäck Peer mit 3 weiteren Mitarbeitern aus der Maschine holen sollte. Peer fuhr mit einem Mitarbeiter, der sich Alex nannte, mit dem elektrischen Transportkarren zum Flugzeug. Alex hatte die Anhänger so vor die Frachtluke gefahren, dass die Koffer recht bequem von der Maschine zu den Frachtanhängern gereicht werden konnten. Die Anhänger waren fast voll, als Alex noch zwei Koffer trug und ein Paket in der Hand hielt, zu dem letzten Anhänger ging und sie darauf legte. Wie üblich setzte sich Peer neben Alex auf den Elektrokarren und sie fuhren zum Förderband für die aus dem Ausland ankommenden Fluggäste. Während Alex Peer die Koffer von dem ersten Anhänger auf das laufende Förderband legen ließ, ging er zum hinteren Anhänger und warf die Koffer recht schwungvoll auf das Förderband. Plötzlich meinte Peer beobachtet zu haben, dass Alex mit dem Fuß gegen einen Gegenstand stieß. Es hatte zumindest so ausgesehen. Er konnte sich aber auch geirrt haben. Er ließ absichtlich einen Koffer mit Schwung neben dem Transportband landen, bückte sich und schaute zu der Stelle, wo Alex vermutlich mit dem Fuß gegen etwas gestoßen haben musste. Aus den Augenwinkeln beobachtete er Alex, der zu ihm herübersah und schimpfte, er solle aufpassen, sonst gäbe es noch Ärger, wenn etwas im Koffer kaputt gehe. Peer entschuldigte sich und leerte weiter den Anhänger. Er hatte nicht genau hinsehen können, glaubte aber, unter dem Förderband, dort wo Alex stand ein Paket gesehen zu haben.

Auch die anderen beiden Frachtmitarbeiter waren inzwischen mit den Koffern aus dem Flugzeug angekommen und begannen mit dem Entladen. Alex rief Peer zu, er solle kommen, man müsse noch mal zu dem Flugzeug und die letzten Koffer entladen. Peer setzte sich neben Alex auf den Elektrokarren, den ohne entsprechende Einweisung niemand fahren durfte. Im Flugzeug waren nur noch einige Koffer, mit denen sie auch nur den vordersten Anhänger beluden. Sie fuhren zurück zu den Transportbändern. Als etwa die Hälfte der Fahrstrecke hinter ihnen lag, ließ Alex Peer aussteigen und zu Fuß zum Frachtbereich gehen. Die letzten Anhänger leere er alleine. Peer war erstaunt, weil dies in den letzten Tagen noch nie vorkam, auch wenn sie nur wenige Koffer transportierten. Er selbst konnte sehr schlecht nach dem unbekannten Gegenstand unter dem Transportband sehen. Er ging sehr schnell zum Frachtbereich zu einem Telefon, das für interne Telefonate vorgesehen war, und wählte eine bestimmte Nummer, die ihm der Personalchef bei der Besprechung für den Notfall nannte. Lars war mit einem drahtlosen Telefon ausgerüstet worden, damit man ihn im Flughafenbereich jederzeit erreichen konnte. Lars meldete sich und Peer berichtete im Telegrammstil den Sachverhalt, worauf Lars nur sagte. „Einen Moment!" Peer hörte, wie Lars jemandem den Sachverhalt ebenfalls in Stichworten schilderte und wie im Hintergrund telefoniert wurde. Lars meldete sich und erklärte, dass der Sicherheitsdienst solche Situationen in den letzten Wochen wiederholt durchgespielt habe und jetzt agiere. Peer bat, dass man möglichst unauffällig vorgehen solle. Vielleicht bestünde die Möglichkeit Alex nur zu beobachten, das wäre optimal. Lars möge auch sofort das LKA informieren. Im Übrigen sei er sich gar nicht sicher, weil er den Gegenstand nicht habe sehen können. Peer bat nochmals Alex möglichst nur zu beobachten, sofern dies möglich ist. Dann legte Peer auf, damit niemand mitbekam, dass er telefonierte. Er sah sich verstohlen um, sah aber keinen der Mitarbeiter. Sie waren damit beschäftigt einzelne Frachtstücke in der Halle für innerdeutsche Güter zu sortieren. Peer trat aus der Halle und schaute zu dem Bereich, in dem sich die Transportbänder befanden. Alex mit seinem Elektrokarren konnte er aber nicht sehen, weil er sich noch in der Vorhalle der Bänder befinden musste. Plötzlich sah er Alex mit seinem Gefährt aus der Halle mit dem Passagiergepäck fahren. Er fuhr direkt auf die Halle zu, in deren Eingang Peer stand. Peer begab sich schnell zu den anderen Mitarbeitern und half ihnen beim Sortieren der Frachtstücke. Er bemühte sich dabei den Eingangsbereich der Halle im Auge zu behalten, was gar nicht so einfach war. Er sah, wie Alex mit dem Elektrokarren in die Halle fuhr, am Eingang hielt und dort zu den Toiletten ging. Ob Alex etwas dabei in der Hand hatte, konnte Peer nicht erkennen, weil ihm die Sicht durch den Elektrokarren versperrt war. Nach einiger Zeit kam Alex wieder und fuhr mit den Anhängern zu einem Bereich, wo die Wagen gewöhnlich abgestellt wurden. Peer hätte viel darum gegeben, zu wissen, was sich abgespielt hatte. Aber man schien Alex tatsächlich nur zu beobachten oder es war blinder Alarm.

Peer überlegte krampfhaft, wie er unbeobachtet telefonieren könnte. Er sah keine Möglichkeit. Es müsste sofort auffallen, wenn er ans Telefon ging. Eines der Telefone im Büro des Schichtführers läutete. Der Schichtführer ging ans Telefon und nickte ein paar Mal. Er rief Peer zu sich. „Der Personalchef will dich sprechen. Mit deinem Strafzettel hat es wohl geklappt." Peer nahm den Hörer entgegen und meldete sich. Der Personalchef fragte, ob jemand mithöre, was Peer verneint. „Es hat alles bestens geklappt. Er wird beobachtet. Ein Paket wurde unter dem Transportband gesehen und fotografiert. Er hat es heimlich darunter weggenommen und in eure Toilette gebracht. LKA wird weitere Observation übernehmen, wenn es von einer Spedition abgeholt wird. Arbeiten sie normal weiter. Vielen Dank! Alles Nähere später. Kommen sie nach ihrer Schicht zu mir ins Büro." Peer war unendlich froh, dass alles so reibungslos abgelaufen war. Er hatte nicht mehr damit gerechnet. Es war wirklich ein großer Zufall, dass ausgerechnet seine Schicht betroffen war. Wie das Paket fotografiert werden konnte, ohne von Alex bemerkt zu werden, war ihm unverständlich.

Wieder wurde eine Passagiermaschine diesmal aus München angekündigt. Zwei andere Teams fuhren zu der Maschine und entluden sie. Peer beobachtet Alex heimlich, ohne an ihm eine Veränderung seines Verhaltens feststellen zu können. Er verhielt sich nach Peers Eindruck völlig unauffällig. Allerdings kannte er ihn auch erst ein paar Tage. Sie verteilten die Frachtstücke auf verschiedene Container entsprechend der für den weiteren Transport vorgesehenen Speditionen. Im Zusammenhang mit den Ermittlungen hatte das LKA von allen Personen, die theoretisch die Drogen in den vor zwei Monaten kontrollierten LKW gelegt haben konnten, Informationen gesammelt. So wusste Peer, dass Alex bis vor ca. 10 Jahren die türkische Staatsangehörigkeit besaß und aus dem kurdischen Teil der Türkei stammte. Er besaß inzwischen die deutsche Staatsangehörigkeit und sprach sehr gut Deutsch. Mit seiner deutschen Frau hatte er zwei Söhne im Alter von 4 und 6 Jahren. Bei den Mitarbeitern des Flughafens wurde er wegen seiner Hilfsbereitschaft sehr geschätzt. Peer erinnerte sich in den Unterlagen gelesen zu haben, dass er keine Kontakte zu anderen Kurden unterhielt. Auch er war erfolglos sehr intensiv befragt worden. Die Wohnanschrift war Peer nicht mehr in Erinnerung. Für einen Türken kurdischer Abstammung war aber der Vorname Alex ungewöhnlich. Er war einen halben Kopf kleiner als Peer und besaß einen sportlich durchtrainierten Körper. Peer beobachtete Alex immer wieder verstohlen aus den Augenwinkeln, ohne ihm etwas anzumerken.

Es war allgemein bekannt, dass viele kurdisch stämmige Türken sich für ein unabhängiges Kurdistan engagierten, wobei eine in der Türkei verbotene extremistische politische Partei eine dominierende Rolle spielte, die auch in Deutschland viele Anhänger fand. Ihren Freiheitskampf soll diese Partei besonders durch Drogen- und Waffenhandel finanzieren. Lars sollte ja zunächst in einem Ermittlungsverfahren gegen diese Drogenhändler bei der Telefonüberwachung helfen, die seit einigen Monaten gegen solch eine Gruppe von ethnischen Minderheiten durchgeführt wurde. Zwischen dem Drogenschmuggel über den Flughafen Langenhagen und dieser Gruppe hatte man bisher keinen Zusammenhang erkennen können. Die Überwachung der Telefonate ergab auch, dass etliche dieser angeblichen Anhänger der extremistischen Partei zur Mitarbeit durch Drohungen und Erpressungen gezwungen wurden. Dies würde vielleicht auch den anonymen Anruf erklären. Peer konnte das Schichtende kaum erwarten. Wenn Alex erfuhr, dass er beobachtet wurde, würde er wahrscheinlich wissen, woher die Informationen kamen.

Gegen 21.00 Uhr kleidete sich Peer hastig um und begab sich zu dem Personalchef des Flughafens. Im Büro fand er außer dem Personalchef, Lars und Erich, zwei weitere Kollegen des LKA vor, die er von Übungen kannte und die zurzeit damit beauftragt waren, eine Observationsgruppe aufzubauen, wie sie der Verfassungsschutz seit einiger Zeit besaß. Peer setzte sich zu der Gruppe und der Personalchef berichtete, dass man nach dem anonymen Hinweis überlegt habe, wie man bestimmte Bereiche des Flughafens überwachen könne. So habe man unter sämtlichen Förderbändern Videokameras angebracht, mit denen man die Mechanik und evtl. Verstecke von Schmuggelgut überwachen könne. Zur Beobachtung von Mitarbeitern seien diese Kameras nicht vorgesehen und auch nicht geeignet. Sie würden auch nur nach Bedarf bei Störungen eingeschaltet, sodass man über die Störung schon eine erste Analyse vornehmen könne, ohne dass ein Monteur unter die Bänder kriechen müsse. Nach der Meldung habe die Sicherheitszentrale sofort die Kameras aktiviert und hätte auch das Paket orten können. Den meisten Mitarbeitern sei die Existenz dieser Kameras, die nicht zur Überwachung des Personals eingesetzt werden könnten, unbekannt. Der Verladebereich der Transportbänder werde natürlich schon lange mit Kameras überwacht, was dem Personal aber bekannt sei. Daher habe man Alex beobachten können, wie er das Paket unter dem Transportband hervorholte, es auf den Sitz neben seinem Elektrokarren legte und zur Frachthalle fuhr. Hier habe er das Paket aufgenommen und sei in der Toilette verschwunden. Die Speditionen würden erst am nächsten Tag in der Zeit von 07.00 bis 14.00 Uhr mit den Lkw's auftauchen und Frachtgut abholen. Erich ergänzte den Bericht; Franz sei mit einem Mitarbeiter des Sicherheitspersonals die Toilette inspizieren. Sie wollten versuchen das Paket zu finden, die Adresse zu notieren und es mit einem Peilsender zu versehen. Die inzwischen aufgebaute Observationsgruppe sollte die Observation bis zum Abnehmer übernehmen. Die Observation sollte außerdem in der jetzigen Nacht sicherstellen, dass nicht andere Mitarbeiter das Paket entfernten und wenn es entfernt würde, den Mitarbeiter observieren. Ein Zugriff sei nur im Notfall vorgesehen. Es klopfte an der Tür und Franz betrat mit dem Sicherheitsmitarbeiter des Flughafens das Besprechungszimmer. Er teilte stolz mit, dass sie alles unbemerkt vom übrigen Personal erledigen konnten. Er nannte den Adressaten des Paketes, den es vermutlich nicht gab und erklärte, dass man das Paket habe öffnen müssen, um den Peilsender anzubringen, der mit der Batterie etwa 5 Tage sende. Sie schätzten, dass es sich es um ca. 20 kg Heroin handeln müsse. Das Paket sei wieder so verschlossen worden, dass man kaum merken dürfte, dass es geöffnet worden sei.

Peer fühlte sich unendlich müde. Trotz 2 Tassen Kaffee fielen ihm fast die Augen zu. Am Samstag und Sonntag hatte seine Schicht frei. Er fragte, ob er eine Aufgabe übernehmen solle, weil seine Schicht am Wochenende nicht arbeite. Es wurde darüber diskutiert und man kam überein, dass nur Lars seine bisherige Tätigkeit ausüben solle. Da auch Alex erst am Montag zur Frühschicht erscheinen würde, sollte Peer am Wochenende freimachen. Die Observationsgruppe würde das Wochenende abdecken. Sehr wahrscheinlich würde das Paket erst am Montag weitergereicht werden. Peer sollte aber seine Erreichbarkeit mit Erich absprechen.

Als Peer seine Wohnung betrat, lag Lars schon entkleidet auf dem Sofa. „Wie hast du das geschafft?" Fragte Peer. Der Personalchef hätte ihm eine Abkürzung gezeigt, weil er auch in Isernhagen wohne. Peer fragte nicht weiter, wusch sich und legte sich zu Bett. Er glaubte erst nicht einschlafen zu können, doch kaum lag er, war er eingeschlafen.

Am Montag um 4.00 Uhr klingelte schrill der Wecker. Peer wollte noch 5 Minuten liegen, wusste aber sehr genau, dass er wieder einschlafen wü... . Er stand daher auf, wusch und zog sich an. Den Samstag und S...ntag hatte er genutzt, um Einkäufe zu erledigen und seine Wä... zu waschen. Zum Wäschewaschen musste er extra am Samst... ach Hannover fahren, weil es in Isernhagen keinen Waschsalo... b. Er überlegte, wie so oft in der Vergangenheit, ob er sich nic... loch eine Waschmaschine zulegen sollte. Er versuchte sehr leis... sein, um Lars nicht aufzuwecken. Als Lars am Wochenende v... Flughafen zurückkehrte, konnte er Peer berichten, dass sich ... ts ereignet habe und die Observationskräfte auf den Montag w...en. Peer verließ leise die Wohnung und fuhr zum Flughafen. I... rachtbereich sah er Alex, der bereits einige Zeit vor ihm einge...en sein musste. Alex war nichts anzumerken und sie nahmen w... nmer ihre Arbeit auf. Auch am Wochenende kam sehr viel an... htgut an und musste auf die verschiedenen Container verteilt ...den. Peer versuchte Alex nicht aus den Augen zu verlieren, ... ihm aber nicht gelang, ohne dass dies Alex hätte bemerken m... n. Er verließ sich auf die Observationskräfte und den angebra... Peilsender. Als sich eine Möglichkeit bot, begab er sich auf ...oilette und wollte nach dem Paket sehen. Er schaute sich um ... konnte es an der von seinen Kollegen beschriebenen Stell... er nicht entdecken. Also musste Alex es bereits in einem der Container untergebracht haben. Peer hätte sich gerne bei den Observationskräften erkundigt, sah aber überhaupt keine Möglichkeit unbeobachtet zu telefonieren. Die ersten Lkw der Speditionen trafen ein und wurden mit dem Frachtgut beladen.

Weil sich nichts ereignete und er keine Gelegenheit fand, sich zu erkundigen, wurde Peer immer unruhiger und nervöser. Alex arbeitete so unauffällig wie immer und scherzte so gar mit Peer, als sie wieder ein Passagierflugzeug entluden und das Gepäck zum Förderband brachten. Es war mittlerweile fast Mittag und das Paket dürfte längst den Flughafen verlassen haben. Die Schicht ging für Peer diesmal einfach nicht zu Ende. Endlich war es 13.00 Uhr. Er zog sich hastig um und verließ den Frachtbereich. Er eilte zur Abfertigungshalle der Fluggäste und vergewisserte sich ständig, ob ihn jemand beobachtete, was bei den vielen Menschen in der Halle unmöglich war festzustellen. In einer Telefonzelle wählte er die mit Lars vereinbarte Nummer. Lars meldete sich nach kurzer Zeit und teilte Peer mit, dass auch er noch nichts gehört habe. Er wisse lediglich, dass die Observationskräfte inzwischen eine Fahrobservation vornähmen. Einzelheiten seien ihm aber auch nicht bekannt. Er habe lediglich erfahren, dass man kurz vor 05.00 Uhr die Verlagerung des Paketes mit dem Peilsender feststellte, der in der Frachtlagerhalle vermutlich in einem Container untergebracht worden sein müsse. Er gehe davon aus, dass Alex das Paket wohl in einen der Container legte, bevor Mitarbeiter seiner Schicht anwesend waren. Lars riet, dass Peer nach Hause fahren solle, um sich von dort mit Franz oder Erich in Verbindung zu setzen.

Zu Haus angekommen war sein erster Griff zum Telefon. Doch unter den Telefonnummern unter denen Franz oder Erich zu erreichen war, meldete sich niemand. Peer wählte daher die Nummer, die man ihm für den Notfall gab und die er sich nicht notieren sollte. Es meldete sich eine unbekannte Stimme. Als Peer erklärte, weswegen er anrufe, bat der Unbekannte, der seinen Namen nicht nannte, kurz um Geduld. Es dauerte auch nicht lange und Erich meldet sich. Peer erklärte ihm, dass er während seiner Tätigkeit keine Möglichkeit gefunden habe unbeobachtet zu telefonieren, es aber auch nichts zu berichten gäbe. Er wollte sich jetzt nur über die Sachlage informieren. Erich schien sehr zurückhaltend und erklärte, dass er ihn gleich zurückrufe. Peer wartete etwa 10 Minuten, die ihm wie eine Ewigkeit vorkamen. Als das Telefon läutete, griff er sofort nach dem Hörer, der ihm beinahe aus der Hand fiel. Erich schilderte den bisherigen Einsatz, dessen Ende nicht abzusehen war. Man habe morgens das Umlagern des Paketes mit dem Peilsender registriert und habe auch dem Lkw einer bestimmten Spedition mit dem Frachtgut und dem Paket folgen können, als der den Flughafen verließ. Die Observationskräfte hätten den Peilsender bis nach Bremen orten können. Der Lkw habe verschiedene Frachtstücke an verschiedene Firmen geliefert. Bei Bremen sei plötzlich das Signal des Peilsenders immer schwächer geworden, obwohl die Observationskräfte immer dichter zum Lkw aufgerückt seien. Kurz darauf sei das Signal ganz ausgefallen, obwohl der Lkw gar nicht anhielt. Der Lkw sei immer noch unterwegs und die Observationskräfte würden die gesamte Route dokumentieren und würden versuchen festzustellen, ob der Lkw-Fahrer das Paket irgendwo auslade. Zurzeit befände sich der Lkw auf der Fahrt nach Oldenburg. Es sei beabsichtigt, Alex in den nächsten Stunden festzunehmen und zum Paket mit den Drogen zu vernehmen. Das sei aber von der aktuellen Entwicklung abhängig. Bis auf Weiteres solle Peer seine Tätigkeit im Flughafen fortsetzen. Er werde unterrichtet, wenn sich etwas ereignen sollte, dass andere Entscheidungen notwendig machten.

Verfluchte Technik! Peer konnte sich gut vorstellen, dass die Batterie des Peilsenders keine 5 Tage überstand. Er ging zum Kühlschrank und wollte sich ein Bier nehmen. Doch der Kühlschrank war bis auf zwei Mineralwasserflaschen leer, von der die eine auch halb ausgetrunken war. Jetzt fiel ihm ein, dass sie vergaßen, etwas zum Essen einzukaufen. Es blieb ihm nichts anderes übrig als in einem nahen kleinen Imbiss seinen Hunger zu stillen. Dort trank er auch eine Dose Bier und machte danach ein paar Einkäufe, damit sie zumindest abends zu Hause etwas essen und trinken konnten. Als er zu Hause eintraf, lag Lars auf dem Sofa und der Fernseher war eingeschaltet. Er freute sich, dass Peer auch Bier mitbrachte. Hunger habe er nicht, weil er im Flughafen gegessen habe. Peer ärgerte sich insgeheim, dass er den schlechteren Teil ihrer Undercovertätigkeit erwischen musste. Lars brachte Peer auf den neuesten Stand des noch laufenden Einsatzes. Man habe inzwischen Alex festgenommen und verhöre ihn. Der Lkw sei inzwischen bei seiner Spedition in Hannover wieder leer zurückgekehrt und der Fahrer würde ebenfalls vernommen. Von dem Verbleib des Paketes sei nichts bekannt. Man werde auch wohl vor Morgen nichts erfahren. Peer dachte plötzlich an das Desaster in Osnabrück und an Chrissi. Er fragte sich, wie es ihr jetzt gehe und was aus ihr geworden war. Er wollte bei Gelegenheit Erich oder Franz danach fragen. Auch an Igor musste Peer denken. Wenn es sich einrichten ließ, wollte er ihn besuchen. Der Mann tat ihm unendlich leid.

.........Wie von weiter Ferne vernahm Peer eine weibliche Stimme, die nach seiner Fahrkarte fragte. Er sah hoch. Vor ihm stand eine recht hübsche junge Frau in einer Uniform der Bundesbahn und bat um seine Fahrkarte. Der Kriminalhauptkommissar a. D. Sven Berger schreckte aus seinen Erinnerungen auf und suchte zuerst in der Innentasche und danach in eine der Seitentaschen seiner Jacke. Er fand sie nicht. Ihm wurde ganz heiß. Er wusste doch, dass er sie in eine der Jackentaschen steckte. Ihm fiel ein, dass er sie in der rechten Innentasche verstaute, die er selten benutzte, damit er sie bei einer Kontrolle gleich fand. In Gedanken schalt er sich einen alten Deppen und entschuldigte sich bei der Schaffnerin, die seine Suche mit einem Lächeln begleitete, wofür er ihr dankbar war. Sie sah sich den Fahrschein an und erklärte ihm, dass in Köln zwei weitere Gäste zustiegen und er in Offenburg den Anschlusszug auf dem gegenüberliegenden Gleis nehmen könne, der etwa 5 Minuten nach ihrem Eintreffen in Offenburg einfahre. Sven bedankte sich und hätte sich noch gerne mit der jungen Dame unterhalten, wagte es aber nicht, sie in ein Gespräch zu verwickeln. Nachdem die Schaffnerin gegangen war, schaute Sven aus

126

dem Fenster auf die wie in einem Film vorbeigleitende Landschaft. Wenn ein Haus in seinen Blickwinkel geriet, überlegte er, mit was die dort wohnenden Menschen wohl gerade beschäftigt waren. Das sirrende Geräusch der über die Schienen laufenden Räder versetzte ihn sehr schnell wieder in eine Art Traumzustand, der ihn wieder in die Vergangenheit führte.........

Sollte es diesmal wieder in einem Fehlschlag enden? Wie hätte man die Angelegenheit ohne verdeckt ermittelnde Kriminalbeamte bearbeiten können?

Lars sprach davon, dass er sich in Hannover eine kleine Wohnung nehmen wolle, weil er vermutlich bei LKA bleiben werde, sofern dort für ihn eine Stelle frei sei. Der Personalchef vom Flughafen würde ihm bei der Suche behilflich sein. Peer wünschte ihm dabei viel Glück, und dachte daran, dass seine kleine Wohnung zwar für 2 Personen wirklich zu klein war, aber er zumindest nicht alleine war. An das Alleinsein hatte er sich zwar gewöhnt und war auch keinesfalls kontaktscheu. Es schien ihm allerdings im Augenblick sehr schwierig eine Bekanntschaft oder gar eine Beziehung einzugehen, solange er unter einer Legende verdeckt ermitteln musste. Das Wechseln von einer Identität in die andere fand er anfangs noch lustig und nahm es sportlich. Doch es konnte sehr lästig, ja außerordentlich schwierig sein, wenn man professionell arbeiten wollte.

Am nächsten Morgen klingelte der Wecker um 04.00 Uhr unerbittlich. Peer verfluchte nicht nur den Wecker, sondern auch sich, der sich auf diese vertrackte Tätigkeit einließ. Er dachte wieder an den Kollegen der Schutzpolizei, der ihn davor warnte. Nun konnte er nur noch nach vorne sehen. Auch dies würde vorübergehen. Im Flughafen war nichts Ungewöhnliches feststellbar. Als er im Frachtbereich ankam, nahm ihn einer der Mitarbeiter zu Seite und erklärte ihm, dass Alex nicht gekommen sei, ob er etwas wisse. Peer versuchte so erstaunt wie möglich auszusehen und verneinte die Frage. Der Kollege, der ihn ansprach, nahm wohl die Vertretung von Alex wahr. Die Arbeit verlief während der ganzen Schicht ohne Auffälligkeiten. Peer war froh, als es 13 Uhr war und er hoffen konnte, etwas zu erfahren. Lars meldete sich während der gesamten Schicht auch nicht. Peer war hungrig und zog sich schnell um. Er ging in eines der Restaurants des Flughafens, wohl wissend, dass die Preise hier gesalzen waren. Er wollte einfach in einer angenehmen Atmosphäre in Ruhe essen. Nachdem er satt war, fuhr er nach Hause und rief Erich an. Was er von ihm erfuhr, war nicht dazu angetan, seine Stimmung zu verbessern. Der Einsatz war wohl mehr oder weniger wirklich „in die Hose gegangen". Alex war tatsächlich der anonyme Anrufer gewesen. Er wurde seit Monaten von türkischen Separatisten bedroht, die ihn aufforderten, bei bestimmten Flügen dafür zu sorgen, dass genau bezeichnete Pakete auf bestimmten Lkw landen. Kurz vor solchen Sendungen wurde ihm telefonisch mitgeteilt, was er tun sollte. Wenn er sich nicht kooperationsbereit zeige, würden seine Kinder dies büßen müssen. Die Vergangenheit habe gezeigt, dass es keineswegs leere Drohungen waren. Um dem Spuk ein Ende zu bereiten, habe er anonym angerufen. Nach der Beschlagnahme der Sendung hätten die Unbekannten ihn wieder massiv bedroht. Er habe aber geleugnet, etwas damit zu tun zu haben. Er kenne weder den Auftraggeber noch den Adressaten. Auch dem Lkw-Fahrer sei nichts bekannt. Er würde seine Tour fahren und alle Frachtstücke abliefern, wie die Frachtpapiere es vorsehen. Es sei ihm auch nie aufgefallen, dass er besondere Pakete befördert hätte. Sie müssten in den transportierten Containern gewesen sein. Man war also so weit wie vorher. Dem LKA sei es aber gelungen über eine Telefonüberwachung in anderer Sache an eine Information zu kommen, die für das vorliegende Verfahren vielleicht eine Rolle spielen könne. Es sei zwar nicht ausgeschlossen, dass Alex nicht alleine im Frachtbereich für die unbekannten Drogenschmuggler tätig sei, doch Hinweise gäbe es nicht. Aus diesem Grund würden Lars und Peer sofort vom Flughafen abgezogen und es werde am nächsten Tag gegen 10.00 Uhr im LKA eine Besprechung stattfinden, an der Lars und Peer teilnehmen sollten. Franz werde beide gegen 09.30 Uhr am Steintor abholen und über die Zufahrt zur Tiefgarage ins LKA bringen.

Peer atmete sichtbar durch. Ihm fiel der sprichwörtliche Stein vom Herzen, als er erfuhr, dass er nicht mehr Koffer schleppen muss.

Was sie am nächsten Tag erfuhren, hoben Peers und Lars Stimmung aber schon gar nicht. Bei der Überprüfung der vom Lkw angefahrenen Adressen stießen die Kriminalbeamten vom LKA Hannover auf Erkenntnisse der Drogenermittler aus Köln, denen die Telefonnummer einer Gärtnerei nahe Oldenburg aufgefallen war. Nach deren Erkenntnissen war der Oldenburger Gärtner Drogenlieferant für einen Deutschen aus Köln, der einen Tag zuvor bei einer Übergabe von Drogen festgenommen wurde. Diese Informationen gewannen die Kölner Kriminalbeamten aber erst, nach der Festnahme, als sie die Aufzeichnungen der Telefonüberwachung auswerteten, die sie bei dem Verdächtigen seit Monaten für das LKA Hannover durchführten. Den Aufzeichnungen war zu entnehmen, dass der Gärtner mit dem Deutschen aus Köln ein Treffen für den morgigen Tag in einer von Türken geführten Gaststätte in Bremerhaven vereinbarte. Das Treffen sollte dazu dienen, etwas zu übergeben. Bei dem Telefongespräch nannte einer der Gesprächspartner die Zahl 20, sodass nahe lag, es könne sich um die 20-kg-Heroin handeln, die am Flughafen in Hannover eintrafen. Die Auswertung der Tonbandaufzeichnungen erfolgte leider wegen Personalengpässen erst nach Festnahme des Kölners, sodass die Kollegen aus Köln die vereinbarte Übergabe der 20-kg-Heroin nicht mehr bei ihrem Einsatz berücksichtigen konnten. Zumindest schien aber der Informationsaustausch zwischen den Kriminalpolizeien zu funktionieren.

Die technischen Möglichkeiten von Telefonüberwachungen waren zu dieser Zeit eine einzige Katastrophe und sehr personalaufwendig, weswegen viele Kriminaldienststellen solche Aktionen zu vermeiden suchten, wenn es nur irgendwie begründet werden konnte. Es wurden von verschiedenen Elektronikfirmen modernste technische Telefonüberwachungsgeräte angeboten, die dem neuesten Stand der Technik entsprachen. Doch die Innenministerien in der Bundesrepublik vernachlässigten die technische Ausstattung der Kriminalpolizei in allen Bundesländern so extrem, dass manche Ermittlungsverfahren zwangsläufig im Sande verlaufen mussten. Es war schwierig die Verantwortlichen dieser Misere zu identifizieren. Letztlich wurden immer die finanziellen Spielräume der Länder als Ursache vorgeschoben. Das waren "Totschlagsargumente" wie sie allgemein genannt werden, weil sie immer in der einen oder anderen Form stimmten oder auch nicht.

Wie Franz und Erich sich ergänzend ausführten, war von der zuständigen Staatsanwaltschaft eine sofortige Telefonüberwachung bei dem Gärtner angeordnet worden. Da der Peilsender ausgefallen war, wusste man auch nicht, wo sich das Paket mit den Drogen befand. Der Telefonüberwachung in Köln war aber zu entnehmen, dass der Gärtner am folgenden Tag gegen 16.00 Uhr die Drogen in der Gaststätte bei Bremerhaven abliefern würde. Eine Telefonüberwachung dieser Gaststätte lehnte der Staatsanwalt ab, weil keine Anhaltspunkte vorlägen, dass das Telefon der Gaststätte für Drogengeschäfte benutzt würde oder der Inhaber der Gaststätte in den Drogenhandel involviert war. Erich und Franz waren der Auffassung, dass man den Gärtner weiter observieren sollte, bis er die Fahrt zur Gaststätte antrat. Man sollte auf der Strecke zur Gaststätte eine durch die Verkehrspolizei eingerichtete Kontrollstelle einrichten, um den Gärtner mit seinem Fahrzeug unauffällig zu kontrollieren. Wie die kriminalistischen Erfahrungen der Vergangenheit zeigten, sei nicht auszuschließen, dass die Drogen irgendwo auf der Strecke deponiert waren und erst nach Kontaktaufnahme aus dem Depot geholt würden. Da der Abnehmer inhaftiert sei und diese Information den Lieferanten hoffentlich noch nicht erreicht haben dürfte, müssten für den Abnehmer verdeckt ermittelnde Beamte in der Gaststätte warten. Würde der Lieferant ohne die Drogen auftauchen müssten die Ermittler eine plausible Geschichte erfinden und müssten notfalls auch über das Vorzeigegeld verfügen. Es sei aber eher wahrscheinlich, dass der Lieferant bei der Verkehrskontrolle mit den Drogen auffalle und sich damit alles Weitere erübrige. Eine sofortige Durchsuchung des Anwesens von dem Lieferanten, wie die Staatsanwaltschaft es priorisiere, sei nicht zu empfehlen. Es sei inzwischen so viel an Zeit, Personal und Geld investiert worden, dass man die sicherste Einsatzkonzeption wählen sollte, die alle Gegebenheiten berücksichtige.

Es war Peer klar, welchen Part er und Lars übernehmen sollten. Nach Ende der Besprechung bat man Peer und Lars zu bleiben, damit man mit ihnen die Einzelheiten ihres Einsatzes in der Gaststätte besprechen könnte. Sie sollten mit Sprechfunkgeräten ausgerüstet in der Gaststätte warten. Für die Sprechfunkgeräte sollten sie „Konspi"rative drahtlose Ohrhörer bekommen, die man sich in den Gehörgang des Ohres schieben konnte. Sie sollten jeder eine Waffe mitnehmen und auf die Anweisungen der Einsatzleitung warten. Peer weigerte sich ein Sprechfunkgerät mitzunehmen, das immerhin eine beträchtliche Größe aufwies und kaum unauffällig am Körper getragen werden konnte. Er gab zu bedenken, dass die Gaststätte von türkischen Personen betrieben werde und sie dort ohnehin sofort auffallen würden. Gegen die Mitnahme von polizeiatypisch Waffen hätte er nichts einzuwenden. Mit den Sprechfunkgeräten hatte er so seine Erfahrungen machen müssen. Die drahtlosen Ohrhörer rauschten gelegentlich durch elektrische Induktion so stark, dass an eine Kommunikation nicht zu denken war. Es reichte ein elektrisches Gerät in der Nähe, um jede Kommunikation zu unterbinden. Auch hier zeigte sich die katastrophale Ausrüstungsmisere bei der Kriminalpolizei. Nachdem Peer sich strikt weigerte, ein Funkgerät mitzunehmen, einigte man sich darauf, dass man sie in der Gaststätte anrufen werde, wenn der Einsatz sich wegen einer Festnahme erübrige. Sie sollten daraufhin noch etwa 30 Minuten warten und danach wieder zurück nach Hannover fahren. Sollte kein Anruf erfolgen, müssten sie auf den Lieferanten warten und improvisieren. Es würden zwei Pkw mit Observationskräften in der Nähe der Gaststätte unauffällig postiert werden, die ggf. Hilfe leisten könnten, wenn es erforderlich werde. Peer ließ sich noch einige Gramm Haschisch und eine kleine Briefwaage aushändigen, damit sie in der Drogenszene akzeptiert würden, sofern es zu Überprüfungen ihrer Person durch misstrauische Personen käme. Es war inzwischen bereits 17.00 Uhr und Peer spürte seinen Hunger. Sie waren von den Ereignissen so abgelenkt, dass sie das Mittagessen vergaßen. Erich erklärte sich bereit, sie nach Isernhagen zu fahren. Zu Hause angekommen besprachen Peer und Lars verschiedene Möglichkeiten, die eintreten könnten. Im Grunde würde es eine einfache Sache werden. Sie suchten die Gaststätte auf, tranken einen Kaffee und nach einiger Zeit würden sie ans Telefon gerufen und könnten wieder nach Hannover zurückfahren. Was sollte da nicht klappen?

Am nächsten Morgen standen sie schon früh auf, fuhren nach Oldenburg und sahen sich dort unauffällig das von den Observationskräften beobachte Objekt an. Danach fuhren sie die Strecke ab, die der Lieferant vermutlich fahren würde. In Bremerhaven suchten sie das Lokal, in dem sie auf den Lieferanten warten sollten. Es war nicht einfach zu finden, weil es am Rande eines Gewerbegebietes lag. Peer musste Passanten nach dem Weg fragen, obwohl er einen Stadtplan besaß, den Lars als Beifahrer ständig studierte. Sie fuhren an dem Lokal vorbei, das ihnen einen heruntergekommenen Eindruck vermittelte. Wie ihnen Erich erläuterte, war Eigentümer eine Brauerei, die das Lokal an einen Deutschen verpachtete, der aber nur zum Schein Pächter war. In Wirklichkeit wurde es von einem Türken geführt, der eine Ausschanklizenz besaß. Sie sollten sich ab 15.30 Uhr in das Lokal begeben. Kurz zuvor sollten sie Erich anrufen, damit er sie über den letzten Stand des Einsatzes unterrichten konnte.

Es war bereits 13.30 Uhr und sie beschlossen in einer kleinen Kneipe, an der sie gerade vorbei fuhren und die ihnen einen gepflegten Eindruck machte, zu essen. Sie mussten sich inzwischen ein wenig beeilen, wenn sie zuvor auch noch Erich anrufen wollten. Nach dem Essen fuhren sie wieder in die Nähe der Gaststätte, in der das Treffen vorgesehen war. In dem Gewerbegebiet fielen sie auch nicht besonders auf und fanden eine Telefonzelle, von der sie Erich anriefen. Was er berichtete, war doch sehr beunruhigend. Der Gärtner hätte versucht, seinen Abnehmer in Köln telefonisch zu erreichen. Als sich dort niemand meldete, habe er die Gaststätte in Bremen angerufen und sich dort in kurdisch mit einer Person unterhalten. Es sei bereits bekannt gewesen, dass der Gärtner ein kurdisch stämmiger Türke sei, der die deutsche Staatsangehörigkeit besaß. Man versuche so schnell als möglich einen kurdischen Dolmetscher das Gespräch übersetzen lassen. Die Staatsanwaltschaft habe auch daraufhin die Telefonüberwachung der Gaststätte angeordnet. Ob die Telekom dies so schnell realisieren könne, dass die Überwachung bereits zum Zeitpunkt des Treffens stehe, wisse man noch nicht.

Obwohl die Gaststätte zu diesem Zeitpunkt bereits durch Kräfte eines Observationstrupps mit 2 Pkw beobachtet werden sollte, konnte weder Lars noch Peer entsprechende Feststellungen machen. Beide waren sich auch bewusst, dass die Observationseinheit erst seit kurzer Zeit aufgebaut worden war und die als MEK (Mobiles Einsatz Kommando) bezeichnete Gruppe auch andere Aufgaben übernehmen sollte. Wie professionell dieses MEK schon arbeitete, war ihnen unbekannt. Sie hatten zwar an der einen oder anderen Übung teilgenommen und dabei noch deutliche Schwächen beobachten können. Sie konnten nur hoffen, dass die Kollegen inzwischen routiniert genug waren. Die Zeit war gekommen, sich in die Gaststätte zu begeben. Sie überlegten, ob sie ihren Pkw in der unmittelbaren Nähe der Gaststätte oder lieber in einiger Entfernung abstellen sollten. Da der Pkw auf Peers Personalien in Hamburg zugelassen war, entschied man sich, ihn direkt auf dem Parkplatz bei der Gaststätte abzustellen. Ihnen war versichert worden, dass die Adresse in Hamburg existierte und Peer sowohl beim Einwohnermeldeamt als auch bei der Zulassungsstelle registriert war. Obwohl Peer glaubte, dass sie kaum gefordert würden, beschlich ihn ein merkwürdiges Gefühl, dass er nicht als Angst bezeichnen würde. Es war die unbekannte Situation, die ihn unsicher werden ließ. Er durfte Lars nicht seine Unsicherheit merken lassen. Insgeheim hoffte er, dass die Gaststätte geschlossen war. Sie verließen ihren Pkw und Peer achtete darauf, dass sie den Pkw abschlossen. Beherzt ging er auf die Eingangstür der Gaststätte zu, immer in der Hoffnung, dass sie verschlossen ist. Er drückte die Klinke herunter und drückte gegen die Tür, die sich nicht rührte. Er atmete auf und trat einen Schritt zurück. Lars schob sich an ihm vorbei, drückte ebenfalls die Türklinke herunter und zog die Tür auf. Verdammt! Peer fiel jetzt ein, dass die Türen vieler Gaststätten nach Außen geöffnet werden müssen, wenn sie keinen Windfang haben. Es war ihm ausgesprochen peinlich. Lars sagte nichts und sie betraten den Gastraum.

Im hinteren Bereich sahen sie die Theke. Links und rechts vom Eingang standen einige Tische. An einem der Tische links, der etwas größer war als die anderen, saßen 5 Männer unterschiedlichen Alters. Sie schienen in ein Kartenspiel vertieft zu sein und nahmen von ihnen keinerlei Notiz. Peer und Lars setzten sich rechts vom Eingang an einen kleinen Tisch, der direkt am Fenster stand. Sie sahen sich nach dem Wirt um, der aber wohl nicht anwesend war. Auch im Innern der Gaststätte war es alles andere als gepflegt. Sie warteten vielleicht 5 Minuten. Als sich der Wirt nicht meldete, sprach Lars die unbekannten Männer an und fragte, wo die Bedienung sei. Die Männer taten so, als ob sie ihn nicht verstünden. "Vielleicht verstehen sie kein Deutsch." meinte Lars zu Peer. Peer sprach daraufhin die Männer nochmals an und fragte nach dem Wirt. Einer der Männer stand auf und kam auf sie zu. Er fragte mit einem sehr deutlichen Akzent, was sie möchten. Peer nahm an, dass es der Wirt war und bestellte 2 Kaffee. Er erhielt zur Antwort, dass die Kaffeemaschine kaputt sei. Daraufhin bestellt Peer 2 Cola, die der Mann auch umgehend holte und sich gleich darauf wieder zu den anderen Männern an den Tisch setzte.

Die Männer unterhielten sich jetzt sehr angeregt, und Peer gewann den Eindruck, als stritten sie sich. Er vermutete, dass sie sich in Türkisch unterhielten, hätte aber nicht darauf gewettet. Vielleicht war es auch kurdisch. Zwei der Männer, unter ihnen der vermutliche Wirt, standen plötzlich auf und gingen in die hinteren Räume, während die anderen am Tisch sich weiter sehr erregt unterhielten. Es waren keine 5 Minuten vergangen, als der Wirt mit seiner Begleitung zurückkam. Er ging auf sie zu und teilte ihnen mit, dass jemand sie telefonisch sprechen wolle. Sein Begleiter stand ein wenig Abseits und verfolgte das Gespräch zwischen dem Wirt und Peer. Peer glaubte zunächst ihn nicht richtig verstanden zu haben und fragte den Wirt, was er gesagt habe. Der Wirt schien merkwürdig ungehalten und wiederholte, dass für Peer und Lars jemand am Telefon sei. Peer sah zur Theke, konnte aber kein Telefon entdecken. Er fragte, wo das Telefon sei. Der Wirt deutete auf die hinteren Räume und meinte der Anrufer warte. Nun Peer und Lars erwarteten ein Telefonat, das sie mit Erich vereinbarten, der ihnen mitteilen würde, dass der Einsatz sich für sie erledigt habe. Zwar war das Verhalten des Wirtes ein wenig merkwürdig aber es gab keinen Anlass ihm zu mistrauen. Peer stand daher auf und folgte dem Wirt in die hinteren Räume gefolgt von dem Begleiter des Wirtes, was Peer stutzig werden ließ. Sie waren in einem der Räume, der wohl als Küche benutzt wurde. Peer sah sich um und fand kein Telefon, weshalb er sich umdrehen und zurückgehen wollte. Er spürte einen heftigen Stoß im Rücken und eine männliche Stimme forderte ihn in gebrochenen Deutsch auf, die Hände über den Kopf zu heben. Peer war so verblüfft, dass er zunächst nicht wusste, wie er reagieren sollte, und nahm instinktiv die Hände hoch. Peer vermutete, dass der Begleiter des Wirtes ihm eine Waffe in den Rücken hielt. Er roch den stark nach Knoblauch riechenden Atem des Unbekannten, der mit der Waffe, ganz nah an ihn herangetreten war. Der Wirt schien das alles mit Interesse zu verfolgen und kam jetzt ebenfalls ganz nah auf ihn zu und sagte etwas Unverständliches in einer fremden Sprache zu seinem Begleiter. Dieser packte die Hände von Peer, riss sie nach hinten und fesselte sie. Peer verspürte heftige Schmerzen in seinen Handgelenken. Auch die Schnur, mit der man ihn fesselte, schnitt schmerzhaft in seine Haut. Jetzt löste sich Peers Verblüffung und er begann laut zu schimpfen, dass es Lars hätte hören müssen. Der Wirt und dessen Begleiter tasteten ihn ab und leerten seine Taschen. Peer war sehr froh, sich gegen die Mitnahme der Funkgeräte entschieden zu haben. Sie fanden seinen Revolver und das Haschisch, was Peer sich hatte geben lassen. Sie setzten ihn auf einen Stuhl und banden ihn mit den Beinen und dem Oberkörper daran fest. Den Stuhl drehten sie so, dass er sehen musste, wer den Raum betrat. Lars trat mit über dem Kopf erhobenen Händen begleitet von den anderen drei Männern den Raum. Er sah verzweifelt und hilflos aus und wurde wie Peer gefesselt und durchsucht. Auch seine Waffe erregte das Interesse der Unbekannten. Einer der Männer schien sich über Peer und Lars lustig zu machen. Er nahm Peers geladenen Revolver und richtete ihn auf Lars und danach wieder auf Peer und schrie immer wieder "Bumm, Bumm!" und lachte dabei. Peer hoffte inständig, dass der Unbekannte mit einer Waffe umgehen kann, damit sich nicht versehentlich ein Schuss löst. Der Unbekannte hielt ihm plötzlich die Waffe an den Kopf und sagte: "Jetzt tot!" und Peer hörte das Klicken des Hahns mit dem Schlagbolzen, der auf die Patronentrommel traf, ohne dass sich ein Schuss löste. Der Unbekannte musste die Patronen entfernt haben. Peer rann der Schweiß am ganzen Körper herab. Er hörte, wie der Unbekannte Patronen in die Trommel steckte und die Trommel rotieren ließ. Er schien mit solchen Waffen vertraut zu sein. Wieder hielt er Peer die Waffe an den Kopf und betätigte den Abzug und sagte wieder: "Jetzt tot". Peer hörte das Geräusch des gegen die Trommel schlagenden Hahns mit dem Schlagbolzen. Auch dieses Mal löste sich kein Schuss. Peer sah zu Lars hinüber, der ihn mit weit aufgerissenen Augen ansah. Der Unbekannte sagte daraufhin: "Pistole nicht gut." Kannte er den Unterschied zwischen Pistolen und Revolvern vielleicht gar nicht oder waren für ihn alle Faustfeuerwaffen Pistolen. Die anderen im Raum anwesenden Männer ignorierten das Gebaren des Unbekannten und diskutierten erregt in einer Peer unbekannten Sprache. Jetzt ging der Unbekannte mit dem Revolver zu Lars, dem das Entsetzen im Gesicht geschrieben stand. Auch hier entwickelte sich das gleiche Spiel. Der Unbekannte ließ die Trommel rotieren, hielt Lars die Waffe an den Kopf, zog den Abzug und ein ohrenbetäubender Knall beeinträchtigte sekundenlang Peers Gehör. Er sah zu Lars, der kreidebleich gefesselt auf seinem Stuhl saß aber noch lebte. Der Wirt ging jetzt wütend zu dem Unbekannten und entriss ihm die Waffe. Sie stritten sich lautstark in einer Sprache, die Peer nicht verstand. Er vermutete, dass sie kurdisch sprachen. Der Unbekannte musste wohl bewusst am Kopf von Lars vorbeigeschossen haben, um sich an der Angst seines Opfers zu ergötzen. Im Augenblick des Knalls glaubte Peer, dass Lars erschossen wurde. Der Gestik und den erregten Gesprächen der unbekannten Männer entnahm Peer, dass man sie liquidieren wollte. Aber vielleicht war es nur die Angst, die sein ganzes Denken begann, zu lähmen. Was wollten die Unbekannten von ihnen? Warum fesselte und durchsuchte man sie? Die Observationskräfte draußen würden von den Ereignissen im Innern der Gaststätte sicherlich nichts bemerkt haben. Aber sie müssten beobachten können, wenn die unbekannten Peers Pkw durchsuchten. Ob der Schuss von den Observationskräften zu hören war, hing von ihrem Standort ab. Da Peer keines der Fahrzeuge in der Nähe sah, befürchtete er, dass sie weit entfernt standen und den Schuss nicht hören konnten. Peers Kleidung war vom Schweiß völlig durchnässt. Er wusste nicht, ob seine Hose durch Urin oder Schweiß nass war. Er fühlte diese Nässe am ganzen Körper und spürte auch, dass ihm der Schweiß vom Kopf über den gesamten Körper bis zu den Füßen lief.

Peer überlegte sich ständig, warum man sie fesselte und durchsuchte. Hatte der Gärtner die Personen in der Gaststätte angerufen und sie entsprechend instruiert, weil er wusste, dass der Abnehmer festgenommen worden war? Peer gingen Tausende Möglichkeiten durch den Kopf, während sich die unbekannten Männer aufgeregt unterhielten und Peers Kfz-Schlüssel ihre Aufmerksamkeit auf sich zog. Zwei der Männer verschwanden mit dem Schlüssel und es vergingen etwa 15 Minuten, bis sie wieder auftauchten. Während dieser Zeit sprachen die anderen mit ihnen kein Wort. Sie unterhielten sich fortwährend sehr erregt untereinander in vermutlich kurdischer Sprache. Peer versuchte mit Lars zu sprechen, was die Männer sofort unterbanden, wobei sie mit den eigenen Waffen bedroht wurden. Da Peer außer der Waffe von Lars und seiner keine sah, nahm er an, dass die Männer keine Waffen besaßen. Die mit dem Kfz.-Schlüssel und anderen Gegenständen zurückkehrenden Männer berichteten wohl, was sie im Pkw vorfanden. In den Gesprächen fiel oft das Wort Hamburg. Mehr konnte Peer nicht verstehen. Wenn er nur annähernd wüsste, was sie von ihnen wollten. Er sprach sie wiederholt an, schimpfte und fluchte, ohne eine Reaktion zu erkennen. Die Männer, die mit der Inspizierung seines Pkw befasst gewesen waren, hielten ein Schriftstück in den Händen, dass bei ihnen von Hand zu Hand ging und ihre ganze Aufmerksamkeit in Anspruch nahm. Als einer der Männer das Schreiben ein wenig verdrehte, konnte Peer erkennen, dass es das Entlassungsschreiben der Vollzugsanstalt Hamburg-Fuhlsbüttel war, dass man vorsorglich für ihn anfertigte. Er musste so gar einige Namen von Insassen auswendig lernen, die er bei Bedarf parat haben sollte. Er hoffte, dass dieses Schriftstück ihm jetzt behilflich sein konnte. Er sprach die Unbekannten wieder an und beschwerte sich, dass er noch nicht lange aus dem Knast raus sei und schon wieder gefesselt werde. Endlich reagierte der Wirt, der ihn nach Namen von Mitgefangenen fragte. Peer nannte einige türkisch klingende Namen und wartete auf die Reaktion. Einer der Personen verschwand darauf hin und es vergingen etwa 10 Minuten, bis er zurückkam und etwas mitteilte. Die Information schien die Männer zu zufrieden zu stellen.

Endlich fragte der Wirt sie, ob sie auf jemanden warten. Also war der Wirt unterrichtet worden, dass ein Treffen in seiner Gaststätte stattfinden sollte. Peer versuchte so allgemein wie möglich zu erklären, dass man auf einen Freund warte, der sich verspäte. Während der gesamten Zeit war von Lars nichts zu hören. Jetzt begann auch er, zu schimpfen, dass man sie losbinden solle, denn der Freund müsse gleich eintreffen und werde sich sehr wundern, was man mit ihnen mache. Zur Peers Überraschung band man sie los und gab ihnen so gar ihre Waffen zurück, die sie vorher entluden. Die Patronen, das Haschisch und das Schreiben aus der Vollzugsanstalt behielten sie. Es war mittlerweile weit nach 16.00 Uhr und Peer hörte, wie ein Telefon in einem der Räume klingelte. Der Wirt begleitete sie mit den anderen Männern in die Gaststätte und hob von einem Telefon, das versteckt unter der Theke stand, den Hörer ab. Peer hörte nur, wie der Wirt wiederholt "ja, ja" sagte und den Hörer an Peer weitergab. Am anderen Ende vernahm er die Stimme von Erich, der fragte, ob er reden könne, was Peer verneinte. Erich erklärte, dass alles positiv verlaufen sei und er ihnen alles gute Wünsche. Peer atmete auf und verfluchte den Tag, der ganz anders hätte verlaufen können, wenn der Telefonanruf eine Stunde vorher erfolgt wäre. Peer wollte die Cola beim Wirt bezahlen. Der winkte ab und Lars und Peer verließen fluchtartig die Gaststätte. Sie stiegen in ihr Fahrzeug und fuhren los, ohne zu wissen, welche Richtung sie nehmen mussten. Nach ein Paar Minuten begannen sie sich zu orientieren und waren froh auf dem richtigen Weg zu Autobahn nach Hannover zu sein. Sie beobachteten ständig den Verkehr um sie herum, ob sie verfolgt würden. Zwar konnten sie keine Verfolger erkennen, wussten aber nur zu gut, dass auch sie eine professionelle Observation kaum erkennen würden.

Sie fuhren zurück nach Hannover. Seit ihrer Abfahrt von der Gaststätte schwieg Lars. Peer beobachte immer wieder den ihnen folgenden Verkehr. Er befürchtete, dass man ihnen folgen könnte. Nach etwa 20 Minuten erreichten sie eine Raststätte und Peer erklärte, dass er Erich unterrichten wolle. Lars sagte kein einziges Wort und blieb im Wagen sitzen. Als Peer ihn fragte, ob er nicht auch mit Erich sprechen wolle, schüttelte Lars nur den Kopf. Peer suchte die Telefonzelle in der Nähe auf und wählte die Telefonnummer von Erich, der sich auch sofort meldete. Noch bevor Peer berichten konnte, teilte ihm Erich mit, dass man mit der Verkehrskontrolle erfolgreich gewesen sei. Der Gärtner, wie sie ihn nannten, habe auf der Fahrt mehrfach versucht eine Stelle zu finden, wo er die Drogen hätte bunkern können. Er wäre mit Sicherheit nicht mit den Drogen in der Gaststätte aufgetaucht. Bei der Verkehrskontrolle habe er flüchten wollen. Die Drogen seien sichergestellt und der Mann festgenommen. Das Telefongespräch zwischen dem Gärtner und dem Gaststättenwirt sei noch nicht übersetzt, weil man noch keinen vertrauenswürdigen Dolmetscher erreichen konnte. Das Telefon der Gaststätte habe man tatsächlich ab 15.00 Uhr abhören können. Die Gespräche seien aber auch in kurdischer Sprache geführt worden. Erich wollte wissen, ob sie heute Abend noch zu einer Besprechung kommen könnten. Peer antwortete, indem er im Telegrammstil das Erlebte schilderte und mitteilte, dass sie zwar die Waffen zurückerhalten, aber nicht die Patronen und das Haschisch. Erich schwieg einen Moment. Als er ihnen riet, dass sie sich erst einmal ausschlafen sollten und er sie am nächsten Morgen gegen 11.00 Uhr beim Steintor abholen werde oder wenn es ihnen lieber wäre, auch in Isernhagen, war seine Betroffenheit nicht zu überhören. Peer schlug das Steintor vor. Sie würden bis dort die Straßenbahn nehmen. Erich bedauerte die Ereignisse und empfahl ihnen, sich Zeit zu lassen. Sollten sie lieber erst am nächsten Morgen weiter fahren wollen, bat er sie, ihn zu unterrichten. Peer war der Auffassung, dass sie den ersten Schock überwunden und sich schon so weit im Griff hätten, um nach Hause fahren zu können. Erich erkundigte sich nach Lars Verfassung. Wie Lars mit dem Erlebten zurechtkomme, wisse Peer nicht. Seit der Abfahrt von der Gaststätte habe er noch kein Wort gesprochen. Peer solle Grüße von Erich bestellen. Sollte er reden wollen, könne er Erich jederzeit anrufen. Peer bedankte sich und ging zurück zum Fahrzeug. Lars saß unverändert auf dem Beifahrersitz und starrte nach vorne. Peer bestellte die Grüße Erichs und teilte mit, dass Erich gebeten habe, ihn jederzeit anzurufen, wenn ihnen etwas Wichtiges einfiele oder sie glaubten, mit ihm sprechen zu müssen. Er habe weiter mit Erich vereinbart, dass er sie morgen Vormittag um 11.00 Uhr beim Steintor für die Abschlussbesprechung abhole.

Es war mittlerweile spät am Abend und Peer fragte Lars, ob er nicht auch Hunger habe. Lars antwortete nicht, sondern starrte nur schweigend nach vorn auf die Straße. Peer fuhr weiter und überlegte, wie er Lars Erstarrung lösen könnte. Er versuchte ihn mit Fragen über die Geschehnisse, aus der Reserve zu locken, ob er etwas von der Unterhaltung der Männer verstanden habe und ob er wisse, in welcher Sprache sie sich unterhalten hätten. Lars schüttelte auf die Fragen nur den Kopf, ohne einen Ton von sich zu geben. Peer fühlte sich für Lars verantwortlich, weshalb er fortwährend nach einer Lösung suchte, wie er Lars veranlassen könnte, sich zu äußern. Er hielt an einer Raststätte an und fragte Lars, ob er nicht auch etwas essen wolle. Er müsse etwas Essen, sonst könne er nicht mehr klar denken. Wenn Lars aber etwas dagegen habe, dass sie in der Raststätte etwas essen, würde er weiterfahren. Lars schüttelte wieder den Kopf. Bevor sie ins Restaurant gingen, tankte Peer das Fahrzeug, dessen Tankanzeige kurz vor Reserve stand. Peer wählte das gemütlicher aussehende Restaurant mit Bedienung. Lars folgte ihm, ohne ein Wort zu sagen. Peer bestellte sich einen Zwiebelrostbraten, den er gerne aß, obwohl sein Budget dies nicht hergab. Lars nahm eine Bratwurst mit Kartoffelsalat. Während sie aßen, meinte Lars unvermittelt, „Das war doch ein Raub!" Peer pflichtete ihm bei, indem er entgegnete, dass man dies wohl so sehen könne, und atmete auf, dass Lars seine Worte wieder fand. Peer berichtete, dass man die Telefonate in der Gaststätte aufgezeichnet aber noch nicht übersetzt habe. Lars begann zu schimpfen, dass man sich das alles hätte sparen können, wenn der Lieferant durch die Verkehrskontrolle letztendlich doch mit den Drogen festgenommen worden sei. Peer wollte ihm nicht widersprechen. Er unterließ es auch, darauf hinzuweisen, dass man vorher nicht hätte wissen können, dass der "Gärtner" die Drogen mit sich führen würde. Er war froh, dass Lars wieder sprach und seinen ersten Schock überwunden zu haben schien.

Beim Essen merkte Peer, wie seine Hände zitterten. Er versuchte sich zusammenzureißen und seine Hände stillzuhalten, was ihm nur unvollkommen gelang. Er verfluchte seine Entscheidung, sich als verdeckt ermittelnder Kriminalbeamter zur Verfügung gestellt zu haben. Warum musste er sich das antun? So überrumpelt worden zu sein, ärgerte ihn und er empfand auch die Ohnmacht, den Männern völlig ausgeliefert gewesen zu sein, als Schmach, obwohl ihm bewusst war, dass ihnen die Möglichkeit genommen war, sich zu wehren. Wer weiß, wie es dann ausgegangen wäre. Er hoffte am nächsten Tag zu erfahren, warum sie auf diese Weise in der Gaststätte überfallen wurden. Auch Lars schien sich über das Warum Gedanken zu machen. Er begann über verschiedenen Möglichkeiten zu spekulieren, weswegen die Männer in der Gaststätte sie so attackiert haben könnten. Beide waren sich aber einig, dass es mit dem Lieferanten und dessen Telefonat einige Tage zuvor etwas zu tun haben musste. Nach dem Essen und beglichen sie ihre Zeche und fuhren weiter in Richtung Hannover. Lars teilte Peer unvermittelt mit, dass ihm der Personalchef vom Flughafen vorübergehend eine kleine möblierte Wohnung vermittelt habe, die er morgen schon beziehen könne. Vermieter seien Bekannte des Personalchefs, deren Sohn sich für einige Jahre in den USA aufhalte und dessen Appartement sie ihm gegen eine kleine Miete möbliert überlassen würden. Peer war von der Mitteilung völlig überrascht, auch weil Lars dies schon seit Tagen wusste. Er wollte Lars fragen, ob es ihm so unangenehm gewesen sei, bei ihm zu übernachten. Er unterließ diese Frage aber, weil sie ihm zum jetzigen Zeitpunkt unangebracht schien, zumal Lars die Möglichkeit des Umzuges Peer gegenüber schon erwähnte. Als sie in Isernhagen ankamen, war es schon spät. Peer suchte einen Parkplatz, der nicht in unmittelbarer Nähe seiner kleinen Wohnung lag, damit bei einer möglichen Gegenobservation kein Zusammenhang zwischen dem „Dienst-Pkw" und seiner Wohnung hergestellt werden konnte. Auch der kleine Fußmarsch zur Wohnung gestaltete sich immer ein wenig seltsam, weil sie stets nicht direkt zur Wohnung gingen, sondern Umwege benutzten, um sich zu vergewissern, dass ihnen niemand folgte. Peer ertappte sich in den letzten Wochen wiederholt dabei, dass er auf direktem Weg seine Wohnung ansteuern wollte. Heute war es ihm aber besonders wichtig, dass er darauf achtete, nicht verfolgt zu werden. Lars lag schon bald entkleidet auf dem Sofa und Peer ging ebenfalls sofort zu Bett. An Schlaf war aber nicht zu denken. Die ganze Nacht grübelte er über das Geschehene und überlegte, ob er nicht diese Tätigkeit aufgeben sollte. Er war gerade ein wenig eingeschlafen, als der Wecker klingelte. Es war bereits 08.30 Uhr und roch nach frischem Kaffee. Lars hatte es sich nicht nehmen lassen Kaffee aufzubrühen. Er sah übernächtigt aus, als hätte er die ganze Nacht nicht geschlafen, vermutete Peer.

Außer der morgendlichen Begrüßung sprachen sie kaum etwas. Lars bemerkte nur, dass er gespannt sei, was man im LKA zu den fehlenden Patronen und geraubten Haschisch sagen würde. Sie fuhren mit der Straßenbahn bis ins Steintorviertel und warteten am vereinbarten Treffpunkt auf Erich. Statt Erich tauchte Franz mit einem sehr neuen Pkw auf. Er ließ beide einsteigen und entschuldigte Erich, der zu einer Besprechung mit dem LKA-Präsidenten gerufen worden sei. Franz fragte, ob sie sich vom gestrigen Tag etwas erholt hätten. Lars äußerte sich, dass es schon gehe. Schließlich habe man ja mal mit so etwas rechnen müssen. Sie seien ja mit dem Leben davon gekommen. Peer schwieg zu dem Thema und fragte, ob die Telefonaufzeichnungen schon übersetzt worden seien, was Franz verneinte. Der Dolmetscher werde erst nachher kommen. Als Franz in die Tiefgarage des LKA fuhr, sah Peer sich um, ob jemand sie beobachtete.

Sie fuhren von der Tiefgarage mit dem Lift direkt in das Stockwerk, in dem der Besprechungsraum lag. Die Uhr an der Stirnseite des Raumes zeigte 11.15 Uhr. Sie waren die Ersten und nahmen an dem großen Tisch, der in der Mitte des Raumes stand Platz. Der Abteilungsleiter und der Sachbearbeiter dieses Ermittlungsverfahrens würden ebenfalls an der Besprechung teilnehmen, erklärte Franz. Wann Erich komme, wisse er aber nicht. Sie hatten kaum Platz genommen als Erich und die anderen beiden erwähnten Personen Lars und Peer begrüßten. Der Abteilungsleiter bat Peer zunächst um seine Schilderungen der Ereignisse des vergangenen Tages. Sie hörten sich die Darstellungen, die gelegentlich von Lars ergänzt wurden, ohne zu unterbrechen an. Als Peer endete, beruhigte ihn der Abteilungsleiter, ein promovierter Jurist, und teilte mit, dass er mit dem zuständigen Staatsanwalt über die Angelegenheit gesprochen habe. Ermittlungen gegen die unbekannten Männer in der Gaststätte würden zunächst sehr vorsichtig durchgeführt. Man wolle die Arbeit von Peer und Lars nicht unnötig erschweren. Sie sollten sich deswegen überhaupt keine Gedanken machen. Der Abteilungsleiter bat den Sachbearbeiter des Ermittlungsverfahrens, nun Peer und Lars über den Stand der Ermittlungen in Kenntnis zu setzen.

Fassungslos lauschten sie den Ausführungen des Sachbearbeiters. Sein Bericht offenbarte schonungslos die Mängel der föderalen Verbrechensbekämpfung in der Bundesrepublik. Das LKA Hannover ermittle seit etlichen Monaten gegen eine Gruppe von Türken kurdischer Abstammung, auf die man durch Zufall über einen Kleindealer aufmerksam wurde, der in einem türkischen Restaurant in Lüneburg Stammgast war. Von der Gruppe seien mindestens 2 Speditionen für Drogentransporte missbraucht worden, um aus der Türkei Heroin nach Deutschland zu schmuggeln, das hier an verschiedene Abnehmer verteilt würde. Nach bisherigen Erkenntnissen seien keine Personen der Spedition daran beteiligt. Auch die Lkw-Fahrer dürften nicht informiert gewesen sein. Die Lkw seien heimlich präpariert oder die Ladung manipuliert worden. Der Gruppe in Lüneburg wurde telefonisch in kurdischer Sprache übermittelt, welcher Lkw benutzt werde und wo man die Drogen verstecke. Die Gruppe musste nur dafür sorgen, dass sie unbeobachtet die Drogen aus dem Lkw bargen. Sie wurden sofort an bestimmte Abnehmer weitergereicht, die für den Weitertransport nach Frankreich, Holland und England sorgten. Nur ein kleiner Teil sei in Deutschland verteilt worden. Die für Holland und England bestimmten Lieferungen erhielt ein Unbekannter in Köln. Aus diesem Grund habe man seit Monaten die Telefonnummer einer älteren etwa 78jährigen Dame in Köln überwacht. Der unbekannte Drogendealer oder dessen Freundin sei über diese Nummer erreichbar gewesen. Um Leitungskosten zu sparen, habe man die Telefonüberwachung von den Kollegen in Köln vornehmen lassen. Das führte dazu, dass sie vom Inhalt der Gespräche erst Tage später informiert worden seien. Nachdem einige überraschende Kontrollen der Lkws der bewussten Speditionen vom unterrichteten deutschen Zoll an den Grenzen zur Beschlagnahme von Lieferungen führten, seien die Transportwege geändert worden.

Vor einigen Tagen sei überraschend ein deutscher Dealer von den Kölner Kollegen bei einer Übergabe von Drogen in Köln festgenommen worden. Das LKA Hannover habe man erst Tage nach der Festnahme unterrichtet. Nach den inzwischen von Kollegen beim LKA Hannover vorgenommenen Auswertungen der Tonbänder der Kölner Telefonüberwachung habe der Deutsche die Drogen von dem Unbekannten, der das Telefon der 78jährigen Dame benutzte, erhalten und wollte sie weitergeben. Telefonisch habe der Kölner Kollege dem Ermittler beim LKA Hannover mitgeteilt, dass sie den Übergabetermin der vom LKA Hannover veranlassten Telefonüberwachung entnahmen. Das Gespräch habe man wegen Personalmangels erst sehr spät auswerten können und keine Möglichkeit gesehen, Hannover noch zu unterrichten. Leider habe der Dealer nur eine recht kleine Menge an einen anderen Dealer übergeben wollen.

Der Sachbearbeiter des LKA Hannover berichtete weiter, dass kurz nach der Festnahme des deutschen Dealers, Telefonate der Gaststätte in Lüneburg abgehört werden konnten. Aus denen ging hervor, dass eine für Holland und England bestimmte größere Menge Drogen in einem Hotel in Osnabrück übergeben werden sollte. Die Übergabe wurde durch den unbekannten Türken, der das Telefon der alten Dame in Köln missbrauchte, organisiert. Er telefonierte mit verschiedenen Personen und erhielt auf dem Anschluss zu dieser Zeit auch einige Anrufe. Die Gespräche wurden in türkischer Sprache geführt und mussten zeitnah vom Dolmetscher übersetzt werden, was nicht unerhebliche Kosten verursachte. Vom LKA Hannover war den Kollegen in Köln die Kostenübernahme versichert worden. Das LKA Hannover habe durch ihr MEK diese Übergabe observieren wollen und die Kölner Kollegen gebeten, während des laufenden Einsatzes die Telefonüberwachung in Köln ständig mit einem Dolmetscher zeitnah auszuwerten. Bis 22 Uhr sei dies auch erfolgt und das MEK über die Gesprächsinhalte informiert worden. Kurz vor dem Zugriff, gegen 22.30 Uhr, seien in Köln die Kollegen nicht mehr erreichbar gewesen. Es habe sich lediglich der Bereitschaftsdienst des Polizeipräsidiums gemeldet, der mitteilte, die Telefonüberwachung aus personellen Gründen nicht mehr direkt vornehmen zu können. Als sich der Sachbearbeiter des LKA Hannover darüber beschwerte und den Kollegen die Situation des MEK im Einsatz schilderte, habe dieser ohne weiteren Kommentar aufgelegt. Das eingesetzte MEK sei daraufhin gezwungen gewesen sich mit eigenen Kräften vor Ort die notwendigen Kenntnisse zu verschaffen, was leider nicht gelang, worauf der Einsatz scheiterte. Einige Minuten danach sei ein Fernschreiben des Polizeipräsidiums Köln eingegangen, in dem mitgeteilt wurde, dass die gesamte Telefonüberwachung aus personellen Gründen eingestellt worden sei. Das LKA Hannover habe sich daraufhin die gesamten Tonbandaufzeichnungen übersenden lassen.

Bei der Auswertung der aufgezeichneten Gespräche sei man auch auf die Telefonnummer des Gärtners bei Oldenburg gestoßen. Die ersten Auswertungen hätten ergeben, dass die Kölner Kollegen zentnerweise Haschisch und kiloweise Heroin hätten beschlagnahmen können, wenn die Aufzeichnungen zeitnah ausgewertet worden wären. Zur Überraschung des ermittelnden Kollegen beim

LKA Hannover sei die Freundin des 42jährigen unbekannten Dealers, der als türkischer Staatsangehörige identifiziert werden konnte, die 78jährige Anschlussinhaberin des abgehörten Telefons. Die zuständige Staatsanwaltschaft wollte gegen die Verantwortlichen in Köln wegen der abgeschalteten Telefonüberwachung ein Ermittlungsverfahren einleiten, was der Präsident des LKA aber nicht empfahl. Ob sich die Staatsanwaltschaft an die Empfehlung hält, wisse man nicht.

Die Gespräche zwischen dem Gärtner bei Oldenburg und der Gaststätte in Bremen würden gerade ausgewertet. Man wisse aber schon, dass der Gärtner seinen Landsmann in der Gaststätte bat, die Person, mit der er sich verabredet habe, genau zu überprüfen, weil er ihn noch nicht gut kenne. Er solle ihn durchsuchen, um festzustellen, ob man ihn linken wolle. Dies habe der Wirt ja auch sehr konkret umgesetzt, wie die beiden Kollegen Peer und Lars es leider persönlich zu spüren bekamen. Die Gespräche der Gaststätte würden noch heute übersetzt. Nach den bisherigen Ermittlungsergebnissen sollten die Drogen vermutlich an den deutschen Dealer zum Weitertransport nach Holland übergeben werden. Die vorschnelle Festnahme dieses Dealers von den außerordentlich schlecht informierten Kollegen in Köln verhinderte die geplante Übergabe. Die Versuche des Gärtners sich den Übergabetermin von dem unbekannten Türken in Köln telefonisch bestätigen lassen, scheiterten. Der Verbleib des unbekannten Türken konnte bisher noch nicht geklärt werden. Von der Festnahme des deutschen Kuriers war der Gärtner offensichtlich nicht informiert. So blieb dem Gärtner nichts anderes übrig als den Termin in der Gaststätte bei Bremen wahrzunehmen.

So wie sich die Lage darstellt, haben die Lieferanten aus der Türkei ihre Transportwege von den Speditionen auf Flugzeuge verlagert, was auch wesentlich schneller geht. Die Lehre aus der Zusammenarbeit mit den Kölner Kollegen sei klar. Telefonüberwachungen in Deutschland müssten die ermittelnden Dienststellen trotz höherer Kosten der Leitungsmiete immer selbst vornehmen.

Der Abteilungsleiter ließ sich von Erich berichten, was mit dem Präsidenten besprochen worden war. Erich antwortete, dass es um das Verhalten der Kölner Kollegen gegangen sei. Man sei sich einig, dass es inakzeptabel und strafbar, aber strafrechtliche Konsequenzen problematisch seien, weil eine Beweisführung schwierig wäre. Es sollte auch möglichst nichts an die Öffentlichkeit dringen. Dass in Zukunft alle Telefonüberwachungen selbst vorgenommen würden, sei auch vom Präsidenten akzeptiert worden.

Der Abteilungsleiter stand auf und fragte Franz und Erich, ob seine Anwesenheit erforderlich sei, oder ob sie Peer und Lars mit ihren neuen Aufgaben auch ohne seine Anwesenheit vertraut machen könnten. Sie bejahten dies, worauf er sich mit dem Ermittlungsführer verabschiedete und Peer und Lars viel Glück zu wünschten.

Tod eines verdeckten Ermittlers

Zu Lars gewandt, berichtete Franz, man habe für ihn einen kleinen Auftrag, bei dem er alleine agieren solle. Es sei auch ziemlich einfach. Er solle lediglich als Aufkäufer in Erscheinung treten. Kollegen des LKA verhandelten mit einem angeblichen Lieferanten aus Frankreich, der 30 kg Heroin liefern wolle. Die Übergabe sei schon in einem Hotel in Göttingen terminiert, wo Lars in einem Hotelzimmer auf den Lieferanten warten solle. Im Nebenzimmer würden sich Zugriffskräfte des MEK aufhalten, die nach Eintreffen des Lieferanten zugreifen würden, wenn der Lieferant im Besitz der Drogen sei. Lars bekäme eine Tasche, die so präpariert worden sei, dass man nicht auf den ersten Blick erkenne, dass sich nur wenig Geld darin befände. Sollte der Lieferant das Geld vorher sehen wollen, könne man ihn einen Blick in die Tasche werfen lassen und ihn auffordern, erst die Drogen zu liefern, bevor er das Geld genau zähle. Die Einsatzleitung des MEK und der Ermittler vom LKA werden mit Lars übermorgen kurz vor seinem Einsatz die Einzelheiten besprechen. Franz wollte zunächst selbst als Aufkäufer fungieren. Der Abteilungsleiter habe ihm aber abgeraten, weil man nicht wisse, ob sich der Lieferant nicht noch einige Überraschungen ausdenke, bei der der angebliche Aufkäufer vielleicht über Tage agieren müsse, wie sich immer wieder bei solchen Geschäften gezeigt habe. Man werde mit Lars noch einige Möglichkeiten erörtern.

Zu Peer gewandt bemerkte Franz, dass er auf einen Kollegen vom Verfassungsschutz warte, der Peer einen heiklen Auftrag offerieren wolle, sofern Peer sich darauf einlasse. Er solle sich aber erst anhören, wie sich der Kollege vom Verfassungsschutz den Einsatz Peers vorstelle. Bisher hatte Erich nur zugehört, griff jetzt aber in das Gespräch ein und erklärte Peer, dass es sich um einen Einsatz handle, bei dem der Verfassungsschutz wegen personeller Probleme jemanden suche, der für solche Aufgaben bereits ausgebildet sei. Weil die Zeit dränge, habe man sich an das LKA gewandt, ob von den dort tätigen verdeckten Ermittlern jemand für einige Zeit diese Aufgabe übernehmen könne. Es sei aber ausschließlich eine Entscheidung Peers, weil er auch nicht vom Strafverfolgungszwang ausgenommen werde, was für Mitarbeiter des Verfassungsschutzes üblich sei. Es solle auch nur eine vorübergehende Tätigkeit sein. Bis der Verfassungsschutz jemanden für diese Aufgabe gefunden und ausgebildete hätte, könnten viele Monate vergehen. Wegen aktueller Ereignisse könnte das LfV nicht so lange warten.

Während Erich sprach, klingelte das Telefon, das auf dem Fenstersims stand. Franz nahm ab und sprach kaum. Er teilte dem Anrufer nur die Zimmernummer des Besprechungszimmers mit. Er legte den Hörer auf und zu Peer gewandt bemerkte er, dass der Kollege des Verfassungsschutzes zu ihnen unterwegs sei. Kurz darauf betrat ein etwas gesetzt wirkender Herr das Zimmer, der von Franz als Herr Schuster vom Verfassungsschutz vorgestellt wurde. Zu Lars bemerkte Franz, dass er erst morgen gegen 10.00 Uhr wieder zu der Besprechung mit MEK und Ermittlern ins LKA kommen solle. Wenn er wolle, könne er aber auch bleiben, weil sie ja ohnehin von Franz nachher nach Hause gefahren würden. Franz bat Herrn Schuster sich zu setzen und stellte Peer vor. Peer glaubte, Herrn Schuster irgendwo schon mal begegnet zu sein. Herr Schuster gab zu erkennen, dass er Peer von einem Einsatz kannte. Jetzt erinnerte sich Peer, dass sein Sachverstand im Fernmeldewesen, im Rahmen einer Durchsuchung des Staatsschutzes benötigt worden war. Als Peer dies erwähnte, nickte Herr Schuster und schilderte ganz kurz den Vorgang, bei dem sie monatelang einen jungen Mann beobachteten, der merkwürdige Beziehungen in die DDR unterhielt. Wie sich nach einiger Zeit herausstellte, war die Korrespondenz vom Verdächtigen selbst initiierte und fingiert, um sich bei Stammtischen interessant zu machen.

Herr Schuster kam danach zu seinem Anliegen, dass er Peer ausführlich schilderte. Um den sog. harten Kern des "Roten-Aktions-Forums" hätten sich seit etlicher Zeit Unterstützergruppen in ganz Deutschland gebildet, die straff organisiert seien. So habe sich im universitären Bereich Braunschweigs eine Gruppe gebildet, die sich intern „Sozialistisches Studenten Forum" nenne und Gleichgesinnte für ihre extremistischen Aktivitäten suchten. Es sei nun nicht beabsichtigt, dass Peer sich rekrutieren lasse, sondern man denke eher an einen Aufklärungseinsatz, bei dem Peer nur Informationen sammle. Ob dies ohne eine Rekrutierung möglich sei, wisse man nicht. Peer solle verdeckt Bilder von Personen der Gruppe aufnehmen, deren Kommunikation und ihre Treffen dokumentieren. Wie sein Engagement sich entwickle, sei schwierig vorauszusagen. Sollte ihm die Möglichkeit gegeben sein, in die Gruppe integriert zu werden, müsse man dies mit ihm im Einzelnen besprechen. In solch einem Falle wäre es möglich, sein Einverständnis vorausgesetzt, ihn zum Verfassungsschutz zu versetzen, damit er vom Strafverfolgungszwang ausgenommen werden könne. Dies sei aber eher unwahrscheinlich, weil die Gruppe sehr vorsichtig sei und niemandem vertraue. Sofern er sich für den Einsatz entscheide, solle er ein paar Tage beim Verfassungsschutz über die verschiedenen extremistischen Gruppen im regionalen Bereich informiert und mit fototechnischen Möglichkeiten vertraut gemacht werden. Auch könne er jederzeit den Einsatz von sich aus beenden, wenn er glaube, dem nicht mehr gewachsen zu sein oder ihn andere Gründe dazu zwängen. Die letzten Ausführungen Schusters ließen Peers anfängliche Skepsis für den Einsatz schwinden. Herr Schuster war über Peers Bereitschaft sichtlich erfreut und sie machten bereits für den nächsten Tag einen Termin in einer „Konspi"rativen Wohnung des Verfassungsschutzes aus, die für solche Schulungen vorgesehen war. Mit Franz und Erich vereinbarte Herr Schuster, dass Peer unter seiner bisherigen Legende tätig werden sollte. Auch um die Abordnung zum Verfassungsschutz und die verwaltungsrechtlichen Regelungen würde Herr Schuster sich kümmern. Mit weiteren Einzelheiten sollte Peer während der Schulung vertraut gemacht werden.

Nach der Besprechung fuhr Franz mit dem Dienst-PkwLars und

Peer nach Isernhagen und ließ beide dort in der Nähe Peers Wohnung aussteigen. Lars hatte bereits angekündigt an diesem Abend seine neue Wohnung in Isernhagen beziehen zu wollen, die ihm der Personalchef vom Flughafen vermittelte. Es war mit Franz und Erich besprochen worden, dass Lars die Wohnung unter seinem Tarnnamen anmietet. Die melderechtlichen Probleme würde Franz regeln. Da die Wohnung nur für eine kurze Zeit angemietet würde, sei es auch nicht problematisch. Der Personalchef des Flughafens hatte dem Ehepaar, das die Wohnung zur Verfügung stellte, Lars als Fachmann für Telekommunikation vorgestellt. In Peers Wohnung angekommen packte Lars seine Sachen zusammen und Peer erklärte sich bereit, ihn mit seinem Pkw zu der Wohnung zu fahren. Dort angekommen klingelten sie mehrfach, bis jemand öffnete. Der Vermieter öffnete und erkannte Lars erst, als er sich vorstellte und den Vermieter an das gemeinsame Gespräch mit dem Personalchef vom Flughafen erinnerte. Der Vermieter begrüßte Lars daraufhin sehr überschwänglich und rief seine Ehefrau Barbara. Gemeinsam gingen sie in das l. Stockwerk und Frau Barbara Lohrer schilderte Lars und Peer, dass ihr Sohn einverstanden sei, dass sie sein möbliertes Appartement für einige Zeit vermieteten. Ihr Sohn arbeite in den USA und würde voraussichtlich erst in 2 Jahren wieder zurückkehren. Frau Lohrer öffnete die kleine Wohnung und zeigte Lars die Einrichtung, über die Peer erstaunt war. Er hielt die Wohnung für sehr modern aber geschmackvoll eingerichtet. Besonders die mit allem ausgestattete Küche hatte es Peer angetan. Wenn er an seine eigene dachte. Frau Lohrer wies daraufhin, dass Lars in der Wohnung schalten und walten könne, wie er wolle. Er solle lediglich die Einrichtung schonend behandeln und keine größeren Feste feiern, was Lars ohnehin kaum beabsichtigte. Sie würde die Wohnung ihrem Sohn gerne wieder unbeschädigt übergeben können. Auch Lars war von der Wohnung sehr angetan, was man seinen Äußerungen und seinem Gesichtsausdruck entnehmen konnte. Das Ehepaar Lohrer übergab Lars zwei Schlüssel. Einen für die Wohnung und einen für den Hauseingang, wie Herr Lohrer bemerkte. Das Ehepaar verabschiedete sich, nicht ohne Lars auf gewisse Regeln der Hausordnung hingewiesen zu haben. Als die Vermieter gegangen waren, ließ Lars sich in einen der Sessel der Wohnung fallen und machte aus seiner Freude über die Wohnung keinen Hehl. Doch die Bilder an den Wänden fand er scheußlich. Peer gefielen die sehr modernen Kunstwerke, aber er ließ es sich nicht anmerken. Lars verstaute seinen Koffer und seine Reisetasche mit seiner Bekleidung im Schlafzimmer des Apartments und meinte, dass er sie nachher auspacken wolle. Jetzt wolle er mit Peer den Einzug in die schöne Wohnung feiern.

Lars glaubte eine Gaststätte in der Nähe gesehen zu haben, wo man auch essen könne. Sie brauchten etwa 10 Minuten zu der Gaststätte, die kaum 200 m entfernt lag. Lars wusste aber nicht mehr genau, wo sie lag und so waren sie zunächst in die falsche Richtung gegangen. In der Gaststätte angekommen, die erstaunlich gut besucht war, konnten sie nur an einem Tisch Platz nehmen, an dem bereits Gäste saßen. Lars bestellte 2 Bier, obwohl Peer protestierte, weil er noch mit seinem Pkw nach Hause fahren müsse. Lars ließ dies aber nicht gelten und meinte, er könne den Wagen stehen lassen und zu Fuß nach Hause gehen. So weit sei es ja nicht. Langsam meldete sich der Hunger bei Peer. Als die Bedienung beide fragte, ob sie die Speisekarte wünschten, merkte auch Lars seinen Hunger. Über die Auswahl auf der Karte war Peer sehr überrascht. Er hatte geglaubt, dass die Gaststätte eine reine Bierkneipe war. Die aufgelisteten Speisen ließen ihn seinen Hunger immer deutlicher spüren. Als Lars ihm eröffnete, dass er eingeladen sei und bestellen könne was er wolle, bestellte sich Peer ein Menü mit Schweinelendchen. Ihm lief förmlich das Wasser im Mund zusammen, als er es bestellte. Lars bestellte sich Bratwürstchen mit Pommes, worauf Peer ein schlechtes Gewissen bekam, sich ein recht teures Menü bestellt zu haben. Als das Bier kam, prostete Lars ihm zu und trank das Glas in einem Zuge aus. Er bestellte noch mal zwei Glas Pils und Peer war es inzwischen schon egal. Er würde also zu Fuß nach Hause gehen. Ihm ging plötzlich der gestrige Tag durch den Kopf und er begriff auch, warum er diesen Hunger verspürte. Er hatte seit gestern nur wenig gegessen. Auch gewann er immer mehr Abstand vom Erlebten. Ihre Arbeit war getan und Fehler warf man ihnen nicht vor. Seine Handgelenke schmerzten und die Striemen der Fesselung waren noch deutlich erkennbar. Peer ertappte sich immer wieder bei der Überlegung, was geschehen wäre, wenn sie sich anders verhalten und gewehrt hätten. Er wollte diese Gedanken verdrängen, die ihn immer wieder beschäftigten. Lars schien sich ebenfalls über die vergangenen Ereignissen Gedanken zu machen, denn sein Gesicht wurde unvermittelt sehr ernst und er meinte, dass sie gestern dem Teufel von der Schippe gesprungen seien. Peer pflichtete ihm bei und meinte, dass sie sich aber keine Vorwürfe machen sollten. Niemand hätte ihnen etwas vorgeworfen. Man müsse nach vorne sehen. Inzwischen waren ihre Speisen gekommen und sie aßen schweigend. Nachdem die Gäste an ihrem Tisch gegangen waren, begann Lars von seinem bevorstehenden Einsatz als Aufkäufer zu sprechen. Er schilderte Peer seinen vorgesehenen Einsatz, der in 2 Tagen in einem großen Hotel stattfinden sollte. Es schien Peer als sei Lars über irgendetwas beunruhigt. Doch Peer ging nicht weiter auf die Äußerungen von Lars ein. Als der Einsatz Lars erläutert wurde, war Peer zwar anwesend, weil er aber nicht betroffen war, verfolgte er die Besprechung nicht so konzentriert, um sich an alle Details erinnern zu können. Lars bestellte schon wieder zwei Pils und Peer äußerte, dass er bald genug habe. Es müsse ja nicht in einem Besäufnis enden. Lars äußerte lachend, seine Wohnung sei es Wert, darauf zu trinken. Bald spürte Peer den Alkohol deutlich, der seine Sinne zu benebeln begann. Er bedankte und verabschiedete sich recht schnell von Lars, weil er noch einen kleinen Fußmarsch vor sich habe. Lars ließ sich nicht überreden, nach Hause zu gehen. Peer brauchte für den Weg zu seiner Wohnung etwa eine halbe Stunde. Dort angekommen überlegte er, dass er am nächsten Tag das „Konspi"rative Fahrzeug nehmen könnte, das auf seinen Tarnnamen zugelassen war. Es stand nicht weit von seiner Wohnung entfernt und er würde sich eine halbe Stunde

Fußmarsch am nächsten Morgen sparen. In seiner Wohnung spürte er, wie müde er vom Bier und dem Fußmarsch war. Er ging zu Bett und schlief sofort ein.

Dank Wecker war er pünktlich am nächsten Tag um 08.00 Uhr an der von Schuster angegebenen Adresse, wo er von ihm bereits erwartet wurde. Schuster erklärte ihm, dass die Räumlichkeiten einer Fa. gehörten, die sich angeblich mit der Schulung von Fachleuten in der Wirtschaft befasse. Hier würden aber nur Personen geschult, die beim Verfassungsschutz fest angestellt seien. Die Schulung und Unterrichtung von sog. V-Leuten würde häufig in den offiziellen Räumen des Verfassungsschutzes oder aber in vorübergehend angemieteten Räumen stattfinden. Was Peer an diesem Tage zu hören bekam, war ihm teilweise schon bekannt. Für seine Tätigkeit übergab Herr Schuster ihm eine Aktentasche, die es in sich hatte. In ihr war eine Robotkamera eingebaut, die mit einem Drahtauslöser betätigt wurde, den man in den Griff der Tasche so platzierte, dass er nicht sichtbar war und unauffällig betätigt werden konnte. Die Bedienung der Kamera war schon ein wenig gewöhnungsbedürftig, weil das Schloss der Kamera das Objektiv darstellte und man die Tasche daher immer so halten musste, dass das Schloss in Richtung Aufnahmeobjekt zeigte. Wurde der Auslöser gedrückt, war auch das Geräusch der Kamera leise zu hören, die das Bild schoss und den Film transportierte. Diese Tasche konnte daher nur dort eingesetzt werden, wo es Hintergrundgeräusche gab. Im Innern von Gebäuden war an einen Einsatz dieser Kamera nur begrenzt zu denken, weil sie keine automatische Belichtung besaß. Aber Peer sollte ja auch nur Informationen recht allgemeiner Art beschaffen. Wenn er sonstige Hilfsmittel benötigte, müsse er Herrn Schuster unterrichten, der in Zukunft sein Ansprechpartner sein sollte. Herr Schuster teilte Peer mit, dass man in Braunschweig ein kleines Zimmer in der Nähe der Uni für ihn unter seinem Tarnnamen angemietet habe. Er könne auch den „Konspi"rativen Pkw weiter benutzen. Für den Spritverbrauch werde ihm eine Pauschale gezahlt. Sollte diese nicht reichen, solle er sich melden. Darüber war Peer sehr erleichtert. Der Tag verging recht schnell. Außer Herrn Schuster kamen noch zwei weitere Mitarbeiter des Verfassungsschutzes, die ihn über die verschiedenen Gruppierungen unterrichteten, die dem Verfassungsschutz in den letzten Jahren aufgefallen waren. Die Gruppe, die sich „Sozialistisches Studenten Kollektiv" nannte, hatte es dem Verfassungsschutz besonders angetan, weil kaum etwas über die Aktivitäten bekannt war, außer dass sie angeblich das „Rotes-Aktions-Forum" (RAF) in irgendeiner Form unterstützten. Versuche Studenten für den Verfassungsschutz anzuwerben, die jene Gruppe beobachteten, waren gescheitert. Herr Schuster warnte Peer auch vor zu mutigem Engagement. Es werde vermutet, dass die Gruppenmitglieder, von denen nur sehr wenig bekannt waren, über Schusswaffen verfügten. Peer sollte sich stets im Hintergrund halten und Schuster über die Aktivitäten der Gruppe sehr zeitnah unterrichten. Er brauche auch keinerlei Aufzeichnungen machen, sondern sollte telefonisch oder bei „Konspi"rativen Treffen Herrn Schuster unterrichten. Bei diesen „Konspi"rativen Treffen könnte Peer auch die belichteten Filme übergeben. Wenn er sich seiner Filme schnell entledigen müsse, wurde eine Adresse ausgemacht, wo er auch seine Fototasche deponieren könnte. An dieser Adresse befände sich ein großer Briefkasten, in den man auch die Tasche einwerfen könne. Welche politischen Aktivitäten vom Verfassungsschutz überwacht wurden, erstaunten Peer aber doch. Der Tag ging zu Ende, ohne dass er von Lars etwas hörte.

Am anderen Tag unterrichtete man Peer über die Aktivitäten der verschiedenen extremistischen politischen Gruppierungen und deren Finanzierung. Dass einige Gruppen von der DDR über unterschiedliche Kanäle finanziert wurden, war aber auch für Peer nicht neu. Doch die Kanäle über der so mancher Geldtransfer abgewickelt wurde, verblüfften Peer doch. Es war bereits später Nachmittag und Peer war mit seinen Ausbildern ein wenig ins Plaudern geraten. Einer seiner Ausbilder demonstrierte ihm im Radio den Agentenfunk der DDR, den Peer aber bereits im Zusammenhang mit einer Ausbildung zum Polizeifernmelder kannte. Der Ausbilder drehte an der Einstellung der Sender und wollte das Gerät gerade ausschalten, als Peer eine Nachricht im Radio vernahm, die ihn elektrisiert aufhorchen ließ, worauf er den Ausbilder bat, das Gerät eingeschaltet zu lassen und lauter zu drehen. Er glaubte nicht richtig gehört zu haben und drehte die Lautstärke noch ein wenig höher. Er vernahm nur noch, wie der Nachrichtensprecher seine Meldung ergänzte und mitteilte, dass vom LKA Hannover eine Pressekonferenz gegen 16.30 Uhr angesetzt worden sei, in der Details der Schießerei mitgeteilt werden sollten. Wenn Peer den Nachrichtensprecher richtig verstand, sei bei einem Schusswechsel in einem Göttinger Hotel jemand getötet worden. Heute erwartet Lars doch in einem Göttinger Hotel einen Drogenlieferanten. Das konnte doch kein Zufall sein. Peer erklärte den beiden Verfassungsschützern seine Nervosität und fragte, ob sich in den Räumen ein Telefon befände, von dem er beim LKA anrufen könne. Sie bejahten und führten ihn in ein Zimmer, in dem so gar zwei Telefone standen. Sie zeigten auf einen Apparat, mit dem er telefonieren könne. Peer wählte die Nummer von Franz, der sich nicht meldete. Er versuchte, Erich zu erreichen. Auch er meldete sich nicht. Peer erinnerte sich an die Telefonnummer, die er bei dringenden Fällen anrufen sollte, wenn er auf den regulären Anschlüssen, weder Franz noch Erich erreichte. Es meldete sich eine männliche Stimme, die Peer fragte, wen er sprechen wolle. Nachdem Peer bat, mit Franz oder Erich sprechen zu können, erklärte man ihm, dass beide zurzeit nicht zur Verfügung stünden, ob er ein Problem habe. Peer erklärte, wer er sei, und in einer Nachrichtenmeldung über einen Schusswechsel gehört habe, ob man ihm sagen könne, was es damit auf sich habe. Der das Gespräch führende Unbekannte vom LKA vertröstete Peer und meinte, dass er nichts Genaues wisse, und Peer solle am nächsten Tag versuchen Erich oder Franz zu erreichen. Die Antwort machte Peer noch nervöser als er schon war. Er fragte die beiden Mitarbeiter des Verfassungsschutzes, ob sie vielleicht eine Möglichkeit sähen, sich zu informieren. Beide zuckten die Schultern und einer von ihnen meinte, man könne Herrn Schuster anrufen.

Vielleicht wisse er etwas. Doch auch dieser Anruf brachte keine Klärung. Herr Schuster sicherte aber zu, sich informieren und zurückrufen zu wollen. Peer rannte im Zimmer hin und her und berichtete über den vorgesehenen Einsatz von Lars. Man versuchte Peer zu beruhigen, dass doch das MEK mit Kräften im Nebenraum sofort eingreifen würde, wenn sich die Situation zuspitzen würde. Vielleicht sei es dabei zu einem Schusswechsel gekommen oder vielleicht wäre es eine ganz andere Sache. Doch Peer ließ sich nicht beruhigen. Es konnte kein Zufall sein. Schießerei in einem Göttinger Hotel, konnte nur bedeuten, dass Lars in eine Schießerei verwickelt worden sein musste. Das Telefon klingelte und Peer griff sofort nach dem Hörer. Herr Schuster bat darum, einen seiner Mitarbeiter zu sprechen. Dieser nahm den Hörer und sagte einige Augenblicke nichts. Er reichte den Hörer wortlos an Peer weiter. Schuster am anderen Ende schwieg einen Augenblick und sagte: „Es tut mir sehr leid, es ist etwas furchtbares Geschehen. Lars ist bei dem Kontakt von dem angeblichen Lieferanten erschossen worden." Er schwieg ein paar Sekunden und teilte weiter mit: „So wie mir mitgeteilt wurde, ist der angebliche Lieferant ins Hotelzimmer gestürmt und habe sofort mit zwei Schüssen Lars regelrecht hingerichtet." Schuster berichtete weitere, dass ihm mehr Details auch noch nicht bekannt seien. In der vom LKA vorgesehenen Pressekonferenz werden wohl weitere Details bekannt gegeben. Peer hielt den Hörer in der Hand und schwieg. Er starrte ins Leere. Einer der beiden, die mit ihm zusammen im Raum waren, nahm ihm den Hörer aus der Hand und besprach etwas mit Schuster, was Peer aber nicht registrierte. Er war wie versteinert und starrte ins Leere. Der Ausbilder legte den Hörer auf und sprach Peer an. Man müsse die Pressekonferenz abwarten. Einen Fernseher hätten sie auch. Sie baten Peer in einen Nebenraum, in dem ein Fernsehgerät stand. Einer der beiden vom Verfassungsschutz schaltete ihn ein und erklärte, dass man noch 10 Minuten warten müsse. Es war mittlerweile 16.50 Uhr. Wie mechanisch war Peer den beiden in den Raum mit dem Fernseher gefolgt. Sein Gesicht war völlig ausdruckslos und bleich. Er setzte sich auf einen der Stühle im Zimmer und verbarg sein Gesicht in den Händen. Seine Schultern zuckten aber es war kein Laut von ihm zu hören. Doch man sah Tränen an den unbedeckten Teilen seines Gesichtes herunterlaufen. Die beiden anwesenden Mitarbeiter des Verfassungsschutzes standen völlig rat- und sprachlos da und sahen sich an. Sie sagten nichts und warteten. Die 10 Minuten bis zu der Nachrichtensendung schienen ihnen wie eine Ewigkeit. Als die Nachrichtensendung begann, drehten sie ein wenig lauter. Der Nachrichtensprecher berichtete von einem dramatischen und tragischen Einsatz gegen Drogenhändler, bei dem ein Mitarbeiter des LKA sein Leben lassen musste. Vor Kurzem habe eine Pressekonferenz begonnen, bei der vom LKA Hannover mitgeteilt worden sei, dass es den Drogenermittlern des LKA gelungen sei zu einem angeblichen Drogenhändler aus Südfrankreich Kontakt zu bekommen, der 30 kg Heroin liefern wollte. Es wäre mit ihm ein Treffen in dem Hotel in Göttingen vereinbart worden, wo die Drogen gegen Bargeld übergeben werden sollten. Der französische Staatsangehörige habe nach Betreten des Hotelzimmers, wo der Kollege vom LKA mit Vorzeigegeld wartete, sofort seine Pistole gezogen und dem Beamten zweimal in den Kopf geschossen, ohne ein Wort mit ihm gewechselt zu haben. Die nebenan wartenden Einsatzkräfte hätten überhaupt keine Chance gehabt, in das Geschehen einzugreifen. Man habe den Täter sofort festnehmen können, der keine Angaben mache. Der getötete Polizeibeamte sei regelrecht hingerichtet worden. Da die Pressekonferenz noch laufe, schalte man live dorthin. Peer hob seinen Kopf und starrte auf das Fernsehbild. Man sah deutlich, dass er weinte. Er schien sich aber schon ein wenig gefasst zu haben, denn er fragte leise, ob er sich den Bericht noch ansehen könne, bevor er gehe. Die beiden Ausbilder boten ihm an, dass er morgen freimachen könne, wenn er wolle. Peer schüttelte stumm den Kopf und verfolgte die Pressekonferenz, in der der Präsident des LKA den Angehörigen gerade sein Beileid bekundete. Peer verspürte plötzlich eine gewisse Schuld.

Für den Aufklärungseinsatz beim Verfassungsschutz hatte man sich für ihn entschieden, weil er durch sein äußeres Erscheinungsbild hierfür besser geeignet schien, als Lars. Peer hatte sich einen Bart und die Haare wachsen lassen und sah schon sehr verwegen aus, weil er es ganz bewusst nicht pflegte. Hätte er gepflegter ausgesehen, wer weiß, wie die Entscheidung für diesen Einsatz ausgegangen wäre. Er wusste nicht, ob er dankbar sein müsste, dass es nicht ihn traf. Nein darüber konnte er nicht froh sein. Er dachte an die Angehörigen und an dessen Leid. Auch an die Gleichgültigkeit so manch politisch Verantwortlicher musste er denken, für die seiner Meinung nach, ihr Eintreten für die innere Sicherheit häufig nur Lippenbekenntnisse waren. Als der Nachrichtensprecher zu anderen Nachrichten überging, bedankte und verabschiedete sich Peer von den beiden Anwesenden. Er werde morgen pünktlich zur gleichen Zeit anwesend sein. Er wolle keinen freien Tag, an dem er nur über das Geschehene nachdenken müsse. Als er heimfuhr, überlegte er, ob er den Eltern von Lars und seiner Ehefrau kondolieren solle. Er wollte aber erst mit Franz oder Erich darüber sprechen. Er wusste ja nicht, was den Eltern und seiner Frau vom Einsatz Lars als verdeckter Ermittler bekannt war. Er wusste nur von Lars, dass er wohl seit einiger Zeit von seiner Ehefrau getrennt lebte. Zu Hause angekommen öffnete er eine Flasche Bier und danach eine weitere. Hunger verspürte er nicht. Er schaltete das Fernsehgerät ein und sah sich jede der Nachrichtensendungen auf den verschiedenen Sendern an. Viel Neues erfuhr er nicht. Mittlerweile war sein gesamter Biervorrat ausgetrunken. Er dachte an das Ehepaar Lohrer, das jetzt einen Mieter auf mehr als tragische Art verlor. Er nahm sich vor, sie am nächsten Tag aufzusuchen und ihnen zumindest einiges zu erklären, was wahrscheinlich Franz oder Erichs Aufgabe wäre.

Als Informant des Landesamtes für Verfassungsschutz

Als der Wecker ihn am nächsten Morgen aus dem Schlaf riss, öffnete er eine Flasche Cola, zündete sich eine Zigarette an und suchte nach einer Kopfschmerztablette. Er war in einer sehr schlechten Verfassung und es schien ihm, als wäre die Welt nicht mehr, was sie vorher gewesen war. Er überlegte, ob er seine Aufgabe als verdeckter Ermittler überhaupt würde noch wahrnehmen können. Den Termin von heute Morgen würde er einhalten. Er fuhr mit seinem Pkw zu dem Haus, in dem die Ausbildung stattfand. Er musste ein paar Minuten warten, bis die beiden Ausbilder von gestern eintrafen. Sie begrüßten ihn auffallend herzlich und schlossen die Eingangstür auf. In dem Seminarraum teilten sie Peer mit, dass er bei der Ausbildung so gut mitgearbeitet habe, dass man sich auch nach Meinung von ihrem Vorgesetzten Schuster die weitere Ausbildung schenken könne. Wenn er wolle, könne er schon nächsten Tag nach Braunschweig fahren, um sich dort mit den Gegebenheiten vertraut zu machen. Sie zeigten ihm noch einige „Konspi"rative Geräte, die aber für seine Zwecke kaum brauchbar waren. Die beiden Ausbilder fragten Peer, ob er Mittagessen wolle, wenn nicht könne man das Mittagessen ausfallen lassen und sie würden gegen 14.00 Uhr die Ausbildung abschließen. Peer war sehr einverstanden, weil er mit Franz und Erich sprechen, den Vermieter von Lars aufsuchen und mit Schuster über seine Beteiligung an den Trauerfeierlichkeiten sprechen wollte. Als sie gegen 11.00 Uhr eine kleine Pause machten, rief Peer Schuster an und wollte wissen, ob er Einwände habe, dass Peer an der Beerdigung von Lars teilnehme. Schuster erklärte ihm, dass die Beerdigung erst in ca. 1 Woche stattfinden werde und eine Teilnahme von Peer sehr kritisch gesehen werden müsse. Es würde eine größere Anzahl Pressevertreter auch vom Fernsehen anwesend sein. Es wäre ein erhebliches Risiko für Peer damit verbunden, weil er damit rechnen müsse, ebenfalls im Fernsehen gesehen zu werden. Er brauche ja wohl nicht erwähnen, was dies für seinen bevorstehenden Einsatz bedeute. Schuster riet dringend von seiner Teilnahme ab. Das hatte Peer nicht erwartet. Ihm war es natürlich klar, dass man vorsichtig sein musste; aber so vorsichtig?

Er ertappte sich bei dem Gedanken, ohne Wissen von Schuster teilzunehmen. Er wollte Erich oder Franz auch danach fragen. Die beiden Ausbilder sahen, dass Peer in sehr schlechter Verfassung war und ihn das Gespräch mit Schuster sehr deprimierte. Sie fragten ihn, ob er sich noch mit einigen Minikameras und deren Gebrauch vertraut machen wolle. Sie würden aber vermuteten, dass Peer diese Kamerasysteme schon kenne, was er ihnen bestätigte. Deshalb würden sie schon jetzt Dienstschluss machen, so könne Peer noch einiges Erledigen. Er bedankte sich und sie verabschiedeten sich sehr herzlich von ihm und erklärten, dass er sie jederzeit auch anrufen könne, wenn er Probleme im Einsatz habe. Peer fuhr nach Hause und versuchte im LKA Franz oder Erich zu sprechen. Nach einigen Telefonaten erreichte er endlich Erich. Man merkte es ihm an, dass er von den Ereignissen sehr betroffen war. Er entschuldigte sich, nur wenig Zeit zu haben, schilderte Peer aber in vielen Details das dramatische Geschehen. Er selbst habe im Nebenzimmer mit den Personen des MEK das ganze Drama miterleben müssen und sei daher sehr mitgenommen. Als Peer fragte, ob er nicht die Eltern und die Ehefrau von Lars aufsuchen könne oder solle, riet ihm Erich strikt davon ab und wies in darauf hin, dass sich das LKA darum kümmere. Es sei zwar äußerst bedauerlich, aber Peers Teilnahme an der Beerdigung könne seinen bevorstehenden Einsatz erheblich gefährden. Er könne Lars damit auch nicht mehr helfen. Erich fragte, ob Peer vielleicht doch ein paar Wochen Urlaub machen wolle. Schuster wäre bestimmt damit einverstanden, seinen Einsatz zu verschieben. Doch Peer war dagegen, weil es für ihn nur umso schwerer würde. Mit Arbeit könne er sich besser ablenken. Erich teilte noch mit, dass man Franz auf seine Bitte in eine andere Abteilung versetzt habe. Es hätte ihn schwer getroffen. Erich wünschte Peer alles Gute und beendete das Gespräch.

Peer fühlte sich allein gelassen. Jeder versicherte ihm sein Mitgefühl und mancher riet ihm, seine Tätigkeit als verdeckter Ermittler aufzugeben. Es würde ihm niemand nachtragen. Er empfand es aber als Schwäche, jetzt aufzugeben. Nach der Beschreibung Schusters, würde sein Einsatz fürs LfV nicht mit den Gefahren verbunden sein, denen er bisher ausgesetzt war. Er konnte es zumindest versuchen. Er rief Schuster an und fragte, ob er direkt nach Braunschweig fahren könne, damit er Abstand von allem gewann. Schuster war einverstanden und gab ihm eine Adresse in Braunschweig, bei der er sich gegen 18.00 Uhr einfinden sollte. Er würde dort von einem Mitarbeiter des Landesamtes für Verfassungsschutz (LfV) erwartet, der ihm die Schlüssel für die Wohnung und eine Fototasche bringen werde. Von ihm werde er auch erfahren, wie er mit Schuster Kontakt halten könne. Sein Ansprechpartner werde grundsätzlich nur Schuster sein. Über die Formalitäten brauche er sich gar keine Gedanken machen. Der Mitarbeiter werde ihm auch zeigen, wo er die Tasche deponieren könne, wenn er glaube, sich ihrer entledigen zu müssen. Peer packte seine Sachen zusammen, wobei er feststellte, dass er sich bei Gelegenheit einen weiteren Koffer zulegen müsste. Als er die Lebensmittel aus dem Kühlschrank nahm, fiel ihm ein, dass er ja gar nicht wusste, ob in seinem Studenten Apartment ein Kühlschrank stand. So Vieles vergaß er, zu fragen. Es war zwar erst 15.00 Uhr aber er wollte sich in Braunschweig ein wenig umsehen. Wie war es mit dem Umzug von Hamburg nach Braunschweig? Behielt er die Wohnung in Hamburg und war die Wohnung in Braunschweig seine Zweitwohnung? Er merkte, dass es doch noch viel zu klären gab. Der Tod Lars hatte ihn zu sehr geschockt und er merkte, die Realität noch gar nicht erfasst zu haben. Einiges war ihm von den Ausbildern bereits erklärt worden. So wusste er, dass seine Legende ein wenig ergänzt worden war und er als Absolvent des Studiums BWL kurze Zeit in einer Firma gearbeitet und jetzt arbeitslos war. Mit einem Gasthörerausweis für Wirtschaftsrecht sollte er Vorlesungen in Braunschweig besuchen, seine juristischen Kenntnisse erweitern und ergänzen, bis er einen neuen Job fand, was aber zu dieser Zeit sehr schwierig war.

Er packte die Schmutzwäsche in einen Plastikbeutel, für die ihm nicht mehr die Zeit blieb, sie in Hannover zu waschen. Er musste in Braunschweig einen Waschsalon suchen, der möglichst in der Nähe seiner neuen Wohnung lag.

Die Adresse in der Nähe der Uni fand Peer schnell. Wie überall war es auch hier schwierig, einen Parkplatz zu finden. Er wollte seine Koffer nicht zu weit schleppen. Aber zunächst suchte er nach einem Waschsalon. Erst der 5. Passant, den er fragte, konnte ihm eine Antwort geben. Der Waschsalon lag sehr weit von seiner neuen Wohnung. Dafür war die Uni in der Nähe. Auch einen Imbiss fand er, den er schon aus der Zeit kannte, wo er mit Lars Verhandlungen mit Igor führte. Wieder kam ihm das ganze Elend zu Bewusstsein. Hoffentlich lief er nicht Igor über den Weg, dessen Antiquitätengeschäft gar nicht so weit entfernt lag. Er schlenderte im Bereich der Uni herum und suchte die Mensa, die er recht schnell fand. Da es kurz vor 18 Uhr war, ging Peer zu seinem Apartment, wo er auch pünktlich eintraf und von einem Unbekannten angesprochen wurde, der fragte, ob er Peer heiße und auf den Wohnungsschlüssel warte. Peer wies sich mit seinem Personalausweis aus, ohne dass er danach gefragt worden wäre. Der Unbekannte stellte sich als Alex vor, der ihm im Auftrag von Schuster die Wohnung zeigen und ihm einiges übergeben solle. Alex schloss die Haustür auf und sie begaben sich in den 5. Stock des Hauses über die Treppe, obwohl ein Lift vorhanden war. Alex schloss die Wohnungstür auf und zeigte Peer die kleine Wohnung, die eine eingebaute Küchenzeile und ein Duschbad mit Toilette aufwies. Auch ein Kühlschrank war zur Freude von Peer vorhanden. Der Raum war aber schon sehr spartanisch eingerichtet. In der Wohnküche stand ein Bett, dass auch als Couch verwendet werden konnte, ein Tisch ein Stuhl und ein Kleiderschrank. Als Student benötige man doch ein Regal für die Bücher, bemängelte Peer die Ausstattung. Alex nickte und schlug vor, er solle aufschreiben, was er noch an

Möbel benötige. Die Wohn-Schlaf-Küche sei nun mal nicht sehr groß, bedauerte Alex. Er legte ein paar Unterlagen auf den Tisch und erklärte, der Gasthörerausweis könne auch gegen eine echte Immatrikulationsbescheinigung ausgetauscht werden, wenn es unbedingt nötig sei. Er überreichte Peer einen Entlassungsschein der Vollzugsanstalt Hamburg, der Peer vor ein paar Tagen von Drogenhändlern abgenommen worden war. Peer stellte fest, dass die Daten mit dem ursprünglichen Schriftstück übereinstimmten. So gar einen Mietvertrag mit seinem Namen übergab Alex. Die braune Ledertasche, die Alex mit sich führte, übergab er Peer mit den Worten, er müsse mit ihr vorsichtig umgehen, weil die Kamera in der Tasche nicht sehr stabil eingebaut sei. Er zeigte Peer wie man die Tasche zum Fotografieren benutzt, wobei der Verschluss der Kamera beim Auslösen deutlich hörbar war. Alex empfahl, er solle die Kamera in der Tasche nur benutzen, wenn es unauffällig möglich und ausreichend Hintergrundgeräusche vorhanden wären. Als Peer fragte, wo er die Tasche in der Wohnung verstecken könne, wenn er Besuch bekäme, entgegnete Alex, dass er ihm gleich noch zeige, wo er sie deponieren könne, wenn er sich der Tasche entledigen müsse. In seiner Wohnung könne er die Tasche auch im unbenutzten Backofen unterbringen. Dort sähe kaum jemand nach, wenn er etwas suche. Alex legte ihm noch einige Bilder von Personen vor, die für ihn wichtig sein könnten und die man inzwischen habe identifizieren können. Er erklärte weiter, wie er Schuster per Telefon erreichen könne, und ließ die wichtigen Telefonnummern auf einem Zettel von Peer „Konspi"rativ notieren. Die gesamte Kommunikation laufe ausschließlich über Schuster. Alex bat Peer mit ihm zu kommen, damit er ihm zeige, wo er die Tasche im Gefahrenfalle deponieren könne. Sie begaben sich zum Pkw von Alex, der ihm auf der Fahrt zu diesem Depot auch zeigte, wo er Mitteilungen in einem sog. toten Briefkasten unterbringen könne, wenn dies notwenig werde. Dieser Briefkasten werde regelmäßig kontrolliert, sodass die Gewähr bestehe, die Nachricht sehr schnell zu bekommen. So weit es möglich ist, werde man mit Peer immer wieder an bestimmten Orten zusammentreffen, um seine Erkenntnisse entgegen zunehmen und mit ihm über die von ihm fotografierten Personen zu sprechen. Alex fuhr in einen Außenbezirk von Braunschweig, bei dem es sich um ein Wohngebiet handelte, in dem überwiegend 6-stöckige Mietskasernen standen. Das Depot war wirklich sehr „Konspi"rativ. Alex erklärte, es besäße sogar einen Sensor, sodass man sofort wisse, wenn jemand etwas hineingelegt habe. Auf der Rückfahrt ließ Alex Peer in der Nähe der Uni aussteigen und schärfte ihm ein, über alles, was ihm merkwürdig erscheine, Schuster zu berichten. Peer bedankte sich, dass er ihn bis zur Uni gefahren habe, und verabschiedete sich.

Er überlegte, wie er seine Koffer in sein Apartment bringen könne. Sein Wagen war ziemlich weit entfernt abgestellt. Er ging zu seinem Pkw und fuhr direkt vor das Haus, in dem sich sein Apartment befand. Hier war zwar Halteverbot aber er entlud ja schließlich. Nachdem seine Sachen mit dem Lift in seinem Apartment untergebracht waren, fuhr er den Pkw wieder ein paar Straßen weiter auf einen Parkplatz. Er durfte auf keinen Fall auffallen. Es war manchmal schon beschwerlich, sich immer so zu verhalten, dass er unauffällig blieb. In seinem Apartment angekommen, legte er erst die Lebensmittel in den Kühlschrank. Hierbei verspürte er plötzlich ein Hungergefühl. Im fiel ein, dass er außer einer Flasche Cola den ganzen Tag noch nichts zu sich nahm. Die Zigarettenschachtel war auch leer. Er entschloss sich eine Gaststätte zu suchen, wo er Essen und in Ruhe eine Zigarette rauchen konnte. Ein paar Straßen weiter fand er eine Gaststätte, in der er schon mit Lars gegessen hatte. Nein, er musste eine andere Gaststätte finden. Er würde ständig an Lars denken müssen. Seine Gedanken beschäftigten sich ohnehin ständig mit dem Tod von Lars. Ein paar Straßen weiter fand er eine Gaststätte, die schon eher als Restaurant für gehobene Ansprüche einzustufen war. Peer betrat das Restaurant und suchte sich einen Tisch, der nicht mit einem Reservierungsschild gekennzeichnet war. Er setzte sich und musste einige Zeit warten, bevor ein Kellner ihn nach seinen Wünschen fragte. Die erste Frage des Kellners lautete: „Haben sie reserviert?" Was Peer verneinte, worauf er den Kellner daraufhin wies, dass vor ihm auf dem Tisch kein Reservierungskärtchen stand, er also annehmen musste, dass der Tisch nicht reserviert war. Der Kellner fragte daraufhin, ob er essen wolle? Peer merkte sehr deutlich, dass dem Kellner sein Outfit nicht passte. Er sah aber auch mit seinem ungeschnittenen Haupthaar, dem ungepflegten Bart und seiner Bekleidung sehr verwegen aus. Er überlegte kurz, ob er das Lokal wechseln sollte, entschied sich aber dagegen und bat den Kellner, dessen Gesichtsausdruck nicht gerade gastfreundlich aussah, ihm die Speisekarte und ein Pils zu bringen. Der Kellner brachte ihm die Speisekarte und fragte, ob er ein bestimmtes Pils bevorzuge. Von der Frage war Peer einen Moment irritierte und er verneinte. Hatten sie mehrere Sorten Pils vom Fass im Angebot? Er schlug die Speisekarte auf und sah im hinteren Teil unter Getränken, dass dieses Restaurant tatsächlich verschiedene Pilssorten vom Fass anbot. Er wählte ein Filetsteak mit grünem Pfeffer und Beilagen aus, das ihm unverhältnismäßig teuer erschien. Er aß aber gerne Steaks und zum anderen wollte er den Kellner mit seiner Bestellung auch ein wenig irritieren, weil der vermutlich annahm, dass es ihm zu teuer wäre. Als der Kellner kam und Peer auch darum bat, dass Steak medium serviert zu bekommen, nahm der Kellner die Bestellung ohne weiteren Kommentar entgegen. Nach kurzer Zeit brachte ihm der Kellner das Pils, das wirklich gut temperiert war und Peer trank das Glas in einem Zuge aus, weil er wirklich durstig war. Der Kellner kam kurz darauf bereits mit dem Steak, stellte ihm den Teller mit den Worten: „Sie wünschten es medium!" vor ihm auf den Tisch und frage, ob er noch ein Pils wünsche? „Aber ja!" entgegnete Peer. Das sehr zarte Steak schmeckte wirklich vorzüglich. Peer bereut seine Bestellung wirklich nicht, dachte aber an den Preis. Nach zwei weiteren Gläser Pils zahlte er seine Zeche und verließ satt und zufrieden das Restaurant. Das Restaurant war wirklich zu empfehlen. Doch für sein Budget nur in wirklichen Ausnahmefällen akzeptierbar. In seinem Apartment räumte er einen Teil seiner Kleidung in den Schrank, wusch sich und legte sich schlafen. Am anderen Tag waren keine Termine wahrzunehmen und er konnte sich ganz der Erkundung des UNI-Betriebs widmen.

Am nächsten Morgen weckte ihn der Wecker aber er ließ einige Zeit verstreichen, bevor er aufstand. Er duschte ausgiebig und dachte wieder an den Tod von Lars, was seine Stimmung wieder in den Keller fallen ließ. Wieder stellte er seine Tätigkeit infrage und überlegte, ob er nicht aufhören sollte. Es kam ihm alles so unwirklich vor. Es ist wie ein Albtraum. Was machte er hier an der UNI? Ihm schien seine Aufgabe völlig überflüssig zu sein. Wenn er nicht früher selbst schon in Ermittlungsverfahren gegen politische Extremisten involviert gewesen wäre, er hätte alles nicht verstanden. Sein Frühstück bestand, wie so häufig aus einer Flasche Cola und einer Zigarette. Er zog sich an und befasste sich mit der Fototasche. Mit ihr konnte man nur Bilder aufnehmen, wenn die Belichtungsverhältnisse optimal waren. Er hängte sich die Tasche um und fuhr mit dem Lift ins Erdgeschoss. Langsam schlenderte er in den Bereich der wichtigsten Universitätsgebäude und besuchte die Mensa. Er machte innerhalb der Mensa wahllos ein paar Aufnahmen, wobei er deutlich das Verschlussgeräusch der Kamera wahrnahm. Das machte den Einsatz der Tasche sehr begrenzt möglich. Es war ein schöner sonniger Tag und er machte auf dem Campus verschiedene Aufnahmen von Personen. Er musste die Aufnahmen zählen, damit er etwa wusste, wann der Film zu Ende war. Die Kamera musste wie ein einfacher Wecker aufgezogen werden. Mehr als einen Film schaffte das Federwerk nicht. Bei dem schönen Wetter präsentierte ein Buchhändler auf dem Campus auf einem langen dort aufgestellten Tisch unterschiedliche Fachliteratur an. Es waren auch Titel darunter, die auf politische Inhalte hinwiesen. Peer sah ein schwarz eingebundenes Buch, das lediglich mit dem Titel „Kochbuch" versehen war. Außer dem Titel wies nichts auf den Inhalt hin. Peer nahm neugierig das Buch in die Hand und musste verblüfft feststellen, dass im Buch verschiedenste Skizzen, Schaltpläne und Beschreibungen enthalten waren, die sich unter anderem mit dem Bau von sog. Molotowcocktails befassten. Es schien ihm sehr interessant zu sein, weswegen er die 10 DM zahlte, die es kostete. Auch den Buchhändler fotografierte er. Er überlegte, ob er das Buch in der Tasche unterbringen könne. Verwarf aber den Gedanken, weil damit die Mechanik der Kamera beeinträchtigt werden könnte. Er machte auch Aufnahmen von Buchkäufern, worunter sich auch eine Person befand, von der er glaubte, sie schon irgendwo gesehen zu haben. Unter Vorlage seines Gasthörerausweises erstand er Essensmarken für die Mensa, die 3 Mittagsgerichte anbot. Er stellte sich in die Reihe der an der Essensausgabe stehenden Studenten und wählte ein Gericht mit Bratwurst, Kartoffelpüree und Salat. Eine Flasche Cola komplettierte seine Mittagsmahlzeit. Das Kartoffelpüree ließ Peer an Tapetenkleister denken. Doch wo bekam man für den Preis schon eine ganze Mittagsmahlzeit? Er nahm sich vor, in Zukunft in der Mensa keine Gerichte mit Kartoffelpüree zu bestellen. Mit seiner Fototasche bummelte er in Richtung seiner Wohnung und telefonierte unterwegs aus einer Telefonzelle mit Schuster, der sich sofort meldete. Peer berichtete, dass er einen Film aufgenommen und für 10 DM ein Buch mit dem Titel „Kochbuch" erworben habe. Bei dem Wort „Kochbuch" reagierte Schuster sofort und fragte, ob darin Anweisungen zum Bau von Bomben enthalten wären, was Peer bestätigte. Schuster bat, dass Peer unauffällig weitere Bücher kaufen solle. Sie machten für den nächsten Tag gegen 15.00 Uhr ein Treffen aus. Schuster erklärte, dass Peer sich in der Nähe des Theaters aufhalten solle. Es werde ihn jemand mit dem Auto mitnehmen. Er sollte die belichteten Filme und die Bücher mitbringen. Schuster fragte, ob er schon eine Person gesehen habe, von denen ihm Lichtbilder gezeigt worden wären. Dies konnte Peer nicht bestätigen. Sie beendeten das Gespräch und Schuster versprach, beim Treffen auch Details vom Tod Lars mitteilen zu können.

Die Fototasche gefiel Peer gar nicht. Das Verschlussgeräusch machte die Verwendung doch sehr begrenzt möglich. Er war schon in der Nähe seiner Wohnung, als ihm ein junger Mann auffiel, den er auf den Bildern Schusters glaubte, gesehen zu haben. An den Namen konnte er sich aber nicht erinner. Er versuchte mit der Tasche Aufnahmen zu machen, weswegen er vor einem Schaufenster stehen blieb und die Tasche zu der Person hin drehte, die direkt auf ihn zu kam. Ob die Aufnahmen gelungen waren, wusste er nicht. In seiner Wohnung wechselte er den Film und legte den belichteten unter einen Wäschestapel. An der Uni nahm er sich viel Zeit, weil er den Betrieb erst kennenlernen musste. So war es schon spät, was ihm aber erst auffiel, als er seine Müdigkeit spürte. Es war doch anstrengend, auf alles zu Achten und sich dabei auch noch unauffällig zu verhalten. Er nahm sich aus dem Kühlschrank ein Bier und stellte fest, dass er für Nachschub sorgen musste. Es lagen noch einige Scheiben Brot im Kühlschrank, die Schimmelbefall zeigten. Er stellte die Flasche Bier wieder zurück und entschloss sich, den Imbiss aufzusuchen, den er in der Nähe wusste. Auch die Wäsche wollte gewaschen sein. In Gedanken machte er sich für Morgen einen Plan. Erst musste er am nächsten Tag im Waschsalon seine Wäsche waschen. Danach würde er wieder an der UNI Fotografieren und ein oder zwei weitere Exemplare des "Kochbuches" kaufen. Er würde in der Mensa Mittag essen, den Film in der Kamera zu Hause wechseln und zum verabredeten Treffpunkt mit Schuster gehen. Beim Imbiss angekommen spürte er seinen Hunger. Er ließ sich eine Frikadelle mit Brötchen und ein Bier geben. Er aß es langsam an einem der Stehtische und bestellte sich noch eine Bratwurst und ein Bier. An seinem Tisch aß der junge Mann, den Peer zuvor fotografierte und von dem er glaubte, dass er ihn auf einem Bild von Schuster gesehen hätte. Als er sah, dass Peer nach der Frikadelle noch eine Bratwurst verspeiste, meinte er zu ihm, dass er wohl besser ein Restaurant aufgesucht hätte. Dort wäre es ihm auch nicht viel teurer gekommen. Peer nickte, entgegnete aber, dass es hier viel schneller ginge. Der unbekannte stellte sich als Gernot vor und fragte Peer, ob er Student sei. Peer nickte. Er sei erst einige Tage in Braunschweig und müsse sich noch zurechtfinden. Gernot nickte und meinte, das komme noch. Mit einem "Tschau" verabschiedete sich Gernot. Auch Peer begab sich nach dem zweiten Bier auf den Heimweg. Nach dem Zähneputzen und Waschen legte er sich ins Bett und fand wie in den Tagen zuvor keinen Schlaf.

Als der Wecker klingelte, fühlte er sich unausgeschlafen und nahm sich vor Schuster wegen des Regals anzusprechen. Er wollte nicht unbedingt sein Bücherregal aus Hannover holen, weil ja auch seine Bücher darin standen. Nach der obligatorischen Flasche Cola und der Zigarette als Frühstück duschte er kurz, zog sich an und legte die Schmutzwäsche in seine Sporttasche, die er kaum schließen konnte. Er nahm sich vor, mit dem Wäschewaschen nicht mehr so lange zu warten. Er überlegte, ob er zum Waschsalon mit dem Pkw fahren oder lieber zu Fuß gehen sollte. Aber bis er den Wagen erreichte, hätte er die halbe Strecke zum Waschsalon schon hinter sich. Also ging er zu Fuß. Der Waschsalon war zu dieser Zeit kaum besucht. Nachdem er die Wäsche gewaschen und im Trockenautomaten vortrocknete, ging er nach Hause und nahm seine Fototasche. An der UNI suchte er schon bewusster bestimmte Personen, die sich für politische Literatur interessierten, und fotografierte sie. Er kaufte wie vereinbart ein weiteres Exemplar des "Kochbuches" und steckte es diesmal in die Tasche, weil er nicht wusste, wie er es sonst hätte transportieren können. Als der Buchhändler von einem anderen jungen Mann abgelöst wurde, ging Peer zu ihm und kaufte ein weiteres Exemplar, das er wieder in die Tasche steckte. Es war schon spät, weil zu viel Zeit mit dem Wäschewaschen draufgegangen war. Es war Mittagszeit und Peer ließ sich in der Mensa ein Menü geben, das aus klein geschnittenen Fleischstücken bestand und mit Nudeln gereicht wurde. Die Fototasche hinderte ihn sehr beim Essenholen. Er konnte sie aber schlecht jedes Mal nach Hause bringen. Nach dem Essen holte er sich eine Flasche Mineralwasser und setzte sich noch mal an einen Tisch. Er hörte seinen Namen rufen und sah zu der Person, die ihn rief. Es war Gernot, der mit einem Tablett jonglierend auf ihn zukam. Er setzte sich und erkundigte sich, wie das Essen geschmeckt habe. Peer meinte, dass es gar nicht schlecht gewesen sei. Als Gernot die Umhängetasche von Peer wahrnahm, meinte er, dass die Tasche sehr praktisch sei, wo er sie gekauft habe. Peer antwortete: "In Hamburg gekauft!" Gernot fragte, ob Peer ihm solch eine besorgen könne. Peer erklärte, dass er im Augenblick nicht nach Hamburg komme, sonst wäre es wohl kein Problem. Gernot aß hastig und erklärte, er treffe sich um 14.00 Uhr mit mehreren von seinem Forum und wolle pünktlich sein. Wie schon am Vorabend verabschiedete er sich mit einem "Tschau!" und ging.

Auch Peer beeilte sich nach Hause zu kommen, wo er den belichteten Film aus der Kamera nahm und einen neuen einlegte. Die Tasche versteckte er wie ihm geraten im Backofen. Er steckte sich die belichteten Filme ein und machte sich auf den Weg zum Theater, dass doch ein ganz schönes Stück entfernt lag. Dort wartete er nur kurz, als ein Fahrer eines Pkw ihn ansprach, in dem er Alex erkannte. Er stieg zu ihm in den Wagen und sie fuhren aus der Stadt heraus, wobei Alex sich wohl verfahren haben musste, denn Peer erkannte Straßenzüge, in denen die sie kurz zuvor schon gewesen waren. Peer wollte zunächst nicht danach fragen, weil er dachte, dass Alex vielleicht auf die Frage unwirsch reagieren würde. Doch seine Neugier war größer. Als er Alex fragte, ob er sich in Braunschweig auskenne, nickte er und lachte. Er habe eine Technik entwickelt, herauszufinden, ob sie verfolgt oder observiert würden. Alex erläuterte ihm diese Technik, die darauf basierte, sich Personen und Fahrzeuge zu merken und darauf zu achten, ob diese nach einigem Hakenschlagen wieder auftauchen würden. Peer bemerkte dazu, dass die Kriminalpolizei dabei sei, Mobile Einsatz Kommandos (MEK) aufzubauen, die lernten Observationen professionell durchzuführen, ohne dass die Zielpersonen davon etwas bemerken dürften. Alex war aber sehr skeptisch und erklärte, dass man beim Verfassungsschutz eine Observationseinheit unterhalte, die ausschließlich solche Aufgaben trainiere und inzwischen auch sehr professionell arbeite. Ein MEK würde auch Zugriffe mit unterschiedlichsten Anforderungen üben, weshalb Observationen nicht so geschult werden könnten, wie es die Aufgaben des Verfassungsschutzes erforderten. Peer schwieg, weil er diese Diskussion für überflüssig hielt. Wie professionell eine Observation erfolge, könnte nur am Erfolg oder Misserfolg gemessen werden, dachte er. Eine Übung werde die Realitäten nie ersetzen können. Sie waren inzwischen irgendwo bei einem Rasthaus in der Lüneburger Heide angekommen, das sehr einsam lag.

Sie gingen in die Gaststätte, wo in einem Nebenraum Schuster mit noch zwei weiteren Kollegen wartete. Die Begrüßung war kurz und Schuster berichtete von den bisherigen Erkenntnissen über den Tod von Lars und die Hintergründe. Peer vernahm die Ausführungen zwar mit großem Interesse, merkte aber, das es ihm Mühe bereitete zuzuhören, weil es ihn emotional sehr stark mitnahm. Schuster schien dies zu bemerken und beendete seine Ausführung sehr abrupt und kam auf den Einsatz von Peer zu sprechen. Er erläuterte, dass es Ihnen nur um Informationen ginge, die die politischen Aktivitäten an der UNI beträfen, wobei er sich hauptsächlich auf das „Rotes-Aktions-Forum" (RAF) konzentrieren solle. Peer übergab einem der beiden Begleiter von Schuster die belichteten Filme und erwähnte, dass er auch Bilder in der Mensa aufgenommen habe. Sie dürften erheblich unterbelichtet worden sein. Das stelle kein Problem dar, meinte der Mitarbeiter von Schuster. Es sei ein hochempfindlicher Film, der je nach Belichtung bei der Entwicklung entsprechend behandelt werde. Der andere Mitarbeiter von Schuster legte ihm Namenslisten und Bilder vor. Die abgebildeten Personen seien angeblich angehörige des RAF, wobei in dieser Gruppe einige einen harten Kern bildeten, der sehr aktiv zu sein scheine. Peer solle nur versuchen zu erkennen, wer in diesen Gruppen den Ton abgebe und welche Aktivitäten von der Gruppe ausgingen. Er könne zwar Informationen nur gewinnen, wenn er näher an der Gruppe sei, brauche aber deshalb nicht Mitglied zu werden. Man wisse auch nicht, in welcher Form diese Mitgliedschaften bestünden und ob die Mitglieder vielleicht in Listen erfasst oder nur sehr lockeren Kontakt hielten. Peer zeigte auf ein Bild, dass ganz eindeutig Gernot zeigte und in der Namensliste auch als

Gernot Specht aufgeführt war. Hierzu meinte Schuster, dass dieser Gernot vermutlich zum harten Kern gehöre, dies aber gar nicht sicher sei. Besonders von dieser Gruppe fehlten Informationen, die Peer ja beschaffen solle. Er könne an allen Aktionen teilnehmen, die nicht gerade kriminell seien. Er solle aber immer vorher Schuster kontaktieren. Peer berichtete von seinem Kontakt mit Gernot und dessen Interesse an der Tasche. Vielleich sei es möglich, die gleiche Tasche zu beschaffen, sodass sie von Peer im Tausch gegen die Fototasche benutzt werden könne, wenn er den Eindruck gewann, dass sich jemand für die Tasche interessiere und sie sich ansehen wolle. Es sei ja ungewöhnlich, dass er mal mit der Umhängetasche und ein anderes Mal ohne oder mit einer anderen Tasche herumlief. Schuster nickte und gab einem seiner Mitarbeiter den Auftrag solche eine Ersatztasche zu besorgen. Peer fragte nach dem Regal, dass er Alex gegenüber erwähnte. Schuster meinte dazu, das sei nicht so vordringlich, weil man ja noch gar nicht wisse, wie lange Peer diese Aufgabe überhaupt wahrnehmen müsse. Man versuche immer noch jemanden aus der Studentenschaft zu gewinnen, der diese Aufgabe übernähme. Es sei aber sehr schwierig, weil man nicht jeden ansprechen könne. Sollte sich abzeichnen, dass Peers Aufgabe sich wider Erwarten in die Länge zöge, werde man ein Regal besorgen und müsste unter diesen Voraussetzungen ohnehin einiges besprechen. Peer fragte nach dem Strafverfolgungszwang, dem er ja unterstehe. Schuster bemerkte dazu, dass Peer sich deswegen keine Gedanken machen müsse. Er berichte ihm ja immer und Schuster werde die Informationen ans LKA weiterleiten, die weiterzuleiten wären. Peer fragte, warum man ihn nicht einfach davon entbinden könne. Das gehe nicht so einfach. Peer müsste zum Verfassungsschutz versetzt sein, wenn er den gleichen Status haben wolle. Er sei aber nur abgeordnet. Eine Versetzung würde aber nur infrage kommen, wenn er ganz zum LfV wechsele und folglich auch die Ausbildung absolviere. Sollte Peer Ambitionen haben, müsste man zur gegeben Zeit darüber sprechen. Unter den ihm vorgelegten Bildern sah er auch eine junge Frau, die ihm auf

Anhieb gefiel, von der aber nur der Vorname Claudia bekannt war. Es war nicht einmal sicher, ob sie der Gruppe angehörte. Sie habe an einer Demonstration teilgenommen, an der auch das RAF beteiligt war. Die größte Anzahl der Bilder stammten von dieser Demonstration. Einige abgebildete Personen würden inhaftierte Extremisten in den Gefängnissen besuchen, worunter auch Gernot sei. Man wisse leider nicht sehr viel, habe aber den Verdacht, dass einige der Gruppe sehr militant seien. Peer solle so viel fotografieren, wie es ihm möglich sei und die belichteten Filme an der ihm bekannten Stelle deponieren. Wenn es erforderlich gehalten werde, würde ein Treffen vereinbart, bei dem die Bilder und Informationen besprochen würden. Peer solle versuchen, Schuster so schnell wie möglich zu informieren, wenn er es für wichtig hielte. Sie verabschiedeten sich und Alex brachte Peer wieder nach Braunschweig in die Nähe seiner Wohnung. Man gab ihm auch neue Filme, wobei einige der Filme für Aufnahmen innerhalb von Gebäuden vorgesehen waren. Peer nahm sich vor, die für Innenaufnahmen vorgesehenen Filme bei schlechtem Wetter in der Mensa zu benutzen.

Damit sein Apartment auch wie eine Studentenunterkunft aussah, hatten sie ihm einige Bücher für Wirtschaftsrecht zur Verfügung gestellt. In seiner Wohnung angekommen, stapelte er sie neben dem Schrank auf dem Boden und nahm sich vor, Schuster noch mal auf das Regal anzusprechen. Die Wäsche musste er sortieren und einige Teile bügeln. Seine Unterwäsche bügelte er nie. Seine Gedanken kreisten wieder um Lars Tod. Nachdem er die Wäsche gebügelt und zusammengelegt im Schrank verstaute, legte er einen Film in die Kamera ein, die er am nächsten Morgen mitnehmen wollte.

Es vergingen Tage und Wochen, die er mit fotografieren und Informationsbeschaffung verbrachte. Wie immer deponierte er die Filme wie vereinbart. Bei einem Gespräch mit Schuster lobte dieser die Qualität des Bildmaterials und bat Peer weitere Bücher mit dem

Titel "Kochbuch" zu besorgen. Peer war darüber verwundert und fragte, was sie mit den Büchern machten? Schuster erklärte ihm, dass sie für Schulungszwecke aber auch als Beweismittel verwendet würden. Bei der Gelegenheit fragte Peer Schuster, ob es nicht möglich sei, ihm ein Telefon legen zu lassen. Es sei sehr lästig, wenn er immer Telefonzellen suchen müsse. Außerdem hätte Schuster versprochen, ihm ein Regal zu besorgen. Es sei schon einige Zeit ins Land gegangen und das Ende seines Einsatzes schiene nicht in greifbare Nähe, was Schuster bestätigte. Es sei ungewöhnlich schwierig einen Studenten verpflichten zu können.

Am Nachmittag des gleichen Tages, nach dem Gespräch mit Schuster, suchte Peer wie immer die UNI auf. Der Himmel war bedeckt und so war diesmal der Büchertisch, der bei gutem Wetter vor der Mensa stand, in der Mensa aufgebaut worden. Peer kaufte wieder ein "Kochbuch" und sah sich noch einige andere Bücher mit politischen Themen an, als er von Gernot angesprochen wurde, ob er sich für Politik interessiere? "Natürlich!" antwortete Peer. "Jeder halbwegs intelligente Mensch sollte sich für Politik interessieren." Gernot nickte und fragte ihn, was er vom Kommunismus halte? Sie diskutierten über Sozialismus und die Ideologien von Marx und Engels, obwohl Peer in diesem Bereich nur über ein sehr bescheidenes Wissen verfügte. Gernot frage, was Peer mit dem gerade erworbenen Buch "Kochbuch" vorhabe und ob er wisse, was darin enthalten ist, weil er gar nicht reingesehen hätte. Peer fühlte sich ertappt, und erklärte, sich den Inhalt vor Tagen angesehen habe. Es seien echt interessante Anleitungen enthalten, die er vielleicht brauchen könne. Gernot musterte ihn abschätzend und fragte, ob er nicht Interesse habe, mal beim RAF vorbeizuschauen. Die Mitglieder des RAF seien politisch sehr interessiert und würden inhaftierte Genossen betreuen, in dem man sie in den Gefängnissen besuche. Peer hielt den Riemen seiner Tasche krampfhaft fest, als wolle ihm jemand die Tasche entreißen. Gernot meinte, dass ihnen politisch interessierte Studenten immer willkommen seien und um 18 Uhr ein Meeting in einem Nebengebäude der UNI stattfände, zu dem er eingeladen sei. Sie suchten auch noch jemanden, der gut mit der Schreibmaschine umgehen könne. Peer brüstete sich, er könne sehr schnell mit 10 Fingern blind auf einer Schreibmaschine schreiben. Kaum gesagt fand er die Bemerkung völlig deplatziert, weil sie den Eindruck vermittelte, dass er sich anbiedere. Er ergänzte daher, dass er nicht viel von Politik verstehe, und sich noch nie politisch engagiert habe. Das schien Gernot aber erst richtig zu motivieren ihn zu überzeugen, an dem Meeting teilzunehmen. Er lobte Peer für seine erstaunlichen Kenntnisse über Marx und Engels und forderte ihn förmlich auf, zu dem Meeting zu erscheinen. Es blieb ihm daher kaum eine andere Möglichkeit, weshalb er zusagte. Gernot wollte sich gerade verabschieden, als ihn eine junge Frau ansprach, die Peer von Schusters Bildern kannte und von der nur der Vorname Claudia bekannt war. Peer war von ihrer Erscheinung so fasziniert, dass er sie lange anstarrte. Claudia fragte Gernot nach dem Meeting, ob es stimme, dass man sich um 18.00 Uhr treffe, was Gernot bestätigte und ergänzte, dass er Peer dazu eingeladen habe. Claudia musterte Peer von oben bis unten und fragte ihn, ob er auch Student sei. Peer bestätigte es. Worauf Claudia fragte, ob er eine Phobie gegen Friseure habe. Peer schämte sich und wäre am liebsten im Boden versunken. "Absolut nicht!" antwortete er. Er hätte nur einfach nicht mehr daran gedacht, dass es auch noch Friseure gäbe. Gernot lachte sich halb tot, was Peer schon sehr aufbrachte. Er ließ sich aber nichts anmerken. Er sah auf seine Armbanduhr und dachte bis 18 Uhr könnte er sich noch frisieren lassen. Er sicherte Gernot sein kommen zu und verabschiedete sich von den Beiden. Zu Hause entledigte er sich seiner Fototasche und begab sich auf die Suche nach einem Friseur. Der Erste nahm nur Kunden nach Termin, der Zweite den er fand, sah ihn ein wenig zu lange an, ließ ihn aber Platz nehmen und sicherte ihm zu, dass sich gleich ein Kollege um ihn kümmern werde. Er sprach mit einem gerade beschäftigten Kollegen, der kurz rüber sah und Peer zu nickte. Er musste aber trotzdem noch eine halbe Stunde warten, bis er dran war. Der Friseur sah ihn sich im Spiegel einen Augenblick an, und fragte, wie lang es bleiben solle? Peer fragte, ob er ihm auch den Bart stutzen könne. Der Friseur entgegnete, dass es wohl sein Job sei. Peer bat um eine kurze Frisur, wie sie zurzeit getragen werde. Der Friseur nickte und sagte nur: "In Ordnung!" und begann mit seiner Arbeit. Nach etwa wieder einer halben Stunde erkannte sich Peer kaum wieder. Ein junger Mann sah ihn im Spiegel an, der wohl gerade beim Friseur gewesen sein musste. Auch sein gestutzter in Form gebrachter Bart gab ihm ein sehr männliches Aussehen. Er bedankte sich beim Friseur und gab ihm an der Kasse zwei DM extra. Er verließ den Friseur und suchte ein Bekleidungsgeschäft, wo er eine Jeansjacke erstand, die seiner präparierten Jack ähnlich war. Er zog sie an und nahm seine Alte, die ihm der Verkäufer in einer Plastiktüte mitgab, mit nach Hause, wo er sie in den Schrank hängte. Im Geschäft hatte der Verkäufer eine Bemerkung zu dieser Jeansjacke gemacht, dass er solch eine noch nie gesehen habe.

Peer eilte zu der angegebenen Adresse und fragte sich, warum er jetzt beim Friseur war. Die Äußerung von Claudia hatte ihn so völlig aus dem Konzept gebracht. Ihm gefiel Claudia sehr. Sie war nicht so schlank, wie manche junge Frau. Ihre Figur zeigte ihre weiblichen Rundungen, wie es sich Peer als Ideal vorstellte. Sie hatte ein sehr hübsches Gesicht und war auch sehr geschmackvoll gekleidet. Peer merkte, dass ihn die junge Frau ungeheuer beeindruckte. Bei der angegebenen Adresse angekommen, sah er einige Personen, die ihm unbekannt waren. Sie warteten offensichtlich auf jemanden, der ihnen die Tür zu den Räumen aufschloss. Einer von ihnen versucht vergeblich, die Tür zu öffnen. Kurz darauf tauchte ein junger bärtiger Mann auf, der die Anwesenden begrüßte und die Tür aufschloss. Peer begab sich mit den anderen in den Raum, in dem mehrere Tische und Stühle standen und an der Wand mehrere gestapelte Stühle. Peer setzte sich auf einen Stuhl und wartete. Der Unbekannte, der die Tür aufgeschlossen und sie hereinließ, begrüßte den gerade eintreffenden Gernot. Beide besprachen etwas, was Peer wegen der sich unterhaltenden Personen nicht verstand. Gernot sah sich im Raum um und begrüßte jeden Einzelnen, kam auf Peer zu, sah ihn lange an und meinte, ob er sich Peer nenne oder einen Zwillingsbruder habe. Peer meinte, dass er den längst fälligen Friseurtermin wahrgenommen habe. Gernot lachte und stellte Peer Paul vor, der den Schlüssel zum Gebäude besaß. Gernot erklärte Paul, dass eine kleine Bemerkung Claudias gereicht habe, aus einem Landstreicher einen zivilisierten Studenten werden zu lassen. Das war Peer sehr unangenehm, dass Gernot es genau registrierte, was Peers optischen Wandel verursachte. Er ließ sich nichts anmerken, zumal Claudia gerade den Raum mit einigen Unterlagen unter dem Arm betrat und von einigen Anwesenden herzlich begrüßt wurde. Sie kam auf Gernot, Paul und Peer zu und blieb plötzlich unvermittelt stehen und betrachtete Peer demonstrativ von Kopf bis zu den Füßen. Sie begrüßte Gernot und Paul mit Handschlag und meinte zu Peer gewandt, "In dem Falle hätte ich mir aber auch neue Schuhe gekauft." lachte und begrüßte ihn ebenfalls mit Handschlag. "Bist du neugierig geworden, was wir machen?" fragte sie, immer noch mit einem lachenden Gesicht. Peer wollte etwas Intelligentes sagen, brachte aber keinen vernünftigen Satz hervor. Gernot habe ihn eingeladen und sie hätten sich ganz zufällig kennengelernt. Was sollte er auch sagen. Er hätte zu gerne Claudia ein Kompliment gemacht, dass er sie zauberhaft fände und ihn beeindrucke. Doch er blieb stumm. Er dachte an seinen Auftrag und versuchte rational zu denken, was ihm große Mühe bereitete. Paul sprach jetzt alle an und bat sich zu setzen. Er wolle sie über den letzten Stand der Dinge unterrichten, die sich ereignet hätten. Über die geplante Demo mit anderen politischen Gruppen an der UNI, die sich für die Einhaltung der Menschrechte und für die inhaftierten Genossen einsetzten, werde er zum Schluss sprechen. Zunächst berichtete er über Isolationsfolter und unmenschliche Behandlungen in den deutschen Gefängnissen. Er kündigte an, dass beim nächsten Meeting ein Rechtsanwalt berichten werde, der einige der Gefangenen verteidige und gegen den ebenfalls Verfahren anhängig seien. Nach Pauls Ausführungen, von denen Peer glaubte, dass sie samt und sonders nicht stimmten, ja vielleicht so gar gelogen waren, berichtet er weiter, dass sie für die Demo Flugblätter entwürfen, wofür sie noch Helfer benötigten. Zum Entsetzen Peers sprach er ihn persönlich an, und erklärte, von Gernot erfahren zu habe, er könne gut mit der Schreibmaschine umgehen und sei auch sonst politisch interessiert. „Solche Mitarbeiter können wir sehr gut gebrauchen." Er könne mit Gernot, Claudia und ihm nachher in Freds Buchladen helfen die Flugblatttexte zu entwerfen und zu schreiben. Peer fühlte sich völlig überfahren und wusste nicht, wie er reagieren sollte. Er nickte nur. Die Aussicht mit Claudia gemeinsam etwas zu unternehmen, ließ ihn alle Vorsicht außer Acht lassen. Er wusste, dass er sich zurückhalten müsste, was er aber in den Hintergrund schob. Schließlich sollte er Informationen sammeln. Paul machte noch Ausführungen zu den Transparenten und den Gruppen, die die Demo anmeldete. Gegen 19 Uhr beendeten sie das Meeting und Paul, Gernot, Claudia und Peer verließen den Raum, um zu dem Buchladen zu gehen. Paul gab einem Anwesenden den Schlüssel, damit er abschließe, wenn sie die Räumlichkeiten verließen. Die zurückbleibenden sollten die Transparente vorbereiten, wovon Teile bereits in einer Ecke des Raumes standen.

Peer fragte, ob der Buchladen denn geöffnet sei. Paul schüttelte den Kopf. "Ich habe einen Schlüssel!" Er schloss die Tür auf und verschloss sie wieder, nachdem sie eingetreten waren. Sie begaben sich in einen kleinen hinteren Raum, der wohl als Lager diente. Außer einer älteren Druckmaschine, einem Fotokopierer und anderen kleineren Geräten, standen drei Stühle und ein kleiner Tisch mitten im Raum. Auf dem Tisch lagen wahllos verschiedene schriftliche Unterlagen und Prospekte. Auch eine sehr betagte alte Schreibmaschine stand darauf. Claudia holte aus ihrer Handtasche ein paar Zettel mit Notizen und fragte Peer, ob er den Text direkt auf Matrize schreiben könne, dann würden sie sich das nochmalige Schreiben des Textes sparen. "Soll ich den Text auf der alten Schreibmaschine tippen?" fragte Peer. "Eine andere steht uns nicht zur Verfügung." Erklärte Claudia. Peer entgegnete, "Ich muss mich mit dem Gerät erst vertraut machen. Als Kind habe ich solch eine Maschine zum letzten Mal gesehen." Peer spannte ein Blatt Papier ein und begann alle Tasten auszuprobieren. "Sie funktioniert. Wenn Du mir den Text ohne Änderungsbedarf diktierst, kann ich ihn auch gleich auf Matrize schreiben." Claudia las den Text vor und Paul als auch Gernot verlangten ein paar kleine Änderungen. Claudia notierte sich die Änderungen und diktierte danach Peer den Text, der ihn langsam und vorsichtig auf eine Matrize schrieb. Während des Diktates frage Peer, warum sie den Text nicht mit der vorhandenen Druckmaschine drucken würden. Er hatte in einer Ecke eine kleine Druckmaschine entdeckt. "Weil sie defekt ist und die Reparatur etwa 2.000 DM kostet." Antwortete Claudia, die weiter diktierte. Am Ende des Diktats fragte sie Peer, was er von dem Text halte. Es waren Passagen enthalten, die gar nicht stimmen konnten. Er erwähnte es aber nicht und meinte nur, dass er sehr informativ sei, was ja wohl der Sinn eines Flugblattes sei. Er meinte ergänzend, dass ein Flugblatt auch einen Verfasser erkennen lassen müsse, wenn man nicht mit dem Gesetz in Konflikt geraten wolle. "Oh, ja, habe ich ganz vergessen!" Er solle unten anfügen "Rotes-Aktions-Forum" Verantwortlicher: Paul Kehrer. Peer spannte den Bogen noch mal ein und fügte den Text hinzu. Sie berieten, wie viel sie davon abziehen sollten. Sie einigten sich darauf, dass sie so viele Seiten vervielfältigten, wie noch lesbar seien. Gernot und Paul berieten Texte für die Transparente und waren erstaunt, dass Peer und Claudia mit dem Vervielfältigen begannen. Es waren etwa 350 Blatt abgezogen worden, die Claudia in ihre Aktentasche steckte, die sie mit sich führte. Sie waren recht schnell fertig geworden und Peer fragte Claudia, ob er sie nicht zur Feier des Tages in ein Restaurant einladen dürfe, und nannte den Namen des Restaurants, in dem er einige Tage zuvor ein Pfeffersteak aß. Claudia sah ihn erstaunt an und meinte, es sei schon recht spät, aber wenn er dort noch einen Tisch bekäme, würde sie schon mitkommen. Gernot hatte das Gespräch interessiert verfolgt, und bemerkte zu Peer, dass er ja gut betucht sein müsse, wenn er sich solch ein Restaurant leisten könne. Peer entgegnete, etwas feiern zu wollen. Verriet aber nicht, was er feiern wollte, weil es nur ein Vorwand war, die Einladung zu begründen. Claudia verließ mit Peer den Buchladen und ging mit ihm zu dem Restaurant. Peer hoffte inständig, dort noch einen Tisch zu bekommen. Er fragte Claudia, ob er ihre Tasche tragen dürfe, weil Papier sehr schwer sei. Sie schielte ihn von der Seite an und bemerkte: "Ein Kavalier alter Schule." Peer lächelte und erwiderte, dass Höflichkeit nicht überholt sei. Als sie das Restaurant betraten, stellte Peer erstaunt fest, dass etliche Tische unbesetzt waren. Nur wenige waren mit dem Schild "reserviert" gekennzeichnet. Der gleiche Kellner, der ihn vor einigen Tagen bediente, fragte, ob sie reserviert hätten, was Peer verneinte. Er führte sie an einen freien Tisch, enteilte und brachte ohne Kommentar die Speisekarten. Peer war sich nicht sicher, ob der Kellner ihn wieder erkannte oder es sich nicht anmerken ließ, dass er ihn kannte. Claudia brauchte lange, um sich für ein Gericht zu entscheiden. Peer bestellte sich ein echtes Wiener Schnitzel und fragte Claudia, was sie trinken möchte. Sie hätte Lust auf ein Glas trockenen Weiswein. So bestellte Peer zwei Glas, weil er gelegentlich auch gerne trockenen Weiswein trank. Als der Weißwein kam, stieß Peer mit Claudia an und sagte leise: "Auf die Bekanntschaft einer hübschen, bezaubernden Frau, die einem den Kopf verdrehen kann! Ich hoffe, dass der erste Eindruck von mir nicht zu schockierend und prägend war." Sie lachte und äußerte, er übertreibe maßlos. Sie erzählte, von ihrem Studium der Soziologie, dass sie sehr interessiere und dass sie sich ganz anders vorgestellt habe. Als der Kellner ihr Essen brachte, sprachen sie nur sehr wenig. Claudia schien aber guter Laune zu sein. Während des Essens taute sie richtig auf und erzählte von ihren Professoren und dem Essen in der Mensa. Wie fast alle Frauen, so hielt auch sie sich für zu dick, worauf Peer aber sofort protestierte und versuchte ihr zu versichern, dass sie seiner Meinung nach eine Idealfigur besäße, die keiner Korrektur bedürfe. Nach dem zweiten Glas Wein bereute Peer, keine Flasche Wein genommen zu haben. Er wollte sich eine Zigarette anzünden und bot Claudia daher ebenfalls eine an. Sie lehnte mit den Worten ab, dass sie nicht rauche. Worauf er die Schachtel Zigaretten wieder einsteckte. Sein Verlangen nach einer Zigarette war stark, aber der Wunsch ihr zu gefallen stärker. Man merkte es Claudia an, dass sie sich wohlfühlte. Ein drittes Glas lehnte sie mit den Worten ab, dass er sie wohl abfüllen wolle, was Peer aber vehement bestritt. Nachdem er seine nicht unerheblich Rechnung beglich, fragte er Claudia, ober er sie nach Hause begleiten dürfe. Sie antwortete lachend, dass sie doch wohl von so einem vollendeten Gentleman erwarten könne, dass er sie auch nach Hause bringe. Ein Taxi wollte sie aber nicht, sondern zu Fuß nach Hause gehen, weil es einerseits nicht sehr weit sei und er andererseits schon genug für sie gezahlt habe. Als sie das Restaurant verließen, hätte er beinahe Claudias Aktentasche vergessen, wenn sie nicht aufmerksam genug gewesen wäre. So trug er ihre Tasche und sie gingen gemeinsam den Weg zu ihrer WG. Beim Abschied hätte er sie gerne in den Arm genommen. Statt dessen gab er ihr die Hand und sie bedankte sich artig mit den Worten: "Wir sehen uns übermorgen beim Bemalen der Transparente, wenn du willst." Und ob er wollte. Er merkte, dass er in etwas hineinschlitterte, das er nicht mehr würde kontrollieren können. Er musste vorsichtiger sein.

Es war spät geworden und er legte sich nach kurzer Wäsche und Zähneputzen gleich ins Bett und war auch bald eingeschlafen. Als der Wecker ihn aus dem Bett trieb und er sich seinem obligaten Frühstück Cola und Zigarette widmete, meldete sich sein schlechtes Gewissen, das er gestern den Tod von Lars und die Trauer um ihn völlig vergaß. Seit der Bekanntschaft mit Claudia schien sein ganzes Leben mit Lars wie weggewischt zu sein. Musste er deswegen ein schlechtes Gewissen haben. Wie sollte es weitergehen? Er hatte eine nicht leichte Aufgabe zu erfüllen. Als er zur UNI ging, rief er Schuster an und berichtete von den Ereignissen, verschwieg aber den Abend mit Claudia. Schuster war über den Kontakt zu der Gruppe hocherfreut und ermutigte Peer, sich weiter zu engagieren. Man wisse von der Demo, die schon angemeldet worden sei. Er brauche sich keine Gedanken machen und könne durchaus daran teilnehmen. Nachdem Gespräch mit Schuster begab er sich ohne Fototasche in die Nähe der UNI, wo er zufällig auf Gernot traf, der sich nach dem gestrigen Abend erkundigte. Peer blieb sehr einsilbig. Es sei schön gewesen und hätte geschmeckt. Gernot fragte, ob Peer ihm kurz behilflich sein könne. Er suche ein Kofferradio und wäre ihm dankbar, wenn er ihn begleite und berate. Sie betraten ein größeres Kaufhaus, in dem auch Kofferradios angeboten wurden. Gernot sah sich verschiedene Modelle an und fragte Peer, welches er für empfehlenswert halte. Peer wusste nicht recht, was er davon halten sollte. Es sei schwierig ihm einen Rat zu geben, wenn man nicht wisse, worauf Gernot Wert lege. Gernot nahm seine Geldbörse aus der Hosentasche, gab sie Peer mit der Bitte schon zur Kasse vorzugehen, er werde noch schauen, welches Radio er nähme. Wie gebeten begab sich Peer zur Kasse und stellte sich in der Schlange der Kunden an, als plötzlich zügigen Schrittes Gernot mit einem verpackten Kofferradio an ihm vorbei kam. Peer schaute Gernot verdutzt nach, wie dieser unbehelligt das Kaufhaus mit dem verpackten Kofferradio verließ. Peers erstes Erstaunen wechselte über Verärgerung zur Wut, so missbraucht und gelinkt worden zu sein. Er verließ ebenfalls das Kaufhaus und suchte draußen nach Gernot. Was war in den gefahren, überlegte Peer. Warum gab er ihm die Geldbörse, wenn seine Absicht der Diebstahl des Geräts war? Peer versuchte, sich das Verhalten von Gernot zu erklären. Wäre Gernot darin gehindert worden das Kaufhaus zu verlassen, hätte er angeben können, gar nicht die Absicht gehabt zu haben, das Gerät zu entwenden. Sein Bekannter stünde schon mit seiner Geldbörse an der Kasse und warte auf ihn, um das Gerät zu bezahlen. Er habe die Kasse gesucht und übersehen. Dies schien Peer die wahrscheinlichste Erklärung. Oder wollte er gar Peer auf die Probe stellen, wie er sich verhielt? Dass es eine Art Test war, ob man ihm vertrauen könne. Egal was auch immer dahinter steckte, Gernot entwendete ein Radiogerät mit seinem Wissen. Er war gespannt, wie Schuster darauf reagieren würde. Er sah sich den Inhalt Geldbörse genauer an und musste feststellen, dass der Bargeldbetrag in keinem Fall ausgereicht hätte, das Radio zu bezahlen. Nach der Adresse oder dem Personalausweis von Gernot suchte er vergeblich. Zwei Straßen weiter sah er Gernot, der auf ihn zu warten schien. Peer schimpfte, was diese Aktion zu bedeuten habe. Gernot grinste nur über das ganze Gesicht und meinte, er hätte das Gerät benötigt und könne ja nichts dafür, dass Peer das Kaufhaus einfach mit seiner Geldbörse verlassen habe. Daraufhin sei ihm ja gar nichts anderes übrig geblieben. Peer wusste, dass Gernot ihn sehr wohl an der Kasse wahrgenommen haben musste, sagte aber nichts. Er erwähnte auch nicht den nicht ausreichenden Geldbetrag in der Geldbörse. Er gab Gernot das Portemonnaie und fragte, was jetzt komme. Der lachte nur und fragte, ob man sich morgen sähe. "Ich nehme an." antwortete Peer.

Peer war durch das Ereignis sehr beunruhigt, auch weil er es nicht einzuordnen wusste. Er suchte eine Telefonzelle und berichtete Schuster von dem Ereignis. Auch Schuster glaubte, dass es sich um einen Test handeln könne. Er brauche sich aber keine Gedanken machen, man werde mit der zuständigen Staatsanwaltschaft sprechen. Er sei ja nur Beobachter und nicht Mittäter gewesen. Man habe inzwischen 2 dieser Ledertaschen besorgen können. Vielleicht gäbe es einen Anlass, zu dem Peer Gernot eine der Taschen aus Hamburg besorgen könne. Dies würde vielleicht auch das Vertrauensverhältnis verbessern. Ein Telefon werde in den nächsten Tagen für ihn geschaltet. Die Post werde ihm den Termin mitteilen. Der Anschluss werde nicht im Telefonbuch erscheinen. Alex werde ihm auch ein Regal bringen, dass er selbst aufbauen müsse. Sie vereinbarten einen Termin für übermorgen Nachmittag, um ihm Bilder zu zeigen und ihm die Taschen zu übergeben. Peer holte von zu Hause die Fototasche und ging wieder zur UNI. Er fotografierte die Personen, die er bereits kannte und weitere, die sich am Büchertisch, der vor der Mensa aufgebaut war, aufhielten. Den Buchverkäufer kannte er noch nicht und fotografierte auch ihn. Er ließ auch noch ein Exemplar des "Kochbuches" geben und verstaute es vorsichtig in der Fototasche. Zu diesem Zweck begab er sich ein wenig Abseits zu einer Ecke des Platzes, um seine Tasche unbeobachtet öffnen zu können. In der Mensa aß er Mittag, wobei ihm die Tasche sehr hinderlich war. Er konnte sie schlecht irgendwo ablegen, wenn er sein Essen holte. So war es sehr hilfreich, das sie einen Tragegurt besaß und er sie sich über die Schulter hängen konnte. Nach dem Essen ging er zu einer ihn sehr interessierenden Vorlesung und musste sich vorher noch einen Schreibblock und einen Kugelschreiber kaufen, die er zu Hause hatte liegen lassen. Seine Fototasche wies eine längliche Form auf, die es ihm ermöglichte, darin DIN A4 große Schreibblöcke senkrecht unterzubringen. Nur beim Öffnen und Schließen musste er darauf achten, dass niemand hineinsehen konnte. Nach der Vorlesung auf dem Weg zu seiner Wohnung sah er Paul und Gernot von Weitem und machte einen Umweg, um ihnen nicht zu begegnen. Unterwegs versorgte er sich mit ein paar Lebensmitteln und Getränken für den Abend. Zu Hause wechselte er den Film in der Fototasche, richtete sich eine kleine Mahlzeit und trank dazu ein Bier. Dass Gernot ihn so übel hereinlegte, ärgerte Peer und er nahm sich vor, es ihm am nächsten Tag vorzuhalten, wenn er ihn sehen würde. Er schaltete seinen kleinen Fernseher ein, den er aus seiner Privatwohnung mitgenommen hatte. Er vernahm die Nachrichten nur bruchstückhaft. Ihm ging so vieles durch den Kopf. Der Tod von Lars beschäftigte ihn wieder. Nur die Gedanken an Claudia, die er morgen wiedersehen würde, hellten seine Stimmung auf. Sein Budget für diesen Monat war durch die Restaurantbesuche schon arg belastet. Er musste sparsamer sein. Er schaltete den Fernseher ab und ging zu Bett.

Am anderen Morgen nach seinem obligaten Frühstück und einem Duschbad besuchte er Vorlesungen, die auf seinem Ausbildungsplan standen. Sie waren jedes Mal sehr interessant und zu gerne wäre er eingeschriebener Student. Das Schicksal wollte es anders. Dabei konnte er froh sein, nicht an Lars Stelle gewesen zu sein. In dem Fallebrauchte er sich keine Gedanken mehr machen.

Peer glaubte nicht an ein Schicksal. Obwohl christlich getauft und erzogen, hielt er sich für einen Atheisten. Seiner Meinung nach waren es alles Zufälle, die von den Menschen bewusst oder unbewusst beeinflusst wurden. Am Abend würde er helfen Transparente zu bemalen und würde Claudia treffen. Er fotografierte wieder etliche Personen, ohne genau zu wissen, ob sie für den LfV relevant waren. Inzwischen waren ihm zwar schon einige über den Weg gelaufen, deren Namen er auf den Listen von Schuster gelesen oder an deren Bilder er sich erinnerte. Er begann sich auf seinem Schreibblock Notizen über die Personen zu machen, weil er nicht alles im Gedächtnis behalten konnte. Schuster hatte ihn zwar gewarnt, mit Notizen vorsichtig zu sein, aber solange er mit der Fototasche herumlief, war es ja egal. Sie stellte das größere Risiko dar. Als er sich in der Mensa seine Mittagsmahlzeit holte, sah er Claudia mit mehreren Personen an einem Tisch sitzen. Er erkannte den Buchhändler und Paul. Er überlegte kurz, ob er sich an einen anderen Tisch setzen sollte, verwarf aber den Gedanken, weil es ja merkwürdig erscheinen musste, wenn er sich nicht zu ihnen an den Tisch setzte. Als Claudia ihn sah, glaubte er auf ihrem Gesicht ein Lächeln beobachtet zu haben. Er begrüßte alle mit einem „Hallo!" und setzte sich zu ihnen an den Tisch. Claudia fragte, ob er abends komme und Peer versprach es. Sie fragte, ob er eine halbe Stunde früher kommen könne, weil sie etwas besprechen wollten. Peer nickte und fragte Claudia, wie ihr der Abend bekommen sei, worauf sie antwortete, es sei so schön gewesen, wie schon lange nicht mehr. Am Morgen habe sie verschlafen und sei in einer Vorlesung zu spät gekommen. Paul und der Buchhändler Fred verabschiedeten sich und ließen Claudia und Peer alleine am Tisch sitzen. Peer fragte, ob sie heute Abend danach noch Zeit habe, er würde gerne mit ihr irgendwo eine Kleinigkeit essen gehen und vielleicht einen Spaziergang machen, wenn sie Zeit und Lust habe. Claudia wog den Kopf zweifelnd hin und her und zögerte mit der Antwort. Sie wisse nicht, wie lange es abends ginge, weil sie noch einiges erledigen müssten. Man werde sehen, wie schnell sie fertig würden.

Wenn Peer behilflich sei, ginge es vielleicht auch schneller. Er fragte, ob er ihr leeres Tablett mit zur Geschirrabgabe mitnehmen dürfe. Sie bedankte sich lächelnd mit den Worten: „Dann bis heute Abend." Dieses Lächeln verzauberte Peer derartig, dass er in die falsche Richtung ging, als er das Geschirr abgeben wollte und sich völlig desorientiert in der Mensa umsah. Claudia hatte ihn mit ihren Blicken verfolgt und er sah, wie sie lachend die Mensa verließ. Er war sich bewusst, sich lächerlich gemacht zu haben. Es machte ihm aber nichts aus. Draußen vor der Mensa begriff er, dass er für Claudia wesentlich mehr empfand, als er in seiner Situation für sie empfinden durfte. Er wusste nicht, wie er die Situation beherrschen sollte. Er wusste auch, dass es für ihn ausgesprochen gefährlich sein konnte, wenn er nicht mehr klar und logisch denken konnte. Er musste sich zurückhalten, merkte aber, dass es ihm sehr schwer fallen würde. Konnte er ausschließen, dass ihn Claudia gar im Auftrag der anderen Gruppenmitglieder manipulierte? Nein er hielt es für völlig abwegig und schalt sich insgeheim einen Narren, wenn er Claudia so etwas unterstellte. Er riss sich zusammen fotografierte Personen, bis er glaubte, dass der Film zu Ende war. Er ging in sein Apartment und wechselte den Film. Er trank eine Flasche Cola, begab sich in die Innenstadt von Braunschweig, und ließ das pulsierende Leben an sich vorbei fluten. Die Menschen, die ihm begegneten, nahm er nicht bewusst wahr, so war er in Gedanken versunken. Er musste wieder einen klaren Kopf bekommen. Mit gesenktem Kopf ging er die Straße entlang und wusste nicht einmal, wo er war. Als sein Name genannte wurde, hob er den Kopf. Vor ihm stand Igor. Peer dachte, er fantasiere und wollte weitergehen. Igor fasste ihn an der Schulter und fragte ihn, ob er alte Freunde nicht wiedererkenne? Peer musste an Lars denken. Schlagartig waren seine Gedanken wieder ganz klar. Igor fragte nach Lars und Peer erklärte ihm, dass Lars wieder in Hamburg sei. Er überlegte, ob dies überhaupt der früheren Legende von Lars entsprach. Igor lud Peer sofort ein, mit ihm zu seinem Laden zu kommen und fragte, was er in Braunschweig mache? Peer wusste nicht, was er Igor erzählen sollte. Er antwortete, er könne auf keinen Fall seine Einladung annehmen, weil er an der UNI eine Vorlesung besuchen müsse, und gleich einen Termin habe. Igor fragte verwundert, ob Peer in Braunschweig studiere. Peer berichtete von seinem Studium, dass er während seiner Arbeitslosigkeit sich weiterbilden wolle. Igor bestand darauf, dass er seine Einladung annehme und sie einigten sich, dass sie sich am nächsten Abend in einer Gaststätte treffen würden, in denen Lars und er mit Igor vor etlicher Zeit zechten. Peer verfluchte sich, nicht besser auf die vorübergehenden Menschen geachtet und Igor rechtszeitig erkannt zu haben, damit er ihm hätte aus dem Weg gehen können. Er gab Igor die Hand und versprach am nächsten Abend zu ihm in die Gaststätte zu kommen.

Peer machte sich auf den Weg zu dem Gebäude, in dem die Transparente auf sie warteten. Wie versprochen war er etwa eine halbe Stunde vor der angegebenen Zeit dort. Claudia erwartete ihn schon lachend und fragte, ob er die Geschirrannahme noch gefunden habe. Er antwortete wahrheitsgemäß, dass es ihm in ihrer Anwesenheit schon schwergefallen sei, sich auf den Weg dorthin zu konzentrieren. „Das tut mir aber sehr leid, dass ich dich so abgelenkt habe. Vielleicht kannst du es mir noch einmal verzeihen?" fragte sie neckisch und ihr glockenhelles Lachen klang in seinen Ohren und brachte ihn wieder aus dem Konzept. Sie schloss die Tür zum Gebäude auf und erklärte Peer, dass Paul ihr den Schlüssel gegeben habe. Sie begaben sich in den Raum mit den Transparenten. Auf Claudias Anweisungen stellten sie jeweils zwei Tische nebeneinander, auf denen sie die weißen unbeschrifteten Bettlaken ausbreiteten. Claudia bat Peer die beschrifteten Tücher von den Stangen zu entfernen, die in der Ecke standen. Sie berichtete ihm während dessen, dass Paul darum bat, dass Peer einige Texte mit der Schreibmaschine auf Papier bringe, die sie als handschriftliche Notizen von ihm bekommen habe. Sie warte nur noch auf die anderen, die die von ihr verfassten und mit Paul und Gernot besprochenen Texte auf die Bettlaken malen und sie an den Latten befestigen sollten. Sie hatte hierzu einen Tacker und Klammern mitgebracht. Sie bereiteten alles vor, damit die anderen Gruppenmitglieder die Arbeit vollenden konnten. Als die Ersten eintrafen, erklärte Claudia, wie sie die Laken beschriften sollten, gab ihnen die Zettel mit den Texten und große Filzstifte. Die alten beschrifteten Laken rollte Claudia zusammen und packte sie in eine Plastiktüte, die sie mitnahm. Peer fragte beim Verlassen des Gebäudes, was sie mit den Laken beabsichtige. „Sie werden gewaschen und können wieder als Transparente benutzt werden." Sie erklärte Peer, dass der Text mit auswaschbarer Farbe beschriftet werde. Er fragte, wo sie jetzt hingingen. Zum Buchladen, wo Gernot und Paul auf sie warten würden. Als Peer den Namen Gernot hörte, verzog er das Gesicht, was Claudia bemerkt haben musste. Sie fragte, ob er sich mit Gernot gestritten habe. „Nein." antwortete Peer. „Er hat mich reingelegt." Claudia wollte mehr wissen und Peer überlegte, ob er ihr die Geschichte erzählen sollte. Weil er die Beziehungen der Personen untereinander nicht so genau kannte, hielt er es für klüger, mit einer ausweichenden Bemerkung die Antwort schuldig zu bleiben. Paul und Gernot erwarteten sie schon und Paul fragte Peer, ob er ein paar Texte mit der Schreibmaschine verfassen könne. Sie bräuchten aber mehrere Durchschläge, weshalb man die Texte vielleicht auf Matrize schreiben sollte. Peer deutete auf einen Fotokopierer, der in einer Ecke stand und fragte, ob der nicht benutzt werden könne.

„Doch, Fred hat aber gemeint, wenn es zu viele Kopien seien, wäre das Abziehen von Matrize billiger." Beantwortete Paul die Frage.

„Wie viel braucht ihr?" fragte Peer.

Sie benötigten etwa 10 Ausfertigungen meldete sich Gernot zu Wort. Dann lohne sich die Matrize nicht, war Peers Antwort. Paul bat Claudia Peer den Text, den sie auf Notizzetteln bei sich trug, zu diktieren. Peer setzte sich an die alte Schreibmaschine und begann den diktieren Text zu schreiben. Immer wieder vertippter er sich und musste es korrigieren. Er versuchte, sich zu konzentrieren. Claudia bemerkte, dass Peer nicht ganz bei der Sache war, denn sie diktierte immer langsamer. Peer erkannte schnell, dass es politische Erklärungen und Anweisungen waren, die vermutlich inhaftierte Genossen zugespielte werden sollten. Er versuchte sich den Text einzuprägen, doch es war einfach zu viel, sodass er hoffte, unbemerkt eine Kopie beiseiteschaffen zu können. Es wurden immerhin 3 vollgeschriebene DIN A4 Seiten. Gernot nahm die Seiten und legte sie in den eingeschalteten Kopierer und ließ vermutlich 10 Kopien erstellen. Peer war es unmöglich, die genaue Zahl festzustellen.

Plötzlich stellte Gernot ein Kofferradio auf den Tisch und fragte Peer, ob er wüsste, wie man das Gerät aufschraubt. Erstaunt über die Frage, zeigte Peer, wo man es aufschrauben könne und dachte, dies hätte Gernot sicher selbst gewusst. Er antwortete daher in einem Anflug von Spott:

„Wer Kofferradios entwendet, wird doch wohl wissen, wie sie geöffnet werden?"

Gernot lachte und meinte, dass er wenigstens Humor habe. So lustig fand Peer es aber ganz und gar nicht. Claudia mischte sich in das Gespräch ein und schimpfte, dass Gernot nichts dazu gelernt habe und es mit ihm jedes Mal Probleme gäbe. Er entgegnete, dass sie das Radio benötigten und Paul ihm den Auftrag gegeben habe, eines zu beschaffen. Jetzt sei es da und stünde zur Verfügung. Er holte einen Schraubendreher, den er Peer in die Hand drückte und bat, das Radio aufzuschrauben. Peer wollte nicht lange diskutieren und schraubte es auf. Gernot bat nun darum, einen der Lautsprecher abzuschrauben. Peer fragte nicht wozu und schraubte einen Lautsprecher ab. Als er geöffnet war, legte Gernot einen mehrfach gefalteten Zettel hinein und bat Peer ihn wieder anzuschrauben und das Radio zuzuschrauben. Peer begriff, worum es ging. Eine Ausgabe des vorher geschriebenen Textes war in dem Lautsprecher untergebracht worden und würde vermutlich mit dem Radio in ein Gefängnis geschmuggelt. Warum sie aber ihn dazu veranlassten, war ihm gar nicht klar, weil sie alles hätten selbst machen können. Er überlegte, ob er Claudia danach fragen könnte, warum man ihn mit der Aufgabe beauftragt habe. Paul nahm die übrigen Ausgaben der Texte und steckte sie in eine Aktentasche. Er fragte, ob Peer schon einmal im Gefängnis gewesen sei. Peer schüttelte den Kopf und meinte, was er da auch solle. „Hast du noch niemanden im Knast besucht?" fragte er wieder. „Nein!" erwiderte Peer. „Ich habe keine Bekannten im Gefängnis." „Würdest Du für uns einen unserer Genossen in unserem Auftrag besuchen?" fragte Paul weiter. Was sollte Peer ihm darauf antworten. Er entgegnete nach einer kurzen Pause: „Wenn es nötig ist, vielleicht." Paul nickte mit dem Kopf und meinte, dass sie heute Schluss machten. Peer verabschiedete sich und fragte Claudia, ob sie mitkomme. „Na klar, ich komme gleich!" Zu Gernot gewandt meinte sie, dass man das Kofferradio auch woanders bekommen hätte, ohne dass er immer diese überflüssigen Risiken eingehe. Er zuckte nur mit den Schultern und grinste über das ganze Gesicht. Peer und Claudia verließen gemeinsam den Buchladen. Weil es noch sehr früh war, schlug Claudia vor, in einen kleinen ihr bekannten Imbiss zu gehen, wo man sich auch hinsetzen könne. Auf dem Weg dorthin fragte Peer Claudia dann doch, ob sie sich einen Reim darauf mache, warum Paul und Gernot seine Hilfe in Anspruch nahmen. Sie hätten es auch selbst erledigen können. Das stimme schon, aber sie seien mit der Schreibmaschine nicht so vertraut und es dauere mit ihrem Einfingersystem doch sehr lange, bis die Texte geschrieben seien. Abgesehen davon glaube sie, dass Peer ihnen gefiele und sie ihn testen wollten, ob man ihm vertrauen könne. Das erschien auch Peer logisch. Er fragte nach der Demo. Sie sei am Samstag in zwei Tagen, teilte Claudia mit.

Der Imbiss war eine kleine Gaststätte mit einem Grill und Sitzplätzen vor dem Gebäude. Die Luft war schwül, sodass sie sich draußen an einen Tisch setzen konnten. Claudia erklärte, dass sie heute bald nach Hause müsse, weil sie am nächsten Morgen schon sehr früh die erste Vorlesung habe und nicht wieder zu spät kommen wolle. Über Gernot erzählte sie sehr freimütig, dass er manchmal ein "Kindskopf" sei und das Risiko seines Handelns wohl nicht übersähe. Sie kenne ihn seit etwa 1 1/2 Jahren und habe festgestellt, dass er sich sehr für die inhaftierten Genossen einsetze. Sie selbst habe sich am Anfang ihres Studiums in dem RAF engagiert. Mit der Zeit habe sie die Aktivitäten der Gruppe immer kritischer gesehen, weil manche Gruppenmitglieder begannen, Gewalt gegen staatliche Repräsentanten als legitim anzusehen. Wegen ihres Studiums sei sie zeitlich auch kaum noch in der Lage, sich zu engagieren. Sie beklagte, dass manche Mitglieder der Gruppe es cool fänden, sich mit der Polizei anzulegen, ohne sich der Konsequenzen ihres Handelns bewusst zu werden. Während des Studiums seien ihr so manche Zusammenhänge in der Gesellschaft immer deutlicher geworden. Sie verurteile die Übergriffe der Bullen, wisse aber auch, dass mancher die Bullen provoziere. Sie merke in letzter Zeit immer mehr, dass politische Themen ihr gleichgültiger zu werden scheinen, was sie sich aber nicht erklären könne. Sie vermute, dass es der Stress im Studium ist, weil es gar nicht so einfach sei, sich das ganze Wissen anzueignen. Paul und Gernot seien zu Zeit die Aktivsten, würden aber Probleme mit der Formulierung von Texten haben. Sowohl Gernot als auch Paul seien zwar noch eingeschriebene Studenten, würden aber kaum noch Vorlesungen besuchen. Sie vermute, dass beide ihr Studium geschmissen hätten. Peer bat das Thema zu wechseln und über sie zu sprechen, das wäre für ihn viel aufbauender, als ein Gespräch über Politik. Ob sie schon Vorstellungen von ihrer Zukunft habe und ob ihr Freund auch an der UNI studiere. Sie sah Peer einen Moment seltsam an und Peer glaubte, ein kaum wahrnehmbares Lächeln in ihren Mundwinkeln beobachtet zu haben. "Ich muss mindestens noch 4 Semester studieren, und ob ich vielleicht noch ein Zusatzstudium absolviere, weiß ich noch nicht. Das wird man dann sehen. Hätte ich einen Freund, der so wenig Zeit hätte wie ich, würde sich eine Beziehung erübrigen." Peer tat verwundert und äußerte, dass er geglaubt habe, Paul oder Gernot sei ihr Freund. Sie lachte und sagte nur: "Wer weiß?" "Sollen wir noch ein wenig spazieren gehen?" fragte Peer. Sie nickten und stand auf. Peer ließ es sich nicht nehmen, für beide zu zahlen. Sie gingen zu dem Park in der Nähe, der an diesem Abend von vielen Pärchen frequentiert wurde. Nach etwa einer halben Stunde mahnte Claudia, dass sie nach Hause müsse, weil sie den Lehrstoff vom nächsten Tag durchgehen wolle. Peer begleitete sie nach Hause und Claudia meinte, dass er sie nicht nach Hause bringen müsse, sie sich aber darüber freue. Als er sie vor ihrem Haus verabschiedete, wäre es fast über ihn gekommen, sie an sich zu reißen und sie zu küssen. Er beherrschte sich und gab ihr statt dessen einen Hauch von Kuss auf die Wange, den sie erwiderte. Auf dem Weg zu seiner Wohnung plante er den nächsten Tag. Am Vormittag war Vorlesung; am Nachmittag Termin mit Schuster; am Abend Treffen mit Igor. Davor fürchtete er sich besonders, weil er dessen Vorliebe für Whisky nur zu gut kannte.

Am Morgen nach seinem „Frühstück" besuchte er die von ihm gewählten Vorlesungen. Ein Student sprach ihn an, ob er ihn nicht in den letzten Tagen in einer bestimmten Gaststätte gesehen habe, was Peer bezweifelte, weil er sich nicht erinnerte dort gewesen zu sein. Das heißt, er war sich sicher, nicht die Gaststätte besucht zu haben und meinte daher zu dem Kommilitonen, dass er ihn wohl verwechseln müsse. Am Mittag aß er in der Mensa und schaute sich um, ob er Claudia nicht irgendwo sähe. Nach dem Essen machte er ein paar Fotos und ging nach Hause. Er wechselte die Filme im Fotoapparat und steckte sie ein. Sie hatten verabredet, dass er gegen 14.30 am Theater warten solle. Er war pünktlich dort, sah auch gleich Alex, der in seinem Pkw schon wartete. Er begrüßte ihn und nahm auf dem Beifahrersitz platz. Alex verließ das Stadtgebiet, nicht ohne seine Haken geschlagen zu haben, um evtl. Verfolger erkennen zu können, wie er behauptete. Diesmal landeten sie nach kurzer Fahrt in einer Raststätte, wo in einem kleinen Nebenraum, Schuster und seine Begleiter warteten. Sie legten Peer eine Fülle von Bildern vor. Es bereitete ihm Mühe, sich zu konzentrieren und darauf die Personen namentlich zu identifizieren. Einer der Mitarbeiter berichtete von Aktivitäten solcher Gruppen in der Bundesrepublik Deutschland und von Anhaltspunkten, dass sie Verbindung zu dem RAF in Braunschweig unterhalten mussten. Unter den geschilderten Aktivitäten waren auch Banküberfälle. Er sollte sich die Abbildungen von Personen einprägen, die im Verdacht standen an schweren Straftaten beteiligt zu sein. Danach ließen sie Peer die Ereignisse der letzten Tage schildern. Schuster war über Peers Kontakte zu der Gruppe sehr zufrieden und versuchte Peers Bedenken zu zerstreuen, dass er befürchte, in etwas hineinzuschlittern, was unkalkulierbar sei. Schuster beruhigte ihn, in dem er in Aussicht stellte, über ein Telefon in seinem Apartment schneller Kontakt zu Schuster zu bekommen. Er solle mit der Fototasche in Zukunft sehr vorsichtig sein. Sie würden ihm gleich zwei ganz normale Taschen geben, sodass es nicht auffalle, dass er die Fototasche nicht mehr benutze. Die zweite Tasche solle er Gernot verkaufen oder schenken, wenn er es für angebracht hielte. Davon sollte er aber nur Gebrauch machen, wenn dies wirklich sinnvoll sei. Alex würde ihm nachher auch das Regal geben, dass er für Peer besorgen ließ. Völlig unvermittelt und zusammenhanglos fragte Schuster, wie Claudia Peer gefiele? Peer sah Schuster konsterniert an und frage, ob sie für das LfV arbeite. Schuster lachte, „Wenn es so wäre, würde er ich es bestimmt nicht mitteilen." Aber es falle auf, dass er kaum über sie berichte, obwohl sie doch bei den bisherigen Aktivitäten, an denen Peer beteiligt war, auch ihren Anteil haben dürfte. Peer entgegnete, dass er Claudias Äußerungen entnehme, dass sie sich kaum noch engagiere, weil ihr das Studium wichtiger sei. Schuster und seinen Begleitern schien Peers Äußerung zu belustigen, was Peer fast wütend werden ließ. Weil er nicht wusste, wie er reagieren sollte, schwieg er. Zum Abschied warnte Schuster Peer, er müsse immer sehr vorsichtig sein. Auch kleinste Bemerkungen oder scheinbar unlogische Verhaltensweisen könnten ihn schneller enttarnen, als ihnen allen lieb sei. Verstimmt verabschiedete Peer sich mit den Worten, er wisse schon, was er tue.

Alex fuhr ihn zurück in die Innenstadt von Braunschweig und fragte, wo er aussteigen wolle? Peer ließ sich in die Nähe seiner Wohnung bringen. Alex erklärte, dass er anschließend das Paket mit dem Regal vor Peers Haus stelle, damit Peer es dort abholen könne. So würden sie nicht zusammen gesehen. Als Peer mit seinem Regal sein Apartment betrat, dachte er an die Fototasche, der er sich möglichst schnell entledigen wollte. Sie stellte ein nicht unerhebliches Risiko dar, wenn ihn jemand besuchte, was aufgrund der jetzigen Beziehungsverhältnisse nicht auszuschließen war. Er packte, die noch unbelichteten Filme in die Tasche, ging zu seinem Pkw und fuhr zu dem Depot, wo er die Tasche ablegte. Anschließen stellte er seinen Pkw auf einem Parkplatz ab, der recht weit von seinem Apartment entfernt lag. Er sah auf seiner Armbanduhr. Es war doch wesentlich später geworden als geplant. Er könnte die Gaststätte auch jetzt schon aufsuchen, und bis Igors Eintreffen etwas essen. Beim Betreten der Gaststätte hörte er schon Igors sonore Stimme und wollte schon umdrehen, um wenigstens in Ruhe essen zu können. Aber Igor hatte ihn schon gesehen und rief im zu: „Komm mein Freund, wir warten schon!" Es saßen zwei weitere Personen an Igors Tisch, die auf Peer keinen sehr vertrauen erweckenden Eindruck machten. Peer setzte sich zu ihnen an den Tisch und erklärte zu Igor, dass er bald nach Hause müsse, weil er Morgen sehr früh aufstehen wolle. Wie erwartet ignorierte Igor die Bemerkung und ließ sich ein Glas bringen. Vor Igor stand eine halb gefüllte Flasche Whisky, mit der er Peers Glas fast bis zum Rand mit Whisky füllte. Peer bestellte sich eine Flasche Cola und überlegt, ob er sich etwas zum Essen bestellen sollte. Er verwarf den Gedanken, weil er wusste, dass es ihm mit dem Whisky nicht schmecken würde. Igor füllte seinen Gästen am Tisch die Gläser, wobei er auch sich nicht vergaß. Er prostete ihnen zu und freute sich, dass sein Freund Peer sein Gast war, was er immer wieder betonte. Peer füllte sein Glas immer wieder mit Cola auf, um Igor die Möglichkeit zu nehmen, ihm Whisky nachzuschenken. Er bemerkte es aber bald und beschwerte sich. Peer musste einen

Schluck trinken, damit Igor ihm Whisky nachfüllen konnte. So saßen sie vielleicht 2 Stunden und Igor schwärmte von den Zeiten mit Peer und Lars. Als Igors Sprache undeutlicher wurde, verabschiedete sich Peer trotz Igors Protest und versprach ihn bei Gelegenheit zu besuchen. Peer war froh, die Gaststätte verlassen zu können. Er spürte deutlich den Alkohol und merkte auch, dass er schwankte. In seinem Apartment legte er sich gleich ins Bett, nachdem er sich nur der Schuhe und seiner Oberbekleidung entledigte.

Als der Wecker am nächsten Morgen klingelte, musste er eine Kopfschmerztablette nehmen, die er mit einer Flasche Cola herunterspülte. Er duschte ausgiebig, zog sich an und rauchte eine Zigarette. Er dachte an Claudia, die er nie rauchen sah. Um 10.00 Uhr sollte die Demo beginnen. Als Peer zu dem Gebäude kam, wo die Transparente abgestellt waren, sah er Claudia mit mehreren Personen heftig über etwas diskutieren. Als Peer zu der Gruppe stieß, berichtete Claudia ihm, dass die Demo von verschiedenen anderen Gruppen abgesagt worden sei, weil das Ordnungsamt ihnen inakzeptable Auflagen erteilt habe. Sie kenne keine Details, weil sie ihr und den anderen Gruppenmitgliedern verschwiegen worden seien. Da sie Paul, Gernot und ein paar andere Gruppenmitglieder bisher noch nicht gesehen habe, vermute sie, dass es bereits gestern Abend bekannt gewesen sein müsse. Sie wolle versuchen Paul oder Gernot zu erreichen, um herauszufinden, was sich ereignet habe. Peer äußerte Claudia gegenüber sein Bedauern, war aber alles andere als darüber betrübt. Er berichtete Claudia, dass die Post ihm in den nächsten Tage ein Telefon anschließen würde. Claudia schien Peers Mitteilung aber gar nicht registriert zu haben. Sie war geistesabwesend und Peer sprach sie noch mal an, was sie jetzt vorhabe. „Ich rufe jetzt Paul an," sagte sie und ging in Richtung Mensa. Peer begleitete sie ungefragt. Sie nahm seine Begleitung wie selbstverständlich hin. Als sie eine Telefonzelle erreichten, versuchte Claudia Paul oder Gernot zu erreichen. Sie verließ nach einigen vergeblichen Anrufsversuchen frustriert die Telefonzelle und schimpfte, dass man sie nicht informiert habe. Beide würden sich nicht melden. Sie habe immer wieder feststellen müssen, dass sie unzuverlässig seien. Peer versuchte Claudia zu besänftigen, dass die beiden wahrscheinlich glaubten, dass man sie informiert habe. Es würde sich bestimmt aufklären. Sie schimpfte weiter, dass es eine Schweinerei sei, wenn sie und andere sich so engagierten und sich die Arbeit machten, ihnen dann so in den Rücken zu fallen. Die Verantwortlichen hätten es bestimmt schon vor einigen Tagen gewusst. Peer war da gar nicht so sicher, sonst hätte Schuster es ihn bestimmt wissen lassen. Peer fragte Claudia, ob sie heute am Samstag noch was vorhabe? Sie antwortete, sich am Nachmittag mit einer Gruppe von Studenten treffen zu wollen, die an einem sozialen Projekt arbeiteten. Wegen der Demo habe sie aber ihre Teilnahme nur unter Vorbehalt zugesagt. Die Verärgerung war Claudia deutlich anzusehen. Auf ihrer Stirn bildete sich eine kleine Falte. Ihr Unmut war auch an ihrer leicht geröteten Gesichtsfarbe und ihrer gereizten Stimme zu erkennen. Peer machte den Vorschlag, das Beste daraus zu machen und lud sie zu einer Spazierfahrt in den nahen Elm ein, wo man sich vom Ärger erholen könne. Sie schüttelte den Kopf und wollte zunächst nicht auf seinen Vorschlag eingehen. Er versuchte ihr zu schmeicheln, er würde sich sehr darüber freuen, wenn er mit ihr den Nachmittag verbringen dürfe. Sie sah ihn nachdenklich an, als wolle sie prüfen, ob er die Wahrheit sagt. „Na gut, ist vielleicht auch besser." Willigte sie zu seiner großen Freude ein.

Sie müsse aber erst nach Hause, weil sie sich auf einen Ausflug nicht vorbereitet habe. Peer versprach, an ihrer Wohnung vorbeizufahren. Sie gingen zu Peers Auto. In der Nähe des Pkw nahm er den Geruch von Haschisch wahr. Der Geruch stammte von den Haschischplatten, die monatelang im Handschuhfach lagen. Als Claudia im Pkw saß, zog sie Luft durch die Nase und äußerte, dass es im Pkw so merkwürdig süßlich rieche, ob irgendein Geruchsverbesserer im Pkw liege. Peer lachte und behauptete, dass ihm solch ein Geruchsverbesserer ausgelaufen sei. Bei der Wohnung von Claudia wartete Peer einige Zeit im Auto und freute sich auf den Nachmittag mit Claudia. Als sie wieder zu ihm in den Wagen stieg, war er über ihre Kleidung, Jeans und Bluse mit passenden geschmackvollen Applikationen sehr überrascht und machte ihr ein Kompliment, das sie bezaubernd und überwältigend hübsch aussähe. Sie würden ja nur einen kleinen Waldspaziergang machen. Sie bedankte sich lachend, dass er maßlos übertreibe. Sie hätte sich nur sportlichere Kleidung angezogen. Sie fuhren über Königslutter in den Elm, wo sie bei einer Waldgaststätte parkten. Während sie in den Wald hineingingen, schilderte Claudia, warum sie sich für das Studium der Soziologie entschieden habe. Anfangs habe sie geglaubt, dass es etwas mit Psychologie zu tun habe. Sie habe aber feststellen müssen, dass Psychologie nur sehr bedingt eine Rolle spiele. Zwar wären auch psychologische Zusammenhänge relevant, wenn man die verschiedenen gesellschaftlichen Gruppen betrachte und in Beziehung setze, aber ein Studium der Psychologie sei etwas völlig anderes. Das ginge aber vielen Studenten am Beginn des Studiums so, dass ihnen Inhalte und Ziele mancher Studienfächer unklar seien. Weil sie Soziologie zunehmend interessant fand, sei sie aber dabei geblieben. Peer wechselte das Thema und fragte, wo sie aufgewachsen sei und ob ihr Braunschweig gefalle. Ihre Heimat sei das Emsland zwischen Meppen und Papenburg. Sie sei also in einem sehr ländlichen Umfeld aufgewachsen. Braunschweig gefalle ihr aber auch, weil in der Stadt einige Parks lägen und es nicht weit zu den Naherholungsgebieten sei. Sie waren bereits 2 bis 3 Stunden unterwegs und unterhielten sich über alle möglichen Themen. Politische Themen suchte Peer immer elegant zu umschiffen. Seine politischen Grundsätze konnte er ohnehin nicht mit den politischen Thesen der extremistischen Gruppen in Einklang bringen, und wäre nur ins „Schwimmen" gekommen, wenn er über die politischen Thesen der extremistischen Gruppen hätte diskutieren müssen. Er genoss diese Stunden mit Claudia in einem Maße, wie er es sich hatte nie vorstellen können. Mit solchen Themen wollte er auch den Zauber des Augenblicks nicht stören. Er spürte plötzlich seinen Hunger, weil er seit dem gestrigen Abend nichts gegessen hatte. Er frage Claudia, ob sie nicht hungrig sei, worauf sie erwiderte: „Und wie!" Sie gingen zurück zu ihrem Pkw und Peer hoffte, dass die Gaststätte geöffnet war, was an einem Samstag erwartet werden müsste. Der Mittag war schon lange vorbei, aber die Küche noch offen. Zur Freude von Peer standen auf der Speisekarte Wildgerichte. Claudia wählte sehr lange, was ihm wieder auffiel. Er musste herausbekommen, was die Ursache ihrer Unentschlossenheit war. Peer entschied sich für ein Hirschsteak, dass selten und nur in bestimmten Gaststätten angeboten wird. Als Peer Claudia fragte, ob sie schon wisse, was sie essen möchte, erklärte sie sich auch mit einem Hirschsteak einverstanden. Peer bemerkte, ihr Zögern und fragte, ob sich nicht doch etwas anderes wünsche, weil sie so lange auf der Karte gesucht habe. Claudia antwortete, dass sie noch nie ein Hirschsteak gegessen habe und neugierig sei. Ihr würde das Aussuchen auf der Karte spaß machen, weswegen sie sich damit Zeit lasse. Peer bestellte sich ein alkoholfreies Pils, was auch Claudia nahm. Es kam Peer ein wenig seltsam vor, dass sie sich fast immer seinen Wünschen anpasste. Er forderte sie daher auf, sich auch einen Wein auszusuchen, wenn sie lieber einen Wein zum Essen trinken wolle. Er würde zu Wildgerichten gerne Rotwein trinken, müsse heute aber noch mit dem Auto fahren. Sie brauche sich überhaupt nicht nach ihm richten. Sie nickte und versicherte, dass sie es wohl wisse. Es sei gut so. Nach dem Essen fragte er Claudia, ob sie den kleinen Privatzoo am Rande von Braunschweig schon kennengelernt habe. Sie war überrascht und erklärte, dass sie davon noch gar nichts gehört habe. Sie war erfreut, als sie diesen kleinen Zoo aufsuchten und man merkte es ihr an, dass sie fast glücklich schien. Sie hielten sich fast den ganzen Rest des Nachmittags in dem kleinen Zoo auf. Als sie ihn, kurz bevor er geschlossen wurde, verließen, umarmte Claudia Peer vor dem Eingang hauchte ihm einen Kuss auf seine Wange und sagte: „Ich danke dir! Ich habe schon lange nicht mehr solch einen schönen Tag erlebt." Er küsste sie ebenfalls auf die linke und rechte Wange und sagte zu ihr: „Ich habe Dir zu danken, denn auch für mich war es in Deiner Nähe ein wunderschöner Tag, den ich nie vergessen werde." Sie fuhren zurück in die Stadt und Claudia bat, dass Peer sie an ihrer Wohnung absetze, weil sie unbedingt noch für eine bevorstehende Klausur arbeiten müsse. Auch als Peer sie auf den morgigen Sonntag hinwies, an dem sie doch den ganzen Tag lernen könne, war sie nicht zuüberreden mit Peer noch etwas zu unternehmen. Sie schüttelte den Kopf und versprach sich mit ihm am Sonntagnachmittag zu treffen. Sie wolle nächsten Morgen ausschlafen und weiter für die Klausur büffeln. Er könne sie morgen Nachmittag gegen 15 Uhr abholen. Es sei zwar wunderschön mit ihm, aber das Studium habe absolute Priorität. Sie umarmten und küssten sich auf die Wangen, wie alte Freunde.

Peer fuhr zu seinem Apartment und fühlte sich im 7. Himmel. Lars war vergessen. Er warf sich aufs Bett und fühlte sich glücklich, wie schon so lange nicht mehr. Langsam begann sein Verstand, zu arbeiten. Die Erinnerung an den Tod von Lars rief ihn in die Realität zurück. Er dachte an die Warnungen Schusters. Manipulierte Claudia ihn? Er hielt es für absurd. Ihre Gefühle wahren so echt, dass er sich gar nicht vorstellen konnte, sie würde ihn manipulieren. Manipulierte er Claudia? Nein, er würde solch eine Unterstellung vehement von sich weisen. Er hatte sie zu keinerlei Aktionen verleitet, sondern lediglich ihre Kenntnisse für seine Zwecke benutzt. Das würde er nicht als Manipulation bezeichnen. Aber war es nicht ein Vertrauensmissbrauch? Er verdrängte die Gedanken. In seinem Kühlschrank waren noch Bier und Räucherfisch. Er aß etwas und trank ein Bier. Hungrig war er eigentlich nicht. Nach seiner Abendtoilette ging er zu Bett und musste lange an Claudia und Lars denken. In welch eine Situation war er geraten. Morgen Vormittag wollte er das Regal aufbauen. Eine der Taschen versteckte er im Backofen. Die Bemerkung Schusters über Claudia fiel ihm wieder ein. Es war ihnen nicht verborgen geblieben, dass sie ihm nicht gleichgültig war.

Am anderen Morgen wachte er um 09.20 Uhr auf. Den Wecker

hatte er abends abgestellt. Nach dem Duschen und seinem obligatorischem Frühstück baute er das Regal auf. Es war recht einfach, weil es nur aus 3 Brettern und einer dreiteiligen Metallhalterung bestand. Ein wenig dürftig, dachte er, war aber froh, die Bücher und seine Schreibutensilien darin unterbringen zu können. Die Prüfung seiner Barmittel alarmierte ihn. Er musste sich bei einem Geldautomaten mit Bargeld versorgen. Wegen seiner Legende war ein Konto auf seinen Namen Peer Peters eingerichtet worden und musste durch Bareinzahlungen in Abständen aufgefüllt werden. Er hatte Schuster die Vollmacht erteilt, von seinem Konto, auf das sein Gehalt gezahlt wurde, von Zeit zu Zeit Geld in bar abzuheben, dass er auf das Konto Peer Peters einzahlte. So konnte vermieden werden, dass jemand seine Bankbeziehungen benutzte, um seine Identität herauszufinden. Es war nicht einfach, so ein Doppelleben führen zu müssen. Jetzt schien er sich auch noch verliebt zu haben, was alles viel komplizierter werden ließ und seinen sich vorgenommenen Grundsätzen widersprach.

Als er am Nachmittag Claudia abholen wollte, war sie nicht mehr in ihrer WG und niemand konnte ihm sagen, wo er sie erreichen könnte. Er geriet in eine Art Panik. War ihr etwas zugestoßen? Was war geschehen? Er sprach gegen 16 Uhr nochmals in der WG vor. Erst nach mehrmaligem Klingeln öffnete jemand und erklärte, nichts über den Verbleib von Claudia zu wissen. Von Schuster wusste er, dass sie Claudia Karsten hieß. Er war völlig durch den Wind. Sie hatte ihm doch den Termin genannt. Er überlegte, ob er eine Vermisstenanzeige aufgeben sollte. Rief sich aber zur Ordnung und fuhr nach Hause. Wusste sie überhaupt, wo er wohnt? Er stellte seinen Wagen auf einem Parkplatz in der Nähe seiner Wohnung ab und ging zu dem Buchladen, der vermutlich am Sonntag geschlossen sein würde. Dort angekommen drückte er auf die Tür, die wie erwartet verschlossen war. Er wollte gerade weitergehen, als er im Buchladen jemanden am Eingang zum Nebenraum sah. Wer hielt sich um diese Zeit dort auf? Vielleicht war es der Buchhändler? Er klopfte an die Scheibe der Eingangstür. Der Buchhändler kam kurz aus dem Nebenraum, um zu sehen, wer klopft und schüttelte den Kopf, was wohl so viel wie „Geschlossen" bedeuten sollte. Er ging zurück, worauf Paul herauskam und ihm zuwinkte. Er kam an die Tür, schloss sie auf und fragte, was ihn zu dieser Zeit hierher verschlagen habe. Peer erklärte, dass Claudia sehr verärgert gewesen sei, weil man sie nicht über die abgesagte Demo informiert habe. Er hätte sich mit ihr heute Nachmittag verabredet, sie sei aber verschwunden. Paul sah ihn ungläubig an und fragte, ob er einen Moment Zeit habe. Er käme wie gerufen. Da Paul auch nicht wusste, wo Claudia war, willigte Peer ein und betrat den Buchladen, den Paul wieder verschloss. Er ging mit ihm in den Nebenraum, in dem Fred und Gernot über die Reparatur der Druckmaschine diskutierten. Der Buchhändler Fred versuchte Gernot zu erklären, dass die Druckmaschine so alt sei, dass ihm die Herstellerfirma empfohlen habe, sich eine neue zu kaufen. Die Reparaturkosten seien erheblich und es gäbe keine Garantie, dass sie nach der Reparatur wieder längere Zeit funktioniere.

Paul fragte Gernot, ob er nicht jemanden suche, der einen Knastbesuch übernehmen könne? Gernot sah ihn fragend an und Paul zeigte auf Peer, er könne doch behilflich sein den Genossen in Hamburg zu besuchen, während Gernot den anderen Genossen im anderen Knast aufsuche. Gernot betrachtete Peer einige Sekunden, als wolle er prüfen, ob Peers Outfit dies zulasse. Peer fühlte sich von diesem Ansinnen wieder überfahren und protestierte. Er habe noch niemanden im Gefängnis besucht und kenne sich damit nicht aus. Gernot spottete, dass es nicht schmerzhaft sei und Peer der Richtige für diese Aufgabe sei. Er erklärte Peer, dass es lediglich ein Besuch sei, damit die Genossen im Knast das Gefühl hätten, nicht verlassen zu sein. Gernot fragte Peer, ob er vielleicht polizeilich gesucht werde, weil er sich so sträube. Peer versuchte ihnen zu erklären, dass er mit seinem Besuch namentlich als Sympathisant bei den Ermittlungsbehörden registrier werde, was er vermeiden wolle. Gernot entgegnete, dass er mit einer Teilnahme an der Demo, die leider abgesagt wurde, für die Bullen ebenfalls als Sympathisant von politischen Gefangenen eingestuft würde. Der Logik konnte Peer schon folgen, wendete aber ein, dass er nur mit einer Teilnahme an einer Demo nicht unbedingt namentlich erfasst würde. Paul schaltete sich ein, und fragte, ob er Probleme mit ihren politischen Überzeugungen habe. Peer merkte, dass die Diskussion für ihn gefährlich zu werden drohte, und erklärte sich unter gewissen Umständen bereit, einen der Gefangenen, wie sie die Inhaftierten bezeichneten, zu besuchen. Voraussetzung sei lediglich, dass er nicht in kriminelle Aktionen verwickelt werde. Paul und Gernot sahen sich an und Gernot bestätigte, dass er sich darüber keine Gedanken machen brauche. Sie wollten nur den Kontakt zu den Gefangenen aufrecht erhalten. Für den Besuch habe man den kommenden Dienstag vorgesehen. Peer fragte die Anwesenden, ob einer Claudia heute gesehen habe. Er hätte sie nicht erreichen können, obwohl sie verabredet gewesen seien. Niemand wollte etwas von ihr gehört oder gesehen haben. Paul fragte despektierlich, ob ihm sein Schatz abhandengekommen sei, was Gernot veranlasste, Paul zurechtzurufen: „Lass die blöden Bemerkungen, gib ihm lieber das Radio mit!" Peer fragte konsterniert, was er mit dem Radio solle? Er solle es mit zu sich nehmen und dem Genossen im Knast übergeben, erklärte Paul. Peer wusste, dass man solche Geschenke lieber nicht im Gefängnis abgeben sollte, weil sie entweder zurückgewiesen oder untersucht würden, bevor man sie an den Inhaftierten übergab. Als er darauf hinwies, gab ihm Paul 500 DM und erklärte, dass er das Geld ebenfalls dem Gefangenen bei seinem Besuch geben solle. Peer gewann den Eindruck, dass man sein Wissen testen wollte, und nahm das Geld kommentarlos an. Wegen der Fahrt nach Hamburg müssten sie sich aber noch absprechen. Peer sollte am Montag gegen 15 Uhr zum Buchladen kommen. Man würde dann Einzelheiten mit ihm besprechen.

Peer war verunsichert und nahm sich vor, gleich Schuster anzurufen und ihn zu fragen, wie er sich jetzt verhalten solle. In dem Radio befanden sich auch die von Peer geschriebenen Texte, sofern sie nicht wieder entfernt wurden. Etwa auf halbem Weg zu seiner

Wohnung fand er eine Telefonzelle, von der er Schuster unter der Notfallnummer anrief, die ihm gegeben worden war. Er musste recht lange warten bis Schuster sich meldete und fragte, was passiert sei. Peer schilderte sein Problem und Schuster riet ihm, er solle sich so verhalten, wie die beiden es von ihm erwarteten. Am Montag Vormittag sei noch Zeit, sich mit dem Problem zu beschäftigen. Er könne den Inhaftierten ohne Bedenken aufsuchen. Am Montag gegen 9 Uhr solle er Schuster anrufen. Er werde ihm dann erklären, wie er sich weiter verhalten und was mit dem Radio geschehen solle. Peer überlegte, ob er Schuster wegen der verschwundenen Claudia ansprechen sollte, unterließ es aber, weil Schuster wegen Claudia ohnehin schon Bemerkungen machte, die Peer nicht gefielen. Beim Verlassen der Telefonzelle sah er von Weitem Claudia in Begleitung eines älteren Ehepaares. Er schlug einen anderen Weg ein, um nicht mit ihnen zusammenzutreffen und rätselte über die Begleitung von Claudia. Es war ja Sonntag und vielleicht waren ihre Eltern unverhofft zu Besuch gekommen. Claudia war ja telefonisch sehr schlecht erreichbar und er besaß auch kein Telefon. Seine Adresse war Claudia vermutlich auch nicht bekannt. In seinem Apartment angekommen, stellte er das Radio auf den Kleiderschrank und steckte das Geld in die Umhängetasche, die er benutzen wollte. Der ganze Tag war völlig schief gelaufen und er nahm sich vor, von einem Geldautomaten Bargeld zu holen und in einer Gaststätte ein paar Glas Bier zu trinken, um seinen Frust herunterzuspülen. In einer kleinen „Pinte" in der Nähe der UNI setzte er sich an die Theke und kippte ein Bier nach dem anderen in sich hinein. Es war wirklich blöd gelaufen. Er merkte, dass Paul und Gernot ihn missbrauchten. Der Buchhändler Fred hatte alles schweigend aber interessiert verfolgt und gehörte vermutlich zu ihnen. Peer spürte bald, dass er genug getrunken und verließ die Gaststätte. Die Luft draußen tat ihr Übriges und er merkte, dass er sein Gleichgewicht nur mit Mühe halten konnte. Er zog seine Schuhe und die Oberbekleidung aus, warf sich bäuchlings aufs Bett und war sofort eingeschlafen.

Als er erwachte, zeigte der Wecker 08.45 Uhr. Er sprang aus dem Bett und zog sich an. Er sollte um 9 Uhr Schuster anrufen. Er vergaß den Wecker, den er für Sonntagmorgen abschaltete, neu einzustellen. Es war 09.15 Uhr, als er aus einer Telefonzelle Schuster anrief. Der wies ihn an, mit dem Radio zu einer Adresse zu gehen, die sich in der Nähe der Bruchstraße befand, in der in Braunschweig der Prostitution nachgegangen wurde. Als er bei der Adresse eintraf, sah er sich um, konnte aber niemanden entdecken. Peer hoffte nur, dass er nicht von Mitgliedern des RAF beobachtet wurde. Er wartete ca. 5 Minuten, als er Alex auf sich zukommen sah. Der begrüßte ihn und ging mit ihm in ein Wohnhaus und dort in den 3. Stock, wo er einen Raum aufschloss, indem ein Fotokopiergerät und noch andere Geräte standen, deren Verwendung Peer unbekannt war. Alex gab Peer einen Schraubendreher und bat ihn, das Radio zu öffnen. Peer öffnete das Radio und schraubte den Lautsprecher ab. Er entnahm die Blätter und überreichte sie Alex, der sie mit einer Pinzette anfasste und sie auf den Kopierer legte. Nach dem Kopieren der Blätter legte Peer sie wieder in den Lautsprecher zurück und schraubte ihn wieder an. Er wollte das Kofferradio gerade zuschrauben, als Alex bat, auch den anderen Lautsprecher abzuschrauben. Peer sah gleich, dass auch an diesen Schrauben manipuliert worden sein musste, denn die dünne Lackschicht, mit denen die Schrauben gelegentlich markiert waren, zeigte Kratzspuren. Als er den zweiten Lautsprecher löste, sah er einen Zettel, auf dem lediglich eine Nummer handschriftlich notiert war. Alex entnahm den Zettel ebenfalls, kopierte ihn und schnitte die Kopie so groß, dass sie dem Originalzettel entsprach. Er gab Peer die Kopie, die Peer in den Lautsprecher legte und ihn wieder anschraubte. Er schraubte das Kofferradio zu und fragte Alex, was es für eine Nummer sein könne. Der zuckte nur mit den Schultern und vermutete, es könne sich vielleicht um eine Telefonnummer handeln. Dies werde geprüft werden müssen. Gelegentlich seien auch Nachrichten mit Geheimtinten auf solchen Zetteln festgestellt worden. Alex ließ Peer mit dem Radio das Haus verlassen und erklärte ihm, dass er beobachten wolle, ob Peer von jemandem verfolgt würde. In seiner Wohnung angekommen, stellte er das Radio wieder auf den Schrank und duschte sich. Die Morgentoilette war heute wegen seines verspäteten Aufstehens ausgefallen. Nachdem er wieder angezogen war, nahm er sein obligatorisches Frühstück zu sich und überlegte, wie er Claudia erreichen könne. Er ging in die Mensa und nahm sich eines der angebotenen Menüs. In der Hoffnung Claudia zu sehen, hielt er sich sehr lange in der Mensa auf. Doch sie lief ihm nicht über den Weg. Die Zeit verging, ohne dass ihm einfiel, wie er wieder Kontakt mit Claudia aufnehmen könnte. Es blieb ihm keine Zeit mehr für Recherchen. Er musste seinen Termin im Buchladen wahrnehmen. Es blieb ihm aber noch Zeit auf dem Friedhof eine kleine Ruhepause einzulegen und ein wenig zu meditieren. Es gab ihm immer wieder ein wenig Kraft, obwohl er von sich behauptete Atheist zu sein und an keinen Gott zu glauben. Er verließ den Friedhof und marschierte zum Buchladen. Zu seiner Überraschung war nicht nur der Buchhändler Fred, sondern Paul, Gernot, eine weitere Person, die ihm als Micha vorgestellt wurde und Claudia anwesend. Claudia stritt sich mit Paul und Gernot über die abgesagte Demo und gab ihnen die Schuld daran. Personen anderer politischer Gruppierungen hätten sich darüber beschwert, dass Paul, Gernot und andere des RAF wohl Gewalttaten geplant hätten, worauf sie die Demo absagten. Es sei so gar von Molotowcocktails die Rede gewesen. Paul und Gernot bestritten dies entschieden und erklärten, dass sie schließlich nicht jeden Teilnehmer überwachen könnten. Claudia wandte sich noch mit Zornesröte im Gesicht zu Peer und entschuldigte sich, dass sie den Termin nicht hatte wahrnehmen können. Ihre Eltern seien überraschend zu Besuch gekommen und hätten sie sehr früh aus dem Bett geschmissen. Peer sei telefonisch nicht zu erreichen und seine Adresse sei ihr auch nicht bekannt, sonst wäre sie vielleicht mit ihren Eltern vorbeigekommen. Paul feixte daraufhin und bemerkte, „Oho, so weit seid ihr schon, dass man den Auserwählten den Eltern vorstellen muss!" Claudia erwiderte, er solle sich um seinen eignen Dreck kümmern, dann habe er genug zu tun. Sie habe ihnen in den letzten Jahren immer wieder geholfen und sie hätten es nicht einmal für nötig gefunden, sie zu informieren. Paul konterte, dass sie ja von Anderen informiert worden sei, wie sie selbst erwähnte. Das stimme nicht, erst nachdem niemand zur Demo erschienen sei, habe sie sich erkundigt. Paul entschuldigte sich zur Überraschung Peers, und versuchte Claudia zu besänftigen. Plötzlich fragte Claudia zu Peer gewandt, warum er in den Buchladen gekommen sei. Peer berichtete, dass er sie am Sonntag gesucht habe und dabei durch Zufall beim Buchladen vorbei kam, wo er Paul und Gernot getroffen habe, die ihn baten, einen in Hamburg Inhaftierten zu besuchen. Paul erklärte daraufhin, dass Gernot beabsichtige, in Hamburg zwei Gefangene zu besuchen, die in verschiedenen Knästen säßen. Wenn Peer mitkäme, könnte man beide zur gleichen Zeit besuchen. Sie wollten heute mit Peer die Einzelheiten besprechen, weil Peer noch nie jemanden im Knast besucht habe. Claudia nahm einen herumliegenden Zettel und notierte darauf eine Telefonnummer und gab sie Peer mit den Worten, dass es der Anschluss eines Mitbewohners sei, der es nicht gern sähe, dass man jemanden über diese Nummer anrufe. Aber wenn es wichtig sei, könne man sie so erreichen. Von Schuster hatte Peer am Morgen erfahren, dass die Post am Mittwoch gegen 11 Uhr seinen Telefonanschluss schalte. Er teilte es Claudia mit und nahm sich ebenfalls einen herumliegenden Zettel, auf dem er seine Adresse notierte. Er gab ihr den Zettel, mit der Bemerkung, dass ihm seine Anschlussnummer erst am Mittwoch mitgeteilt werde. Sie steckte sich den Zettel sichtlich erfreut ein. Gernot sprach Peer an, er möge ihm seine Adresse auch aufschreiben, weil er ihn vielleicht morgen mit dem Pkw für die Fahrt nach Hamburg abholen wolle. Peer notierte die Adresse und gab sie Gernot, worauf Paul Gernot aufforderte, ein Treffen am Bahnhof zu vereinbaren. Gernot nannte ohne weitere Erklärung 7 Uhr für das Treffen am Bahnhof. Peer war versucht, nach dem Grund zu fragen, schwieg aber. Er fragte Gernot, warum er das Kofferradio mitnehmen solle, wenn es doch sehr unsicher sei, dass der Inhaftierte es überhaupt bekomme. Das sei keineswegs so unsicher. Man könne es ja versuchen. Peer solle das Radio und das für den Gefangenen vorgesehene Geld bei der Pforte des Knastes abgeben. Er erhielte eine Quittung, die er dem Gefangenen übergeben solle, damit der nachweisen könne, was für ihn abgegeben worden sei. Claudia schaltete sich ein und fragte, um wie viel DM es sich handele. Peer nannte die Summe von 500 DM, was Gernot nicht zu gefallen schien. Claudia fragte entrüstet Paul und Gernot, was das wieder solle, sie hätten doch vor Wochen vereinbart, höchstens 100 DM den Gefangenen im Monat zukommen zu lassen. Gernot entgegnete darauf, dass es eine Sonderzahlung sei, weil gerade der Gefangene unvorhergesehen Ausgaben hätte. Als Claudia fragte, um was es dabei konkret gehe, erklärte Paul, dass sie in dieser Runde nicht darüber sprechen könnten. Mit der Antwort schien Claudia überhaupt nicht zufrieden zu sein. Sie fragte Peer, ob er noch etwas regeln müsse, sonst könnten sie im Imbiss noch etwas Essen. Peer war mehr als einverstanden.

Sie verließen beide den Buchladen und Peer war glücklich, dass sich alles aufgeklärt, und er alleine mit Claudia zum Imbiss gehen konnte. Er vermutete, dass sie die kleine Kneipe meinte, die sie vor Kurzem aufsuchten. Auf dem Weg dort hin, fragte sie Peer, ob er mit dem Besuch im Knast einverstanden sei, oder ob Paul und Gernot ihn unter Druck gesetzt hätten. Er beklage sich nicht, auch wenn sie ihn schon hätten überreden müssen. Claudia meinte, dass die Gefangenen merken müssten, dass sie nicht von der Gesellschaft fallen gelassen worden seien. Deshalb seien diese Besuche schon wichtig. Es sei ein konstruktiver Beitrag zur Resozialisierung. Peer war anderer Meinung und machte Claudia auf den Text aufmerksam, der mit dem Radio eingeschmuggelt werde. Sie wisse doch, was darin gestanden habe. Sie meinte, dass es ja nur um den Aufruf zur Solidarität mit allen Gefangenen ginge und dazu aufgerufen werde, dass man sich nicht verbiegen lasse. Peer brach die Diskussion zu diesem unerquicklichen Thema ab und fragte Claudia, wie der Sonntag verlaufen sei. Sie hob ihre Schultern kurz hoch und schilderte den Verlauf ihres Sonntags. Sie hätte kein gestörtes Verhältnis zu ihren Eltern, aber es wäre auch nicht so innig, wie ihre Eltern es vermutlich wünschten. Sie sei dabei, ihr Leben selbst in die richtigen Bahnen zu lenken. Ihrem Vater habe das von ihr gewählte Studienfach gar nicht gefallen. Das habe sie aber nicht beeindruckt. Sie bedauere, Peer nicht hatte informieren können. Der Tag vorher sei wunderschön gewesen. Jetzt müsse man sich wieder den Realitäten zuwenden und den Alltag bewältigen. Peer fragte erstaunt, ob sie den schönen Tag nicht als eine sehr schöne Realität empfunden habe. Sie versicherte, dass er ihre Bemerkung falsch verstanden habe. Auch das sei eine, allerdings sehr schöne Realität, die man sich aber nicht oft leisten könne. Sie stillten im Imbiss ihren Hunger und Peer wollte wieder für beide zahlen, als Claudia protestierte, und erklärte, dass sie diesmal für beide zahle und in Zukunft jeder für sich zahlen solle. Erst wenn er Millionär sei, könne er so spendabel sein. Sie seien zurzeit nur arme Studenten. Ihre Eltern würden sie bei ihren Besuchen immer finanziell unterstützen. Ihr Studium finanziere sie aber mit BAföG. Peer wollte ihr gegenüber aber schon spendabel sein und erklärte, dass er ja ein Studium bereits absolviert und auch schon eine Arbeitsstelle hatte. Die Firma sei nur Pleite gegangen, weswegen er die Zeit der Arbeitslosigkeit mit einem Studium im Wirtschaftsrecht zur Erweiterung bzw. Ergänzung seines Wissens nutze. Er könne einige Zeit von seinen Ersparnissen leben. Weswegen sie sich keine Gedanken über seine Finanzen machen brauche. Ihre Rücksichtsnahme sei sehr nett und gut gemeint. Er würde es ihr hoch anrechnen. Sie erklärte, dass sie niemandem etwas schuldig bleiben wolle. Peer habe sie schon am Samstag den ganzen Tag frei gehalten. Sie möchte sich von niemandem abhängig machen. Peer bat sie inständig, nicht zu glauben, dass sie ihm etwas schuldig sei. Für ihn sei der Samstag mit ihr ein wunderschönes unbezahlbares Erlebnis gewesen, dass er nicht missen möchte und er wäre sehr enttäuscht, wenn sie glaube, sich deshalb von ihm abhängig gemacht zu haben. Peer war tatsächlich enttäusch, weil er gegenüber Claudia ein starkes

Gefühl empfand, dass wohl Liebe sein musste, obwohl er mit solchen starken Worten sehr zurückhaltend war. Er fragte sie, ob er sie nach Hause bringen dürfe, oder ob sie noch etwas vorhabe. Claudia bedankte sich und erklärte, dass sie sich freue, wenn er sie nach Hause begleite. Sie müsse aber heute Abend noch arbeiten, weil sie morgen eine Klausur schreibe. Vor ihrem Haus mit der WG umarmten sie sich und küssten sich wie gute Freunde auf die linke und rechte Wange. Sie wünschte ihm für den nächsten Tag viel Erfolg und er bedankte sich und versicherte, ihr für die Klausur ganz fest die Daumen zu drücken zu wollen.

Für den Heimweg ließ er sich sehr viel Zeit und dachte über seine Situation nach. Es entwickelte sich vieles nicht wie geplant. Mehr und mehr bestimmten die von ihm nicht beeinflussbaren Ereignisse sein Leben. Es missfiel ihm, aber er sah keine Alternativen, wenn er seinen Auftrag ernst nahm. In diesem Stadium war es kaum noch möglich, seinen Auftrag hinzuschmeißen, woran er in den letzten Tagen immer wieder dachte. Seine Bekanntschaft mit Claudia stellte so vieles für ihn infrage. Schon der Tod von Lars hatte ihn ernsthaft zweifeln lassen, ob seine Tätigkeit gerechtfertigt sein könnte. Er war sich bewusst, dass eine Verbrechensbekämpfung ohne verdeckt ermittelnde Kriminalisten gar nicht mehr denkbar war. Aber welche Belastungen der eingesetzte Kriminalbeamte dabei bewältigen musste, waren für Peer nicht vorstellbar gewesen, obwohl er glaubte, genug Fantasie zu haben. In seinem Apartment angekommen, stellte er den Wecker und legte sich nach der Abendtoilette sofort ins Bett.

Als der Wecker klingelte, ließ Peer ihn eine ganze Zeit lang läuten, bevor er ihn ausstellte. Er duschte, kleidete sich an und dachte dabei, ob es angebracht sei, bestimmte Kleidung zu bevorzugen. Er beließ es bei Jeans, Hemd und Blouson. Erst wollte er Turnschuhe anziehen, entschied sich aber doch für einfache schwarze Lederhalbschuhe. Als er die Wohnungstür öffnete, um seine Wohnung zu verlassen, hätte er um ein Haar das Kofferradio vergessen. Er ging zurück, nahm es und sah noch mal nach dem Geldbetrag, den Gernot ihm gab. Auf dem Weg zum Bahnhof traf er schon viele Menschen, die wohl auf dem Weg zu ihrer Arbeitsstelle waren. War er nicht für ihre Sicherheit unterwegs, auch wenn dies nur sehr indirekt so gesehen werden konnte? Ihm kam der Gedanke, dass es Gernot gleichgültig war, ob die Infos bei ihm sicher verwahrt waren. Schließlich würde das Radio in der Vollzugsanstalt ohnehin kontrolliert und vermutlich auch aufgeschraubt, was er sicherlich wusste. Peer nahm sich vor, Gernot vorsichtig ein wenig auszufragen. Schließlich wäre es ungewöhnlich, würde er es unterlassen, wenn man ihn schon mehr oder weniger dazu nötigte, einen Strafgefangenen in der Vollzugsanstalt zu besuchen. Er musste wieder an den Tod von Lars denken, der erst kurze Zeit zurücklag. Seit diesem tragischen Ereignis war nichts mehr wie vorher. Immer wieder kamen ihm Zweifel, ob seine Entscheidung sich als verdeckter Ermittler zur Verfügung gestellt zu haben, richtig gewesen war. Auch seine jetzige Tätigkeit ließ ihn immer wieder Zweifeln.

Peer traf pünktlich am Bahnhof ein und war gar nicht erstaunt, als Gernot kurz darauf ebenfalls mit seinem klapprigen Ford auftauchte. Zur Überraschung Peers fuhr Paul ebenfalls mit. Peer setzte sich auf die Rückbank und fragte Paul nach der Begrüßung erstaunt, warum er auch noch mitfahre. Gernot erklärte, dass sie über Celle fahren würden, weil Paul dort in der Haftanstalt auch jemanden besuchen wolle. Peer vermutete, dass dort ebenfalls einige der Zettel hereingeschmuggelt werden sollten. Auf welche Art und Weise erriet er aber nicht. Er fragte daher Paul, wie er die Nachrichten in die Anstalt hereinschmuggeln könne. Paul verzog das Gesicht zu einem Grinsen und meinte nur, dass es schon klappe. Schade dachte Peer, dass er jetzt nicht so unbefangen mit Gernot sprechen konnte. Peer berichtete, dass die Post ihm mitgeteilt habe, er bekomme morgen um 11 Uhr sein Telefon. Gernot und Paul schwiegen. Peer wusste nicht, ob sie allgemein sehr wortkarg waren, oder ob ihnen etwas die Sprache verschlagen hatte. So schwieg er auch. Kurz vor Celle erklärte Gernot, dass er Paul gegen 18 Uhr wieder beim Gefängnis abhole. Er parke ein wenig Abseits, damit man seinen Wagen nicht vom Gefängnis aus sehen konnte. Paul nickte nur kommentarlos, stieg aus und holte aus dem Kofferraum eine gefüllte Plastiktüte, die er zum Gefängnis mitnahm. Peer hätte zu gerne gewusst, was Paul darin transportierte, unterließ aber die Frage. Er setzte sich zu Gernot auf den Beifahrersitz und hoffte, noch ein wenig mit ihm ins Gespräch zu kommen. Celle lag bereits hinter ihnen, als Gernot fragte, ob Peer die 500 DM dabei habe. Peer bestätigte dies und fragte, wem er das Geld geben solle. Gernot erklärte, dass er das Geld und auch das Radio beim Einlass an der Pforte für den Inhaftierten abgeben solle. Er werde eine Quittung erhalten, die er dem Besuchten geben könne. Das sei zwar verboten, aber die Übergabe einer Quittung werde akzeptiert. Er solle von Gernot, Paul und den geliebten Verwandten grüßen. Er müsse unbedingt „geliebten Verwandten" sagen. Dann wisse der Gefangene schon, wer gemeint ist. Peer fragte Gernot, ob er nicht befürchte, dass dessen Engagement sein Studium beeinflussen könnte, wenn die Uni erfahre, dass er politische Gefangene unterstütze. Es bestünde doch die Gefahr, dass der Staatsschutz der Kriminalpolizei gegen ihn ermittle und die Uni davon erführe. Gernot entgegnete, dass man die Besucher nicht kriminalisieren könne. Er verstieße gegen kein Strafgesetz und könne im Gefängnis besuchen, wen er wolle. Der Staatsschutz habe ihn schon mal vorgeladen, er sei der Vorladung aber nicht gefolgt, worauf man ihn aufgesucht habe. Nachdem er sie aber nicht in die Wohnung gelassen habe, seien sie nicht mehr gekommen. Er wisse zwar, dass die Staatsanwaltschaft ihn zwangsweise vorladen könne, das sei aber bisher nicht geschehen. Dies sei ja auch nur in einem Ermittlungsverfahren möglich. Also gibt es keines. Peer fragte Gernot daraufhin, was er eigentlich studiere. Gernot grinste belustigt und erklärte, dass er im 6ten Semester Jura studiere. Das klärt natürlich einiges dachte Peer und fragte Gernot, ob er nicht in den Staatsdienst wolle. Der zuckte nur mit den Achseln und meinte, dies würde die Zukunft zeigen. „Wenn dich der Staatsschutz schon im Visier hatte, dürftest du doch auch beim Verfassungsschutz bekannt sein. Meinte Peer. „Das wird so sein. Jeder der einen politischen Gefangenen besucht, steht auf der Liste des Verfassungsschutzes. Das kann man aber nicht als Unterstützung des Gedankengutes der Gefangenen interpretieren oder gar als gegen die Verfassung gerichtete Aktivität. Sonst wäre jeder Arzt, der im Gefängnis einen politischen Gefangenen behandelt, auch ein Unterstützer." Dieser Vergleich schien Peer aber doch ein wenig abwegig. Er entgegnete aber nichts und gab nur zu bedenken, dass die Übermittlung der Infos aber wohl als Unterstützung angesehen werden könne. Worauf Gernot entgegnete: „Wenn man sie nachweisen kann." Peer fragte daraufhin, ob Gernot sich sicher sei, dass der Staatsschutz nicht gegen ihn ermittle. Schließlich könnten solche Ermittlungen längere Zeit andauern. Gernot bemerkte dazu nur, dass er ja nicht umsonst Jura studiere. Entweder war Gernot noch sehr naiv oder arg „blauäugig", dachte Peer, behielt seine Meinung aber für sich. Peer fragte schließlich, ob Gernots Eltern ihn beim Studium finanziell unterstützten, was er verneinte. Peer schien einen wunden Punkt von Gernot angeschnitten zu haben, denn sein Gesicht wurde plötzlich sehr ernst und er bemerkte nur, dass sein „Alter" gar nicht wisse, dass er studiere. „Deine Mutter auch nicht?" fragte Peer, bereute aber im gleichen Augenblick, die Frage gestellt zu haben. Gernot schüttelte nur den Kopf und meinte, er habe seit Jahren von seinen Eltern nichts mehr gehört. Sie hätten ihn als schwer erziehbar in ein Heim gegeben, wo er sein Abi habe machen können. Besucht hätten sie ihn nie. Während der weiteren Fahrt schwiegen beide. Kurz vor ihrer Ankunft nannte Gernot den Namen des Inhaftierten, der bis dahin Peer völlig unbekannt war. Zwar hatte Schuster ihm einige Namen von in Hamburg Inhaftierten genannt, damit er nicht völlig unvorbereitet war. Doch der Name verblüffte Peer schon, auch wenn er unter den von Schuster Aufgeführten war.

Je näher sie Hamburg kamen, umso unruhiger wurde Peer. Er hätte Gernot zu gerne nach seinen Eltern gefragt, wagte aber nichts zu sagen. Er nahm sich vor, Schuster nach den Eltern von Gernot zu fragen. Als sie die ersten Häuser von Hamburg sahen, verspürte Peer ein Gefühl der Angst, ohne dass er wüsste, wo vor. Er schalt sich einen Narren, weil es keinen Anlass gab, Angst zu haben. In der Vollzugsanstalt würde ihm nichts passieren und danach würde man wieder die Rückfahrt antreten. Mit Gernot verabredete er, dass er in der Nähe der Vollzugsanstalt eine Gaststätte aufsuchen würde, wenn sein Besuch schneller vorüber war, als geplant. Für den Besuch waren von Gernot 2 Stunden vorgesehen. Peer schien dies zu lange, weil er auch nicht wusste, was er mit dem Insassen besprechen sollte. Jetzt erschien ihm alles so suspekt, dass er zu gerne von dem Besuch abstand genommen hätte. Peer fragte Gernot nach einer Gaststätte in der Nähe, aber Gernot zuckte nur mit den Schultern, er hätte bisher keine in der Nähe gesehen. Sie waren bereits eine ganze Zeit in Hamburg herumgekurvt und Peer fragte, ob Gernot den Weg noch kenne. Der grinste nur und sagte nichts. Plötzlich erkannte Peer von Weitem ein Gebäude, dass unverkennbar die Vollzugsanstalt sein musste. Gernot hielt mit dem Pkw am Straßenrand und ließ Peer aussteigen. Er öffnete den Kofferraum und gab Peer das Kofferradio, das sich in einem größeren Plastikbeutel befand. Er fragte Peer nach den 500,-- DM und holte einen zusammengefalteten Zettel aus seiner linken Jackentasche und gab ihn Peer, wobei er erklärte, dass Peer den Zettel dem Gefangenen unauffällig zustecken sollte. Als Peer zu bedenken gab, dass man ihn doch durchsuchen würde, schüttelte Gernot nur den Kopf und meine, dass man es mit der Kontrolle so genau nicht nähme. Er sollte den Zettel lose in der Hosentasche tragen und alle Gegenstände herausnehmen, wenn er dazu aufgefordert werde, was aber gar nicht immer der Fall sei. Den Zettel solle er darin lassen. Sollte er überraschend doch durchsucht werden, könne er immer noch sagen, dass er vergessen habe, den Zettel herauszunehmen. Gernot bemerkte Peers Unsicherheit und beruhigte ihn, in dem er berichtete, dass er ganz selten genau kontrolliert worden sei. Man achte nur auf Waffen und gefährliche Gegenstände. Peer war alles andere als beruhigt und hätte zu gerne den Zettel entfaltet und gelesen. Er überlegte, wie er es anstellen könnte, den Zettel unauffällig zu lesen. Er steckte den Zettel in seine linke Hosentasche, besann sich aber, nahm in wieder heraus und steckte ihn in die rechte, weil er den Zettel parat haben wollte, wenn er mit der rechten Hand den Häftling begrüßen würde. Er nahm mit der linken Hand den Plastikbeutel mit dem Radio, steckte die rechte Hand in die Hosentasche, wo er den Zettel fühlte. Er musste die Größe eines DIN-A4 Blattes haben. Er schritt auf den Eingang der Vollzugsanstalt zu und versuchte sich vorsichtig umzudrehen, ob Gernot ihn beobachtete. Er hatte zu diesem Zweck eine Villa ins Visier genommen, damit er später eine Ausrede für seinen Blick nach links vorbringen konnte. Aus den Augenwinkeln sah er Gernot mit seinem Pkw, der ihn ganz offensichtlich beobachtete. Als er den Eingang der Vollzugsanstalt erreichte, drehte er seinen Kopf so, dass er das Fahrzeug von Gernot sehen musste. Es stand immer noch an der gleichen Stelle. Während er den Weg zum Gefängnis ging, überlegte er krampfhaft, wie er den Zettel unauffällig entfalten und lesen könnte. Er wusste, dass die Besucherräume zum Teil mit Videokameras überwacht wurden. Er hoffte, dass sich in dem Besucherraum keine Videokamera befand.

Er klingelte an der Eingangstür und jemand fragte ihn nach seinen Wünschen. Er erklärte, dass er jemanden besuchen wolle. Es summte und er drückte gegen die Tür, die sich nur schwer öffnen ließ. Er musste schon sehr stark dagegen drücken. Hinter einer dicken Glasscheibe sah er einige Vollzugsbeamte und trug dem am Fenster Sitzenden seine Wünsche vor. Der ließ sich Peers Personalausweis übergeben und schob ihm einen Zettel mit Fragen zu, die er beantworten musste. Er trug den Namen des Gefangenen und den Grund des Besuches ein. Er beantwortete noch weitere Fragen, die der Zettel enthielt. Nachdem Ausfüllen gab er den Zettel zurück und fragte, was er mit dem Kofferradio und dem Geld machen solle, dass er für den Inhaftierten bei sich habe. Der Beamte am Fenster schien zunächst recht ungehalten und erklärte ihm, er müsse sich dazu in einen anderen Raum begeben, der geöffnet wurde. Dort ließ man ihn stehen, ohne sich um ihn zu kümmern. Als er an die Scheibe klopfen wollte, hinter der einige Beamte sehr beschäftigt schienen, kam jemand zu ihm, der ihm wieder einen Zettel gab, den er ausfüllen musste. Darin wurde er nach den Gegenständen gefragt, die er für den Gefangenen abgeben wollte. Der Zettel war mit einer Durchschrift versehen. Peer beantwortete alle Fragen. Der Beamten nahm das Radio und Bargeld entgegen und übergab Peer die Durchschrift des Zettels. Dabei bemerkte er, dass es nicht gern gesehen werde, wenn man Inhaftierten elektrische Geräte bringe. Er verließ mit den Gegenständen den Raum, ohne Peer mitzuteilen, wie es nun weiterging. Peer war früher dienstlich wiederholt zu Vernehmungen in Vollzugsanstalten und wusste, dass ihn gleich jemand holen würde. Es dauerte auch nicht lange und ein Vollzugsbeamter betrat das Zimmer und fragte, ob er Waffen, Taschenmesser und andere gefährliche Gegenstände mit sich führe. Peer verneinte und der Beamte ließ Peer seinen Geldbeutel, Schlüsselband, Kugelschreiber und andere Gegenstände, die Peer ihn den Taschen aufbewahrte in einen Plastikbehälter legen, den der Vollzugsbeamte in einem Schließfach einschloss. Danach führte er ihn über verschiedene Korridore zu einem größeren Raum, in dem bereits mehrere Personen sich an Tischen gegenübersaßen. An einem noch nicht besetzten Tisch ließ der Beamte Peer Platz nehmen und teilte mit, dass es kurze Zeit dauere, bis der Häftling von seiner Zelle da sei. Peer sah zwar keine Videokamera, wusste aber, dass es gelegentlich auch Kameras gab, die „Konspi"rativ angebracht waren. Wegen der weiteren anwesenden Besucher wagte er es nicht, den Zettel aus der Hosentasche zu nehmen. Er schob seine rechte Hand in die Hosentasche und fühlte den Zettel. Bei der Begrüßung wollte er den Zettel unauffällig übergeben. Lange brauchte er nicht warten. Die Tür wurde aufgeschlossen und ein Wärter ließ einen bärtigen jungen Mann eintreten. Der Wärter deutete auf Peer und setzte sich auf einen Stuhl in der Nähe des Einganges. Der bärtige junge Mann schien sehr erfreut zu sein, kam auf Peer zu, der seine Hand mit dem Zettel aus der Tasche nahm und sie ihm reichte. Der junge Mann, nennen wir ihn Ingo, reichte ihm die Hand und nahm den Zettel so unauffällig in Empfang, dass Peer überrascht war. Dabei verzog er keine Mine und setzte sich an den Tisch Peer gegenüber. Peer grüßte von Paul, Gernot und den lieben Verwandten, was Ingo mit einem süffisanten Lächeln quittierte, wie Peer glaubte. Peer übergab daraufhin Ingo die Quittung für das Radio und Geld, worauf der Beamten im Hintergrund zu ihnen kam und sich die Quittung zeigen ließ. Also hatte er sie doch beobachtet. Er warf einen kurzen Blick darauf und gab sie an Ingo zurück. Peer fragte Ingo, ob er das Radio bekomme, worauf dieser nur mit den Schultern zuckte und äußerte, dass es lange dauern könne. Vermutlich würden sie es aufschrauben und nachsehen, ob es Drogen oder andere Gegenstände enthielte. Es werde auch nicht gern gesehen, wenn Besucher solche Gegenstände brächten. Wenn man ein elektronisches Gerät wolle, sei es besser, dies bei den Beamten zu bestellen, die es den Inhaftierten gegen Bezahlung besorgten. Peer war überrascht, wie Ingo den Zettel unauffällig hatte verschwinden lassen. Ingo erkundigte sich nach Paul und Gernot. Peer erklärte, dass sie Inhaftierte in anderen Vollzugsanstalten in Celle und Hamburg besuchten. Ingo war darüber nicht überrascht und fragte Peer nach seiner Familie und seiner Tätigkeit aus. Er wollte auch wissen, ob Peer nicht befürchte, durch seinen Besuch, der ja von der Justiz registriert würde, Probleme bei seinem Studium zu bekommen. Zu Peers Erstaunen fragte er aber nicht nach dem Studiengang. Überhaupt schien der Besuch Peers Ingo in keiner Weise überrascht zu haben. Peer war froh, dass Ingo keine politischen Themen ansprach. Er machte auch einen durchaus sympathischen Eindruck auf Peer, der aber nicht mehr genau wusste, warum Ingo seine Freiheitsstrafe absitzen musste. Fragen wollte er nicht und war auch froh als Ingo sagte, dass er nun gehen müsse, er habe noch eine Aufgabe in der Bücherei wahrzunehmen, wozu er sich freiwillig gemeldet habe. Er verabschiedete sich von Peer mit Handschlag und erklärte ihm, dass er bald Freigänger werde und seine Freiheitsstrafe bald ende. Er ließ Gernot und Paul grüßen und meinte, dass Peer auf sich aufpassen solle. Als er aufstand, erhob sich auch der Vollzugsbeamte, der bisher teilnahmslos am Eingang saß. Er fragte die anderen Anwesenden, ob ihr Besuch auch zu Ende sei, was bejaht wurde. Der Beamte nahm daraufhin einen an der Wand hängen Telefonhörer und sprach vermutlich mit seinen Kollegen. Kurz darauf kamen zwei weitere Beamte, die zum einen die Besucher und zum anderen die Inhaftierten herausführten. Peer ging mit den anderen Besuchern über die Korridore zum Ausgang, wo er seine persönlichen Gegenstände erhielt und die Vollzugsanstalt verlassen konnte. Als er draußen vor dem Eingang stand, atmete er durch und ihm kam es vor, als hätte er etwas sehr Anstrengendes hinter sich. Er hatte während der ganzen Zeit nicht auf seine Armbanduhr sehen können, weil er sie mit seinen persönlichen Gegenständen abgeben musste. Als er jetzt auf die Uhr sah, war er doch überrascht, dass fast 2 Stunden vergangen waren. Er schaute sich um, ob nicht in der Nähe eine Gaststätte lag. Zugern hätte er jetzt ein Bier getrunken. Er ging die Straße herunter zu der Stelle, wo Gernot in hatte aussteigen lassen. Eine Gaststätte war nicht zu sehen. Obwohl er die ganze Zeit gesessen hatte, war ihm danach sich zu setzen und ausruhen zu müssen. Wie oft musste er als Kriminalbeamter in den Vollzugsanstalten Inhaftierte viele Stunden vernehmen. Die zwei vergangenen Stunden waren für ihn, aus ihm völlig unverständlichen Gründen, anstrengender gewesen. Es sah aber keine Bank oder etwas Ähnliches in der Nähe. Es müsste sich doch eine Bushaltestelle in der Nähe der Vollzugsanstalt befinden, überlegte er. Doch auch davon war weit und breit nichts zu sehen.

Wieder beschäftigte er sich in Gedanken mit dem Tod von Lars. Alles was er nach diesem dramatischen Ereignis auch tat, es kam ihm so absurd vor. Wie so häufig in den letzten Tagen überlegte er wieder, ob er aussteigen sollte. Er kam sich merkwürdig ausgebrannt vor. Sicherlich Schuster und auch die Kollegen vom LKA unterhielten sich immer wieder mit ihm, um ihm die Wichtigkeit seiner Aufgaben deutlich zu machen. Doch er war kritisch genug, seine Aufgabe nicht so wichtig nehmen, wie man sie ihm immer wieder darstellte. Verfolgte man die politische Diskussion zum Thema Verbrechensbekämpfung, konnte man sich ohnehin nicht des Gefühls erwehren, dass den Politikern nichts so unwichtig erschien, wie eine effektive Verbrechensbekämpfung. Wie oft musste Peer daran denken, wenn er sich Situationen aussetzte, die für ihn mit unübersehbaren Risiken verbunden waren, denen er sich aber kaum entziehen konnte. Als Kriminalist wollte er ermitteln und sich nicht fremd bestimmt an dubiosen Aktionen beteiligen. Seine jetzige Aufgabe für den LfV war sicherlich keine typische Tätigkeit eines verdeckten Ermittlers. Er hoffte, dass sie für ihn bald endete.

Er schritt den Gehweg mit gesenktem Kopf langsam herunter und war tief in Gedanken versunken. Wieder musste er an Lars denken. Peers zugedachte Aufgabe schien ihm immer suspekter. Was stand auf dem Zettel, den er Ingo übergeben musste? Er nahm an, dass er sehr konkrete Anweisungen enthielt, die man mit dem Radio nicht hätte übermitteln wollen, weil anzunehmen war, dass diese Nachrichten von den Ermittlungsbehörden gelesen würden. Was wäre gewesen, wenn Lars den Mordanschlag überlebt hätte? Wer von ihnen würde die Aufgabe beim Verfassungsschutz übernommen haben? Vieles ging ihm durch den Kopf. Eine Pkw-Hupe in seiner unmittelbaren Nähe schreckte ihn auf. Obwohl er den Gehweg benutzte, glaubte er zunächst, den Fahrer behindern zu haben. Doch es war Gernot, der ihn mit seinem Pkw abholen wollte.

Es war Peer peinlich, dass Gernot ihn so in Gedanken versunken antraf. Er musste gesehen habe, dass er sich geistesabwesend intensiv mit etwas beschäftigte. Gernot ließ Peer einsteigen und fragte sofort, wie es Ingo ginge, ob er den Zettel übergeben konnte und was er ihm erzählt habe. Peer berichtete wahrheitsgemäß, dass Ingo sich nicht über politische Themen oder andere Inhaftierte geäußert habe. Sie hätten sich über allgemeine Themen unterhalten und Peer habe auch den Eindruck gewonnen, dass Ingo nicht sehr mitteilsam gewesen sei. Ingo wäre jedoch der Auffassung, dass er das

Radio erst nach langer Zeit oder gar nicht erhalten würde. Gernot ließ sich das Prozedere des Besuches schildern und fragte, wie die Vollzugsbeamten sich verhalten hätten. Dass sie es nicht gerne sahen, für die Inhaftierten elektrische Geräte entgegenzunehmen, sei allgemein bekannt. Man würde es aber immer wieder versuchen, meinte Gernot. Weil es leicht zu regnen begann, schaltete Gernot den Scheibenwischer an. Sie fuhren durch Hamburg und Gernot schien den Weg zu kennen. Mit Paul waren sie gegen 18.00 Uhr in Celle verabredet. Die Zeit wurde langsam knapp, denn es war schon 16:30 Uhr. "Jetzt auch noch der Regen!" beschwerte sich Gernot. Peer schwieg, weil er auch nicht wusste, was er sagen sollte. Er hätte Gernot weiter ausgefragt, wagte es aber nicht, weil er auf der Hinfahrt schon so einsilbig gewesen war. Peer nahm einen leichten Benzingeruch wahr und fragte Gernot, ob er den Geruch auch bemerke. Der nickte nur. "Ich habe vorher getankt." erklärte er. Sie fuhren schon eine ganze Weile, ohne etwas gesagt zu haben. Peer fragte, ob er das Radio einschalten dürfe. Gernot schüttelte den Kopf. "Ist kaputt! Wie spät ist es?" fragte er. Peer sah auf seine Armbanduhr und erschrak. "Es ist schon halb sechs" antwortete er und wusste, dass sie Celle niemals rechtzeitig erreichen würden. Als Peer Gernot darauf hinwies, dass sie sich verspäteten, zuckte der wieder bloß mit den Schultern und war der Meinung, dass es sowieso eine Schnapsidee von Paul gewesen wäre, am gleichen Tag in Celle einen Gefangenen im Knast zu besuchen. Er habe es sich aber in den Kopf gesetzt und sei nicht davon abzubringen gewesen.

Sie erreichten das Gefängnis in Celle gegen 18.30 Uhr. Von Paul war nichts zu sehen. "Ob er wohl in einer Gaststätte wartet?" fragte Peer. Gernot zuckte wieder mit den Schultern und meinte, dass Paul erwachsen sei. "Sollten wir nicht doch in der Nähe nach einer Gaststätte suchen?" Fragte Peer wieder. Gernot schüttelte nur den Kopf und antwortete, dass Paul wohl eine halbe Stunde warten könne. "Vielleicht hat er aber schon viel früher das Gefängnis verlassen müssen?" mutmaßte Peer, in der Hoffnung, dass Gernot nach einer Gaststätte suchte, denn er hatte den ganzen Tag noch nichts gegessen und war sehr hungrig. Der zuckte wieder mit seinen Schultern und nahm an, dass er schon noch kommen werde. Gernot parkte den Pkw am Straßenrand und empfahl, dass sie sich ein wenig die Füße vertreten könnten. Peer wies auf den anhaltenden Regen hin und bot Gernot an, ihn zum Abendessen einzuladen, wenn Paul nicht komme. Gernot war damit einverstanden und fuhr ein paar Straßen weiter, wo er auf Anhieb eine Gaststätte fand. Peer vermutete, dass Gernot die Gaststätte kannte, schwieg aber. Nachdem sie etwas gegessen, zahlte Peer und sie gingen zurück zum Fahrzeug. Es war fast 20.00 Uhr, als sie wieder in der Nähe vom Gefängnis parkten. Peer fragte Gernot, ob er sich nicht langsam Gedanken mache, wo Paul bleibe. Gernot stieg, ohne zu antworten aus dem Pkw und erklärte, kurz im Gefängnis nachfragen zu wollen. Von Weitem sah Peer wie Gernot an der Eingangstür klingelte und offensichtlich über eine Sprechanlage mit jemandem sprach. Er kam zurück und berichtete, das man ihm nicht hätte sagen können oder wollen, ob Paul da gewesen sei. Die Besuchszeit wäre um 16.30 Uhr zu Ende gewesen. Sie überlegten, was sie machen könnten. Sie konnten ja nicht die ganze Nacht vergeblich warten. Gernot fluchte, erst der Regen, dann verschwindet Paul. "Ich such jetzt eine Telefonzelle und rufe in seiner WG an," äußerte er. Sie fuhren ein paar Straßen in Richtung Innenstadt, bevor sie eine Telefonzelle sahen. Peer beobachtete, wie Gernot ein paar Telefonate führte. Er kam zurück zum Auto und man sah es seinem Gesicht an, dass die Telefonate nicht Pauls Verschwinden klären konnten. "Keiner weiß etwas! Das kann doch nicht sein." wunderte er sich. "Sollen wir zur Polizei fahren?" fragte Peer. Gernot sah ihn seltsam an und meinte nach einer kurzen Pause, ob er noch ganz dicht sei. Sie könnten ja wohl schlecht zur Polizei gehen. Vielleicht sei er so gar dort. "Egal, wir fahren jetzt nach Hause und warten dort" entschied Gernot. Auf der Rückfahrt fluchte Gernot und schimpfte ständig, dass er immer wieder mit Paul Probleme hätte. Peer fragte nach den Problemen, erhielt aber keine Antwort. In Gifhorn hielt er an einer Telefonzelle wortlos an und telefonierte mit irgendwelchen Personen. Als er zum Auto zurückkehrte, war er ganz blass, setzte sich wortlos hinters Steuer und schwieg einige Zeit. "Er ist festgenommen worden. Man hat in der WG von der Polizei Bescheid gesagt. Es besteht wohl ein Haftbefehl gegen ihn!" Gernot startete den Pkw und sie fuhren weiter.

Während der Fahrt berichtete er, dass die Polizei mitgeteilt habe, er würde die Nacht bei der Polizei in Celle verbringen, und am nächsten Tag dem Haftrichter in Celle vorgeführt werden. Er müsse gleich morgen früh nach Celle fahren, ob Peer mitkommen könne. Peer bedauerte, weil er morgen früh die Telekom erwarte, die das Telefon legen wollten. Das sei wichtig für ihn. Er könne ja ohnehin nicht helfen. Gernot nickte und äußerte, dass er sich nicht vorstellen könne, was gegen Paul vorliege. In der WG hätten sie auch nur gewusst, dass wohl ein Haftbefehl bestünde. Weswegen wüssten sie aber nicht. Peer fragte, ob es nicht sein könne, dass man im Gefängnis in Hamburg festgestellt habe, dass das Radio gestohlen sei. Gernot lachte daraufhin laut los und meinte, dann hätte man ja eher Peer inhaftiert. Außerdem könne deswegen ja noch kein Haftbefehl bestehen. Dies wusste Peer natürlich, hoffte aber, dass Gernot ihm wegen der Frage einiges erklären würde, wozu der aber offensichtlich gar nicht bereit war. Es schien ihn zu belustigen, dass Peer Angst zu haben schien. Inzwischen trafen sie in Braunschweig ein und Gernot fuhr nach Anweisungen von Peer in die Nähe von Peers Wohnung, wo er ihn aussteigen ließ. Gernot wünschte ihm eine ruhige Nacht, wobei er schon sehr süffisant grinste, was Peer aber nicht beachtete, obwohl es ihn beunruhigte. Er wusste nicht, wie er es deuten sollte. Er fragte, wann Gernot am nächsten Morgen nach Celle fahre. Der entgegnete, dass er spätestens um 08.00 Uhr losfahre, weil er nicht wisse, wann Paul dem Haftrichter vorgeführt würde. Er müsse sich auch darum kümmern, dass Paul einen Rechtsanwalt nähme, dem man vertrauen könne. Peer bot seine Hilfe an und glaubte ab 12.00 Uhr telefonisch erreichbar zu sein. Gernot bat, dass er einem in der WG von Paul mitteilen solle, welche Telefonnummer im zugeteilt worden sei. Er fragte verwundert, warum die Post ihm die Nummer nicht schriftlich mitgeteilt habe. Diese Frage konnte Peer Gernot aus naheliegenden Gründen nicht beantworten und überlegte, welche Erklärung er sich ausdenken sollte. Peer zeigte sich daher ratlos und erklärte, den Techniker danach zu fragen. Peer wusste, dass Schuster bei der Post eine sog. Geheimnummer in Auftrag gab, die nicht ins Telefonbuch eingetragen wurde. Dies war nur möglich, wenn man der Post triftige Gründe angeben konnte. Wie er das Gernot erklären sollte, dass seine Telefonnummer nicht im Telefonbuch eingetragen wird, wusste Peer auch noch nicht. Er musste sich eine gute Ausrede einfallen lassen. Doch bis dahin würde schon noch einige Zeit vergehen. Vielleicht könnte Schuster ihm dabei behilflich sein.

In seiner Wohnung angekommen ließ er sich auf Bett fallen und merkte, dass der Tag ihn doch einiges an Kraft abgefordert hatte. Er duschte, als wolle er sich den ganzen Tag vom Körper waschen. Im Bett merkte er wie müde er war, konnte aber keinen Schlaf finden. Seine Gedanken kreisten ständig um die Frage, ob er nicht alles hinschmeißen sollte. Er sah keinen Sinn in seiner Tätigkeit, weil ihm keine wichtigen Informationen anvertraut wurden. Die Texte, die er Schuster übermittelt konnte und die im Radio versteckt waren, sah er nicht als brisant an. Es waren politische Deklarationen, die allgemein bekannt waren. Die Vermutung, dass sich in den Texten geheime Informationen befanden, die nur die Adressaten entschlüsseln konnten, bestätigten sich bisher nicht. Den Zettel, den er in der JVA „Konspi"rativ übergab, hatte er nicht lesen können. Das ärgerte ihn besonders, auch wenn er wusste, dass es ihm nicht unbeobachtet möglich gewesen war. Wann hätte er es tun sollen. Auf dem Weg zum Eingang der JVA wurde er ständig von Gernot beobachtete und im Gefängnis wäre es dem Bewachungspersonal sicherlich nicht entgangen. Er würde es zwar Schuster berichten, doch der Zettel würde mit Sicherheit vernichtet worden sein.

Der Wecker klingelte und Peer konnte nicht Glauben, dass es

schon 08.00 Uhr war. Er musste irgendwann eingeschlafen sein. Er nahm sich eine Flasche Cola und zündete sich eine Zigarette an. Er fluchte innerlich, dass er wieder rauchte. Er nahm sich fest vor, sofort damit aufzuhören, wenn er nicht mehr als verdeckter Ermittler tätig war. Solange er diese Aufgabe wahrnahm, schien es seine Glaubwürdigkeit zu erhöhen. Besonders im Drogenmilieu war es fast Pflicht. Während er die Zigarette rauchte, musste er wieder an Lars denken. Er konnte diese Gedanken einfach nicht aus dem Kopf kriegen. Er drückte die Kippe im Aschenbecher aus und nahm wieder eine Dusche, weil ihm danach war. Wenn er abends duschte, wusch er sich am Morgen nur. Aber jetzt war sein Bedürfnis zu duschen so groß, dass er das Duschbad erheblich ausdehnte. Beim Ankleiden stellte er das Radio an, um die Nachrichten zu hören. Vielleicht würde Pauls Festnahme erwähnt werden. Als die Nachrichten verlesen wurden, stellte er das Radio lauter und setzte sich an den kleinen Tisch, der auch als Schreibtisch diente. Von der Festnahme Pauls kein Wort. Wahrscheinlich war diese Festnahme für die Allgemeinheit auch völlig nebensächlich und die Presse war gar nicht informiert worden. Peer vertrieb sich die Zeit bis zu dem Termin mit der Post, indem er die Vorlesungspläne durchsah und sich Notizen machte, welche Vorlesungen er besuchen wollte, wobei er wichtige Vorlesungen mit Ausrufezeichen versah und weniger wichtige mit einem Fragezeichen. Es war 11.15 Uhr, als die Türklingel läutete. Es meldete sich der Fernmeldedienst der Post. Peer war froh, dass er endlich ein Telefon bekam. Der Fernmeldebeamte betrat mit seiner Tasche die Wohnung und fragte nach einem Telefonanschluss, den er an der Wand in der Nähe vom Fenster fand. Er schraubte den Anschluss auf und verband zwei Drähte seines mitgebrachten Handapparates mit den Klemmen. Er wählte eine Nummer und nach einem kurzen Gespräch mit seinem Kollegen im Fernmeldeamt, schloss er einen Telefonapparat mit einer Wählscheibe an und verschraubte den Anschluss wieder. Er nahm den Hörer ab, wählte wieder eine Nummer und sprach ganz kurz mit seinem Kollegen. Hierbei notierte er sich eine Nummer auf einem Zettel, den er Peer mit der Bemerkung überreichte, dass es seine Telefonnummer sei, unter der man ihn erreichen könne. Er ließ sich den Empfang des Telefons und eines Telefonbuches quittieren und verabschiedete sich. Das Ganze dauerte zur Überraschung Peers nur 20 Minuten und hätte Peer aufgrund seiner Fernmeldekenntnisse, die er sich bei einer besonderen Ausbildung bei der Polizei erwarb, selbst vornehmen können. Die erste Telefonnummer, die Peer anrief, galt Schuster. Der meldete sich sofort, als hätte er auf den Anruf gewartet. Peer schilderte den vergangenen Tag und dass er die Information vom Zettel leider nicht habe lesen können. Schuster war trotzdem über den Verlauf sehr zufrieden. Zumindest äußerte er sich so. Doch Peer konnte das Gefühl nicht loswerden, dass Schuster ihn nur motivieren wollten. Zum Haftbefehl von Paul konnte ihm Schuster nur mitteilen, dass wohl ein Ermittlungsverfahren wegen Unterstützung einer kriminellen Vereinigung gegen Paul laufe, warum jetzt ein Haftbefehl ergangen sei, wisse er aber nicht und werde sich informieren. Peer fragte Schuster wieder, nach der Möglichkeit auszusteigen, weil seine Tätigkeit ja nur für eine Übergangzeit geplant gewesen sei. Schuster schwieg einen Augenblick und erklärte, dass man daran arbeite und Peer sofort unterrichtet werde, wenn man ihn nicht mehr benötige. Auch wenn man eine vertrauenswürdige Quelle gefunden habe, könne es schon eine gewisse Zeit in Anspruch nehmen, Peer herauszunehmen, weil dies nur behutsam erfolgen könne, damit nicht der Verdacht aufkommt, dass er für den Verfassungsschutz gearbeitet habe. Peer müsse Geduld haben. Sie vereinbarten, dass Peer Schuster anrufen solle, wenn er etwas mit ihm besprechen oder ihm mitteilen müsse. Schuster würde es möglichst vermeiden den Anschluss anzuwählen, weil das Risiko zu hoch sei, dass jemand in der Wohnung von Peer sei, wenn er anrufe. Wenn es sehr wichtig wäre, würde man sich als Fernmeldedienst oder unter einem anderen Pseudonym melden. Peer merkte, dass man ihn nicht so schnell von seiner Aufgabe entbinden würde. Er überlegte, wie er es forcieren könne, dass man ihn rausnimmt. Wie mit Gernot abgesprochen rief er in der WG von Paul an und ließ es lange läuten. Niemand meldete sich. Peer war inzwischen hungrig und rauchte schon seine 6. Zigarette, was ihn immer wieder ärgerte. Als er seine Tätigkeit als verdeckter Ermittler begann, war er stolz darauf, ein Jahr nicht mehr geraucht zu haben. Die ersten drei Monate waren ihm sehr schwer gefallen. Erst nach einem Jahr konnte er von sich behaupten, nicht mehr süchtig zu sein. Wie oft musste er sich von Ärzten erklären lassen, dass das Suchtpotenzial von Nikotin sehr hoch sei und das von Heroin sogar übersteige. Er hätte es nicht für möglich gehalten, sah sich aber inzwischen eines Besseren belehrt. Er sah im Kühlschrank nach, ob er etwas Essbares fand, mit dem er seinen Hunger stillen könnte. Er fand eine angebrochene Packung Schinken, auf der aber schon Schimmelpilze wuchsen. Er nahm sie heraus und warf sie in den Mülleimer. Er zählte das Geld in seiner Geldbörse und stellte fest, dass er Bargeld benötigte, wenn er essen gehen wollte. Am gestrigen Abend hatte er ja das Abendessen gezahlt. Er zog sich seine Jeansjacke an und verließ die Wohnung. An einem Geldautomaten, den er schon wiederholt benutzte, ließ er sich 300,-- DM auszahlen.

Er überlegte, ob er in der Mensa der Uni oder in einem Imbiss etwas essen sollte. Da die Mensa nicht allzu weit entfernt war, entschloss er sich dort essen zu gehen, weil es zum einen recht preiswert war und er zum anderen eine vollständige Mahlzeit bekam. Er besaß noch Essensmarken von der Mensa und stellte sich in der Schlange bei der Essensausgabe an. Die Mensa bot meistens zwei manchmal auch drei verschiedene Gerichte an. Er entschloss sich für den Linseneintopf mit Würstchen, der sehr schmackhaft aussah. Er nahm noch eine Flasche Cola, die er zahlen musste. Er hatte erst ein paar Löffel gegessen und war froh sich für den Linseneintopf entschieden zu haben, als ihm jemand auf den Rücken klopfte und eine ihm wohlbekannte weibliche Stimme ihn begrüßte. Claudia hielt noch ihren leeren Teller mit dem Tablett in der Hand und wollte gerade zur Geschirrabgabe, als sie Peer sah. Sie setzte sich zu ihm an den Tisch und fragte, wie der gestrige Tag verlaufen sei. Sie habe gehört, dass Paul in Celle verhaftet worden wäre. Peer berichtete über das Geschehene und Claudia meinte, dass Paul selbst schuld sei. Er würde manchmal sehr unvorsichtig agieren. Zu gerne hätte Peer Claudia gefragt ob sie nicht Zeit habe einen kleinen Spaziergang mit ihm zu unternehmen, bei dem man vielleicht einige offene Fragen besprechen könnte, wie man Paul helfen könne. Doch er schwieg. Er berichtete, dass Gernot heute ganz früh nach Celle gefahren sei, weil er sich um einen Rechtsanwalt für Paul kümmern wolle. Als er mutig geworden Claudia doch fragte, ob sie mit ihm einen kleinen Spaziergang mache, bei dem man sich etwas überlegen könne, willigte sie sofort ein. Sie gab nur zu bedenken, dass sie gegen 16.00 Uhr an einer Vorlesung teilnehmen müsse, die sie nicht versäumen dürfe. Peer aß hastig seine Mahlzeit, was Claudia veranlasste zu bemerken, dass es erst 12,45 Uhr sei und er in Ruhe zu Ende essen könne. Sie hätten noch Zeit genug. Wieder überlegte Peer krampfhaft, wie er es anstellen könne, den Kontakt zu Claudia auf eine Ebene zu heben, die es ihm ermöglichte, sich ihr zu Offenbaren, dass er Kriminalbeamter sei, ohne dass sie ihn als "Verräter" ansah. Er wusste keinen Rat. Nach dem Essen gaben sie ihr Geschirr bei der Geschirrabgabe ab und verließen die Mensa. Peer schilderte ausführlich den gestrigen Tag. Plötzlich fiel im ein, dass er Claudia seine Telefonnummer geben könnte. Sie freute sich ganz offensichtlich und notierte sich die Telefonnummer auf einem Notizzettel, den sie aus ihrer Tasche nahm. Peer fragte nach Claudias Telefonnummer, die aber nur die Telefonnummer ihrer WG mitteilen konnte, die sie ihm bereits gab. Er wollte Claudia gerade erklären, dass gegen Paul wegen Unterstützung einer kriminellen Vereinigung ermittelt werde, als ihm einfiel, dass ihm diese Information Schuster gab und er nur das äußern konnte, was Gernot ihm erzählte. So unterließ er es, davon zu berichten, obwohl Gernot ihm dies auch mitgeteilt haben dürfte, was Peer aber nicht mehr so genau wusste. Es war immer wieder schwierig im Gedächtnis zu behalten, wer was wem sagte. Es war aber für ihn unter Umständen lebenswichtig. Er fragte daher Claudia, ob sie sich vorstellen könne, was gegen Paul vorliege. Auch sie konnte sich keinen Reim darauf machen, erwähnte aber wieder, dass Paul immer sehr unvorsichtig agiert habe, obwohl man ihn ständig warnte. Es war Peer so gar sehr recht, dass man Paul aus dem Verkehr zog, weil er glaubte, dass Claudia vielleicht ein Auge auf ihn geworfen haben könnte.

Er überlegte, wie er es anstellen könne, sie unverfänglich danach zu fragen. Peer schwieg einige Augenblicke und wusste nicht, wie er Claudia fragen sollte, ohne dass sie misstrauisch würde. Er fragte, ob sie wisse, welchen Rechtsanwalt Gernot beauftragen würde, und ob Paul vielleicht schon einen Rechtsanwalt habe, der früher für Paul tätig geworden sei. Doch Claudia schüttelte den Kopf und erwiderte, dass sie zwar wisse, dass Paul früher schon einen Rechtsanwalt benötigte, den sie aber nicht kenne. Gernot müsste es aber wissen, weil er ständig mit Paul zusammenstecke. Als Claudia äußerte, dass sie die Aktivitäten von den beiden manchmal nicht gut geheißen habe, glaubte Peer seinem Ziel, engeren Kontakt zu Claudia zu bekommen, ein ganz kleines Stückchen näher gekommen zu sein. Beide waren sich einig, dass man auf Gernot warten müsse. Nur wenn er die Details des Ermittlungsverfahrens und die Gründe des Haftbefehls kenne, könne man weitere Hilfen besprechen. Bis zur Vorlesung Claudias blieb noch Zeit, weswegen Peer vorschlug, auf einem in der Nähe liegenden Friedhof zu gehen, um sich dort ein wenig auf einer Bank auszuruhen. Er fragte sie, ob es ihr etwas ausmache, auf einem Friedhof eine kleine Pause einzulegen. Er selbst würde immer wieder den Friedhof besuchen, weil er dort von niemandem angesprochen würde und sich auch der Verkehrslärm in Grenzen halte, weshalb er sich dort besonders gut entspannen könne. Claudia pflichtete ihm bei und Peer schien es als sei sie über den Vorschlag so gar erfreut. Sie setzten sich auf eine Bank in der Nähe einer Wasserstelle, wo gelegentlich Personen die dort hängenden Gießkannen zum Pflegen von Grabstellen benutzten. Zu dieser Zeit befanden sich kaum Personen auf dem Friedhof und Claudia lobte Peers Idee. Sie war sichtlich angetan von der Ruhe und äußerte, dass sie in Zukunft den Friedhof öfter aufsuchen werde, wenn sie in Ruhe über etwas nachdenken müsse. Sie schwiegen eine Zeit lang und betrachteten die gut gepflegten Grabreihen. Manches Grab war mit frischen Schnittblumen geschmückt und zeigte deutlich, dass die Angehörigen mit viel Liebe die Grabstelle pflegten. Peer bemerkte leise, dass er mit Claudia in dieser Ruhe stundenlang verbringen könne, weil sie eine Ausstrahlung habe, die ihn tief berühre. Man merkte es Claudia an, dass es ihr nicht unangenehm war. Sie entgegnete ebenso leise, dass die Realitäten sie riefen und sie aufbrechen müssten. Schweigend verließen sie den Raum der Ruhe und des Schweigens, weil Peer glaubte, den Zauber des Augenblicks nicht durch profane Äußerungen stören zu dürfen. Claudia versprach, ihn abends anzurufen. Vielleicht wisse er bis dahin mehr. Claudia ging schnellen Schrittes in Richtung Uni, während Peer nach einer Telefonzelle suchte, von der er in der WG Pauls anrief. Es meldete sich eine unbekannte männliche Stimme, die Peer nach Paul fragte und ob inzwischen bekannt sei, weswegen er festgenommen worden sei. Der Angerufene schien irritiert und fragte so gar, wer Paul sei, was Peer verblüffte. Er fragte, ob sonst noch jemand von der WG anwesend sei, was verneint wurde. Auf Peers frage, wann er jemanden in der WG erreichen könne, konnte ihm der Unbekannte auch keine Auskunft geben. Als Peer nach dem Namen des Unbekannten fragte, legte dieser ohne Kommentar den Hörer auf. Merkwürdig dachte Peer. Er nahm sich vor, später von zu Hause noch mal in der WG Pauls anzurufen. In einem Lebensmittelgeschäft besorgte Peer sich eine Packung geschnittenes Brot und Fischkonserven. Er liebte geräucherten Bückling, Forellenfilets und Kieler Sprotten. Zu Hause angekommen machte er sich gleich daran, eine Dose geräucherten Bückling und eine Flasche Bier zu öffnen. Er belegte eine Scheibe Brot mit dem Bückling, als seine Türglocke läutete. Da die Klingel sowohl von unten am Hauseingang als auch an seiner Wohnungstür betätigt werden konnte, war nicht festzustellen, ob er die Sprechanlage benutzen oder die Wohnungseingangstür öffnen sollte. Er sah durch den kleinen Spion in der Wohnungseingangstür, sah aber niemanden. Er nahm den Sprechapparat in die Hand und fragte: „Ja, bitte!" Er hörte Gernots Stimme, der sagte, dass er bitte öffnen solle. Peer betätigte den Türdrücker und wartete an der geöffneten Wohnungstür, bis er Gernot auf der Treppe sehen konnte. Doch niemand kam. Der Lift hatte sich aber in Bewegung gesetzt, sodass Peer annahm, Gernot werde mit dem Lift fahren. Ein- und Ausgang des Lifts konnte Peer von seiner Wohnungstür nicht sehen. Er nahm aber wahr, dass der Lift in seinem Stockwerk anhielt. Erst sah er Gernot und hinter ihm eine Person, die er bald als Paul erkannte. Peer dachte, er sehe Gespenster und fragte auch, ob sie Gespenster seien. Paul grinste über das ganze Gesicht und es schien ihm gut zu gehen. Peer bat sie in seine Wohnung und fragte beide, was jetzt gewesen sei.

Paul schilderte, dass er den Besuch in der Haftanstalt gar nicht hätte wahrnehmen können. Er hatte sich an der Pforte angemeldet und seinen Ausweis abgegeben. Daraufhin hätte man ihn in einen Raum gebeten, wo er dem Beamten die mitgebrachten Gegenstände und Geld übergeben habe. Die Gegenstände seien ihm zwar abgenommen aber in einem Fach verstaut worden. Man hätte ihm deutlich gemacht, dass er sie wieder mitnehmen müsse, wenn er die JVA verlasse. Es seien aber nur ein Babyfon und ein Kosmetikspiegel gewesen. Mit dem Babyfon wollten sich die Gefangenen von Zelle zu Zelle unterhalten. Peer dachte, welch ein unsinniges Unterfangen. Paul hätte doch wissen müssen, dass er solche Gegenstände nicht in die Vollzugsanstalt hätte mitnehmen dürfen. Er sagte aber nichts und ließ sich weiter berichten. Kurz darauf seien zwei Kriminalbeamte erschienen, die ihm mitteilten, dass gegen ihn ein Haftbefehl bestünde und er vorläufig festgenommen sei. Warum der Haftbefehl bestand, hätte man ihm nicht mitgeteilt. Sie seien zur Polizei gefahren, wo man ihn in einer Zelle unterbrachte und ihm erklärte, er werde am nächsten Tag dem Haftrichter vorgeführt, der ihm alles Weitere eröffnen werde. Dieser hätte ihm mitgeteilt, dass gegen ihn ein Verfahren wergen Unterstützung einer kriminellen Vereinigung geführt werde. Eine staatsanwaltliche Vorladung habe nicht zugestellt werden können und Ermittlungen der Polizei hätten ergeben, dass er zwar in der WG gemeldet aber dort nicht wohnhaft sei. Bewohner der WG hätten der Polizei gegenüber erklärt, ihn nicht zu kennen, worauf die Staatsanwaltschaft Haftbefehl wegen Flucht- und Verdunkelungsgefahr beantragte und ihm jetzt der ergangene Haftbefehl eröffnet werde. Gernot sei rechtzeitig gekommen und habe versichert, dass er in der WG nicht nur gemeldet, sondern dort auch wohnhaft sei. Man habe Gernot erst gar nicht an der Verhandlung teilnehmen lassen wollen. Erst als Pauls Rechtsanwalt Dr. Stein den Richter telefonisch über den Sachverhalt informierte, genehmigte der Richter Gernots Teilnahme. Es konnte geklärt werden, dass zwei neue Bewohner der WG falsche Aussagen gegenüber der Polizei machten, weil sie Paul noch nicht kannten. Der Richter habe den Haftbefehl unter der Auflage ausgesetzt, dass er sich 2 Mal in der Woche beim zuständigen Polizeirevier melde. Peer berichtete von seinem Telefonanruf in der WG und fragte, was man Paul konkret zu Last lege. Paul behauptete, dass die Ermittlungsbehörde nichts gegen ihn in der Hand habe und es sich nur um grundlose Verdächtigungen handeln könne. Peer wusste nur zu gut, dass dies nicht stimmen konnte, weil Haftbefehle nur ausgestellt werden, wenn sehr konkrete Beschuldigungen vorlägen, äußerte sich aber nicht. Paul saß auf dem einzigen Stuhl in der Wohnung, während Gernot und Peer sich mit dem Bett begnügen mussten. Peer hegte den Verdacht, dass die beiden nicht von ungefähr ihn aufgesucht haben dürften. Paul fragte auch nach dem Besuch Peers in der JVA. Peer wiederholte alles, was er auch Gernot schon berichtete. Unvermittelt fragte Paul, ob Peer Erfahrungen mit Sprengstoff habe. Peer war sprachlos und wusste nicht, was er entgegnen sollte. Es begann eine peinliche Befragung von Paul und Gernot, die in einem richtigen Kreuzverhör ausartete. Sie wollten alles über sein Leben wissen. Peer berichtete entsprechend seiner Legende und hoffte, dass er sich nicht in Widersprüche verheddderte. Wie oft hatte er während der Ausbildung diese Legende heruntergebetet. Es war aber schon einige Zeit her. Er war Absolvent eines BWL-Studiums, der seine Arbeit wegen der Insolvenz seines Arbeitgebers verlor und nun als Gasthörer juristische Vorlesungen besuchte, um seine juristischen Kenntnisse zu erweitern bzw. zu vertiefen, solange er keine Arbeit fand. Er habe sich nicht arbeitslos gemeldet, weil er erst von seinem Ersparten leben wolle, und hoffte in einiger Zeit eine Arbeitsstelle zu bekommen. Sie fragten ihn nach seinen Eltern, Geschwistern und sehr persönlichen Details. Dank der doch sehr detaillierten Legende, auf die Franz und Erich damals Wert legten, blieb er keine Antwort schuldig. Erst als sie ihn nach seinen politischen Einstellungen befragten, kam Peer gehörig ins Schwitzen. Er versuchte mit allgemeinen Floskeln und den Schlagworten, die er bei der Gruppe immer wieder hörte, sich darzustellen. Die Fragen wurden immer bohrender und Peer überlegte, wie er ihnen begegnen sollte. Man brachte im bei, dass er ab einem bestimmten Punkt den Spieß umdrehen und seinerseits peinliche Fragen stellen sollte. Als sie begannen ihm zu unterstellen, dass er für den Verfassungsschutz arbeite, war der Zeitpunkt für ihn gekommen. Er griff seinerseits Paul und Gernot an, indem er ihnen unterstellte, dass sie wohl für die „Bullen" arbeiteten, weil sie Fragen stellten, für die sich nur die Polizei interessiere. Als sie hörten, dass er auch schon in Hamburg wegen Betrugsverdacht im Gefängnis gesessen habe und sich den Entlassungsschein zeigen ließen, wurde sie wieder zugänglicher. Als sie auch noch seine Kontoverbindung wissen wollten, brach Peer das Gespräch ab und erklärte die Diskussion für beendet, was sie zu beeindrucken schien. Sie entschuldigten sich und sprachen besänftigend auf ihn ein, dass sie sehr vorsichtig sein müssten. Peer spielte den beleidigten, der nicht beabsichtigte, das Gespräch weiter zu führen.

Paul war aufgestanden und ging im Zimmer auf und ab. Er machte sich am Backofen zu schaffen und Peer fiel siedend heiß ein, dass im Backofen die „Konspi"rative Fototasche lag, mit der er auf dem Campus einige Personen abgelichtete, die ihm ein Mitarbeiter von Schuster namentlich nannte. Immer wenn er eine Person namentlich zuordnen konnte, wurden sie von ihm fotografiert. Es waren Personen, die bestimmten kommunistischen Zirkeln zugeordnet werden konnten. Um diese Gruppen brauchte Peer sich aber nicht kümmern. Er war nur gebeten worden, so weit es seine Aufgabe zuließ, diese Personen im Bild festzuhalten, weil häufig dem Verfassungsschutz nur ein Vorname bekannt war. Ob seine Bilder immer die Personen zeigten, für die sich der Verfassungsschutz interessierte, war Peer nicht bekannt. Bei den Besprechungen mit Schuster nahmen verschiedene Kollegen von ihm teil, die ihm mal Namen nannten oder Beschreibungen von Personen und deren angebliche Zugehörigkeit. Er sollte nur möglichst unauffällig versuchen herauszufinden, um wen es sich handle, und versuchen diese Personen zu fotografieren. Manchmal gelang es ihm, manchmal auch nicht. Es war eine zusätzliche Aufgabe, die er aber immer unter der Voraussetzung wahrnehmen sollte, dass sein eigentlicher Auftrag nicht gefährdet wird. Peer fluchte insgeheim, weil er es versäumt hatte, die Tasche mit dem teilweise belichteten Film noch nicht dort deponiert zu haben, wie es vereinbart war. Paul öffnete den Backofen ein wenig und schloss ihn wieder. Dieses Spielchen wiederholte er ein paar Mal und schien sehr nachdenklich zu sein. Er drehte inzwischen dem Ofen seinen Rücken zu und spielte immer noch mit der Backofentür, die er wiederholt leicht öffnete und wieder zuschnappen ließ. Peer begann zu schwitzen; seine Hände waren ganz feucht, als ihm einfiel, die Tasche bereits vor einigen Tagen ausgetauscht zu haben. Gernot herrschte Paul an, das Geklappere mit der Backofentür zu unterlassen, weil es ihm auf den Geist ginge. Paul setzte sich wieder auf den Stuhl, als das Telefon auf dem Tisch läutete. Bevor Peer den Hörer abheben konnte, griff Paul danach und meldete sich mit: „Hier ist die Vollzugsanstalt Celle! Was wünschen Sie?" Peer war verblüfft und entriss Paul wütend den Hörer und meldete sich mit: „Peters!" Am anderen Ende war es still. Nach einem kurzen Augenblick fragte eine weibliche Stimme, die Peer sofort als Claudias Stimme identifizierte, „Bist du's, Peer?" Peer erklärte, dass Paul mit Gernot in seiner Wohnung sei, man hätte den Haftbefehl aufgehoben. Claudia entgegnete: „Grüß den Witzbold, beim nächsten Mal bleibt er vielleicht dort. Ist also alles wieder in Ordnung?" Peer berichtete von dem Missverständnis mit den Bewohnern von Pauls WG. Claudia dankte für die Mitteilung, sie werde sich wieder melden und legte auf.

Paul fragte Peer wieder, ob er schon mit Sprengstoff zu tun hatte. Peer verneinte und erklärte, dass er auch nicht die Absicht hätte, sich mit Sprengstoff zu befassen. Gernot erklärte, man habe so eine Idee, die sie mit ihm besprechen wollten. Es müsse aber absolut unter ihnen bleiben und er dürfte auch mit niemandem darüber sprechen; auch nicht mit Claudia, mit der er scheinbar wohl inzwischen befreundet sei. Schon in seinem eigenen Interesse, solle er über die Sache schweigen. Peer wiederholte, dass er mit Sprengstoff gar nichts zu tun haben wolle. Gernot erklärte, dass er keine besonderen Kenntnisse haben müsse, sondern ihnen nur behilflich sein solle eine Aktion durchzuziehen, bei der niemand zu Schaden komme. Peer wiederholte, dass er der falsche Mann sei und sie jemanden suchen sollten, der geeigneter sei als er. Er wolle daher auch gar nicht wissen, um was es gehe. Paul redete auf Peer ein, dass er so gar sehr geeignet wäre und sie jetzt nicht im Stich lassen könne. Zum einen müsse der Besuch in der Celler JVA stattfinden, an der er gehindert worden sei und zum anderen würden sie an einem Plan arbeiten, den Inhaftierten dort rauszuholen. Er sei Sprengstoffspezialist, wovon die Ermittlungsbehörden nichts wüssten. Peer solle den Inhaftierten aufsuchen und ihm wie in Hamburg einen Zettel mit Anweisungen zukommen lassen. Zu einem vom Inhaftierten festgelegten Zeitpunkt sollte ein Loch an einer bestimmten Stelle in die Mauer der JVA gesprengt werden, sodass er fliehen könne. Peer hätte viel darum gegeben, wenn sie ihn in Ruhe ließen. Er machte auch keinen Hehl daraus, dass er nicht beabsichtigte, ihnen bei ihrem Vorhaben behilflich zu sein. Er erklärte schon zum wiederholten Mal, dass er keine Ahnung von Sprengstoffen habe und nicht wisse, wie er ihnen helfen könne, außer den Zettel einzuschmuggeln. Paul entgegnete ihm daraufhin, dass er es nicht ablehnen könne, da er schon viel zu viel wisse und auch nur das Sprengstoffpaket an der Mauer befestigen müsse, wie man es ihm zeigen werde. Danach solle er in die Heide fahren und spazieren gehen. Alles Andere würden Paul und Gernot regeln. Mehr wolle man ihm auch gar nicht erzählen, damit er es auch keinem verraten könne. Peer haderte mit seinem Schicksal und mit seiner Entscheidung, sich als verdeckter Ermittler ausbilden zu lassen und auch noch auf das Angebot des Verfassungsschutzes eingegangen zu sein, dass ihm so ungefährlich geschildert worden war. Paul ließ sich Peers Telefonnummer geben und auch Gernot notierte sie sich. Paul stand auf und meinte, er könne noch überlegen, er würde ihn morgen Vormittag anrufen. Aber eine Ablehnung würde man nicht akzeptieren; weil er viel zu viel wisse. Peer fragte Paul sehr direkt, was man mit ihm mache, wenn er ablehne, ob man ihn dann umbringe? Gernot stand ebenfalls auf und meinte, er solle das Ganze nicht so verkniffen sehen. Es sei gut durchdacht und Peer ginge fast kein Risiko ein. Beide verließen Peers Wohnung und Paul sagte beim Herausgehen: „Zu keinem ein Wort! Ich kann Dich nur warnen!" Peer saß auf seinem Bett und starrte das Telefon an. Er musste mit Schuster sprechen. Er war wie gelähmt und wusste nicht, was er als Nächstes tun sollte. Als er die Tasche aus dem Backofen nahm, um sich zu vergewissern, dass er sich nicht täuschte und die Fototasche doch noch da sei, klingelte wieder das Telefon. Peer hob den Hörer ab und meldete sich mit „Peters". Er erkannte Pauls Stimme, der fragte, ob er sich entschieden habe. Peer bejahte und wollte wissen, wie der Sprengsatz gezündet würde, worauf Paul entgegnete, er wisse gar nicht, worüber Peer spreche. Man werde morgen alles detailliert persönlich besprechen. Er solle sich ausschlafen, sie würden ihn anrufen.

Peer war sich sicher, dass es ein Kontrollanruf war, weil sie wissen wollten, ob er mit jemandem telefoniert. Also konnte er davon ausgehen, dass sie bei einer Telefonzelle waren. In der Nähe seiner

Wohnung befand sich keine. Er verließ die Wohnung und ging eine halbe Stunde spazieren, um einen klaren Gedanken fassen zu können. Würde man ihn morgen ansprechen, dass er telefonisch nicht erreichbar gewesen sei, musste er sich eine Ausrede einfallen lassen. Er war vielleicht unter der Dusche oder auf der Toilette. Es musste sich Ausreden einfallen lassen, damit er nicht mit einer Frage überrascht würde, für die er keine Antwort wusste. Er entschloss sich, Schuster trotz der späten Stunde anzurufen und ihm alles zu schildern. Ihm fiel auch eine Ausrede ein, wenn jemand ihn noch so spät anrufen würde. Er hätte den Hörer danebengelegt, um ruhig schlafen zu können.

Schuster meldete sich auf seiner privaten Telefonnummer erstaunlich schnell und Peer entschuldigte den späten Anruf. Er fragte, ob Schuster schon geschlafen habe, was dieser verneinte. Peer berichtete und Schuster unterbrach ihn kein einziges Mal. Er berichtete auch über die Ablage der Fototasche. Als Peer mit seinem Bericht zu Ende war, schwieg Schuster einen Augenblick und fragte, wie es Peer ginge. Peer entgegnete, er habe Angst, weil er nicht wisse, wie er sich dem entziehen könne. Aber er könne ja schlecht mitmachen. Schuster versuchte, Peer zu beruhigen. Man werden sich etwas einfallen lassen. Wenn es nicht anders ginge, müsste man Peer völlig herausnehmen, was aber die denkbar schlechteste Lösung sei, weil er damit als Informant enttarnt und auch die Legende unbrauchbar würde. Es könne auch das Ende seiner Tätigkeit als verdeckter Ermittler bedeuten. Er solle sich aber keine Gedanken machen, dazu seien sie da. Die Antwort beruhigte Peer aber überhaupt nicht. Nur die Aussicht, dass seine Aufgabe als verdeckter Ermittler beendet sein würde, war ein Lichtschimmer. Wieder dachte er an Lars. Schuster fragte Peer, welche Kenntnisse er über Sprengstoffe habe? Peer entgegnete, dass er außer den allgemeinen Unterweisungen während der polizeilichen Ausbildung, keine Kenntnisse über Sprengstoff besäße. Ober er sich zutrauen würde, diesen Sprengstoffanschlag durchzuführen? Fragte Schuster weiter. Es komme darauf an, wie der Sprengstoff gezündet werden müsse, entgegnete Peer. Schuster hätte eine Idee, die er aber mit seinem Chef besprechen müsse. Mehr könne er nicht sagen. Er führte weiter aus, dass auch dieses Problem vielleicht so gar auf geniale Art und Weise gelöst werden könne. Peer solle zunächst mitmachen, aber ruhig merken lassen, dass es ihm gar nicht gefalle. Nach dem morgigen Treffen solle er Schuster im Amt anrufen. Sie hatten fast eine Stunde gesprochen, stellte Peer auf seinem Wecker fest. Er zog sich aus, legte sich ins Bett und fand wie gestern wieder keinen Schlaf.

Erst sein Wecker holte Peer in die Realität zurück, die ihm schwer zu schaffen machte. Wie gern würde er sich Claudia anvertrauen. Dabei wusste er nicht einmal, wieweit sie in die Aktivitäten der Gruppe eingebunden war. Wie fast jeden Morgen bestand sein Frühstück aus einer Flasche Cola und einer Zigarette. Danach duschte er, was er abends wegen der fortgeschrittenen Zeit auf den Morgen verschoben hatte. Als er sich anzog, meldete sich zu seiner Überraschung Claudia telefonisch und erkundigte sich nach seinem Befinden. Sie fragte nach Paul und Gernot und war der Meinung, dass Paul die Festnahme wohl nicht sehr mitgenommen habe. Sie kenne ihn so gar nicht. Er sei immer sehr humorlos und ernst. Sie wollte wissen, was die beiden abends bei Peer wollten. Peer berichtete von den Vorgängen um den Haftbefehl und dass wohl zwei neue Bewohner der WG von Paul den in der WG auftauchenden Polizeibeamten auf deren Frage nach Paul erklärten, dass Paul ihnen unbekannt sei. Deshalb glaubte die Staatsanwaltschaft, dass Paul sich verborgen hielt. Es sei aber wohl ausgestanden. Paul müsse sich aber nun 2 Mal in der Woche auf dem Polizeirevier melden. Auf Peers Frage, ob Claudia wisse, was konkret gegen Paul vorliege, antwortete sie mit einer Gegenfrage, ob Paul nicht darüber berichtet hätte. Paul habe ihr gegenüber nur geäußert, dass gegen ihn wegen Unterstützung einer kriminellen Vereinigung ermittelt werde. Wie konkret diese Verdächtigungen seien, wisse sie aber auch nicht. Paul habe immer behauptet, dass die Vorwürfe aus der Luft gegriffen seien. Sie fragte Peer, ob er nicht wieder Lust verspüre, mit ihr mittags einen kleinen Spaziergang im Park oder Friedhof zu unternehmen. Es sei sehr schön gewesen und sie hätte sich dabei sehr wohl gefühlt. Peer berichtete, dass Paul und Gernot heute Vormittag noch mal wegen des Verfahrens und des Haftbefehls mit ihm sprechen wollten. Er wisse noch nicht, ob er mittags Zeit habe und fragte, ob er sie irgendwie telefonisch erreichen könne. Dies sei leider nicht möglich, gleich hätte sie Vorlesung und am Nachmittag auch. Erst abends sei sie wieder in ihrer WG und dort telefonisch schlecht erreichbar. Das Telefon in ihrer WG würde einem Mitbewohner gehören, der es nicht gerne sähe, wenn andere Bewohner der WG angerufen würden. Sie melde sich wieder. Peer bedauerte es sehr und fragte, ob sie ihn nach ihrer Vorlesung noch mal anrufen könne. Claudia gab aber zu bedenken, dass er sich mit Paul und Gernot vermutlich nicht in seiner Wohnung treffe und daher wohl telefonisch auch nicht erreichbar sei. Peer versicherte Claudia, dass er am liebsten Paul und Gernot versetzen würde, nur mit ihr mittags spazieren gehen zu können. Sie lachte leise und erwiderte, das könne er nicht bringen, für die beiden sei es bestimmt sehr wichtig. Claudia verabschiedete sich mit den Worten: „Dann bis bald!"

Kaum hatte Peer den Hörer aufgelegt, als das Telefon schon wieder klingelte und Gernot fragte, ob er gut geschlafen habe. Er wartete keine Antwort ab, sondern teilte mit, dass er in einer halben Stunde in den Museumspark kommen und am Eingang in der Nähe des Theaters warten solle. Ohne eine Antwort abzuwarten, legte Gernot auf. Es war etwa 09.30 Uhr; also müsste er gegen 10.00 Uhr dort sein. Er könnte es auch zu Fuß schaffen, hoffte Peer. Er verließ seine Wohnung, nicht ohne sich seine Jeansjacke mit den eingenähten Taschen angezogen zu haben. Er konnte darin Gegenstände verstauen, die man nicht sofort fand, wenn er durchsucht würde. Sie hatte ihn schon wiederholt davor bewahrt, dass Polizeibeamte bei Personenkontrollen kompromittierende Unterlagen oder Gegenstände bei ihm fanden. Wenn er bis 11.00 Uhr mit der Unterredung fertig war, könnte er noch bis 11.30 Uhr zu Hause sein, Schuster anrufen und auf den Anruf von Claudia warten, wenn sie überhaupt anrief. Ihre Vorlesungen waren vermutlich erst gegen 12.30 zu Ende. Am Eingang zum Park traf er schon 5 Minuten vor der angegebenen Zeit ein. Es war bereits 5 Minuten nach 10.00 Uhr und keiner von beiden ließ sich blicken. Erst gegen 10.15 trafen beide ein und schimpften über die Parkplatzsuche, die sie aufgehalten habe. Beide begrüßten ihn wie einen alten Freund fast herzlich mit Handschlag. Peer spürte, wie wieder ein Gefühl der Angst ihn erfasste. Sie gingen langsam in den Park und Paul erläuterte ihren Plan. Peer sollte an einem Besuchstag den Inhaftierten in der Celler JVA aufsuchen und ihm einen Zettel zustecken. Auf dem Zettel sei der Plan in verschlüsselter Form aufgezeichnet, den der Inhaftierte lesen könne. Ein paar Tage später sollte Peer ihn wieder besuchen und von ihm einen Zettel mit Tag, Zeit und genaue Bezeichnung der Stelle erhalten, wo der Sprengsatz anzubringen sei. Zwischen dem letzten Besuch Peers und dem Sprengstoffanschlag sollten mindestens 14 Tage vergehen. An diesem Tag sollte Peer mit seinem Pkw in der Nähe der JVA parken, sodass man den Pkw nicht von der JVA sehen könne. Auch an den Besuchstagen dürfte Peer seinen Pkw nicht in unmittelbarer Umgebung der JVA abstellen. Er sollte das vorbereitete Sprengstoffpaket in einer Aktentasche transportieren und es an der angegebenen Stelle der Mauer deponieren. Die Zündung erfolge über Funk und würde von Paul und Gernot ausgelöst, wenn der genaue Zeitpunkt erreicht sei. Peer solle sich sofort nach dem Anbringen des Sprengstoffpaketes ohne Hast zu seinem Pkw begeben und irgendwo in die Lüneburger Heide fahren. Dort sollte er sich einige Stunden aufhalten und danach zurück nach Braunschweig fahren. Der Inhaftierte, den Namen nannten beide nicht, würde zur angegebenen Zeit in der Nähe der Mauer warten, durch das gesprengte Loch flüchten und zu Paul und Gernot in den Wagen steigen. Sie würden mit dem Flüchtigen Jemand in Celle aufsuchen, der ihnen behilflich sein würde. Dort würden sie einige Zeit warten, bis die ersten Fahndungsmaßnahmen vorüber seien. Erst danach würden beide nach Braunschweig zurückkehren und der Flüchtige zu einem geheim gehaltenen Ort gefahren werden. Da der Flüchtling Sprengstoffexperte sei, wisse er auch genau, wo er sich aufhalten müsse, um nicht durch die Sprengung verletzt zu werden. Peer solle Bücher und Unterlagen von aktuellen Vorlesungen im Auto haben, damit er für evtl. Ermittler eine halbwegs logische Erklärung für seinen Trip in die Lüneburger Heide parat habe. In der freien Natur ließe es sich schließlich besser lernen. Peer müsse sich im Klaren sein, dass er sofort als Verdächtiger infrage komme, weil er den Inhaftierten einige Zeit vorher besucht habe. Auch Paul würde sofort in Verdacht geraten. Als Peer einwandte, dass er bei der Ablage des Paketes beobachtet werden und auch jemand das Paket finden und wegnehmen könne, schüttelten beide den Kopf und Paul erklärte, sie hätten das Gelände und die JVA sehr genau inspiziert. Die Stelle, die infrage käme, sei für das Personal nicht so einfach einsehbar und für Passanten ohnehin nicht. Peer gab zu bedenken, dass der Sprengsatz unkontrolliert detonieren könne. Auch dieses bestritten beide und Paul versicherte, dass der Sprengsatz 100 % sicher sei. Würde Peer noch am Tattag in Braunschweig aufgesucht, würde bei ihm nichts zu finden sein. Nur die Besuche, die er für Paul ersatzweise vornahm, weil dieser nicht wieder inhaftiert werden wolle, würden keinen dringenden Tatverdacht gegen Peer begründen, meinte Gernot. Der erste Besuch in der JVA sei für nächste Woche geplant. Bis dahin habe man noch Zeit genug, alle Vorbereitungen zu treffen. Peer entgegnete, wenn sie doch einen Sprengstoffexperten hätten, der ihnen den Sprengsatz anfertige, könnte er doch als Fachmann den Sprengstoff auch anbringen und detonieren lassen. Es sei doch auch sicherlich sehr wichtig, wie der Sprengsatz angebracht werde. Paul schien ärgerlich zu werden, denn er herrschte Peer an, sie wüssten schon, wie man vorgehen müsse und außerdem würden sie Peer kurz vor der Sprengung noch genau instruieren. Peer hatte wirklich Angst. Wenn die beiden den Sprengsatz in dem Augenblick zündeten, wenn er ihn ablegte, hätten sie sich eines weiteren Zeugen entledigt und würden trotzdem zu ihrem Erfolg kommen.

Er fragte daher, wie sie von ihrer Warteposition den Sprengsatz kontrollieren könnten, sofern sie alles abbrechen müssten. Wir müssen uns strikt an die Zeiten halten, weil der Inhaftierte keinen Kontakt zu uns hat und darauf vertrauen muss, dass der Zeitplan pedantisch genau eingehalten wird. Peer nahm sich vor, das Paket 2 Minuten vor der angegebenen Zeit abzulegen, damit eine gewisse zeitliche Differenz zur Zündung bestünde. Vorher würde der Sprengsatz nicht gezündet, weil dadurch der Erfolg gefährdet sei. Also könnte er den Sprengsatz vorher ablegen. Doch vielleicht würde das Ganze ohnehin scheitern. Er war gespannt, was Schuster ihm mitteilen würde. Er vermutete, dass Paul und Gernot in eine „zufällige" Verkehrskontrolle geraten würden und damit der ganze Plan zumindest für einige Zeit undurchführbar würde. Auf Peers Frage nach dem Sprengstoff, erhielt er keine Antwort. Er merkte, dass man ihm nicht alles anvertrauen wollte. Peer sah auf seine Armbanduhr und erschrak. Die Uhr zeigte 12.15 Uhr und auch Paul und Gernot waren über die fortgeschrittene Zeit erstaunt. Sie erklärten noch einmal, dass Peer mit keinem Menschen über den Plan sprechen dürfe. Sie fragten ihn, ob sie ihn in die Innenstadt mitnehmen könnten, worüber Peer froh war, weil er hoffte, dass Claudia noch anruft. Er ließ sich an einem Imbiss in der Nähe seiner Wohnung absetzten und holte sich ein Bratwürstchen, mit dem er zu seiner Wohnung eilte. Es war fast 13.00 Uhr und er wartete auf Claudias Anruf. Nach einer Stunde war ihm klar, dass sie nicht mehr anrufen würde. Er wählte die Nummer von Schuster. Es meldete sich eine unbekannte Stimme, die nach seinem Namen fragte. Peer stellte sich als Peters vor, worauf eine gewisse Zeit verging, bis Schuster sich meldete. Er sei noch in einer Besprechung. Peer möge in etwa 1 Stunden anrufen. Peer fragte sich, was da schwierig war. Eine zufällige Verkehrskontrolle könne man sehr schnell organisieren und würde das Problem doch recht einfach lösen.

Das Telefon läutete und zu seinem Erstaunen, war es Claudia, die ihm mitteilte, dass sie jetzt doch Zeit habe, weil ihre Nachmittagsvorlesung ausgefallen sei. Ob er Zeit hätte, sie könnten ja ihren Spaziergang am Nachmittag nachholen. Peer überlegte nicht lange, sondern sagte sofort zu. Schuster könnte er auch gegen Abend noch informieren. Sie hätten ja mehr Zeit, als sie zunächst vermuteten. Er verabredete sich mit Claudia am Friedhof und bereute es gleich. Es wäre doch viel vernünftiger gewesen, wenn er sie mit seinem Pkw abgeholt, und mit ihr nach außerhalb gefahren wäre. Dies konnte er ja nachholen, dachte Peer. Er ging zu seinem Pkw, der ein paar Straßen weiter am Straßenrand stand und fuhr zum Friedhof, wo er Claudia schon von Weitem sah. Es gab ja noch andere Friedhöfe in Braunschweig, weswegen er schon fürchtete, dass Claudia zu einem anderen hätte gehen können. Es war aber naheliegend, dass sie den Friedhof wählt, wo sie am Tag zuvor gewesen waren. Er hielt neben ihr an und fragte, ob er sie ein Stück mitnehmen könne. Sie lachte und fragte, wohin? „Wie wär's mit der Südsee?" fragte Peer. „Gute Idee." antwortete Claudia. Peer hatte überhaupt kein schlechtes Gewissen, Schuster nun versetzt zu haben. Es war im auch bewusst geworden, dass er bis über beide Ohren in Claudia verliebt war. Es war ihm, als hätte ein neues Leben für ihn begonnen. Er genoss den Augenblick und sie fuhren wortlos in das Naherholungsgebiet. Sie parkten ihr Fahrzeug am Rande des Seengebietes und schlenderten am See entlang. Wie völlig zufällig berührte Peer Claudias Hand und ergriff sie und hielt sie fest. Es schien auch Claudia zu gefallen, denn sie entzog ihm ihre Hand nicht. So waren sei einige 100 m gegangen, als Claudia begann, über ihre Eltern und Kindheit zu sprechen. Ihr sehr dominanter Vater war Lehrer, was er seine beiden Töchtern auch spüren ließ. Es war nicht selten, dass sie von ihm ins Gebet genommen wurden, wenn ihre Noten in der Schule nicht seinen Vorstellungen entsprachen. Für ihn kam immer erst die Schule, und dann das Spiel. Das Spiel musste aber auch pädagogischen Grundsätzen entsprechen, sodass es ihnen häufig keinen Spaß machte und sie alles unternahmen, um nicht mit ihm spielen zu müssen. Ihre Mutter litt unter seiner Dominanz und war froh, als ihre Töchter das Haus verließen, obwohl sie sehr an ihnen hing. Ihre ältere Schwester heiratete sehr früh, um dem Elternhaus und dem Vater nicht ausgeliefert zu sein. Von ihrem Vater habe sie aber gelernt, sich zu behaupten und sich nicht von anderen abhängig machen zu lassen. Sie waren schon einige Zeit Hand in Hand am See entlang gewandert, als es Peer überkam und er sie umarmte und auf den Mund küsste. Sie erwiderte seinen Kuss wie eine Ertrinkende, die ohne diesen Kuss würde ersticken müssen. Die Leidenschaft, mit der sie sich umarmten und ihre Umwelt um sich vergaßen, erschreckte Peer. Er atmete tief den Geruch ihres kastanienbraunen Haares ein, beugte sich ein wenig zurück und sah ihr minutenlang in die rehbraunen Augen, in denen er zu versinken drohte. Er stammelte: „Ich bin wahnsinnig! Ich bin verliebt! Was ist nur geschehen?" Claudia strahlte eine Ruhe aus und ihr Gesicht leuchtete. In der Nähe stand eine Bank, von denen es in Abständen von einigen 100 m einige gab. Sie setzten sich und Peer nahm Claudias Gesicht in seine Hände und küsste sie immer wieder. Er lehnte sich zurück, sah über den See in die Ferne und sagte nichts. Sie nahm Peers Kopf in ihre Hände und drehte seinen Kopf, sodass er sie ansehen musste. „Was beschäftigt dich so?" flüsterte sie. Es war ihr nicht entgangen, dass sein Gefühlsausbruch ihn verwirrte. „Ich habe nicht damit gerechnet." Antwortete er, obwohl er genau wusste, dass er sich nach nichts anderem gesehnt hatte. Sie spürte, dass etwas zwischen ihnen stand. Er nahm sie in den Arm. Sie spürte seine Körperwärme und seinen Herzschlag. So saßen sie eine lange Zeit, bis die Dämmerung hereinbrach, die Luft sich abkühlte, Claudia zu frösteln begann und aufstand. Sie bat ihn, sie nach Hause zu bringen, weil sie friere und zu Hause noch viel Arbeit auf sie warte. Sie schriebe diese Woche noch eine Klausur und müsste dafür noch einiges durcharbeitet Sie habe sich auch in ihn verliebt, was nicht zu ihren jetzigen Lebensplänen passe, weil es ihr Studium gefährden könne. Peer nickte nur wortlos und brachte sie nach Hause. Als er wissen wollte, wann sie sich wieder sähen, erwiderte Claudia, sie kenne seine Rufnummer und werde sich melden. Sie küssten sich beim Abschied sehr lange, bis Claudia sich losriss und meinte, es sei genug. Er fuhr schweren Herzens in die Nähe seines Apartments und musste einige Zeit nach einem Parkplatz suchen. In seiner Wohnung setzte er sich auf den einzigen Stuhl, verbarg sein Gesicht in den Händen, während er die Arme auf dem Tisch aufstützte. Er saß sehr lange so und merkte, dass ihm Tränen die Wangen herunterliefen. Was tat er? Er musste plötzlich an Lars denken. Was, wenn er an Lars stelle erschossen worden wäre? Hätte Lars auch so gehandelt? Ja, er wusste, dass es müßig war, sich solch hypothetische Fragen zu stellen. Den Mangel an Empathie, den er glaubte, sich vorwerfen zu müssen, schien er jetzt mit seiner Liebe zu Claudia zu kompensieren. Er hatte sich in eine für ihn unauflösbare Situation hineinmanövriert und wusste nicht, was werden würde. Schuster würde er erst am nächsten Morgen anrufen.

Der schrille Ton des Telefons holte ihn aus dem Schlaf. Den Wecker hatte er abends abgestellt. Schuster fragte, warum Peer sich gestern nicht mehr gemeldet habe. Peer log, dass er von Paul und Gernot aufgehalten worden sei. Als Schuster hörte, dass die ganze Angelegenheit keine sofortigen Entscheidungen erforderte, war er zufrieden. Er wies aber Peer an, sich nicht völlig der Mithilfe zu verweigern. Er solle den beiden versuchen klar zu machen, dass Peer selbst die JVA in Celle nicht besuchen dürfe, weil er aufgrund seines Gefängnisaufenthaltes in Hamburg, der zu seiner Legende gehörte, sofort in Verdacht geraten würde. Dies müsse er Gernot und Paul mit dem Entlassungsschein belegen. Für die Kommunikation mit dem Inhaftierten in Celle müssten sie sich etwas anderes einfallen lassen. Schuster arbeite daran und glaube, dass man nicht direkt, sondern über einen Mittelsmann im Gefängnis eine Kommunikation aufbauen könne. Peer sollte diesbezüglich verlauten lassen, dass er vielleicht jemanden von den dort Inhaftierten kenne, der mit ihm in Hamburg gesessen habe. Einen Namen wolle und könne er noch nicht sagen. So könne man Zeit gewinnen und sich etwas überlegen. Schuster bat Peer, ihn so oft wie möglich von den Aktivitäten der Gruppe zu berichten, weil die Gruppe Kontakt zu jemandem unterhalten müsse, der in der Lage sei, Bomben zu bauen. Sie müssten unbedingt herausfinden, um wen es sich handle. Peer erklärte, die beiden nicht beobachten zu können, weil es sofort auffallen würde. Auch wenn er Fragen nach dem Bombenbauer stellen sollte, würden beide sofort misstrauisch. Schuster fragte, ob er nicht Claudia danach fragen könne. Peer berichtete, dass Paul und Gernot ihn ernsthaft angewiesen hätten, dass er auf keinen Fall Claudia etwas sagen dürfe. In diesem Falle bliebe nichts anderes übrig, als sie zu observieren, was ungeheuer schwierig sei, teilte Schuster mit. Schon deshalb müsse Peer alles berichten, was die beiden unternähmen. Er sei jetzt sehr froh, dass man Peer ein Telefon schalten ließ.

Alles war Peer recht, wenn es nur die Beziehung zu Claudia nicht gefährdet. Nach dem Gespräch duschte er, um nach der Morgentoilette sein übliches Frühstück Cola und Zigarette zu sich zu nehmen. Er wollte gerade sein Apartment verlassen, als das Telefon wieder klingelte. Paul wollte wissen, ob er sich alles überlegt habe, sie sollten sich gegen 11 Uhr beim Löwen treffen. Peer wollte etwas entgegnen, doch Paul hatte mit einem „Tschüss," schon aufgelegt. Peer steckte sich das Entlassungsschreiben der JVA aus Hamburg ein und verließ die Wohnung. Am Braunschweiger Löwen wurde er bereits von Paul erwartet und ging mit ihm zu dem in seinem Fahrzeug wartenden Gernot. Sie fuhren raus aus der Stadt und Peer zeigte das Entlassungsschreiben und erklärte, dass er der denkbar Ungeeignetste sei, der die Kommunikation mit dem Gefangenen in Celle sicherstellen könne. Man würde sofort auf ihn und das RAF Braunschweig kommen. Damit hätten sie aber keinen Beweis für seine Beteiligung, meinte Gernot. Nein, man würde es den Behörden nur erheblich erleichtern, entgegnete Peer. Er führte weiter aus, dass er sich überlegt habe, jemanden in der JVA Celle als Kurier zu benutzen, den er kenne. Er habe in der JVA Hamburg jemanden kennengelernt, der nach Celle verlegt werden sollte. Wenn er jetzt dort inhaftiert sei, könne über ihn die Kommunikation mit dem inhaftierten Genossen laufen. Ein Mitwisser mehr sei nicht gut, warnte Gernot. Er brauche den Inhalt der Informationen gar nicht kennen, nur weiterleiten, ergänzte Peer seine Ausführungen. Paul und Gernot gefiel Peers Vorschlag gar nicht, was an ihren Gesichtern deutlich anzusehen war. „Wer besucht ihn?" fragte Paul. Das könne doch Claudia übernehmen, schlug Gernot vor. Bevor Peer etwas sagen konnte, lehnte Paul ab und schimpfte über Claudia, dass sie es vor einiger Zeit auch abgelehnt hätte, eine harmlose Nachricht einem Genossen in der Lüneburger JVA zu übermitteln. Offensichtlich war dies Gernot gar nicht bekannt, denn er wollte Detail wissen, was Paul aber ablehnte. Sie hielten außerhalb von Braunschweig auf einem Waldparkplatz und diskutierten, wer die Besuche übernehmen könne. Paul nannte den Namen Micha. Peer war bekannt, dass Micha dem Buchhändler aushalf. „Das ist ja noch einer mehr!" entfuhr es Gernot. „Micha stellt aber kein Risiko dar." behauptete Paul. Zu Peer gewandt forderte er ihn auf: „Versuche herauszufinden, ob der Bekannte in Celle sitzt und auch bereit wäre." Peer überlegte, wie er das feststellen könnte. Er könnte ja schlecht in der JVA anrufen. Wenn Schuster ihm einen Namen nennen würde, wie sollte er den Beiden plausibel machen, auf welche Art und Weise er an diese Information gekommen war. Peer selbst wollte nicht in die Kommunikationskette eingebunden werden. Die Begründung mit seinem Knastaufenthalt in Hamburg akzeptierten sie. Wer sollte also den Inhaftierten in der JVA Celle besuchen? Sie nannten Micha. Welche Erkenntnisse lagen dem LfV über ihn vor und war er polizeilich erfasst? Die Beiden müssten es ja wissen. Gehörte Micha auch zu dem RAF? Es sah so aus. Gernot und Paul schwiegen schon eine ganze Zeit und entschlossen sich Peer in die Stadt zu fahren. Er sollte versuchen herauszufinden, ob sein Bekannter tatsächlich in Celle sitzt. In seinem Apartment rief er sofort Schuster an und berichtete. Schuster war zufrieden und schlug vor, er solle einfach mal ausprobieren, ob er telefonisch Auskunft von der JVA erhalte. Wenn nicht, solle er die JVA bitten, dass ihn der Häftling zurückrufe. Schuster müsse sich aber erst darum kümmern, dass jemand in der JVA für diese Nachrichtenübermittlung zur Verfügung stehe. Peer fragte sich, wie Schuster dies bewerkstelligen wollte. Sie könnten ja nicht einfach den einen oder anderen Gefangenen ansprechen, der diesen Part übernähme. Auch wollte Peer nur sehr ungern bei der Vollzugsanstalt anrufen, weil er befürchtete, dass sein Name notiert würde und man ihn würde zurückrufen wollen. Nein es gefiel Peer nicht. Er überlegte sich, wie er es anstellen könnte, dass nicht er, diesen Anruf vornähme. Wenn er den Namen von Schuster mitgeteilt bekäme, würde er ihn Paul nennen und ihm vorschlagen, dass das als Kurier vorgesehene Mitglied des RAF dort anruft und nach dem Namen fragt oder sich zurückrufen lässt. Dies wäre doch fiel naheliegender als, wenn sein Name auch noch in diesem Zusammenhang dort registriert würde.

Schon am nächsten Tag fragte Paul abends telefonisch bei ihm an, ob er schon wisse, ob sein Bekannter in der JVA Celle säße. Peer vertröstete ihn und eröffnete ihm seine Überlegungen. Er sei dabei frühere Mithäftlinge, die inzwischen entlassen seien, zu finden, die ihm den Aufenthalt mitteilen könnten. Es sei bestimmt auch im Interesse des RAF, dass möglichst wenig in den Vollzugsanstalten bekannt wird, wer wen sprechen oder besuchen wolle. Peer verstand sehr gut, dass sich das LfV für die Kommunikationswege der Terroristen interessierte und einiges unternahm, um sie herauszufinden und zu dokumentieren. Daher wäre es für ihn vermutlich ohne große Probleme möglich gewesen, die Besuche in der JVA Celle durchzuführen, weil es ja nie zu einem Sprengstoffanschlag kommen würde. Peer erwähnte Schuster gegenüber die Möglichkeit einer „zufälligen" Verkehrskontrolle kurz vor dem geplanten Anschlag, der Schuster nicht widersprach. Doch er musste sich ja Gernot und Paul gegenüber so realistisch wie irgend möglich verhalten, damit sie keinen Verdacht schöpften, dass das LfV ihre Pläne kannte. Es war auch sehr wichtig, dass man herausfand, wer von oder für die Gruppe als Sprengstoffexperte fungierte. Schuster informierte Peer, dass das LfV eine Observationsgruppe eingesetzt habe oder einsetzten wolle.

Es waren ein paar Tage ins Land gegangen und Peer wunderte sich, dass weder Paul noch Gernot anriefen. An der UNI sah er sie auch nicht. Auch Claudia meldete sich nicht. Peer fuhr immer wieder, wenn sich die Gelegenheit bot, an ihrer Wohnung vorbei und überlegte ständig, ob er nicht bei ihr läuten sollte. Weil er wusste, dass sie dies nicht gern sah, unterließ er es. Sie wollte nicht fremd bestimmt werden, sondern selbst das Gesetz des Handelns bestimmen. Es war wohl die Folge einer Erziehung durch den dominanten Vater, dachte Peer. Die Woche ging zu Ende, ohne dass Peer etwas von Schuster oder den anderen Beiden hörte. Er rief am Freitag Vormittag bei Schuster an, der ihm einen Namen nannte. Als Peer fragte, warum die Person in Celle inhaftiert sei, wollte Schuster ihm erst nichts mitteilen, sagte aber, er brauche nur zu wissen, dass es sich um Gewalt- und Diebstahlsdelikte handele. Ihr Mann in der JVA Celle sei informiert. Peer war überrascht, dass Schuster so schnell einen Häftling hatte überreden können. Wahrscheinlich waren ihm vorzeitige Entlassung oder andere Vergünstigungen versprochen worden. Ohne die für den Strafvollzug zuständige Staatsanwaltschaft wäre dies aber nicht möglich gewesen, dachte Peer. Schuster verriet auch den Namen des inhaftierten RAF-Mitgliedes, wobei er den Namen unter Vorbehalt nannte, weil er sich nicht ganz sicher sei. Es könne sich aber nur um diese Person handeln. Als Peer wissen wollte, wie man den Sprengstoffanschlag verhindern wolle, blockte Schuster mit den Worten ab, dass es noch lange nicht so weit sei.

Peer wollte vor einer Vorlesung, bei Claudia vorbeifahren, die sich bei ihm melden wollte, was bisher nicht geschah. Wieder klingelte das Telefon, und Paul fragte, ob er inzwischen Informationen über seinen ehemaligen Mithäftling habe. Peer bestätigte, von einem inzwischen entlassenen Mithäftling bestätigt bekommen zu haben, dass der Kumpel mit dem Namen Jasper Hornich tatsächlich in der JVA Celle säße. Auf die Frage, ob sie wüssten wer ihn besuchen würde, erhielt er keine Antwort. Peer hakte nach, ob Micha die Besuche übernähme und erhielt zur Antwort, dass er schon zu viel wisse. Es schien Peer, als wäre Paul sauer, worauf er sich keinen Reim machen konnte. Paul hatte auch schon aufgelegt.

Wieder klingelte das Telefon und die Stimmer am anderen Ende änderte Peers Stimmung schlagartig. Es war Claudia, die fragte, wie es ihm gehe und was er heute Nachmittag vorhabe. Es sei ihm bisher sehr schlecht gegangen aber jetzt sei alles bestens. Claudia fragte nach den Gründen, weswegen es ihm bisher schlecht gegangen sei. Er habe ihre Stimme tagelang nicht gehört und sie nicht gesehen, das sei eine Tortur für ihn gewesen. Claudia lachte, dann sei ihr Anruf ja die richtige Therapie. Er fragte, ob sie jetzt noch was vorhabe. Sie habe gleich und am frühen Nachmittag Vorlesungen. Die Klausur sei vermutlich recht gut gelaufen, man könne das ein wenig feiern. Sie habe aber erst gegen 16 Uhr Zeit. Auf seine Frage, wo er sie abholen könne, antwortete sie, er könne sie gegen 16.30 bei ihrer Wohnung abholen. Er hätte jetzt alle Zeit der Welt und werde mit seinem Pkw pünktlich um 16.30 bei ihr sein. Er hörte Claudia lachen, die mit einem "Bis dann!" auflegte. Peer besuchte seine Vorlesung und war darüber sehr froh. Er bereute es nicht, die Vorlesung besucht zu haben, weil Themen angesprochen wurden, die ihn sehr interessierten. Er aß in der Mensa und ließ sich dabei viel Zeit, weil er hoffte, Claudia anzutreffen. Wie in den Tagen zuvor musste er sie verpasst haben oder sie aß nicht in der Mensa. Weil der Nachmittag vorlesungsfrei war, suchte er den Bücherladen von Fred auf. Er wollte wissen, was Paul so verärgert haben könnte. Freds Bücherstand war weder vor, noch in der Mensa aufgebaut. Peer vermutete, dass Fred in seinem Buchladen war. Doch der war verschlossen. Weil er nicht den Eindruck erwecken wollte, sich intensiv für das RAF zu interessieren, hatte Peer sich in der ganzen Woche seinem Studium gewidmet. Bis 16.30 Uhr war noch sehr viel Zeit. Die Woche ohne ein Treffen mit Claudia war ihm wirklich sehr schwer gefallen. Er mochte nicht darüber nachdenken, wie er Claudia die Wahrheit über sich offenbaren könnte. Für die nächste Zeit war es ohnehin nicht vorgesehen und verbot sich auch. Die Informationen von Schuster waren nicht sehr ergiebig gewesen, was ihn nicht störte. Er schlenderte durch die Innenstadt von Braunschweig und sah plötzlich Igors Antiquitätenladen. Ohne das ihm bewusst war, benutzte er ihm bekannte Straßen. Er ging zurück, um nur nicht mit Igor zusammenzutreffen. Bald befand er sich in der Nähe seines Pkw, dessen Innenraum immer noch nach Haschisch roch. Auch noch so viel Duftspray konnte diesen intensiven Geruch nicht beseitigen. Er hoffte, den Geruch durch das öftere Benutzen und Lüften des Pkw langsam beseitigen zu können. Er fuhr in die Nähe von Claudias Wohnung und wusste, dass er noch eine gute Stunde warten musste. Auf der Fahrt kaufte er an einem Blumenstand 5 rote Rosen. Die Zeit verging viel zu langsam. Immer wieder sah er auf die Uhr. Es war kurz vor 16.30 Uhr, als er vor ihrer Haustür eintraf. Er wartete. Die Haustür wurde geöffnet und eine ihm unbekannte Person verließ das Gebäude. Und wieder öffnete sich die Haustür. Es war nicht Claudia, die das Haus verließ. Es war bereits 16.35 Uhr. Er befürchtete, sie verpasst zu haben und überlegte, in ihrer WG nach ihr zu fragen, als Claudia in den Jeans und der Bluse, die ihm so gefielen das Haus verließ und auf ihn zukam. Er sprang aus dem Auto, lief ihr entgegen, stellte fest, dass er den Blumenstrauß vergaß, rannte wieder zurück, nahm den Strauß und küsste sie, bevor er ihr den Strauß gab. Claudia errötete, wie ein kleines Mädchen, als er ihr den Strauß Blumen reichte. Sie war sprachlos, bedankte sich nach einer kurzen Pause und erklärte, dass die Blumen die Fahrt im Auto nicht überstehen würden. Damit sie nicht vertrockneten, müsse sie die Blumen erst in ihrem Zimmer ins Wasser stellen. Sie verschwand, kam kurz danach wieder zurück, setzte sich zu Peer ins Auto und bedankte sich in dem sie ihn lange umarmte und küsste. Sie lehnte sich auf dem Befahrersitz zurück und bemerkte, noch nie rote Rosen geschenkt bekommen zu haben. Als sie ihn nach dem Fahrtziel fragte, sah er sie verdutzt an. Ständig beschäftigten sich seine Gedanken mit Claudia, so ass er ganz vergaß, sich Gedanken über ihr Fahrtziel zu machen. So saß er minutenlang schweigend hinter dem Lenkrad bis Claudia vorschlug wieder in den Elm zu fahren, dort gäbe es bestimmt noch andere schöne Wanderwege. Auf der Fahrt plauderte Claudia über ihre Kindheit, die sie als unbeschwert empfunden habe. Ihre ältere Schwester habe sich mehr als sie mit dem Vater gestritten. Diese Streitereien seien zwar nie ausgeartet, hätten sie aber manchmal schon sehr genervt, weil ihr Vater sich habe fast immer durchsetzen müssen. Als Claudia wissen wollte, wie Peers Kindheit verlaufen sei, schilderte er der Wahrheit entsprechend, dass seine Mutter nach Ende des II. Weltkriegs aus Polen nach Westdeutschland geflüchtet sei und er in sehr ärmlichen Verhältnissen aufwuchs. Peer versuchte das Gesprächsthema zu wechseln, und fragte Claudia, ob sie Gernot und Paul während der vergangenen Woche gesehen habe. Sie schüttelte den Kopf. Seit sie sich bei beiden über die abgesagte Demo beschwert habe, hätte sie nichts mehr von ihnen gehört. Sie hätte auch ernsthaft überlegt, ob sie ihre Mitarbeit im RAF ganz einstelle. In letzter Zeit habe sie von manchen Aktionen der Gruppe erst später erfahren, sodass es ihr gar nicht möglich gewesen sei, daran teilzunehmen. Sie werde von den Mitgliedern kaum noch informiert und könne sich die Ursachen nicht erklären. In den letzten Monaten habe sie sich immer wieder bei Diskussionen der Gruppe kritisch geäußert. Besonders die von einigen Gruppenmitgliedern akzeptierte Gewaltanwendung gegen die Ordnungskräfte des Staates habe sie sehr kritisch beurteilt, was aber das Verhalten der Gruppenmitglieder ihr gegenüber nicht rechtfertige. Sie habe immer ihre Auffassung im Detail erläutert. Paul habe ihr so gar schon vorgeworfen, für den Verfassungsschutz zu arbeiten, weil sie mit einigen Aktivitäten nicht einverstanden war. Sie werde sich wohl in Zukunft mehr auf ihr Studium konzentrieren, dass ohnehin für sie immer schwieriger werde. Sie bedauere die Entwicklung in dem RAF, könne aber dort nicht mehr mitarbeiten, weil manche Vorhaben die Grenze überschritten und nur noch kriminell seien. Damit wolle sie nichts zu tun haben. Als Peer Konkreteres wissen wollte, blockte sie mit der Bemerkung ab, dass man ihr nichts mehr anvertraue und sie daher vermute, dass es sich um illegale Aktionen handeln müsse.

„Lassen wir uns doch den Rest des Tages nicht mit solchen Themen vermiesen." Bemerkte Claudia, in dem sie ihre linke Hand auf Peers recht Hand legte, mit der er das Lenkrad umfasste. Als er einen kleinen Waldparkplatz entdeckte, hielt er dort an und beugte sich zu ihr und küsste sie. Claudia hielt Peers Kopf mit beiden Händen und drückte ihn nach einer recht langen Zeit zurück und stöhnte, dass sie auch noch Luft holen müsse. Sie verließen den Pkw und schlenderten in den Wald hinein, der nach frischen Pilzen und unbekannten Kräutern roch. Das sanfte Rauschen der Blätter der Bäume und das Zwitschern der Vögel war wie eine Einladung zu einem Rendezvous mit der Natur. Peer atmete tief die würzige Waldluft, während seine Gedanken sich damit beschäftigten, ob sie zusammen eine Zukunft haben könnten. Er mochte nicht daran denken, sich Claudia gegenüber zu outen. Er wollte die Zeit mit ihr so lange wie möglich festhalten, denn er spürte, dass das Ende entsetzlich werden würde. Als er ihr anbot nach Helmstedt zum Eisessen zu fahren, schüttelte sie den Kopf und lehnte ab. Sie wolle in der Abgeschiedenheit der Natur mit ihm alleine sein. Es gäbe ihr Kraft, die nächste Woche zu überstehen. Es schmeichelte ihm, aber diese Einsamkeit ließen auch Gedanken in ihm aufsteigen, die er lieber nicht dachte. Er konnte sich nicht vorstellen, sie verlieren zu können. Sie war ein wichtiger Teil seines Lebens geworden. Ohne sie konnte er sich sein Leben nicht mehr vorstellen. Die Angst kroch wie ein Dämon in seine Gedankenwelt. Er versuchte, sie zu verdrängen. Es gelang ihm kaum. Die Dämmerung legte sich mit länger werdenden Schatten über den Wald und sie wendeten sich an den Händen haltend um und gingen langsam zurück. Claudia erzählte von ihrem Bekanntenkreis, ihrem Studium und ihren Zukunftsvisionen. Peer hörte kaum zu, so beschäftigte ihn die stetig näher rückende Entscheidung, sich outen zu müssen. Welche Alternativen stünden zur Auswahl? Er zerhämmerte sein Gehirn, ob er nicht einen Ausweg fände. Als sie ihren Pkw erreichten, äußerte Peer hungrig zu sein und lud Claudia in ein Restaurant in Königslutter ein. Sie wies ihn auf sein Budget hin und wollte zumindest die Hälfte zahlen, was er entschieden ablehnte. „Wie mein Vater." Bemerkte sie. Peer lächelte ihr zu und äußerte, ohne sie nicht mehr Leben zu können und die Zeit mit ihr für ihn unbezahlbar sei. Als sie das Restaurant verließen, war es schon dunkle Nacht und sie fuhren zu Claudias WG. Beide stiegen aus dem Pkw und küssten sich lange, sodass vorübergehende Passanten anzügliche Bemerkungen machten. Claudia versprach zum Abschied, sich telefonisch zu melden. Es sei schon sehr spät, sonst hätte sie ihn auf einen Tee zu sich eingeladen. Er bedankte sich und fuhr in einer euphorischen Stimmung zu seinem Apartment. Je näher er ihm kam, um so gedrückter wurde seine Stimmung. Er lebte ein Leben auf Zeit und wusste nicht, wie er es in sein anderes Leben hinüberretten könnte. Als er die Tür aufschloss, hörte er in seinem Apartment das Telefon klingeln. Er meldete sich und war plötzlich hellwach. Claudia fragte, ob sie zu ihm kommen könne. Er wollte sie mit seinem Pkw holen, aber sie lehnte ab und erklärte, sie sei gleich bei ihm. Peer war völlig außer sich und wusste nicht, was er zu erst tun sollte. Er zog das Bettlaken zurecht und schüttelte das Oberbett auf. Er wollte den Tisch von seinen letzten Mahlzeiten befreien, als die Türklingel läutete. Claudia musste sich sofort nach ihrem Abschied auf den Weg gemacht haben. Peer rannte an die Wohnungstür, riss sie auf und dachte in dem Augenblick daran, dass Claudia unten am Eingang stehen musste. Er drückte auf den Türöffner, nahm gleichzeitig den Hörer der Wechselsprechanlage in die Hand und bat Claudia mit dem Lift in den 5. Stock zu fahren. Er wartete die Antwort nicht ab, sondern rannte zum Lift im 5. Stockwerk. Das Summen des Lifts kündigte Claudias Ankunft an. Er riss sie in seine Arme und küsste sie, kaum dass sie den Lift verließ, als ob sie sich schon Jahre nicht mehr sahen. In seinem Apartment entschuldigte er sich für die Junggesellenunordnung und räumte schmutziges Geschirr vom Tisch in die Spüle. Er brauche sich für das bisschen Unordnung nicht entschuldigten. So sähe es bei vielen Studenten aus, beruhigte sie ihn. Claudia sah sich in dem Apartment um und war der Meinung, dass es für einen Studenten ganz passabel sei.

Sie hätte schon andere Unterkünfte gesehen. Ihm stünden eine kleine voll eingerichtete Küche und ein Duschbad zur Verfügung. Sie müsse sich beides mit anderen Studenten teilen, weswegen es immer wieder zu Reibereien über Ordnung und Sauberkeit komme. Sie bat, die Dusche benutzen zu dürfen. Peer überreichte ihr ein Duschhandtuch, als sie ins Bad ging, und räumte sein Apartment weiter auf. Sie duschte lange und genoss es ganz offensichtlich. Als sie abgetrocknet mit dem Handtuch in der Hand nackt vor ihm stand, konnte er nicht anders, nahm ihr das Handtuch ab, warf es auf den einzigen Stuhl, hob sie hoch und legte sie auf sein Bett. So schnell, wie er sich seiner Kleider entledigte, konnte er sich nicht erinnern, sich schon Mal ausgezogen zu haben. Die Leidenschaft ließ ihre Körper in einem alles verschlingenden Sog verschmelzen. Mit seinen Lippen, der Zunge und seinen Fingerspitzen glitt er über die weiche seidige Haut Claudias. Von den Zehenspitzen die Beine aufwärts, Venushügel, Bauchnabel, Brüste, Brustwarzen, über ihre Lippen bis zu ihren kastanienbraunen, nach Lavendel riechenden weichen Haaren und wieder zurück. Wenn es ihr besonders gefiel, hielt sie mit ihren beiden Händen Peers Kopf fest und ein glucksendes Lachen ließ ihn an der Stelle verharren. Peers Bart kitzelte sie so, dass ihr glucksendes Lachen lauter wurde. Sie begann es ihm gleich zu tun und wanderte mit ihren feuchten Lippen, ihrer Zunge und ihren Händen ganz sanft und vorsichtig von seinen Füßen über seine Schenkel, den Bauch und seine Lippen bis hinauf zu seinen Haupthaaren, während immer wieder ihr glucksendes Lachen mal lauter, mal leiser zu hören war. Wieder und wieder wollte sie den „Bodycheck love", wie sie die den ganzen Körper verschlingenden Zärtlichkeiten nannte, erleben. Wie in einem unendlichen alles verzehrenden Rausch verging die viel zu kurze Nacht. Die Morgendämmerung brach bereits herein, als sie einschliefen.

Von einem ihm unbekannten Duft wurde Peer geweckt. Es roch nach Kaffee und frischen Brötchen. Peer wollte erst seine Augen nicht öffnen, weil er diesen schönen Traum nicht unterbrechen wollte. Er war neben Claudia eingeschlafen, die jetzt neben ihm fehlte. Er öffnete die Augen und musste zu seinem Entsetzen feststellen, dass es bereits 11 Uhr war. Er sah Claudia an der Spüle hantieren und überlegte, woher der Kaffeeduft kommen konnte. Er sprang aus dem Bett. Claudia drehte sich lachend um, umarmte und küsste ihn mit den Worten: „Guten Morgen du Langschläfer. Du hattest keinen Kaffee, aber eine Kaffeemaschine. Ich habe deinen Wohnungsschlüssel genommen und habe Kaffee und Brötchen gekauft. Geduscht habe ich auch schon. Du hast wirklich sehr tief geschlafen." Das musste er bestätigen. Er hatte nichts von Claudias Aktivitäten mitbekommen. Sie genossen das gemeinsame Frühstück. Peer konnte sich gar nicht mehr erinnern, wann er so je frühstückte. Claudia hatte nicht nur Kaffee und Brötchen, sondern auch Kaffeefilter, Marmelade, Servietten und sogar Kerzen besorgt. Dieses romantische Frühstück in seinem bescheidenen Studentenapartment erschien Peer wie ein kleines Wunder in einer sonst feindlichen Umgebung. Nach dem ausgedehnten Frühstück und dem Abwasch ruhten sie sich auf Peers Bett aus und setzten auf den Wunsch Claudias ihren "Bodycheck love" fort. Den Abend krönten sie mit einem Restaurantbesuch und wieder im Apartment angekommen mit einer guten Flasche Rotwein, die Claudia am Morgen ebenfalls nicht vergaß. Peers Bitte, ihr die Ausgaben ersetzten zu dürfen, verweigerte sie sich und lag nach einem kurzen Duschbad in dem schmalen Bett von Peer. Auch den Sonntag begrüßten sie mit einem ausgedehnten Frühstück und anschließenden Liebesspielen. Abends aßen sie in einem kleinen überdachten Imbiss am Rande der Innenstadt. Claudia erklärte Peer, dass sie in der ganzen folgenden Woche keine Zeit für ihn erübrigen könne, weil sie vieles nachholen müsse, was sie am Wochenende unterließ. In den nächsten Wochen stünden Klausuren und mündliche Prüfungen an, die sie so gut wie möglich bestehen müsse. Ihrem Wunsche entsprechend brachte er sie in den späten Abendstunden zu Fuß zu ihrer Wohnung. Sie verabschiedeten sich mit einem langen Kuss. Mit hängenden Schultern trottete Peer schweren Herzens zurück zu seinem Apartment. Vor der Zukunft graute ihm.

Am nächsten Morgen meldete sich Schuster telefonisch und fragte, ob sie reden könnten. Peer bejahte, dass er alleine sei. Schuster berichtete ihm, dass die Planung mit dem angeblichen Knastkumpel in der JAV Celle erfolgreich sei. Als Peer wissen wollte, wer den Knastkumpel besuche, erklärte Schuster, er müsse nicht alles wissen. Sie hätten Gernot verloren, den man jetzt schon Tage nicht mehr sah. An seiner Wohnanschrift wüssten weder die Nachbarn noch die Mitbewohner des Hauses, in dem er wohnt, wo er geblieben sei. In Stuttgart sei in der letzten Woche ein Bankraub von Angehörigen des RAF verübt worden. Das RAF brauche dringend Barmittel, ob Peer sich vorstellen könne, dass Gernot daran beteiligt sei. Peer war der Meinung, dass Gernot einen sehr vernünftigen Eindruck auf ihn gemacht habe, der eher rational und vorsichtig handele und es sich schon genau überlege, was er tue. Aber gänzlich ausschließen könne man dies ja nie. Peer fragte nach der Observation, worauf er zur Antwort erhielt, Schuster habe ihm doch gerade mitgeteilt, dass Gernot verschwunden sei. Paul melde sich entsprechend der Auflage des Haftbefehls pünktlich beim Polizeirevier. Die Aktivitäten des RAF in Braunschweig seien fast auf "0" zurückgegangen. Sollte er wegen des Transportes von Sprengstoff noch mal angesprochen werden, solle er sich nach starkem Zögern darauf einlassen. Als Peer zu bedenken gab, dass es nicht klug sei, ihn im Besitz von Sprengstoff, in eine Kontrolle fahren zu lassen, entgegnete Schuster, wer ihm sage, dass er in eine Kontrolle gerate. Peer schwieg verdutzt einen Augenblick und fragte, wie er das verstehen müsse. Solle der Sprengstoff von ihm deponiert werden? Das könne doch wohl nicht der Ernst von Schuster sein. Peer würde eine schwere Straftat begehen, die von der Staatsanwaltschaft mit absoluter Sicherheit nicht eingestellt würde. Sollte jemand dabei auch noch zu Schaden kommen, werde er hinter Gitter landen, und die Verantwortlichen im LfV auch. Schuster antwortete, dass Peer sich völlig unnötig Gedanken mache. Wenn die Zeit gekommen sei, erhalte er von Schuster klare Anweisungen und würde nicht behelligt werden, wenn er alles genau befolge. Doch Peer war alles andere als beruhigt. Alle Personen, die das RAF unterstützten oder auch nur indirekt mit der Gruppe in Verbindung stünden, würden sofort durch eine Sonderkommission überprüft, wobei Peer sehr schnell als Informant und aktiver Unterstützer des RAF ermittelt würde. Schuster versuchte Peer zu beruhigen, dass nur das LfV den Personenkreis des RAF kenne und die Ermittlungsbehörden nur über das LfV an die erforderlichen Informationen kämen. Peer sei durch den Quellenschutz des LfV nicht in Gefahr, enttarnt zu werden. Als Peer Claudia erwähnte, die gar nicht mehr dem Unterstützerkreis des RAF zuzurechnen sei, hörte er Schuster deutlich atmen, der ihm zu verstehen gab, dass das Thema Claudia für Peer noch zu einem Problem werden könne. Schuster habe Informationen, dass Peer es mit dem Kontakt zu Gruppenmitgliedern des RAF bei Claudia wohl zu gut gemeint habe. Er könne Peer nur warnen. Seine Tätigkeit für das LfV könne bald enden, wenn der geeignete Ersatz für Peer gefunden worden sei, was sich inzwischen abzeichne. Peer habe von Anfang an gewusst, dass er nur für eine Übergangszeit vom LfV eingesetzt werden sollte. Über die Deutlichkeit Schusters war Peer bestürzt. Er versuchte dem Gespräch eine andere Wendung zu geben, in dem er ihn fragte, wie er sich verhalten solle, wenn man ihm die Bombe übergäbe. Das würden sie besprechen, wenn es so weit ist. Mit diesen Worten beendete Schuster das Gespräch. Peer war sich sicher, dass Schuster sehr ungehalten sein musste. Peer glaubte nicht, dass Schusters Verstimmung nur auf seinen Kontakt zu Claudia zurückzuführen war.

Schuster erteilte ihm am Schluss des Gespräches den konkreten Auftrag, in den folgenden Tagen an der UNI und in der Mensa sich alle Personen mit Datum und Uhrzeit zu notieren, die dem RAF zuzuordnen wären. Ein Auftrag, dem er während der ganzen Zeit schon nachkam. Warum er von Schuster noch mal so konkret hierzu aufgefordert wurde, verstand er nicht. Um seine Tarnung nicht zu vernachlässigen, besuchte er die zu seinem Studium gehörenden Vorlesungen. Er aß in der Mensa und hoffte Claudia anzutreffen. Statt dessen tauchte Paul auf, der sich mit seinem Tablett und einem "Hallo!" zu ihm an den Tisch setzte, und äußerte, ihn schon lange nicht mehr gesehen zu haben. Neugierig fragte Peer, ob man seinen ehemaligen Kumpel in Celle schon angesprochen habe. Paul antwortete ihm nicht. Er aß schweigend und fragte nach einiger Zeit, ob Peer gleich ein wenig Zeit für ihn habe. Sie könnten sich vielleicht bei einem kleinen Spaziergang unterhalten. Nach der Abgabe des Essgeschirrs gingen sie vor die Mensa und Paul steuerte in Richtung Bücherladen. Peer vermutete, dass er dorthin wollte. Peer fragte, warum er von Paul und Gernot in der letzten Woche nichts hörte. Paul zuckte die Schultern und äußerte, dass man gelegentlich studieren oder arbeiten müsse. Der Kontakt mit Celle sei OK. Ob Peer noch zu seiner Zusage stünde? Peer machte ein fragendes Gesicht und fragte, was Paul meine. "Du weißt, was ich meine!" antwortete er recht ungehalten. Peer zierte sich und erklärte, dass seine Zusage nur gelte, wenn sie nicht einen geeigneteren fänden. Paul nickte und entfernte sich mit einem "Tschüss!" Peer suchte eine unbeobachtete Stelle auf, wo er seine Notizen machen und in seiner Umhängetasche verstauen konnte. Es schien Peer eine eigenartige Atmosphäre zu herrschen. Paul war sehr einsilbig und auffallend zurückhaltend, Gernot verschwunden, Claudia wollte vom RAF nichts mehr wissen und Schuster war verärgert. Die anderen Personen, die er dem RAF zuordnete, waren kaum zu sehen. Nur hin und wieder sah er einen in der Mensa oder durch Zufall im Stadtgebiet. Seit seinem Auftrag die Mitglieder des RAF zu beobachten, versuchte Peer herauszufinden, ob sie einen bestimmten Treffpunkt oder eine bestimmte Gaststätte aufsuchten. Auch Schuster fragte ihn schon danach. Bis heute war es ihm nicht gelungen. Ihm war allerdings bekannt, dass es sehr stark abgeschottete kleine Gruppen waren, die nur sehr lose Verbindungen zu anderen Gruppen unterhielten. Wenn sie sich gegenseitig unterstützten, dann so vorsichtig und „Konspi"rativ, dass es für Außenstehende kaum möglich war, die Zusammenhänge zu erkennen. Es waren wieder Tage vergangen, ohne dass er Claudia an der Mensa traf. Beim nächsten Treffen wollte er sie fragen, wo sie zu Mittag aß. Am Freitag fragte er morgens bei Schuster an, ob es neue Informationen gäbe, und teilte seine Erkenntnisse und das Gespräch mit Paul mit. Schuster fragte, ob er am Wochenende telefonisch erreichbar sei, was Peer versprach. Er sei nur mittags und evtl. abends beim Essen. Ob er ständig zu Hause warten solle und es etwas gäbe, was er wissen müsse, fragte Peer, Schuster verneinte. Peer wunderte sich, dass Schuster nach seiner Erreichbarkeit fragt, wenn angeblich nichts vorlag.

In der Mensa traf er Claudia am Mittag wieder nicht. Als er auch den ganzen Freitagnachmittag noch nichts von ihr hörte, fuhr er mit seinem Pkw zu ihrer Wohnung. Er entschloss sich, bei ihr zu klingeln, wohl wissend, dass alle Mitbewohner der WG dieses Klingeln vernehmen mussten und jeder glauben konnte, dass er gemeint sei. Deswegen bat Claudia darum, dass er sie nicht aufsucht, sondern sie sich selbst meldet. Peer hörte jemanden die Treppe herunterkommen und die Tür öffnen. Eine junge Frau sah ihn fragend an: "Wollen sie zu mir?" "Nein, zu Claudia Karsten." antwortete er. "Ich glaube, sie ist nicht da. Wenn sie wollen, können sie bei ihr klopfen," bot die unbekannte junge Frau an. Peer bedankte sich und verzichtete lieber darauf. Schließlich war es Claudia nicht recht, dass er sie in ihrer WG aufsuchte. Eifersüchtige Gedanken beschäftigen ihn. Wenn sich gar ein Liebhaber in ihrem Zimmer aufhält, wäre es logisch, dass sie sich nicht meldet. Er konnte den Gedanken kaum ertragen und wollte noch mal klingeln, um sich doch noch zu vergewissern. Wenn sie ihre Zimmertür nicht öffnen würde, was sollte er tun? Er verwarf den Gedanken und wartete im Pkw. Ihm fiel ein, dass sie ihn gar nicht erreichen würde, weil er ja vor ihrem Haus stand. Er entschloss sich, in seinem Apartment zu warten, als er Claudia sah, die auf dem Weg zu ihrer WG war. Plötzlich nahm sie Peer wahr und kam auf ihn zu. Er sprang aus dem Wagen und sie begrüßten sich mit einer Umarmung und einem langen Kuss. "Wenn du hier bist, kann ich lange bei dir anrufen." Sie nahm ihn an die Hand und bat ihn zu sich herein. Er solle über ihre Ordnung oder besser Unordnung hinwegsehen. "Wenn man kaum Zeit hat und allein lebt, spielt die Ordnung nicht die Hauptrolle," war ihre Erklärung. Sie bewohnte ein sehr kleines Zimmer, das vermutlich mal ein Abstellraum gewesen sein könnte, dachte Peer. Das kleine Fenster ließ auch nur wenig Licht herein. Ohne künstliches Licht konnte man in dem Raum kaum lesen, geschweige denn arbeiten. Der Kleiderschrank war ein Regal, in dem ihre Kleidung hing. Er verstand, warum sie sich in Peers Apartment wohlfühlte. Er bot ihr an, ihr einen Schlüssen seines Apartments zu geben, damit sie auch in der Woche darin arbeiten könne. Sie lehnte ab und erklärte, dass sie zum Arbeiten Lesesäle der UNI oder andere ihr zur Verfügung stehende Räume in der UNI nutze. Daher komme sie in der Woche sehr spät nach Hause. Sie bedankte sich aber für sein Angebot. Er musste daran denken, dass es eine völlig blödsinnige Idee gewesen war, weil er damit das Risiko einging, enttarnt zu werden. Was Schuster ihm wohl sagen würde, wenn eine weibliche Stimme sich an seinem Telefonanschluss meldet? Er hoffte, dass Claudia nicht doch noch auf sein Angebot einging. Wie lange würde er dieses Apartment noch benutzen können? Claudia zog sich um und fragte Peer, ob sie nachher bei ihm duschen könne. Was er für eine Selbstverständlichkeit hielt und es sie auch wissen ließ. Es war schon 17.30 Uhr, weswegen Claudia ihn bat, sie zu einem Lebensmittelgeschäft zu fahren, wo sie Lebensmittel kaufen wollte. Sie beeilten sich und Claudia besorgte für den Abend und für den nächsten Tag ein paar Lebensmittel, damit sie nicht im Restaurant essen müssten. Man merkte es ihr an, dass sie oft Lebensmittel einkaufte. Schnell waren die Einkäufe erledigt und Claudia stand unter der Dusche in Peers Apartment. Er hoffte inständig, dass Schuster ihn am Wochenende nicht benötigte. Claudia verließ abgetrocknet aber ohne das Handtuch das Duschbad und stand einer Venus gleich nackt vor ihm und lächelte ihn in einer Art an, dass er wie ferngesteuert sie einer Puppe gleich aufhob und ganz vorsichtig auf sein Bett legte. Dabei flüsterte sie ihm ins Ohr: "Bodycheck love." Seinen Hunger spürte er nicht mehr. Gegen 22 Uhr verließ er verschwitzt das Bett, während Claudia das Abendbrot richtete. Für ihn servierte sie einen "Strammen Max" und für sich Rührei mit Schinkenwürfeln. Diesmal hatte er es sich nicht nehmen lassen, die Lebensmittel zu zahlen. Sie tranken eine Flasche guten Rotwein, der bald getrunken war. Sie fragte Peer ganz leise. "Machen wir wieder den Bodycheck love?" Ihre Sinne verwirbelten miteinander und sie waren der Natur dankbar, sie so geschaffen zu haben. Wie schon am Wochenende zuvor standen sie sehr spät auf, frühstückten und lagen in dem viel zu schmalen Bett erschöpft aber glücklich nebeneinander. Am Sonntagmorgen wollte Claudia ihn gegen 10 Uhr verlassen, weil sie mit einer Studiengruppe am Sonntag an Seminaren teilnahm. Sie äußerte einiges vernachlässigt zu haben, was sie nachholen müsse. Beim Frühstück fragte Peer vorsichtig, ob sie etwas zur Verhütung unternähme. Er entschuldigte sich, dass er ganz vergessen habe, sie danach zu fragen. Sie nickte. Sie nehme die Pille. Verschwieg aber, dass sie sich diese erst nach ihrem ersten Wochenende mit ihm hatte verschreiben lassen. Ihre Antwort beruhigte Peer, der sich zwar gut vorstellen konnte, mit Claudia eine Familie zu gründen, was sich aber unter den derzeitigen Umständen aus vielerlei Gründen verbot.

Am Samstagnachmittag riss der schrille Ton des Telefons beide aus ihren Liebesträumen. Peer griff sehr unwillig zum Telefon. Er meldete sich mit einem: "Ja?" Gernot fragte, ob Peer am Abend Zeit für ein Gespräch habe. Sie könnten sich beim Parkeingang am Theater gegen 19 Uhr treffen. Peer war es gar nicht recht. Er gab vor mit einem Kommilitonen wichtige Unterlagen durchgehen zu müssen, da sie nächste Woche eine wichtige Klausur schreiben müssten. Ob es nicht morgen Nachmittag ginge? Gernot schwieg kurz und antwortete, dass er einverstanden sei, am Sonntagnachmittag gegen 14 Uhr an gleicher Stelle. Peer atmete auf und war froh, die verbleibende Zeit mit Claudia verbringen zu können. Er wusste nur zu gut, dass das grausame Ende nicht aufzuhalten war.

Claudia erkundigte sich nach dem Anrufer und warnte Peer vor einem Kontakt mit Gernot. Der hätte immer wieder, nicht nur sich, sondern auch andere in große Probleme verwickelt. Peer habe es doch schon erlebt, wozu Gernot so alles fähig sei. Ob Schuster wusste, dass Gernot wieder aufgetaucht war. Er musste Schuster noch vor dem Treffen morgen berichten. Er verdrängte die unangenehmen Gedanken und wollte nur im Jetzt leben. Am Sonntagmorgen frühstückten sie schon sehr früh. Peer hatte es sich nehmen lassen, Claudia beim Dekorieren des Tisches für das Frühstück behilflich zu sein. Auch die brennenden Kerzen, eine einzelne Rose in einer Vase und die Servietten fehlten nicht. Die bevorstehende Trennung schnürte ihm die Kehle zu. Er nahm sie in den Arm und küsste sie sehr lange. Sie schob ihn sanft zurück und sah ihm minutenlang in die Augen. "Der Kaffee wird kalt." waren ihre einzigen Worte. Sie aßen schweigend, bis Claudia die Stille unterbrach.

"Du hast dich mit Gernot auf etwas eingelassen, das dir Probleme bereiten wird. Habe ich recht?"

"Nein, nein! Das ist es nicht. Es ist möglich, dass ich einen Job in einer anderen Stadt bekomme."

Versuchte er sie zu beruhigen, wohl wissend, dass auch diese Aussicht für Claudia alles andere als beruhigend sein dürfte. Er ging davon aus, dass seine Aufgabe für den LfV bald endete. Schusters Bemerkung wies deutlich darauf hin. Würde das Sprengstoffattentat, auf welche Art auch immer, verhindert werden, beendete dies mit großer Wahrscheinlichkeit seine Aufgabe, die Aktivitäten des RAF zu beobachten. Er wusste nicht, wie das LfV die Angelegenheit regeln würde. Schuster ließ ihm im Glauben, dass es zu dem Anschlag kommen würde. Peer war sich aber sicher, dass etwas geplant war, was seine Aufgabe erübrigte. Vielleicht würde er nachher von Schuster etwas erfahren. Claudia beobachtete Peers Gesicht und war in keiner Weise beruhigt, was ihrem ernsten Gesicht anzusehen war.

"Wenn du mir nichts erzählen kannst, hat es etwas mit Gernot und Paul zu tun und das könnte für dich katastrophal enden. Sag ihnen, dass du nicht mehr mitmachst." forderte Sie. "Sie können Dich nicht zwingen."

Er versuchte sie vergeblich zu beruhigen, dass er genau wisse, was er tue und sie sich wirklich keine Gedanken machen müsse. Sein einziges Problem, sie lediglich die Aussicht, einen Job in einer anderen Stadt zu bekommen, wodurch sie getrennt sein würden. Claudia sah auf die Uhr und beeilte sich mit dem Abräumen des Geschirrs, wobei er ihr versprach, dass er nachher alles abwasche und aufräume. Er wolle sie mit seinem Pkw zur WG fahren, was sie ablehnte. So viel würden sie damit nicht an Zeit sparen und ihr täte es gut, ein wenig allein zu sein. Zum Abschied umarmten und küssten sie sich, und Claudia verließ das Apartment.

Pünktlich um 10 Uhr wählte Peer Schusters Privatnummer. Es läutete einige Male, bevor Schuster sich meldete. Peer entschuldigte sich, dass er ihn so früh am Sonntagmorgen anrufe, und schilderte den Anruf und das bevorstehende Treffen mit Gernot. Schuster erteilte ihm mit sehr knappen Worten den Auftrag das Treffen wahrzunehmen und einzuwilligen, wenn man noch von ihm immer verlange, dass er den Sprengstoff deponiere. Nach dem Treffen solle er sofort wieder Schuster anrufen. Schuster beendete das Gespräch, ohne dass Peer seine Fragen über seine zukünftige Verwendung loswerden konnte, die ihm auf der Seele brannten. Wie versprochen wusch er das Geschirr ab und räumte es weg. Er nahm sogar den kleinen Staubsauger, den er sich auf Bitten Claudias zulegte, und saugte den Boden, der aus einer Kunststoffbeschichtung bestand, die ihm unbekannt war. Es blieben ihm noch fast 4 Stunden. Er legte sich aufs Bett und überlegte, wie er die Beziehung zu Claudia in sein normales Leben als Kriminalbeamter herüberretten könnte. Wäre seine Aufgabe für das LfV beendet, würde das LKA ihn vermutlich mit seiner Legende in einer anderen Stadt einsetzen. Dies hinge aber von vielen Faktoren ab. Es war müßig sich Gedanken darüber zu machen, wenn man nicht einmal die Rahmenbedingungen kannte. Peer schrak auf, sah auf die Uhr und musste zu seiner Bestürzung feststellen, dass fast 3 Stunden vergangen waren, so hatte die Müdigkeit ihn überwältigt. Er zog sich seine präparierte Jeansjacke an und begab sich zu dem Treffen mit Gernot. Der erwartete ihn schon am Parkeingang, weswegen Peer auf seine Armbanduhr sah, und zu Gernot, nach einem "Hallo!" meinte, dass es noch 5 Minuten zu früh sei. Gernot reagierte nicht auf Peers Bemerkung, noch auf seine Begrüßung, sondern ging wortlos mit ihm in den Park hinein. Sie waren etwa 200 m gegangen, als Gernot Peer fragte, ob er für die Bullen oder den Verfassungsschutz arbeite. Peer blieb abrupt stehen und entgegnete, was diese Frage solle, ob er ihn deshalb treffen wolle, um ihm solche Fragen zu stellen. Peer könne wohl die gleiche Frage an Gernot stellen. Gernot wisse, was Peer tue und mehr gäbe es nicht zu sagen. Er sei mit vielen der Aktivitäten des RAF nicht einverstanden und habe sich daher auch zurückgehalten. Würde er für den Verfassungsschutz arbeiten, wäre Gernot wohl nicht mehr in Freiheit. Während ihres Gespräches beobachtete Peer möglichst unauffällig, ob sie observiert würden. Konnte aber niemanden entdecken, der ihm verdächtig schien. Zu Gernot gewandt äußerte er mit gepresster Stimme, wenn dies alles gewesen sei, was sie besprechen müssten, könne er ja wieder gehen und wandte sich um. Gernot ging ihm nach und fasste ihm am Ärmel und erklärte ihm, dass sie vorsichtig sein müssten. Wenn er den Sprengstoff transportieren und an JVA ablegen würde, könne man ihm glauben. Peer entgegnete, dass es ihm egal sei, ob sie ihm glaubten oder nicht. Er sei Atheist und glaube gar nichts. Die Bemerkung schien Gernot zu amüsieren, denn er grinste plötzlich. Peer fragte, warum nicht Paul oder Gernot diese Aufgabe übernähme. Sie müssten ja nicht zu zweit im Wagen auf den Flüchtigen warten. Das ginge ihn nichts an, sie beide seien verplant, erklärte Gernot. Peer erkundigte sich nach dem Termin. Er werde rechtzeitig informiert und genau instruiert. Peer solle in Zukunft übers Telefon keine Gespräche führen, die das RAF beträfen. Gernot könne ihm doch sagen, ob es in 3 oder 4 Wochen so weit sei. Gernot schüttelte seinen Kopf und sagte noch mal, dass er rechtzeitig informiert werde. Sie wollten nur wissen, ob er noch dazu bereit sei. "Was ist mit meinem Kumpel in Celle?" fragte Peer. Das ginge ihn auch nichts an. Je weniger er wisse, um so besser, entgegnete Gernot. Weil Gernot schon das LfV ins Gespräch brachte, vermied Peer ihn zu fragen, wo er gewesen sei, weil er nur Paul getroffen hätte. Mit einem "Tschüss, wir melden uns!" verabschiedete sich Gernot und verschwand hinter Büschen und Bäumen des Parkes. Missmutig ging Peer zum Eingang zurück und von dort zu seinem Apartment. Obwohl er ständig nach Observationskräften Ausschau hielt, sah er niemanden, der ihm verdächtig erschien. Auch Schuster konnte er nichts Besonderes mitteilen, außer dass man wohl seine Hilfe für den Transport des Sprengstoffes benötigte. Schuster schien gar nicht überrascht, wollte ihm aber auch nichts über einen möglichen Termin mitteilen. Sollte die Kommunikation über seinen angeblichen Knastkumpel funktionieren, müsste Schuster doch einiges Wissen. Auch zur zukünftigen Verwendung von Peer wollte oder konnte Schuster nichts sagen. So frustriert war Peer schon lange nicht mehr gewesen. Auch die Aussicht, nicht mehr als verdeckter Ermittler arbeiten zu müssen, konnte seine Stimmung nicht heben, weil das Problem Claudia nicht gelöst war. Schuster versuchte Peers Stimmung zu heben, in dem er ihn lobte, und ausführte, wie erfolgreich er bisher gewesen sei. Es seien große Erfolge, die leider sehr geheim bleiben müssten. Als er das Gespräch beendete, war Peer noch unzufriedener.

Er legte sich wieder auf Bett und versuchte alle möglichen Konstellationen durchzuspielen, die auf ihn zukommen könnten. Die Türklingel läutete zu seiner Überraschung. Wollte wohlmöglich Paul oder Gernot ihn aufsuchen, um ihn nochmals zu befragen, ob er für den LfV arbeite? Er nahm den Hörer ab und wollte gerade fragen, wer ihn sprechen wollte, als er Claudias Stimme vernahm und die nur fragte, ob sie zu ihm kommen könne. Er war sprachlos, drückte schnell auf den Türöffner und stammelte in den Hörer: "Ja, ja, natürlich!"

Kaum war sie in seinem Apartment, umarmten und küssten sie sich, als hätten sie sich seit langer Zeit nicht gesehen. Der Arbeitskreis habe seine Arbeit gegen 16 Uhr für heute vertagt. Zu Hause würde ihr die Decke auf den Kopf fallen. Ob sie duschen dürfe, beantwortete Peer mit einem "Selbstverständlich!" Sie solle ihn doch nicht immer danach fragen. Als sie wieder in seinem schmalen Bett lagen, fragte sich Peer, woher er diese Kraft nahm. Die zurückliegenden Jahre lebte er fast zölibatär. Wahrscheinlich ging es Claudia ähnlich, sodass auch sie nachholen wollte, was auch ihr vermutlich jahrelang versagt war. In einer kleinen Tasche hatte Claudia sich Unterlagen und Kleidung mitgenommen, damit sie am Montagmorgen direkt zu UNI gehen konnte. Nachdem Frühstück am nächsten Morgen verabschiedeten sie sich.

Es waren bereits wieder 2 Wochen seit dem Gespräch mit Gernot vergangen und Peer begann sich langsam ernsthaft Gedanken zu machen, dass sich Entwicklungen anbahnten, die ihn noch schwer zu schaffen machen würden. Ein bis zweimal in der Woche meldete er sich bei Schuster, der im Gegensatz zu ihm, immer euphorischer wurde, ihm aber überhaupt keine Informationen mehr gab. Er vermutete, dass dies an Claudia liegen müsse, weil Schuster befürchtete, er könne zu Claudia etwas ausplaudern.

In der dritten Woche nach dem Gespräch mit Gernot meldete sich Paul am Dienstag gegen 09 Uhr und teilte mit, dass man Peer dringend sprechen müsse. Er solle sich gegen 16 Uhr im Park am Theater aufhalten. Er solle aber nicht am Eingang warten, sondern ein paar 100 m in den Park hineingehen. Peer unterrichtete Schuster von dem geplanten Treffen, der dies ohne Kommentar zu Kenntnis nahm, und Peer lediglich anwies, sich danach sofort zu melden. In dem Park musste Peer lange warten, er wollte schon nach Hause gehen, als Gernot völlig unvermittelt auf ihn zukam. Er musste in den Büschen versteckt gewartet haben. Er ging mit Peer langsam weiter in den Park hinein und machte Peer mit den Planungen zu dem Sprengstoffanschlag vertraut. Morgen früh um 07 Uhr, solle er ein Paket entgegennehmen, in dem sich die Bombe befände. Hierzu solle er mit seinem Pkw in Richtung Königslutter fahren. Am Stadtausgang von Braunschweig, direkt in Höhe des Verkehrs-schildes mit der Aufschrift Braunschweig, solle er kurz halten. Je-mand würde ihm das Paket, dass sich in einer Aktentasche befän-de, auf den Rücksitz legen. Peer solle nicht versuchen, den Unbe-kannten anzusehen. Je weniger er wisse, um so weniger könne er auch später aussagen, wenn er dazu vernommen werden sollte. Er solle auf direktem Weg nach Celle fahren, dort in der Nähe der JVA den Pkw so abstellen, dass man ihn von der JVA nicht sehen könne. Er solle die Aktentasche nehmen und damit zur JVA gehen. Dort genau 120 Schritte von der westlichen Seite an der südlichen Mauer entlang gehen und die Tasche direkt an die Mauer auf den Boden stellen. Die Tasche müsste genau um 10.53 Uhr dort abgestellt wer-den. Keine Minute früher oder später. Seine Uhr solle sich Peer nach der Tagesschau im TV einstellen. Die Bombe werde genau 10.55 Uhr detonieren, weshalb er die Uhrzeiten genau einhalten müsse. Sobald er die Tasche abgestellt habe, solle er zu seinem Wa-gen gehen und nach Lüneburg fahren. Dort solle er sich am Bahn-hof aufhalten, damit er für alle Fälle erreichbar sei. Sollte er bis 14 Uhr nichts mehr gehört haben, solle er nach Braunschweig zurück-fahren und sich so verhalten, wie sonst auch. Als Peer die Fahrzeit von Braunschweig nach Celle für zu knapp bemessen bemängelte, versicherte Gernot, sie hätten es ausprobiert, es sei ausreichend Zeit. Gernot schilderte Peer den Ablauf mindestens 3 Mal und ließ ihn Peer wiederholen. Peer fragte sich ständig, wie Schuster diesen Plan scheitern lassen wolle. So wie Gernot auftauchte, verschwand er auch wieder. Auf dem Rückweg zu seinem Apartment besorgte sich Peer Latexhandschuhe, damit er die Tasche nicht mit den Händen anfassen musste. Es musste ja nicht unbedingt sein, dass seine Fingerabdrücke an der Tasche zurückblieben, auch wenn sie zerfetzt würde, woran Peer immer noch nicht glauben wollte. In seinem Apartment schilderte Peer Schuster den gesamten Ablauf und fragte, ob und wie sie das Sprengstoffpaket sicherstellen wollten. Schuster erläuterte ihm, dass ihnen kaum Zeit zur Verfügung stünde, den Sprengstoff zu prüfen. Peer solle alles genau so machen, wie es ihm von Gernot aufgetragen worden sei. Nach dem Abstellen der Tasche habe er nichts mehr damit zu tun. Schuster beendete das Gespräch, nicht ohne Peer zu erklären, dass er über diesen Anschluss nicht mehr mit dem LfV telefonieren dürfe. Wenn er unbedingt mit Schuster sprechen müsse, solle er eine Telefonzelle benutzen. Langsam dämmerte es Peer, dass Schuster ihm nicht die Wahrheit sagte. Er konnte sich nicht vorstellen, dass er mit Billigung des LfV einen Sprengsatz anbringen sollte, der es Inhaftierten ermöglichte zu fliehen. Wohl konnte er sich vorstellen, dass es dem LfV nützte, weil sie den flüchtenden Gefangenen observieren würden, um herauszufinden, mit wem er Kontakt aufnimmt und welche Gruppe oder Gruppierungen davon profitierte. Da es sich bei dem Gefangenen auch noch um einen Sprengstoffspezialisten handeln solle, war diese Aktion vermutlich für das LfV noch interessanter. Doch solch eine Aktion würde Schuster nicht alleine verantworten. Er musste von höchster Stelle dazu autorisiert worden sein. Warum Schuster ihn aber so im Unklaren ließ, leuchtete Peer nicht ein.

Es war schon spät am Abend, als Peer Schuster anrief. Schuster meldete sich sehr unwillig, war aber hellwach, als ihm Peer eröffnete, dass er beabsichtige, den Sprengsatz zur Polizei zu bringen. Er könne sich nicht vorstellen, dass man ihn nicht strafrechtlich zur Verantwortung ziehen würde, wenn die Ermittler die Wahrheit herausbekämen. Schuster war sichtlich so irritiert, dass er sich entschloss, Peer einiges mitzuteilen, was nicht zu seiner Kenntnis gelangen sollte, wie Schuster immer wieder erwähnte. Die Aktion sei von höchsten Stellen genehmigt und sollte dazu dienen, wie Peer schon vermutete, Kontakt zu den sehr aktiven Personen des RAF zu bekommen. Man könne so, zukünftige Bombenattentate bereits in der Planungsphase erkennen und verhindern. Durch den von Peer deponierten Sprengsatz werde niemand zu Schaden kommen, da nur ein Loch in die Mauer gesprengt werde. Das LKA werde vermutlich eine Sonderkommission einrichten. Mangels Informationen würden bei den Ermittlungen kaum Ergebnisse herauskommen. Wenn Peer sich so verhalte, wie vereinbart, werde er durch den Quellenschutz des LfV geschützt sein. Schuster konnte es sich nicht verkneifen, Peer daran zu erinnern, dass er ja schon wegen seiner Freundin selbst ein Interesse daran haben müsste, dass seine Legende nicht auffliege.

Den Wecker stellte Peer sich auf 05.30 Uhr und sprang sofort aus dem Bett, als er läutete. Er wusch sich kurz, zog sich an, klemmte sich die Jeansjacke mit den eingenähten Taschen unter den Arm und verließ das Apartment. Auf dem Weg zu seinem Auto sah er sich wiederholt verstohlen um, ob er nicht verfolgt würde. Er legte die Jacke auf den Rücksitz und nahm aus seiner Hosentasche die Latexhandschuhe, die er im Handschuhfach des Autos ablegte. Der Anlasser gurgelte und er musste ihn ein paar Mal betätigen, bevor der Wagen ansprang. Er vermutete, dass die Batterie des Wagens langsam ihren Dienst quittierte. Er fuhr los und stellte auf seiner Armbanduhr fest, dass es noch viel zu früh war. Er fuhr bis in die Nähe des Übergabeortes, wo ihm der Sprengsatz ins Auto gelegt werden sollte. Er parkte das Fahrzeug am Fahrbahnrand und wartete. Er ging davon aus, dass Schuster eine Observationsgruppe den Auftrag gab, ihn zu observieren, um anschließend dem Bombenbastler zu folgen. Kurz vor der angegeben Zeit startete er den Motor, der sofort ansprang. Er fuhr langsam zu der angegebenen Stelle und hielt an, ließ aber den Motor laufen. Im Rückspiegel sah er eine Person mit einer Aktentasche. Der Unbekannte war mit einem Anorak in militärischen Tarnfarben bekleidet. Die Kapuze tief über den Kopf gezogen kam er Peers Pkw immer näher. In Höhe des Pkw hielt er an, öffnete die rechte hintere Tür und legte schweigend die Aktentasche vorsichtig auf den Boden vor dem rechten hinteren Sitz, schloss die Tür wieder und verschwand in die Richtung, aus der er gekommen war. Von anderen Personen, die ihn evtl. observierten, war weit und breit nichts zu sehen. Für Schuster war es der geeignetste Augenblick, den unbekannten

Bombenbastler zu observieren. Wie oft musste er sich von Schuster anhören, dass man herausfinden müsse, wer der Bombenbastler sei. Er war sich daher sicher, dass Schuster alles in Bewegung gesetzt hatte, was ihm zur Verfügung stand, um die Begegnung zwischen Peer und dem unbekannten Bombenbastler zu beobachten. Peer folgte den Anweisungen Gernots und drehte sich nicht um. Er versuchte in dem ein wenig gedrehten Rückspiegel, das Gesicht des Unbekannten zu erkennen. Doch dessen Kapuze war so tief ins Gesicht gezogen, dass Peer nichts erkennen konnte. Er konnte nicht einmal erkennen, ob es sich um eine männliche oder weibliche Person handelte. Nur die Größe von ca. 175°cm und die auffallend schlanke Gestalt, waren objektive Merkmale. Peer fuhr los und nahm die von ihm ausgesuchte Strecke. Die Strecke war ihm von Gernot nicht vorgeschrieben worden. Er nahm nicht den direkten Weg, sondern fuhr auf der B 4 nach Gifhorn, von dort über Wagenhoff, Hammersteinsiedlung, Ahnsbeck, Lachendorf nach Celle. Diese Strecke war zwar länger, aber ihm erschien sie sicherer. Sollte er observiert werden, von wem auch immer, wäre für ihn die Chance größer, die Observanten zu entdecken. Die Fahrt kam ihm wie eine Ewigkeit vor. Bei jeder Unebenheit der Straße wartete er auf den großen Knall, der ihn zerriss. Er wusste weder welcher Sprengstoff in der Tasche lag, noch welcher Zünder verwendet wurde, ganz zu schweigen, wie professionell die Bombe gebaut war. Aus seiner beruflichen Erfahrung war ihm nur zu gut bekannt, dass manche selbst gebastelten Bomben sehr instabil waren und jederzeit detonieren konnten. Er fühlte, wie ihm der kalte Schweiß den Rücken herunterlief. Sein Hemd war schon ganz nass. Als er sich während der Fahrt eine Zigarette anzündete, merkte er auch, wie seine Hände zitterten, und er sich nur mit Mühe mit dem elektrischen Zigarettenanzünder Zigarette anzünden konnte. Wie ein Blitz durchzuckte ihn der Gedanke, dass er sich mit der Bombe im Rücken keine Zigarette anzünden durfte. Er schob den Zigarettenanzünder wieder in die Halterung und versuchte sich zusammen zu reißen. Fast hätte er sich dabei verfahren, weil er abgelenkt durch das Zurückstecken des Zigarettenanzünders ein Schild übersah. Er hielt an und musste ein paar 100 m zurückfahren. Er sah auf seine Uhr. Ihm blieb noch viel Zeit.

Kurz vor Celle hielt er auf einem Waldparkplatz an und konnte sein Verlangen in die Aktentasche zu sehen, kaum unterdrücken. Er unterließ es, weil er nicht wusste, ob der Bombenbauer eine Sprengfalle einbaute, die die Bombe detonieren ließ, wenn die Tasche von Unbefugten geöffnet werden sollte. Er starrte die Tasche an. Nach einer kurzen Pause startete er den Motor, der sofort ansprang. Er beschleunigte das Fahrzeug vorsichtig und fuhr bis Celle, wo er einen Platz suchte, der von den Bewohnern der in der Nähe liegenden Wohnsiedlung nicht beobachtet werden konnte und nicht zu weit von der JVA entfernt war. Er nahm sich vor, 10 Minuten vor der geplanten Explosion loszumarschieren. Den Weg zur Ablagestelle konnte er nur schätzen, glaubte aber, für die Strecke nicht mehr als 5 Minuten zu benötigen. Er hätte vorher zu gerne die Zeit gemessen, die er benötigte. Aber ihm war der genaue Ablageort erst gestern mitgeteilt worden. Immer wieder sah er auf seine Armbanduhr, die er am Abend und heute Morgen nach der Uhrzeit im TV stellte, wie es von Gernot gefordert wurde. Er wüsste auch gerne, ob Gernot und Paul die Ablagestelle von ihrem Standort sehen könnten. Diesbezügliche Fragen überhörten sie jedes Mal, wenn Peer sie stellte. Einige Male glaubte Peer, dass der Sekundenanzeiger stehen blieb, wenn er auf die Uhr starrte. Bisher war die Uhr noch nie stehen geblieben. Sie würde doch nicht nachgehen? Er sah zu den weit entfernten Häusern und suchte eine Möglichkeit, die Uhrzeit zu kontrollieren. Plötzlich fiel ihm das Autoradio ein, das zwar nicht mehr einwandfrei funktionierte, aber er hoffte, auf einem Sender die Uhrzeit zur vollen Stunde kontrollieren zu können. Doch seine Uhr zeigte bereits 10.25 Uhr. Die nächste volle Stunde konnte er nicht abwarten. 10.53 Uhr sollte er die Tasche abstellen. Er wusste nicht genau, wie lange er brauchen würde und ärgerte sich, dass er in den Wochen zuvor nicht ein Mal zu Fuß die Strecke abgegangen war und sich die Umgebung angesehen hatte. Jetzt war es zu spät. Es war schon 10.35 Uhr. Er zog sich die Latexhandschuhe an, hob die Tasche ganz vorsichtig mit der rechten Hand hoch, schloss die Wagentür, ließ sie aber unverschlossen und marschierte zur JVA zur angegebenen Stelle. Auf dem Weg dahin sah er immer wieder auf seine Armbanduhr und vergewisserte sich, dass man ihn nicht beobachtete. Für die Strecke benötigte er fast 10 Minuten. Viel länger als es seine Planung erlaubte. Während er die 120 Schritte an der Mauer entlang ging, zählte er jeden Schritt und versuchte zu erkennen, ob das Bewachungspersonal auf ihn aufmerksam wurde. Er sah zwar niemanden, glaubte aber, dass es dem Bewachungspersonal möglich wäre, die Mauer zu beobachten, wenn sie dies wollten. Überwachungskameras sah er nicht. Zwei Mal glaubte er sich verzählt zu haben und musste sich zusammenreißen, um nicht in Panik zu geraten. Er stellte die Tasche ab und bewegte sich auf dem Rückweg so schnell, dass er sich immer wieder zu langsameren Schritten zwingen musste, wobei er ständig mit seinen Augen die Gegend nach Personen absuchte. Dabei übersah er einen kleinen Absatz und wäre fast gestürzt. Als er die Tasche abstellte, war es bereits 10.45 Uhr, weswegen ihn Panik ergriff, nicht rechtzeitig zum Fahrzeug zu kommen. Immerhin hatte er für den Hinweg gute 10 Minuten benötigt, weil er den Wagen recht weit entfernt abstellte. Die letzten Meter rannte er fast und befand sich noch 2 Schritte von seinem Wagen entfernt und war im Begriff die Fahrertür zu öffnen, als ein sehr lauter Knall die Erde unter ihm erzittern ließ und in seinen Ohren nachhallte, dass er sekundenlang nicht hörte. Er sprang in seinen Wagen startete den Anlasser und war froh, dass der Motor gleich ansprang. Er fuhr sehr schnell die Straße entlang und nahm sich die Zeit auf seine Uhr zu sehen. Sie zeigte 10.56 Uhr. Er fuhr zügig die gleiche Strecke zurück, die er gekommen war. Gernots Anweisung nach Lüneburg zum Bahnhof zu fahren, um dort die Ereignisse abzuwarten, ignorierte er. Eine polizeiliche Fahndung würde erst in 10 Minuten oder später stattfinden. Er musste jetzt so schnell, wie es unauffällig möglich war, direkt nach Braunschweig fahren. Auch Schuster wusste um die Anweisung Gernots, nach Lüneburg zu fahren. Peer traute aber Schuster nicht mehr. Er brauchte für die Strecke bis Braunschweig eine gute Stunde. Im Radio brachten sie nichts. In Braunschweig stellte er seinen Wagen, in der Nähe seines Apartments ab und hoffte, dass im Zuge der Ermittlungen sein Name nicht auftauchen würde, wie es Schuster versprach. Als er seinen Pkw abschloss, stellte er fest, dass er immer noch die Latexhandschuhe trug. Er zog sie aus und warf sie in einen an der Straße stehenden Abfallkorb. Die Abfallkörbe wurden alle paar Tage geleert. Auch wenn die Handschuhe gefunden würden, warum sollte jemand zwischen dem Handschuhfund und dem Sprengstoffanschlag in Celle einen Zusammenhang sehen. In seinem Apartment schaltete Peer den Fernseher ein. Weder im 1. noch 2. Programm wurde in den Nachrichten der Sprengstoffanschlag erwähnt. Peer legte sich aufs Bett und ließ sein kleines Kofferradio eingeschaltet. In den 14-Uhr-Nachrichten berichtete der Sender von einem Sprengstoffanschlag auf die JVA Celle in den späten Morgenstunden, wodurch ein Loch in eine Außenwand gesprengt wurde und 2 Häftlinge flüchten konnten. Bei einem der Häftlinge solle es sich um einen rechtskräftig verurteilen Terroristen mit Sprengstoffkenntnissen handeln, dem vermutlich mit diesem Sprengstoffanschlag die Flucht ermöglicht werden sollte. Bei dem anderen flüchtigen Häftling handele es sich um einen wegen anderer Delikte Verurteilten, der vermutlich die Gunst der Stunde ergriff. Tatverdacht richte sich gegen Mitglieder des RAF, die im gesamten Bundesgebiet aktiv seien.

Peer entschloss sich Schuster von seinem Telefonanschluss anzurufen und ignorierte Schusters Anweisung, nicht mehr von diesem Anschluss beim LfV anzurufen. Schuster meldete sich auch sofort und Peer teilte mit, es sei alles reibungslos verlaufen. Schuster widersprach, er sei nicht am vereinbarten Treffpunkt in Lüneburg gewesen.

"Was hätte ich dort sollen? Jemand von euch war aber dort. Habe ich etwas versäumt?" fragte Peer.

Er sei ja sicherlich nicht von ungefähr angewiesen worden, dort zu warten, bemängelte Schuster. Peer verteidigte sich, er habe es für überflüssig gehalten, dort zu warten. Es hätte auch eine Falle sein können. Schuster wollte wissen, ob Peer für das Gespräch seinen Telefonanschluss benutze, was er bejahte. Schuster polterte los, er habe ihn doch ganz klar angewiesen, für die Gespräche nicht mehr den Anschluss zu benutzen. Peer ließ sich aber nicht mehr einschüchtern und fragte, warum er den Anschluss nicht benutzen solle. Schuster hätte ihm doch versprochen, ihn aus der ganzen Sache rauszuhalten. Wenn die Ermittlungsbehörden seinen Namen nicht kannten, wieso sollten sie seinen Anschluss kennen. Schuster werde ihn doch nicht getäuscht haben und Peers Rolle den Ermittlungsbehörden offenlegen. Schuster wurde ruhig und erklärte, dass die Legende Peers und sein Auftrag dem LKA bekannt sei, was Peer wohl wisse. Er gehe daher davon aus, dass man ihn sprechen wolle und das LfV frage, wie er zu erreichen sei. Man würde ihn also zum Vorgang hören wollen. Es dürfte für die eingerichtete Sonderkommission nicht schwer sein, bei der Telekom herauszufinden, wer von Mitgliedern des RAF Telefonanschlüsse besäße. Der nächste Schritt sei die Beantragung von Telefonüberwachungen. "Also doch!" entfuhr es Peer. "Und wie wollen sie mich aus den Ermittlungen raushalten?" Schuster erläuterte ihm seinen Plan. Peer sei für das LfV jetzt eine wichtige Quelle, mit der man versuche, an die geflüchteten Personen heranzukommen. Als Peer nach dem 2. Flüchtling fragte, schwieg Schuster eine ganze Weile, sodass Peer nachfragte, ob er seine Frage verstanden habe. Schuster wies Peer sehr eindringlich auf seine Verschwiegenheitspflicht hin und erklärte ihm, dass sich die Verschwiegenheitspflicht auch auf Fragen der Ermittlungsbehörden bezöge und er nur aussagen dürfe, wenn er eine Aussagegenehmigung des IM besäße. Wenn ihm unbequeme Fragen gestellt würden, müsse er sich darauf berufen und müsse auf Schuster verweisen. Bei dem 2. Flüchtigen handele es sich um die Person, die angeblich mit Peer in der JVA Hamburg inhaftierte gewesen sei. Es sei ein Mitarbeiter des LfV. Peer solle das alles vergessen. Er habe es ihm nicht mitteilen müssen, sondern sei Peer entgegengekommen, weil er bisher gute Arbeit geleistet habe. Vielleicht könne Schuster die Ermittlungsbehörden überzeugen, dass man Peer in Ruhe lasse, weil sonst sein Auftrag gefährdet sei. Schuster stellte Peer in Aussicht mit ihm einen Termin zu vereinbaren, bei dem man alles noch mal durchsprechen könne, wenn Schuster mehr über die Ermittlungen der Soko wisse. In Zukunft solle Peer wichtige Gespräche mit dem LfV nur von Telefonzellen führen. Sobald Schuster wisse, welche Telefonüberwachungen die Soko durchführe, werde er Peer unterrichten. Peer wollte aber auch wissen, ob seine Anwesenheit in Lüneburg wichtig gewesen sei. Schuster wisse es nicht. Die Observationskräfte hätten nichts festgestellt. Das hieße aber keineswegs, dass Mitglieder des RAF ihn nicht gesucht hätten. Peer bedankte sich bei Schuster für die Aufklärung und versicherte, sich entsprechend den Anweisungen Schusters verhalten zu wollen.

Als Peer das sehr lange Gespräch beendete und den Hörer auflegte, meldete sich Claudia, die fragte, ob er etwas mit dem "Ding" in Celle zu tun habe. Peer bestritt energisch eine Beteiligung und fragte sie, ob sie sich nicht treffen könnten. Claudias Antwort war kurz und knapp. Sie werde sich wieder melden. Wenn Schuster glaubte, dass Peer seinen Auftrag weiterhin wahrnehmen müsse, blieb ihm noch Zeit mit Claudia und das unweigerliche Ende ließ sich hinausschieben. Am Telefon war Claudia überaus kurz angebunden.

Peer nutzte die folgenden Tage seine Wäsche zu waschen und manche Dinge zu erledigen, zu denen er nicht gekommen war. Er besuchte seine Vorlesungen, aß in der Mensa und schaute auch im Buchladen nach Paul oder Gernot. Es war ihm aufgefallen, dass er einige Personen, die er namentlich kannte und zum RAF rechnete, weder in der Mensa noch im Bereich der UNI antraf. Früher gab es kaum Tage, wo er nicht den einen oder anderen sah. Trotz seiner

Kontakte zu Paul und Gernot hielten sie zu ihm einen deutlichen Abstand. Er sah sie auch nie mit anderen Kommilitonen im Gespräch, außer mit Paul oder Gernot. Außer in den Anfangstagen, als er mehr oder weniger zufällig mit Gernot zusammentraf, hatte er auch Claudia nie beobachtet, dass sie mit dem einen oder anderen sprach. Gelegentlich verschwand der eine oder andere, um nie wieder aufzutauchen. Dafür sah Peer das eine oder andere Gesicht, denen er auch Namen geben konnte, wenn sich die "Neuen" mit Paul oder Gernot unterhielten. Die Gespräche konnte er nie verfolgen, weil sie sich stets abseits stellten oder gar fortgingen. In den ersten Wochen konnte er so viele Fotos aufnehmen, dass die meisten Mitglieder darunter waren. Die ganze Atmosphäre schien sich bei den Mitgliedern des RAF geändert zu haben. Peer vermutete, das es mit dem Gerücht zusammenhing, Mitglieder des RAF hätten Molotowcocktails für eine Demo vorbereitet. Aufgrund dieses Gerüchtes war die Demo abgesagt worden. Belege für dieses Gerücht gab es nicht. Es war ihm auch nicht ganz klar, wie sich Schuster seine weitere Tätigkeit vorstellte. Ihm gefiel diese Aufgabe überhaupt nicht. Er war Kriminalbeamter, der ermitteln wollte. Sich in einem politischen terroristischen Sumpf herum zu treiben, um Informationen zu sammeln oder gar an höchst kriminellen Aktivitäten teilzunehmen, war Peer zuwider. Er hätte sich auch nie für diese Aufgabe bereitgefunden, wenn er auch nur ansatzweise geahnt hätte, was ihn erwartete. So wie es ihm von Schuster dargestellt worden war, sei nur Informationsbeschaffung für eine kurze Übergangszeit vorgesehen gewesen. Peer wusste nicht und konnte sich auch nicht vorstellen, was auf ihn zukommen könnte. Am späten Freitagmittag meldete sich ganz überraschend Schuster telefonisch bei ihm und fragte, ob er neue Erkenntnisse habe. Peer schilderte seine Beobachtungen und die atmosphärischen Veränderungen bei den wenigen RAF-Mitgliedern, die er an der UNI sah. Er erkundigte sich, ob er mit einer Vernehmung rechnen müsse. Schuster beruhigte ihn, er habe mit dem zuständigen Staatsanwalt gesprochen, nachdem die Soko über ihn habe Peers Erreichbarkeit habe feststellen wollen. Der Staatsanwalt sei von seinem Vorgesetzten angewiesen worden, Peer aus dem ganzen Ermittlungsverfahren herauszuhalten und nur auf die Mitteilungen des LfV zurückzugreifen. Das Verfahren werde wohl in einigen Wochen eingestellt werden. Der Bombenbauer sei bisher nicht zu ermitteln gewesen, obwohl es Indizien gäbe, dass er schon andere Sprengsätze für das RAF baute, durch die so gar Personen getötet wurden. Peer solle seine Tätigkeit weiter führen und sich nichts anmerken lassen.

Am späten Abend des Freitags, Peer hatte sich strikt an Claudias Anweisung gehalten, zu warten, bis sie sich meldete, läutete sein Telefon und Claudia fragte an, ob er schon im Bett sei. Er habe auf ihren Anruf gewartet, antwortete Peer und ob er sie mit dem Pkw abholen solle. Sie sei gleich da, er brauche sie nicht abholen. Es vergingen keine 2 Minuten bis Peer die Türklingel vernahm. Er drückte auf den Türöffner, nahm den Hörer der Gegensprechanlage in die Hand und hängte ihn wieder ein, weil er nichts hörte. Er öffnete die Wohnungstür und kurz darauf trat Claudia ein und schloss die Wohnungstür. Sie umarmte ihn flüchtig und ließ sich nicht küssen.

Sie fragte ihn ohne Umschweife: "Warst du an dem Sprengstoffanschlag beteiligt?"

Er schüttelte energisch den Kopf und antwortete ein wenig zu hastig: "Nein, nein! Wie kommst du nur darauf?"

"Du hast dich in meiner Gegenwart mit Gernot verabredet. Was hatte er so Wichtiges?"

"Er wollte, mit mir über Gefangenenbesuche reden. Ich habe aber abgelehnt, weil du es mir ja empfohlen hattest."

Sie sah ihn zweifelnd an. "Kann man dir glauben?"

"Habe ich Dich bisher enttäuscht?"

"Man hat mich von der Soko vernommen und mich nach Mitgliedern des RAF gefragt. Ich habe sehr wahrheitsgemäß das erzählt, was mir bekannt ist. Deinen Namen habe ich nicht erwähnt, weil du noch nicht lange dabei bist und ich auch glaube, dass du noch nicht dazugehörst. Für die fragliche Zeit habe ich ein Alibi, weil ich zu diesem Zeitpunkt eine Klausur schrieb. Ich glaube aber, dass Gernot und Paul etwas damit zu tun haben. Das habe ich ihnen aber auch nicht gesagt, weil ich es ja nur vermute. Es wäre wieder typisch für Gernot. Vor einiger Zeit habe ich mich mit ihm gestritten, weil er im Gegensatz zu mir die Auffassung vertritt, dass sich das RAF auch mit Gewalt gegen das Establishment wehren dürfe. Dabei spielt es für ihn keine Rolle, ob mit Schusswaffen oder Bomben. Damals habe ich ihm gesagt, dass sie auf meine Mitarbeit verzichten müssen, wenn ich erfahre, dass sie auf diese Weise Gewalt anwenden."

"Aber in den Zeitungen wurde doch vor Jahren schon berichtet, dass das RAF an Banküberfällen und Bombenanschlägen beteilt ist." entgegnete Peer.

"Man muss ja nicht alles glauben, was so in den Zeitungen steht." antwortete Claudia und fragte weiter:

"Hast du von Paul und Gernot in dieser Woche etwas gehört?" Er schüttelte den Kopf.

"Ich würde gerne duschen." sagte sie ihm zugewandt. Er nickte und bat sie noch mal, ihn doch nicht immer danach zu fragen. Er würde sich freuen, wenn sie sich bei ihm wie zu Hause fühle. Sein schlechtes Gewissen, sie anzulügen, machte ihn sehr unglücklich. Wenn doch der ganze Spuk bald zu Ende wäre. Aber damit endete auch seine überaus glückliche Beziehung zu Claudia. Es war schon sehr spät. Als sie geduscht das Bad verließ, wollte er wissen, warum sie sich erst so spät gemeldet habe. Sein Telefon sei über längere Zeit besetzt gewesen, bemerkte sie fragend. Und wieder log er, als er ihr als Grund eine Hilfeanfrage eines Kommilitonen nannte, der sich rechtliche Aspekte erklären ließ. Die Diskussion sei ein wenig schwierig gewesen, weil Peers Ausführungen nicht gleich verstanden wurden. Er konnte ihr kaum erklären, dass er mit dem

LfV sprach. Wie er dieses Versteckspiel langsam hasste. Sie legte sich völlig nackt ins Bett und deckte sich zu. Sie ließ Peer diesmal nicht die Gelegenheit, sie ins Bett tragen zu dürfen. Trotz der sehr späten Stunde 00.30 Uhr duschte Peer auch und legte sich danach zu Claudia, die fast eingeschlafen war und sich an seinen Körper schmiegte. Er wollte wissen, seit wann sie versucht habe, ihn telefonisch zu erreichen und nicht einfach zu ihm gekommen sei. Sie antwortete schlaftrunken: "Morgen, ich bin sehr müde."

Als Peer am nächsten Morgen erwachte, standen auf dem Frühstückstisch bereits frisch gebrühter Kaffee und die brennenden Kerzen. Claudia saß am Tisch auf dem einzigen Stuhl, den Peer besaß, und beobachtete ihn im Schlaf. Er öffnete die Augen und sah sie noch verschlafen an. Sie setzte sich zu ihm auf Bett, küsste ihn und wünschte ihm einen guten Morgen. Peer wollte sie zu sich ins Bett ziehen, weil sein Verlangen nach ihr übermächtig war. Sie wehrte ab und wies daraufhin, dass der Kaffee kalt werde. Er setzte sich aufs Bett, während Claudia den einzigen Stuhl benutzte. Er dachte wiederholt daran, sich einen zweiten Stuhl zu besorgen, verwarf dies aber immer wieder, weil er damit rechnete, dass seine Zeit bald ablaufen würde. Beim Frühstück versuchte Peer mit der Frage, ob sie schwer getroffen sein würde, wenn er ihr verheimlichte ein Schwerverbrecher zu sein, herauszufinden, ob Claudia auch die Wahrheit über ihn verkraften würde. Claudia war überhaupt nicht überrascht, sonder erklärte ihm, dass sie von seinem Gefängnisaufenthalt in Hamburg wisse. Sie verharmloste diese Tatsache, indem sie über wissenschaftliche Untersuchungen sprach, die über Täter von Wirtschaftsdelikten existierten. Also war sie von Paul oder Gernot sehr detailliert unterrichtet worden, was ja auch nahelag. Als er nach dem Informanten fragte, nannte sie Gernot. Peer nickte und murmelte, dass es zu erwarten gewesen sei. Er versuchte im Gespräch das Thema zu wechseln, weil es sich nicht in die von ihm gehoffte Richtung entwickelte. Er versuchte Claudia deutlich zu machen, dass seine Gefühle für Sie tief und ehrlich seien. Er habe sich in ihrer Nähe noch nie in seinem Leben so wohl und glücklich gefühlt, dass er sich wünschte, immer mit ihr zusammen sein zu können. Sie versicherte ihm, dass sie genau so empfände. Er fragte sich, ob diese gegenseitigen Liebesbezeugungen hielten, wenn er ihr eröffnen musste, dass er als Kriminalbeamter verdeckt unter einer Legende ermittle. Er schob diese Gedanken beiseite und dachte nicht an den kommenden Montag.

Glücklich trennten sich beide am Montagmorgen. Claudia musste um 8 Uhr zu einer Vorlesung und Peer bereitete sich auf eine Vorlesung um 11 Uhr vor. Heute waren sie schon sehr früh aufgestanden, weil Claudia pünktlich in der Vorlesung sein wollte, die ungewöhnlich früh angesetzt war. Peer kümmerte sich um den Abwasch des Geschirrs und räumte es weg. Er machte das Bett und legte sich Schreibutensilien zurecht, damit er sie nicht vergaß. Das Telefon klingelte und Schuster fragte, ob er alleine sei. Peer bejahte, worauf Schuster mitteilte, es gäbe einiges zu besprechen und Peer möge am Nachmittag gegen 14 Uhr beim Theater warten. Vermutlich werde Alex ihn abholen. Die Vorlesung um 11 war für Peer nicht so interessant und seine Gedanken waren auch nicht bei der Sache. Er wäre zu gerne aufgestanden und gegangen, wollte aber den referierenden Professor nicht mit seinem Abgang brüskieren, weil er für seine rhetorisch brillanten Vorträge bekannt war. Nach der Vorlesung aß Peer in der Mensa und hoffte, wie so oft, Claudia zu treffen. Er wollte sie schon wiederholt fragen, wo sie immer aß, vergaß es aber regelmäßig.

Die Zeit wurde knapp, weshalb er seine Tasche mit den Studienunterlagen zum Treffen mitnahm. Alex traf mit seinem Pkw sehr pünktlich ein und ließ ihn zusteigen. Sie fuhren außerhalb der Stadt zu einer kleinen Pension, die einen Frühstücksraum besaß, wo Schuster alleine auf ihn wartete. Schuster bat Alex entweder spazieren zu gehen oder ins Büro zurück zu fahren. Er werde Bescheid sagen, wenn er ihn benötige. Es könne aber auch sein, dass Schuster Peer in die Stadt fahre. Peer ahnte, dass etwas Besonderes in der Luft hing. Schuster würde ihn nicht unter 4 Augen sprechen wollen, wenn nicht sehr Ungewöhnliches zu besprechen war. Schuster begann die Arbeit von Peer zu loben und brachte seine Zufriedenheit über das Geleistete zum Ausdruck, wobei er erwähnte, dass man auch in höchsten Kreisen über die Ergebnisse sehr zufrieden sei. Zugern hätte Peer gewusst, wer mit höchsten Kreisen gemeint war. Doch Schuster deutete nicht ein Mal in Ansätzen an, wer gemeint sein könnte. Peer befürchtete, die nun kommenden Ausführungen von Schuster, weil er nicht unbegründet vermutete, dass ihm erklärt werde, dass seine Aufgabe damit beendet sei. Und richtig, wie Schuster weiter ausführte, habe sich das RAF in Braunschweig faktisch aufgelöst. Paul würde noch pünktlich seiner Meldeauflagen des Haftbefehls nachkommen und sei auch sehr intensiv zu dem Sprengstoffanschlag vernommen worden, solle aber ein Alibi haben, welches nicht zu erschüttern sei. Angeblich wisse er nichts von einem Sprengstoffanschlag. Gernot sei zwar untergetaucht, sein Aufenthalt mit den beiden Flüchtigen dem LfV aber bekannt. Er brauche Peer wohl nicht darauf hinzuweisen, dass die gesamten Kenntnisse die er bisher erfahren habe als "Streng geheim" eingestuft würden. Schuster holte ein Formular aus seiner Tasche und ließ Peer eine Verpflichtungserklärung zur Geheimhaltung unterschreiben. Peer sei zwar von Berufs wegen zur Geheimhaltung verpflichtet aber er sei nicht ausdrücklich für die Geheimhaltungsstufe "Streng geheim" verpflichtet, was hiermit nachgeholt werde. Schuster erwähnte Claudia, von deren Existenz und ihrer Beziehung zu Peer er informiert sei. Sollte diese Beziehung den Belastungen standhalten, sei nicht zu vermeiden, dass sie Kenntnis davon erhält, dass er Kriminalbeamter sei und verdeckt ermittle oder ermittelt habe. Er brauche es Peer nicht zu erläutern, dass seine Tätigkeit für das LfV unbedingt geheim bleiben müsse.

Peers Tätigkeit für das LfV würde mit dem Ablauf kommenden Sonntag enden. Mit dem LKA habe man abgesprochen, dass seine Abordnung zum LfV zu diesem Zeitpunkt ebenfalls aufgehoben werde. Was das LKA für ihn plane, wisse Schuster nicht, habe aber angeboten, dass man das Apartment in Braunschweig vom LKA weiter „Konspi"rativ nutzen könne, wenn die Kosten vom LKA übernommen würden. Die Umhängetaschen würde das LfV ihm überlassen. Mit dem LKA sei auch besprochen worden, dass Peer unter seiner bisherigen Legende weiterarbeiten solle, weil es noch zu Kontakten mit Personen vom RAF kommen könne. Würde Peer gar nicht mehr erreichbar sein, würde unter den Sympathisanten und den Aktivisten des RAF schnell der Verdacht entstehen, dass er ein Spitzel gewesen sei. Sofern Personen aus dem RAF mit ihm Kontakt aufnähmen, sollte er entsprechend seinem früheren Auftrag reagieren, ihnen aber auch klar machen, dass er sich der Gruppe nicht mehr zugehörig fühle. Im Einzelfalle solle er mit Schuster Kontakt aufnehmen. Erich hätte ihm angedeutet, dass beim LKA für Peer eine Aufgabe warte, für die von der Staatsanwaltschaft inzwischen eine Zustimmung vorliege. Peer solle sich im Laufe der Woche mit Erich in Verbindung setzen. Auch das Telefon lasse man für ihn geschaltet. Erich sei der Auffassung, für seinen neuen Auftrag können sich seine bisherigen Betätigungen so gar als Vorteil erweisen. Aus den genannten Gründen sei das LfV auch mit einer eingeschränkten Kooperation mit dem LKA bereit. Schuster legte Peer einige Quittungen und Unterlagen vor, die zu unterschreiben waren und händigte ihm verschiedene Bargeldbeträge aus, die für seine Auslagen und die Kosten des Pkw vorgesehen waren. Für Peer bedeuteten die Beträge eine erheblich finanzielle Entlastung. Seine Wohnungsmiete für die Wohnung in Hannover und die Unterhaltskosten seines privaten Pkw liefen ja weiter. Sein Budget war durch die Kosten im Zusammenhang mit seiner Beziehung zu Claudia ohnehin sehr strapaziert. Da sie alleine waren, konnte sich Peer nicht zurückhalten und wollte Einzelheiten des von ihm transportieren Sprengsatzes und des Zünders wissen. In der Presse waren nur sehr wenige Details bekannt geworden. Schuster verwies aber auf das LKA und fügte bedauernd hinzu, dass ihm noch nicht alle Details bekannt seien, er aber Erich danach fragen könne. Wegen der Zurückhaltung des LfV in dieser Sache sei es zu Meinungsverschiedenheiten zwischen den Behörden gekommen. Die Leitung des LKA habe versucht, über den Innenminister zu intervenieren. Der vertrete aber auch die Auffassung des LfV, dass es sich hier um sehr gefährliche Gruppierungen handele, die einen weitreichenden Quellenschutz rechtfertigten. Nach fast 3 Stunden beendete Schuster die Besprechung, nicht ohne Peer nochmals auf seine Pflicht zur Geheimhaltung hinzuweisen. Auch vor Gericht dürfe er über diese Angelegenheit nur mit einer Aussagegenehmigung Angaben machen. Schuster ginge aber davon aus, dass ihm solch eine Aussagegenehmigung nie erteilt würde. Er bot Peer an, ihn in die Innenstadt von Braunschweig zu fahren. Der Pkw von Schuster, ein neuer BMW, war mit manchen technischen Finessen ausgestattet. So gar ein Telefon war eingebaut, was zu dieser Zeit noch sehr ungewöhnlich war. Wer Schuster mit seinem Pkw sah, musste den Eindruck gewinnen, es mit einem Manager aus der Wirtschaft zu tun zu haben. Lediglich die Tatsache, dass er den Pkw selbst fuhr, passte nicht so recht ins Bild. Peer war von ihm schon mehrfach angesprochen worden, ob er sich nicht entschließen könne, zum LfV zu wechseln, was Peer stets nicht grundsätzlich ablehnte, aber immer betonte, dass er diese Frage erst entscheide, wenn er nicht mehr verdeckt ermittle. Schuster ließ Peer kurz vor dem Stadtzentrum aussteigen und bedankte sich noch mal für die geleisteten Dienste.

Sollte er dankbar sein, dass er seine verdeckten Ermittlungen nun in einem anderen Bereich fortsetzen konnte, oder würde sich seine Zukunft noch negativer entwickeln, als bisher? Wie würde er seine Beziehung zu Claudia fortsetzen können. Er kannte sie zwar noch nicht sehr lange, würde sie aber sofort heiraten, wenn es die Umstände erlaubten. Er sehnte sich nach ihren Zärtlichkeiten, in einem Maße, das ihm Angst machte. Ohne die genauen Kenntnisse seines neuen Auftrages konnte er nur spekulieren. Schuster schien es auch gar nicht infrage zu stellen, ob er überhaupt weiter als verdeckt ermittelnder Kriminalbeamter tätig sein würde. Genau diese Frage stellte sich Peer seit dem Tod Lars. Er würde mit Erich darüber sprechen, ob er sich nicht völlig aus dieser Tätigkeit zurückziehen sollte. Er spürte die psychischen Belastungen immer deutlicher, was die Beziehung zu Claudia nicht einfacher machte. Es drängte ihn oft, sich ihr zu offenbaren. Nur die Angst vor den möglichen Folgen und ihren Reaktionen hielt ihn davon ab. Würde sie sich von ihm abwenden, er wüsste nicht, wie er weiterleben sollte. Allein dieser Gedanke, dass er glaubte, nicht ohne sie leben zu können, zeigte ihm seine fatale Abhängigkeit. Nicht zuletzt seine Berufs- und Lebenserfahrung sagte ihm, dass er emotional so betroffen war, dass es sehr schwer für ihn werden würde, wenn es zu einer Trennung käme. Die Bearbeitung von Suiziden hatte ihm als Kriminalbeamten gezeigt, dass trotz psychologischer Kenntnisse der Zusammenhänge, Betroffene ihrem Tunnelblick erlagen und sich in ihrer scheinbaren Ausweglosigkeit töteten. War er dem gewachsen? Aber war Claudia dem gewachsen, wenn er ihr schonungslos die Wahrheit präsentierte, was unweigerlich der Fall sein würde, wenn er diese Beziehung mit einem Heiratsantrag vollenden wollte. Wie lange würde ihm für die Offenbarung noch Zeit bleiben?

Es war später Nachmittag und Peer war auf dem Weg zu seinem Apartment. Er hörte hinter sich eine sonore Stimme: "Du hast mich nicht besucht. Du hattest es versprochen. Jetzt musst du aber mitkommen." Peer drehte sich zu Igor um, der ihn gerade eingeholt und überschwänglich begrüßte.

Bleibt mir denn gar nicht erspart, dachte Peer und begleitete Igor zu seinem in der Nähe liegenden Antiquitätenladen. Warum nahm er auch diese Straße? Er vergaß, dass Igors Geschäft in der Nähe lag.

"Wie geht es dir und was macht Lars?" Was sollte Peer darauf antworten?

"Ich hab' ihn schon lange nicht mehr gesehen. Er hat sich bei mir auch nicht gemeldet."

"Interessierst du dich noch für Ikonen? Ich hab' Neue bekommen."

"Das Studium lässt mir weder Zeit noch Geld zum Ikonensammeln."

"Vielleicht kommen wir doch noch ins Geschäft. Die Legionäre habe ich nie mehr gesehen. Solche Feiglinge! Interessierst du dich noch für Stoff?"

"Nein, kann ich gar nicht gebrauchen. Das Studium ist schwierig und ich muss nebenbei was verdienen."

"Machen wir ein Geschäft."

"Zum Geschäftemachen fehlt mir jetzt das Kleingeld und die Zeit Igor."

"Junge, ich helfe dir. Du kennst dich doch mit Antiquitäten ein wenig aus. Ich gebe Dir Adressen und du fährst für mich dahin und schaust, was es gibt."

"Also Igor, wirklich dazu habe ich keine Zeit."

"Na ja, aber ich lad dich ein und wir trinken auf alte Zeiten."

Sie erreichten Igors Geschäft, das wie in der Vergangenheit so oft unverschlossen war. Peer sage dazu nichts, weil er es für müßig hielt. Er hatte früher Igor ein paar Mal darauf hinwiesen, worauf er immer die gleiche Antwort erhielt, dass ihm niemand etwas stehle. Wie früher setzten sie sich in den kleinen Nebenraum und Igor füllte die Gläser bis zum Rand mit Whisky. Warum tue ich mir das an, dachte Peer. Er hätte ja auch einfach ablehnen und gehen können. Wohl wäre Igor beleidigt gewesen, aber er müsste jetzt nicht den Whisky trinken. Wie schon früher, nahm Peer einen Schluck als Igor ihm zuprostete und füllte das Glas gleich mit Cola auf, damit Igor keinen Whisky nachschenken konnte. Peer dachte an das frühere Ritual, Igor würde bald protestieren und ihn auffordern ein paar Schluck aus dem Glas zu trinken, damit er Whisky nachfüllen könne. Dass er wieder Igors Einladung folgte, war doch nicht ein

Mangel an Empathie dachte Peer, weil er sich dies häufig vorwarf. An Igors Lebensgeschichte dachte er nur ungern. Peer fühlte, wie der Alkoholspiegel langsam begann, seinen Geist zu benebeln. Er stand auf, leerte dass inzwischen nur mit Cola gefüllte Glas und verabschiedete sich, mit dem Versprechen, sich wieder zu melden, was er ganz und gar nicht beabsichtigte. Igor brachte ihn an die Tür, nahm ihm das Versprechen ab, ihn wieder zu besuchen und schloss hinter ihm ab.

Im Auslandseinsatz

In seinem Apartment streifte Peer seine Schuhe ab, ohne die Schleife der Schnürsenkel zu öffnen und legte sich angekleidet aufs Bett. Mit einem Mal rannen ihm Tränen die Wangen herunter aufs Kopfkissen. Er spürte es nicht. Erst als er auch noch schluchzte, wurde ihm bewusst, dass er weinte. Er dachte an Claudia und die gesamte vertrackte Situation. Seine Gemütsbewegung schob er auf den zu viel genossenen Alkohol. Er erwachte und sah auf die Uhr. Er musste den Wecker überhört haben, den er abends auf 07.30 Uhr stellte. Jetzt war es schon 08.30 Uhr und seine Vorlesung nicht mehr rechtzeitig erreichbar. So weit es ihm möglich war, besuchte er die Vorlesungen, weil sie ihm für seine beruflichen Aufgaben sehr nützlich schienen. Er versuchte Erich im LKA zu erreichen, wo er erfuhr, dass sich seine Telefonnummer geändert habe. Er erreichte ihn auf der neuen Nummer auch erst nach mehrmaligen Versuchen. Erich war über den Anruf sichtlich erfreut. Er erkundigte sich nach Peers Befinden, der ihm den Abend mit Igor schilderte, worauf Erich lachte. Peer fragte nach den Ermittlungen zum Tod von Lars, was Erich schlagartig ernst werden ließ. Franz habe das Aufgabengebiet gewechselt, weil er nicht damit fertig geworden ist. Er habe ebenfalls im Nebenraum mit den eingesetzten Kräften des MEK machtlos das Geschehen mitbekommen. Doch deshalb rufe Peer sicher nicht an. Es stimme, dass er ab Montag wieder für das LKA verdeckt ermitteln solle. Aber man müsse das Ganze vorsichtig angehen. Es sei ein sehr komplexer Vorgang und Peer solle am Montag ins LKA kommen. Erich fragte völlig zusammenhanglos, ob es zutreffe, dass Peer den Führerschein der Klasse 2 besitze, wie er es den Unterlagen entnehme. Peer bestätigte dies, worauf Erich fragte, ob in seinem Führerschein mit dem Decknamen auch die Klasse 2 vermerkt ist. Da war Peer selbst überfragt und holte seine Geldbörse aus der Gesäßtasche und sah nach. Er bestätigte Erich, dass auch auf diesem diese Führerscheinklasse vermerkt sei. Als Peer fragte, warum Erich dies wissen wolle, antwortete er, man werde am Montag alles im Einzelnen besprechen. Er solle sich noch ein paar schöne Tage machen, so weit ihm dies unter den derzeitigen Umständen möglich sei. Da Erich keinen genauen Termin für Montag mitteilte, nahm sich Peer vor, erst am Montag Vormittag, wenn Claudia zur UNI gegangen war, Erich anzurufen und mit ihm das Treffen auszumachen.

Peer zündete sich eine Zigarette an. Es war schon seine Zweite. Wie immer, wenn er alleine war, bestand auch heute sein Frühstück aus einer Flasche Cola und einer Zigarette. Die letzten Wochenenden verbrachte er ohne sich eine Zigarette anzuzünden, weil Claudia nicht rauchte und er sich ihr anpassen wollte. In den letzten Wochen überlegte er sich immer wieder, ob er nicht seinen Wunsch, mit dem Rauchen wieder aufzuhören, in die Tat umsetzen sollte. Die vergangenen Wochenenden ohne Zigarette fielen ihm jedes Mal schwer. Würde er ganz aufhören, würde es für ein paar Monate recht schwer werden. Claudia war aber der schönste Grund, den man sich denken konnte. Er nahm sich vor, es zu versuchen. Wie jeden Tag aß er in der Mensa, immer darauf hoffend, dass er Claudia traf. Statt dessen setzte sich Paul an Peers Tisch und fragte, wie es ihm gehe?

"Du weißt doch, schlechten Leuten geht es immer gut. Und was machst du? Ich habe dich schon einige Zeit nicht gesehen."

"Alles easy. Die Bullen haben mich in den letzten Wochen genervt. Wenn irgendwo etwas passiert, muss immer ich es sein. Sie können mir nichts nachweisen. Ich hab' ein Alibi."

"Für was hast du ein Alibi?"

"Geht dich nichts an. Frag doch Claudia."

"Hast du Gernot in der letzten Zeit gesehen? Er wollte sich doch wieder bei mir melden."

"Keine Ahnung. Hat sich wohl verlaufen."

"Was soll jetzt das? Ich dachte ihr seid eng befreundet?"

"Was geht dich das an?"

"Bist schlecht aufgelegt? Was ist los?"

"Die Bullen nerven. Mein Anwalt sagt, die hätten gegen mich gar nichts in der Hand und der Haftbefehl sei nicht begründbar."

"Gernot hat doch Ahnung, was sagte der?"

"Was hast du immer mit Gernot? Der muss selbst zusehen."

"Du bist heute aber wirklich schlecht drauf. Immerhin hat er dir geholfen, dass der Haftbefehl ausgesetzt wurde."

"Was weist du schon."

"Egal, grüß ihn von mir, wenn du ihn siehst." sagte Peer, nahm sein Tablett mit dem Geschirr und brachte es zu Geschirrabgabe und überlegte, warum Paul sich so eigenartig verhielt. War es die Vernehmung, die ihn so verärgerte? Claudia war auch heute nicht in der Mensa. Er begann sich langsam Gedanken zu machen, weswegen sie nicht mehr in der Mensa aß. War es ein anderer Freund, der sie davon abhielt? Peer war eifersüchtig, wollte es sich aber nicht eingestehen. Am Nachmittag war die Vorlesung ausgefallen, weil der Professor erkrankt war, und kein Ersatz gefunden wurde. Peer nutzte diese Zeit für einen längeren Spaziergang, der ihn an der WG von Claudia vorbeiführte. Er war versucht, bei ihr zu klingeln. Ließ es aber doch, weil er wusste, dass die Türklingel die gesamten WG-Bewohner alarmierte und Claudia es nicht wünschte. In seinem Apartment angekommen, arbeitete er die Unterlagen über die letzten Vorlesungen durch. Als das Telefon läutete, schreckte Peer auf. Er war beim Lesen seiner Aufzeichnungen eingenickt. Er nahm den Hörer ab und vernahm Erichs Stimme, der ihn bat, am Montag gegen 16 Uhr, in Hannover am Steintor auf ihn zu warten. Er werde ihn dort abholen. An dem Gespräch werde der zuständige Staatsanwalt teilnehmen, der aber nicht früher Zeit habe. Peer war verwundert, dass Erich die Telefonnummer kannte, ließ es sich aber nicht anmerken. Er sagte zu und wollte noch wissen, ob es etwas mit dem Fall zu tun habe, der ihm zu Beginn seines verdeckten Einsatzes geschildert worden war. "Nur sehr indirekt. Bis am Montag," antwortete Erich und beendete das Gespräch. Die folgenden Tage verbrachte Peer damit, die angebotenen Vorlesungen im Wirtschaftsrecht wahrzunehmen und sich nach bekannten Gesichtern von Personen, die dem RAF zuzuordnen waren, umzusehen. Es war ihm in den Tagen zuvor schon aufgefallen, dass er nur wenige sah und diese es ständig eilig hatten. Dass sie sich wie früher in kleineren Gruppen unterhielten, konnte er nicht mehr beobachten. Was sollte er sich auch noch darüber Gedanken machen. Für ihn war das Kapitel hoffentlich abgeschlossen.

Sehr spät am Freitag Nachmittag meldete sich Claudia telefonisch, und ließ ihn wissen, dass sie bis zum späten Abend mit einer Arbeitsgruppe an der UNI zu tun habe. Ob es ihm recht sei, wenn sie danach etwa gegen 22 Uhr zu ihm komme. "Aber Claudia, Liebling, so etwas brauchst du doch nicht fragen. Ich freue mich, wenn du kommst, gleichgültig wie spät. Ich habe Paul getroffen. Der war gar nicht gut drauf. Bis heute Abend."

Claudia sagte nur "Danke!" und legte auf. Peer besorgte den Einkauf für das Wochenende, damit sie sich selbst vorsorgen und nicht essen gehen müssten. Als Claudia schon um 21.30 Uhr an der Hauseingangstür klingelte, glaubte Peer, dass es Gernot war, weil er Claudia erst gegen 22 Uhr erwartete, und war glücklich, als sich herausstellte, dass sie früher als erwartet die Arbeitsgemeinschaft verlassen konnte. Sie begrüßten sich stürmisch wie frisch verliebte und Claudia bat duschen zu dürfen. Seine Frage, ob sie Hunger habe und eine Kleinigkeit essen wolle, bestätigte sie mit einem Nicken und bemerkte, dass sie heute noch nichts gegessen habe. Als sie das Duschbad verließ, hatte sie sich das Badetuch um ihren Körper geschlungen und setzte sich an den gedeckten Tisch auf den einzigen Stuhl in dem Apartment. Erfreut stellte sie fest, dass Peer Räucherfisch, den sie so gerne aß, besorgt und den Tisch mit Blumen und Kerzen dekoriert hatte. Sie fiel ihm um den Hals und bedankte sich mit einem langen Kuss. Könnte es doch immer so bleiben, wünschte sich Peer. Wie all die Wochenenden zuvor genossen sie die Zweisamkeit. Peer deutete in Gesprächen an, dass er ein Angebot einer Firma erhalten habe. Genaueres sei ihm noch nicht bekannt. Es könne aber sein, dass sich die Arbeitsstelle in Hannover befände. Montagnachmittag wolle er sich mit einem Mitarbeiter der Firma treffen. Wenn Claudia ihn am Montagabend gegen 20 Uhr anrufe oder besser zu ihm komme, wisse er schon mehr. Als Claudia am frühen Montagmorgen Peers Apartment verließ, versprach sie, sich abends zu melden.

Peer sorgte dafür, dass das Apartment wieder sauber und aufgeräumt war, nahm seine Schmutzwäsche und ging zu dem Waschsalon, der leider nicht in unmittelbarer Nähe lag. Gegen Mittag ging er in die Mensa, um Mittag zu essen, als ihm einfiel, schon wieder vergessen zu haben, Claudia zu fragen, warum er sie nicht mehr in der Mensa essen sah. Claudia sah er auch an diesem Mittag nicht. Nach dem Essen fuhr er nach Hannover. Er stellte den Pkw auf einem Parkplatz in der Nähe des Steintorviertels ab und schlenderte durch die Einkaufsstraßen. Das Steintorviertel war verrufen, weil hier auch das sogenannte Rotlichtmilieu zu finden war. Zum angegebenen Zeitpunkt hielt sich Peer an der Stelle auf, die ihm Erich beschrieb. Er wurde plötzlich von einer ihm fremden Person aus einem Pkw angesprochen und gebeten einzusteigen. Der Fremde stellte sich als Mitarbeiter von Erich vor und erklärte, dass Erich selbst verhindert sei, aber nachher zum Gespräch wieder anwesend sein werde. Peer wunderte sich, dass der Mitarbeiter von Erich sich nicht mit Namen vorstellte. Oder war es Peer entgangen? Der Mitarbeiter von Erich fuhr in der Stadt ein paar Mal kreuz und quer und Peer fragte ihn, ob er sich in Hannover nicht auskenne. Der Mitarbeiter von Erich erklärte, dass er angewiesen worden sei, ein paar Haken zu schlagen, bevor sie zum LKA in die Tiefgarage fahren. Sie fuhren mit dem Lift ins 4. Stockwerk und gingen dort zu einem als Besprechungsraum ausgewiesenen Zimmer. Sie waren alleine und warteten auf Erich und den angekündigten Staatsanwalt. Nach etwa 5 Minuten trafen beide ein. Erich stellte Peer dem Staatsanwalt Bayer vor und seinen Mitarbeiter KK Bürger, der ihn abgeholt habe.

Erich berichtete von dem Verfahren gegen unbekannte Personen des Speditionsunternehmens Wohlgemut. In den letzten 3 Jahren seien 2 Studenten von der UNI Hannover spurlos verschwunden. Es gäbe Vermutungen, dass beide für das Speditionsunternehmen tätig gewesen sein könnten. Die Erkenntnisse der letzten 3 Jahre konkretisierten den Verdacht, dass Personen in dem Unternehmen Drogen, Zigaretten und sog. Schwarzgeld schmuggelten. Verschiedene LKW der Spedition seien an den Grenzen mehrfach ergebnislos kontrolliert worden. In zwei Fällen hätten bei solchen Kontrollen Rauschgiftspürhunde bei leeren Paletten reagiert. An diese Paletten seien nach kriminaltechnischen Untersuchungen Spuren von Heroin und Kokain festgestellt worden. Vernehmungen der Lkw-Fahrer seien ergebnislos verlaufen. Wiederholt seien im Zusammenhang mit Ermittlungen in Todesfällen, die auf überhöhte Dosierungen von Drogen zurückzuführen waren, gewisse Verdachtsmomente aufgetaucht, die auf die Spedition hinwiesen. Die Spedition rekrutiere gelegentlich auch Studenten für Transportfahrten, wenn personelle Engpässe entstünden. Diese Studenten würden überwiegend für Fahrten in die benachbarten Länder Deutschlands eingesetzt. Solche Aushilfsfahrer, die im Besitz des Führerscheines der Klasse 2 seien, wären auch in Einzelfällen für Transportfahrten in die Türkei und auf den Balkan eingesetzt worden. Ob die beiden verschwundenen Studenten für die Spedition tätig waren, sei nicht festzustellen gewesen. Einer der beiden besaß aber den Führerschein der Klasse 2. Obwohl das LKA seit 3 Jahren versuche die unbekannten Schmuggler zu ermitteln, träten sie immer noch auf der Stelle. Der Vorgänger des Staatsanwaltes Bayer habe bei dieser Sachlage stets den Einsatz eines verdeckten Ermittlers abgelehnt. Inzwischen sei aber auch das Justizministerium zu der Einsicht gelangt, dass der Einsatz eines verdeckten Ermittlers, die einzig Erfolg versprechende Option sei. Man wolle mit einem inzwischen erfahrenen verdeckten Ermittler und dem Staatsanwalt besprechen, was unternommen werden könnte, um die Ermittlungen voranzubringen. Peer besitze den entsprechenden Führerschein, dass er auch schwere LKW fahren könne. Erich schwebe vor, dass Peer sich als Lkw-Fahrer bewerben solle. Bei den Fahrten müssten doch Erkenntnisse für einen erfahrenen Kriminalisten zu gewinnen sein, die das Verfahren voranbringe. Herr Bayer war von dem Vorschlag gar nicht angetan und gab zu bedenken, dass Peer bei solchen Fahrten im Ausland keinen rechtlichen Schutz genieße. Ja es könne ihm passieren, dass er als Spion gefasst und vor Gericht gestellt werde. Auch Peer war von der Vorstellung einen LKW über lange Strecken im Ausland lenken zu müssen, gar nicht erbaut. Er fragte nach den Fahrten in die benachbarten Länder, welchem Zweck sie dienten und was im Einzelnen transportiert worden sei. Erich musste eingestehen, dass man über diese Fahrten fast nichts wisse. Es seien Studenten angesprochen worden, ob sie kurzfristig einen alten schrottreifen aber noch zugelassenen Pkw nach Südfrankreich fahren könnten, der dort entweder als Ersatzteillager oder als Gebrauchtfahrzeug Verwendung finden sollte. Der Zusammenhang dieser Fahrten mit der Spedition sei ebenfalls nicht geklärt. Bisher konnte auch noch kein Fahrzeug kontrolliert werden, das für solch einen Transport vorgesehen war, weil solche Überführungs- oder Transportfahrten sehr kurzfristig stattfänden. Nur durch Zufall hätten die Ermittlungsbehörden von Studenten in einem anderen Zusammenhang davon Kenntnis erlangt. Diese Studenten war das Angebot zu der jeweiligen Fahrt telefonisch unterbreitet worden. Sie wurden von einem Unbekannten angerufen, der in einem Fall behauptete in Frankreich verunglückt zu sein, und von einem Kommilitonen erfahren zu haben, dass er ihm seinen Pkw nach Frankreich bringen könne. Der für die Überführung vorgesehene Student sei kurzfristig ausgefallen. Er habe aber Schlüssel und die Fahrzeugpapiere im Handschuhfach hinterlegt. Wenn er Zeit habe, könne er ihm das Fahrzeug sofort bringen. Es stehe auf dem Parkplatz in der Nähe der UNI. Im Handschuhfach liege auch der Zettel mit der Adresse in Frankreich. Bei Übergabe des Fahrzeuges sollte der Überbringer 500 DM und eine Bahnfahrkarte nach Hannover erhalten. Dies sei auch so abgelaufen, wie angegeben. Erich schilderte einen weiteren Fall, der ähnlich gelagert war. Der zweite Zeuge sei Wochen zuvor von einem Kommilitonen angesprochen worden, solch einen Transport zu übernehmen, habe aber damals keine Zeit gehabt. Die Person, die ihn damals ansprach, sei der Sohn eines Mitarbeiters aus der Geschäftsführung der Spedition Wohlgemut. Er hätte ihn einige Monate zuvor in einer Gaststätte gesehen, und gehört, wie er anderen gegenüber geprahlt habe, dass sein Vater sehr viel Geld verdiene und in der Geschäftsführung der Spedition tätig sei. Beim 2. Mal sei er auch telefonisch gebeten worden einen bestimmten Pkw nach Südfrankreich zu bringen. Der Eigentümer des Pkw läge angeblich im Krankenhaus. Er hätte den Pkw an die Cote d'Azur zu der Adresse gefahren, das Geld und die Fahrkarte erhalten und sei wieder zurückgefahren. Als Staatsanwalt Bayer fragte, warum man den Sohn des Mitarbeiters aus der Geschäftsführung der Spedition nicht observiert oder dessen Telefon abgehört habe, erklärte Erich, dass sein Vorgänger alle diesbezüglich Vorschläge mit dem Hinweis abgelehnte hätte, dass die Verdachtsmomente zu vage seien. Staatsanwalt Bayer fragte weiter, ob man vor dem Einsatz eines verdeckten Ermittlers nicht diese Maßnahmen zunächst ins Auge fassen solle, er würde es unterstützen. Erich erklärte daraufhin, dass die Voraussetzungen für die Beantragung eine Telefonüberwachung, nicht vorlägen. Eine Vernehmung des Sohnes wohl eher das Gegenteil bewirke und man sich danach mit Sicherheit alle weiteren Ermittlungen sparen könne. Zu Peer gewandt fragte Erich, was er vorschlagen würde? Peer teilte die Ansicht des Staatsanwaltes, dass eine offizielle Bewerbung als Lkw-Fahrer vermutlich nicht den gewünschten Erfolg bringen würde, weil die Lkw's schon wegen der Ruhezeiten von zwei Fahrern gefahren würden. Er glaube, dass man versuchen solle, sich als Student für Gelegenheitsfahrten anzubieten. Bei solchen Fahrten könne man das Fahrzeug untersuchen. Es diene vermutlich zum Transport von illegalen Gütern. Der Staatsanwalt wandte sofort ein, dass sich das gleiche Problem wie bei den Lkw-Fahrten ergäbe. Der verdeckter Ermittler könne nicht im Ausland ohne deren Einverständnis tätig werden. Peer schlug vor, dass man bei einem solchen vorgesehenen Transport, das Fahrzeug vor der Grenze in eine zufällige Kontrolle fahren lassen solle. Würde man fündig könne man sich alles Weitere überlegen. Werde man nicht fündig, so müsse der verdeckte Ermittler abwägen, was aus seiner Sicht zu entscheiden sei. Staatsanwalt Bayer war einverstanden, würde aber einen Auslandseinsatz in jedem Falle ablehnen. Seine Frage nach einer Zusammenarbeit mit dem jeweiligen Staat hielt Erich für völlig absurd und nicht durchführbar. Es müssten sehr kurzfristige Entscheidungen vom verdeckten Ermittler getroffen werden, die eine wie auch immer geartete Zusammenarbeit schon aus Zeitgründen unmöglich machten. Es war bereits 18 Uhr und man merkte es auch dem Staatsanwalt an, dass er die Unterredung beenden wollte. Erich schlug daher vor, dass er am folgenden Tag mit Peer verschiedene Details bespreche und den Staatsanwalt unterrichten werde. KK Bürger, der sich während der ganzen Diskussion nicht ein Mal meldete, erhielt den Auftrag Peer ins Steintorviertel zu fahren. Peer sollte sich am nächsten Tag um 9 Uhr wieder am Steintorviertel an gleicher Stelle einfinden. Er konnte aber erreichen, dass man sich auf 10 Uhr einigte.

Er wollte unbedingt um 20 Uhr in seinem Apartment sein, was er Claudia versprach. Er hätte es fast nicht geschafft und musste auf der Autobahn von Hannover nach Braunschweig so schnell fahren, dass er befürchtete, das Fahrzeug könnte seinen Geist aufgeben. Pünktlich 5 Minuten vor 20 Uhr stand er in seinem Apartment, als es an der Haustür klingelte und wie abgesprochen Claudia heraufkam. Nach herzlicher Begrüßung duschte Claudia und fragte, ob er nicht gleichzeitig mit ihr duschen wolle, so könnten sie Zeit sparen. Was den Zeitgewinn anbetraf, war Peer nicht so sicher, ließ sich aber nicht zweimal bitten. So brauchte der sehr abwechslungsreiche Duschvorgang seine Zeit. Sie verließen die Dusche ausgesprochen heiter und trockneten sich ab. Claudia begann völlig nackt das Abendessen zu richten, was beide sehr lustig fanden. Peer band sich ein Handtuch um die Lenden und sie aßen fast nackt mit sehr viel Appetit ihre Abendmahlzeit. Auch im Bett kamen sie erst nach einiger Zeit dazu, sich über die Ereignisse des Tages zu unterhalten. Wobei Peer berichtete, dass er für die Firma in Hannover arbeiten könne. Vermutlich solle er gelegentliche Kleintransporte übernehmen. Details würden erst am nächsten Tag besprochen. Claudia erzählte von einem zufälligen Treffen mit Paul, der sich ihr gegenüber ebenso eigenartig verhalten habe.

Am nächsten Morgen verabschiedeten sie sich schon sehr früh, Claudia zur UNI und Peer für die Fahrt nach Hannover, um den Termin von 10 Uhr einzuhalten. KK Bürger wartete bereits auf Peer, der seinen Wagen erst auf einem Parkplatz in der Nähe abstellen musste. Bürger begrüßte Peer kurz und sie fuhren, wie schon am Tage zu vor, ein paar Mal kreuz und quer durch die Stadt, bevor sie in die Tiefgarage des LKA fuhren. Auch auf dieser Fahrt sprach der Kollege Bürger kein einziges Wort. Im Besprechungsraum wartete Erich mit Unterlagen, die er studierte. Nach der Begrüßung kam er gleich zu Sache und fragte Peer, wie er sich sein Engagement im vorliegenden Fall vorstelle. Es wurde eine Fülle von Details besprochen. So stellte sich heraus, dass diese Gelegenheitsfahrten auch in Braunschweig vorkamen. Eine Verbindung zwischen diesen Gelegenheitsfahrten und der Spedition war bisher nicht nachweisbar. Ob die Vermisstenfälle in irgendeiner Beziehung zu der Spedition oder diesen eigenartigen Gelegenheitsfahrten stünden, sei ebenfalls völlig offen. Lange diskutierten sie die Frage, ob Peer seine Telefonnummer zur Kontaktaufnahme benutzen sollte. Sie kamen überein, dass er versucht, diesem angeblichen Sohn des Speditionsmanagers zu suggerieren, dass er als Student Gelegenheitsjobs suche. Erich kannte den Namen des besagten Studenten, Serge Snider, der in Hannover Jura studierte. Er kannte so gar eine von Serge Snider bevorzugte Kneipe in der Nähe der UNI, in deren Nähe er auch wohnte.

Der Name des damals Verdächtigen war auch Spider, der Vater von Serge Spider. Nach Erichs Informationen besuchte besagter Student gerne die Studentenkneipe „Stiefelknecht". Peer kannte sie aus der Zeit seiner Ausbildung zum verdeckten Ermittler und war auch mit Lars an einigen Abenden dort Gast. An einen Studenten Serge Spider konnte er sich nicht erinnern. Auch der Verdacht, dass Serge etwas mit den merkwürdigen Gelegenheitsfahrten zu tun haben könnte, war sehr vage, wobei diese Fahrten keinen kriminellen Hintergrund erkennen ließen. Sie einigten sich, dass Peer sein Apartment und den Telefonanschluss in Braunschweig weiterhin benutzen sollte. Wegen der Kosten werde Erich mit der Wirtschaftsverwaltung sprechen. Peer solle versuchen über die Gaststätte "Stiefelknecht" Kontakt zu Serge herzustellen. Erich würde den Vorlesungsplan, der für Serge infrage käme, besorgen, damit Peer in etwa wisse, wo Serge evtl. anzutreffen sei. Er sollte sich aber weiterhin als Student ausgeben, der Wirtschaftsrecht studiere. Obwohl Peer eine Immatrikulationsbescheinigung und einen Studentenausweis der UNI Hannover besaß, werde Erich ihm noch einen Gasthörerausweis für die juristische Fakultät in Hannover beschaffen. Peer solle erkunden, was am glaubwürdigsten erscheine und sich für Nebentätigkeiten interessieren, die am "Schwarzen Brett" der UNI in Hannover und Braunschweig angeboten würden. Sie diskutierten über den Zweck der merkwürdigen Gelegenheitsfahrten und kamen zu keinem Ergebnis. Sie konnten tatsächlich völlig harmlos sein und dem Zweck dienen, der vorgegeben wurde, obwohl sie sich nicht vorstellen konnten, dass jemand einem Student 500 DM zahlt, damit er einen fast schrottreifen Pkw nach Südfrankreich fährt. Auch die dubiosen Umstände, wie Studenten angesprochen und zu den Fahrten überredet wurden, begründeten einen Verdacht, dass Hintergrund der Fahrten nur illegale Geschäfte sein konnten. Erich rückte plötzlich mit einer Information heraus, die trotz ihres negativen Informationsgehaltes, interessant war. So habe das LKA wegen der Drogenspuren auf leeren Paletten von zwei Lastkraftwagen der Spedition Ermittlungen durchgeführt und alle

Fahrer namentlich festgehalten. Hierbei seien auch die Gelegenheitsfahrer, die für die Spedition bei personellen Engpässen eingesetzt worden waren, überprüft worden. Die Namen der Vermissten seien dabei aber nicht aufgetaucht. Auch keinem von den vielen Fahrern seien die Namen der Vermissten bekannt gewesen. Da die Paletten bei den Transporten ständig wechselten und auch auf anderen LKW anderer Speditionen verwendet werden konnten, war auch der Verdacht gegen die Spedition nicht haltbar. KK Bürger nahm an der Diskussion schweigend teil. Peer fragte ihn daher ein wenig despektierlich, in welcher Funktion Herr Bürger im Dezernat von Erich tätig sei. Erich entschuldigte sich und teilte Peer mit, dass der Kollegen Bürger als verdeckter Ermittler vorgesehen sei. Er habe sich aber Bedenkzeit erbeten, und wolle sich bei den Gesprächen mit den Anforderungen vertraut machen.

"Und, welchen Eindruck haben sie bisher gewonnen Herr Bürger?" fragte Peer.

"Ich weiß es noch nicht. Bei diesen Gesprächen kommen die psychischen Belastungen nicht zur Sprache. Ich stelle es mir nicht so einfach vor, wenn man mit Personen zu tun hat, die einem sympathisch sind, sie zu manipulieren oder sie zu belügen. Es sind doch nicht nur Verdächtige im weitesten Sinne, sondern auch Personen, die mit den Straftaten der Verdächtigen gar nichts zu tun haben, die der verdeckte ermittelnde Kriminalbeamte belügen muss."

Peer entgegnete ihm,

"Mir fällt auf, dass sie die Vokabel belügen häufig benutzen. Glauben sie nicht, dass es einen Unterschied macht, ob sie ihrer Ehefrau vorgaukeln, treu zu sein oder in einem kriminellen Milieu einem Kriminellen vorgaukeln, dazuzugehören?"

"Ja, sie haben recht. Ich habe Probleme mit der Wahrheit oder besser gesagt mit der Lüge. Meine Eltern haben uns Kinder erzogen, sich immer an die Wahrheit zu halten."

"Wenn ihnen das Probleme macht, sollten sie tatsächlich überlegen, ob sie den Job eines verdeckten Ermittlers überzeugend darstellen könnten. Vergessen sie nicht, ein Fehler kann tödlich enden. Als verdeckter Ermittler müssen sie überzeugend lügen können."

"Sie haben recht. Es geht nicht anders. Was haben Sie bis jetzt gemacht. Erich hat erwähnt, dass Sie für das LfV tätig gewesen sind."

"Ja, das stimmt, das ist auch alles, was ich Ihnen darüber berichten kann und darf. Ich wünsche Ihnen bei Ihrer Entscheidungsfindung viel Glück."

Erich stand auf und bat KK Bürger, Peer wieder in die Stadt zu fahren und wünschte Peer viel Erfolg, er solle versuchen Kontakt zu bekommen und Erich auf dem Laufenden zu halten. Es sei ja nicht ganz einfach und man wisse auch nicht, ob es klappen wird. Sie seien beim LKA froh überhaupt in dieser Sache etwas unternehmen zu können. Auf der Fahrt in die Stadt bemerkte KK Bürger, er glaube, dass es nichts für ihn sei. Er wisse, in manchen Verfahren sei es die letzte Möglichkeit, die Ultima Ratio, aber er würde sich sehr schwer tun. Er ließ Peer wieder am Steintor aussteigen und verabschiedete sich.

Peer überlegte, ob er mit dem Pkw zu der Gaststätte "Stiefelknecht" fahren, oder einen kleinen Fußmarsch riskieren solle. Er entschied sich für den Fußmarsch, obwohl es schon spät am Nachmittag war. Er glaubte, im "Stiefelknecht" auch eine Kleinigkeit essen zu können. Das Mittagessen war für sie ausgefallen, weil sie intensiv und sehr detailliert über alles sprachen und darüber ihren Hunger vergaßen. Auf dem Weg in Richtung UNI machte er sich Gedanken, wie es jetzt weitergehen sollte. Solange es ihm möglich sein würde, wäre es vermutlich ratsamer, Claudia im Glauben zu lassen, dass er gelegentlich für eine Firma Fahrten durchführt, mit denen er sein Studium finanziert. Der Weg zur Gaststätte war näher als ihm in Erinnerung war. Zu seinem Erstaunen war sie schon zu dieser Zeit gut besucht. Wie er richtig vermutete, bot die

Gaststätte einige Speisen an, deren Zubereitung keinen großen Aufwand erforderte und die auch an der Theke serviert wurden, wo der Gast auf hohen Barhockern sitzen konnte. Er setzte sich an die Theke, weil er von dort den Gastraum gut überblicken konnte, und bestellte sich einen "Strammen Max" mit 3 Eiern und eine Cola. In einer Ecke am Fenster saß ein Pärchen, auf das Peer beim Eintreten sofort aufmerksam wurde. Die junge Frau war auffallen hübsch. Peer glaubte, den männlichen Begleiter schon gesehen zu haben. Er fragte den Wirt nach der hübschen Frau, der behauptete, sie noch nie gesehen zu haben. Ihren Begleiter kenne er dagegen um so besser. Es sei ein Student namens Serge, der es wohl mit dem Studium nicht so ernst nähme. In seiner Begleitung befänden sich immer wieder andere junge hübsche Frauen. Es sei dem Wirt ein Rätsel, wie er an die jungen Frauen komme. Auf Peers Frage, ob der junge Mann so reich sei, erwiderte der Wirt, dass er von anderen Gästen hörte, er hätte reiche Eltern. Peer wusste jetzt auch, wieso ihm der junge Mann bekannt war. Unter den Bildern, die Erich ihm zeigte, befand sich auch eine Abbildung des Serge Snider, die aber schon recht alt gewesen sein dürfte. Peer erhielt seinen "Strammen Max", den er hungrig verschlang. Mit dem Wirt war er ins Gespräch gekommen und unterhielt sich sehr angeregt und bewusst nicht leise über das Studium, dass er sich selbst finanzieren müsse, weswegen er auch immer Jobs suche. Er beneide Studenten, die sich ganz aufs Studium konzentrieren könnten, weil sie reiche Eltern hätten. Peer sah auf seine Armbanduhr. Es wurde Zeit zu gehen, damit er gegen 20 Uhr in seinem Apartment war. Er hatte es Claudia versprochen. Es wäre auch unklug, wenn er sich als armer Student zu lange in der Gaststätte aufhielt. Es war ohnehin ein Glücksfall, dass er schon am ersten Tag seine Zielperson sah. Damit war nicht zu rechnen gewesen. Er nahm sich vor, die Vorlesungspläne zu studieren, um in etwa zu wissen, wann sie stattfanden und wo und wann Serge vermutlich angetroffen werden könnte. Auch die "Schwarzen Bretter" an der UNI in Braunschweig und Hannover wollte er nächsten Tag nach Gelegenheitsfahrten durchsehen.

Er schaffte es pünktlich in seinem Apartment einzutreffen, wo er
sehnsüchtig auf Claudia wartete, die sich zu seinem Kummer erst
gegen 20.30 Uhr meldete, dass sie heute keine Zeit habe und sich
wieder melden werde. Er erklärte ihr, dass man ihn nur gelegentlich kurzfristig als Aushilfsfahrer für Transporte benötige. Er wisse
nicht, wie er Claudia informieren könne, wenn er einen plötzlichen
Auftrag übernähme und über Nacht nicht anwesend sei. Er fragte,
ob er ihr einen Schlüssel für sein Apartment geben dürfe. Dort
könne er sie auch nachts erreichen. Sie schwieg recht lange, bevor
sie einwilligte. Er nahm an, das die Aussicht sich jederzeit bei ihm
duschen zu können, ihre Entscheidung beeinflusst haben dürfte.

Am Mittwoch sah Peer auf dem "Schwarzen Brett" der UNI
Braunschweig nach Jobs mit Gelegenheitsfahrten und besuchte
danach eine Vorlesung, die er sich vor Tagen schon notierte. Danach fuhr er nach Hannover und suchte dort auf dem "Schwarzen
Brett" nach Jobs und besuchte nach 14 Uhr mit seinem Gasthörerausweis eine Vorlesung, die zu Serges Studium gehörte. Er sah ihn
aber nicht. Für die Mensa in Hannover besaß er keine Essenskarte,
obwohl er sich welche mit seinem Ausweis hätte besorgen können.
Er hatte es schlicht vergessen. Es war schon 16 Uhr, als er den "Stiefelknecht" aufsuchte, und wie am Tag zuvor an der Theke einen
"Strammen Max" und eine Limo bestellte. Der Wirt schien sich an
ihn zu erinnern und fragte, ob er drei Eier möchte, was Peer lachend bestätigte und sich bedankte. Der Wirt fragte, ob er noch
einen Job suche. Peer nickte und fragte, ob er einen anbiete. Der
Wirt schüttelte den Kopf und berichtete Peer, dass Serge gestern
das Gespräch zwischen ihnen wohl verfolgt habe, denn er hätte
den Wirt beauftragt, wenn der Gast von gestern wieder auftauche,
ihn zu fragen, ob er noch einen Job suche. Sollte er noch Interesse
an einem Job haben, solle er sich morgen gegen 13.30 Uhr am
"Schwarzen Brett" in der Mensa einfinden. Als Peer fragte, um was
für einen Job es sich handle, zuckte der Wirt nur die Schultern. Es

sei ihm nicht bekannt. Er wisse aber, dass Serge gelegentlich Studenten Jobs verschafft habe. Zumindest hätte er ihnen welche angeboten. Zu schön, um wahr zu sein. Sollte es tatsächlich so einfach sein, an ihn heranzukommen. Aber vielleicht war es, wie sie auch schon vermuteten, alles ganz harmlos. Peer verließ die Gaststätte und suchte seine Wohnung auf, um nach dem Rechten zu sehen. Er fand einige Briefe und massenhaft Werbung. In der Wohnung wischte er Staub und nahm einen Stuhl mit, den er hinten auf den Rücksitz legte, weil er nicht in den Kofferraum passte. Er sah nach seinem Pkw, der treu und brav an seiner alten Stelle parkte. Wer würde solch ein altes Gefährt schon entwenden. Er machte sich auf den Weg nach Braunschweig, ließ aber vorher noch einen zweiten Schlüssel für sein Apartment und den Hauseingang anfertigen. Er war froh, dass das Haus keine Schließanlage besaß, weil er in dem Falle nur über den Hausmeister nach einer inquisitorischen Befragung einen Zweitschlüssel hätte anfertigen lassen können. Jetzt hatte er doch einen zweiten Stuhl besorgt. Auch an das schmale Bett dachte er, was aber problematischer war, weil er nicht wusste, wohin damit. Ihm kam eine geniale Idee. Er fuhr mit dem Lift ins Erdgeschoss und sah nach der Adresse und dem Namen des Hausmeisters. Zu seiner Überraschung wohnte er im Erdgeschoss. Er klingelte an der Wohnungstür und eine Dame öffnete, die er nach dem Hausmeister fragte. Sie rief ihren Mann, der zur Tür kam und dem Peer sich vorstellte. Er fragte den Hausmeister, ob das Apartment einen Keller besäße?

"Selbstverständlich, jedes Apartment und jede Wohnung hat einen kleinen durch Gitter abgeteilten Abstellraum im Keller. Soll ich Ihnen den Abstellraum zeigen?"

"Ja, gerne. Ist der Abstellraum verschlossen?"

"Jeder Mieter hat einen Extraschlüssel dafür."

"Ich habe keinen."

"Das verstehe ich nicht. Warten sie, ich schau mal nach. Sie wohnen im 5. Stock ost, stimmt's?"

"Ja das ist richtig."

Der Hausmeister entfernte sich und kam nach kurzer Zeit mit einem Schlüssel, den er triumphierend präsentierte, zurück.

"Kommen sie mit, er müsste passen. Es wurde vergessen, den Schlüssel mit den anderen zu übergeben. Sie haben die Schlüssel wohl nicht selbst abgeholt?"

"Nein, ich hatte keine Zeit, daher hat es ein Bekannter für mich erledigt."

Im Keller ging der Hausmeister zu einem kleinen mit Drahtgitter abgeteilten Verschlag, dessen Zugangstür mit einem Vorhängeschloss gesichert war. Einige der Türen der Verschläge waren gar nicht gesichert. Der Hausmeister deutete auf diese Verschläge und meinte, dass die Mieter dort nur Plunder unterbrächten. Wenn dies gestohlen würde, wären sie wahrscheinlich froh. Der Hausmeister prüfte den Schlüssel, der passte. Er übergab ihn Peer und sagte, wahrscheinlich hat ihr Bekannter den nicht wollen. Wenn er den Empfang quittierte, wäre es erledigt. Wenn ihm eine Quittung fehle, werde er sich melden. Peer bedankte sich, dass der Hausmeister ihm noch zu der späten Stunde den Schlüssel gegeben habe. Beim Hochfahren mit dem Lift überlegte Peer, wie er zu einem breiteren Bett kommen könnte. Er müsste es sich kaufen und bringen lassen. Er nahm sich vor, dies am nächsten Tag in die Tat umzusetzen. Er duschte, trank eine Flasche Bier und legte sich zu Bett. Der Raum würde mit einem breiteren Bett sicherlich noch kleiner als er jetzt schon war. Aber es würde besser sein als in dem schmalen Bett, zumal er hoffte, dass Claudia jetzt vielleicht auch in der Woche bei ihm schlief.

Am nächsten Tag fuhr er erst zu einem Möbelgeschäft, dass ihm ein 2 m breites Ehebett verkaufen wollte. Er erklärte dem Verkäufer, dass er ein Bett suche, das etwa 1,60°m breit sei. Er brauche Platz zum Schlafen. Der Verkäufer zeigte sich von dem Kaufwunsch nicht sehr begeistert, zeigte aber einige Modelle, von denen Peer das billigste kaufen wollte. Als Peer ihn fragte, ob und wann sie liefern könnten, geriet der Verkäufer in Verlegenheit. Es könne 4 bis 6 Wochen vergehen, weil das Modell bestellt werden müsse. Welches Modell sie sofort liefern könnten, müsse er erst abklären. Peer überlegte schon, ein anderes Geschäft aufzusuchen. Der Verkäufer kam nach einiger Zeit zurück und teilte Peer zu seiner Überraschung mit, man könne das zuerst von ihm ausgesuchte Bett schon morgen liefern, wenn er das Ausstellungsstück nähme. Beim Preis käme man ihm entgegen und würde ihm einen Rabatt von 20 % einräumen. Für die Zustellung berechneten sie 80 DM. Peer war erfreut und sie einigten sich auf den morgigen Vormittag gegen 10 Uhr. Der Preis für das Bett war nach Meinung von Peer ungewöhnlich hoch. Er wollte aber die Angelegenheit so schnell wie möglich abwickeln.

Er fuhr nach Hannover und besorgte sich in der Mensa Essensmarken. Nach dem Essen hielt er sich in der Nähe des "Schwarzen Brettes" auf und studierte die dort hängenden Jobangebote und die anderen Anzeigen. Überwiegend waren es Suchanfragen von Wohnungen und Jobs. Ein Unbekannter sprach ihn von hinten an, dass er gehört habe, er suche einen Job. Peer drehte sich um und sah in ein ihm völlig unbekanntes Gesicht. Der Unbekannte stellte sich auch nicht vor, sondern erklärte ihm, dass er gelegentlich Studenten im In- und Ausland behilflich wäre, wenn sie Probleme mit Überführungsfahrten von Fahrzeugen hätten. Peer sah sich um, ob er Serge irgendwo sähe. Da er ihn nicht sah, fragte er den Unbekannten, von wem er wisse, dass er einen Job suche? Der entgegnete, dass dies doch völlig unerheblich sei. Wenn er ihm seine Telefonnummer gäbe, werde er sich melden, wenn sich etwas ergäbe. Im Augenblick habe er nichts. Der Unbekannte erklärte ihm, es käme vor, dass jemand im In- oder Ausland verunglücke und sein Fahrzeug nicht mehr selbst fahren könne. Wenn man keinen Autoschutzbrief besäße, sei man aufgeschmissen und müsse sehen, wie man wieder mit dem Pkw nach Haus komme. In solchen Fällen würde er überwiegend Studenten behilflich sein. Er helfe aber auch anderen Personen, wenn sie seine Hilfe benötigten. "Dazu muss ich aber wissen, wie ich sie erreichen kann." entgegnete Peer. Das sei gar nicht schwierig, er brauche bloß einen Zettel ans "Schwarze Brett" heften oder heften lassen. Er würde sich schon melden. "Warum machen Sie denn daraus ein Geheimnis? Das ist doch nichts Ehrenrühriges." Da sei aber das Finanzamt ganz anderer Meinung, bemerkte der Unbekannte. Peer prägte sich die Personenbeschreibung ein. Da stimmte etwas nicht. Auf Wunsch des Unbekannten gab ihm Peer seine Telefonnummer. Er musste Claudia instruieren, damit sie nicht misstrauisch würde.

Er fuhr nach Braunschweig zu seinem Apartment, weil er am nächsten morgen früh aufstehen, sein Bett abbauen und in den Keller transportieren wollte. Er rief Erich an und berichtete über seine Erlebnisse. Erich war völlig "von den Socken". Seine Euphorie war für Peer nicht recht nachvollziehbar, weshalb Peer erklärte, dass eine Verbindung zwischen Serge und dem Unbekannten völlig ungeklärt sei. Einen Job habe er auch nicht. Es könne gut sein, dass man ihm erst auf den "Zahn fühle" und er nur zum Schein eine Fahrt vermittelt bekomme. Doch Erichs gute Laune war auch durch diese Bemerkungen nicht zu erschüttern. Den ganzen Donnerstagabend wartete Peer vergeblich auf Claudias Anruf.

Peer wurde durch den Wecker wach und nach seinem merkwürdigen Frühstück, dass man wohl so nicht nennen konnte, und bei dem seit einiger Zeit die Zigarette fehlte, baute er sein Bett ab und transportierte die Teile nach und nach in den Keller. Der Hausmeister, auf den er im Keller traf, sah den Transport und bot seine Hilfe an. Doch Peer dankte, dass er fast fertig sei. Der Hausmeister aber war schon aufgrund seiner Tätigkeit neugierig und fragte, ob das Bett defekt sei und ob Peer es nicht gleich entsorgen wolle. Peer antwortete, dass die Matratzen und das Gestell ausgelegen seien, ein Bekannter hätte aber Interesse bekundet, weswegen er noch warte, bevor er es entsorge. Peer ärgerte sich über den

Hausmeister. Was ginge den sein Bett an.

Pünktlich um 10 Uhr klingelte die Haustürglocke und Peer nahm den Hörer ab. Es war der Möbelspediteur, der pünktlich das Bett brachte. Es war für Peer erstaunlich, so pünktlich beliefert zu werden. Die verpackten Einzelteile wurden auf den Boden in seinem Apartment abgelegt und Peer unterschrieb den Empfang. Als der Spediteur gegangen war, begann Peer die Verpackungen zu entfernen, und in den Keller zu bringen. Danach baute er das Bett auf und legte die Matratze hinein, was ihm leicht von der Hand ging. Doch es fehlten Bezüge und Oberbett. Er machte sich sofort auf den Weg zu einem Kaufhaus in der Innenstadt, wo er entsprechende Bettwäsche kaufte. Es war schon Nachmittag, als er sein Werk bewunderte. Im Apartment war es eng geworden. Er verspürte Hunger und sah auf die Armbanduhr. Er konnte es nicht glauben. Sie zeigte 17 Uhr. Jetzt konnte er nicht essen gehen. Claudia könnte jederzeit kommen. Sie würde aber vorher anrufen. Die Klingel der Haustür machte sich bemerkbar. Im Hörer der Wechselsprechanlage vernahm er Claudias Stimme und er drückte auf den Türöffner. Er ging zum Lift, der sich in Bewegung setzte. Die Lifttür öffnete sich und Claudia völlig derangiert fiel ihm in die Arme. Sie war außer Atem und sah verweint aus. In seinem Apartment setzte sie sich auf einen der Stühle, verbarg das Gesicht in den Händen und weinte. Peer stand völlig rat- und hilflos neben ihr und umarmte sie. Nachdem sie sich ein wenig beruhigte, fragte er nach der Ursache ihres Kummers. Sie bekam wieder einen Weinkrampf. Plötzlich hob sie ihr Gesicht, starrte Peer an und sah sich im Raum um. Ihr Gesichtsausdruck veränderte sich schlagartig. Ihre Augen begannen zu strahlen und ein Lächeln verzauberte ihr verweintes Gesicht, sodass Peer nicht anders konnte, als sie in den Arm zu nehmen und zu küssen. Nach einiger Zeit stammelte sie. "Ich brauche Luft." und schob ihn ein wenig zurück. Sie sah ihm in die Augen und begann ihn wieder zu küssen.

"Was ist passiert?" fragte Peer.

"Wir haben ein neues Bett und einen zweiten Stuhl." Sie lachte.

"Und darüber musst du weinen?"

"Nein, ich traf Paul, der mich als Spitzel beschimpfte und mir ins Gesicht geschlagen hat. Er hat behauptet, ich hätte sie an die Bullen verraten, weil ich in meiner Vernehmung Namen genannt habe. Diese Namen waren ihnen aber bekannt. Sie sind mir ja vorgehalten worden."

"Ist mein Name auch gefallen?"

"Ich glaube nicht. Wenn sie mir Deinen Namen genannt hätten, könnte ich mich mit Sicherheit daran erinnern."

"Du solltest Dir keine Vorwürfe machen. Es ist eine Vernehmungstaktik um Gruppenmitglieder gegeneinander auszuspielen. Ich werde Paul suchen und ihm die Leviten lesen. So kann man nicht miteinander umgehen. Vergiss es!"

Claudia fiel ihm um den Hals und küsste ihn und wollte gar nicht mehr aufhören.

"Wollen wir nicht zur Feier des Tages gepflegt essen gehen?"

"So kann ich nicht rausgehen. Ich muss erst duschen und mich umziehen. Du kannst doch mit mir duschen."

"Dann können wir aber nicht mehr essen gehen."

Claudia lachte ihr glockenhelles glucksendes Lachen und verschwand unter der Dusche.

Peer machte sich Gedanken, was Paul von den Vernehmungsbeamten erfahren haben könnte. Claudia habe seinen Namen nicht erwähnt und Paul mit großer Wahrscheinlichkeit auch nicht. Dass er Kontakt zu der Gruppe unterhielt, waren nur Erich und Franz bekannt. Sie dürften aber durch Schuster instruiert worden sein, zu schweigen. Seine Rolle in der Gruppe war nur Schuster und dem einen oder anderen Mitarbeiter beim LfV bekannt. Wenn die Soko die Inhaftierten vernimmt und die Besucher überprüft, müsste sie zwangsläufig auf ihn als Besucher eines Häftlings in Hamburg stoßen. Die Inhaftierten würden nichts verlauten lassen. Käme man auf ihn zu, müsste er Schuster informieren.

Als Claudia die Dusche verließ, umarmte sie ihn so nackt sie war und küsste ihn wieder sehr lange, dass er fragte, ob sie lieber zu Hause bliebe. Sie schüttelte heftig ihren Kopf, dass ihre wunderschönen, kastanienbraunen, seidigen Haare im Luftzug herumwirbelten. Sie zog sich an und sie verließen Hand in Hand das Apartment. Peer nahm sich vor, ihr in der Gaststätte bei einem guten Glas Wein die Apartmentschlüssel zu übergeben. Claudia war selig, was ihr ins Gesicht geschrieben war. Ihre rehbraunen Augen strahlten, ihre leicht geröteten Wangen und ihre kirschfarbenen Lippen ließen an ein Porträt von Botticelli denken. Ihr Kummer war verflogen. Peer suchte das Lokal aus, in dem er das erste Mal mit Claudia gespeist und ihr seine Gefühle andeutete. Das Restaurant war gut besucht, aber der Kellner schien sich an sie zu erinnern. "Sie haben wohl nicht reserviert? Wir werden aber einen Tisch für sie finden." Er führte beide an einen kleinen Tisch, der separat seitlich vom Windfang stand und von den übrigen Gästen kaum einsehbar war. An sein Budget durfte Peer nicht denken. Er wollte jetzt leben, solange es ihm noch vergönnt war. Sie bestellten eine Flasche Rotwein und nahmen sich für die Wahl der Speisen viel Zeit. Der Kellner hielt sich so dezent im Hintergrund, dass es Peer schon auffiel. Als Claudia äußerte, sich entschieden zu haben, ließ Peer sich ihren Speisewunsch nennen und wie auf ein Stichwort stand der Kellner bereit, ihre Bestellung entgegenzunehmen. Claudia nannte dem Kellner ihren Wunsch, worauf der Keller Peer fragte, ob er das Gleiche bestellen wolle, was Peer erstaunt bestätigte. Lag es nur an ihrer Gemütslage, dass sie alles so harmonisch empfanden, oder konnte der Kellner Gedanken lesen. Bevor der Kellner die Speisen servierte, gab Peer Claudia die Apartmentschlüssel, die sie mit einem Lächeln, einem "Dankeschön!" und ihm einen Kuss zuwerfend entgegennahm. Ursache Claudias guter Laune war auch sicher der Kontrast, kurz zuvor übel beschimpft und jetzt in den 7. Himmel emporgehoben zu werden. Peer entschied, Claudia erst nächsten Tag mitzuteilen, dass er angerufen werden könne, wenn man einen Job für ihn habe. Sie traten leicht beschwipst den Heimweg an, weil Peer noch eine Flasche bestellte und mit ihr leerte. Glücklich, satt und beschwipst sanken sie in das neue Bett. Stabil genug überstand es ihre Liebesspiele. Als Peer erwachte, war Claudia bereits an der Küchenzeile beschäftigt. Das Frühstück bei Kerzenschein und zwei Stühlen am Tisch glich eher einem romantischen Diner, dem sich gemeinsames Duschen und Bettenmachen anschloss. Nach diesen anstrengenden Tätigkeiten fanden sie sich im Bett wieder.

Erst am späten Nachmittag fasste Peer Mut, Claudia von der möglichen Nebenbeschäftigung zu berichten, die ihm pro Fahrt etwa 500 DM einbringen sollte, wenn er benötigt würde. Er versuchte ihr zu erklären, dass das Unternehmen immer wieder Personalausfälle mit Aushilfsfahrern besetze, zu denen er sich bereit erklärt habe. Wie erwartet, wünschte Claudia, dass Peer aus diesem Grund sparsamer mit dem Geld umgehen solle und sie nicht die teuersten Restaurants besuchen sollten. Es komme ja nicht ständig vor und sie müssten gelegentlich auch leben, entgegnete Peer. So war nur noch Erich ins Bild zu setzen, dass er wusste, wer sich meldet, wenn er eine weibliche Stimme hörte. Als Claudia sich am Montagmorgen zur UNI verabschiedete, dachte Peer, solch ein Wochenende und danach sterben. Schöner konnte man nicht gelebt haben.

Er fuhr zur UNI Hannover und studierte in der Mensa das "Schwarze Brett". Nach dem Vorlesungsplan könnte Serge die Vorlesung gegen 11 Uhr an der Fakultät für Rechtswissenschaften besuchen. Peer sah ihn nicht und ging zum Mittagessen in die Mensa. Es schmeckte ihm heute nicht besonders, was er auf den Gourmetabend im Restaurant schob. Die Stimme eines Unbekannten hinter ihm fragte: "Heute kein strammer Max?" Peer drehte sich erstaunt um und erkannte Serge, der sich mit seinem Tablett mit den Worten: "Guten Appetit! Mir schmeckt es heute auch nicht besonders." zu ihm an den Tisch setzte.

"Du hast ja noch gar nicht probiert." antwortete Peer.

"Wenn es so schmeckt, wie es aussieht, brauche ich es nicht probieren."

"Dann hätte ich es mir nicht genommen."

"Es ist die Gewohnheit."

"Mir wurde ein dubioses Jobangebot gemacht. Hast Du etwas damit zu tun?"

"Mit dubiosen Jobangeboten habe ich nichts zu tun. Ich habe jemanden auf dich aufmerksam gemacht, der manchmal Studenten für Überführungsfahrten von Pkw aber auch LKW sucht. Es sind keine dubiosen Jobs. Er will nur nicht, dass seine Vermittlungsdienste dem Finanzamt bekannt werden."

"Er hat sich aber schon sehr „Konspi"rativ verhalten."

"Ja, das stimmt. Ich kenne bis heute nicht mal seinen Namen. Manchmal hat er Zettel am Schwarzen Brett mit Jobangeboten. Es steht aber immer nur eine Uhrzeit und ein Datum drauf. Wer sich für seine Jobs interessiert, muss zu diesem Termin am Schwarzen Brett warten. Ich glaube, er hat einen Gebrauchtwagenhandel."

"Hier in Hannover?"

"Das weiß ich nicht. Ich glaube im Ausland. Die Fahrzeuge, die er überführen lässt, werden wohl ins Ausland gefahren. Das kann Dir aber doch völlig egal sein. Die Kommilitonen, die solche Jobs für ihn erledigten, waren zufrieden. Sie bekommen für eine Fahrt 500 DM auf die Kralle und das war's. Studierst du Jura?"

"Nein, Wirtschaftsrecht."

"Ist ja fast das Gleiche."

"Das glaubst aber nur du. Zwischen Jura und Wirtschaftsrecht besteht ein erheblicher Unterschied."

"Ja, mag sein. Würdest du solche Überführungsfahrten übernehmen?"

"Wenn es so einfach ist, wie du schilderst, werde ich es wohl machen. Ist wohl kein Risiko dabei."

"Was für ein Risiko sollte schon dabei sein?"

"Ich hab so gar Klasse II!"

"Das musst du dem Typ sagen. Für solch eine Überführungsfahrt bekommst du sicher mehr."

"Darf ich mich nach der hübschen Dame erkundigen, in dessen Begleitung ich dich vor ein paar Tagen sah?"

Serge lachte, "Der Wirt vom "Stiefelknecht" hat mir erzählt, dass sie dich interessierte. Ist aber nur eine Bekannte von mir, die sich in einer Rechtssache beraten ließ. Ich werde ihr sagen, dass sie einen Verehrer mehr hat. Viel Erfolg bei deiner Jobsuche."

Serge nahm sein Tablett mit der Mahlzeit, von der er nur gekostet hatte, stand auf und brachte es zur Geschirrabgabe. Viel war von Serge nicht zu erfahren. Es war kaum anzunehmen, dass er den Namen des Unbekannten nicht wusste. Alles Spekulieren war aber sinnlos. Der Kontakt zu Serge war hergestellt. Er konnte ihn ansprechen, ohne dass er misstrauisch werden musste. Das war viel mehr, als erwartet werden konnte. Peer beendete seine Mahlzeit, die ihm heute wirklich nicht schmeckte. Er gab das Geschirr ab und suchte auf dem "Schwarzen Brett" nach neuen Jobangeboten. Er fuhr anschließend nach Braunschweig, wo er auch wieder das "Schwarze Brett" in der Mensa auf neue Jobangebote absuchte. Die Vorlesung, die ihn in Braunschweig interessierte, war am Vormittag gewesen. Er ging zu dem Buchlanden, in dem Paul regelmäßig anzutreffen war. Er war geschlossen. Ob Claudia wusste, warum der Buchladen häufig geschlossen war? In seinem Apartment angekommen fiel ihm ein, das Erich von einem Fahrtenbuch sprach, dass er für Peer führen müsse, weil es die Wirtschaftsverwaltung verlangte. Es sei kaum vernünftig, dass Peer das Fahrtenbuch selbst führt. Er rief ihn von seinem Apartment an und berichtete vom Stand der Dinge und teilte ihm den Kilometerstand und die Fahrten mit. Peer fand es allzu albern, dass die Verwaltung nicht in der Lage war, solche Kosten auf die gleiche Art und Weise abzurechnen, wie es beim Verfassungsschutz möglich war. Erich war über die Entwicklung hocherfreut und voller Hoffnung, dass alles in ihrem Sinne laufe. Kaum aufgelegt läutete das Telefon und eine ihm unbekannte männliche Stimme fragte, ob er eine Überführungsfahrt eines Pkw übernehmen könne. Peer bejahte, worauf ihm der Unbekannte den Standort, des unverschlossenen Pkw und das Kennzeichen nannte. Fahrzeugschlüssel, Papiere und Zieladresse befänden sich im Handschuhfach. Die Überführung müsse aber sofort erfolgen. Auf Peers frage, wohin das Fahrzeug gebracht werden müsse, erhielt er zu Antwort, dass alles auf dem Zettel stünde. Sofort teilte Peer Erich Kennzeichen und Standort mit und dass er sofort nach Hannover fahre, um das Fahrzeug zu überführen. Erich wollte den letzten Halter nach dem Fahrzeug fragen, wovon Peer dringend abriet. Sie einigten sich, dass Peer mit dem Fahrzeug am Stadtrand von Hannover in eine Verkehrskontrolle gerate und der Pkw mit einem Drogenspürhund untersucht würde. Da Peer nicht wusste, wohin die Reise gehen sollte, vereinbarten sie, dass Peer entsprechend den Anweisungen auf dem Zettel, einem in der Nähe postierten Observationstrupp das Ziel übermittele. Dass er so schnell einen Überführungsauftrag erhielt, deutete Peers Meinung auf eine Testfahrt hin, weil man prüfen wollte, wie zuverlässig Peer sei. Wie er dem Observationstrupp sein Ziel mitteilen konnte, war ihm schleierhaft. Er fuhr los und erreichte nach 1 1/2 Stunden den Parkplatz, der sich am Rande eines kleinen Wäldchens am Rande von Hannover befand. Peer stellte seinen Pkw verschlossen ab. Fand auch gleich den sehr gebraucht und ungepflegt aussehenden Ford. Im Handschuhfach fand er den Kfz.-Schlüssel, die Papiere und einen Zettel, auf dem eine französische

Adresse aber kein Name vermerkt war. Peer stieg mit dem Schlüssel in der Hand aus dem Fahrzeug und sah ich um, ob er jemanden entdecken konnte, der ihn beobachtete. Als ein Joggerpärchen an ihm vorbeikam, fragte einer von ihnen leise nach dem Ziel. Peer nannte Frankreich, ohne zu wissen, wo in Frankreich diese Adresse war. Er konnte ihnen noch die Adresse mitteilen, wusste aber nicht, ob sie diese verstanden. Für die Fahrt nach Frankreich müsste er auf die Autobahn Richtung Köln fahren. Er fuhr los und stellte auf der Tankanzeige zu seiner Beruhigung fest, dass der Wagen vollgetankt war. Der Motor war sofort angesprungen und auch sonst schien er funktionsfähig zu sein. Es war bereits Herbst, sodass die fehlende Klimaanlage ihn nicht störte. Er fuhr nicht sehr schnell, weil er den Einsatzkräften, die seinen Pkw überprüfen sollten, Zeit genug geben wollte, die Kontrollstelle einzurichten. Er befand sich schon auf der Autobahn kurz vor einem Rastplatz. Von einer Kontrollstelle war nichts zu sehen. Auch bei dem zweiten Rastplatz, an dem er vorbeifuhr, war keine Kontrollstelle eingerichtet. Wenn sie es nicht schafften, musste er sich kurz vor der Grenze eine Landkarte kaufen. Ein Verkehrsschild kündigte einen weiteren Rastplatz an. Kurz davor erkannte er endlich Polizeibeamte, die Fahrzeuge zur Kontrolle herauswinkten. Ihn winkten sie nicht heraus. Peer überlegte, ob er nicht von sich aus bei der Kontrollstelle anhalten sollte. Unterließ es aber, weil er befürchtete, dass die nicht informierten Beamten Probleme machen könnten. Als eine Rast und Tankstelle kam, fuhr er dort ab und ging in die Tankstelle, um sich eine Flasche Cola zu holen. Ständig sah er während Fahrt in den Rückspiegel, ob er nicht verfolgt würde. Ihm war nur zu gut bekannt, das er eine professionelle Observation auch als gut ausgebildeter Kriminalbeamter nicht würde erkennen können. Er ging in eine Telefonzelle und wählte Erichs Telefonanschluss. Es meldete sich KK Bürger, der mitteilte, dass Erich zu einer Kontrollstelle unterwegs sei. Peer fragte, ob er sich vielleicht um die Kontrollstelle handelt, die kurz vor der Rast und Tankstelle in westlicher Richtung auf der Autobahn eingerichtet wurde? Doch KK Bürger wusste es nicht. Er solle Erich mitteilen, dass er jetzt auf der Tank- und Raststelle sei und gleich weiter fahre. Wenn es nicht klappen sollte, war es auch nicht weiter tragisch, dachte Peer. Er fuhr langsam weiter. Zwei weitere Parkplätze passierte er. Erst beim dritten Parkplatz war wieder eine Kontrollstelle, bei der ein Polizeibeamter seinen Pkw herauswinkte. Sie wiesen ihn an zu einer Kontrollstelle zu fahren, wo ein Pkw stand, dessen Fahrer aber wieder einstieg und weiter fuhr. Peer holte den Kfz-Schein und seinen Führerschein hervor und gab sie dem kontrollierenden Beamten. Der stutzte und fragte, ob er der Halter sei. Eine blöde Frage, dachte Peer. Er sieht doch, dass der Fahrer nicht der Halter ist. Peer schaute sich um und suchte nach Erich, den er nirgends sah. Der Polizeibeamte wollte jetzt wissen, warum er mit dem Pkw unterwegs sei, wohin er fahre und ob der Halter ihm das Fahrzeug überlassen hätte. Peer merkte, dass diese Kontrollstelle einem anderen Zweck diente, als sein Fahrzeug zu überprüfen. Wie sollte er jetzt reagieren. Der Beamte wollte die Telefonnummer des Halters, die Peer nicht kannte. Sie ließen den Kofferraum und die Motorhaube öffnen und sahen sich das Fahrzeug genau an. Sie prüften das Reifenprofil und sahen nach einem Verbandskasten. Der Polizeibeamte, der ihm die Papiere abnahm, ging zu einem Dienst-Pkw und fragte über Funk etwas ab. Ein weiterer Pkw tauchte auf, den die Beamten wohl ebenfalls angehalten und überprüfen wollten. Aus dem Wagen stiegen zwei Personen, von denen einer Erich war. Peer fiel ein Stein vom Herzen. Erich sprach kurz mit dem Beamten, der Peers Papiere in der Hand hielt, und gab sie Erich. Sein Begleiter ließ einen Hund aus dem Kombi springen und ging mit ihm zu Peers Wagen. Der Hund schnüffelte im Kofferraum, im Fahrzeuginneren und im Motorraum und wurde dort plötzlich fündig und bellte. Der Beamte mit dem Hund nahm ihm einen Gegenstand aus dem Maul und steckte ihn ein. Peer beobachtete wie die uniformierten Beamten erfreut den Vorgang verfolgten. Der Hundeführer rief ihnen zu, es war negativ. Der Hund hat nur meinen Testknochen gefunden. Für die Tiere ist es wichtig, dass sie Erfolgserlebnisse haben. Wie die Menschen, dachte Peer. Erich und der Hundeführer kamen zu Peer und Erich sagte leise, dass es zu einer kleinen Panne gekommen sei. Der Anhalteposten bei der ersten Kontrollstelle habe den Wagen von Peer übersehen, habe es aber sofort bemerkt und hätte Erich davon unterrichtet. Ihnen war aber bekannt, dass auf der Strecke tatsächlich eine Verkehrskontrolle eingerichtet war, hätten das Kennzeichen den Beamten sofort durchgegeben, die auch richtig reagiert und ihn angehalten hätten. Die Prüfung des Fahrzeuges sei negativ. Was Peer jetzt vorhabe, wolle Erich gar nicht wissen. Die Adresse in Frankreich sei kurz vor Toulouse in einer kleinen Ortschaft. Erich reichte ihm die Papiere zurück und Peer fuhr ein wenig beruhigter in Richtung Köln wieder los. Kurz vor Aachen wurde er ein wenig unruhig, weil er nicht wusste, ob er wieder kontrolliert würde. An einer Tankstelle kaufte er sich eine Autokarte und studierte sie. Bis Toulouse waren es fast 1.500°km. Er würde mindestens 1 Mal unterwegs tanken müssen. Geld lag nicht im Handschuhfach. Seine Barmittel dürften zwar reichen, aber sein Auftraggeber dürfte doch wissen, dass Studenten nicht unbedingt über die Mittel verfügten. Er schaute noch mal das ganze Fahrzeug durch. Als er die Sonnenblenden herunterklappte, sah er, dass etwas hinter dem Kunststoffband steckte, dass er bisher übersah. Als er das Papier hervorholte, fielen ihm 1.000 FF in die Hand. Es lag noch eine lange Strecke vor ihm. Er prüfte die Innenverkleidung des Fahrzeuges, die teilweise locker war. Er nahm seine Taschenmesser und drückte die Verkleidung ein wenig von der Fahrzeugwand weg. Etwas befand sich dahinter, das aussah, wie eine Isolierung. Er drückte die Verkleidung noch ein wenig weiter von der Fahrzeugwand und befürchtete, dass sie brechen könnte. Ein knackendes Geräusch ließ ihn innehalten. Was sich hinter der Kunststoffverkleidung verbarg, verblüffte ihn doch. Es steckten Geldscheine dahinter. Er klopfte die Verkleidung mit der Faust wieder in ihre ursprüngliche Form an die Wand des Wagens. Sein Herz klopfte. Er spürte, wie Angst seine Gedanken lähmte. Er musste jetzt die Grenzkontrolle passieren. Danach war er in relativer Sicherheit. Sollte er auffallen, könnte er die Geschichte von dem Unbekannten erzählen, der ihm ohne sein Wissen das Geld ins Fahrzeug steckte und so für den Transport missbrauchte. Erich würde es bestätigen können. An die möglichen diplomatischen Folgen wollte er lieber nicht denken.

Die Grenze kam auf ihn zu. Vor ihm fuhren einige Fahrzeuge im Schritttempo. Langsam folgte er ihnen und öffnete das Fenster auf der Fahrerseite. Die deutsche Kontrollstelle lag schon hinter ihm. Der belgische Grenzkontrolleur nahm seinen Führerschein, den Personalausweis und den Kfz.-Schein in die Hand und fragte, ob er etwas einführe. Peer schüttelte den Kopf, er habe nichts anzumelden. Der Grenzer reichte ihm Kfz.-Schein und Führerschein zurück und ging mit dem Personalausweis in sein Büro, kam aber bald zurück, gab ihm den Ausweis und wünschte ihm gute Fahrt. Peer war sehr erleichtert und fuhr eine ganzen Stück Richtung Namur. Er musste noch die belgisch französische Grenze bei Houdeng passieren. Auch hier ging es im Schritttempo langsam zur Grenze. Peer hielt die Unterlagen bereit und öffnete sein Seitenfenster. Der französische Grenzer wollte seine Papiere nicht sehen und winkte ihn zu seiner Freude weiter. Peer atmete auf. Jetzt konnte ihm nichts mehr passieren. Aber er musste bald tanken. Als eine Tankstelle mit Rasthaus kam, tankte er mit seinen französischen Barmitteln und suchte die Toilette auf. Wie in Frankreich üblich, bestand sie aus einem Loch im Boden. Es war schon weit nach Mitternacht, als er sich wieder auf den Weg machte. Er wollte unbedingt die Fahrt hinter sich bringen. Schlafen könnte er auf der Rückfahrt im Zug. Unterwegs auf der Strecke musste er noch mal einen Tankstopp machen. So fuhr er die ganze Strecke über Paris, Orléans, Limoges bis kurz vor Toulouse in die Ortschaft Saint Alban, wo er in den späten Nachmittagsstunden eintraf. Er musste mehrfach nach der Adresse fragen und hatte so seine liebe Not mit der französischen Sprache, die er nicht verstand. Er zeigte den Personen, die er nach dem Weg fragte und die ihn nie verstanden, seinen Zettel mit der Adresse, worauf sich einer seiner erbarmte, ein Stück mit ihm fuhr und ihm den Weg zeigte. An der Adresse sah er eine Reparatur-werkstatt, die einen heruntergekommenen Eindruck machte. Die Werkstatt war nicht verschlossen und eines der Tore stand auf. Er ging hinein und rief "Hallo!" Es rührte sich nichts. Er ging zu dem angrenzenden Wohnhaus und klingelte an der Haustür. Er hörte Schritte, wie jemand zur Haustür kam. Sie wurde geöffnet und ein junger Mann, der völlig akzentfrei deutsch sprach, fragte, ob er den Pkw aus Hannover bringe, was Peer bestätigte. Der junge Mann ließ sich den Pkw-Schlüssel und die Papiere geben, nahm einen Schraubenzieher und schraubte die Kennzeichen ab. Er bat Peer mitzukommen und begab sich in ein kleines Büro in der Werkstatt. Er kramte in dem Wust von Unterlagen und gab Peer die Durch-schrift eines Kaufvertrages für das Auto, den Kfz-Brief, den Kfz.-Schein und 500 DM in bar. Als Peer nach Fahrkarten fragte, schüt-telte der junge Mann den Kopf und erklärte, er könne ihm einen Pkw mitgeben, der für einen Interessenten in Braunschweig vorge-sehen sei, den dieser gekauft habe. Peer glaubte zu wissen, was hinter diesen Überführungsfahrten steckte. Er lehnte ab, weil er die ganze Nacht durchgefahren sei und lieber mit dem Zug heimfahre, weil er sich dabei ausruhen könne. Der junge Mann kramte in sei-nem Schreibtisch und gab ihm noch mal 500,--DM und fragte, ob dies für die fehlende Nachtruhe ausreiche. Er könne ja unterwegs ein Nickerchen machen. Das Kraftfahrzeug, das er brachte, solle er mit den Unterlagen abmelden. Peer fragte, wohin genau er das Fahrzeug in Braunschweig bringen solle. Der junge Mann notierte auf einem Zettel einen Parkplatz in Braunschweig. Peer sah ihn erstaunt an, und fragte, wie der Käufer wissen solle, dass sein Wa-gen dort stünde. Er könne ihm doch den Namen aufschreiben, dann würde Peer ihn dort hinbringen. Es ginge nicht, weil dem jungen Mann der Name des Käufers noch gar nicht bekannt sei. Peer brauche nur den Pkw dort abstellen. Dem Käufer werde man mitteilen, wo sich das Fahrzeug befände. Peer erschien es nicht ratsam, weitere Fragen zu stellen. Als er dem jungen Mann das übrige Tankgeld geben wollte, lehnte er ab und meinte, dass es

Taschengeld für Peer sei. Solch ein Pkw-Handel war Peer auch noch nicht untergekommen. Er erhielt die Kfz-Schlüssel, den Kfz-Schein und französisches Geld zum Tanken. Diesmal war es ein älterer Opel mit französischem Kennzeichen, der so gar eine Klimaanlage besaß. Wie das Prozedere aussah, wenn man einen französischen gebrauchten Pkw nach Deutschland einführte, war Peer nicht geläufig. Aber das würde wohl eher Nebensache sein. Was blieb ihm auch anderes übrig. Er dachte, spätestens an der Grenze zu Deutschland würde seine Fahrt enden. Er nahm die gleiche Strecke zurück. Nach einigen 100 km war er so müde, dass ihm ständig die Augen während der Fahrt zufielen. Er hielt an einer Raststätte und Tankstelle an, tankte und suchte eine Telefonzelle. Mit dem französischen Münzen, die er inzwischen besaß, wählte er seine Telefonnummer, unter der sich wie erwartet Claudia meldete. Es war schon fast Mitternacht. Sie meldete sich sehr verschlafen und wunderte sich gar nicht.

"Ich bin nördlich von Toulouse und Morgen Abend wieder zu Hause. Musste überraschend Pkw überführen. Viele Küsse von mir, muss mich kurz halten, habe nicht so viele Münzen."

Ihre Antwort war ebenfalls kurz: "Ich freue mich!"

Trotz der späten Stunde rief er Erich in dessen Wohnung an. Auch er meldete sich verschlafen. Peer berichtete im Telegrammstil und Erich versprach, an der deutschen Grenze für eine reibungslose Einreise zu sorgen. Peer setzte sich in den Pkw und ließ die Rückenlehne des Fahrersitzes so weit wie möglich herunter und verschloss den Wagen von innen. Er war trotz der unbequemen Lage gleich eingeschlafen.

Der Durst weckte Peer. Fast 24 Stunden ohne Getränk war schon eine Leistung. Er ging zu dem Rasthaus und zog aus einem Getränkeautomaten eine Flasche Mineralwasser und trank in kleinen Schlucken, dass ihm köstlich erscheinendes Getränk. Er spürte, dass sein Körper fast dehydriert war, und holte sich noch eine Flasche. Er setzte seine Fahrt fort und passierte die französisch/belgische Grenze ohne Beanstandung, indem er nur durchgewunken wurde. Auch an der belgisch/deutschen Grenze verlief es genauso. Es war mittlerweile später Nachmittag. Kaum war er an der Grenzkontrollstelle durchgefahren, als er von einem Pkw überholt wurde, der ihm bedeutete anzuhalten. Peer hielt das Fahrzeug an, verschloss aber die Türen von innen. Er drehte die Scheibe ein wenig herunter, und fragte den an seinen Wagen kommenden Mann mittleren Alters, was er wolle. Der stellte sich als Käufer des Pkw vor und reichte Peer den französischen Kfz.-Brief durch den Spalt des linken Seitenfensters. Obwohl er nicht französisch sprach, sah Peer, dass es der Originalbrief sein musste. Als Peer sich darüber beschwerte, dass er das Fahrzeug habe nach Deutschland fahren müssen, obwohl er lieber übermüdet mit dem Zug zurückgefahren wäre, bemerkte der Unbekannte, dass er die Fahrt ja bezahlt bekommen habe. Es sei zwischen ihm und dem Verkäufer zu einem Missverständnis gekommen. Die 500 DM dürfe er behalten. Für die Bahnfahrt gebe er ihm noch 100 DM, weil er ja jetzt mit dem Zug weiterfahren müsse. Als Peer protestierte, dass er erst zum Bahnhof müsse, bot ihm der Unbekannte an, Peer könne zum Bahnhof in Aachen fahren. Dort würde der Unbekannte das Fahrzeug übernehmen. Was blieb Peer auch anderes übrig. Er fuhr zum Bahnhof in Aachen, wo der Unbekannte schon wartete und sich Schlüssel und Fahrzeugpapiere aushändigen ließ. Peer nahm die Kennzeichen und die Papiere von dem alten Ford aus dem Fahrzeug und ärgerte sich, dass er nicht rechtzeitig abends zu Hause sein würde. Das Kennzeichen von dem Pkw, der ihn überholte und stoppte, prägte er sich ein, in dem er es immer wieder leise vor sich hinmurmelte. Der Unbekannte übergab ihm tatsächlich noch 100 DM und dankte ihm für die Überführung. Wie wusste der Unbekannte, wann und wo er an der Grenze in Deutschland auftauchen würde? Er musste auf der ganzen Strecke verfolgt worden sein. Entweder von dem Unbekannten oder von einem anderen Fahrzeug, von dessen Insassen der Unbekannte über Funk informiert wurde. Die Anweisungen des unbekannten jungen Mannes in Saint

Alban, dass er das Fahrzeug auf einem Parkplatz in Braunschweig abstellen sollte, hatten Peer glauben lassen, nicht mit einer Observation in Frankreich rechnen zu müssen. Wie naiv von ihm. Er schämte sich, als erfahrener Kriminalbeamter und ausgebildeter verdeckter Ermittler so hereingelegt worden zu sein. Erich würde sofort fragen, ob ihm keine Fahrzeuge aufgefallen waren, die ihn verfolgt haben könnten. Sollte er sagen, nicht darauf geachtet zu haben? Nein, er würde behaupten, kein Fahrzeug beobachtet zu haben, dass ihm verdächtig erschienen wäre.

Peer suchte im Bahnhof nach einem Geschäft und ließ sich eine große Plastiktüte geben, für die er 1 DM zahlen musste. Bei der Bahnauskunft erhielt er eine nicht sehr angenehme Auskunft. In etwa 1 Stunde bestünde eine Zugverbindung über Köln nach Braunschweig. Er müsse aber in Köln und Hannover umsteigen und wäre gegen 01.35 Uhr in Braunschweig. Er musste sich am Fahrkartenschalter anstellen, bevor er eine Fahrkarte kaufen konnte. Es blieb noch Zeit, die Peer nutzte, um im Restaurant etwas zu essen. Er war so hungrig, wie schon lange nicht mehr. Es wollte Erich anrufen. Doch jetzt musste er erst essen. Nach einem Glas Pils, das er in einem Zug leerte, zahlte er und beeilte sich eine Telefonzelle aufzusuchen, von der er erst Claudia informierte und danach Erich, der gar nicht erstaunt schien. Peer fühlte sich leer und abgekämpft, wie nach einem anstrengenden 5 tausend Meter Lauf. Im Zug nach Köln wäre er fast eingeschlafen. Nur in letzter Sekunde gelang es ihm, noch auszusteigen und seinen Anschlusszug zu erreichen. Von Köln nach Hannover blieb ihm mehr Zeit und er nickte wieder ein. Der kontrollierende Schaffner weckte ihn und ließ sich die Fahrkarten geben. Er machte Peer darauf aufmerksam, dass sie gleich Hannover erreichen würden. Peer bedankte sich und vermutete, dass er wohl nicht von alleine aufgewacht wäre. Als er in Braunschweig den Zug verließ, nahm er sich eine Taxe und ließ sich zum Apartment fahren. Morgen musste er mit dem Zug nach Hannover fahren, um seinen Pkw abzuholen. Claudia schlief tief und fest. Er musste duschen und hoffte sie nicht zu wecken. Abgetrocknet und nackt verließ er das Duschbad. Claudia war erwacht und erwartete ihn schon. So müde war er aber nicht, dass er ihr nicht bewies, dass ein Mann neben ihr im Bett lag.

Claudia war schon zur UNI gegangen, als er Erich anrief. Der musste ihm leider mitteilen, dass das Kennzeichen des Unbekannten eine Totalfälschung sein musste. Es war gar nicht registriert. Sie vereinbarten, dass Peer den ehemaligen Halter des Ford aufsucht, ihm die alten Kennzeichen und die Papiere übergab, damit der sich um die Abmeldung kümmern konnte. In dem Zusammenhang solle Peer versuchen herauszufinden, wie das Fahrzeug seinen Besitzer wechselte. Peer unterrichtete Erich, dass er mit einer jungen Dame befreundet sei, die sich am Telefon melden könnte, wenn er abwesend sei. Diese junge Dame kenne Peer nur unter seiner Legende und sie dürfe nicht wissen, dass er mit dem LKA zusammenarbeite.

"Hast du sie beim RAF kennengelernt?" Fragte Erich nach einer kurzen Gesprächspause.

"Sie hat sich wie ich dort ein wenig engagiert aber später, als sie merkte, dass einige Mitglieder zu extremer Gewalt neigten, von ihnen losgesagt."

"Dann hast du ein doppeltes Problem. Ich möchte nicht in deiner Haut stecken. Wie willst du die Probleme lösen?"

"Ich weiß es noch nicht."

"Ist es etwas Ernstes?"

"Ja, ich glaube schon. Sie heißt Claudia und ich würde sie heiraten."

"Peer, Peer, Peer, da hast du dich und uns in eine sehr schwierige und gefährliche Situation gebracht. Wie würde sie reagieren, wenn du ihr die Wahrheit sagst?"

"Ich weiß es nicht."

"Wenn sie etwas merkt oder du ihr die Wahrheit sagst, musst du mich sofort informieren. Ganz egal wo du bist oder wie spät es auch sein mag. Das LKA muss sofort mit ihr sprechen und versuchen sich ihr Stillschweigen zu versichern. Ich weiß noch nicht wie und kann nur hoffen, dass sie zugänglich ist. Was studiert sie?"

"Soziologie."

"Sie wird damit wohl eine Tätigkeit im öffentlichen Dienst anstreben. Hoffen wir, dass es sich für dich auszahlt. Ich kann dir und uns nur die Daumen drücken. Wir vergessen mal das Thema. Ich werde meinen Vorgesetzten nicht informieren. Der würde gleich in die Offensive gehen wollen, was wir jetzt am allerwenigsten gebrauchen können. Wenn wir handeln müssen, werde ich es gerade erfahren haben. Sind wir uns da einig."

"Ja! Ich danke dir."

"Zurück zu deiner Fahrt nach Frankreich. Ist dir auf der Hin- und Rückfahrt kein verdächtiges Fahrzeug aufgefallen?"

"Nein. Ich habe zwar besonders bei Tankstopps darauf geachtet, ob ich Fahrzeuge sehe, die mit mir zusammen den gleichen Tankstopp wahrnahmen, konnte aber kein Fahrzeug feststellen."

"Wir müssen also davon ausgehen, dass die Fahrt nach Frankreich ein Geldtransport war. Die Fahrt zurück vermutlich ein Drogentransport. Es sind nur Vermutungen. Den unbekannten Jobvermittler konnten wir bisher nicht ermitteln. Auch die Verbindung zwischen ihm und Serge liegt zwar auf der Hand, lässt sich aber zurzeit nicht verifizieren. So wie es aussieht, haben wir es mit absoluten Profis zu tun. Sei also sehr vorsichtig. Auf der Rückfahrt bist du mit großer Wahrscheinlichkeit, ja man kann sagen, mit Sicherheit observiert worden. Ich hatte mich mit dem Leiter der Grenzstelle in Verbindung gesetzt und ihn nur gebeten, mich sofort anzurufen, wenn eine Person namens Peer Peters kontrolliert werden sollte. Ich habe ihm gesagt, dass es besser sei, er wisse sonst nichts. Er war sehr kooperativ. Ich habe ihn auch unterrichtet, dass es sich inzwischen erledigt habe. Wir machen wie vereinbart weiter und hoffen, dass wir bald bessere Ergebnisse vorweisen können. Viel Erfolg und Grüße Claudia lieber nicht von mir."

Der Anflug von Erichs Humor tat Peer gut. Er fuhr mit dem Zug nach Hannover und mit der Straßenbahn zu seinem Fahrzeug. Er suchte den ehemaligen Halter des Ford auf, der aber nicht anwesend war. Von Nachbarn erfuhr Peer, dass er bis gegen 17 Uhr arbeite. Er fuhr zur UNI und aß in der Mensa. Endlich konnte er seinen Hunger stillen. Von Serge war nichts zu sehen. Am "Schwarzen Brett" konnte er keine interessanten Jobangebote finden. Die Zeit bis 17 Uhr vertrieb Peer sich an der UNI. Er sah sich das Bücherangebot eines Buchladens in der Mensa an und fand auch hier das "Kochbuch". Eine von den gekauften Ausgaben stand in seinem Regal. Von der terrorlastigen Gruppe RAF sah er niemanden. Was aber nicht ungewöhnlich war, weil er die Personen in Hannover nicht kannte. Er ging zu seinem Fahrzeug und fuhr wieder zu der Adresse des ehemaligen Halters des Ford. Diesmal war er anwesend und bedankte sich, für die Kennzeichen und die Unterlagen. Peer ließ sich schildern, wie der Kauf stattfand. Das Auto habe er mit einem Zettel am "Schwarzen Brett" in der UNI für 2.000 DM angeboten. Es habe sich ein Käufer gemeldet, der ihm 3.000 DM zahlen würde, wenn er den Wagen mit den Papieren zu einem Parkplatz in der Innenstadt von Hannover brächte. Am Eingang zum Parkplatz würde ihm der vereinbarte Kaufpreis in bar übergeben. Sobald das Fahrzeug seinen Käufer gefunden habe, erhalte er auch die Kennzeichen und Papiere für die Abmeldung. Der Anrufer sei nur ein Vermittler, der Interessenten in ganz Europa kenne, weswegen er gute Preise garantieren könne. Es sei genau so abgelaufen, beim Eingang zum Parkplatz sei eine Person gestanden, die ihm einen Briefumschlag mit dem Betrag übergeben habe. Die Schlüssel und die Papiere solle er im Auto lassen. Auch den Kaufvertrag, der im Umschlag stecke, solle er unterschreiben und im Auto liegen lassen. Der Käufer werde später kommen und das Fahrzeug mit den Papieren abholen und dafür sorgen, dass er die alten Kennzeichen und die Unterlagen zum Abmelden erhalte. Vom Käufer seien ihm nur die Daten auf dem Kaufvertrag bekannt. Persönlich gesehen habe er nur die Person, die ihm den Geldbetrag übergab und Peer, der ihm jetzt die alten Kennzeichen bringe. Es sei ein gutes Geschäft gewesen. Anfangs hatte er zwar Bedenken, doch der Kaufpreis habe seine Bedenken zerstreut. Peer wollte lieber nicht den Halter auf die ganzen Probleme aufmerksam machen, die bei solch einem Kauf entstehen konnten. Peer verabschiedete sich, um rechtzeitig in Braunschweig zu sein.

Er erreichte sein Apartment gegen 19.30 Uhr und freute sich auf den Abend mit Claudia. Sie begrüßte ihn umarmend und küssend, wie er gehofft. Auf dem Tisch lagen aufgeschlagene Bücher und es sah unmissverständlich danach aus, dass Claudia für ihr Studium arbeitete. Sie bedauerte, dass er sie nicht über seine Ankunft informierte, weil sie ihm gerne das Abendessen zubereitet hätte. Er wehrte ab, dass es nicht ihre Aufgabe sei, ihm Abendessen zu richten. Als Soziologiestudentin kenne sie sich doch mit dem geschlechtsspezifischen Rollenverhalten aus, das sich traditionsbedingt entwickelt und der Gleichberechtigung der Geschlechter im Wege stehe. Sie lachte, sie kenne nichts Schöneres als das geschlechtsspezifische Rollenverhalten, das wir gleich testen sollten. Er ging lachend unter die Dusche und verließ sie abgetrocknet aber nackt. Claudia lag bereits in ihrem breiten Bett und erwartete ihn mit einem Lächeln im Gesicht, das ihn fast den Verstand kostete, wie er dachte. Nein, ein Abendbrot brauchte er heute nicht. Er konnte seinen Hunger anders stillen.

Am Freitag war Claudia wie häufig schon sehr früh aufgestanden. Sie frühstückten gemeinsam bei Kerzenlicht und Peer dachte an sein früheres Frühstück. Er vermisste nicht einmal die Zigarette. Auch Peer machte sich auf den Weg, nachdem Claudia gegangen war. Er fuhr diesmal erst zur UNI in Braunschweig, um dort eine Vorlesung zu besuchen, die schon lange auf seinem Vorlesungsplan stand. In der Mensa suchte er anschließend auf dem "Schwar-

zen Brett" nach dubiosen Jobangeboten und aß zu Mittag. Nach
dem Essen fuhr er an die UNI Hannover, wo er auch das "Schwarze Brett" in der Mensa nach entsprechenden Jobangeboten absuchte
und eine Vorlesung besuchte, die zu Serges Studienplan gehörte.
Diesmal sah er ihn auch und richtete es so ein, dass er in seiner Nähe Platz fand. Nach Ende der Vorlesung versuchte Peer, den Vor-
tragssaal in Serges Nähe zu verlassen. Serge sprach ihn auch an,
und fragte, wie es ihm gehe, er habe ihn in den letzten Tagen im
"Stiefelknecht" vermisst. Als Peer von seiner Überführungsfahrt
nach Frankreich und der ungewöhnlichen Rückfahrt berichtete,
fragte Serge, was es ihm eingebracht habe und ob er wieder solche
Aufträge übernähme. Solange es sich auszahle und er keine Probleme mit Polizei und Justiz bekäme, wäre es schon lukrativ. Serge
wunderte sich über den unbekannten Vermittler, der sich sehr vorsichtig verhalte. Dies habe er auch schon von anderen Studenten
erfahren. Ob die Angst vor der Steuerfahndung dies rechtfertige,
könne Serge nicht beurteilen, weil er die geschäftlichen Aktivitäten
des Unbekannten nicht kenne. Für die Studenten sei es aber von
Vorteil, weil sie die Einnahmen den Behörden gegenüber verschweigen könnten. Auf die merkwürdigen Umstände der Rückfahrt ging er nicht ein. Peer bedauerte die fehlende Kontaktmög-
lichkeit zu dem Unbekannten, weil es ihm damit nicht möglich
gewesen sei, abzuklären, ob der Rücktransport überhaupt in seinem Interesse gewesen sei. Serge zuckte mit den Schultern und
meinte, jeder müsse an sich selbst denken. Peer könne dem unbekannten Vermittler dies ja beim nächsten Kontakt vorschlagen. Als
Peer Serge darauf ansprach, dass er ihn doch kennen müsse, weil
der Unbekannte doch nur von ihm hatte wissen können, dass Peer
an einer Nebentätigkeit interessiert war, schüttelte Serge energisch
den Kopf. Es sei Zufall gewesen, dass er dem Vermittler über den
Weg gelaufen sei, der immer wieder Jobangebotszettel ans
"Schwarze Brett" hänge. Dabei hätte er von einem bekannten Studenten gesprochen, der sich für Nebenjobs interessiere. Wie der
Unbekannte seine Kontakte knüpfe, entziehe sich der Kenntnisse

von Serge. Serge schien es sehr eilig zu haben und verabschiedete sich mit einem "Tschau!" in Richtung Parkplatz. Hoffentlich waren von Peer nicht zu viel Fragen gestellt und Serge misstrauisch geworden. Er nahm sich vor, in Zukunft zurückhaltender zu sein, wenn er an die Warnung Erichs dachte, dass es sich um gefährliche, professionell agierende Personen handle.

In seinem Apartment angekommen, traf er auf Claudia, die nach ihrer letzten Vorlesung um 14 Uhr das Apartment aufsuchte, um ihre Vorlesungsthemen nachzuarbeiten. Sie war über Peers frühes Auftauchen erstaunt und erfreut. Nach einer sehr herzlichen Begrüßung setzte sie ihre Arbeit fort, während Peer sich seinen Anmerkungen widmete, die er sich bei den Vorlesungen notierte. Die Tage vergingen bemerkenswert ruhig, sodass Peer bei einem Gespräch mit Erich schon den Abbruch der Aktion empfahl, der von den Ermittlungen zu dem französischen Kennzeichen berichtete, die ins Leere gelaufen waren. Auch mit den Daten des Kaufvertrages habe man nichts anfangen können. Den angeblichen Käufer gäbe es vermutlich nicht. Nach Darstellung INTERPOL Paris, sei das französische Kennzeichen gar nicht ausgegeben. Sie waren sich einig, dass nicht registrierten Kennzeichen, auf Transporte hinwiesen, die nur mit einem kriminellen Hintergrund erklärbar waren. Erich gefielen die Fahrten Peers ins benachbarte Ausland überhaupt nicht, war aber auch nicht in der Lage, Peer einen Ratschlag zu erteilen, wie er sich im Einzelfall verhalten sollte. Seine Überlegungen Telefonüberwachungen bei Serge oder seinem Vater zu beantragen, waren beim zuständigen Staatsanwalt auf völlige Ablehnung gestoßen, obwohl er selbst dies anfangs empfahl. Es fehlten die bestimmten Tatsachen, mit denen man einen Antrag auf Telefonüberwachung begründen musste. Die verschiedenen Ereignisse schienen nichts miteinander zu tun zu haben.

Der organisierten Kriminalität ist nun mal wesenstypisch, dass sie im Frühstadium kaum greifbar, im fortgeschrittenen Stadium allenthalben fühlbar und ihre Strukturen nur schwer erkennbar sind, weil sie sich hinter verschiedenen Einzelstraftaten verbirgt, die erst im Zusammenhang ein organisiertes Handeln erkennen lassen.

Ihr Dilemma, zu ahnen, was sich abspielte und kein Rezept zu haben, wie sie die Täter überführen könnten, frustrierte Erich zunehmend. Der anfänglichen Euphorie folgte der Frust. Es waren wohl 10 Tage vergangen, als Claudia Peer im Apartment mit der Nachricht empfing, dass ein Unbekannter angerufen und Peer einen Job anbiete. Er werde sich wieder melden. Claudia verstand es wie immer, den Tisch in ein romantisches Diner zu verwandeln. Ihre Affinität schön dekorierten Speisetafeln konnte sich nicht verbergen und Peer genoss es. Sie aßen bei Kerzenlicht in einer ausgesprochen harmonischen Atmosphäre, die nur durch den spartanisch eingerichteten Raum ein wenig verlor.

Das Telefon störte mit seinem schrillen Ton die Harmonie der Stunde. Der Anrufer fragte, ob Peer eine Überführungsfahrt übernehmen könne. Der Pkw stünde aber auf einen Parkplatz in Rheine an der holländischen Grenze. Schlüssel, Kfz.-Papiere, Zielort und Adresse befänden sich auf der Sonnenblende, des Fahrersitzes. Als Peer zusagte, nannte ihm der Unbekannte das Kennzeichen des Fahrzeuges und den genauen Standort. Das Fahrzeug solle aber so schnell wie möglich dort abgeholte und überführt werden. Es sei vollgetankt. Der Unbekannte legte auf. Claudia bot an, ihn begleiten zu wollen. Es erschien Peer sehr reizvoll, was er aber nach reiflicher Überlegung ablehnte, weil es zu riskant war. Auch würde Claudia ihre Vorlesungen versäumen. Wohin die Fahrt ginge und wie lange er unterwegs sein würde, wisse er auch nicht. Claudia sah es ein und sie trennten sich nach einer heftigen Umarmung und einem langen Kuss. Auf der Fahrt nach Rheine hielt er kurz nach Braunschweig bei einer Raststätte an, und teilte Erich den Sachverhalt mit. Erich sah größere logistische Probleme, das Fahrzeug unbemerkt untersuchen zu können und bat Peer, ihn kurz vor Rheine noch mal anzurufen. Erich befürchtete, dass das Fahrzeug observiert würde und jede Bewegung am oder in der Nähe des Fahrzeuges auffallen müsste, wünschte Peer aber viel Erfolg. Der nahm sich vor, ständig auf verdächtige Fahrzeuge zu achten, die ihn verfolgen könnten. Zu fahren und auf verdächtigte Fahrzeuge zu achten war alles andere als einfach. Manchmal glaubte er ein Fahrzeug zu sehen, dessen Fahrer sich bemühte in seiner Nähe zu bleiben, bis es bei einer Abfahrt die Autobahn verließ. Peer nahm sich vor, dass es sein letzter Einsatz als verdeckter Ermittler werden sollte. Er fuhr an Osnabrück vorbei, dass er von einem Drogeneinsatz kannte. Kurz vor Rheine suchte er vergeblich nach einer Telefonzelle und musste in einen kleinen Ort fahren, um telefonieren zu können. Erich meldete sich sofort und konnte ihm mitteilen, dass seine Vermutung zutraf und das Fahrzeug observiert würde. Sie hätten daher nichts unternehmen können. Es hätte aber auch etwas Positives, weil sie die Observanten nun observierten und feststellen würden, welche Fahrzeuge sie benutzten. Im Ausland solle Peer Erich nach einer gewissen Fahrtstrecke wieder anrufen, damit er ihn über die neueste Entwicklung unterrichten könne. Peer solle bei einer Untersuchung des Fahrzeuges sehr vorsichtig sein, weil man nicht wisse, ob er während der ganzen Fahrt verfolgt werde.

Peer dachte an die zwei verschwundenen Studenten. Sollten sie etwas bemerkt und daher beseitigt worden sein? Aber es war ja nicht einmal ein Zusammenhang zwischen dem Verschwinden der Studenten und diesen Überführungsfahrten erkennbar. Wieder fühlte Peer, wie er unsicher wurde. Er versuchte, seine Gefühle zu unterdrücken. Den Parkplatz in Rheine fand er überraschend schnell und stellte seinen Wagen am äußersten Rand des Parkplatzes ab. Es waren nur wenige Fahrzeuge geparkt. Den Pkw, den er überführen sollte, fand er anhand des Kennzeichens schnell. Es war ein älterer Audi mit Osnabrücker Kennzeichen. Auf den ersten Blick wies nichts auf eine Kennzeichenfälschung hin. Er setzte sich hinter das Lenkrad und klappte die Sonnenblende herunter. Er fand wie angegeben den Kfz.-Schlüssel, Kfz.-Schein, einen Zettel mit einer Adresse in Marseille und französisches Bargeld, das wohl zum Tanken vorgesehen war. Auf der Autokarte, die er sich bei der letzten Fahrt kaufte, sah er sich die Strecke an, die er fahren musste. Er vermutete, dass die Entfernung etwa 1.200 km betragen dürfte. Bis Trier wollte er deutsche Autobahnen benutzen. Von dort wollte er über Brüssel, Metz, Nancy, Dijon, Valence nach Marseille fahren. Er machte sich auf einem Zettel Notizen, die er Erich bei einem Telefongespräch mitteilen wollte. Wie könnte er aber jetzt feststellen, ob er observiert würde? Er kannte sich in Rheine nicht aus. Es dürfte daher nicht auffallen, dass er sich verfuhr und die gleiche Straße zweimal benutzte. Außerdem war es inzwischen dunkel, fast Mitternacht und kaum Verkehr. Er fuhr in eine Sackgasse, wendete und fragte einen aus einer Gaststätte kommenden älteren Mann, wie er fahren müsse, wenn er in Richtung Ruhrgebiet fahren wolle? Der sah ihn ein wenig begriffsstutzig an und erklärte ihm einen Weg, den Peer nicht verstand. Peer wollte damit auch nur feststellen, ob er beobachtet wurde. Er fuhr auf gut Glück wieder in die Innenstadt und richtete sich nach der Beschilderung. Kaum lag Rheine hinter ihm, als ein Pkw mit 3 Insassen ihn sehr rasant überholte und der Beifahrer von dem Pkw ihm mit Handzeichen andeutete, ihm zu folgen. Peer fluchte vor sich hin, was jetzt wieder auf ihn zukommt? War er von den Auftraggebern beobachtet worden und wollten sie ihm jetzt Vorhaltungen machen, dass er sich in Rheine verdächtig verhalten habe? Erich hatte ihm ja mitgeteilt, dass das Fahrzeug tatsächlich observiert wurde. Es deutete einiges daraufhin. Wer benutzt schon einen recht neuen und schweren BMW, wie der vor ihm. Der BMW wurde langsamer und bog in einen Waldweg ein. Peer folgte wie ihm angedeutet, ließ den Motor eingeschaltet, verschloss die Türen von innen und kurbelte das Fenster einen kleinen Spalt herunter, sodass man nicht ohne Weiteres in das Fahrzeug greifen konnte. Die drei Insassen stiegen aus dem BMW und kamen auf ihn zu. Der Beifahrer aus dem BMW drückte einen Polizeidienstausweis an die Seitenscheibe, der ihn als Kriminalhauptkommissar Bremer vom LKA Hannover auswies, sprach Peer direkt mit seinem Namen an und bestellte Grüße von

Erich. Peer traute dem Frieden nicht. Bremer merkte, dass ihm Peer nicht traute und erklärte, dass eine ganze MEK Einheit einige Zeit vor ihm in Rheine angekommen, den Parkplatz durch Fußgänger habe observieren lassen und dort einen Pkw mit Insassen habe feststellen können, die den abgestellten Audi beobachteten. Als Peer abfuhr, seien sie ebenfalls abgefahren und würden jetzt vom MEK observiert. Ihr Auftrag sei es, das Fahrzeug von Peer zu untersuchen, so weit dies bei den Beleuchtungsverhältnissen möglich ist und ihn dann weiterfahren zu lassen. Nach ihren Beobachtungen werde Peer seit seiner Abfahrt nicht mehr observiert. Peer öffnete die Fahrertür, stieg aus und bat sie ihres Amtes zu walten. Er beobachtete, wie sie sehr professionell die Verkleidungen im Fahrzeug lösten und eine sehr große Menge an DM Scheinen zählten, die sie danach wieder hinter den Verkleidungen verbargen. Die Verkleidung befestigten sie so gekonnt, dass nichts darauf hindeutete, dass sie entfernt worden war. Sie untersuchten den Motorraum, sahen unter das Fahrzeug und machten auch vor den Sitzen nicht halt, die sie erstaunlich schnell ausbauten und überprüften. Auch hier wurden sie fündig. Die ganze Aktion war nach etwa 2 Stunden beendet und so routiniert vorgenommen worden, dass Peer nur staunen konnte. Ihm war zwar bekannt, dass die Länderpolizeien begannen, MEK (Mobile Einsatz Kommandos) zusammenzustellen, die sich aus Beamten der Kriminal- und Schutzpolizei rekrutierten und seit einiger Zeit ausgebildet wurden. Wie gut und wie professionell deren Ausbildung war, wusste er nicht. KHK Bremer telefonierte mit Erich und teilte ihm den Betrag von 1,6 Millionen mit, der überwiegend in großen Scheinen im Pkw verborgen war. Einen Peilsender oder Sender für Funkübertragungen hätten sie nicht gefunden. Erich lies sich Peer geben und teilte ihm mit, dass man die Personen, die das Fahrzeug bis zu Abfahrt beobachteten, noch observiere. Sie hätten schon sehr viele neue Erkenntnisse gewonnen. Er fragte, was Peer jetzt entscheide. Sie würden den Pkw freigeben, wenn er bis zur Grenze weiterfahren wolle. Peer teilte mit, dass es seine Absicht sei, bis nach Trier zu fahren und gab seine mögliche Fahrtroute bis Marseille und Zieladresse durch. Bei Trier wolle er die Grenze zu Luxemburg nehmen, wenn bis dahin vom LKA nicht andere Anweisungen ergangen seien. Erich machte Peer darauf aufmerksam, dass er nicht ins Ausland fahren dürfe. Er werde morgen früh mit der Leitung des LKA die bisherigen Erkenntnisse besprechen. Er könne nicht ausschließen, dass ein Besprechungsergebnis erst so spät vorliege, dass Peer seine Entscheidungen in eigener Verantwortung treffen müsse. Würde er sich vor der Grenze zum Bleiben entscheiden, solle er sofort Erich unterrichten. Im Alternativfalle wäre es auch gut, wenn er sich aus dem Ausland melde, damit man wisse, wo er ist. Peer verstand sehr gut, was Erich damit meinte. Für die Strecke nach Trier benötigte er einige Stunden. Würde er mit dem Geld über die Grenze fahren, würde er sich strafbar machen. Würde er aber die Fahrt abbrechen, würden die Eigentümer des Geldes dafür sorgen, dass sein Leben keinen Pfifferling mehr wert war und damit würde er auch das Leben von Claudia aufs Spiel setzen.

Als er Trier erreichte, war es früher Morgen. Im LKA dürfte noch keine Besprechung stattgefunden haben. Die Untersuchung des Pkw kostete Zeit, die ihm jetzt fehlte. Er entschloss sich, die Grenze zu passieren. Der Luxemburger Grenzer prüfte seine Papiere und wollte wissen, ob er vom Halter autorisiert sei, mit dem Fahrzeug zu fahren. Peer entgegnete, dass er sonst nicht den Fahrzeugschein erhalten hätte, was wohl einleuchtend war, denn der Grenzer ließ ihn weiterfahren. Es wäre Peer gar nicht so ungelegen gekommen, wenn seine Mission an der Grenze zu Ende gegangen wäre. Er fuhr weiter und erreichte ohne weitere Kontrolle Frankreich. An der Grenze zu Frankreich war er nur durchgewinkt worden. Kurz nach dem Grenzübertritt tankte er und holte sich eine Flasche Wasser, dass er nicht wieder fast verdurstend das Fahrzeug lenkte. Er spürte den fehlenden Schlaf, wollte aber so schnell wie möglich den Wagen abgeben. Auch jetzt war es noch nicht spät genug, dass ein Besprechungsergebnis vorliegen könnte. Er fuhr weiter und spürte, wie ihm die Augen vor Müdigkeit zufielen. Als er wegen der Übermüdung fast einen Unfall versursachte, fuhr er auf den Parkplatz einer Raststätte, verschloss das Fahrzeug von innen und ließ die Rückenlehne so weit herunter, dass er halb liegend ein wenig schlummern konnte. Er erwachte vom Lärm diskutierender Personen. Neben seinem Fahrzeug stand ein PKW, dessen Insassen, ein Pärchen, ausgestiegen war und sich lauthals schreiend auf Französisch stritt. Peer verließ seinen PKW und holte sich im Rasthaus eine Bratwurst und eine Flasche Wasser. Die Bratwurst aß er auf dem Rückweg zum Wagen und überlegte, ob er im LKA anrufen solle. Claudia wäre jetzt an der UNI. So entschloss er sich zu einem Anruf bei Erich, den er überraschend sofort erreichte und ihm seinen Standort Lyon bekannt gab. Erich machte ihm Vorhaltungen, dass er nach Frankreich gefahren sei, obwohl er ihn doch eindringlich darauf hingewiesen hätte, dass es nicht zulässig sei. Peer fragte, ob sein Anruf ungelegen komme und er sich gerade in einer Besprechung befände. "Ja, allerdings!" erhielt er zur Antwort. Es gäbe auch sehr interessante Ermittlungsergebnisse über die man später, wenn er wieder im Lande sei, sprechen könne. Es war Peer klar, dass Erich jetzt nicht frei sprechen konnte und unter starkem Druck stand.

Wie nationale Egoismen eine sinnvolle Zusammenarbeit bei der Kriminalitätsbekämpfung so erheblich erschweren, dass von Zusammenarbeit kaum noch die Rede sein kann, war Peer völlig unverständlich. Der Informationsaustausch über INTERPOL beschränkte sich auf allgemeine polizeiliche Erkenntnisse. Allein eine Zeugenvernehmung im Ausland erforderte ein umfangreiches Rechtshilfeersuchen, dem nicht selten aus den merkwürdigsten rechtlichen Gründen nicht entsprochen wurde und auch nur über die Staatsanwaltschaften, Justizministerien und Auswärtiges Amt beantragt werden konnte. So lag auf der Hand, dass international agierende Tätergruppen, die dem organisierten Verbrechen zuzuordnen waren, diese Rechtlage nutzten, um ihre Verbrechen ungestört begehen zu können. Peer war sich seiner Lage bewusst, dass er auf keine Hilfe hoffen konnte, weil er im Ausland nicht agieren durfte. Er hätte sich nicht darauf einlassen sollen. Die Hintermänner zu ermitteln, war unter den derzeitigen rechtlichen Verhältnissen auf nationaler Ebene völlig ausgeschlossen. Würde er im Ausland erwischt, erginge es ihm wie jedem Straftäter, er würde eine hohe Freiheitsstrafe erhalten. Das Regelwerk, das die Möglichkeiten der nationalen Polizeien reguliert, ist darauf abgestellt, dass sich besonders die Akteure des international organisierten Verbrechens mit Hilfe von juristischen Beratern der strafrechtlichen Verfolgung entziehen können. Für Peer stellte sich die Frage, ob sich die Art seines Einsatzes nicht von vornherein verboten hätte. Wäre die erste Fahrt von ihm an der Grenze beendet worden, die Ermittlungsbehörden besäßen vielleicht eineinhalb Millionen DM, deren Eigentümer nie zu ermitteln gewesen wäre. Damit wäre er aber enttarnt worden und müsste ständig damit rechnen, einem Killer zum Opfer zu fallen. Der Schutz des Staates beschränkt sich auf gute Ratschläge und bedauerndes Schulterzucken. Im Gegensatz hierzu würde der Staat aber alles an Möglichkeiten aufwenden, um die Täter vor Gefahren zu schützen, die ihnen von übereifrigen Ermittlern drohen könnten. Peer musste an die Warnung des Kollegen von der Schutzpolizei denken, der ihn warnte, dass er ständig mit einem Bein in Gefängnis stünde, wenn er sich als verdeckter Ermittler zur Verfügung stelle. Er musste wieder einen klaren Kopf bekommen. In den späten Nachmittagsstunden des Donnerstags erreichte er Marseille und musste den Zettel mit der Adresse mehrfach Passanten zeigen, die ihm wortreich in Französisch den Weg beschrieben, den er fast nie verstand, aber den Gesten folgend doch sein Ziel erreichte. Auch dieses Mal fand er unter der angegebenen Adresse eine stillgelegte Autowerkstatt. Die Tore zur Werkstatt waren geschlossen und davor lagen Reste von Autoschrott. Er hämmerte mit der Faust an eines der Tore, ohne das sich etwas rührte. Bald stellte er seine Versuche jemanden in der Werkstatt mit dem Lärm zu alarmieren ein. Links und rechts von der Werkstatt standen mehrgeschossige Wohnhäuser. Ein Name war auf dem Adressenzettel nicht vermerkt, sodass er nicht wusste, ob einer der

Namen zur Werkstatt gehörte.

Ein paar Häuser weiter sah er ein Bistro, das er aufsuchte. In der Hoffnung, dass er sich irgendwie verständlich machen konnte, sprach er den Wirt hinter der Theke an, der ihn aber nicht verstand oder nicht verstehen wollte. Ein einzelner Gast an einem Tisch winkte ihm und zeigte mit Gesten, er solle sich zu ihm setzen. Peer setzte sich zu ihm an den Tisch und hoffte zumindest, dass der Gast ihn verstehen würde. Es war ein älterer Mann, den er auf 70 Jahre schätzte. Seiner bräunlichen Hautfarbe und den Gesichtszügen nach zu urteilen, könnte er aus Nordafrika stammen. Der Gast rief dem Wirt etwas zu und der brachte zwei Glaser mit einer grünlichen Flüssigkeit, die nach Anis schmeckte. Peer hatte es noch nie getrunken, vermutete aber, dass es sich um Absinth handelte. Der Gast prostete ihm zu und fragte ihn in Deutsch mit einem deutlichen französischen Akzent, wohin er wolle. Peer zeigte ihm den Zettel. Der Gast stellte sich als Pier vor, was Peer ein wenig peinlich war, weil er so ähnlich hieß und befürchtete, der Gast könne seinen Namen als Provokation empfinden. Deshalb nahm Peer seinen Personalausweis und zeigte ihn dem Spender des Absinth. Der sah sich den Ausweis grinsend an und nickte. "Oui, Oui, du Peer, ich Pier!" und lachte. Die Werkstatt sei schon seit Jahren geschlossen. Ob er eine Reparaturwerkstatt suche? Peer schüttelte den Kopf und versuchte ihm begreiflich zu machen, dass er einen Pkw abgeben wolle. Der Gast musterte Peer von oben bis unten, als wolle er den Wahrheitsgehalt prüfen. Er stand auf, ging an die Theke, sprach mit dem Wirt, der ihm einen Telefonapparat hinstellte. Das Telefonat war für Peer sehr kurz und unverständlich. Pier setzte sich wieder an den Tisch und der Wirt brachte zwei weitere Absinth, die Peer nicht vertrug. Er war es nicht gewohnt so hochprozentige Getränke zu sich zu nehmen und versuchte Pier dies verständlich zu machen. Außerdem müsse er noch das Fahrzeug übergeben. Pier bestellte noch zwei Absinth, worauf Peer protestierte, heftig den Kopf schüttelte und gurgelnde Geräusche machte, als wolle er sich übergeben. Pier lachte schallend und klopfte sich vor lauter

Lachen auf die Schenkel. Peer wurde es von dem Absinth wirklich schlecht und er musste sehr tief durchatmen, um sich nicht übergeben zu müssen.

Ein weiterer Gast betrat das Bistro und begrüßte den Wirt und Pier. Er setzt sich zu Pier und Peer an den Tisch und Pier stellte Peer vor, in dem er lachend grölte: "Ich Pier, du Peer." Der hinzugekommene Gast fand es weniger lustig und frage Peer in ziemlich gutem Deutsch, ob er das Fahrzeug aus Allemagne bringe. Peer nickte und fragte, ob er der Empfänger des Pkw sei. Der hinzugekommene Gast bestätigte es und ließ sich die Schlüssel und den Fahrzeugschein geben. Er stand auf und winkte Peer, mitzukommen. Peer war vom Absinth wie benommen. Er folgte dem Unbekannten, der zu der Werkstatt ging und ein Tor öffnete. Er musste eine paar Schrotteile zu Seite schieben, damit der Pkw in die Werkstatt gefahren werden konnte. Während Peer vor der Werkstatt wartete, ging der unbekannte Franzose zum Pkw, setzte sich hinein, startete den Motor, fuhr den Wagen in den Werkstattraum und schloss den Pkw ab. Er verließ die Werkstatt, schloss das Tor ab und bedeutete Peer, mit ihm zu kommen. Sie gingen zu einem Wohnhaus, das schräg gegenüber der Werkstatt lag. Der Unbekannte schloss die Haustür auf und ging mit Peer in den 3. Stock, wo er eine Wohnungstür öffnete. Die Wohnung war nach Peers Vorstellung eigenartig eingerichtet. Das erste Zimmer linker Hand wurde wohl als Büro genutzt. Alle Zimmertüren standen offen. Die anderen Zimmer wiesen fast die gleiche Möblierung auf, so weit Peer in sie hineinsehen konnte. Der Unbekannte ging ins Büro und Peer folgte ihm. Er telefonierte mit einer Peer unbekannten Person. Zu Peer gewandt sagte er, dass er vergessen hätte, die Kennzeichen abzuschrauben. Er werde es morgen machen. Einen zaghaften Versuch Peers zu protestieren, dass er gleich wieder mit der Bahn zurückfahren müsse, ignorierte der Unbekannte. Peer solle sich ein Zimmer aussuchen, was ihm gefalle und sich dort ausschlafen. In jedem Zimmer befände sich eine Minibar, wo er sich bedienen könne. In einer halben Stunde kämen ein paar Girls. Er solle ihnen sagen, was er essen möchte. Sie würden es besorgen. Als der Unbekannte sich verabschiedete, teilte er mit, dass er morgen Vormittag wieder komme. Als er gegangen war, schritt Peer den Gang entlang und sah 6 verschiedene Zimmer, in denen das gleiche Interieur zu sehen war. Ein Schlafsofa oder Bett, ein kleiner Schrank, ein kleiner Tisch mit 2 Stühlen, auf dem Boden ein Teppich, an den Wänden Gobelins mit erotischen Abbildungen und an den Fernstern rosarote Vorhänge. Als er eine der Türen schloss, erkannte er auf der Tür außen die Abbildung eines Tigers. Peer stand alleine in der Wohnung, die einem Etablissement glich, dass gewöhnlich als Bordell bezeichnet wird. Er sah sich die anderen Türen an. Jede zeigte außen eine Tierabbildung. Auf einer waren eine Löwin, auf der Nächsten eine Katze und wieder auf der Nächsten ein Puma usw. zu sehen. Er war sich sicher, dass es sich um ein privates Bordell handeln musste. Solange er alleine war, stöberte er durch die Zimmer und sah sich um. Es lagen einige Plüschtiere herum, die den Abbildungen auf den Türen ähnelten. In einem Zimmer waren es Tiger, in einem anderen Zimmer Pumas und wieder in einem anderen kleine Bären. Er hätte sich die Plüschtiere gerne länger angesehen, wobei er sich fragte, ob sie Rückschlüsse auf die Psyche der Besitzerinnen zu ließen oder vom Besitzer des Bordells den Malereien auf den Türen angepasst worden waren.

Er hörte Stimmengewirr, Schlüsselgeklapper und das Öffnen der Wohnungstür. Einige junge hübsche Frauen betraten das Etablissement und begrüßten ihren männlichen Gast überschwänglich in Französisch und jede wollte ihn als Gast in ihrem Zimmer. Er fragte, ob ihn jemand verstehe. Zu seinem Erstaunen sprachen drei der Mädchen fehlerfrei Deutsch. Er fragte die ihm am sympathischsten aussehende junge Frau, ob sie ihm etwas zu essen besorgen könne? Ihr Chef, er vermutete, dass es sich um den Zuhälter der jungen Frauen handelte, hätte ihm gesagt, er solle sich an sie wenden, wenn er Hunger habe. Er habe schon den ganzen Tag nichts gegessen. Die Frauen stellten sich ihm alle mit Vornamen vor, von denen er aber nur den von Chantal behielt, die er wegen des Essens ansprach. Ob sie wirklich Chantal hieß, bezweifelte er sehr, aber der Name klang hübsch und entsprach ihrer Erscheinung, so wie sie aussah. Die schwarzen Haare waren wie die der Sängerin Mireille Mathieu frisiert. Die dunkelbraunen Augen, die sinnlich geschwungenen himbeerrot geschminkten Lippen und der helle leicht rosafarbene Teint ihres Gesichtes, gaben ihr ein verführerisches Aussehen. Sie nahm ihn mit zu sich ins Zimmer mit dem Tigersymbol und entfachte damit eine ihm unverständlich erregte Diskussion unter den jungen Frauen. Sie schloss die Tür und telefonierte mit einer unbekannten Person. Das Telefon hatte er beim Rundgang durch die Zimmer übersehen. Es stand auf dem Fenstersims und war durch die Fenstergardine verdeckt. Sie drehte sich zu ihm und fragte, was er gerne essen möchte. Er antwortete, dass er es ihr überlasse und sich überraschen lassen wolle. Es war interessant ihr zuzuschauen, wie sie in Französisch etwas bestellte und nicht zu wissen was ihm serviert würde. Er konnte sich zu seiner Freude sehr gut mit ihr unterhalten. Plötzlich fiel ihm ein, dass es ja ihr Zimmer war und sie ja, im Gegensatz zu ihm, nicht umsonst hier war. Er fragte sie daher, ob sie wisse, wo er schlafen könne, er wolle und könne sie ja nicht an ihrer Arbeit hindern. Sie lächelte verschmitzt und meinte, die Gäste ihres Chefs, seien auch ihre Gäste. Er verstand Chantal nicht und fragte sie, wie sie das meine, ob es nicht für ihn ein Bett gäbe, vielleicht im Büro. Sie schüttelte den Kopf und erklärte ihm, sie habe fast den ganzen Tag geschlafen. Er könne es sich auf dem Bett bequem machen, und wenn er nicht zu müde sei, würde sie ihn verwöhnen. Er bedankte sich, das sei wirklich sehr, sehr nett von ihr, aber er habe nicht so viel Geld dabei und könne es sich nicht leisten.

"Aber Peer, mein Chef hat dich eingeladen und mein Auftrag lautet, dich zu verwöhnen. Es ist für mich viel schöner, weil ich die ganze Nacht nur mit dir zusammen sein kann."

"Chantal, Du verdienst in dieser Nacht aber nichts."

"Doch, mein Chef verrechnet diese Nacht für mich. Ich brauche ihm nichts zahlen und habe etwas bei ihm gut."

"Und wer zahlt das Essen?"

"Auch mein Chef. Du bist sein Gast."

Es war Peer überaus peinlich. Er wusste nicht, wie er Chantal begegnen sollte, ohne sie zu brüskieren. Es schien für die jungen Frauen eine Ehre zu sein, den Gast ihres Chefs verwöhnen zu dürfen. Peer kannte die manchmal eigenartigen Moralvorstellungen in diesem Milieu und wusste nur zu gut, dass man die Gefühle der jungen Frauen auch verletzen konnte, wenn man sie ohne plausible Erklärung zurückwies. So versuchte er Chantal seine Moralvorstellung begreiflich zu machen, dass daheim eine Verlobte auf ihn warte, die er nicht mit ihr betrügen möchte. Sie sah in nachdenklich an und meinte, dass es doch kein Betrug sei, jemanden zu verwöhnen. Also versuchte er es, indem er sie fragte, ob sie schon einen festen Freund habe. Sie überlegte viel zu lange und erklärte, dass ihr damaliger Freund sich auch von anderen Frauen verwöhnen ließ, wenn sie nicht da war. Ob es ihr nicht wehgetan habe, wenn ihr Freund sich von anderen Frauen verwöhnen ließ? Sie sah ihn fragend an, ohne ihm zu antworten. Also fragte er sie, ob sie sich in Abwesenheit ihres Freundes auch habe von anderen Männern verwöhnen lassen. Sie überlegte kurz und nickte. Peer glaubte ihr nicht und nahm an, dass es ihre Art von angewandter Psychologie war, um verheirateten Freiern ihre Skrupel zu nehmen. Inzwischen brachte ein Kellner das Essen, das aus Meeresfrüchten und verschiedenen Gemüsen bestand. Es sah sehr appetitlich aus und schmeckte auch gut. Peer bat Chantal, mit ihm zu essen, was sie sich nicht zweimal sagen ließ und aus dem Schrank Teller und Besteck holte. Sie aßen und Chantal öffnete eine Flasche Champagner, die sie aus der Minibar holte, und Peer zuprostete, der sich in Gedanken wieder mit Chantals eigenartigen Moralvorstellungen beschäftigte. Vermied es aber, sie weiter mit dem Thema zu behelligen. Ihm kam ein Gedanke, vielleicht weiß sie etwas über die verschwundenen Studenten. Er fragte, ob ihr Chef öfter solche Gäste wie ihn beherberge. Sie nickte und sagte kichernd, solche wie Peer nicht. Die meisten Gäste, die über Nacht blieben, seien viel älter und Geschäftsleute, mit denen ihr Chef Geschäfte mache. Solche jungen Männer wie Peer, kämen sehr selten. Als Peer wissen wollte, wie viel in seinem Alter in den letzten Jahren hier Gast gewesen seien, wurde Chantal sehr still und wechselte das Thema. Sie goss ihm Champagner nach und hielt sich selbst dabei auffällig zurück. Es war zu spüren, dass ihr das Thema mit den jungen Männern nicht behagte. Er fragte sie aber doch noch, ob einer der jungen Männer auch ihr Gast gewesen sei. Sie nickte und antwortete: "Beide." Peer war wie vom Donner gerührt, versuchte aber sich nichts anmerken zu lassen. Er musste jetzt sehr vorsichtig sein. Es könnte in dem Raum "Wanzen" geben. Aber es war doch Zufall, dass er Chantal auswählte. Es sei denn, jedes Zimmer wäre verwanzt. Würden sie abgehört, war es jetzt ohnehin zu spät. Dazu waren seine Fragen zu eindeutig. So suchte er das Thema zu wechseln und ließ sie von ihrer Kindheit berichten und was sie sich als Kind für die Zukunft gewünscht habe. Nach dem Essen entkleidete er sich bis auf die Unterwäsche und fragte, wo eine Toilette sei. Sie zeigte ihm auf dem Flur die Tür, hinter der sich eine Toilette und eine Dusche befanden. Er zog sich seine Hose wieder an und ging auf die Toilette. In Chantals Zimmer befand sich lediglich ein Waschbecken. Wieder in ihrem Zimmer zog er seine Hose aus und legte sich in der Unterwäsche aufs Bett und war auch gleich eingeschlafen, wozu wohl auch der Champagner beigetragen haben dürfte.

Er erwachte von Küssen, die er auf Bauch und Brust spürte. Chantal lag völlig nackt neben ihm, umarmte und streichelte ihm auf Brust und Bauch küssend mit einer Hand die Genitalien. Er ließ es geschehen, weil er auch nicht wusste, wie er reagieren sollte. Sie musste etwas von den verschwundenen Studenten wissen. Es konnte doch kein Zufall sein, dass sie ausgerechnete von den Beiden sprach. Aber Peer fürchtete, abgehört zu werden. Als er leise in ihr Ohr flüsterte, ob sie vor ihrem Chef Angst habe, sah sie ihn an und hielt den Zeigefinger auf den Mund. Er verstand. Diese Geste war unmissverständlich. Er hauchte ganz leise an ihrem Ohr, die Frage, ob er in Gefahr sei. Sie flüsterte ganz leise zurück, wenn er alles mache, was ihr Chef von ihm wolle, brauche er keine Angst haben.

"Haben die anderen Beiden nicht alles gemacht, was der Chef wollte." fragte er so leise flüsternd, dass sie ihn kaum verstand. Sie schüttelte den Kopf und flüsterte ganz leise:

"Sie haben den Chef erpresst und wollten sehr viel Geld."

"Womit haben sie ihn erpresst?"

"Das weiß ich nicht. Man darf nie zu viel wissen."

"Wie viel Geld wollten sie vom Chef?"

"Das weiß ich nicht. Mir hat einer gesagt, er werde jetzt reich und hat gefragt, ob ich mit ihm gehe?"

"Wolltest Du mit ihm mitgehen?"

"Nein, ich bin doch nicht lebensmüde."

"Hätte dich dein Chef umgebracht?"

"Bestimmt!"

Sie wanderte mit ihrem Kopf seine Brust und den Bauch küssend immer tiefer, was er verhinderte, indem er ihren Kopf in die Hände nahm und sie auf den Mund küsste. Er flüsterte ihr ganz leise zu, dass sie so wunderschön sei, dass er sie am liebsten auch mitnähme. Weiter fragte er flüsternd an ihrem Ohr was denn ihr Chef mit den Beiden gemacht habe.

"Ich weiß es nicht. Am nächsten Morgen ist er mit ihnen weggefahren."

Schon wieder wanderte sie mit ihren Lippen über seinen Körper, was ihm fast die Sinne raubte.

"Chantal hat dein Chef dich gefragt, was sie vorhaben?"

"Ja, sie haben es mir auch gesagt."

"Hast du es deinem Chef gesagt?"

"Ja, er hat es ja gehört."

"Hat jedes Zimmer solche eine Anlage?"

"Ja, der Chef oder sein Vertreter muss ja wissen, ob uns ein Freier bedroht."

"Wirst du ihm auch erzählen, was wir uns geflüstert haben?"

"Nein, das weiß er ja nicht!" Chantal hielt sich dabei den Zeigefinger der rechten Hand vor die Lippen.

"Waren die beiden jungen Männer zusammen hier?"

"Nein, erst einer und Monate später der andere!"

"Warum waren sie da?"

"Sie haben ein Auto gebracht."

"War was mit den Autos?"

"Das weiß ich nicht."

Hoffentlich komme ich hier leben raus, dachte Peer und die Angst machte ihm wieder zu schaffen. Er musste sich auf Chantal konzentrieren, die so bezaubernd in ihrer kindlichen Art war. Offenbar waren die beiden vermissten Studenten drauf gekommen, was sie transportierten und wollten ihren Anteil haben. Wie konnten sie auch wissen, mit wem sie es zu tun hatten. Wie der Nachweis gelingen könnte, dass sie hier beseitigt wurden, zumal in Frankreich, war Peer ein Rätsel. Er hatte erlebt, wie Untersuchungsrichter in Italien die Verdächtigen kurz vor der Durchsuchung warnten, die sie selbst im Rahmen eines deutschen Rechtshilfeersuchens anordneten, den Wunsch deutscher Ermittlungsbehörden, nach Beteiligung an der Durchsuchung aber ablehnten. Hätte sich der deutsche Informant nicht bei den Verdächtigen in Italien aufgehalten und mitbekommen, wie sie gewarnt wurden, wäre gerätselt worden, wer die Verdächtigen warnte. Peer erinnerte sich, wie der deutsche Staatsanwalt vor Wut außer sich war und gegen den italienischen Kollegen etwas unternehmen wollte, wo von seine Vorgesetzten ihn nur mit Mühe abhalten konnten.

Nach diesen Informationen war für Peer nicht mehr an Schlaf zu denken. Chantal legte sich auf ihn und begann ihn auf den Mund zu küssen, was in diesem Milieu ungewöhnlich war und als Regelverletzung angesehen wurde. Ob dies in Frankreich ebenfalls ungewöhnlich war, wusste Peer allerdings nicht. Chantals sexuelle Erfahrungen raubten Peer den Verstand und er war froh, als auch Chantal sich ein wenig ausruhen musste. Er mochte nicht an Claudia denken und fühlte sich schuldig. Er musste wieder eingeschlafen sein. Chantal weckte ihn und fragte, ob er Frühstück wolle, ihr Chef käme in einer Stunde. Peer spürte seinen Hunger und bedankte sich. Chantal nahm wieder den Telefonhörer und kurz darauf kam wieder ein Kellner mit einem Tablett mit Frühstück. Sie genossen den frischen Kaffee und die viel zu weichen Brötchen. Peer begriff, dass er für die Nacht würde zahlen müssen. Es fragte sich nur in welcher Form. Der Chef von Chantal dürfte ihn nicht aus Nächstenliebe bewirtet haben lassen. Auf Peers Frage nach der Dusche, gab Chantal ihm ein Handtuch aus dem Schrank. Seine Armbanduhr zeigte 08.30 Uhr. Die Zimmertüren standen alle offen und keine der Frauen, außer Chantal waren zu sehen. Die Dusche war erfrischend und belebte ihn. Er sah sich in großer Gefahr, wusste aber nicht, wie er ihr begegnen könnte. Die Unsicherheit, nicht zu wissen, was man von ihm wollte, ohne auch nur eine vage Vorstellung davon zu haben, zerrte an seinen Nerven. Chantal war noch anwesend. Er fragte sie, nachdem er sich gewaschen, angezogen und gekämmt hatte, ob sie wisse, was ihr Chef mit ihm vorhabe. Sie sah ihn erstaunt an:

"Wir fahren nach Genua."

"Wer? Der Chef und du?"

"Nein, du ich und zwei Mädchen."

Peer hörte, wie der Wohnungsschlüssel von außen ins Schloss gesteckt und die Wohnungstür geöffnet wurde. Kurz darauf läutete das Telefon in ihrem Zimmer. Chantal nahm den Hörer ab und Peer hörte nur, wie sie "Oui," sagte und das Zimmer verließ. Es waren kaum 2 Minuten vergangen, als Peer die Stimme des Chefs von dem Etablissement vernahm, der lautstark zu schimpfen schien. Während der Schimpfkanonade waren mehrere klatschende Geräusche zu hören. Als Chantal nach etwa 5 Minuten das Zimmer betrat, waren ihre Wangen stark gerötet und auf einer war deutlich die Abbildung einer Hand zu erkennen. Sie ging mit keinem Wort auf die Schläge ein, die auf ihrem Gesicht deutliche Spuren verursachten. Ihr Chef wolle Peer im Büro sprechen, waren ihre einzigen Worte.

Der unbekannte Chef begrüßte Peer im Büro und erkundigte sich, ob er ausgeschlafen sei und es ihm gefallen habe. Peer bedankte für die schönen Stunden und äußerte, Chantal gerne mitnehmen zu wollen, wenn man hier auf sie verzichten könne. Der Unbekannte lachte und bemerkte, dass er dies mit dem neuen Chef von Chantal in Genua besprechen solle. Er bezweifle aber, dass Peer die Ablösesumme aufbringen könne. Der Unbekannte, dessen Name ihm immer noch nicht bekannt war, zeigte auf die Kennzeichen des Pkw, den Peer brachte, steckte sie in eine Tragetasche aus Leinen und suchte auf dem Schreibtisch nach Kraftfahrzeugbrief und -Schein. Beides steckte er zu den Kennzeichen und reichte Peer zwei 500 DM Scheine, indem er ihm den Auftrag erteilte, Chantal mit einem Pkw, der vor dem Haus stehe, mit zwei anderen Frauen nach Genua zu einem Bekannten zu fahren. Er fragte nicht, ob Peer diese Fahrt überhaupt übernehmen wollte. Wohl bemerkend, dass Peer von dem Auftrag nicht erbaut und sehr überrascht war, fragte der Unbekannte, zu welchem Zweck er wohl den Pkw aus Deutschland überführt habe. Peer zuckte die Schultern und gab zur

Antwort, dass man den Gebrauchtwagen vermutlich überholen und gewinnbringend verkaufen wolle. Der Unbekannte schüttelte den Kopf und erklärte, dass Peer damit Drogen transportiert hätte. Peer versuchte, so entsetzt wie möglich auszusehen und stammelte, wenn er das gewusst hätte, wäre er nicht gefahren. Der Unbekannte begann laut zu lachen und erklärte, dass es nur ein Scherz sei. Natürlich habe Peer recht, dass der Pkw als Gebrauchtfahrzeug verkauft werde. Mittlerweile zeigte Peers Armbanduhr 10 Uhr. Er schätzte, etwa 4 bis 5 Stunden für die Strecke zu brauchen. Von dort bis Braunschweig benötigte er noch einmal 12 Stunden. Sie mussten noch auf die beiden Frauen warten, die mitfahren sollten.

Gegen 10.30 Uhr traf ein Pkw mit den beiden Frauen ein. Der Fahrer begrüßte den unbekannten Chef sehr unterwürfig. Der unbekannte Chef schien hier eine Autorität zu sein. Aber eine sehr Zweifelhafte dachte Peer. Die beiden Frauen waren auch alles andere als fröhlich und sagten kein Wort, als man ihnen die Türen von einem fast neuen Mercedes öffnete, in den sie sich hineinsetzen mussten. Peer erhielt von dem Unbekannten die Kfz.-Schlüssel und einen Zettel, auf dem Uhrzeiten und Nummern standen. Der Unbekannte erklärte ihm den Sinn der Notizen. Zu einer dieser Uhrzeiten müsse er in der nummerierten Spur die Grenze zu Italien passieren. Diese Anweisungen müsse er unbedingt befolgen, sonst könne ihm die Festnahme drohen und er einige Jahre im Gefängnis landen. Als er diese Ausführungen machte, lachte er. Peer solle seinem Freund Francesco von Antonio aus Marseille grüßen und Chantal pfleglich behandeln, sonst würde er sie sich wieder zurückholen. Die beiden anderen Frauen brauche er nur bei seinem Freund abliefern. Antonio schaltete an den beiden hinteren Türen des Mercedes die Kindersicherung ein und ermahnte Peer, darauf zu achten, dass die beiden nicht abhauten. In Gedanken rechnete Peer seine Gefängnisstrafen zusammen. 5 Jahre für Geldwäsche, 8 Jahre für Menschenhandel. Es wird immer besser. Die Begleitung Chantals war der einzige Lichtblick, in dieser prekären Situation. Auf was hatte er sich eingelassen? Er fragte Antonio, was er mit dem Pkw machen solle, ob der bei seinem Freund Francesco stehen bleibe? Antonio nickte, Francesco werde ihm noch einen Auftrag erteilen, der ihn wieder nach Deutschland bringe. Was würde das für ein Auftrag sein? Menschenhandel? Drogenhandel? Waffenhandel? Peer sah keine Möglichkeit, sich dem zu entziehen. Zwei Studenten hatten ihre unglaubliche Naivität vermutlich mit dem Leben bezahlt. Würde er unterwegs den Wagen mit den Frauen stehen lassen und vielleicht von Nizza mit dem Flugzeug direkt nach Hannover fliegen, würden 5 Minuten, nachdem er die Frauen allein ließ, Antonio und Francesco informiert sein. Ob er den Flughafen überhaupt lebend erreichen würde, kann bezweifelt werden. Nachdem Chantal sich ins Auto setzt, packte er seinen Leinenbeutel und den Koffer von Chantal in den Kofferraum und setzte sich hinter das Lenkrad. Chantal gab ihm Hinweise, welche Strecke er nehmen musste. Chantals Abschied von Antonio konnte man nicht als Verabschiedung bezeichnen. Sie setzte sich ohne ihn eines Blickes zu würdigen auf den Beifahrersitz und wartete, dass Peer losfuhr.

Peer war froh Chantal als Lotsen bei sich zu haben. Bald lag Marseille hinter ihnen und das Mittelmeer war nach einiger Zeit immer wieder auf der rechten Seite zu sehen. Zu gern würde er Erich informieren. Wie aber sollte er es anstellen. Chantal würde sicherlich nichts verschweigen, wenn ihr Schläge angedroht, oder sie gar geschlagen würde. Wäre er an der Stelle von Antonio oder Francesco, würde er Chantal danach fragen, ob Peer unterwegs telefonierte. Als sie sich der Grenze von Italien näherten, musste er einige Zeit warten, um nicht zu früh bei der Grenzstelle einzutreffen. Er fuhr exakt zur angegebenen Uhrzeit auf der Spur, wie auf dem Zettel vermerkt. Ein Grenzer nahm die Wagenpapiere und Peers Ausweis in die Hand und entnahm dem Kfz.-Schein, den Peer von der Sonnenblende holte einen Geldschein und ließ ihn in seiner Jackentasche verschwinden. Antonio hatte ihm nichts davon erzählt, dass in dem Kfz.-Schein ein Geldschein steckte. Der Grenzer gab Peer die Papiere zurück und ließ sie weiterfahren. Peer fragte die schweigend hinter ihm sitzenden Frauen, ob sie Durst oder Hunger hätten. Sie schienen ihn nicht zu verstehen, weshalb Peer sich durch Gesten versuchte verständlich zu machen. Er fragte Chantal, wo die Ausweise oder Pässe der beiden Frauen seien? Chantal zuckte mit den Schultern. Sie wusste es auch nicht. Auf Peers Frage, ob sie ihren Pass oder Ausweis dabei habe, erhielt er zur Antwort, dass der wohl bei Antonio sei, damit niemand von Ihnen flüchten könne.

"Würdest du gerne flüchten, Chantal?"

"Wenn ich wüsste, wohin, vielleicht."

"Also gefällt es dir gar nicht bei Antonio. Schlägt er dich?"

"Wenn ich es verdient habe."

"Wann hast du es verdient?"

"Das weiß nur Antonio."

"Und demnächst Francesco."

Chantal schwieg. Glücklich sah sie nicht aus. Peer fragte Chantal nach der Nationalität der beiden hinten sitzenden Frauen. Chantal drehte sich zu ihnen um und fragte sie in Deutsch und danach in Französisch, woher sie kämen. Die beiden zuckten nur mit den Schultern und schwiegen. Peer vermutete, dass sie aus dem nordafrikanischen Raum stammen könnten. Sie näherten sich Genua und Peer überlegte, ob er es wagen sollte, zu telefonieren. Er unterließ es. Er musste darauf achten, dass er nicht zuletzt noch durch unbedachte Handlungen oder Äußerungen sein Leben gefährdete. Er fragte Chantal leise, ob sie glaube, dass Antonio die beiden Studenten aus Deutschland umgebracht habe. Sie zuckte wieder mit den Schultern:

"Vielleicht."

"Du erzählst aber niemanden, dass du mir etwas von den Studenten erzählt hast."

Chantal nickte und hielt sich den Zeigefinger vor den Mund.

"Warum schickt dich Antonio nach Genua?"

"Er hat bei Francesco Schulden."

"Wie viel bist du ihm denn Wert?"

"Ich weiß nicht."

Antonio hatte ihm zwar erklärt, wie er die Adresse in Genua finden kann, aber sie mussten trotzdem einige Male fragen. Eigenartig, wie in Marseille, so fanden sie unter der Adresse in Genua ebenfalls eine geschlossene Kraftfahrzeugwerkstatt und links daneben eine Pizzeria. Die Pizzeria befand sich im Erdgeschoss eines mehrstöckigen Hauses und war gut besucht. Peer erkundigte sich bei Chantal, ob sie Francesco kenne. Sie schüttelte den Kopf und bemerkte, dass es kein guter Mensch sein solle. In Peer stieg langsam die Wut auf Antonio und Francesco hoch. Er musste sich beherrschen, um sich und die Frauen nicht zu gefährden. In der Pizzeria fragte er die Bedienung nach Francesco. Sie zeigte auf einen Gast an einem Tisch neben der Theke. Peer ging auf ihn zu und bestellte Grüße von Antonio. Francesco fragte auf Italienisch, ob Peer mit dem "Forniture" Nachschub komme. So viel Italienisch verstand Peer. In ihm kochte es. Immer wieder musste er sich selbst zur Besonnenheit rufen. Wenn das LKA in einer Aktion mit Frankreich und Italien gegen diese Menschen- und Drogenhändler vorging, kam es nicht selten vor, dass Verdächtige vorher gewarnt wurden.

Peer fühlte sich völlig macht- und hilflos den Verbrechern ausgeliefert. Francesco lud Peer zu sich an den Tisch und bestellte drei Grappa. An seinem Tisch saß eine Person, die Peer nicht vorgestellt wurde, was in den Kreisen ohnehin nicht üblich war. Wenn möglich wollte man anonym bleiben. Als Peer darauf hinwies, dass er im Halteverbot stünde und sich die Frauen noch im Auto befänden, erklärte ihm Francesco, dass er bestimme, wann sein Auto im Halteverbot stehe und wann nicht. Die Frauen erwähnte er gar nicht. Peer schaute auf seine Uhr. Was er auf seine Uhr schaue, fragte Francesco, Peer habe Zeit bis morgen. Francesco sprach Italienisch und Peer, der zwar ein wenig verstand, hatte große Mühe ihn zu verstehen. Er fragte, ob Francesco Deutsch spreche, weil er sehr schlecht Italienisch verstehe. Francesco antwortete ihm in einem fehler- und akzentfreien Deutsch, dass er wahrscheinlich besser Deutsch spreche als Peer. Peer starrte Francesco sekundenlang verblüfft an, der grinste über das ganze Gesicht und verkündete in Hannover aufgewachsen zu sein, wo man das reinste Hochdeutsch in Deutschland spreche. Der Wagen gehörte also Francesco, weshalb Peer den leeren Tank des Fahrzeuges erwähnte. Francesco ließ sich die Wagenschlüssel geben und reichte sie an seinen neben ihm sitzenden Unbekannten weiter, dem er den Auftrag erteilte, die Weiber hochzubringen und den Wagen aufzutanken. Es war wohl sein Adlatus, der sofort den Auftrag ausführte. Peer berichtete Francesco von den Frauen auf dem Rücksitz, die weder Französisch noch Deutsch verstünden und noch nichts getrunken und gegessen hätten. Francesco sagte verächtlich, "Araberweiber" und bestellte noch zwei Grappa. Peer ballte seine Hände zu Fäusten und biss die Zähne zusammen. Er durfte seine Beherrschung um keinen Preis verlieren.

"Du hast oben ein Zimmer und kannst heute Nacht mit Chantal schlafen, wenn du willst. Morgen habe ich Dir einen Pkw herrichten lassen, den du mit Chantal nach München zu den "Schwabenstuben" fährst."

"Zu wem soll ich Chantal bringen?"

"Werde ich dir alles morgen erklären. Salute!"

"Du kannst hier essen und trinken, so viel du willst. Der Laden gehört mir. Morgen musst du aber fahren können. Jetzt muss ich mich aber um meine Neuerwerbung kümmern. Sind sie wenigstens hübsch?"

"Ich glaube schon. Ich habe sie mir nicht so genau angesehen."

349

Peer betete, dass der morgige Tag schnell vorübergehen möge. Er dachte daran, die Pizzeria zu verlassen, um sich nach einer Telefonzelle umzusehen. Aber er besaß gar keine italienischen Münzen. Er überlegte, wie er an italienische Münzen kommen könnte, als Francesco erschien und über Antonio schimpfte, der ihn wie so oft wieder reingelegt habe. Die Weiber seien "Schrott". Er begann Peer auszufragen, was er studiere und warum, wie er zu dem Überführungsauftrag gekommen sei. Ob er wisse, was Antonio mit den alten Autos mache und vieles mehr. Als Peer über den gar nicht schönen Witz Antonios berichtete, der behauptete in dem Fahrzeug seien Drogen gewesen, grinste Francesco und wollte wissen, was denn wirklich in dem Fahrzeug gewesen sei? Peer erklärte, dass Antonio die alten Autos im Ausland erwerbe und herrichte, um sie teuer weiter zu verkaufen. Francesco schien dies wohl für einen Witz zu halten und sagte lachend nur "So, so."

Es war Peer nicht entgangen, dass Francesco sich über ihn lustig machte und ihn vermutlich für einen naiven Deppen hielt. Dass Peer morgen Chantal mit nach München nehmen sollte, gefiel ihm. Er durfte sich dies aber nicht anmerken lassen. Er fragte sich, ob Chantal darüber informiert war. Er fragte Francesco, mit welchem Fahrzeug er nach München fahren solle. Der werde noch für die Fahrt hergerichtet, weil er defekt sei. Peer erinnerte Francesco an seine Leinentasche mit dem Kennzeichen und den Kfz.-Papieren. Habe Giuseppe aufs Zimmer gebracht, bemerkte Francesco lakonisch. An Telefonieren war also nicht zu denken. Er musste es auf morgen verschieben. Würde er morgen Erich telefonisch in Kenntnis setzen, könnte Chantal ohne sein Wissen niemanden informieren. Würden sie in eine deutsche Kontrolle fahren, müsste dies ja nicht bedeuten, dass Peer sie selbst veranlasste. Er könnte behaupten, Claudia angerufen zu haben. Dies würde gegenüber Chantal glaubhaft klingen. Das fehlende Mittagessen machte sich bemerkbar und er bestellte sich eine Pizza und ein Bier. Chantal musste auch versorgt werden, weshalb er Francesco aufforderte, dafür zu sorgen, dass Chantal nicht hungrig mit ihm ins Bett gehe. Peer vermutete, dass diese Art von Humor bei Francesco ankäme. Und richtig, der lachte und schickte seinen Adlatus, der wieder mit am Tisch saß, Chantal zu holen.

Er kam mit Chantal zurück und Peer setzte sich mit ihr an einen freien Tisch und fragte, was sie essen möchte. Es schien für sie sehr ungewöhnlich zu sein, dass sie mit ihm am Tisch sitzen durfte. Auch sie bestellte sich Pizza und Bier und freute sich, dass Peer das gleiche bekam. Leise fragte er Chantal, ob sie wisse, dass sie morgen mit ihm nach München fahren solle. Sie sah ihn ganz erstaunt an. Davon habe sie noch nie etwas gehört. Antonio hätte ihr gesagt, er müsse bei Francesco Schulden bezahlen. Als sie merkte, dass Peer sich über ihre Begleitung am nächsten Morgen freute, lebte sie richtig auf. Francesco kam an ihren Tisch und meinte, das sei von Peer sehr klug gewesen, und wie er sähe, sei die kommende Nacht für Peer gesichert und verließ lachend seine Pizzeria. Von Chantal wusste er, dass sie in Deutschland im Saarland aufgewachsen und zur Schule gegangen war. In München sei sie noch nie gewesen. Ob sie denn nach München wolle. Sie wisse es nicht. In Peer reifte ein genialer Plan, wie er glaubte. Würde sie sich als Zeugin zu Verfügung stellen, könnte sie in ein Zeugenschutzprogramm aufgenommen, mit einer anderen Identität ausgestattet ein neues Leben beginnen. Das alles würde aber eine Logistik erfordern, die vermutlich nicht in ein paar Stunden auf die Beine gestellt werden könnte. Aber zumindest eine vorbereitete Kontrollstelle mit entsprechenden Festnahmen müsste doch zu realisieren sein. Vielleicht hätte das LKA inzwischen auch Erkenntnisse, die in diesen Kontext passten. Peer spürte bald, dass die Belastungen der vergangenen Tage ihren Tribut zollten. Sie nahmen sich noch zwei Flaschen Bier mit auf Zimmer und begaben sich nach dem Duschen zu Bett. Chantal wollte ihrer Aufgabe gerecht werden und schmiegte sich mit ihrem nackten Körper an Peer, der sie fragte, ob sie nicht auch sehr müde sei, was sie nickend bestätigte. Er streichelte ihre Wangen und gab ihr einen Kuss, bei dem sie ihn umschlang und nicht wieder loslassen wollte. Er sagte ihr "Gute Nacht," und hörte bald an ihren gleichmäßigen Atemzügen, dass sie eingeschlafen war.

Peer erwachte durch undefinierbare Geräusche, die er nicht einordnen konnte. Auf seiner Armbanduhr war es erst 4 Uhr. Ein Stimmengewirr ließ ihn aufhorchen. Die Stimmen wurden lauter. Es hörte sich an, als würde jemand geschlagen. Kurze spitze Schreie, ein abebbendes Wimmern und danach tiefe Stille. An Schlaf war nicht mehr zu denken. Er wusste nur zu gut, dass er sich in einem italienischen Bordell befand und genötigt worden war, Frauen von einem Bordell in Marseille hierher zu transportieren. Eine Weigerung hätte ihn teuer zu stehen kommen können. Bevor er versuchte noch ein paar Stunden zu schlafen, sah er sich das friedliche Gesicht der schlafenden Chantal an. Ein so friedliches Bild, das so gar nicht zu der augenblicklichen Situation passte, in der sie sich befanden. Er fand keinen Schlaf mehr und grübelte über seine Situation und über eine Lösung. Er war entschlossen seinen Einsatz zu beenden, sobald er wieder in Deutschland war. Sein ganzer Einsatz lief aus dem Ruder und wurde mehr und mehr zu einem völlig unkalkulierbaren Risiko, dass er nicht gewillte war, länger zu tragen. In diesen Auslandseinsatz war er hineingeschliddert, wohl wissend, dass er nach deutscher Rechtlage unzulässig war und auch von den angrenzenden Staaten nicht gebilligt würde. Ein rechtskonformes Verhalten hätte allerdings die Ermittlungen des LKA keinen Deut weitergebracht und ihn das Leben kosten können. Er war ein Narr, sich für die Sache so einzusetzen. Jetzt lag er neben einer hübschen jungen Frau, die vielleicht nur neben ihm lag, damit er für die kriminellen Akteure unter Kontrolle war. Wie weit konnte er ihr trauen? Er beneidete sie um ihren Schlaf und fragte sich, wie sie trotz ihrer Vergangenheit so friedlich schlummern konnte.

Um 6 Uhr wurde heftig an die Tür geklopft, die Peer von innen verschloss, bevor er sich schlafen legte. Seit 2 Nächten musste er in derselben Unterwäsche schlafen, weil er nicht mit dieser Entwicklung rechnete und sofort wieder zurückfahren wollte. Peer entriegelte die Tür und Francescos Adlatus stand vor ihm und wies ihn an, mit Chantal nach unten in die Pizzeria zu kommen. Chantal war von dem lauten Klopfen wach geworden und fragte nach der Möglichkeit zu duschen. Auch Peer hätte gerne geduscht. Ihnen wurde unmissverständlich klar gemacht, dass sie keine Zeit zum Duschen hätten und sofort nach unten kommen sollten. Sie zogen sich an, wobei sich Peer sehr unwohl fühlte, weil er sich nicht einmal waschen konnte. Auch Chantals Gesicht war anzusehen, dass sie gerne eine Dusche genommen hätte. Peer nahm seinen Leinenbeutel mit den Kennzeichen und Papieren des Pkw, den er nach Marseille brachte und Chantals Koffer und stieg mit ihr die Treppe zur Pizzeria herunter. In der noch geschlossenen Pizzeria saß Francesco an einem Tisch und die beiden Frauen, die Peer von Marseille mitnahm, standen ganz eingeschüchtert in einer Ecke. Francesco herrschte Peer an, er solle sich beeilen, er müsse bis 16.00 Uhr am Grenzübergang Brenner sein. Peer wunderte sich über die frühe Zeit und entgegnete Francesco, dass es doch nur etwa 500 km bis dort seien und sie diese Strecke in 6 Stunden problemlos bewältigen könnten. In einem Anflug von Galgenhumor bemerkte er noch, dass es zu Fuß natürlich länger dauere und sie es kaum schaffen könnten. Francesco reagierte auf die Bemerkung gar nicht, sondern schnauzte Peer an, er wolle sie nicht mehr sehen, und er sei froh, wenn sie verschwänden. Die beiden Araberweiber solle er auch mitnehmen. Sein Geschäftspartner Federico in München, solle versuchen mit den Weibern zurechtzukommen. Peer gab zu bedenken, dass er kaum über die Grenze komme, wenn er für die Frauen keine Ausweise oder Pässe vorlegen könne. Francesco knallte 3 Pässe mit den Worten auf den Tisch: "Da haste, was du willst!"

"Dein Geschäftsfreund Antonio hat mir gesagt, für den Transport bekäme ich 500 DM." log Peer.

"Hab ich mit der heutigen Nacht verrechnet. Oder hat sie dir nicht gefallen?"

"Und wenn ich den Wagen mit den Weibern am Brenner stehen lasse?"

"Dann wirst du uns kennenlernen. Ich bin sicher, dass du das nicht willst."

Francesco holte aus seiner Hosentasche ein paar Scheine und warf sie Peer vor die Füße.

"Damit ich meine Ruhe habe. Kannst Federico sagen, die Weiber sind spitze." und lachte.

"Was für einen Wagen soll ich nehmen?"

Francesco holte Schlüssel von einem Kraftfahrzeug aus seiner Jackentasche und legte sie vor sich auf den Tisch.

"Der Wagen gehört Federico. Steht vor der Pizzeria. Wenn du ihn zu Schrott fährst, wird Federico sich freuen. Vergiss nicht, München "Schwabenstuben"!"

Peer hob die Geldscheine auf und nahm die Schlüssel vom Tisch. Er steckte beides in seine Hosentasche, ohne die Geldscheine zu zählen. Winkte den beiden in der Ecke stehenden Frauen zu, dass sie mitkommen sollten, nahm Chantals Koffer und verließ ohne Gruß die Pizzeria. Er hörte, wie Francesco lachte und ihm höhnisch nachrief: "Das ist ja ein Gentlemen! Verheb dich nicht!" Peer beeilte sich Koffer und Leinentasche im Kofferraum abzulegen und ließ die Frauen einsteigen. Es war ein grüner alter Ford Combi, der so ungepflegt aussah, dass Peer befürchtete, an der Grenze zu Österreich Probleme zu bekommen. Als die beiden Frauen auf den Rücksitz stiegen, sah Peer am Hals und an den Unterarmen der Frauen, deutliche Hämatome und konnte sich vorstellen, woher der Lärm in der Nacht gekommen war. Die Tankanzeige vom Fahrzeug zeigte nur einen halbgefüllten Tank. Bis zum Grenzübergang Brenner würde es nicht reichen. Peer wollte so schnell als irgend möglich von hier weg. Er fuhr Richtung Innenstadt, bis er Hinweisschilder fand, die den Weg nach Mailand anzeigten. Für die Mautgebühren der Autobahnen steckten auch diesmal einige Lira auf der Sonnenblende. Auch bei den Fahrten in Frankreich hatte er Geld für die Maut auf der Sonnenblende gefunden. Er fuhr nach den Schildern, bis er eine Raststätte sah, wo er anhielt und Chantal und die Frauen fragte, ob sie Durst und Hunger hätten. Obwohl er deutsch sprach, verstanden sie ihn und nickten. Er nahm die Geldscheine aus der Tasche und zählte sie. Zu seiner Verwunderung waren es genau 500 DM. Er fragte die beiden, ob sie ihn verstünden? Sie nickten und erklärten in gebrochenem Deutsch, dass sie nur ganz wenig Deutsch könnten. Peer wollte sie fragen, ob sie zur Prostitution gezwungen würden. Doch was brächte es, wenn er es wüsste. Alles schien darauf hinzuweisen. Er zeigte ihnen die Pässe, die Francesco ihm gab und sie als Französinnen auswies. Sie schüttelten den Kopf. Es seien nicht ihre Pässe. Peer sah sie sich genauer an. Die Bilder stimmten, aber ob es sich um Fälschungen handelte, wie die Frauen ihm erklärten, konnte er nicht erkennen. Er nahm Chantals Pass, zeigte ihn ihr und fragte, ob es ihrer sei. Auch sie schüttelte den Kopf. So heiße sie gar nicht. Also gab ihm Francesco Fälschungen, damit die Identität der Frauen zunächst ungeklärt blieb, wenn sie kontrolliert würden. Er konnte nur hoffen, bis nach Deutschland zu kommen. Er musste um jeden Preis Erich informieren. Zu Chantal sagte er, dass er seine Verlobte anrufen müsse, die sich bestimmt große Gedanken mache, weil er sich nicht melde. Dies entsprach ja fast der Wahrheit. Chantal sah ihn merkwürdig ernst an. Peer las in ihren Augen eine gewisse Ungläubigkeit und Trauer. Er fragte sie, ob die beiden anderen Frauen flüchten würden, wenn er kurz telefoniere. Chantal schüttelte ihren Kopf und antwortete, dass sie seit drei Tagen nicht gegessen und daher sehr hungrig seien. Auch Peer war es nicht entgangen, das die beiden Frauen das von ihm bestellte Essen hastig verschlangen. Er musste sich Münzen besorgen, was einige Zeit in Anspruch nahm, weil man ihm die DM nicht wechseln wollte. Erst als Peer den sie bedienenden Kellner das Essen und Trinken bezahlte und ihm ein generöses Trinkgeld gab, bot sich der Kellner an, ihm italienische Münzen zum Telefonieren zu wechseln. Peer konnte von der Telefonzelle die Frauen nicht sehen und befürchtete ständig, dass sie flüchten würden.

Er erreichte Claudia, der er sehr kurz im Telegrammstil mitteilte, dass es ihm gut gehe, er kurz vor der österreichischen Grenze sei und hoffe noch heute im Laufe des späten Abends oder am nächsten Tage wieder zu Hause zu sein. Er wählte die Nummer Erichs privat, der sich auch sofort meldete. Es war ein längeres Gespräch, obwohl Peer nur das Wichtigste mit sehr kurzen Sätzen berichtete. Er vergaß nicht, dass er mit einer Zeugin auf dem Weg nach München sei, die Angaben zu den verschwundenen Studenten machen kann. Peer bat Erich etwas zu unternehmen, um das Fahrzeug mit den Insassen bei der Grenzkontrolle aus dem Verkehr zu ziehen. Erich unterbrach Peers Bericht nur zum Schluss, als er sich das Kennzeichen des Wagens, mit dem sie unterwegs waren, nennen ließ. Er versuchte Peer zu beruhigen, dass man das Kind schon schaukeln würde. Peer solle unter allen Umständen ihn im LKA anrufen, wenn er kurz vor der deutschen Grenze sei. Peer fühlte sich erleichtert, obwohl ein nicht zu unterschätzendes Problem noch auf sie zukam. Wie würden die österreichischen Grenzer reagieren. Das Auto gehörte nicht Peer und die Pässe der Frauen waren offensichtlich gefälscht. Warum schickte Francesco ihn mit den Frauen so früh los. Sein Verhalten war eher von Misstrauen geprägt, weshalb Peer nicht verstand, dass Francesco ihn alleine mit den Frauen losschickte. Würde Francesco Peer misstrauen, müsste er für den Transport der drei Frauen einen weiteren Pkw einsetzen, wo zu er vermutlich nicht bereit war. Er hatte Peer zwar sehr unmissverständlich gedroht, wenn nicht alles so ablaufen würde, wie er es sich vorstelle, würde er sie kennenlernen. Francesco wusste genau, dass die Grenze zu Österreich ein Problem darstellt. Wieso war er im Besitz von gefälschten Pässen für die drei Frauen? Peer schossen so viele Gedanken durch den Kopf. Als Peer zum Tisch zurückkam, war Chantal nicht zu sehen. Die beiden Frauen, die noch mit ihrer Mahlzeit beschäftigt waren, erklärten Peer mit den

Worten: "Toilette!", dass Chantal sich wohl frisch machte, nachdem sie sich hatten, weder Duschen noch Waschen können. Auch Peer verspürte das Bedürfnis, sich zu waschen, verdrängte es aber, weil er die Frauen nicht zu lange unbeobachtet lassen wollte. Als Chantal zurückkehrte, sah man ihr an, dass sie sich besser fühlte. Peer fragte die beiden Frauen, ob sie auch zur Toilette gehen wollten. Sie nickten heftig und waren schon in Richtung Toilette verschwunden. Er fragte Chantal, ob es von ihm falsch gewesen sei, den beiden Frauen die Möglichkeit gegeben zu haben, sich zu waschen. Sie schüttelte den Kopf. Die beiden wüssten nicht, was mit ihnen geschehen solle. Sie vertrauten Peer, weil sie glaubten, dass er ein guter Chef sei. Als Peer fragte, ob sie glaubten, er sei ein Zuhälter, sah Chantal ihn fragend an.

"Kennst du den Ausdruck nicht?"

Sie schüttelte den Kopf und Peer erklärte ihr, dass man in Deutschland damit Personen bezeichne, die vom Geld der Mädchen lebten, die sich Männern gegen Geld verkaufen. Sie sprach ein gutes Deutsch, verstand aber Peer in dieser Hinsicht offenbar nicht oder wollte ihn nur nicht verstehen?

Die beiden jungen Frauen kamen zurück und ihren Gesichtern war zu entnehmen, dass auch sie sich wohler fühlten. Sie besaßen nur Kleidung, die sie trugen und keine persönlichen Gegenstände, was Peer bereits in Marseille aufgefallen war. Es sah fast so aus, als seien sie gekidnappt worden. Das fehlte ihm noch, dass er auch noch in eine Entführung verwickelt war. Wollte Francesco sie deswegen so schnell los werden? Er müsste ihre richtigen Namen kennen. Sie saßen noch in der Raststätte und Peer ließ sich vom Kellner einen Zettel und einen Kugelschreiber geben. Er legte den Zettel den beiden Frauen vor und bat sie, ihren Namen aufzuschreiben. Beide machten einen so verblüfften Eindruck, dass Peer schon befürchtete, es seien Analphabetinnen. Eine der Beiden begann sehr flüssig einen Namen aufzuschreiben, gab den Zettel weiter und auch die Zweite schrieb ihren Namen auf. Peer nahm den Zettel und las die Namen laut vor, was sie lustig fanden, denn er sah sie zum ersten Mal lächeln. Chantal verbesserte Peers Aussprache und die beiden jungen Frauen nickten zustimmend. Er fragte daraufhin, ob Chantal ihm nicht auch ihren richtigen Namen aufschreiben wolle. Sie zögerte zunächst, schrieb aber einen Namen auf, der sehr deutsch klang. Der Zettel sei für die Grenzkontrolle gedacht, wenn die Pässe nicht akzeptiert würden, begründete Peer seine Bitte. Sie sah ihn wieder mit diesem merkwürdigen Blick an, als wolle sie sagen, ich weiß alles.

Bevor sie weiterfuhren, tankte Peer das Fahrzeug auf. Sie machten sich wieder auf den Weg in Richtung Brenner. Das keine der Frauen versuchte zu flüchten, verunsicherte Peer zusehends. Sie mussten doch ahnen, was auf sie zukam.

An der Grenze zu Österreich kamen sie nur langsam vorwärts, weil die österreichischen Grenzer sich die Papiere jeder Person genau ansahen. Hier würde ihr Ausflug also enden, dachte Peer. Endlich kamen sie an die Reihe. Peer gab dem Grenzer seinen Personalausweis und die drei Pässe. Der Grenzer sah sie sich genau an und ließ sie aussteigen. Das war kein gutes Zeichen. Chantal sprach den Grenzer an und erklärte ihm mit einem Lächeln, dass sie schon den ganzen Tag ohne Essen gefahren seien, und großen Hunger hätten, ob er ihnen in der Nähe der Grenze ein Restaurant nennen könne. Der Grenzer überlegte kurz und erklärte ihr den Weg zum nächsten Restaurant, reichte ihr die Papiere zurück und bat, man möge den Restaurantbesitzer von ihm zu grüßen. Mit fassungslosem Staunen verfolgte Peer das Gespräch zwischen Chantal und dem Grenzer und erkannte, dass er Chantal völlig unterschätzt hatte. Peer mit seinem Bart, der zwar gepflegt und geschnitten war, dürfte bei dem Grenzer auch nicht gerade dessen berufsmäßiges Misstrauen zerstreut haben. Chantal brauchte nur zu lächeln und sich hilfsbedürftig zu präsentieren, schon waren alle Probleme ausgeräumt. Auch die Suche nach einem Restaurant in der Nähe war angetan, das Misstrauen des Grenzers zu zerstreuen. Wer würde schon ein Restaurant in der Nähe der Grenze suchen, wenn er allen Grund hätte, sich so weit wie möglich von der Grenze zu entfernen. Peer bewunderte Chantals Besonnenheit, wie sie die Situation mit einer Ruhe meisterte, die er sich nicht zutraute. Sie behielt stets die Kontenance, auch wenn ihr "Chef" sie schlug und beschimpfte. Als er ihren Namen Caroline Bogner leise vor sich hinmurmelte, legte sie ihre Hand auf seinen Arm und schüttelte den Kopf. "Nur Chantal", sagte sie.

Sie fuhren weiter in Richtung München. Die Stimmung schien auch bei den Frauen besser geworden zu sein. Peer erkundigte sich bei Chantal, ob sie darüber reden möchte, wie sie nach Marseille und zu ihrer Tätigkeit gekommen sei. Sie schüttelte den Kopf und schwieg.

Bis zum Grenzübergang zu Deutschland war es nicht mehr sehr weit. Peer hielt an einer Raststätte an und fragte, ob die Frauen eine Toilette aufsuchen wollten. Er selbst suchte eine Telefonzelle auf und stellte fest, dass er gar keine österreichischen Münzen besaß. Er ging zu dem Kiosk, der Reisebedarf anbot, und kaufte drei Flaschen Mineralwasser. Er ließ sich einige Münzen zum Telefonieren in Schilling geben. Nachdem die Frauen wieder im Fahrzeug saßen, erklärte er ihnen, dass er etwas vergessen habe. Er komme gleich wieder. Im Rasthaus suchte er nach der Telefonzelle und wählte die Nummer von Erich im LKA. Erich meldete sich sofort und schlug Peer etwas vor, was ihn entsetzte. Die vorgeschlagene Einsatzkonzeption kannte Peer zwar und war von ihnen während der Ausbildung mehrfach geübt und auch schon erfolgreich praktiziert worden. Aber in der jetzigen Situation konnte es gefährlich werden. Die drei Frauen waren unbeteiligte Personen, ja Opfer. Bei ihren Übungen waren es verdeckte Ermittler, Tatverdächtige und die festnehmenden Kriminalbeamten. Die verdeckten Ermittler konnten flüchten, während die Tatverdächtigen festgenommen werden konnten. Der einzige Tatverdächtige war in diesem Fall der verdeckte Ermittler. Er müsste flüchtend die Frauen zurücklassen, was ihm im völlig widerstrebte, weil es so aussah, als wäre er ein großer Feigling. Er las Erich die Namen der Frauen vor und fragte, ob es eine Alternative gäbe. Erich versuchte Peer begreiflich zu machen, dass man ihn nicht festnehmen dürfe, weil damit sofort auch seine Legende auffliege. Er brauche sich wirklich keine Sorgen machen. Mit dem Einsatzleiter des MEK München habe er persönlich gesprochen und ihn so weit in Kenntnis gesetzt, dass er weiß, jeglicher Schusswaffengebrauch ist unzulässig. Bei den Insassen handele es sich um Opfer und nicht um Tatverdächtige. Der einzige Tatverdächtige wurde für die Fahrt missbraucht, und solle fliehen können. Der Einsatzleiter habe versprochen einen seiner Mitarbeiter abzustellen, der nur die Aufgabe habe, Peer hinter dem Zollhaus Kiefersfelden zu erwarten und ihn in ein Hotel zu bringen, wo er auf Erich warten solle. Wenn Peers Beschreibung der beiden Frauen stimme, könne es sein, dass sie in Frankreich tatsächlich als vermisst gemeldet und wahrscheinlich entführt worden seien. Details seien ihm noch nicht bekannt. Ob es zu einer Zusammenarbeit mit Frankreich und Italien komme, stehe noch in den Sternen. Wenn alles klappt, wolle der LKA-Präsident ihn persönlich sprechen und ihm wohl einiges zu sagen haben. Peer ging zum Wagen und erkundigte sich, ob es den Frauen gut gehe. Die Flaschen Wasser, die er ihnen gab, waren schon zur Hälfte geleert. Wieder sah ihn Chantal auf eine Art an, die Peer unruhig werden ließ. Hatte sie alles durchschaut und wusste sie, dass Peer ein verdeckt ermittelnder Kriminalbeamter war? Peer setzte den Wagen in Bewegung und fragte Chantal, ob sie einen Führerschein besäße? Sie schüttelte den Kopf. Peer versuchte sich mit Chantal zu unterhalten, die aber beharrlich schwieg und nur hin und wieder den Kopf schüttelte oder nickte. Sie näherten sich der Grenzstation Kiefersfelden, was Peer nervös machte, weil er nicht wusste, wie die ganze Aktion ablaufen würde. Er gewann auch den Eindruck, dass Chantal zunehmend nervöser wurde. Sie öffnete das Handschuhfach und schloss es wieder, drehte das rechte Fenster der Beifahrertür ein wenig herunter und kurbelte es wieder hoch. Peer versuchte Chantal zu beruhigen, in dem er zu ihr sagte, dass sie keine Angst haben müsse. Er werde dafür sorgen, dass alles gut würde. Wieder sah sie ihn so merkwürdig an. Sie musste etwas ahnen. Wenn sie aber durch Peers Verhalten misstrauisch geworden war, mussten da nicht Antonio und Francesco erst recht misstrauisch geworden sein. Peer ließ die vergangenen Tage im Geiste Revue passieren, konnte aber in seinem Verhalten nichts entdecken, was ein Misstrauen bei den beiden hätte auslösen können.

Vor der Grenzstation stauten sich mehrere Pkw. Die Österreicher ließen sie unkontrolliert weiterfahren. Peer hielt die drei Pässe in der linken Hand und wartete, bis sie an die Reihe kamen. Das linke Fenster war bereits heruntergekurbelt und Peer hielt die drei Pässe in Höhe des Fensters, damit der Grenzer gleich sah, dass sie gewillte waren, sich kontrollieren zu lassen. Die Grenze zu Bayern wurde nicht wie üblich durch den Grenzschutz und den Zoll überwacht, sondern durch eine bayerische Grenzpolizei. Ob die Zusammenarbeit mit dieser Grenzpolizei auch so funktionierte, wie Erich und Peer es sich vorstellten, würde sich jetzt zeigen. Der Grenzer nahm die Pässe entgegen, warf einen Blick darauf und bat Peer mit dem Pkw rechts zur Station zu fahren und seinen Ausweis, die Kraftfahrzeugpapiere und seinen Führerschein ebenfalls abzugeben. Chantal beobachtete die Situation, ohne dass man ihr eine Erregung ansah. Sie warf Peer einen Blick zu, der ihm mehr sagte, als Worte könnten. Sie musste die Situation richtig eingeschätzt haben. Zu gerne würde Peer mit ihr sprechen und sie fragen, seit wann sie ihn verdächtigte, von der Polizei zu sein. Peer war nicht gewillt, seinen Führerschein und Ausweis dem Grenzer zu geben. Er ließ die Frauen aussteigen, nahm seinen Ausweis und den Führschein, als wolle er ihn abgeben und entschuldigte sich mit den Worten: "Einen Moment bitte!" und verschwand hinter dem Kontrollhäuschen. Der Grenzer sah ihm völlig verblüfft hinterher und fragte die Frauen, wo ihr Fahrer hingegangen sei. Während Chantal mit den Schultern zuckend zu dem Grenzer sagte, dass der Fahrer vielleicht zur Toilette müsse, sahen die beiden anderen Frauen dem Geschehen verdutzt zu und konnten sich vermutlich auch keinen Reim darauf machen. Hinter dem Häuschen, wo jemand auf Peer warten sollte, befand sich keine Person. Er schaute sich um und bückte sich, als würde er sich übergeben, weil er vermutete, dass der Grenzer im gleich folgen würde. Etwa 100 m weiter lag ein Gebäude, aus dem eine Person trat, die ihm zuwinkte. Peer lief zu dieser Person, die fragte, ob er Peer sei. Peer nickte mit dem Kopf und wollte schnell weg, was der Unbekannte mit den Worten, "Nur die Ruhe!" verhinderte. Der Grenzbeamte ist informiert und würde sich so verhalten, als wenn er glaubte, Peer sei schlecht geworden. Erst nach einiger Zeit würde er Kollegen beauftragen nach Peer zu sehen und würde dabei darauf achten, dass die Frauen dies registrieren mussten.

"Wir haben alles im Griff. Ich fahre jetzt mit Ihnen zu einem Hotel in der Nähe. Dort können sie sich ein wenig ausruhen. Ich vermute, dass sie als verdeckter Ermittler arbeiten, stimmt's? Ihr Kollege vom LKA Hannover wollte sich hierzu nicht äußern, obwohl es auf der Hand liegt. Sie können davon ausgehen, dass die Grenzbeamten sehr genau wissen, wie sie sich verhalten müssen."

"Haben sie einen Rauschgiftspürhund?"

"Befinden sich Drogen im Fahrzeug?"

"Ich weiß es nicht."

"Ich kümmere mich darum, glaube aber, dass die Grenzpolizei dies ohnehin prüfen wird. Ich bin vom MEK München. Wir wurden von LKA Hannover gebeten, die Aktion zu begleiten, weil man befürchtete, dass sie von dem Auftraggeber, der die Frauen transportieren ließ, observiert werden."

Daran hatte Peer während der ganzen Fahrt denken müssen, konnte aber keine verdächtigen Personen oder Fahrzeuge ausmachen. Dass er die Frauen ohne eine Erklärung zurückließ, beschäftigte Peer. Er nahm sich vor, sich zumindest bei Chantal zu einem späteren Zeitpunkt zu entschuldigen, obwohl er glaubte, Chantal habe alles durchschaut. Er vermutete, dass sein rücksichtsvolles Verhalten ihr gegenüber und seine nächtliche Zurückhaltung sie misstrauisch werden ließ. Im Hotel angekommen verabschiedete sich der Kollege und wünschte Peer alles Gute. Peer ließ sich ein Einzelzimmer mit Dusche geben und füllte den Meldezettel mit Fantasiepersonalien aus, weil er sichergehen wollte, dass weder Federico noch Francesco ihn fänden. Sie waren sicherlich nicht auf den Kopf gefallen und würden in den Beherbergungsbetrieben nach einer männlichen Person seines Alters suchen, die mit Datum vom heutigen Tag eincheckte. Im kam eine geniale Idee, wusste aber nicht, ob der Hotelier es dulden würde. Er fragte den Portier, ob er den Meldezettel 2 Tage vordatieren dürfe, weil er eine Kopie des Meldezettels für seine Frau benötige, die nicht wissen solle, dass er erst heute im Hotel ankam. Er sah Peer mit seinem Bart zweifelnd an und meinte, "vielleicht haben sie sich verschrieben." Peer fragte den Portier, wenn jemand wissen wolle, wann Peer gekommen sei, was den Personen mitgeteilt werde. Der Portier erklärte, dass man nur der Polizei Auskünfte erteile. Peer bezweifelte diese Auskunft, entgegnete aber nichts und bedankte sich. Im Zimmer duschte er und legte sich aufs Bett. Vom Telefon im Zimmer rief er Claudia an und teilte ihr mit, dass es ihm heute noch nicht reiche, weil die Übergabe des Fahrzeuges sich hinzöge. Es war ohnehin seine letzte Überführungsfahrt oder wie man diese Fahrten nennen sollte. Er verabschiedete sich von Claudia, die mit ihren frivolen Äußerungen Peers schlechtes Gewissen weckte. Peer wusste, dass er sich nichts vorzuwerfen musste, auch seine Gefühle für Chantal nicht. Trotzdem konnte er sein schlechtes Gewissen nicht beruhigen. Die Bemühungen Chantals, ihn sexuell zu verwöhnen, empfand Peer so rührend und liebevoll, dass es ihm schwerfiel, sich nicht in sie zu verlieben.

Erich war unterwegs zu ihm und musste mit den örtlichen Behörden die weiteren Ermittlungen besprechen. Jetzt an einem Samstagabend standen nur Bereitschaftsdienste zur Verfügung, die alle unaufschiebbaren Maßnahmen trafen. Das Telefon klingelte und es meldete sich der Dienststellenleiter der Grenzstation Kie-fersfelden. Er entschuldigte sich und erklärte Peer, dass Chantal ihn unbedingt sprechen wolle. Sie mache den Grenzbeamten die Hölle heiß, weil sie wisse, dass Peer von der Polizei sei. Sie wisse es schon eine ganze Weile und hätte nichts gesagt, damit er seinen Auftrag erfüllen könne. Sie wolle sich bei ihm bedanken und werde auch kooperativ mit der Polizei zusammenarbeiten, wenn man sie vor den Verbrechern schützen würde. Sie scheine es sehr ehrlich zu meinen. Den anderen Frauen gegenüber habe sie Peer als Feigling dargestellt, damit sie nicht misstrauisch würden. Was konnte Peer unter diesen Umständen entscheiden? Er ließ sich verbinden. Chantal meldete sich und bedankte sich zuerst bei ihm, dass er ihr die Möglichkeit, ein neues Leben zu beginnen, gegeben habe. Sie hätte schon in der Nacht in Marseille gewusst, dass er kein ge-wöhnlicher Mann sein konnte, sondern nur ein Polizist. Ob sie nicht zu ihm kommen könne. Die anderen Frauen würden woan-ders untergebracht und sie als deutsche Staatsangehörige, könnte zu Peer kommen, wenn er einverstanden sei. Sie würde ihm vieles erzählen können. Seine Vermutung, dass sie alles durchschaute, bestätigte sich also. Wenn sie zu ihm kam, könnte er sich über vie-les informieren und sie über die auf sie zukommenden Risiken als Zeugin aufklären. Es wäre zwar nicht seine Aufgabe aber Erich oder wer auch dafür zuständig sein würde, wäre ihm vielleicht dankbar. Peer ließ sich den Leiter der Grenzstation geben, und frag-te, ob er eine Möglichkeit sähe, Chantal zu ihm ins Hotel zu brin-gen. Das wäre gar kein Problem. Die anderen Frauen seien schon in einem anderen Hotel untergebracht worden, nachdem sich heraus-stellte, dass sie in Frankreich entführt worden waren. Also doch! Antonio und Francesco hatten Peer als Handlanger für ihre krimi-nellen Geschäfte missbraucht und sich dabei verzockt. Seine Rolle als verdeckter Ermittler stand also kurz vor dem Ende. Peer war einverstanden, dass man Chantal zu ihm brachte. Er suchte den Portier auf und fragte, ob noch ein Einzelzimmer mit Dusche frei sei. Der Portier schaute nach und musste bedauernd mitteilen, dass nur noch Doppelzimmer zur Verfügung ständen, er ihm aber eines als Einzelzimmer überlassen und abrechnen würde.

Peer setzte sich in die Lobby und wartete auf Chantal, die kurz darauf von einem Kraftfahrzeug der Grenzpolizei, das vor dem Eingang des Hotels hielt, gebracht wurde. Chantal stürzte zu ihm in die Hotelhalle umarmten ihn stürmisch, küsste ihn und weinte dabei so herzzerreißend, dass der Portier und der Grenzbeamte sich verlegen die Augen rieben. Peer erkannte den Grenzbeamten, der Chantal zum Hotel fuhr. Es war der gleiche, dem Peer die Pässe übergab. Er lächelte zu Peer und fragte, ober er der Peer sei. Peer bestätigte es und bedankte sich bei ihm für das umsichtige Verhalten. Chantal wollte Peer nicht loslassen, doch ihr Weinen wurde leiser und bald lachte sie über das ganze Gesicht und stammelte, dass es ein Traum sei, ein Märchen. Sie sei so glücklich. Peer nahm ihren Koffer, den der Grenzbeamte in der Hotelhalle abstellte und fasste Chantal an die Hand und ging mit ihr zu dem Portier der Peer den Zimmerschlüssel gab. Der Portier bemerkte, dass das Doppelzimmer gleich neben seinem Einzelzimmer läge und eine Zwischentür besäße, die man aufschließen könne. Diese Kombination würden Paare mit Kindern gerne buchen. Den Meldezettel könne Chantal später ausfüllen. Er fuhr mit Chantal in den 3. Stock, wo sich die Zimmer befanden. Als Chantal die Zimmertür hinter ihnen schloss, fiel sie Peer wieder um den Hals und küsste ihn so wild, das es Peer Mühe bereitete sie auf das schöne Duschbad hinzuweisen, das zum Zimmer gehörte.

"Komm doch mit Duschen. Ich möchte mich nicht mehr von dir trennen."

Peer wurde es heiß, als habe er zu viel Alkohol genossen. Er versuchte Chantal zu erklären, dass er nebenan ein Einzelzimmer bewohne und auf Telefonate warte. Noch bevor Peer sie daran hindern konnte, griff sie zum Telefon und teilte dem Portier mit, dass man alle Gespräche auf ihren Apparat legen solle. Sehr cool, dachte Peer. Sie musste schon einiges erlebt haben. Vielleicht würde er es erfahren. Chantal forderte Peer noch mal auf, mit ihr zu duschen. Er habe gerade geduscht, lehnte Peer die Einladung ab. Man sah es Chantals Gesicht an, dass sie enttäuscht war. Peer legte sich auf eines der Betten und viele Gedanken schwirrten ihm durch den Kopf. Er musste auf Erich warten, bevor er etwas unternahm. Peer wollte in jedem Fall "Federico" von den Schwabenstuben anrufen, und sich darüber beschweren, dass Francesco ihn mit den drei Frauen und drei gefälschten Pässen nach Deutschland hatte fahren lassen. Bei der Einreise sei er um ein Haar festgenommen worden. Ihm sei die Flucht gelungen. Die Frauen und der Wagen seien bei der Polizei in Kiefersfelden. Aber zuvor musste er mit Erich sprechen. Vielleicht stellte sich alles inzwischen ganz anders dar. Er musste klären, wer die Hotelkosten trägt. Es war auch nicht auszuschließen, dass er die Geldbeträge, die ihm für die Fahrten von den Kriminellen gegeben wurden, an die Wirtschaftsabteilung des LKA würde zahlen müssen.

Chantal nahm sich für ihr Bad sehr viel Zeit. Als sie das Bad verließ, stürzte sie sich nackt, wie sie war, auf Peer, der angezogen auf dem Bett lag. Er konnte ihre Gefühle ja gut verstehen und wollte ihr erklären, dass auch er sie nur aus den Klauen dieser Verbrecher hatte befreien können, weil sie ihm so umsichtig dabei geholfen habe. Er wollte von ihr wissen, woran sie bemerkt habe, dass er ein verdeckt ermittelnder Kriminalbeamter sei. Kein Mann würde sich bei einer Nutte so rücksichtsvoll verhalten und sein sexuelles Verlangen so zügeln, wie er es getan habe, ließ sie wissen. Sie wollte seinen Hosengürtel öffnen, was er mit der Begründung unterband, dass er einen Kollegen erwarte und gleich zu einer Besprechung müsse.

"Du lügst. Du magst mich nicht."

"Chantal glaub mir bitte, ich mag dich mehr als mir lieb ist, deshalb möchte ich, dass du dich ausruhst und ein paar Stunden schläfst. Wir werden noch sehr viel mit dir sprechen müssen."

Es kostete ihn ungeheure Überwindung, nicht auf ihr verlockendes sexuelles Angebot einzugehen, mit dem sie ihm ihre Gefühle demonstrieren wollte. Hinzu kam, dass sie als wichtige Zeugin ein einem Strafverfahren kein Verhältnis zu einem ermittelnden Beamten unterhalten sollte, weil es der Verteidigung Gründe liefern würde, sie nicht als unbefangene Zeugin akzeptieren zu müssen. Es würde ohnehin versucht werden, sie als Prostituierte zu diskreditieren und unglaubwürdig dastehen zu lassen. Man würde mit ihr einiges besprechen müssen, damit sie den üblen und unverschämten Anwürfen von Verteidigern standhielt.

Als junger Beamter der Schutzpolizei und später als Kriminalbeamter war Peer wiederholt übelsten beleidigenden Angriffen von Verteidigern ausgesetzt, die nur selten vom vorsitzenden Richter unterbunden wurden. Besonders bei politisch motivierten Straftaten hielten sich die Rechtsanwälte bei ihrer Verteidigung der Angeschuldigten selten zurück. Sie verlangten in Einzelfällen von den Polizeibeamten, die als Zeugen aussagen mussten, ihre sexuellen Aktivitäten der vorausgegangenen Nacht zu schildern. Was mit dem Verfahren aber auch gar nichts zu tun hatte. Ließ sich ein Zeuge zu einer Aussage provozieren, stellten sie sofort den Beweisantrag, die Sexualpartnerin, die auch die Ehefrau des Zeugen hätte sein können, zu laden und zu hören. Dem Gericht wurde der Beweisantrag damit begründet, dass man belegen wolle, dass der Polizeibeamten gelogen habe, wenn die Sexualpartnerin nicht seine Angaben bestätigte, und somit davon auszugehen sei, dass alles was dieser Zeuge von sich gäbe, unglaubwürdig sei.

Chantal ließ sich sehr widerstrebend dazu überreden, ein wenig zu schlafen. Peer hoffte nur, dass einfühlsame Kolleginnen oder Kollegen sie betreuten. Ob sie so wichtige Aussagen machen konnte, dass man sie in einem Zeugenschutzprogramm aufnehmen würde, konnte Peer zu diesem Zeitpunkt nicht beurteilen. Dass für sie eine erhebliche Gefährdung vorlag, stand für ihn außer Zweifel. Die Entscheidungsträger innerhalb der Justiz waren nach Peers Meinung selten in der Lage, solche Gefährdungslagen beurteilen zu können. Sie, die von wenigen Ausnahmen abgesehen, aus behüteten Familien stammten, nie die Realität der international organisierten Kriminalität am eigenen Leib kennenlernten und sie nur aus Büchern und Akten kannten, urteilten nach Aktenlage. Besonders Juristen neigten dazu, sich mit einzelnen Tatbeständen zu beschäftigen und darüber die komplexen Zusammenhänge zu übersehen. Für Chantal tat es ihm unendlich leid, dass sie diese sehr unschöne Seite der Kriminalitätsbekämpfung kennenlernen würde. Hinzu kam, dass manche mit der Verbrechensbekämpfung befassten Personen in Justiz und Polizei gegenüber Prostituierten voreingenommen waren und sie für minderwertige Menschen hielten. Was wohl niemand dieser Personen zugeben würde. Peer versuchte bei seiner Berufsausübung alle Personen, mit denen er konfrontiert wurde, mit dem gleichen Respekt und der Höflichkeit zu begegnen, wie er es sich umgekehrt auch wünschte. Was aber nicht hieß, dass er situationsbedingt auch sehr grob reagieren konnte, wenn es kriminal- oder vernehmungstaktisch geboten war.

Er zog sich aus und legte sich in seinem Einzelzimmer schlafen. Der Portier war so freundlich gewesen, ihm einen Schlafanzug zu besorgen. Er merkte auch, dass ihm die psychischen Belastungen zu schaffen machten. Er schlief trotzdem schnell ein. Von einem Geräusch wurde er wach. Er glaubte, im Zimmer nicht allein zu sein. Erstaunt stellte er fest, dass er in der Tat nicht alleine war. Chantal lag neben ihm und starrte ihn an. Er erinnerte sich, dass der Portier davon sprach, dass zwischen den Zimmern eine Verbindungstür war, die er wohl aufgeschlossen haben musste. Als Chantal sah, dass er die Augen aufschlug, lächelte sie ihr verführerisches Lächeln, umarmte und küsste ihn. Peer war erstaunt, wie schnell seine männliche Natur reagierte und Chantal die Gunst der Stunde ausnutzte. Es wäre zu albern gewesen, jetzt aus dem Bett zu springen und so zu tun, als würde er seine Unschuld verlieren. Sie waren schließlich erwachsen und er war ja erst durch den von Antonio bewusst herbeigeführten sexuellen Kontakt zu Chantal zu den weiterführenden Erkenntnissen gelangt. So ließ Peer alles geschehen und schaltete sein schlechtes Gewissen ab. Es wurde Peer mehr und mehr bewusst, dass er Chantal zu lieben begann, und sein Leben damit immer komplizierter und unübersichtlicher wurde. Später erfuhr er vom Portier, dass Chantal ihn angerufen und gebeten habe, die Zwischentür aufzuschließen. Er amüsierte sich über die kleine Femme fatale und schmunzelte, als der Portier davon berichtete. Der Portier merkte, dass es Peer nicht unbedingt recht gewesen war, und entschuldigte sich. Peer beruhigte ihn, er müsse sich keine Gedanken machen, es sei alles in bester Ordnung und lachte jetzt doch. Er ging mit Chantal zum Frühstück und fühlte sich dabei sehr wohl. Chantal hielt ihm vor, dass er gelogen habe, es sei niemand gekommen und das Telefon habe auch nicht geläutet. "Ja, du hast recht. Und Türen öffnen sich auch wie von Geisterhand." Sie wurde verlegen und errötete so gar, was sie noch verführerischer aussehen ließ.

Sie ließen es sich schmecken, als überraschend Erich im Frühstückszimmer auftauchte.

"Last euch nicht stören. Ich bin heute Nacht sehr spät angekommen und habe mir aus naheliegenden Gründen in diesem Hotel ein Zimmer reservieren lassen."

"Ein Einzelzimmer?"

"Ja, wie kommst du darauf?"

"Weil sie keines mehr hatten, als wir für Chantal eines wollten. Dafür hat sie ein Doppelzimmer für den Preis eines Einzelzimmers."

Erich begrüßte Chantal mit einem gehauchten Handkuss, was Peer erstaunt zur Kenntnis nahm. Er spürte plötzlich, wie die Eifersucht von ihm Besitz ergriff. Er wusste sofort, seine Gefühle für Chantal waren einer Verliebtheit gewichen, gegen die er sich wehren musste. Wie er dagegen ankämpfen sollte, wusste er nicht. Als Erich auch noch Chantal ein Kompliment über ihr Aussehen machte, wäre es fast um ihn geschehen. Es hätte nicht viel gefehlt und er hätte Erich einen Boxhieb versetzt.

"Wie kommt eine so wunderschöne junge Frau nur in solch eine dramatische Lage? Ich heiße Erich und sie sind Chantal, wie ich vermute. Darf ich Du zu Ihnen sagen?"

"Ja, gerne. Wirst du mir helfen, ein neues Leben beginnen zu können?"

"Ja, selbstverständlich. Wir werden für dich alles in unserer Macht stehende tun, um dir zu helfen. Dazu werden wir sehr viel von dir wissen wollen. Das wird nicht einfach sein."

"Meine Mission ist damit beendet Chantal. Du wirst in Zukunft mit Erich und seinen Kollegen zu tun haben. Mich braucht man nicht mehr und wird so gar mit mir schimpfen, dass ich so weit gegangen bin, Menschen wie dir zu helfen."

Chantal sah Peer verständnislos an, nahm seinen Kopf in ihre Hände und küsste ihn auf den Mund, dass Erich sich verlegen abwendete.

"Bleibst du denn nicht immer bei mir?" fragte sie ganz traurig.

"Ich liebe dich doch!"

Peer wurde ganz verlegen und wusste nicht, was er sagen sollte. Erich versuchte die Lage zu retten und fragte Peer, ob er mit auf Erichs Zimmer komme, damit sie einiges durchsprechen könnten. Chantal solle sich nicht stören lassen, solle aber das Hotel nicht verlassen, sondern sich auf ihr Zimmer begeben, weil man noch nicht wüsste, was Francesco und Federico unternehmen würden, wenn sie merkten, dass die Frauen mit Peer festgenommen wurden. Chantal verstand es und versprach auf ihr Zimmer zu gehen.

In Erichs Zimmer setzten sie sich an den kleinen vorhandenen Tisch. Erich holte aus seiner Aktentasche einige Unterlagen, die er Peer gab. Das Telefon klingelte. Erich meldete sich und hörte einige Zeit schweigend zu. Bevor er auflegte, bedankte er sich für die sehr positiven Mitteilungen. Zu Peer gewandt berichtete er, dass der Wagen bis zur "Halskrause" mit Heroin von hoher Konzentration vollgestopft sei. Die bayerische Grenzpolizei und der Zoll stritten zu Zeit wegen einer Pressemeldung, die sich die für Kiefersfelden zuständige Staatsanwaltschaft vorbehalten hatte. Das LKA Hannover und das bayerische LKA hätten die Staatsanwaltschaft wegen der zurzeit laufen Ermittlungen dringend gebeten, vorerst von einer Pressemeldung abzusehen, bis man im LKA Hannover über die weiteren Ermittlungen in Kooperation mit dem bayerischen LKA entschieden habe. Auf Anweisung des bayerischen LKA wurden die Drogen wieder in den Pkw untergebracht. Man wolle den Wagen mit den Drogen durch das MEK München observieren lassen, damit dokumentiert werden könne, wer die Drogen in Empfang nähme. Die Ermittlungen wegen Verstoß gegen das BTMG (Betäubungsmittelgesetz) würden durch die Staatsanwaltschaft München geführt, die sich mit dem für Kiefersfelden zuständigen Staatsanwalt über die Zuständigkeiten stritten. Ohne diese Ermittlungen könne nicht bewiesen werden, wer für den Drogenschmuggel verantwortlich sei. Außerdem sei der für Kiefersfelden zuständigen Staatsanwaltschaft mitgeteilt worden, dass verdeckte Ermittler direkt gefährdet wären, wenn eine Pressemeldung zu früh mit Fakten veröffentlicht werde. Der zuständige Staatsanwalt wolle alle Fakten offenlegen, was vom LKA Hannover und dem bayerischen LKA verhindert werden solle. Das bayerische LKA versuche nun mit Innenministerium und Justizministerium, den Staatsanwalt zur Vernunft zu bringen. Wegen des Wochenendes sei es außerordentlich schwierig die Zuständigkeiten zu regeln, weil in den Ministerien und bei der Justiz niemand gewillte sei, Entscheidungen zu treffen.

Bei den beiden Frauen handele es sich tatsächlich um junge französische Staatsangehörige aus ärmlichen Verhältnissen, die entführt wurden, um sie zur Prostitution zu zwingen. Die Franzosen hätten um ihre sofortige Rückführung gebeten. Nach deren Informationen könne es auch sein, dass Angehörige der jungen

Frauen, sie an einen Mädchenhändlerring verkauften. Die Zusammenarbeit mit Frankreich gestalte sich sehr schwierig, weil für die Ermittlungen eine Untersuchungsrichterin zuständig sei, die nur mit einer zuständigen Staatsanwaltschaft in Deutschland verhandeln wolle. Welche Staatsanwaltschaft in Deutschland für den Menschenhandel, die Entführung, den Drogenhandel und die Sexualdelikte zuständig sei, werde zurzeit geprüft. Peer erläuterte Erich seinen Plan, den Bordellbesitzer Federico anzurufen und sich wütend über Francesco zu beschweren. Peer sei nun auf der Flucht und ihm würde Menschenhandel vorgeworfen, mit dem er nichts zu tun habe. Erich überlegte einen Augenblick, ob dies im Hinblick auf andere Erkenntnisse ein Fehler sein könnte. Er war einverstanden, dass Peer ihn gleich von hier anrufe. Für den Angerufenen sei es nicht möglich herauszufinden, von wo Peer anrufe. Wenn Federico nach dem Aufenthalt frage, solle Peer sagen, dass er doch nicht lebensmüde sei. Erich gab Peer ein Blatt, auf dem alle Adressen und Telefonnummern, aufgeführt waren, die für den jetzigen Einsatz wichtig waren. Die Schwabenstuben war in München ein bekanntes Bordell. Peer wählte die Telefonnummer und wartete.

"Schwabenstuben" meldete sich eine weibliche Stimme.

"Ich hätte gerne Federico gesprochen."

"Hier gibt es keinen Federico, wie ist ihr Name?"

"Bestellen sie Federico einen Gruß von Francesco aus Genua."

"Kann er zurückrufen?"

"Nein das kann er nicht. Jetzt rufe ich an, wenn er den Gruß von Francesco nicht annehmen will, kann es mir auch recht sein. Aber vielleicht will er wissen, wo sein Auto ist?"

"Einen Moment." Im Hintergrund war leises Stimmengewirr zu hören.

"Hier Federico! Mit wem spreche ich?"

"Einen schönen Gruß von Francesco. Hier spricht der, den er verarscht hat. Er hat mich mit deinem Auto Ford, 3 Weibern und 3 gefälschten Pässen nach München losgeschickt. In Kiefersfelden haben uns die Bullen wegen der gefälschten Pässe erwischt und das Auto und die Weiber aus dem Verkehr gezogen. Ich hab ne Fliege machen können und sitze jetzt mit dem Arsch im Eimer. Du hast ja schöne Geschäftspartner. Wollte ich dir nur sagen. Wenn du ihn siehst, kannst du ihm von mir die besten Grüße bestellen, er sei ein Drecksack, Freunde so reinzulegen."

"Wo ist der Wagen?"

"Woher soll ich das wissen. Der wird wohl in Kiefersfelden stehen. Kannst ihn ja dort abholen. Für mich ist der Käse gegessen. Ich lasse mich nicht noch mal reinlegen."

"Kannst du nicht hier vorbei kommen? Wir werden alles regeln. Wo sind die Weiber abgeblieben?

"Wie soll sich das wissen. Als sie die Pässe kontrollierten, habe sie uns rausgewunken und ich bin flitzen gegangen. Wenn gegen die Weiber etwas vorliegt, werden sie wohl im Knast sitzen."

"Komm vorbei, wir regeln alles."

"Ich bin doch nicht Lebensmüde. Dein Geschäftskumpel hat mir gesagt, wie ihr das regelt. Nein, danke!"

Peer legte auf, obwohl er den Eindruck gewann, dass Federico noch so einige Fragen stellen wollte. Zu Erich gewandt bedauerte Peer, dass man den Anschluss nicht überwache. Erich sah ihn an und fragte, warum er glaube, dass er nicht überwacht würde. Weil die Staatsanwälte damit so ihre Probleme hätten, antwortete Peer.

"In diesem Fall haben wir sofort den Staatsanwalt, der für unsere Ermittlungen zuständig ist, einen Antrag stellen lassen. Außerdem hat er sofort für 3 Tage die Überwachung wegen Gefahr im Verzuge angeordnet, sodass wir diesen Telefonanschluss bereits ab dem Zeitpunkt überwachen, zu dem wir von dir die Adresse

Schwabenstuben bekamen."

Peer war wirklich verblüfft, dass ein Staatsanwalt so schnell und präzise reagierte.

"Auf die Gespräche bin ich aber gespannt."

"Es war die einzig konkrete Adresse in Deutschland. Die anderen Adressen liegen in Frankreich und Italien. Nach unseren bisherigen Erfahrungen wäre es nicht ratsam die dortigen Behörden zu informieren, weil die Verdächtigen dort sofort in Kenntnis gesetzt werden. Die zwei jungen entführten Frauen werden am Montag mit einem Dolmetscher ausführlich vernommen. Bezüglich der vermissten und vermutlich getöteten Studenten wird es noch viele Ermittlungsprobleme geben, auch wenn Chantal eine gute Zeugin abgibt. Für die französischen Ermittlungsbehörden ist sie eine Prostituierte und damit unglaubhaft. Wenn für diesen Ermittlungskomplex eine Untersuchungsrichterin zuständig sein wird, werden wir uns wohl warm anziehen müssen. Nach meinen bisherigen Erfahrungen mit der französischen Justiz, verhandeln sie nur mit einem deutschen Staatsanwalt, wenn sie sich überhaupt herablassen mit den deutschen Ermittlungsbehörden zu kooperieren. Wir haben, außer den Äußerungen von Chantal, keine konkreten Anhaltspunkte, dass Antonio mit dem Verschwinden etwas zu tun hat. Ich befürchte, dass sich dies auch nicht ändern wird. Wir haben über das LKA Baden-Württemberg einen guten inoffiziellen Kontakt zur Gendarmerie in Marseille und versuchen dort über ihn sehr vorsichtig an Informationen zu kommen.

Unser LKA-Präsident möchte das ganze Verfahren ans BKA abgeben, weil wir wohl davon ausgehen müssen, dass wir einer international agierenden kriminellen Organisation auf die Spur gekommen sind. Es kann ja nicht sein, dass man nur die kleinen ausführenden Mitglieder versucht zur Verantwortung zu ziehen, und die Hintermänner schont. Die Kollegen des bayerischen LKA sind übrigens auch dieser Auffassung. Sie wollen, dass von Kiefersfelden nur die Kontrolle des Pkw und das Aufgreifen von jungen

Frauen, der Presse bekannt gegeben wird. Der den Pkw lenkende Menschenhändler sei während der Kontrolle geflüchtet und konnte bisher nicht identifiziert werden. Sie müssten nur noch den zuständigen Staatsanwalt dazu bringen, dieser Meldung zuzustimmen."

"Also ist meine Aufgabe als verdeckter Ermittler damit ein für alle Mal erledigt."

"Vorsichtig! Wir müssen die weiteren Ereignisse und Ermittlungsergebnisse abwarten. Das bayerische LKA will versuchen, dass Federico sich den Wagen in Kiefersfelden holt oder abholen lässt. Sie vermuten, dass der Transport der Frauen mit den falschen Pässen lediglich ein Ablenkungsmanöver war, um die Drogen unbehelligt, über die Grenze bringen zu können. Sie wollen ihn am Montag aufsuchen und befragen. Sie gehen davon aus, dass er dem unbekannten Fahrzeuglenker, also dir den Transport der Frauen unterschieben wird, wo von er nichts gewusst habe und es auch aufs Schärfste missbillige, weil er es nicht nötig habe. Sie wollen weiter versuchen, die Übergabe der Drogen zu observieren und die oder den Händler durch eine "zufällige" Verkehrskontrolle oder eine andere zufällige Maßnahme auffliegen zu lassen, damit die Bandenmitglieder sich in Sicherheit wiegen. Sie sind aber auch der Meinung, dass das Verfahren durchs BKA (Bundeskriminalamt) übernommen werden sollte. Sie haben über ihre internationalen Kontakte eher die Möglichkeit, mit den ausländischen Ermittlungsbehörden zusammenzuarbeiten. Du bist bisher nicht enttarnt worden und könntest vielleicht weiterhin als verdeckter Ermittler behilflich sein."

"Also warten wir die nächsten Tage ab?"

"So ist es mit den beteiligten Dienststellen abgesprochen worden. Die Grenzstation Kiefersfelden wird sich aus dem ganzen Verfahren raushalten und nur die Übergabe des Pkw an Federico vornehmen, sofern er den Wagen abholen sollte. Die Ermittlungen wegen Menschenhandel und Passfälschungen werden offiziell durch die bayerische Grenzpolizei geführt. Sie haben auch eine

Fahndung nach dem flüchtigen bärtigen Fahrzeuglenker veranlasst. Die Personenbeschreibung ist so schlecht, dass dich wohl kaum jemand aufgrund dieser Beschreibung erkennen wird. Du kannst deiner Claudia mitteilen, dass sich dein Auftrag in die Länge zieht, weil noch weitere Fahrzeuge zu überführen seien und du der Einzige bist, der einen Führerschein der Klasse II besitzt. Entschuldige, ich will dir nicht vorschreiben, was du dir für Ausreden ausdenkst. Du bist selber groß."

Sie vereinbarten, dass Erich heute mit der Vernehmung von Chantal beginnt. Erst wenn man ihre Kenntnisse dokumentiert und durch eine richterliche Vernehmung abgesichert habe, könne beurteilt werden, welche strafprozessualen Möglichkeiten sich böten und welche Maßnahmen getroffen werden müssten. Antonio dürfte wissen, was Chantal weiß, und ob sie ihm und seinen Mittätern gefährlich werden könnte. Erst nach ihrer Vernehmung wäre auch abzuschätzen wie gefährdet sie sein dürfte. Erich wäre zwar nicht für die Ermittlungen zuständig, sein Vorgesetzter habe ihn aber aus Kostengründen alleine nach Bayern reisen lassen. Sie suchten Chantal in ihrem Hotelzimmer auf und Erich bat sie, ihm Angaben über ihre Wahrnehmungen zu machen. Chantal bestand darauf, dass Peer während der Vernehmung anwesend ist. Beide versuchten ihr verständlich zu machen, dass es vielerlei Gründe gäbe, die gegen eine Teilnahme Peers sprächen. Sie war nicht zu überzeugen, und bestand auf Peers Teilnahme. Sie meinte, dass man Peers Namen im Protokoll gar nicht erwähnen müsse. Sie setzte sich letztlich durch und Erich vermied es, Peers Name im Protokoll zu erwähnen. Während der Vernehmung läutete das Telefon und der Portier erinnerte, dass die Küche des Hotels nur bis 14 Uhr geöffnet sei. Sie aßen gemeinsam und Peer ließ sich nach dem Hauptgang einen Augenblick entschuldigen, den er nutzte, um Claudia von der Hotelhalle anzurufen und zu informieren, dass er wohl noch ein paar Tage benötige. Weil ihm auch keine andere Ausrede einfiel, ging er auf Erich Vorschlag ein und berichtete von Lkws, die er überführen solle. Claudia war erst aufgebracht, zeigte aber bald Verständnis, weil Peer versprach, sie jeden Tag anzurufen. Er hoffte, sein Versprechen einhalten zu können.

Sie saßen noch im Restaurant des Hotels, als Erich ans Telefon geholt wurde. Er kehrte erst nach geraumer Zeit zurück, als Peer schon überlegte, ob sie aufs Zimmer gehen sollten. Seinem Gesicht war anzusehen, dass es keine negativen Nachrichten waren, die er hatte, entgegennehmen müssen. Auf dem Weg zu Chantals Zimmer, wo Erich die Vernehmung Chantals auf Tonband diktierte, flüstere Erich Peer zu, dass Federico sich telefonisch beim Grenzposten Kiefersfelden gemeldet habe und das Fahrzeug abholen wolle. Bevor Erich die Vernehmung fortsetzen konnte, suchte Chantal die Toilette auf. Erich nutzte die Gelegenheit und erzählte Peer, dass der Präsident seines LKA mit dem Leiter des BKA heute schon telefonierte und das BKA grundsätzlich bereit sei, das Verfahren zu übernehmen. Mit den Justizministerien müsse nur noch geklärt werden, welche Staatsanwaltschaft das Verfahren übernähme. Dies habe aber Zeit, weil es im Anfangsstadium ohnehin wichtig sei, dass die Verdächtigen nicht darüber informiert seien, dass es eine zentrale Ermittlungsbehörde gäbe.

Chantal kehrte zurück und Erich setzte die Befragung fort. Ihre Lebensgeschichte entsprach so gar nicht, den klischeehaften Vorstellungen einer Prostituiertenkarriere, wie sie gelegentlich von der Regenbogenpresse kolportiert wird. Sie wuchs bis zu ihrem 15. Lebensjahr in Saarbrücken auf. Sie war ein Einzelkind. Ihr Vater wurde alkoholkrank als sie 10 Jahre war. In ihrem 15. Lebensjahr verschwand er spurlos. Ihre Mutter zeigte den Vermisstenfall an und erhielt nach Kenntnis von Chantal (Caroline Bogner) bis heute keine Mitteilung über seinen Aufenthalt. Ihre Mutter erkrankte und erhielt Sozialunterstützung. Mit 15 Jahren wurde sie von unbekannten französischen Männern entführt und wurde zunächst in Paris und später in verschiedenen Städten Frankreichs zur Prostitution gezwungen. Ob ihre Mutter Vermisstenanzeige erstattete, wisse sie nicht. Die von Erich veranlassten Überprüfungen der Vermisstendateien in Deutschland verliefen negativ, sodass davon auszugehen war, dass ihre Mutter die Tochter nie vermisst meldete. Alle 6 bis 9 Monate musste sie in einer anderen Stadt für andere Chefs, wie sich ausdrückte tätig sein. In den Etablissements wurde mit den verschiedensten Drogen gehandelt. Außer einige Male Haschisch, habe sie selbst nie Drogen genommen. Widerspenstige Mädchen wurden häufig unter Drogen gesetzt. Darum war sie nie widerspenstig. Sie hatte Chefs, die sie auch ohne Grund gerne schlugen. Der letzte Chef stattete alle Zimmer mit Abhöreinrichtungen aus und hörte ihnen bei ihrer Arbeit zu und zeichnete manche Gespräche auch auf Tonband auf. Er begründete dies mit den möglichen Bedrohungen der Mädchen durch Freier. Bei wichtigen Geschäftspartnern wurden die Mädchen aufgefordert die Männer zu verwöhnen und mit sich alles machen zu lassen, was die Männer wollten. Dabei sollten die Mädchen die Namen der Männer nennen und sie ausfragen, was sie machten usw. Diese Gespräche nahm der Chef auf Tonband auf. Wenn er manchmal etwas nicht verstand, mussten die Mädchen ihm am anderen Tag erzählen, was sie hörten. Wenn sie nichts mehr wussten, wurden sie geschlagen.

Chantal konnte über den Drogenhandel fast nichts aussagen. Ihr sei nur bekannt, dass für die Mädchen jede Art von Drogen zur Verfügung stand. Dafür sorgten die Chefs.

Über die verschwundenen Studenten wusste sie nicht viel. Sie wurden vom Chef eingeladen, sich eines der Mädchen auszusuchen, mit denen sie die Nacht verbringen wollten. Beide Studenten suchten sie aus, weshalb die anderen Mädchen auf Chantal nicht gut zu sprechen waren. Erich legte Chantal einige Bilder vor, aus denen sie die vermissten Studenten sofort heraussuchen konnte. Der Erste sei sehr nervös gewesen. Er erzählte, dass er im Pkw, den er mitbrachte, ein paar 500-DM-Banknoten gefunden und eingesteckt habe. Er habe eine lockere Verkleidung festgestellt, hinter der sich noch viel mehr Banknoten befanden. Er glaubte aber, dass es Falschgeld sei. Sie dürfe aber ihrem Chef nichts sagen und habe ihr einen 500 DM Schein gegeben. Dem Studenten habe sie nicht gesagt, dass sie abgehört würden. Der Chef lasse sich auch oft vertreten. Ob seine Vertreter die Zimmer auch abhörten, wisse sie nicht. Am anderen Morgen habe der Chef den Studenten zu sich ins Büro geholt, wo es zu einem heftigen Streit kam. Der Chef habe Chantal ins Büro geholt und sie gefragt, was der Student erzählte. Sie habe alles so berichtet, wie es gewesen war, und habe dem Chef auch die 500 DM Banknote gegeben. Er habe sie daraufhin so verprügelt, dass ihr die Nase zu bluten begann. Den Studenten müsste er auch verprügelt haben, weil sein Auge so geschwollen war. Er habe ihn gepackt und ist mit ihm weggegangen. Sie habe den Studenten nie wiedergesehen. Als ihr Chef am Abend wieder gekommen sei, habe er zu ihr gesagt, sie solle alles vergessen, weil Wissen tödlich sein könne.

Einige Monate später sei wieder ein deutscher Student Gast vom Chef gewesen, der sich auch wieder sie aussuchte. Der war nicht nervös, habe ihr aber gesagt, dass er etwas wisse, was ihrem Chef bestimmt nicht gefalle. Der Chef werde ihm sehr viel Geld zahlen, damit er nicht zur Polizei gehe. Was er wisse, habe er nicht gesagt. Am Morgen habe der Chef ihn zu sich gerufen. Beim Chef wären noch 2 weitere Männer gewesen, die den Chef gelegentlich vertraten. Bevor sie nach Hause in ihr Zimmer gehen konnte, sei der Chef zu ihr gekommen und habe gefragt, was der Student ihr erzählt habe. Er habe es sich angehört und sei wieder gegangen. Diesmal habe er sie nicht geschlagen. Sie habe gehört, wie sie den Studenten verprügelten. Sie hätte es nicht gesehen, sondern nur gehört. Darauf hin habe sie das Haus schnell verlassen. Den Studenten habe sie auch nicht mehr gesehen. Sie schilderte, dass etwa 2 Mal die Woche Männer kamen, die Autos brachten. Manche waren aus Deutschland aber auch aus anderen Ländern. Sie könne sich an einen sehr lustigen Holländer erinnern, der die Nacht bei ihr verbrachte, den sie aber nicht verstanden habe. Was die Autos transportierten, sei ihr unbekannt. Sie habe auch immer gedacht, dass es um Gebrauchtwagenhandel gegangen sei, aber vermutet, dass mit den Autos auch Drogen geschmuggelt würden. Die Studenten hätten nichts von Drogen erzählt. Erich fragte so viele Details ab, dass Chantal ihn manchmal verständnislos ansah und fragte, warum er dies wissen wolle. Manche ihrer Schilderungen ließen einem das Blut in den Adern gerinnen und man sah es Erich an, dass es ihm große Mühe bereitete, die Angaben Chantals zu diktieren. Auch Peer wäre lieber gegangen, als sich das ganze Martyrium Chantals anhören zu müssen. Peer wusste nur zu gut, dass den Tätern kaum etwas geschah, wenn ihnen überhaupt je ein Prozess gemacht würde. Das war in Deutschland nicht anders als in den anderen Ländern. Viel konnte Chantal über das Verschwinden der Studenten leider nicht angeben. Aber es war für weitere strafprozessuale Maßnahmen völlig ausreichend. Dafür konnte sie aber sehr detaillierte Angaben über den Menschenhandel mit jungen Mädchen ja so gar mit Kindern machen. Es war bereits dunkel geworden und Zeit zum Abendessen. Aber ihnen war der Appetit gründlich vergangen.

Das Hotelrestaurant war recht gut besucht. Peer befürchtete, dass sich unter den Gästen auch Personen befänden, die für Federico nach Peer suchen sollten. Nach Erichs Darstellungen würde die Pressemeldung der Grenzstation seine Flucht beschreiben. Danach habe er seinen Ausweis und seinen Führerschein aus dem Kofferraum holen wollen. Bevor er den Kofferraum öffnen konnte, habe er sich würgend nach vorne gebeugt und ein paar Meter vom Fahrzeug wegbewegt. Die Grenzbeamten hätten angenommen, dass er sich übergeben müsse, weshalb sie nicht genau auf ihn achteten. Seine Flucht wurde erst nach einigen Minuten bemerkt. Die enthaltene Personenbeschreibung des Flüchtigen sei so allgemein und unzutreffend, dass niemand ihn erkennen würde. Aber Chantal dürfte Federico mindestens vom Bild er bekannt sein, wenn er sie nicht so gar persönlich kennenlernte. Chantal konnte sich zwar nicht an einen Federico erinnern, was aber gar nichts bedeuten musste, da sie sich kaum an alle männlichen Personen erinnern dürfte, die Antonios oder andere Etablissements besuchten, in denen sie der Prostitution nachgehen musste. Peer aß nur einen kleinen Salat, trank aber um so mehr Bier. Er ließ sich ein Pils nach dem anderen bringen, sodass Erich ihn aufforderte, sich nicht zuzuschütten. Sie seien alle mitgenommen, müssten aber ihren Job tun. Chantal nahm Peer in den Arm und bedauerte ihn, was Peer erst recht in Rage brachte, was er sich aber nicht anmerken ließ. Chantal war schließlich das Opfer und nicht er. Erich wollte das Tonband am nächsten Morgen beim bayerischen LKA abschreiben lassen. Morgen würden einige Entscheidungen getroffen, die Peers weitere Aktivitäten bestimmten. Peer fragte Erich, ob er wisse, wer die Kosten trage. Erich schüttelte den Kopf und schimpfte über die Wirtschaftsverwaltung des LKA. Peer spürte den Alkohol und verabschiedete sich bei beiden und wollte von Erich wissen, wann er aufstehen müsse. Erich war der Meinung, dass es reiche, wenn er um 9 Uhr ansprechbar sei. Kaum lag Peer entkleidet im Bett, als jemand zu ihm ins Bett schlüpfte und ihn auf den Mund küsste. Die Zwischentür hatte er ganz vergessen. Chantal überredete ihn, sich zu ihr ins Bett zu legen, weil in ihrem Zimmer ein Doppelbett stehe.

Peer erwachte mit Kopfschmerzen und ihm fiel ein, dass er seit Tagen die gleiche Unter- und Oberwäsche trug, keine Zahnbürste und keine anderen Toilettenartikel besaß und den geliehenen Schlafanzug zurückgeben musste. Er wollte unter die Dusche, als er bemerkte, dass sie besetzt war. Er sah, dass er bei Chantal im Doppelbett übernachtete. Er konnte ja die Zwischentür zu seinem Einzelzimmer benutzen und dort duschen. Seine Armbanduhr zeigt 08.30 Uhr. Er wusste nicht was Erich mit 9 Uhr meinte, sollte er da schon gefrühstückt haben? Heute wollte er sich Unterwäsche und ein paar Bekleidungsstücke besorgen, egal was auch immer man heute von ihm wollte. Er zog seine ungewaschene Bekleidung an, in der er sich nicht mehr wohlfühlte, und ging in den Frühstücksraum. Chantal würde ja wissen, wo er und Erich sein würden. Im Frühstücksraum sah er Erich in angeregter Unterhaltung mit zwei Männern frühstücken. Er wollte zu einem anderen Tisch, weil er die Personen nicht kannte und nicht zeigen wollte, dass ihm Erich bekannt war. Der winkte ihm zu und deutete auf den noch freien Platz an seinem Tisch. Peer grüßte mit einem "guten Morgen" und teilte Erich mit, dass Chantal gleich zum Frühstück herunterkomme und er sie sich nicht alleine an einen Tisch setzen lassen wolle. Erich nickte und war einverstanden, bat Peer aber bis Chantal komme, sich zu ihnen zu setzen. Er stellte die beiden Kollegen vom bayerischen LKA vor, die sich mit der Observation von Federicos Wagen befassten. Sie hatten ein Problem mit dem geplanten Zugriff, weil sie ihn wie eine zufällige Kontrolle aussehen lassen wollten, aber so lange warten müssten, bis der Stoff an weitere Abnehmer geht. Sie vermuteten, dass Federico den Wagen durch einen seiner Männer abholen lassen werde, die das Fahrzeug zu einer Stelle brächten, die nicht mit Federico in Zusammenhang gebracht werden könnte. Das aber sei der Zweck der ganzen aufwendigen Aktion, ihn als internationalen Drogenhändler zu überführen. Erich schlug vor, die Herausgabe des Wagens zu verzögern, weil das BKA sehr wahrscheinlich die ganzen Ermittlungen übernehmen würde. Chantal betrat den Frühstücksraum und steuerte auf den Tisch von Erich zu. Peer stand auf und komplimentierte sie an einen anderen Tisch und setzte sich zu ihr. Erich war ebenfalls aufgestanden und begrüßte Chantal mit einem Handkuss, was Peer für völlig überzogen und albern fand. Chantal gefiel es aber ganz offensichtlich. Erich setzte sich wieder an den Tisch zu den Kollegen und unterhielt sich leise mit ihnen, sodass Peer und Chantal nichts verstanden. Peer ließ Chantal wissen, das er beabsichtigte ein paar Kleidungsstücke zu kaufen, weil er seit Tagen immer die gleiche Wäsche tragen musste. Sie wollte ihn unbedingt begleiten, was Peer für zu riskant hielt. Er wusste aber nicht, wie er es ihr begreiflich machen konnte. Die Begründung, dass man ihn mit Chantal sehen könnte, begegnete sie mit dem Einwand, dass sie niemand in München kenne. Peer fragte die sie bedienende Kellnerin, ob es sehr weit ins Dorf oder in die Stadt sei, weil ihm kein Auto zur Verfügung stünde, aber dringend Bekleidung kaufen müsse. Sie beschrieb ihm den Weg zu einem Bekleidungsgeschäft, das nur 5 Minuten zu Fuß vom Hotel entfernt lag. Peer war darüber sehr froh und lud Chantal ein, ihn zu begleiten, in dem er ihr das Kompliment machte, dass sie eine sehr hübsche junge Frau sei, mit der er sich gerne sehen lasse. Er bat sie um Verständnis, dass sie zurzeit vorsichtig sein und an ihre und seine Sicherheit denken müssten. Über Peers anfänglich Ablehnung, sie mitzunehmen, war Chantal tief gekränkt. Er nahm sie in den Arm und entschuldigte sich. Er versuchte ihr noch mal zu erklären, dass es ihm nur um ihre Sicherheit gehe. Sie wurde ein wenig zugänglicher, als sie merkte, dass er sie mit auf seine Einkaufstour nahm. Peer meldete sich bei Erich ab, er sei gleich wieder da, müsse aber in der Nähe Bekleidung kaufen, weil er seit Tagen immer die gleiche tragen müsse. Im Bekleidungsgeschäft deckte sich Peer mit Unterwäsche, Hemden und einer Jeanshose ein. Er sah, wie sich Chantal in der Damenabteilung Kleider ansah und sich offenbar für ein Kleid besonders interessierte. Bevor er seinen Einkauf zahlte, ging er zu ihr schaute ihr einen Moment zu und fragte, ob ihr das Kleid gefalle. Auch ihm gefiel es und er bat Chantal, es anzuprobieren. Sie zögerte, weil sie nicht genug Geld habe. Peer überredete sie, dass er sehen wollte, wie es ihr stehe. Sie verließ die Umkleidekabine und sah in dem Kleid bezaubernd aus, dass sich einige Kunden nach ihr umsahen. Als eine hinzukommende Verkäuferin Chantal ebenfalls ein Kompliment machte, konnte Peer nicht anders und kaufte das Kleid. Er musste sich eingestehen, dass Chantals Figur, ihre wohlgeformten Brüste und ihr hübsches Gesicht in dem Kleid besonders zu Geltung kamen. Er eröffnete ihr, dass er ihr das Kleid schenke, weil sie darin einfach bezaubernd aussehe. Peer ließ sich Chantals Bekleidung in einer Plastiktüte geben, weil sie das Kleid nicht ausziehen wollte.

Sie kehrten von ihrer Einkauftour zurück und trafen in der Hotelhalle auf Erich, der Chantals Kleid bewunderte, dass ihr Peer schenkte. Chantal war völlig aus dem Häuschen und küsste ihren Peer immer wieder, der merkte, dass er sich in Chantal verliebte. Ihm grauste davor, früher oder später Chantal erklären zu müssen, dass er sie wirklich lieb gewonnen, aber eine andere junge Dame auf ihn warte, die ältere Rechte besäße, wobei er diese Formulierung gar nicht passend fand. Liebte er 2 Frauen mit der gleichen Intensität? Er bildete es sich ein. Erich teilte ihm mit, dass 2 Kollegen des BKA auf dem Weg zu ihnen seien und man sich im Hotel träfe, weil es in der Nähe der Grenzstation Kiefersfelden günstig läge. Sie würden am frühen Nachmittag eintreffen. Peer und Chantal gingen auf ihre Zimmer und Peer zog sich um und war froh, die Wäsche endlich wechseln zu können.

Beim Mittagessen leisteten ihnen die beiden Kollegen vom bayerischen LKA Gesellschaft und beschrieben die Stadt München und die Umgebung, wobei sie, schon im Hinblick auf Chantals Anwesenheit, dienstliche Themen völlig ausblendeten. Nach dem Mittagessen zeigte Chantal von sich aus Verständnis, dass die Herren alleine Einiges besprechen wollten, und ging auf ihr Zimmer. Die Tonbandvernehmung Chantals hatte Erich den beiden Kollegen bereits gegeben, die versprachen, ihm morgen die geschriebenen Protokolle zu bringen. Sie setzten sich in die Lobby des Hotels, weil sie die Ankunft der Kollegen aus Wiesbaden erwarteten. Inzwischen wurden sie informiert, dass sich ein Rechtsanwalt aus München wegen Federicos Wagen erkundigte und ihm mitgeteilt worden sei, der Wagen könne bald abgeholt werden. Es seien nur noch ein paar innerdienstliche Formalitäten zu klären. Man werde ihn sofort benachrichtigen, wenn dies erledigt sei. Sollte der Halter nicht selbst den Wagen holen, so müsste sein Beauftragter natürlich eine Vollmacht vorlegen können. Der Rechtsanwalt habe in dem Gespräch darauf hingewiesen, dass sein Mandant mit den Frauen nichts zu tun habe. Sein Mandant hätte seinen Bekannten Francesco gebeten, ihm Damen für sein Etablissement zu vermitteln. Sein Mandant würde nur Damen beschäftigen, die eine Aufenthaltsgenehmigung besäßen, und würde keine zur Prostitution zwingen. Dem Rechtsanwalt wurde vom Leiter der Grenzstation mitgeteilt, dass Ermittlungen wegen des Menschenhandels und der Passfälschungen vom LKA übernommen worden seien. Die Sachbearbeiter des LKA würden sich bei ihm melden.

Zwei junge Männer betraten die Lobby des Hotels und gingen auf die Rezeption zu. Sie fragten den Portier nach Einzelzimmern, der ihnen in Ermangelung von Einzelzimmern Doppelzimmer anbot, die sie annahmen. Nachdem Sie ihre Zimmerschlüssel entgegen nahmen, fragten sie ihn nach einem Kriminalbeamten aus Hannover. Der Portier deutete auf die Gruppe, die in der Lobby saßen. Erich stand auf, stellte sich vor und bat die beiden jungen Männer um ihre Dienstausweise, die sie bereitwillig zeigten. Er stellte ihnen die beiden bayerischen Kollegen und Peer vor und bat sie Platz zu nehmen. Die beiden Beamten des BKA sahen sich um, ob jemand ihr Gespräch verfolgen könnte. Da sich außer ihnen niemand in der Lobby befand, ließen sie sich von Erich den gesamten Ermittlungsprozess schildern und unterbrachen nur gelegentlich. Als Erich seinen Vortrag beendete, lobten sie Peers Einsatz und fragten, was ihm von Seite der Staatsanwaltschaft und der Kriminalpolizei jetzt drohe. Solch ein Engagement wird ihrer Erfahrung nach, keineswegs belohnt, sondern eher bestraft. Erich beeilte sich zu bemerken, dass der Präsident des LKA Hannover sich mit dem zuständigen Staatsanwalt abgesprochen habe, dass gegen Peer kein Ermittlungsverfahren eingeleitet werde, weil er seine Entscheidungen immer unter einem nicht zu unterschätzenden Bedrohungspotenzial hatte treffen müssen. Er dürfe es nicht verraten, aber der Präsident wolle ihn im Gegenteil so gar belobigen. Peer möge sein Wissen schnell wieder vergessen. Zu Peer gewandt meinte einer der Kollegen vom BKA: "Dass glaube ich erst, wenn es eingetreten ist. Aber jetzt sind wir hier, weil wir gebeten wurden, das Verfahren zentral zu bearbeiten. Sie Peer haben bemerkenswerten Mut bewiesen. Unser Abteilungsleiter würde gerne mit ihnen weiterarbeiten, wenn sich dies bei dem derzeitigen Ermittlungsstand anbietet. Wären sie grundsätzlich dazu bereit?"

"Nur grundsätzlich. Ich glaube, dass sich für mich keine Möglichkeit mehr bietet, in das Geschehene eingreifen zu können."

"Wir sind da anderer Meinung, setzen aber voraus, dass Chantal sie vielleicht unterstützt."

"Wie bitte? Ich soll mit Chantal an der Seite als verdeckter Ermittler tätig werden? Wie stellen sie sich das vor? Chantal ist so gar sehr gefährdet, weil die Verdächtigen wissen, dass sie mehr weis, als ihnen lieb ist und Chantal nun von der Kriminalpolizei verhört wird."

"Gibt es schon ein Vernehmungsprotokoll?"

"Die Kollegen vom bayerischen LKA haben die Tonbandvernehmung schon und wollen sie heute noch schreiben lassen." Schaltete sich Erich in die Diskussion ein. "Auch ich glaube, dass man Chantal nicht mit in die verdeckten Ermittlungen einbeziehen sollte. Lesen sie morgen ihre Vernehmung, dann werden sie auch meiner Meinung sein."

"Nun gut, wir werden aber sehr schnell zu Entscheidungen kommen müssen, weil uns die Zeit unter den Händen wegläuft. Die Observierung des Wagens mit den Drogen halten wir auch für machbar. Brauchen sie dabei Unterstützung von unserem MEK oder reichen ihre Kräfte?" fragte der Wortführer der beiden BKA-Beamten.

"Die Einsatzkräfte sind gut geschult und können dies allein bewältigen. Wir haben ein Problem mit dem Zugriff." Die Kollegen vom bayerischen LKA schilderten ihr Problem, dass sie einen Zugriff erst vornehmen möchten, wenn die Konstellationen es zuließen, dass man mit dem Zugriff auch Federico nachweisen könne, dass er der Drogenhändler ist.

"Wie sieht die Telefonüberwachung bei ihm aus?" fragte einer der beiden vom BKA.

"Sehr schlecht. Sie sprechen sehr verklausuliert, und wenn Klartext gesprochen werden muss, verabreden sie persönliche Termine. Eine Lauschaktion wurde vom Staatsanwalt abgelehnt."

"Vielleicht sollten wir vom BKA noch mal mit dem Staatsanwalt reden. Wir wissen nicht einmal, wie die Akteure untereinander vernetzt sind. Wir haben Bezüge nach Hannover, Marseille, Toulouse, Genua, München und inzwischen so gar nach Holland und England. Wir wissen, dass sie sich mit Menschenhandel, Zwangsprostitution, Entführungen, Drogenhandel und Geldwäsche befassen, um nur einige Delikte zu nennen, und nicht davor zurückschrecken ihnen gefährlich werdende Zeugen zu beseitigen. Chantal hat nach Erichs Ausführungen sowohl in Toulouse als auch in Marseille, von den anderen Städten in Frankreich ganz zu schweigen, beobachtet, dass Honoratioren aus Politik und Wirtschaft Kunden in den Etablissements waren. Sie wurden vermutlich heimlich abgehört und fotografiert, um sie mit den Aufnahmen unter Druck zu setzen oder sie gar zu erpressen. Es geht daher nicht nur um diesen einzelnen Drogentransport von Genua nach München, sondern um den gesamten Komplex. Auch das BKA kann nur mit Wasser kochen. Wir haben 2 Kollegen nach Frankreich und 2 nach Italien geschickt. Ob die dortigen Behörden zur Zusammenarbeit bereit sind, wissen wir noch nicht. Die Reise der Kollegen wurde von den Ministerien in Frankreich und Italien trotz der Kürze der Zeit gebilligt. Das ist schon ein Hoffnungsschimmer."

"Was könnte Peer als verdeckter Ermittler in der jetzigen Situation leisten?" wollte Erich wissen.

"Wenn Chantal erheblich gefährdet ist, verbietet sich wohl ihre verdeckte Mitarbeit und damit auch wohl für Peer. Die Beteiligten dürften davon ausgehen, dass Peer inzwischen alles weiß, was Chantal weiß. Wir könnten einen Test machen, der zumindest in den Reihen der Beteiligten für Unruhe sorgt und uns weitere Erkenntnisse bringen kann. Hierzu müsste Peer Federico persönlich aufsuchen und ihn bitten, ihm Chantal zu überlassen. Lehnt Federico ab, kann Peer fragen, unter welchen Voraussetzungen Federico auf Chantal verzichtet. Trachteten die Beteiligten danach

Chantal und Peer zu beseitigen, würden sie versuchen Peer dazu zu bringen, den Aufenthalt von Chantals preiszugeben. Lehnt er ab, werden sie ihn observieren, um so den Aufenthalt herauszufinden. Der Einsatz ist für Peer nicht ungefährlich aber kalkulierbar. Wir würden ihn mit einem MEK oder einer speziellen Observationsgruppe überwachen. Damit wir jederzeit eingreifen können, verkabeln wir ihn. Ich glaube nicht, dass man ihn nach Mikros durchsuchen wird, weil er ja nur über die Freigabe Chantals verhandeln will. Es stellt sich nur die Frage, ob Peer Federico seine Absicht vorher telefonisch mitteilen sollte. Dies halten wir für angebracht, um ein gewisses Mistrauen von vornherein abzubauen. Vielleicht erreichen wir mit dieser Aktion Kommunikationsaktivitäten, die uns weitere Erkenntnisse liefern."

Inzwischen trafen weitere Hotelgäste ein und Erich fragte den Portier nach einem separaten Zimmer. Er zeigte ihnen einen kleinen Besprechungsraum, wo sie ungestört die Besprechung fortsetzen konnten. Schließlich wurde die Frage der Kostenträger angesprochen, weil die verschiedenen Telefonüberwachungen sehr kostenintensiv waren, hätte man sie gerne an das BKA abgegeben. Einer der BKA-Beamten telefonierte mit seinem Abteilungsleiter. Als er zurückkehrte, informierte er die Anwesenden, dass das BKA alle Überwachungen zu sich nach Wiesbaden schalten lasse. Die Kooperationen mit den verschiedenen Dienststellen sollten aufrechterhalten bleiben, bis das BKA die Aufgaben selbst wahrnehmen könne.

Peers Armbanduhr zeigte 19 Uhr. Er versprach, Claudia jeden Tag anrufen zu wollen. Er entschuldigte sich und verließ die Besprechung. Claudia freute sich über den Anruf und wollte wissen, wann er zurückkehren würde. Er machte ihr Hoffnungen, weil es so aussah, als würde er bald nicht mehr benötigt werden. Sie berichtete von einem Telefonanruf. Ein Unbekannter fragte nach Peer, ob er einen Transport übernehmen könne. Sie habe dem Anrufer gesagt, dass Peer nicht zu Verfügung stünde, weil er vom letzten

Transport noch nicht zurückgekehrt sei. Peer war erstaunt, dass man ihn für einen Transport einsetzen wollte, obwohl die Beteiligten doch wissen müssten, wie der Letzte ausgegangen war. Oder bestand zwischen den verschiedenen Bandenmitgliedern keine enge Beziehung? Peer wollte wissen, ob der Unbekannte sie ausgefragte habe. Nach Claudias Mitteilung habe der Unbekannte ohne weitere Fragen aufgelegt. Nach dem Austausch verbaler erotischer Zärtlichkeiten beendeten sie ihr Gespräch. Peers schlechtes Gewissen plagte ihn. Er hoffte auf ein baldiges Ende. Zurück im Besprechungsraum fand er Chantal im angeregten Gespräch mit den Beamten des BKA, was Peer wütend werden lies und ihm bewusst machte, dass er ungeheuer eifersüchtig war, was ihn nur noch mehr in Rage versetzte. Wie kann eine Frau die Gefühle eines Mannes in nur 2 Nächten so tief greifend beeinflussen. Es war nicht nur das Aussehen, der Charme und das Charisma von Chantal, sondern auch die Umstände des Kennenlernens und ihr Martyrium, was Peer so stark beeinflusste. Er verglich seine Gefühle zu Claudia mit denen zu Chantal und erkannte, dass sie nicht vergleichbar waren. Es waren so tiefe Empfindungen der Zuneigung, dass er nicht sagen konnte, wem er mehr Gefühl entgegenbrachte.

Die Beamten des bayerischen LKA waren schon gegangen. Erich verfolgte das Gespräch zwischen Chantal und den BKA-Beamten. Peer erkannte sofort, dass die beiden Chantal sehr zugetan waren. Sie boten ihr an, sie in ein Zeugenschutzprogramm aufzunehmen, und ihr ein neues Leben zu ermöglichen, wenn sie umfassend gegen die Täter aussagen würde. Peers Eifersucht steigerte sich und er schaltete sich in das Gespräch ein, in dem er darauf hinwies, dass Chantal nur über Straftaten in Frankreich Angaben machen, und das BKA ihr in Frankreich kaum die versprochenen Möglichkeiten anbieten könne. Für die Justiz in Frankreich sei das deutsche BKA aber kein Gesprächspartner. Die beiden wehrten sich und entgegneten Peer, dass der Vorwurf des Mordes an zwei deutschen Staatsangehörigen auch vor einem deutschen Gericht verhandelt werden könne.

"Wenn die französische Justiz die französischen Täter an Deutschland ausliefern würde. Ihm seien aber keine Fälle bekannt, wo ein Franzose der deutschen Justiz ausgeliefert wurde." antwortete Peer erregt.

Erich versuchte Peer zu beruhigen, in dem er Peer erklärte, dass alle Dienststellen in Deutschland dafür sorgen würden, dass Chantal vor den Tätern geschützt werde. Die BKA-Beamten registrierten Peers Betroffenheit und versicherten ihm, dass nichts unternommen würde, was Chantal gefährden könnte. Sie begriffen Peers besonderes Verhältnis zu Chantal sehr schnell und zeigten erstaunlich viel Verständnis. Peer beruhige sich langsam und fragte Chantal, ob sie sich den Nachmittag gelangweilt habe. Sie schüttelte den Kopf, sie habe ein paar Stunden Schaf nachgeholt. Sie erkundigte sich bei den Anwesenden, ob einer etwas über ihre Eltern wisse. Die BKA-Beamten waren bereits von Erich informiert worden, dass Chantals Mutter vor 2 Jahren verstarb und vom Vater weiterhin keine Informationen vorlagen. Chantal nahm die Nachricht vom Tod ihrer Mutter erstaunlich ruhig auf. Ihre Betroffenheit war aber nicht zu übersehen.

Zu Peer gewandt fragte einer der BKA-Beamten, ob Peer mit der besprochenen Vorgehensweise einverstanden sei, er werde bei Peers Einverständnis seine Behörde informieren, damit von dort ein MEK oder eine Observationsgruppe rechtzeitig anreisen könne. Peer willigte ein, Federico umgehend zu benachrichtigen, gab aber zu bedenken, dass sich vielleicht nach dem Gespräch alles erübrige. Er ließ sich von Erich dessen Aufstellung der Adressen und Telefonnummern geben und verließ den Raum. An der Rezeption fragte er nach einer Telefonkabine und ob er ungestört von dort telefonieren könne. Der Mitarbeiter des Hotels, der wohl den Portier vertrat, zeigte ihm eine kleine Tür in der Nähe der Rezeption, zu einer kleinen Telefonzelle, von der er ungestört telefonieren könne. Peer war aufgeregt und spürte seinen erhöhten Puls. Er wählte die Nummer der Schwabenstuben und bat die sich meldende männliche Stimme mit Federico sprechen zu wollen. Nach einer kurzen Pause fragte der Unbekannte, ob er Peer heiße?

"Richtig. Kann ich jetzt Federico sprechen?"

"Moment!"

Eine ganze Weile verging, als sich wieder eine männliche Stimme mit,

"Hier Federico!" meldete.

"Hat dich ganz schön reingelegt, dein Freund Francesco."

"Das ist nicht mein Freund. Was willst du?"

"Mit dir wegen Chantal sprechen. Unter vier Augen mit dir reden, ob sie bei mir bleiben kann. Ich komme morgen Abend. Wohin soll ich kommen."

"Meine Adresse und Telefonnummer kennst du. Ich kenne Chantal nicht, will sie das auch?"

"Wir reden morgen."

Peer war erstaunt, wie ruhig Federico das Gespräch führte. Aber ganz gleichgültig schien es ihm doch nicht zu sein, sonst hätte er nicht die Frage gestellt, ob Chantal es auch wolle.

Zurück im Besprechungsraum nickte Peer den beiden BKA-Beamten mit den Worten zu: "Morgen Abend!"

"Er weiß warum?"

"Hab ich ihm gesagt."

"Gut, das schaffen wir ohne Probleme."

Chantal entschuldigte sich, dass sie sich fürs Abendessen umziehen wolle. Nachdem sie gegangen war, berichtete Peer von der Frage Federicos, ob Chantal es auch wolle und der Bemerkung, dass er Chantal nicht kenne. Einer der BKA-Beamten erläuterte Peer den Plan, den sie mit den Kollegen vom LKA Bayern entwickelten. Wenn Federico Chantal nicht freigäbe, was zu vermuten sei, solle Peer zu einer Adresse außerhalb Münchens fahren. Federico würde vermuten, dass Chantal sich dort verborgen hielt. Die Kollegen des bayerischen LKA seien ihnen mit einer Immobilie behilflich gewesen, die sich für ihren Trick besonders gut eigne. Peer solle die Immobilie betreten und durch einen getarnten Hinterausgang verlassen. Im Haus würden die ihn verfolgenden Personen auf eine Szenerie stoßen, die ihnen einen Moment vorgaukelte, dass Peer mit Chantal am Tisch säße und sich mit ihr unterhielt. Würden die Verfolger den Auftrag zur Liquidierung von Chantal und Peer vollstrecken wollen, würden sie auf diese vermeintlichen Personen schießen, die in einem abgedunkelten Raum säßen. Es seien aber nur Attrappen, mit Schaufensterpuppen, die sich bewegen ließen. Damit könne man den Auftraggeber Federico und die Schützen wegen versuchten Mordes überführen. Parallel würde die Übergabe des Wagens mit den Drogen ablaufen. Hier stünde der Termin noch nicht fest, weil man die Entwicklung abwarten wolle. Seine Kollegen seien inzwischen in Genua der Hauptstadt Liguriens und die anderen beiden in Marseille eingetroffen. Im Laufe des morgigen Tages werde man mehr wissen.

Plötzlich fiel Peer die Mitteilung von Claudia ein, dass sich jemand nach Peer erkundigt habe, weil er eine Fahrt für Peer habe. Claudia habe ihm mitgeteilt, dass Peer von seiner letzten Fahrt noch nicht zurückgekehrt sei, worauf der Unbekannte ohne Kommentar auflegte.

Erich wunderte sich, "Wie das alles zusammenpassen soll, möchte ich zu gerne wissen."

Gemeinsam gingen sie in das Hotelrestaurant und sahen zu ihrer Verblüffung einen Tisch für 5 Personen mit dem Reservierungsschild "für die Dame und die Herren der geschlossenen Gesellschaft". Sie setzten sich und Erich nahm das Schild schnell weg, ging zu Rezeption um sich zu bedanken, bat aber, auch wenn es gut gemeint war, beim nächsten Mal den Zusatz zu unterlassen.

Erich war noch nicht zurück, als Chantal auftauchte, was den anwesenden Männern, nicht nur am reservierten Tisch, den Puls höher schlagen ließ. Sie war in einen Hauch von Rosa und Spitzen gekleidet, der mehr enthüllte, als verbarg und ein Modell von Coco Chanel zu sein schien. Peer schluckte und ihm wurde so heiß, dass er zu gern gleich 2 Pils auf einmal getrunken hätte. Auch die anderen Beiden am Tisch beeindruckte Chantals Auftritt. Erich kam zurück und blieb ein paar Meter vom Tisch sprachlos stehen und machte Chantal ein Kompliment, das er über ihren Anblick alles vergessen habe, was er sagen wollte, sie sähe so überwältigend und charmant aus, dass er sie zu gerne Fragen würde, ob sie ihn nicht heiraten würde, wenn seine Ehefrau einverstanden wäre. Er hatte die richtigen Worte gefunden, um die fassungslose Verwunderung der am Tisch sitzenden Männer zu beschreiben und ihnen ihre Sprache wiederzugeben. Als Erster fasste sich Peer ein Herz und gab seiner Verwunderung über ihre Schönheit, die ihr Kleid erst richtig zu Geltung brächte zum Ausdruck. Er wäre nie auf die Idee gekommen, dass Chantal in ihrem Köfferchen solch ein wunderschönes Kleid bereithielt. Auch die beiden BKA-Beamten fanden ihre Sprache wieder, und glaubten gar an einen vom Himmel gestiegenen Engel. Es wurde ein wunderschöner Abend, den alle am Tisch genossen und mit einem vorzüglich schmeckenden Wein, den die beiden vom BKA abwechselnd bestellten, krönten. Peer musste an seine Restaurantbesuche mit Claudia denken. Sein schlechtes Gewissen machte ihm zu schaffen, besonders wenn Chantal ihn in einer Art anhimmelte, die seine Leidenschaft in hellen Flammen auflodern ließ, an denen er sich verbrennen würde. Dieser wunderschöne Abend prägte sich tief in Peers Gedächtnis ein. Die Männer am Tisch überboten sich gegenseitig mit Schmeicheleien, um Chantal ihre Bewunderung und Wertschätzung zu demonstrieren. Chantal genoss es sichtlich. Sie flirtete mit den Männern am Tisch und nahm Peer dabei nicht aus, was ihn rasend eifersüchtig machte. Er mochte nicht an Morgen denken. Es waren längst alle Gäste des Restaurants gegangen und die Kellner sahen ihnen vom Eingang der Küche zu. Peer stand als Erster auf und machte darauf aufmerksam, dass sie morgen einen schweren Tag vor sich hätten und die Kellner auch auf den Feierabend warteten. Einer der beiden BKA-Beamten schwankte leicht, was wohl an dem zu viel genossenen Wein lag, den die Beiden ständig für Chantal bestellten, von dem sie aber nur wenig trank. Was die beiden BKA-Beamten am nächsten Tag mit ihm planten, erschien Peer abenteuerlich und sehr konstruiert. Er glaubte nicht an einen Erfolg. Er ging in Begleitung von Chantal, die sich bei ihm unterhakte, in den 3. Stock zu ihren Zimmern und lieferte Chantal vor der Tür zu ihrem Zimmer ab. Er verabschiedete sich mit einem Handkuss, wie er ihn bei Erich sah. Chantal kicherte leise und verschwand in ihrem Zimmer. Erich spürte ebenfalls den Wein und zog sich schnell aus und wollte sich ins Bett legen, als ihn Chantal umarmend zu sich ins Zimmer dirigierte. Verfluchte Zwischentür, dachte Peer. Aber er freute sich auf die Nacht mit Chantal und schob seine Bedenken und sein schlechtes Gewissen beiseite.

Das Erwachen mit Chantal im Arm versüßte Peer den Tag. Er war bei guter Laune als er sich geduscht und angekleidet im Frühstückszimmer einfand. Er verließ Chantal, als sie sich im Bad befand. Im Frühstückszimmer traf er auf Erich und die beiden BKA-Beamten. Sie besprachen die neuesten Ermittlungsergebnisse und konnten Peer vermelden, dass gleich zwei Kollegen ihres MEK's mit Überwachungssendern für Peer eintreffen würden. Er werde zwar erst kurz vor seinem Einsatz verkabelt, aber sie wollten ihn vorher mit der Technik vertraut machen und den Einsatz im Einzelnen mit ihm besprechen und teilweise auch üben. Für die Fahrt zur und von der Schwabenstube sei für Peer ein Fahrzeug präpariert worden, in dem sich ebenfalls ein Überwachungssender befände und an dessen Motor durch Funksignale Störungen herbeigeführt werden könnten, wenn es sich als erforderlich erweisen sollte.

Die beiden Kollegen des BKA-MEK tauchten im Hotel auf, bevor sie ihr Frühstück beenden konnten. Sie warnten Peer, dass ihnen das zwischen bayerischem LKA und den Kollegen vom BKA geplante Vorhaben abenteuerlich erscheine. Aus diesem Grund hätte man alles Mögliche an Technik eingesetzt, um Peer einen umfangreichen Schutz zu gewährleisten. Es blieben viele Fragen offen, weil die Reaktionen der Zielpersonen kaum kalkulierbar seien. Es lägen zu wenige Informationen vor. Die Telefonüberwachung der Schwabenstuben habe bisher zu keinen signifikanten Erkenntnissen geführt. Man habe aber anhand der Telefonate erstaunliche Beziehungen nach Hannover, Frankreich und Italien registrieren können. Die Gespräche seien aber nicht sehr ergiebig. Die beiden neu eingetroffenen BKA-Beamten gingen mit Peer in sein Zimmer, wo sie ihm die Geräte vorführten und ihn damit vertraut machten. Auf dem Weg zu seinem Zimmer begegnete er Chantal, die sich beschwerte, dass er nicht auf sie gewartet habe. Er entschuldigte sich und stellte die beiden BKA-Beamten vor, die mit ihm einiges besprechen müssten. Peer kannte die Geräte von seiner Ausbildung zum verdeckten Ermittler. Das LKA besaß ähnliche, die aber größer und in der Reichweite begrenzter waren. Peer wurde gewarnt, dass es bei der geplanten Aktion, Schwachpunkte gab, die für ihn sehr gefährlich werden könnten. Ein Bordellbesitzer verzichte in der Regel nicht freiwillig auf eines seiner Mädchen. Sie würden sehr unterschiedlich gehandelt, sodass ein Preis schwierig zu kalkulieren sei. Sollte Federico sich auf einen Handel einlassen, würde er etwas im Schilde führen. Lehne er jede Verhandlung ab und wolle nur den Aufenthalt von Chantal wissen, könne es für Peer übel werden. Er besäße an der linken Brustseite einen kleinen Schalter, den er mit dem linken Oberarm drücken könne. Würde er geschlagen oder gefoltert, müsse er den linken Oberarm kräftig an seinen Köper pressen und so den Schalter aktivieren. Da die Gespräche über das Mikrofon übertragen würden, erkenne man, ob er selbst oder eine andere Person zufällig den Schalter drücke. Er dürfe unter keinen Umständen den angeblichen Aufenthalt von Chantal verraten. Sollte es ihm zu viel werden, solle er den Schalter drücken und sagen, dass er nicht mehr könne. In diesem Falle werde der

Zugriff in den Schwabenstuben erfolgen. Im anderen Falle sei davon auszugehen, dass man ihn wegfahren lasse, um ihn im Rahmen einer Observation zu folgen. Sie würden nachher mit ihm zu dem Haus fahren, in dem sich Chantal und er angeblich aufhielten. Der Raum, in dem sie sich versteckten, besäße eine Tapetentür, die nur von einer Seite geöffnet werden könne. Sie stünde beim Eintreffen von Peer offen. Er müsse sofort durch die Tür schlüpfen, die nach ihm geschlossen werde. Würde er verfolgt, werde der Verfolger in einem mit Bett, Schrank, Tisch und Stühle eingerichetem Zimmer stehen. Da kein weiterer Ausgang zu sehen sei, werde dem Eintretenden suggeriert, dass die anwesenden Personen nur durch diese einzige Tür das Zimmer betreten und wieder verlassen könnten. Flüchtete eine Person in den Raum und wäre nicht sofort zu finden, konnte sie sich nur unter dem Bett oder im Schrank versteckt halten. Es sei eine wirklich abenteuerliche Szenerie, die sich die Beamten des bayerischen LKA ausdachten, aber vielleicht deswegen erfolgreich. Bei dem Pkw handele es sich um einen „Konspi"rativen Wagen, der auf eine nicht existierende Person zugelassen sei. Wenn das Kennzeichen, von wem auch immer, abgefragt werde, erhalte das BKA automatisch eine Nachricht über den Abfragenden und die genauen Umstände der Abfrage. Es klopfte an der Tür und Chantal fragte, ob sie hereinkommen könne. Peer bat sie einen Augenblick zu warten, weil er mit den Beamten nach München fahren müsse. Sie packten die elektronischen Geräte zusammen und verließen das Zimmer. Peer bat Chantal heute nicht auf ihn zu warten, weil sie in München etwas erledigen müssten. Sie solle sich die Zeit vertreiben so gut es gehe. In der Hotellobby trafen sie auf die anderen, die ebenfalls auf dem Weg nach München zum LKA waren.

In München angekommen, zeigten sie Peer den präparierten Wagen, der auf einem wenig genutzten Parkplatz in Grünwald stand. Sie suchten in der Nähe eine kleine Gaststätte auf, in der sie eine Kleinigkeit aßen. Danach fuhren sie zu der Adresse, wo Peer sich angeblich mit Chantal versteckt hielt. Sie zeigten Peer die

Räumlichkeiten, und wie die Puppen gesteuert werden konnten, dass man glaubte, sie atmeten. Die männliche Puppe trug die gleiche Kleidung wie Peer. Auch die Haare der Schaufensterpuppen entsprachen den Personen, die sie verkörperten sollten. Der männlichen war so gar ein Bart in der Farbe angeklebt worden, wie ihn Peer zurzeit trug. Die Puppen waren so an den Tisch gesetzt worden, dass eintretende Personen bei der halbdunklen Beleuchtung im Raum die Gesichter nicht erkennen konnten. Peer musste über die Szenerie lachen, die etwas Unwirkliches an sich hatte. Es mutete ihm eher wie ein Gruselkabinett an, als eine Falle für Killer. Das Ganze machte auf ihn den Eindruck eines albernen Scherzes. Außer dass der mögliche Killer sich totlacht, kann ja eigentlich nichts passieren, dachte Peer. Sie übten das in die Wohnung Hereinstürmen und Verschwinden hinter der Tapetentür. Sie war wirklich gut getarnt. Wäre sie nicht offen gestanden, er hätte sie nicht gefunden. Jeder der das Haus mit dem Raum im Erdgeschoss betrat, musste erkennen, dass der Zugang zu den oberen Räumen mit einem Gitter wegen Bauarbeiten gesperrt war und sich im Erdgeschoss ein einziges Zimmer befand, das genutzt werden konnte. Die anderen Türen waren mit Holzbalken blockiert. Ein Verfolger würde damit zwangläufig diesen Raum öffnen.

Sie fuhren zurück zu dem präparierten Pkw, einem blauen alten Ford. Es ging langsam auf 19 Uhr zu, weswegen sie Peer in ihrem Dienst-Pkw verkabelten. Während sie Peer verkabelten, sprachen sie ständig mit den Einsatzkräften und der Einsatzleitung, was ihn beruhigte. Sie ließen Peer sich in das präparierte Fahrzeug setzen und testeten die Geräte. Als alles zu ihrer Zufriedenheit funktionierte, wünschten sie Peer alles Gute und viel Erfolg. Er hatte Angst und musste an Lars denken. Aber warum sollten sie ihn liquidieren? Er wusste ja nichts, außer dem Aufenthalt von Chantal und für Federico stellte Chantal keine Gefahr dar. Dass Antonio Federico kannte, hielt Peer für unwahrscheinlich. Und wenn es so wäre, würde Federico sich für Antonio die Hände dreckig machen und einen Mord riskieren? Peer hielt es für abwegig. Peer näherte sich dem Parkplatz, auf dem er das Fahrzeug parken sollte. Er wusste, dass alles was er sagte, von den Einsatzkräften mitgehört wurde. Er ging auf die Gaststätte "Schwabenstuben" zu und spürte, wie seine Hände zitterten. Was konnte ihm schon passieren? Die Einsatzkräfte hörten alles mit. Er betrat die Gaststätte und fragte an der Theke nach Federico. Er erhielt zur Antwort, dass ein Federico unbekannt sei. Peer dachte an seinen ersten Anruf. Vielleicht benutzte er einen anderen Namen? Peer wollte gerade erklären, dass er gestern mit Federico gesprochen habe, als ein Kellner aus der Küche kam und ihm andeutete, er solle mitkommen. Peer folgte dem Kellner in das 2. Stockwerk und fragte sich, wie die Einsatzkräfte ihm hier helfen wollten, wenn die Zeit drängte? Der Kellner öffnete eine Tür, die in ein größeres Büro führte. Hinter einem altertümlichen Schreibtisch saß ein junger Mann, der so gar nicht zu Peers Vorstellung von Federico passte. Wäre er ihm auf der Straße begegnet, hätte er ihn mit seinen kleinen gepflegten feingliedrigen Händen eher für einen Pianisten gehalten, dachte Peer. Auch die Fingernägel mussten lackiert sein, so schimmerten sie in dem abgedunkelten Raum.

"Bist du Federico?" erkundigte sich Peer.

"Wer sollte ich sonst sein. Du willst mich doch sprechen. Du bist also Peer und willst meine Chantal haben." Er lachte, als er es sagte.

"Was hast du mir denn zu bieten?"

"Ich kann dir 5.000 DM geben." Jetzt lachte Federico schallen los und Peer schien es als wäre das Lachen gekünstelt.

"Chantal ist unbezahlbar." sagte Federico immer noch lachend.

"Aber für 100.000 DM kommen wir ins Geschäft." Und begann, wieder schallend zu lachen.

Peer begriff schnell, dass Federico gar nicht beabsichtigte, ihm Chantal zu überlassen.

"Wenn du Chantal nicht freigeben willst, kann ich ja gehen. Ich vergeude bloß meine Zeit."

"Wo ist denn Chantal? Hat sie bei der Polizei ausgesagt?"

"Das weiß ich doch nicht." Antwortete Peer und wollte aufstehen, woran er durch zwei hinter ihm stehende Personen brutal gehindert wurde, die ihn zurück auf den Stuhl drückten.

"Ich habe dich gefragt, wo Chantal ist!" herrschte ihn Federico an und lachte nicht mehr. Seine Augen funkelten und sein Mund war zu einem schmalen Strich zusammengekniffen. Ihm war die Wut anzusehen, mit der er Peer anherrschte:

"Ich frage dich noch mal, wo Chantal ist?"

Nach einer kurzen Pause traf Peer ein Schlag im Gesicht, der sich anfühlte, als habe ihm ein Pferd ins Gesicht getreten. Peer war so überrascht, weil er den Schlag nicht hatte kommen sehen. Es musste einer der beiden Männer gewesen sein, die links von ihm standen und ihn am Aufstehen hinderten. Er hatte sie beim Betreten des Raumes auf der linken Seite kurz wahrgenommen. Ihre kräftige Statur ließ Peer vermuten, dass sie für Federico die Funktion eines Rausschmeißers und Bodyguards wahrnahmen. Er spürte einen stechenden Schmerz im Gesicht und nahm wahr, wie sein linkes Auge zu schwoll.

"Willst du mich totschlagen? Den Aufenthalt von Chantal wirst du so nie erfahren."

Er hatte den Satz noch nicht ausgesprochen, als ihn von rechts ein Schlag am Kopf traf, der so heftig war, dass er vom Stuhl fiel. Auch diesen Schlag hatte er nicht kommen sehen, weil die beiden Männer hinter ihm standen. Der Schlag benebelte sein Bewusstsein und er hörte alles nur noch, als ob sich sein Kopf unter Wasser befände.

"Ist es dir jetzt eingefallen?" fragte Federico.

Peer schwieg und merkte, wie ihn jemand auf den Stuhl setzte und ihm den linken Arm auf den Rücken drehte, was ihm ungeheure Schmerzen verursachte, worauf er vor Schmerz schrie. Wieder wurde er von Schlägen im Gesicht und am Körper getroffen. Er überlegte, den Alarmknopf mit seinem linken Oberarm zu drücken und zu schreien "Ich kann nicht mehr.". Als er diesen Gedanken in die Tat umsetzen wollte, ließen sie von ihm ab und er hörte, wie Federico auf Italienisch telefonierte. Er verstand die Worte "uccidere" und "morte". Das Wort "uccidere" kannte er nicht. Aber das Wort "morte" musste etwas mit Tod zu tun haben, so viel verstand er. Plötzlich sagte Federico zu den beiden Rausschmeißern, "Lasst die arme Sau laufen. Ilnostroamico wird sich um ihn kümmern." Sie stellen Peer auf die Füße, brachten ihn nach unten ins Lokal an die Eingangstür und warfen ihn auf die Straße. Peer torkelte mehr zum Auto, als er ging. Sein linkes Auge war so geschwollen, dass er damit kaum etwas sah. Im Auto sah er sich sein Gesicht im Spiegel an und erschrak. Es war völlig blutverschmiert und geschwollen. Sein ganzer Körper schmerzte und sein linker Arm fühlte sich an, als sei er gebrochen. Er musste sich zusammennehmen und los fahren. Es mache ihm einige Mühe, den Zündschlüssel ins Zündschloss zu stecken. Als der Motor lief, spürte er, dass seine Arme, besonders der Linke, beim Lenken schmerzten. Er fuhr zu der Adresse und hätte sich fast verfahren, weil er mit dem linken Auge nicht richtig sehen konnte. Er wollte sich die Gesichter der Schläger merken, stellte aber fest, dass er sich an die Gesichter gar nicht erinnern konnte. Er sah sie nur ganz kurz beim Betreten des Büros. Er schaute immer wieder in den Rückspiegel, ob er jemanden sähe, der ihm folgte. Er konnte aber nichts erkennen. In unmittelbarer Nähe des angeblichen Verstecks hielt er den Wagen am Straßenrand an, stieg aus und schleppte sich zum Eingang des Hauses. Als er die Eingangstür öffnete, sah er zurück, ob ihm jemand folgte. Tatsächlich sah er eine Person aus einem weiter hinten parkenden Pkw steigen, der in seine Richtung ging. Peer rannte fast zu dem Zimmer mit der geöffneten Tapetentür, die hinter ihm von einem Kollegen geschlossen wurde. So hatte er es sich wahrlich nicht vorgestellt. Er schleppte sich zu einem Sessel in dem dunklen Raum und hörte plötzlich ein paar Geräusche, als würde jemand einen

Tennisball gegen die Wand werfen. Danach Geschrei, der Ruf "Polizei!" und aufgeregtes Stimmengewirr. Sein ganzer Körper schmerzte und er fühlte, wie ihm aus der Nase Blut lief. Es lief ihm über die geschwollenen Lippen in den Mund. Er leckte sich die Lippen ab. Jemand drückte ihm ein Tuch in die Hand, mit dem er das Nasenbluten versuchte zu verhindern und dabei den Kopf nach hinten bog. Sollte sich die aberwitzige Szenerie doch gelohnt haben? Er konnte es gar nicht glauben. Schlagartig wurde der Raum, in dem er sich befand, ganz hell. Er konnte Gegenstände erkennen, und sah Teile von Schaufensterpuppen und andere Utensilien, die er nicht einzuordnen wusste. Er erkannte Erichs Stimme, der ihn nach seinem Befinden fragte. Peer antwortete:

"Mir geht es sehr gut. Es kann gar nicht besser sein. Wenn es mir noch besser ginge, wäre ich wohl Tod. Ich wurde von einer Herde Pferde überrannt, die mich übersehen haben." Erich musste lachen.

"Deinen Humor hast du wenigstens nicht verloren. Wir fahren gleich mit dir ins Krankenhaus, damit du behandelt wirst und deine Verletzungen fotografiert und vom Arzt attestiert werden können. Federico hat tatsächlich jemanden hinter dir hergeschickt, der den Auftrag erhielt, Chantal und dich zu töten. Wir wissen inzwischen aus verschiedenen Telefonaten, dass der Auftrag von Antonio kommt, der bereits in Marseille euch beide beseitigen wollte. Er überlegte es sich anders und benutzte euch für den Transport nach Genua, wo Francesco den Auftrag übernehmen und euch in Genua verschwinden lassen sollte. Er fühlte sich mit den beiden entführten Frauen von Antonio hereingelegt und kam auf die gleiche Idee. Es wurde ein Telefonat mitgeschnitten, in dem Antonio Francesco übel beschimpft, dass man sich nicht auf ihn verlassen könne. Den Wagen hat Federico sich am Nachmittag von einem seiner Mitarbeiter aus Kiefersfelden bringen lassen. Er wurde in einer seiner Garagen abgestellt und wird vom MEK München observiert."

Die zwei Kollegen vom BKA, die ihn zuvor verkabelten, sahen

nach den Kabeln und dem Mikrofon und entfernten die Anlage. Dabei stellten sie fest, dass durch die Schläge das Kabel vom Mikrofon abgerissen war. Sie teilten Peer mit, dass man daher die Gespräche ab diesem Zeitpunkt nicht habe verfolgen können. Der Notschalter sei aber davon nicht betroffen gewesen. Wenn er ihn ausgelöst hätte, sei das Büro gestürmt worden. Wie beruhigend, bemerkte Peer sarkastisch.

Ein Krankenwagen fuhr vor dem Haus mit der "Killerfalle", wie Peer die Szenerie bezeichnete, vor und man wollte ihn liegend transportieren, was er empört ablehnte. Er fand es für unverhältnismäßig, extra für ihn einen Krankenwagen angefordert zu haben. Der Arzt in der Notfallambulanz wollte wissen, mit wem er sich geprügelt habe, worauf Peer antwortete, dass die Prügelei sehr einseitig gewesen sei. Sein linker Arm war nicht gebrochen, aber das Handgelenk verstaucht und durch Einblutungen stark geschwollen. Die Verletzungen wurden dokumentiert und der Arzt stellte ein umfangreiches Attest aus. Auch seine Nase war nicht gebrochen. Mit dem linken Auge konnte er inzwischen nichts mehr sehen, so stark war das umgebende Gewebe geschwollen. Im Spiegel sah er schlimm aus. Der Arzt tröstete ihn, dass die Schwellungen in den nächsten Tagen zurückgingen und in 14 Tagen nichts mehr zu sehen sein werde. Er habe Glück gehabt, dass nichts gebrochen, und keine inneren Organe betroffen seien. Sollte ihm in den nächsten Stunden und Tagen schwindlig werden oder er sich übergeben, müsse er sofort kommen. Es sei nicht ganz auszuschließen, dass er eine Gehirnerschütterung davon getragen habe.

Mit einem bandagierten und geschienten Handgelenk verließ er die Ambulanz. Erich erwartete ihn im Wartezimmer, bewunderte sein verändertes Aussehen und war der Meinung, dass man sich auf dieses Abenteuer nicht hätte einlassen sollen. Es hätte zu leicht schief gehen können. Auch er dachte an den Tod Lars. Er berichtete, dass man Federico mit seinen Schlägern, den ihn verfolgenden Täter und zwei weitere Personen festgenommen habe und morgen dem Haftrichter vorführe. Für Peer ende damit der Einsatz als verdeckter Ermittler, zumindest unter der Legende eines Peer Peters. Das BKA habe die Ermittlungen in diesem Komplex inzwischen fast ganz übernommen und sich sämtliche Telefonüberwachungen nach Wiesbaden schalten lassen. Sie seien auch dabei die organisatorischen Voraussetzungen zu schaffen, dass Chantal in ein Zeugenschutzprogramm aufgenommen wird. Peers weitere Verwendung prüfe das LKA. Er habe sich trotz der Kürze seiner verdeckten Tätigkeit unschätzbare Erfahrungen aneignen können, dass man ihn zu gerne noch mal mit einer anderen Legende als verdeckt ermittelnden Kriminalbeamten einsetzen würde. Von Chantal werde er sich wohl verabschieden müssen. Es sei ihm ja wohl von Anfang an klar gewesen, dass es keine dauerhafte Beziehung würde geben können. Er müsse auch an seine Freundin Claudia denken. Für 14 Tage sei er erst mal im Krankenstand. Sie führen jetzt zum Hotel und würden morgen auschecken. Um Chantal würde sich jetzt das BKA kümmern. Peer könne es ihr heute Abend versuchen, schonend beizubringen. Er solle ihr ruhig schildern, dass man sie und Peer hätte töten wollen.

Im Hotel angekommen, sah er Chantal in der Lobby sitzen, die wohl auf ihn wartete. Als sie ihn sah, schrie sie erschreckt auf und rannte auf ihn zu. Sie umarmte Peer, dem die Berührungen Chantals Schmerzen verursachten, die er aber verschwieg. Den Portier fragte er, ob er noch etwas zum Essen bestellen könne, der in der Küche verschwand und in Begleitung eines Kochs zurückkehrte, der beim Anblick Peers entsetzt fragte, ob er unter die Räuber gefallen sei.

"So kann man das wohl bezeichnen. Könnten sie mir noch eine Kleinigkeit zum Essen bereiten? Ich habe trotz meins Zustandes Hunger bekommen."

"Mögen sie ein schönes Stück Rinderfilet? Das geht schnell und mit Kräuterbutter eine Stärkung für Leib und Seele."

"Oh ja! Das wäre herrlich. Aber bitte medium."

Peer wollte ins Restaurant gehen. Am Eingang angekommen, sah er aber noch etliche Gäste und fragte den Portier, ob er auch auf dem Zimmer essen könne, um die Gäste nicht zu erschrecken. Der Portier nickte und fragte, ob er noch etwas trinken möchte. Das Hotel würde ihm auf Kosten des Hauses eine Flasche guten Rotweines zu seiner Mahlzeit auf dem Zimmer servieren. Erich war schon auf sein Zimmer gegangen. So begab er sich mit Chantal auf sein Zimmer, wobei sie immer wieder versuchte ihn zu stützen, was Peer mit den Worten unterband, dass er zwar ein geschwollenes Gesicht aber keine geschwollenen Füße habe. Sie hatte ihn schon mehrfach nach der Ursache seiner Verletzungen gefragt. Auf seinem Zimmer schilderte er den Zusammenstoß mit Federico, seinen Leibwächtern und den späteren Versuch sie und ihn zu töten, wobei er ihr aber das gestellte Szenario unterschlug. Er berichtete, dass Informationen vorlägen, dass Antonio sie bereits in Marseille habe umbringen lassen wollen, weil sie zu viel wussten. Weil er sich der beiden Frauen, Chantals und Peer entledigen wollte, habe er eine perfide Idee gehabt. Um Schulden bei Francesco zu begleichen, schickte er sie mit den Frauen nach Genua und erteilte Francesco den Auftrag, zumindest Peer zu beseitigen, wenn er glaubte, dass Chantal ihm nicht gefährlich werden könnte. Als Francesco merkte, dass Antonio ihn mit den beiden Frauen hereinlegte, habe er es wie Antonio gemacht, sie den Transport des mit Drogen vollgestopften Pkw durchführen lassen und Federico den Auftrag erteilt, Chantal und Peer bei der Ankunft zu töten. Francesco wusste, dass bei einem Scheitern des Transportes zumindest die Frauen nicht bei Federico ankamen. Aber er hoffte, nicht zu unrecht, dass der Menschenschmuggel die Grenzer ablenken würde, und der Federico gehörende Pkw mit den Drogen auch bei ihm landete. Deshalb habe er auch schlecht gefälschte Pässe benutzt, damit die Grenzer auf den Menschenhandel aufmerksam würden. Er wird auch davon ausgegangen sein, dass Peer des Menschenhandels verdächtigt und seine Geschichte vom missbrauchten Studenten ihm niemand abnehmen würde. Wie hätte

Peer es auch belegen können? Für ihn selbst bestünde in Italien keine Gefahr, weil er mit Carabinieris befreundet war.

Was Peer für abwegig hielt, war also eingetreten. Antonio unterhielt auch Kontakte zu Federico. Diese Ermittlungsergebnisse waren das Resultat von einigen Telefonüberwachungen in Deutschland, Frankreich und Mitteilungen von Informanten aus Frankreich. Zu Peers Überraschung ließen ihn die BKA-Kollegen unter dem Siegel der Verschwiegenheit wissen, dass Antonios Telefon in Frankreich überwacht werde und die dortigen Ermittlungsbehörden erstaunlich Kooperativ seien. Es gäbe noch Probleme mit dem zuständigen Ermittlungsrichter, die aber vermutlich auch gelöst werden könnten.

Peer versuchte Chantal schonend darauf vorzubereiten, dass er selbst seinen Namen ändern und ganz woanders in Deutschland arbeiten würde. Auch für Chantal erstelle das BKA eine neue Existenz mit neuem Namen, damit sie vor den Killern dieser Mafia geschützt sei. Als Chantal vorschlug, dass sie doch zusammen ein neues Leben mit einem anderen Namen beginnen könnten, erklärte Peer ihr, dass er ein Leben besäße und in Wirklichkeit gar nicht Peer heiße. Peer werde auf nimmer wiedersehen verschwinden. Chantal sah in entgeistert an. "Wir werden uns nie wiedersehen?" Peer nickte und ihm versagte die Stimme. Chantal rannen die Tränen übers Gesicht und sie küsste ihn auf seine geschwollenen Lippen und umarmte ihn. Ihre Tränen liefen ihm in den Mund und er schmeckte das Salz ihrer Tränen. Ihre Umarmung schmerzte. Er ließ es geschehen und spürte, wie ihm selbst Tränen in die Augen stiegen.

Als er als verdeckter Ermittler mit einer Legende begann zu leben, war es ihm schwergefallen, auf Bekanntschaften zu verzichten. Er entschied sich damals dagegen, weil es schon schwer genug war, in zwei verschiedenen Existenzen zu leben. Beziehungen komplizierten alles noch mehr. Es waren nur wenige Tage mit Chantal, die sein Leben gründlich durcheinanderbrachten. Ihm wurde bewusst, dass Antonio ihn aus reiner Berechnung mit einem seiner Mädchen eine Nacht verbringen ließ. Dass er Chantal auswählte, konnte Antonio nicht ahnen. Oder doch? Er zerbrach sich den Kopf, welche Fehler er begangen haben könnte. Antonio konnte nicht wissen, dass er den Inhalt des von ihm überführten Wagens kannte. Sollte er doch die mit Chantal geflüsterte Unterhaltung verstanden haben? Peer konnte es sich nicht vorstellen. Ihr geflüstertes Gespräch war so leise, dass sowohl Chantal als auch er Mühe hatten, sich zu verstehen. Er hatte sie nach anderen Besuchern ausgefragt, in dessen Zusammenhang sie die Formulierung "alle beide" benutzte. Es war also sein Fehler gewesen, nicht oder zu spät daran gedacht zu haben, dass er abgehört werden könnte. Chantal weinte und wollte nicht mehr leben, wenn sie den einzigen Mann verlöre, den sie je geliebt habe. Es war für Peer unerträglich, dass er sich zwischen 2 Frauen entscheiden musste, die er liebte. Aber zu sehen, wie Chantal litt, der man alles Recht der Welt zugestehen musste, den Mann zu lieben, der ihr unbeabsichtigt das Tor zu einem lebenswerten Leben öffnete, konnte Peer nicht verkraften. Der Kellner brachte das Steak und den Wein. Peer brachte kaum einen Bissen runter. Es war ein so zartes Pfeffersteak, wie er es noch nie in dieser Vollendung serviert bekam. Auch Chantal lehnte ab, auch nur etwas zu kosten. Sie weinte und trank aber den Rotwein, der wirklich erlesen war. Peer ließ sich eine weitere Flasche bringen. Er versuchte immer wieder, Chantal zu beruhigen. Spät in der Nacht einigten sie sich, dass Chantal ihr neues Leben beginnen, und ihrem Ansprechpartner beim BKA Bescheid geben sollte, wenn sie glaubte, sich mit Peer treffen zu müssen. Peer würde morgen mit einem der zuständigen Beamten sprechen, damit diese wüssten, dass er mit der Reglung einverstanden sei. Es fiel im ungeheuer schwer, Chantal nie wieder sehen zu können. Auch für ihn wäre diese Regelung eine kleine Erleichterung. Insgeheim hoffte er, dass sich Chantal neu verlieben würde. Er durfte nur nicht daran denken, weil die Eifersucht ihn wieder heimsuchte, wenn er nur daran dachte.

Am anderen Morgen fanden sie sich beim Frühstück wieder. Es

war dezent ein Tisch für 5 Personen reserviert. Peers Gesicht war aufgedunsen und sein linkes Auge kaum zu sehen. Auch Chantal sah heute schlecht aus. Erich erkundigte sich nach ihrem Befinden. Sie sah ihn an, und fragte ihn, wie es ihm gehe, wenn seine Frau gerade gestorben wäre. Sie überlege, zu Antonio zurückzukehren, auch wenn er sie umbringe. Erich versuchte Chantal aufzumuntern, indem er ihr Komplimente machte, dass solch eine hübsche und bezaubernde Frau wie sie nicht lange alleine bleibe. Sie fragte zurück, ob er wisse, was Liebe ist. Erich wurde sehr verlegen. Chantal erklärte, dass sie noch vor ein paar Tagen, nicht gewusst habe, was unter Liebe zu verstehen sei. Sie habe immer geglaubt, dass es eine gewisse Sympathie sei, die man bei einem Mann verspüre. Jetzt wisse sie, dass Liebe etwas sei, für das man sein Leben aufgeben könne. Erich sah Peer vorwurfsvoll an. Peer machte sich viele Vorwürfe und fühlte sich für Chantal verantwortlich. Was aber hätte er anders machen können? Die beiden Kollegen vom BKA unterhielten sich leise und vermittelten den Eindruck, als ob sie das Gespräch zwischen Erich und Chantal nicht verfolgten. Peer war sich sicher, dass sie es genau registrierten. Peer fragte einen der beiden, ob sie ihm den für Chantals Zeugenschutzprogramm zuständigen Kollegen nennen könnten. Sie versicherten Peer ihn zu unterrichten, dass er sich mit ihm in Verbindung setzt. Sie wüssten auch nicht, wer zuständig sei. Der zuständige Beamte habe aber für heute Morgen sein Kommen angekündigt, weil er sich mit Chantal über ihr zukünftiges Leben unterhalten wolle. Vielleicht könne Peer am Gespräch teilnehmen. Das wäre zwar ungewöhnlich aber unter den Umständen zu empfehlen. Erich reklamierte, dass vorgesehen sei, mit Peer zusammen nach Hannover zu fahren. Peer bat Erich um einen Tag. Worauf dieser Peer den Vorschlag machte, zu bleiben, da er ja im Krankenstand sei. Er müsse nur seine Hotelrechnung selbst zahlen. Einer der BKA-Beamten konnte sich die Bemerkung nicht verkneifen, "Sehr einfühlsam."

Peer sah, wie sich Chantals Stimmung besserte. Sie würde bald wieder enttäuscht werden, dachte Peer. Ein sehr distinguiert aussehender Herr um die 50 im Anzug mit Krawatte betrat das Frühstückszimmer. Peer hielt ihn für einen Geschäftsmann. Er sah sich um und kam auf ihren Tisch zu. Einer der BKA-Beamten sprang förmlich auf und ging ein paar Schritte auf den Herrn zu und begrüßte ihn mit Handschlag. Der BKA-Beamte nahm den Herrn ein paar Schritte zu Seite, sodass die Anwesenden Gäste nicht verstehen konnten, was sie sprachen. Sie unterhielten sich wesentlich länger als es eine Begrüßung erforderte. Beide kamen zum Tisch und der BKA-Beamte stellte Herrn Wieland vor, der für Chantals Zeugenschutzprogramm zuständig sein würde. Er begrüßte Chantal mit einer ausgesuchten Höflichkeit und man spürte, den Respekt, den er ihr entgegenbrachte. Er bat sie um ein Gespräch unter vier Augen im Nebenzimmer. Wenn sie danach noch großen Wert auf Peers Anwesenheit lege, hätte er nichts dagegen einzuwenden, wenn Peer teilnähme. Er gab Peer die Hand und bedankte sich für seinen lebensrettenden Einsatz. Der habe es erst ermöglicht, dass nicht nur eine wichtige Zeugin für das BKA gerettet und gewonnen wurde, sondern auch einer bezaubernden, hübschen und charmanten jungen Frau ein neues Leben geschenkt werden konnte. Chantal stand auf und ging mit ihm in den Nebenraum, den sie auch schon von einer Besprechung kannten. Die beiden BKA-Beamen verabschiedeten sich und gingen zur Rezeption, um auszuchecken. Auch Erich stand auf und fragte, ob er auf Peer warten solle. Peer zuckte die Schultern, er wisse es noch nicht und wolle erst das Gespräch mit Chantal abwarten. Erich zeigte Verständnis und wollte sich so lange in der Lobby des Hotels aufhalten. Peer leistete ihm Gesellschaft und war erstaunt, wie lange sich das Gespräch mit Chantal hinzog. Er hoffte, dass es ein gutes Zeichen sein würde. Die Tür von dem Nebenzimmer öffnete sich und Herr Wieland winkte Peer zu sich. Er bat ihn in den Nebenraum, wo Chantal mit keinem glücklichen Gesichtsausdruck an einem Tisch saß. Herr Wieland bat Peer Platz zu nehmen und erläuterte ihm, dass er Chantal in der Kürze der Zeit mit einigen Details eines Zeugenschutzprogrammes vertraut gemachte habe. Ihm brauche er es wohl nicht wiederholen.

Ihm läge die umfangreiche Zeugenaussage Chantals vor und nach Beurteilung auch anderer mit der Sache befasster Kollegen, stehe die Gefährdung Chantals außer Frage. Es sei auch davon auszugehen, dass ihre Aussagen in Frankreich von eminenter Bedeutung seien, weil die von ihr geschilderten Straftaten, auch in Frankreich noch nicht verjährt seien. Das BKA würde sie daher mit ihrem Einverständnis in das Programm aufnehmen. Ihre extrem emotionale Bindung an Peer sei nur zu verständlich und nachvollziehbar. Das BKA müsse dies bei ihren doch sehr aufwendigen organisatorischen Planungen berücksichtigen, weil Chantals Interessen im Mittelpunkt ihrer Planungen stünden. Der Umstand, dass Peer selbst unter einer Legende lebe, die durch die Ereignisse droht aufzufliegen, was aber aus verschiedenen Gründen verhindert werden müsse, wie ihm vom LKA Hannover mitgeteilt worden sei, grenze die Möglichkeiten ein, Peer in Chantals Legende einzubauen. Herr Wieland habe es Chantal sehr detailliert dargestellt und habe ihr versprochen, dass das BKA ihr hilft, mit Peer ein Treffen zu organisieren, wenn es Chantal psychisch schlecht gehe und Peers Zuspruch benötige. Ihr würde auch ein psychologischer Dienst zu Verfügung stehen, der sie psychotherapeutisch begleite. Man werde ihr eine neue Existenz mit einem neuen Namen konstruieren und ihr auch die Möglichkeit einer Berufsausbildung bieten. Der Staat schulde es Chantal, da sein Gewaltmonopol sie nicht hatte schützen können und sie sich bereit erklärt, gegen die verschiedenen Straftäter auszusagen. Peer bedankte sich bei Herrn Wieland und fragte Chantal, ob sie verstanden habe, was auf sie zukomme. Sie nickte, stand auf, umarmte Peer und küsste ihn lange.

"Ich muss für den Staat das Opfer bringen, dich nur gelegentlich zu sehen. Dafür werden die Personen zur Rechenschaft gezogen, die mich viele Jahre gequält haben."

Peer bezweifelte, dass Chantal das ganze Ausmaß ihres neuen Lebens begriff. Er musste sich zusammennehmen, um nicht zu heulen. Ihm war so elend zumute, was aber nicht mit seinem körperlichen Zustand zusammenhing. Herr Wieland forderte Peer auf, sich von Chantal zu verabschieden, weil er sie gleich mitnehmen wolle, um sie an einen sicheren Ort zu bringen. Sollte Peer mit Chantal Kontakt aufnehmen müssen, so solle er ihn informieren. Es gäbe nur sehr wenig Personen, die den Aufenthalt von Chantal kennen würden. Jeder Kontakt zu ihr sei nur über ihn oder seinen Vertreter unter ganz bestimmten Voraussetzungen möglich.

Irritiert vernahm Peer von Herrn Wieland, dass das LKA Hannover seine Legende nicht preisgeben wolle. Er fragte sich, wie das LKA angesichts der aktuellen Ereignisse der Justiz gegenüber seine Rolle darstellen würde. Dies musste ihm Erich beantworten. Heer Wieland war aufgestanden und bat Chantal, ihre persönlichen Sachen zu packen, wobei Peer ihr sicher helfen könne. Die Hotelrechnung für Chantal sei bereits gezahlt worden. Peer war erleichtert, weil es mit der Wirtschaftsverwaltung des LKA zu Problemen gekommen wäre, hätte er versucht, diese Kosten über das LKA abrechnen zu lassen. Er ging mit Chantal in ihr Zimmer und sie packte ihre Bekleidung in den kleinen Koffer, den sie seit Marseille mit sich führte. Sie hielt das von Peer gekaufte Kleid sekundenlang hoch und schlang ihre Arme mit dem Kleid um Peer, wobei sie wieder zu weinen begann. Peer war selbst elend zumute, dass er kaum die Tränen zurückhalten konnte und nicht wusste, wie er sie trösten sollte. Er räumte Chantals Toilettenartikel im Bad zusammen und erschrak, als er sich im Spiegel sah, wobei sein Bart noch einiges an Schwellungen in seinem Gesicht verbarg. Es musste Chantal ungeheuer schwerfallen, zu gehen. Sie setzte sich aufs Bett und begann wieder zu schluchzen. Peer nahm sie in den Arm und versuchte ihre Zukunft in den schönsten Farben zu schildern, was sie nicht tröstete. Nach einer Weile stand sie auf und ging mit Peer die Treppen ins Erdgeschoss. Peer trug den kleinen Koffer mit seiner linken Hand, was ihm ungeheure Schmerzen verursachte und hielt Chantals linke Hand mit seiner Rechten. In der Lobby der Hotels empfing sie Herr Wieland und begleitete sie zu seinem Wagen, der vor dem Hotel stand. Erich, der in der Hotelhalle wartete, war aufgestanden und ging auf Chantal zu. Er umarmte sie und wünschte ihr alles Gute. Mit den Worten: "Jetzt wird alles gut!" verabschiedete er sich von ihr. Er blieb in der Halle stehen, während Peer Chantal zum Auto begleitete und den Koffer in den Kofferraum legte, den Herr Wieland öffnete. Chantal umarmte Peer weinend und küsste ihn. Herr Wieland ließ Chantal auf dem Beifahrersitz Platz nehmen und versicherte ihr, dass sie ein schöneres und auch glücklicheres Leben vor sich habe. Er setzte sich hinter das Lenkrad, startete den Motor und fuhr langsam an. Chantal winkte Peer lange zu, auch als sie ihn nicht mehr sehen konnte. Peer stand noch lange Zeit vor dem Hotel und sah dem verschwundenen Auto nach. Er hörte hinter sich die Stimme Erichs, der ihn versuchte zu trösten, dass Chantal diesen Abschiedsschmerz nie vergessen würde, weil es vermutlich ihre erste wirklich Liebe war. Der entsetzliche Kontrast zu ihrem bisherigen Leben mache es für sie besonders schwer. Erich glaube aber, dass sie bald andere Menschen und auch Männer kennenlerne, die sie schätzen und lieben werde. Er könne auch Peer sehr gut verstehen. Chantal habe durch ihr tragisches Leben gelernt, mit Männern umzugehen und werde mit Hilfe von Psychologen bald eine selbstsichere junge Dame werden, die ihr Leben meistern werde. Er habe selten eine so starke Persönlichkeit wie Chantal kennengelernt, die trotz ihres entsetzlichen Schicksals nicht zerbrochen sei. Auch für Peer gehe es jetzt weiter. Er werde wohl auch Claudia bald über seine tatsächliche Identität aufklären müssen, wenn ihm an ihr gelegen sei. Peer bedankte sich bei Erich, dass er auf ihn gewartet habe. Er bat ihn noch einen kleinen Moment zu warten, weil er auch seine Sachen zusammenpacken und auschecken wolle. Erich erklärte zum Erstaunen von Peer, dass er für ihn bereits ausgecheckt und die Kosten übernommen habe. Peer kehrte mit seiner kleinen kurz zuvor erworbenen Reisetasche zurück. Der Hotelportier verabschiedete sich ausgesprochen herzlich von ihm und bedauerte, das sein Hotel nicht öfter solche interessanten Gäste beherbergen könne. Zu Peers Aussehen sagte er kein Wort.

Auf der Fahrt nach Hannover wollte Peer wissen, ob Erich ihm über seine weitere Verwendung etwas sagen könne. Er habe erfahren, dass das LKA seine Legende nicht preisgeben wolle, obwohl in den vor ihnen liegenden Strafverfahren seine Aussagen eine Rolle spielen dürfte. Erich wisse noch nichts Genaues, habe aber auch erfahren, dass sich das LfV beschwerte, dass man die Legende bei den zukünftigen Verfahren wohl nicht mehr geheim halten könne. Das IM (Innenministerium) wolle daher seine Aktivitäten und die Legende insgesamt als geheim einzustufen. In den kommenden Verfahren solle sich nur Erich eingeschränkt vor Gericht und Staatsanwaltschaft äußern dürfen. Den Beteiligten des Komplexes, den das BKA übernahm, ist nur der Vornahme Peer ein Begriff. Die Telefonnummer seines Apartments sei bereits geändert worden, sodass auch über die Telefonnummer seine Legende nicht mehr von den Mitgliedern des internationalen Mädchenhändlerringes enttarnt werden könne. Sein Wagen sei inzwischen ebenfalls aus Rheine abgeholt und mit anderen Kennzeichen versehen worden. Alles andere seiner Legende wäre unverändert. Es stimme auch, dass man sich überlege, ihn in einer anderen Sache als verdeckten Ermittler einzusetzen. Eine nicht zu unterschätzende Schwachstelle stelle seine Freundin Claudia dar. Erich entschuldigte sich, im Zusammenhang mit Claudia den Ausdruck Schwachstelle benutzt zu haben. Was man sich im LKA ausdenke, wisse er nicht, weil er einige Tage nicht mehr alle Informationen bekommen habe. Das bayerische LKA wisse Bescheid und habe sich taktisch darauf eingestellt. Von dort würden nur der Drogentransport, der Menschenhandel und der versuchte Mord an Peer und Chantal bearbeitet, weil das BKA darum gebeten habe, um die internationalen Ermittlungen nicht zu gefährden. Aus diesem Komplex habe sich das LKA völlig zurückgezogen. Es gäbe auch konkrete Erkenntnisse bezüglich der verdächtigen Personen in der Spedition. Der Anruf bei Claudia wegen einer erneuten Fahrt, die Peer angeboten wurde, hätte das BKA bei einem der Verdächtigen aufzeichnen können. Mit dem Anruf wollte man überprüfen, ob es sich bei dem Peer aus

Marseille wirklich um den Peer handelte, der mit dem Transport beauftragt wurde. Nach dem gescheiterten Versuch ihn in München zu töten, müsse befürchtet werden, dass man versuche ihn aufzuspüren, um ihn zu liquidieren. Sollte das BKA entsprechende Erkenntnisse gewinnen, würde das LKA sofort informiert werden. Erichs Informationen entnahm Peer, dass er einer größeren und gefährlichen internationalen Organisation ins Gehege gekommen war. Er konnte nur hoffen, dass Mitglieder in dieser Organisation nicht seine Wohnanschrift in Braunschweig kannten. Aber für Serge Snider war er ein Student aus Hannover. Er würde Claudia erklären müssen, warum seine Telefonnummer geändert worden war und das dies auch der Grund war, warum er nicht mehr anrief. Sollte er ihr die Wahrheit sagen? Sein physischer Zustand wäre ein guter Aufhänger, um ihr seinen Status offenzulegen. Ob dies aber klug war, wenn man ihn mit einer neuen Aufgabe betrauen wollte? Er würde erst die Informationen des LKA abwarten, um danach zu entscheiden.

Erich fuhr ihn direkt nach Braunschweig zu seinem Apartment, wo sie gegen 20 Uhr eintrafen. Erich wünschte ihm viel Erfolg und Peer nahm seine neue kleine Reisetasche und wollte die Haustür aufschließen. Aber wo waren seine Wohnungsschlüssel. Er hatte sie in seinem Wagen unter dem Beifahrersitz deponiert, damit sie nicht gleich gefunden würden. Wenn Claudia nicht im Apartment war, wie sollte er hineinkommen? Er klingelt und wartete. Es rührte sich nichts. Er klingelte zweimal hintereinander. Eine weibliche Stimme fragte, wer da sei."Hier ist der arme Peer," meldete er sich. Der Türöffner wurde betätigt und Peer fuhr in den 5. Stock. Als er aus dem Lift trat, wollte Claudia ihn umarmen, blieb aber mit leicht angehobenen Armen vor ihm stehen und fragte entsetzt,

"Bist du's überhaupt? Was ist dir nur in den paar Tagen passiert? Mein Gott, wie du aussiehst. Hast du einen Unfall gehabt?"

Sie gingen ins Apartment und Claudia fragte nach seinem Hausschlüssel. Sie nahm ganz vorsichtig sein Gesicht zwischen ihre

Hände und küsste ihn auf den Mund.

"Ich habe mir Gedanken gemacht, weil du gestern nicht angerufen hast."

Er berichtete von einem Transport nach München und, dass er bei der Abgabe des Wagens verprügelt worden sei, weil der Empfänger glaubte, er sei der Verkäufer und habe ihn reingelegt. Nachdem er alles aufklären konnte, hätte der Käufer sich bei ihm entschuldigt und er sei im Krankenhaus verarztet worden. Es sei halb so schlimm. In ein paar Tagen sei alles vergessen. Er müsse sich morgen um sein Fahrzeug kümmern, dass in Hannover stünde. Seine Hausschlüssel lägen auch im Wagen. Claudia machte ihm und sich einen strammen Max. Sie habe auch noch nichts gegessen, weil sie hoffte, dass er bald kommen würde. Claudia fragte, ob er die merkwürdigen Auftragsfahrten nicht ganz aufgeben wolle.

"Ja, es reicht wirklich. Ich muss den Vermittler morgen in Hannover aufsuchen und ihm sagen, dass ich solche Fahrten nicht mehr übernehme."

Peer dachte an Chantal, wie es ihr wohl gehe. Er wollte beide Frauen vergleichen und sich fragen, welche ihm lieber sei. Doch er begriff, dass sie nicht vergleichbar waren und er sie nicht gegeneinander aufwiegen konnte. Es wurde ihm immer unangenehmer, Claudia belügen zu müssen. Morgen brächte vielleicht die Entscheidung. Er war froh, das große Bett besorgt zu haben. Die Berührungen Claudias schmerzten ihn an manchen Körperstellen, aber er war glücklich zu spüren, wie sie ihn als Mann brauchte.

Am anderen Tag frühstückte er bei Claudias obligatorisch angezündeten Kerzen und frischen Brötchen, die sie früh am Morgen für ihn kaufte. Diese romantische Atmosphäre hatte er die wenigen Tage doch vermisst. Chantals Bemühungen in Marseille, mit ihm in harmonischer Atmosphäre zu frühstücken, waren nicht vergleichbar. Wie sollte sich auch unter den Umständen Harmonie herstellen lassen. Claudia verabschiedete sich mit einem Kuss und deutete an, dass sie mit ihm wichtige Gespräche führen müsse, wenn sie am Abend wieder zusammen seien. Noch rechtzeitig fiel ihm ein, dass seine Telefonnummer geändert worden war. Er berichtete Claudia davon, die ihn sehr erstaunt ansah, wie er davon Kenntnis genommen habe, da er doch gar nicht anwesend war. Er würde es ihr am Abend erzählen. Die Neue kenne er auch noch nicht. Als er allein war, rief er Erich an, den er erst nach einigen Telefonaten erreichte, und wollte wissen, wie die neue Telefonnummer laute. Erich musste erst selber einige Telefonate führen, bis er ihm die Nummer nennen konnte. Erich erklärte ihm den Standort des Pkw, der in der Nähe der UNI abgestellt worden war. Den Kfz.-Schlüssel besaß Peer. Er war froh, dass er ihn nicht bei den vielen Fahrzeugwechseln verlor. Erich fragte, ob Peer kurz nach Mittag im LKA vorbeikommen könne. Wenn er in der Nähe des LKA sei, solle er kurz anrufen. Erich würde ihn mit einem Pkw dort abholen, um ihn über die Tiefgarage unbeobachtet ins LKA zu bringen. Peer fand sein Fahrzeug mit dem neuen Kennzeichen und fuhr damit in die Nähe des LKA. Von dort waren es zu Fuß noch ein paar Minuten zum Treffpunkt. Erich holte ihn mit einem Pkw ab, der so stark getönte Scheiben besaß, dass man die Insassen außer dem Fahrer nicht erkennen konnte. Sie fuhren, wie schon so oft in der Vergangenheit in die Tiefgarage und Erich fuhr mit ihm im Lift in eine Etage, die Peer noch nicht kannte. Hier residiere der Präsident und einige Abteilungsleiter, informierte ihn Erich. Der Präsident wolle ihn vorher sprechen. Im Vorzimmer zum Leiter des LKA saß eine ältere sehr freundliche Dame. Sie bat Erich und Peer Platz zu nehmen, weil der Präsident noch ein Gespräch führe. Peer bewunderte ein paar an den Wänden hängende Holzstiche, von denen er auch zwei besaß. Der Vorzimmerdame war das Interesse Peers an den Bildern nicht entgangen und sie fragte, ob sie Peer gefielen. Ja, er besitze auch zwei. Es seien so stimmungsvolle Holzstiche, dass er sie vor etlicher Zeit erwarb. Das zeuge von einem guten Geschmack, war ihre Meinung. Bevor sie das Gespräch vertiefen konnten, stand sie auf und bat beide mitzukommen, weil der Präsident sein Gespräch beendet habe. Sie öffnete die Tür zum Büro, wo der Präsident hinter einem etwas größeren Schreibtisch saß, der sich aber nicht weiter von den Schreibtischen anderer Mitarbeiter im LKA unterschied. Der Präsident war aufgestanden und begrüßte sie, indem er Erich und danach Peer die Hand reichte. Er bat sie sich an einen kleinen Konferenztisch zu setzen, der für Besprechungen vorgesehen war. Zu Peer gewandt sagte er schmunzelnd: "So also sieht ein verdeckter Ermittler des LKA Hannover aus, der unter die Räuber geraten ist. Wie geht es Ihnen?"

"Danke sehr. Es geht mir schon wieder recht gut."

"Sie haben uns ja eine gehörige Portion Ärger eingehandelt, als sie mit 1,6 Millionen auf und davon fuhren. So etwas müssen wir in Zukunft um jeden Preis verhindern. Die Staatsanwaltschaft habe gerüchteweise davon Kenntnis erhalten und wollte schon wegen Geldwäsche gegen sie ermitteln. Wir hätten zu gerne gewusst, wer die Staatsanwaltschaft unterrichtete und damit gegen Dienstanweisungen verstieß. Wir haben es aber regeln können. Ihre Art und Weise wie sie als verdeckter Ermittler agierten, haben mir gar nicht gefallen. Aber letztendlich haben sie zu einem so durchschlagenden Ermittlungserfolg beigetragen, dass ich mich entschlossen habe, in ihrer Personalakte eine entsprechende Belobigung aufzunehmen, die aber so allgemein formuliert ist, dass niemand erkennt, wie es zu dieser Belobigung gekommen ist. So soll und so muss es auch bleiben. Wir haben uns mit den Juristen im LKA und im Innenministerium beraten, nachdem sie unter der Legende sowohl für das LfV als auch für uns aktiv wurden, wie wir jetzt mit ihrer Legende umgehen müssen und können. Wir brauchen uns jetzt nicht mehr darüber unterhalten, dass es vom LfV unklug war, ihnen nicht eine völlig neue Legende für ihren Einsatz zu konstruieren. Wir haben in Absprache mit IM und LfV ihre Legende als geheim eingestuft und sie werden auch bald von ihr befreit werden. Sollten sie weiterhin als verdeckter Ermittler eingesetzt werden, habe ich angeordnet, ihnen eine völlig neue Legende aufzubauen. Aber ich nehme an, dass sie von der Arbeit eines verdeckten Ermittlers langsam die Nase voll haben, zumal mir zu Ohren gekommen ist, dass sie unter der Legende eine Beziehung zu einer hübschen Dame aufgenommen haben. Das lässt die Angelegenheit ungeheuer problematisch werden. Haben sie diesbezüglich vor, die Dame in der nächsten Zeit in Kenntnis zu setzen?"

"Diese Absicht habe ich tatsächlich und wollte es heute Abend in die Tat umsetzen."

"Darum beneide ich sie nicht. Aber sie haben es sich selber zuzuschreiben, ohne dass ich ihnen zu nahe treten will, war es wohl eine zwar menschlich verständliche aber trotzdem eine Schnapsidee, wenn ich es so formulieren darf. Sie werden der Dame ja nicht alle Details schildern müssen und sollten das LfV völlig dabei raushalten. Sofern es zu Problemen kommen sollte, wird KHK Lenzen ihnen behilflich sein. Notfalls müssen wir die Dame schriftlich zur Geheimhaltung verpflichten. Ich kann nur hoffen, dass sie nicht die Presse informiert. Das könnte für uns alle einen riesigen Wirbel verursachen und für sie so gar lebensgefährlich sein. An den verstorbenen Kollegen will ich lieber nicht denken, der mit ihnen zusammen als verdeckter Ermittler ausgebildet wurde. Auf solche Erlebnisse möchte ich gerne verzichten."

Zu Erich gewandt forderte er ihn auf, Peer bei seiner Wahrheitsoffensive behilflich zu sein. Zum Abschied lobte er Peer noch mal und erklärte, dass ihm dessen Engagement als verdeckter Ermittler sehr gefallen habe, weil er sich völlig unorthodox nicht an Dienstanweisungen gehalten und damit den Erfolg erst möglich gemacht habe. Dies solle er aber ganz schnell wieder vergessen, weil er sich als Präsident des LKA solch eine Einstellung nicht leisten könne. Er würde sich zu gerne bei einem Glas Wein mit Peer in einer stillen Stunde über seine Erlebnisse unterhalten. Er wünschte beiden weiterhin viel Erfolg und verabschiedete sich mit Handschlag.

Das Ende in Osnabrück

Erich ging mit ihm in einen Besprechungsraum, den Peer schon von früheren Besprechungen kannte. Er telefoniert und kurz darauf traten zwei Kollegen ein, die sich als Schneider und Schmidt vorstellten. Schneider berichtete von einem Ermittlungsverfahren in Osnabrück, das durch das LKA übernommen worden war, weil die örtliche Dienststelle darum bat. In einem kleinen Zoo von Osnabrück habe sich ein Tötungsdelikt ereignet, bei dem einer der Tierwärter vergiftet aufgefunden wurde. In der Zeit davor und danach seien wiederholt Tiere aus völlig unverständlichen Gründen von Unbekannten vergiften worden. Der Tierpfleger und die Tiere seien alle durch das gleiche Gift umgekommen. Alle Beschäftigten seien überprüft und "durchleuchtet" worden. Man habe keine konkreten Anhaltspunkte, die einen der Beschäftigten verdächtig erscheinen lassen könnten. KHK Lenzen habe daher angeboten, einen verdeckten Ermittler in den Zoo einzuschleusen, um so vielleicht an Informationen zu kommen, die auf die Spur des Täters führen. Peer sah Erich fragend an, "unter welcher Legende?" Er könne doch die bisherige Legende benutzen. "Und der Präsident?" fragte Peer.

Es sei ja nur für kurze Zeit und es gehe ja nicht um organisierte Kriminalität. Wenn Erich es für vertretbar hielt, würde Peer es übernehmen, da es ohnehin nur um einen Täter gehen dürfte. Schneider führte aus, dass er als Tierpflegehelfer eingestellt werden könne, weil die Fluktuation solcher Mitarbeiter beim Zoo gerade besonders hoch sei. Nur der Leiter des Zoos sei eingeweiht und sehr zuverlässig. Peer bat, mit seinem Einsatz ein paar Tage zu warten, weil er erst seine Verletzungen auskurieren müsse. Man vereinbarte, dass Peer sich meldet, wenn er sich gesundheitlich in der Lage fühlt. Schneider und Schmidt verabschiedeten sich und Peer fragte Erich, was man in Zukunft mit ihm vorhabe. Erich wollte erst nicht mit der Sprache raus, und versuchte von der Frage abzulenken. Peer ließ aber nicht locker und wollte zumindest hören, was im Gespräch sei. Sie würden ihn gerne als Ausbilder und in der

Führung von verdeckt ermittelnden Kriminalbeamten einsetzen. Aber der Abteilungsleiter zögere noch, weil auch ihm Peers unorthodoxe Art verdeckt zu ermitteln nicht gefalle. Erich würde gerade diese Art aber zusagen, weil man anders gar nicht verdeckt ermitteln könne. Wenn Peer sich jedes Mal an Dienstvorschriften gehalten hätte, wären sie wohl nie weiter gekommen. Da musste ihm Peer allerdings recht geben, obwohl ihm bewusst war, wie zweischneidig es war, Vorschriften außer Acht zu lassen.

Erich brachte ihn auf dem gleichen Weg aus dem LKA, wie er ihn holte. Auf dem Weg zu seinem Pkw dachte er, dass er noch den ganzen schriftlichen Verwaltungskram, Fahrtenbuch, Reisekostenanträge usw. erledigen müsse. Er nahm sich vor Erich am nächsten Tag darum zu bitten, alles vorzubereiten, damit er nur noch unterschreiben müsse. Ziemlich früh traf er in seinem Apartment ein und war erstaunt, Claudia schon anzutreffen. Sie begrüßten sich herzlich. Peer holte tief Atem und erklärte, dass er ihr etwas sehr Wichtiges mitteilen müsse, dass ihm schon lange auf der Seele brenne aber nun keinen Aufschub dulde. Er müsse aber vorausschicken, dass es nicht mit ihnen und ihrer Liebe zu tun habe und er sie aufrichtig liebe und sie auch zu gerne heiraten würde. Kaum sagte er es, als er dachte, dass er das mit der Heirat vielleicht doch nicht hätte äußern sollen. Es wäre klüger gewesen einen Zeitpunkt abzuwarten, wo er ihr in romantischer Umgebung mit Blumenstrauß und Ringen einen förmlichen Heiratsantrag hätte machen können. Er fuhr fort, dass sie ja gesehen habe, dass er verprügelt worden sei. Dabei habe es sich aber um Personen gehandelt, die einer internationalen kriminellen Organisation angehörten. Er bat sie noch mal eindringlich um Verständnis. Claudia sah ihn erwartungsvoll aber sehr ernst an.

Er sei kein Student sonder Kriminalbeamter im Sondereinsatz. Er wollte mit seiner Erklärung fortfahren, sah aber wie sich Claudias Gesichtsfarbe plötzlich über kalkweiß zu fast grau veränderte. Sie starrte ihn sekundenlang mit einem Blick an, den er an ihr noch nie sah. Ihre Augen waren starr und ausdruckslos auf ihn gerichtet, als sähe sie durch ihn hindurch. Er wollte sie umarmen aber sie wich zurück und aus ihrem Munde war fast tonlos zu hören,

"Fass mich nicht an. Du hast mich monatelang belogen und betrogen. Du hast unsere Liebe in den Dreck gezogen. Ich will dich nie wieder sehen!"

Peer war entsetzt und zunächst völlig sprachlos, weil er mit dieser heftigen Reaktion nicht rechnete. Als er sich wieder ein wenig gefasst hatte, bat er um Entschuldigung, dass er sie über alles liebe und alles nichts mit ihnen zu tun habe.

Während Peer versuchte, ihr zu erklären, dass er sie unendlich Liebe und seine Rolle nichts mit ihnen zu tun habe, suchte Claudia mit hängenden Schultern ihre persönlichen Sachen zusammen und steckte sie wahllos in ihre Reisetasche mit den Studienunterlagen. Ihr Gesicht sah wie versteinert aus, was sich durch die aschfahle Farbe ihres Gesichtes noch verstärkte. Unterdessen versuchte Peer ihr ständig verständlich zu machen, dass er bisher hätte schweigen müssen, weil es von ihm verlangt wurde und er sie dadurch auch schützen wollte. Er liebe sie mehr als sein Leben. Wenn sie gehe, habe sein Leben auch keinen Sinn mehr. Er ging auf sie zu aber sie wich ihm aus und drohte, sich an die Presse zu wenden, wenn er versuchen sollte, mit ihr Kontakt aufzunehmen. Ihre Stimme klang dabei so leise, dass er sie kaum verstand. Sie weinte keine Träne. Sie verließ das Apartment nicht, ohne ihm die Wohnungsschlüssel vor die Füße geworfen zu haben. Peer war über Claudias Reaktion völlig außer sich. Sie musste sein Geständnis als einen fürchterlichen Vertrauensbruch empfinden, wie er ihn sich nicht schlimmer hätte vorstellen können. Ihre Reaktion war für Peer nur teilweise nachvollziehbar, weil er in der vergangenen Zeit wohl ständig mit der Lüge hatte leben müssen. War sie nicht in der Lage, zu erkennen, dass er sie wirklich liebte und diese Liebe nichts mit seiner beruflichen Tätigkeit zu tun hatte? Ihre Drohung, sich bei einem Kontaktversuch an die Presse wenden zu wollen, nahm er völlig sprach- und verständnislos zur Kenntnis. Er setzte sich an den kleinen Tisch und starrte ins Leere. Tränen rannen ihm übers Gesicht. Er wollte Erich anrufen, damit er zumindest Claudia davon abhielt, sich an die Presse zu wenden. Er fühlte sich nicht der Lage, ein Gespräch zu führen. Er wusste nicht, wie lange er schon weinend am Tisch saß. Sein Hemd war auf der Brust völlig durchnässt. Sein Handgelenk schmerzte. Er raffte sich auf, verließ das Apartment und suchte eine Kneipe, wo er ein Bier nach dem anderen in sich hinein schüttete. Es musste schon spät sein, denn der Wirt hinter der Theke forderte ihn zum Gehen auf. Peer wankte zu seinem Apartment. Als er am nächsten Morgen aufwachte, sah er im Kühlschrank nach einer Flasche Cola und suchte in der Wohnung nach Zigaretten. Da er schon einige Zeit nicht mehr rauchte, musste er lange suchen und wurde im Kleiderschrank in einer Umhängetasche fündig. Er merkte, dass ihm wieder Tränen das Gesicht herunter liefen. Er wählte Erichs Telefonnummer, der sich sofort meldete. Peer berichtete von der abendlichen Unterredung und bat Erich mit Claudia zu sprechen und zu versuchen ihr seine Situation zu erklären. Sie habe gedroht, wenn er versuche Kontakt mit ihr aufzunehmen, würde sie die Presse informieren. Erich sagte zu sich sofort darum zu kümmern, weil es sehr wichtig sei. Schließlich hänge nicht nur Peers Leben davon ab. Auch Claudia würde durch eine Veröffentlichung Gefahr drohen. Er werde sich wieder bei ihm melden und solle den Kopf nicht hängen lassen.

Dass Claudia verletzt und enttäuscht reagieren würde, hatte er erwartet, aber nicht mit dieser extremen Reaktion. Er stellte Claudias Kerzen auf den Tisch und zündete sie an. Er saß am Tisch und weinte. Die Kerzen waren lange abgebrannt. Es wurde draußen schon dunkel. Peers Zeitgefühl war gestört. Er wusste nicht, wie spät es war. Er legte sich ins Bett und begann wieder zu weinen. Ein verdeckt ermittelnder Kriminalbeamter, der sich solch eine Liebschaft so zu Herzen nahm. Er schämte sich. Es durfte niemand wissen, wie ihm diese Trennung zu schaffen machte. Bereits die Trennung von Chantal zeigte ihm, wie verwundbar er war. Nein er musste zeigen, dass er den Belastungen gewachsen war. Wäre er doch seiner Entscheidung treu geblieben, während seines Einsatzes als verdeckter Ermittler keine Beziehung einzugehen. Er dachte an seine Eltern und an frühere Beziehungen, die seiner Meinung nach keine wirklichen Liebesbeziehungen gewesen sein konnten. So intensiv hatte er noch nie in seinem Leben einen Menschen geliebt. Er fragte sich, wie er umgekehrt reagieren würde, wenn ihm Claudia eröffnete, nicht die zu sein, die sie vorgab. Nein ihre Reaktion war für ihn nicht nachzuvollziehen. War es die fehlende Empathie, die er sich gerne vorwarf? Wieder rannen ihm Tränen über die Wangen. Als er erwachte, zeigte die Uhr 4. Er sah im Kühlschrank nach einem Bier und fand zwei Flaschen. Er leerte sie und legte sich wieder ins Bett. Sein Handgelenk schmerzte nicht mehr so stark. Er stand auf und sah im Bad in den Spiegel. Sein Gesicht schillerte in verschiedenen Farben aber schmerzte nicht mehr so stark. Er setzte sich an den Tisch und begann einen Brief an Claudia zu schreiben. Er brachte seinen ganzen Schmerz über die Trennung von Claudia zu Papier und bat sie um Verzeihung, dass es ihm nicht früher möglich gewesen sei, sie zu informieren. Er habe sie nie hintergangen, - das war ja wohl gelogen, dachte er, - und liebe sie wie am ersten Tag. Ein Leben ohne sie würde für ihn kein Leben mehr sein. So schrieb er Seite für Seite, wobei manche Seiten von seinen Tränen nass wurden. Den Brief warf er persönlich in Claudias Briefkasten bei der WG.

Auf dem Rückweg dachte er daran, dass Claudia keine Träne verlor, als sie ging. Vielleicht war er ihr doch gleichgültiger als er annahm. Er legte sich auf Bett und konnte nicht schlafen. Sein Telefon klingelte. Auf seiner Armbanduhr war es 9 Uhr. Erich meldete sich und teilte bedauernd mit, dass Claudia völlig unversöhnlich reagiert und eine Geheimhaltungserklärung nur unter der Bedingung unterschrieben habe, dass er nie wieder Kontakt zu ihr aufnähme. Er könne sich ihre Haltung nicht erklären. Es komme ihm so irreal vor. Er hätte ihr die Konsequenzen einer Veröffentlichung vor Augen geführt, dass sowohl Peer als auch sie in Lebensgefahr gerieten, wenn seine Legende aufflöge. Sie habe gar keine Regung gezeigt und die Erklärung mit dem von ihr verlangten Zusatz unterschrieben. Es tue Erich aufrichtig leid, wie alles gelaufen sei. Claudias Verhalten sei auch für ihn unverständlich. Peer solle sich wieder melden, wenn er die Beschäftigung in Osnabrück aufnehmen könne. Er habe dem Präsidenten von dem Ereignis mit Claudia berichtet, der so gar gefragt habe, ob er in einer seiner Funktionen vielleicht etwas zur Schlichtung beitragen könne. Peer bedankte sich und bemerkte ganz cool, dass es noch viele schöne Töchter auf diesem Erdball gäbe, und wäre bei der Bemerkung fast wieder in Tränen ausgebrochen, weswegen er schnell den Hörer auflegte. In den darauf folgenden Tagen suchte er an der UNI Braunschweig die Bereiche auf, wo er Claudia sehen müsste, wenn sie ihre Vorlesungen besuchte. Ein paar Mal gelang es ihm, sie von Weitem zu sehen. Ob sie ihrerseits ihn wahrnahm, konnte er nicht feststellen. Wenn er sie sah, litt er fast körperliche Schmerzen und glaubte es nicht aushalten zu können. Sie zu sehen und sich ihr nicht nähern zu dürfen, nahm ihm fast den Atem. Das Ende seiner früheren Beziehungen zu Frauen, von denen es nur sehr wenige gab, hatte ihm nie solch tief gehende, fast Existenz bedrohende Depressionen verursacht. In seinem Briefkasten fand er seinen Brief an Claudia ungeöffnet wieder. Er schrieb ihr noch einige Briefe, die er alle wieder nach kurzer Zeit in seinem Briefkasten wiederfand. Er legte sie zur Seite, in der Hoffnung, sie ihr vielleicht doch noch irgendwann zukommen lassen zu können. Er befasste sich mit dem Gedanken, Claudias Eltern oder ihre Schwester anzusprechen, um sie um Vermittlung zu bitten. Er kannte zwar nicht deren Adressen aber könnte sie durch Erich herausfinden lassen. Er verwarf den Gedanken wieder, weil er nicht wusste, ob Claudia dies als versuchte Kontaktaufnahme empfände und sich daraufhin nicht mehr an die Verschwiegenheitsverpflichtung halten würde. Das Wochenende ging vorüber, ohne dass er Claudia zu Gesicht bekam. Ihre kompromisslose Haltung war ihm unverständlich und er suchte dafür eine Erklärung. Zu Beginn ihrer Beziehung erwähnte sie ihren Vater, der in der Familie eine sehr dominierende Rolle spielte, dem jede Art von Unwahrheit ein Gräuel war, und seine Töchter dazu anhielt, immer und überall die Wahrheit zu sagen. Nur so konnte er sich das Verhalten Claudias erklären.

Am Montag meldete er sich bei Erich als genesen zurück. Er wollte sich beschäftigen. Den Verband und die Schiene seines linkes Handgelenk trug er schon ein paar Tage nicht mehr. Es schmerzte auch kaum. Die Schwellungen im Gesicht und am Körper waren auch zurückgegangen. Er gab Erich verschiedene Daten durch, mit denen Erich das Fahrtenbuch, Reisekostenanträge und Abrechnungen ausfüllen konnte. Über seine Einnahmen, die er für die Fahrten erhielt, sprachen sie nicht mehr. Sollte die Wirtschaftsverwaltung danach fragen, würde er angeben, dass er die Beträge für Kraftstoff und andere Kosten verbrauchte, was teilweise auch der Wahrheit entsprach. Die ausgefüllten Formulare würde Erich dem Kollegen Schneider mitgeben, der heute den Leiter des Zoos in Osnabrück aufsuche. Die Formulare werde Schneider dort hinterlegen. Peer solle sich telefonisch beim Zoodirektor anmelden. Er werde ihn mit dem Zoo und seiner vorgesehenen Tätigkeit vertraut machen. Es sei unauffällig, weil der Zoodirektor von dem kleinen Zoo alle neu angestellten Mitarbeiter selbst mit dem Zoo vertraut mache. Peer könne die Formulare unterschreiben und beim Direktor hinterlegen. Dort würde der Kollege Schneider sie wieder abholen. Peer solle sich für die Aufgabe Zeit lassen. Sollte sein Abteilungsleiter seine Vorbehalte gegen Peer fallen lasse, werde es wohl sein letzter Einsatz als verdeckter Ermittler sein. Bevor Peer nach Osnabrück fuhr, wollte er sich Haare und Bart schneiden lassen. Stellte aber fest, dass die Friseure am Montag nicht arbeiteten. Er musste es also auf Dienstag verschieben. Er fuhr mit seinem „Konspi"rativen Pkw direkt nach Osnabrück zu dem Zoo. Den Wagen konnte er auf einem Parkplatz in der Nähe des Zoos, der für Besucher zur Verfügung stand, abstellen. Der Zoo lag in einem kleinen Wald im Süden der Stadt. Es fiel ihm ein, dass er sich hätte telefonisch anmelden sollen. Er ging zum Eingang und bat den Zoodirektor sprechen zu dürfen. Nach einem kurzen Telefonat der Kassiererin erklärte sie ihm den Weg zum Büro des Direktors. Er fand das Büro sofort und klopfte an die Tür, die einen Spalt offen stand.

"Kommen sie nur herein!"

Der Direktor saß hinter einem sehr interessanten Mahagonischreibtisch, der auf Elefantenzähnen ruhte. Er bemerkte Peers Staunen und sagte lachend,

"Es sind nur Imitationen. Als Zoodirektor könnte ich mir nicht leisten, echte Elefantenzähne als Möbel zu benutzen. Der Schreibtisch regt aber Besucher zu Diskussionen an, was mir gefällt."

Er kam auf Peer zu und gab ihm zur Begrüßung die Hand.

"Sie werden der neue Mitarbeiter sein, der ein wenig bei uns spionieren will."

Peer nickte verlegen.

"Mich interessieren aber nur die Fütterungsvorgänge und die Verhaltensweisen der Mitarbeiter." Antwortete Peer.

"Ja, es ist eigenartig. Ich würde für jeden Mitarbeiter meine Hand ins Feuer legen. Und doch es kann nur einer von ihnen sein, der die Tiere vergiftet. Ihre Kollegen sind der Auffassung, dass der Tod des Tierpflegers bewusst herbeigeführt wurde. Das kann ich mir nicht vorstellen. Es muss ein bedauerlicher Unfall gewesen sein. Er hat ja nachweislich eine vergiftete Apfelsine gegessen. Ich vermute, dass der Täter damit eines der Tiere vergiften wollte und der Pfleger sie aß. Wenn Mitarbeiter gelegentlich von den Früchten essen, mit denen sie die Tiere füttern, ist dagegen ja nichts einzuwenden. Wir beziehen die Früchte vom Großmarkt, wo sie übrig bleiben. Darunter können sich auch Früchte befinden, die für den menschlichen Verzehr durchaus geeignet sind. Faule oder ungenießbare Früchte und Gemüse verfüttern wir auch an die Tiere nicht. Wenn sie einverstanden sind, zeige ich ihnen jetzt den Zoo und besonders die Fütterungsvorgänge. Wenn sie Informationen zu den einzelnen Mitarbeitern benötigen, müssten wir eine Besprechung vereinbaren. Mit jedem Mitarbeiter werden von mir 1 bis 2 Mal im Jahr solche Besprechungen unter 4 Augen geführt, wo sie ihre Probleme mit mir besprechen können und wo ich auch ihnen meine Probleme mit ihnen darlege und bespreche. Das hat sich sehr bewährt und die Mitarbeiter schätzen diese Besprechungen sehr. Es ist der Vorteil eines kleinen Unternehmens, wie wir es sind."

Der Direktor stand auf und ging mit Peer von einer Tiergruppe zur anderen und zeigte, wie die Fütterungen stattfinden, und stellte ihm auch die Mitarbeiter vor, die sie trafen. Nebenbei fragte er Peer, ob seine Haar- und Barttracht etwas mit seiner Aufgabe zu tun hätte.

"Sie haben recht, für diese Aufgabe hier ist es nicht notwendig. Heute hatten die Friseure geschlossen, sonst sähe ich gepflegter aus. Das wird sich aber bald ändern. Ich muss mich auch entschuldigen, dass ich vergaß, mich bei ihnen telefonisch anzumelden."

"Nein, nein, so meinte ich es nicht. Es war nur reine Neugier."

"Es ist schon richtig, dass man sich dem Milieu auch im Aussehen anpassen muss, wenn man glaubhaft agieren will."

Sie erreichten den Bereich der Primaten, die Peer schon in seiner Kindheit so faszinierten, dass er bei einem Schulausflug mit seiner Schule die Tiere gedankenversunken beobachtete und so den Anschluss an seine Schulklasse verlor. Erst ein hilfsbereiter Polizist mit einem Tschako auf dem Kopf brachte ihn wieder zu seiner Schulklasse, die sich für die Abfahrt bereits am Bahnhof befand und auf ihn wartete. An den Tschako konnte sich Peer noch gut erinnern, weil er ihn beeindruckte. Als er viele Jahre später zu Polizei ging, musste er diese Kopfbedeckung selbst tragen, die kurz danach abgeschafft wurde.

Der Direktor stellte Peer eine etwa 50 jährige Pflegerin vor, die für die Primaten zuständig war und schon über 10 Jahre für den

Zoo arbeitete. In diesem Bereich werde er als Helfer weniger zu tun haben. Peer wollte der Pflegerin zur Begrüßung seine Hand reichen. In diesem Moment drehte sie sich um und setzte ihre Beschäftigung mit der Zubereitung des Futters für die Affen fort. Peer war nicht sicher, ob sie seine Geste bewusst übersah. Auch sie habe einen vergifteten Affen zu beklagen. Er hätte als Zoodirektor in dem kleinen Zoo einen recht guten Einblick in die Beziehungen der Mitarbeiter untereinander. Ein Motiv aus falsch verstandener Rivalität der Pfleger untereinander könne er ausschließen. Es seien mittlerweile alle Bereiche betroffen, die verendete Tiere vorfanden. Auch über das ständig verwendete Zyankali sei die Kriminalpolizei nicht weitergekommen. Diese Substanz werde, wie man ihm berichtete, bei verschiedenen Produktionen verwendet. Man könne die Substanz in der chemischen Industrie, in der Düngemittel- und in der Futtermittelproduktion finden. Alle Mitarbeiter seien in dieser Hinsicht überprüft worden, ob sie früher bei Firmen beschäftigt waren, die Zyankali verwendeten und ob während der Beschäftigungszeit der Verlust dieser Chemikalie registriert wurde. Auch diese Ermittlungen waren im Sande verlaufen, wie man ihm berichtete. Sie waren auf dem Weg zu einem anderen Bereich des Zoos, als ein Mitarbeiter schnellen Schrittes auf den Direktor zuging und ihm mitteilte, dass in seinem Büro ein Herr Schneider warte. Der Direktor fragte Peer, ob er mit ins Büro komme. Peer lehnte ab und bat seinen Rundgang fortsetzen zu dürften. Es sähe verdächtig aus, wenn er jetzt mit dem Direktor zurück ins Büro ginge. Peer setzte seine Besichtigung fort, stellte sich den einzelnen Mitarbeiter selbst vor, und erklärte ihnen, dass der Direktor zurück ins Büro gerufen wurde. Peer war über die vertrauensvolle Atmosphäre unter den Zoomitarbeitern überrascht. Sie beantworteten ihm sehr hilfsbereit jede Frage. Als er den einen oder anderen auf die Verluste durch Vergiftungen ansprach, machten sie aus ihrer Meinung keinen Hehl, dass der Täter nur ein Außenstehender sein könne. Schneider und Schmidt begründeten ihre Meinung Peer gegenüber detailliert und kriminalistisch nachvollziehbar, dass nur ein Mitarbeiter infrage kommen könne. Auch für Peer deutete vieles daraufhin. Fragte Peer die Mitarbeiter, wie ein Außenstehender an die Futtermittel gelangen könne, sah er in ratlose Gesichter. Sie erklärten Peer seine Aufgabe, die überwiegend aus dem Reinigen der Käfige bestand. Als er einen der Mitarbeiter fragte, warum er beim Reinigen der Affenkäfige weniger eingesetzt würde, wie ihm der Direktor erklärt habe, lachte ein älterer Pfleger und meinte, dass man der Suse nichts sauber genug mache. Sie mache es lieber selber. Er hätte gerne mehr über die Suse erfahren, hielt es aber nicht für klug, weitere Fragen zu stellen, die über das Interesse einer Hilfskraft hinausgingen. Er nahm sich vor, mit dem Direktor über Suse zu sprechen.

Peer brauchte für seine Besichtigung einige Stunden. Das Mittagessen vergaß er. Er ging zurück zum Büro des Direktors. Unterwegs hielt er an einem Kiosk an, kaufte eine Flasche Cola und rauchte im Stehen eine Zigarette. Die leere Flasche gab er im Kiosk ab und setzte seinen Weg zum Büro fort. Dort angekommen traf er auf Schneider, der sich mit dem Direktor noch in einer erregten Diskussion befand. Als der Direktor Peer sah, rief er:

"Sie kommen gerade recht. Ihr Kollege behauptet, dass als Täter nur ein Mitarbeiter infrage kommen könne. Sind sie auch der Ansicht?"

"Ich habe mir noch kein detailliertes Bild von allen Mitarbeitern machen können, weshalb ich mich in dieser Frage noch zurückhalten möchte. Ihre Mitarbeiter sind auch der Auffassung, dass es niemand von ihnen sein könne und nur ein Außenstehender infrage komme. Wenn ich sie allerdings fragte, wie ein Außenstehender alle Taten, auch die Vergiftung eines Mitarbeiters begangen haben könnte, erhielt ich keine Antwort. Mir sind die Arbeitsabläufe hier im Zoo von KHK Schneider und Schmidt im Detail geschildert worden, sodass ich zurzeit davon ausgehen muss, dass als Täter nur jemand infrage kommen kann, der Zugang zu den Fütterungsbereichen hat. Es gibt aus guten Gründen Fütterungsbereiche, die nur von Pflegern mit einem Schlüssel betreten werden können. Auch hier kam es zu Vergiftungen von Tieren. Das ist mein jetziger Kenntnisstand."

Peer fragte Schneider, ob er ihm Formulare mitgebracht habe. Schneider holte einige Blätter aus seiner Aktentasche und legte sie auf den Schreibtisch vom Zoodirektor. Peer entschuldigte sich und bat den Direktor, den Schreibtisch kurz für ein paar Unterschriften entweihen zu dürfen. Der nickte zustimmend und Peer unterschrieb einige Formulare. Plötzlich stutzte er und fragte Schneider, was das für ein Schreiben sei und hielt ein Formular hoch. Schneider sah es sich kurz an und schüttelte den Kopf. Er würde es nicht kennen. In dem Formular wurde Peer nach seinen Nebeneinkünften im Zusammenhang mit seinen verdeckten Ermittlungen gefragt. Schneider wurde neugierig und sah sich das Formular näher an. Er grinste und meinte, das sei wieder typisch für eine staatliche Verwaltung. Man solle für den Staat verdeckt ermitteln und die damit verbundenen Einnahmen abführen. Die Kosten um diese Aufgabe überhaupt wahrnehmen zu können, müssten die Beamten aber selber tragen oder sie würden ihnen mit einem kleinen pauschalen Betrag abgegolten. Es sei wirklich schäbig, zu sehen, wie mancher in der höheren staatlichen Verwaltung durch Nebentätigkeiten teilweise Millionen einnehmen darf, ein verdeckt ermittelnder Kriminalbeamter aber nicht einen Pfennig behalten und nicht einmal davon seine Kosten decken dürfe. Der Direktor starrte beide fassungslos an und fragte sie, ob er das richtig verstanden habe, dass die verdeckt ermittelnden Kriminalbeamten ihre zwangsläufigen Vergütungen in einem Job, den sie zur Tarnung ausübten, abführen müssten? KHK Schneider bestätigte es. Er erklärte, dass ein Beamter vom Staat "fürstlich" alimentiert werde und wegen der Unabhängigkeit des Beamtenstatus Nebeneinkommen aus solchen Nebentätigkeiten abführen müsse. Warum dies nicht für Beamte im höheren Dienst gelte, fragte er weiter. Ihnen wird diese Nebentätigkeit als kulturell oder wissenschaftlich wichtig genehmigt und damit auch die Einnahmen. Peer lenkte von dem Thema ab und erklärte Schneider, er solle Erich mitteilen, er habe mit den Einnahmen einen Teil der Kosten gedeckt, die ihm im Zusammenhang mit dem Einsatz entstanden seien. Schneider steckte die unterschriebenen Formulare in seine Aktentasche und verabschiedete sich. Peer fragte den Direktor, ob er ihm ein paar Fragen zu seinen Mitarbeitern stellen dürfe.

"Selbstverständlich."

"Als ich alleine meine Besichtigung fortsetzte, war ich über die Offenheit ihrer Mitarbeiter und die vertrauensvolle Atmosphäre überrascht. Als ich mich erkundigte, warum ich im Bereich der Primaten kaum mit Säuberungsarbeiten rechnen müsse, wie sie mir selbst berichteten, war man der Auffassung, dass man es der Suse nicht sauber genug machen könne. War sie schon immer so sauber? Oder anders formuliert; traut sie keinem ihrer Mitarbeiter zu, den Bereich der Primaten so professionell zu führen, wie sie es kann?"

"Das dürfen sie nicht missverstehen. Suses Ehemann verließ sie vor 2 Jahren, um mit einer wesentlich jüngeren Frau sein Glück zu versuchen. Seit dieser Zeit ist ihr Vertrauen in die Menschheit insbesondere in Männer gestört. Deswegen wird sie wohl kaum Tiere vergiften und schon gar nicht den Tierpfleger, der vergiftet wurde. Zu dem hatte sie bis zu seinem Tod ein gutes Verhältnis. Die Primaten sind ihr dadurch vermutlich ans Herz gewachsen.

"Das sehen ich auch ein. Würden sie mir trotzdem die Personalakte für heute Nacht überlassen. Und gibt es Personen, die sich in den letzten Jahren in ihrem Verhalten änderten, ohne dass es hierzu einen Grund zu haben schien? Diese Akten würde ich auch gerne einsehen."

"Ich suche sie ihnen sofort heraus. Alle Akten wurden aber durch die Kriminalpolizei schon geprüft."

"Davon gehe ich aus. Trotzdem möchte ich mich mit den Personalien beschäftigen, um so die Personen schneller kennenlernen zu können. Gespräche kann ich ja mit ihnen schlecht führen."

Der Direktor nickte zustimmend und suchte ein paar Hefter zusammen, die Peer in seiner Umhängetasche verstaute. Wann er morgen seine Arbeit antreten müsse, wollte Peer wissen.

"Kommen sie morgen um 10 Uhr. Wir werden dann besprechen, wie wir sie am besten in die Arbeitsabläufe integrieren können. Wir haben immer wieder Helfer, denen die Arbeit nicht zusagt, weil Ställe ausmisten wohl nicht jedem gefällt. Dadurch ist die Fluktuation bei uns höher als mir lieb ist."

Peer marschierte mit seinen Akten in der Umhängetasche zum Auto. Er musste sich nach einer Bleibe umsehen. Er hoffte, schnell eine preiswerte Pension oder ein Gasthaus in der Nähe vom Schölerberg zu finden. So hieß der Bezirk in Osnabrück, wo der Zoo lag. Er fand auch eine Gaststätte, die Zimmer vermietete. Das Zimmer war preiswert und zum Duschen stand eine Etagendusche zur Verfügung. Das Zimmer war in der Tat sehr einfach eingerichtet. Er setzte sich an den Tisch und holte die Personalakten hervor. Sie waren sehr dünn, wie auch der Inhalt. Er sah sich die Lebensläufe an und rechnete sie nach. Bei Suse stieß er auf Ungereimtheiten. Sie war vor 12 Jahren in einem Betrieb beschäftigt, der sich mit der Produktion von Futtermitteln beschäftigte. Vor etwa 10 Jahren war sie entlassen worden. Das Zeugnis der Firma war sehr stereotyp abgefasst und sagte gar nichts über ihre Befähigungen aus. Als Kündigungsgrund waren betriebsbedingte Gründe angegeben, was gar nichts aussagte. Zwischen ihrer Kündigung und der Neueinstellung lagen etwa 6 Monate, die nicht dokumentiert waren. War sie in dieser Zeit arbeitslos oder krank. Es ging aus den Unterlagen nichts hervor. Auch die anderen Personalakten wiesen solche Lücken auf, die von den Kollegen sicherlich mit Ermittlungen geschlossen werden konnten. Bei Suse war auch der Umstand, dass sie in einem Betrieb der Futtermittelherstellung beschäftigt war, zumindest interessant, weil es Betriebe gab, die mit Blausäure arbeiteten. Über Details war Peer nicht informiert. Ihm war nur bekannt, dass es gelegentlich Futtermittelproduktionen gab, die diese

Chemikalie verwendeten. Auch das würden die Kollegen überprüft haben. Er musste dies gleich morgen früh klären. Im Zoo
wollte er die dort seit Jahren beschäftigten Pfleger nebenbei zum
Verhältnis zwischen Suse und dem verstorbenen Pfleger befragen,
zu dem sie angeblich ein gutes Verhältnis gehabt haben soll. Wenn
er morgen erst um 10 Uhr im Zoo sein musste, wollte er nach einem Friseur sehen, der früh öffnete. In der Gaststätte fragte er nach
einem Friseur in der Nähe und war erstaunt, dass sich zwei Häuser
weiter einer befand, der auch ab 8 Uhr öffnete. Den musste er übersehen haben. Peer war zwar hungrig, brachte aber keine Bissen
herunter. Er bestellte sich ein Pils nach dem anderen und rauchte
dabei. Er spürte seinen Hunger kaum noch. Er durfte nicht an
Claudia denken, weil er befürchtete, dass ihm ungewollte Tränen
über das Gesicht liefen, und er sich vor den Gästen schämen müsste. Er merkte irgendwann, dass er begann, alles doppelt zu sehen,
was ihn alarmierte, seine Zeche zu zahlen und ins Bett zu wanken.
Er stellte sich den Wecker auf 6.30 Uhr und hoffte, nicht zu verschlafen.

Das penetrant schrille Geräusch des Weckers ließ ihn aufstehen
und zur Dusche gehen. Die Gaststätte war noch geschlossen, sodass er sich mit einer Zigarette begnügte. Ein paar Faschen Cola
musste er besorgen. Er war pünktlich beim Friseur, der sichtlich
ungehalten war, weil Peer keinen Termin vereinbarte und sofort
frisiert werden wollte. Danach sah er schon manierlicher aus. Man
sah aber auch deutlicher die abklingenden Verfärbungen im Gesicht. Ein Lebensmittelladen war zwei Straßen weiter, wie der Friseur ihm erklärte. Peer kaufte ein paar Flaschen Cola und eine Packung Zigaretten und trug alles in einer Plastiktüte in sein Zimmer.
Er nahm seine Umhängetasche und wollte sich zu seinem Fahrzeug
begeben, als er in unmittelbarer Nähe der Gaststätte eine Telefonzelle sah, von der er Erich anrief und ihn bat, mit Schneider verbunden zu werden, weil er dessen Telefonnummer nicht kenne.
Erich nannte ihm eine Telefonnummer in Osnabrück, wo sich
Schneider und Schmidt befänden. Als Schneider sich meldete und

Peer ihn bat, bestimmte Informationen zu besorgen. War es kurze Zeit still, dann fragte er, wie Peer darauf komme, dass es in der Biografie von Susanne Bartsch Ungereimtheiten gäbe. Peer antwortete, dass er sich die Personalakte durchgelesen und dies festgestellt habe. Es lägen bestimmt bereits entsprechende Ermittlungsergebnisse vor, die ihn interessieren würden. Er hätte auch gerne gewusst, was über das Verhältnis Suse zu dem Verstorbenen ermittelt worden sei. Schneider schien sich alles notiert zu haben. Als Peer fragte, wann er wieder anrufen solle, erklärte Schneider, er werde den Direktor aufsuchen, sobald er sich schlaugemacht habe.

Pünktlich um 10 war Peer im Büro des Zoodirektors und übergab ihm die Personalakten. Für seinen Geschmack seien sie zwar sehr dünn aber für den Zoo vermutlich völlig ausreichend, bemerkte er. Der Direktor fragte, ob Peer schon morgens um 6 Uhr beginnen könne, weil die Helfer um diese Zeit begännen, die Käfige zu säubern, damit dies nicht während der Zeit stattfände, in denen die Gäste den Zoo besuchten. Es ließe sich zwar nicht ganz vermeiden, dass man auch während dieser Zeiten Käfige säubern müsse, aber man wolle es in Grenzen halten. Peer sage zu und bedankte sich noch mal für die Überlassung der Personalakten. Der Direktor meinte mit einem kleinen Lächeln, er solle zu Suse und den Primaten gehen und behaupten, dass der Direktor ihn schicke, damit er ihr beim Säubern der Käfige helfe. Peer sah ihn zweifelnd an und gab zu bedenken, dass sie dies als Provokation empfinden könne. Der Direktor schüttelte den Kopf und ermutigte Peer Suse aufzusuchen. Er wolle ihre Reaktion sehen. Peer fühlte sich gar nicht wohl in seiner Haut, zumal ihm sein Kopf den gestrigen Abend sehr übel nahm. Er wollte sich Kopfschmerztabletten besorgen, vergaß es wegen der Telefonate. Den Direktor wollte er nicht fragen. Aber vielleicht konnte Suse ihm behilflich sein.

Im Bereich der Primaten angekommen brauchte Peer nicht lange nach Suse suchen. Ale er ihr mitteilte, dass der Direktor in schicke, damit er ihr helfe, sah sie ihn wortlos von oben bis unten an, und fragte ober er wirklich mit seinen Schuhen einen Käfig betreten wolle. Darauf hätte ihn der Direktor doch hinweisen können. Er fragte, ob sie vielleicht möglicherweise Gummistiefel für ihn besäße und auch eine Kopfschmerztablette. Wobei er sich gleich für die Frage nach einer Kopfschmerztablette entschuldigte. Sie könne ihm Gummistiefel und auch eine Kopfschmerztablette besorgen, brauche aber keine Hilfe. Sie ging in den Raum, wo sie das Futter für die Affen vorbereitete. Er wollte ihr folgen, was sie aber unterband und ihn aufforderte, zu warten. Nach kurzer Zeit kehrte sie mit einem Paar Gummistiefel und einer Tablette zurück. Sie müssten passen und die Tablette könne er gleich schlucken und gab ihm einen Pappbecher mit Wasser, den Peer vorsichtig zum Mund führte, um festzustellen, ob das Wasser einen charakteristischen Geruch nach Bittermandeln aufwies. Man kann nicht vorsichtig genug sein, dachte er. Sie schickte ihn zu den Rindern und Zebras, weil die Kollegen immer Hilfe bräuchten. In der Tat waren sie für seine Hilfe dankbar. Als er erzählte von Suse weggeschickt worden zu sein, grinsten sie nur. Die lasse sich nicht helfen. Peer wollte wissen, ob dies schon immer so gewesen sei? Prinzipiell ja, aber seit sie ihr Mann verlassen habe, sei es noch schlimmer geworden. Peer arbeitete den ganzen Tag mal in dem Bereich mal bei den Elefanten. Er war der professionelle Ausmister. Es war bereits 17 Uhr und er spürte wieder seinen Hunger und Magenschmerzen. Er solle zum Direktor kommen, hieß es. Peer traf dort Schneider, der einen etwas zerknitterten Eindruck machte. Schneider fragte den Direktor, ob er ein Zimmer habe, wo er sich mit Peer einen Augenblick ungestört unterhalten könne. Der verneinte und bot sein Zimmer an. Er werde kurz nach Suse schauen, die ihm bestimmt die Leviten lesen wolle. Kaum waren sie alleine, als Schneider fluchte und Peer mitteilte, dass die Ermittlungen, deren Ergebnisse ihn interessierten, nicht vorgenommen worden seien. Er habe sie veranlasst, was aber wohl einige Zeit in Anspruch nehmen werde. Auch die Personalakten habe er sich noch mal geben lassen, die auf solche Ungereimtheiten überprüft würden. Durch einige Telefonate habe er schon ermitteln können, dass die Futtermittelproduktionsfirma, bei der Susanne Bartsch beschäftigt war, auch mit der Chemikalie Blausäure arbeite. Er habe gar nicht gewusst, dass solche Firmen diese Chemikalien verwendeten. Schneider versuchte Peer zu erklären, dass am Anfang die Ermittlungen durch Beamte der Schutzpolizei wegen der vergifteten Tiere, also wegen Sachbeschädigung, geführt worden seien. Als der vergiftete Pfleger aufgefunden wurde, habe die Kriminalpolizei Osnabrück die Ermittlungen übernommen und sich auf die bereits bestehenden Akten und Ermittlungsergebnisse gestützt. Es seien daher nur wenige zusätzliche Ermittlungen vorgenommen worden. Bei diesem Stand habe das LKA die Akten übernommen und sei davon ausgegangen, dass die meisten Ermittlungsergebnisse nicht hinterfragt werden mussten. Auf die Anregung Peers habe man aber einige Ermittlungen überprüft und leider einige Ermittlungsdefizite konstatieren müssen. Diese Defizite würden nun aufgearbeitet. Sollte jemand im Zoo ihn fragen, warum er zum Direktor musste, als der Kriminalbeamte im Zoo war, solle er erklären, dass er als neuer Mitarbeiter auch überprüft würde. Peer sah auf der Uhr im Büro, dass gleich Feierabend war. Schneider ging und Peer suchte Suse auf, die er fragte, ob er die Stiefel behalten könne. Sie nickte und wollte wissen, ob ihm schon ein Spind für seine Sachen zugeteilt wurde. Von einem Spind wisse er gar nichts. Suse ging mit ihm ins Hauptgebäude, wo sich auch das Büro befand und zeigte ihm einen Raum, indem mit Vorhängeschlössern gesicherte Blechschränke standen. Sie zeigte ihm einen offenen nicht benutzten Spind, den er nehmen könne. Das Vorhängeschloss war offen und der Schlüssel steckte. Er stellte seine Stiefel in den Blechschrank und zog seine Schuhe an, die Suse mitgenommen und ihm unterwegs in die Hand gedrückt hatte.

Die Tage vergingen, ohne dass er von den Mitarbeitern etwas erfuhr, was er nicht schon wusste. Zu dem Verhältnis Suse zum verstorbenen Pfleger wusste niemand etwas Konkretes. Von Schneider erfuhr Peer, dass Suse gekündigt wurde, weil sie sich einem Mitarbeiter gegenüber extrem aggressiv verhalten hatte und ihn bedrohte. Die Polizei habe den Streit nicht schlichten können, weil Suse so hysterisch reagierte, dass ärztliche Hilfe nötig wurde. Sie soll einige Monate in einer psychiatrischen Klinik behandelt worden sein. Ob sie während ihrer Tätigkeit bei der Firma Zugang zu Zyankali hatte, sei nicht zu klären gewesen. Es habe einen schriftlichen Verwendungsnachweis gegeben, in dem der Name des Verantwortlichen, die verwendeten Mengen und Datum und Uhrzeit dokumentiert werden mussten. Die Unterlagen aus dieser Zeit seien entweder nicht auffindbar oder vernichtet worden. Es sei aber sehr unwahrscheinlich, dass sie Zugang hatte, weil die Substanz nur von ganz wenigen Chemikern verwendet wurde und für die übrigen Mitarbeiter gar nicht zugänglich war. Die Überprüfung anderer Zoomitarbeiter werde auch bald abgeschlossen sein. Peer erkundigte sich, ob die Verschlussverhältnisse der Fütterungsbereich dokumentiert wurden und ob er die Unterlagen bekommen könne. Schneider konnte ihm berichten, ohne in die Akten gesehen zu haben, dass man nur die Verschlussverhältnisse des Fütterungsbereiches dokumentierte, wo der Pfleger vergiftet aufgefunden wurde. Verwundert fragte Peer, ob bekannt sei, welche Pfleger welche Bereiche betreuten, seit sie im Zoo beschäftigt waren. Sie würden doch sicherlich immer wieder mal die Bereiche gewechselt haben. Das wusste Schneider aus dem Gedächtnis auch nicht. Es ärgerte Peer, dass er nach Ermittlungsergebnissen fragen musste, die bei einer professionell kriminalistischen Bearbeitung des Falles hätten vorliegen müssen. Er wollte den Zoodirektor bei der nächsten Gelegenheit nach den Verwendungszeiten der Tierpfleger fragen. Die Gelegenheit kam schnell. Am 10. Tag seiner Beschäftigungszeit ließ ihn der Direktor ins Büro kommen. Er fragte, ob er schon einen Verdacht habe, wer für die Vergiftungen verantwortlich sein könne. Das musste Peer zu seinem Bedauern verneinen und fragte in diesem Zusammenhang Direktor Kupsch nach den Verwendungszeiträumen der einzelnen Tierpfleger. So genau könne er diese Frage nicht beantworten, aber aus der Erinnerung wisse er, dass jeder Tierpfleger, der länger als 5 Jahre im Zoo beschäftigt sei, in allen

Bereichen eine gewisse Zeit gearbeitet habe. Damit wolle man sicherstellen, dass die Tierpfleger bei Personalausfällen andere Pfleger vertreten könnten. "Das würde bedeuten, dass im Zoo beschäftigen Tierpfleger schon in alle Bereichen eingesetzt waren," stellte Peer fest, was Direktor Kupsch bestätigte. Peer dachte an die gesicherten Fütterungsräume, für deren Zugang Schlüssel erforderlich waren. Für jeden Pfleger wäre es möglich gewesen, sich mit einem Ersatzschlüssel Zugang zu den Fütterungsbereichen zu verschaffen, ohne dass dies dem Zoo bekannt gewesen sein muss.

"Meinen sie nicht, dass auch ein Außenstehender infrage kommen kann?" fragte Direktor Kupsch.

"Der getötete Pfleger wurde tot in einem verschlossenen Fütterungsbereich vorgefunden. Wer sollte als Außenstehender einen Schlüssel für diesen Fütterungsbereich besitzen. Die entlassenen Pfleger und Hilfskräfte der letzten Jahre sind sicherlich von der Kriminalpolizei überprüft worden. Wenn sich einer von ihnen Nachschlüssel besorgte und unerkannt den Zoo aufsuchte, könnte es möglich sein. Als Täter kann meiner Meinung nach, nur ein Außenstehender infrage kommen, der im Zoo tätig war und sich Nachschlüssel besorgte. Diesen Fragen nachzugehen ist aber nicht meine derzeitige Aufgabe, sondern die meiner Kollegen Schneider und Schmidt. Ich sollte mich auf meine Aufgabe konzentrieren, weiß aber im Augenblick nicht, wie ich weiterkommen kann."

"Ich glaube immer noch, dass der Pfleger Opfer eines Unfalles war."

"Meine Kollegen schließen es aus, weil der Pfleger eine vergiftete Apfelsine aß, die er selbst kaufte und in dem Fütterungsbereich, in dem er tot aufgefunden wurde, solches Obst gar nicht verwendet wird. Jetzt verraten sie mich nicht, dass ich mit ihnen darüber sprach, Herr Kupsch. Es sind Ermittlungsergebnisse, die nicht für die Öffentlichkeit bestimmt sind."

"Sie können sich auf mich verlassen. Sollten sie ihre Arbeitsstelle verlieren, können sie gleich bei uns bleiben. Wir haben schon lange keinen Hilfspfleger mehr beschäftigt, der so zupacken kann wie sie."

"Da macht sich bezahlt, dass ich auf einem Bauernhof aufwuchs und häufig beim Ausmisten und Melken der Kühe helfen musste." lachte Peer.

Er machte sich wirklich Gedanken, wie er als verdeckter Ermittler weiterkommen sollte. Ich packe den Stier bei den Hörnern und lade Suse zum Essen ein, überlegte er. Sie war ihm suspekt, obwohl auch einige der Pfleger theoretisch als Verdächtige galten. Seine Arbeitszeit endete immer gegen 14 Uhr. Er suchte den Bereich von Suse auf und sah ihr zu, wie sie einen der Käfige säuberte. Als sie in den Versorgungsbereich zurückkehrte, sprach Peer sie an, ob er sie nicht als Dankeschön für die Stiefel und die Kopfschmerztablette nach Feierabend zum Essen oder auf ein Bier einladen dürfe. Ihren Gesichtszügen entnahm er, dass sie ablehnen würde. Er glaubte ihre ablehnende Haltung spüren zu können und war völlig überrascht, als sie zusagte. Sie könnten in der Gaststätte, wo er wohne, ein Bier trinken und wenn sie Hunger habe auch etwas essen. Er würde sie gegen 18 Uhr am Eingang abholen.

Er hielt sein Versprechen, holte Suse pünktlich ab und ging mit ihr zu der Gaststätte, in der er wohnte. Sie lag gar nicht so weit entfernt. Hier war Peer als Gast schon bekannt, weil er in den zurückliegenden Tagen oft durch seinen Bierkonsum auffiel. Zwischen ihm und Suse bestand ein Altersunterschied von über 15 Jahren. Für ihn kein Problem, wenn man sich gut versteht, dachte Peer. Suse trank einen Früchtetee und er ein Bier. Sie wollte nichts zum Essen bestellen. Peer ließ seine Enttäuschung erkennen, weil er Hunger habe, wenn sie aber sich von ihm nicht einladen lassen wolle, werde er aus Solidarität auch nichts essen. Zum ersten Mal sah er, wie ein Lächeln über ihr Gesicht huschte. Sie bestellte sich einen Salat mit dünnen Fleischstreifen. Peer würde zu gerne ein Steak essen, weil er wirklich hungrig war und seit einigen Tagen fast nichts aß. Es erschien ihm aber angesichts des Salates für Suse ein wenig unpassend und so bestellte er sich den gleichen Salat. Da sie kaum etwas sagte und er nicht den Eindruck erwecken wollte, sie ausfragen zu wollen, sprach er über sich und schilderte eine Lebensgeschichte, die er sich gerade ausdachte, die aber seiner wirklichen Biografie in vielen Punkten entsprach. Seit über einer Stunde sprach Peer über sein fast erfundenes Leben. Weil Suse ihm nur zuhörte, wollte er von ihr wissen, ob er in seinem Alter noch Tierpfleger lernen könne. Suse blieb merkwürdig einsilbig, als sie ihm die Ausbildung schilderte. Ob Peer in seinem Alter noch eine Lehrstelle bekäme, blieb offen. Peer begann nun doch Suse nach ihren Hobbys zu fragen und wollte wissen, wo sie Tierpflegerin lernte und wie lange sie in dem Zoo beschäftigt sei. Sie antwortete auf keine seiner Fragen, sondern fuhr in ihrer Schilderung über die Ausbildung eines Tierpflegers fort. Er versuchte ihr ergänzende Fragen zur Ausbildung zu stellen, die sie ebenfalls ignorierte und in ihrer Schilderung fortfuhr, die sich anhörte, als halte sie ein Referat und wolle sich nicht unterbrechen lassen. Er ließ sie gewähren, weil er froh war, dass sie überhaupt sprach. Plötzlich mitten im Satz brach sie ihre Schilderung ab und erzählte von ihren Eltern, die seit einigen Jahren nicht mehr lebten. Der Übergang in ihrer Erzählung erfolgte so abrupt, dass Peer sie aufmerksam beobachtete und immer mehr den Eindruck gewann, dass ihre Psychische gestört sein musste. Bei den kurzen Gesprächen im Zoo war ihm nichts aufgefallen. Er hörte ihr zu und merkte sich verschiedene Begebenheiten ihrer Schilderungen. Mitten im Satz wechselte sie wieder das Thema und erklärte ihm, dass er auch in seinem Alter den Beruf des Tierpflegers erlernen könne, wenn er in einem Zoo eine Ausbildungsstelle bekäme. Diese völlig unverständlichen Themensprünge deuteten seiner Meinung nach auf eine psychische Störung hin. Ermittlungen in der psychiatrischen Klinik, wo sie behandelt worden war, konnte man sich sparen. Man würde sich auf die ärztliche Schweigepflicht berufen. Wie aber kann man herausfinden, woran sie litt, und wie sich die Störung auswirken kann.

Das aber war nicht seine Aufgabe. Peer versuchte das Gespräch auf ihre Erfahrungen mit Männern auszudehnen, was ihm aber nicht gelang, weil sie wieder schwieg. Er begann ihr Komplimente zu machen, dass er nicht viel jünger sei als sie. Er schätze sie etwa auf 40 Jahre, wobei er sich entschuldigte mit einer Dame über ihr Alter zu sprechen. Es werde nicht mehr vorkommen. Er sprach sie auf ihre geschmackvolle Kleidung an, und wollte wissen, wo man solche attraktive Kleidung kaufen könne. Sie reagierte auf keine der Komplimente, sondern begann wieder, über die Ausbildung zum Tierpfleger zu reden. Ihr Vortrag klang monoton und wie auswendig gelernt. Peer empfand Mitleid mit ihr, da sie ganz offensichtlich an einer psychischen Erkrankung litt. Er sah demonstrativ auf seine Armbanduhr und stellte fest, dass es ja schon spät sei und er morgen früh um 5 Uhr aufstehen müsse. Suse reagierte auch auf diesen Wink überhaupt nicht. Sie war wieder dabei, in ihrer monotonen Art von den Eltern zu sprechen. Peer zahlte und verabschiedete sich von ihr, weil er ins Bett müsse. Sie sah ihn ganz erstaunt an, dass es schon so spät sei, habe sie gar nicht bemerkt. Er stand neben ihr und wartete, dass sie aufstand. Es war erkennbar, dass sie desorientiert war. Auch sie erhob und bedankte sich bei ihm. Er begleitete sie vor die Gaststätte und fragte, ob es zu ihrer Wohnung weit sei. Nein, es wären nur 5 Minuten zu Fuß. Er musste einiges überprüfen lassen, ob ihre Schilderungen von den Eltern den Realitäten entsprachen. Er sah ihr nach und dachte, wenn sie die Täterin sein sollte, kann es sein, dass sie gar nicht zurechnungsfähig ist.

Peer ging an diesem Abend ungewöhnlich früh, ohne weiteren Alkohol getrunken zu haben, zu Bett. Am nächsten Morgen fand er sich pünktlich zu seiner Arbeit im Zoo ein, die für ihn ungewohnt war und ihm daher körperlich einiges abverlangte. Sollte er mit dem Direktor über Suse sprechen? Nein, er hatte ihm schon zu viel anvertraut. Gegen 10 Uhr suchte er eine Telefonzelle am Eingang des Zoos auf und rief KHK Schneider an. Er schilderte ihm den gestrigen Abend und empfahl entsprechende Ermittlungen. Als verdeckter Ermittler könne er nicht viel unternehmen. Schneider teilte ihm mit, dass andere Tierpfleger früher auch in Firmen gearbeitet hätten, wo Zyankali zur Verfügung stand. Diese Firmen hätten aber eine sehr strenge Kontrolle. Man könne ausschließen, dass einer der Tierpfleger an dieses Gift gelangt sei. Erich habe ihn gebeten, ihm zu bestellen, dass Peer beim BKA anrufen möge, und gab ihm eine Telefonnummer durch. Weil Peer nichts zum Schreiben besaß, bat er um einen Moment und verließ die Telefonzelle, um sich bei der ungehaltenen Kassiererin einen Kugelschreiber auszuleihen. Es stand eine lange Schlange von Besuchern vor der Kasse und sie war alleine. Sie gab ihm aber den Schreiber und Peer ließ sich von Schneider die Nummer noch einmal nennen. Er rief gleich dort an. Es meldete sich zum Erstaunen von Peer Herr Wieland. Er fragte, wie es Peer gehe und Peer antwortete, dass sein Einsatz als verdeckter Ermittler in den nächsten Tagen ende und er darüber froh sei. Herr Wieland bestellte herzliche Grüße von Chantal und fragte Peer, ob es ihm in den nächsten Tagen möglich sei, sich drei Tage mit Chantal zu treffen. Sie sei an einem Tiefpunkt und wolle Peer unbedingt treffen. Der sie betreuende Psychologe habe um das Treffen gebeten, weil Chantal unter der Trennung von Peer sehr leide. Sie traue ihrem Umfeld nicht, weil sie glaube, dass man versuche sie von Peer für immer zu trennen. Herr Wieland fragte, nach Peers Freundin und Peer schilderte ganz kurz die Trennung. Herr Wieland bedauerte die Entwicklung und könne Peers Lage gut nachvollziehen. Er wollte wissen, ob Peer unter diesen Umständen zu einem Treffen mit Chantal bereit sei. "Mehr als sie sich vorstellen können," erhielt Wieland zu Antwort. Wieland gab Termin und Ort bekannt, wo sie sich treffen sollten. Die Hotelkosten werde das BKA übernehmen. Peer solle sehr vorsichtig sein und sich 3 Tage Urlaub oder freinehmen und auch niemanden im LKA, auch nicht seiner Kontaktperson, etwas von dem Treffen wissen lassen. Erich würde sicher fragen. Was sollte er ihm sagen? Peer verließ die Telefonzelle und sah, wie die Kassiererin ihm mit Gesten zeigte, dass er wohl ins Büro zum Direktor kommen solle. Der bedankte sich, dass er so schnell gekommen sei und fragte, ob er sich am Abend mit

Suse getroffen habe. Peer bestätigte es und fragte, wer ihn informiert habe.

"Ihr Kollege Schneider hat mich gerade angerufen und mir mitgeteilt, dass sie sich wohl mit Suse trafen und den Eindruck hätten, dass sie psychisch gestört sei."

"Ja das stimmt. Ich wollte sie erst unterrichten, wenn ich mehr weiß. Aber nach meinem laienhaften Eindruck liegt bei Suse eine psychische Störung vor, die ich aber nicht genauer beschreiben kann. Ich kann lediglich die Symptome schildern, die mir auffielen. Vielleicht ist ihnen von Mitarbeitern Ähnliches geschildert worden. Es bedeutet aber noch nicht, dass sie deswegen besonders verdächtig ist, die Vergiftungen begangen zu haben. Vielleicht können wir ermitteln, an welcher psychischen Erkrankung sie leidet."

"Es stimmt, dass mich der eine oder andere Mitarbeiter auf das etwas merkwürdige Verhalten von Suse aufmerksam machte. Ich habe es aber mit dem Verlust ihres Ehemannes geglaubt, erklären zu können."

"Das liegt auch nahe. Es kann durchaus eine harmlose Erklärung geben. Es wäre nur zu wünschen, das wir es genauer abklären könnten. Vielleicht sollten wir sie einfach fragen. Sie könnten als ihr Arbeitgeber versuchen, ein Gespräch mit ihr zu führen. Ich wäre ihnen aber sehr dankbar, wenn sie mein Treffen mit Suse nicht dabei erwähnen. Ich glaube, dass sie auch niemandem vertraut. Im Übrigen werde ich wohl meinen Einsatz als verdeckter Ermittler bei ihnen einstellen, weil bei diesen Konstellationen meine Mitarbeit als verdeckter Ermittler nicht notwendig ist. Man kann offen ermitteln und ist nicht gezwungen verdeckt vorzugehen. Das ist zwar nur meine Meinung, aber ich nehme an, dass meine Kollegen es auch so sehen."

Peer verabschiedete sich von Herrn Kupsch und bedankte sich für die vertrauensvolle Zusammenarbeit. Er gehe jetzt davon aus, dass man die Vergiftungsfälle aufklären könne, und wünschte dem

Zoo viel Erfolg. Er übergab den Schlüssel für den Blechschrank und bat Suse von ihm einen Gruß zu bestellen. Der Direktor solle ihr sagen, Peer hätte eine sehr gute Arbeitsstelle gefunden. Bevor er den Zoo verließ, rief er Erich von der Telefonzelle an und berichtete ihm über den Stand der Ermittlungen und dass er seinen Einsatz als erledigt ansehe. Etliche versäumte Ermittlungen würden nachgeholt, die den Einsatz eines verdeckten Ermittlers erübrigten. Auch Erich war schon von dem Kollegen Schmidt in diesem Sinne informiert worden. Als Peer um drei Tage dienstfrei bat, fragte er nur, ob es mit dem Anruf vom BKA zu tun habe. Peer zögerte mit einer Antwort, worauf Erich ihm viel Glück wünschte und darum bat, den Dienst-Pkw nach den 3 Tagen wieder zurückzubringen. Die 3 Tage sähe er als Dienst an. Peer brauche ihm nichts erklären, er könne es sich schon denken und wünschte ihm nochmals viel Erfolg. Peer besaß nur seine Deckausweise. Seinen Personalausweis und Führerschein auf seinen richtigen Namen lagen in seiner Wohnung in Isernhagen. Wegen dieser Papiere wollte er nicht extra nach Hannover fahren.

Er sollte am morgigen Freitag nach Goslar fahren, wo er sich im Hotel "Harzer" gegen 16 Uhr melden sollte. Er aß am Mittag in seiner Gaststätte und teilte mit, dass er morgen ausziehe. Er bestellte sich ein Steak, war aber gar nicht damit zufrieden. Er musste noch einen Waschsalon aufsuchen, weil er keine saubere Wäsche mehr besaß. Er ließ sich von der Kellnerin den Weg zu einem Waschsalon beschreiben und suchte im Zimmer seine gesamte Wäsche zusammen. Im Waschsalon suchte er nach einer Vorrichtung, mit der man Hemden bügeln konnte. Dieser Salon besaß solch ein Gerät nicht. Es blieb ihm nichts anderes übrig, als sich ein kleines Bügeleisen und ein Bügeltuch zu kaufen, die er zu Hause vergaß. Auch an ein Deodorant und an Duftwässerchen dachte er. Er musste Chantal seinen richtigen Namen nennen. Aber er würde es vorher mit Wieland besprechen. Seine Wäsche war gewaschen und gebügelt und seine Reisetasche gepackt. Es war auch bereits 19 Uhr, als er runter in den Gastraum ging. An der Theke bezahlte er seine

Zimmerrechnung und bestellte sich ein Pils und einen strammen Max. Er hatte sein Abendbrot gegessen und sich ein neues Pils bestellt, als Suse auftauchte, die sich von ihm verabschieden wollte. Peer war sprachlos, überwand seine Verblüffung und lud Suse zum Essen ein, was sie diesmal dankend annahm. Wie am Abend zuvor bestellte sie sich einen Früchtetee, weil sie Alkohol nicht vertrage. Sie bedankte sich für den gestrigen Abend. Es sei schön gewesen, am Abend nicht alleine gewesen zu sein. Der Direktor habe sie heute gefragt, wie es ihr gehe und ob sie mit ihrer Arbeit zufrieden sei. Er habe auch wissen wollen, ob sie Probleme habe. Sie habe es ihm nicht sagen können. Peer unterbrach sie nicht. Es sprudelte nur so aus ihr heraus, dass sie eine große Dummheit gemacht habe und mit niemandem darüber sprechen könne. Peer sah sie an und nickte immer, ohne ein Wort zu sagen. Sie fragte ihn, ob sie ihm sagen dürfe, was sie gemacht habe. Peer fiel wieder die merkwürdig monotone, gleichmäßige Stimme von Suse auf. Sie habe nicht anderes können und die armen Tiere vergiften müssen. Ihr Kollege habe sie beobachtet und sie verpetzen wollen. Deswegen musste sie ihn auch vergiften. Sie hätte nichts dagegen tun können. Peer fragte sie, ob sie glaube, dass sie dies hätte tun müssen. Sie antwortete, dass ohne sie die Tiere doch hätten leiden müssen.

"Leiden alle Tiere im Zoo?" fragte Peer.

Suse nickte, "sie dürfen nicht raus."

"Woher hattest du denn das Gift?"

"Das habe ich schon sehr lange. Das hat ein Chemiker in der Firma, wo ich früher eine Zeit lang arbeitete, als ich keine Arbeit als Tierpflegerin bekam, im Büro vergessen."

"Und woher wusstest du, dass es Gift war?"

"Es steht ein Totenkopf auf der Flasche."

"Wo ist die Flasche jetzt?"

"Im Wald."

444

"Sollen wir sie gemeinsam suchen und wieder zurückgeben?"

"Es ist nicht mehr viel drin."

"Das macht nichts. Ess erst mal und dann schauen wir, ob wir die Flasche finden."

Peer wollte die Atmosphäre zwischen ihm und Suse so undramatisch wie möglich gestalten, damit Suse nicht in Panik geriet. Er befürchtete, dass jede überstürzte Handlung eine Panik mit unkalkulierbaren Risiken bei ihr auslösen konnte. Dies musste er vermeiden. So ließ er sie in Ruhe essen. Als sie fertig war, zahlte er, stand auf und bat sie, ihm das Versteck der Flasche mit dem Gift zu zeigen. Es war nicht zu übersehen, dass ihre Handlungen Hilfeschreie zu sein schienen. Sie benötigte wirklich dringend Hilfe. Es war für ihn zwar ein Risiko mit ihr alleine in dem Wäldchen am Zoo nach der Flasche zu suchen aber es war kalkulierbar. Er ging zur Theke und bat um einen Zettel. Er notierte darauf die Nummer des Bereitschaftsdienstes der Kriminalpolizei Osnabrück und schrieb darauf "bin mit Suse im Wald beim Zoo und suchen die Giftflasche." Den Wirt bat er die Nummer anzurufen, und den Text vorzulesen. Er verließ mit Suse die Gaststätte und ging zu Fuß mit ihr zu dem Wäldchen. Unterweg erzählte sie, dass sie verheiratet gewesen sei. Der Mann habe sie aber allein gelassen. Ihr rannen Tränen das Gesicht herunter und Peer fragte sich, ob sie wegen der Trennung von ihrem Mann weinte oder ihr die Situation bewusste wurde. Sie waren etwa 15 Minuten gegangen, als er zwei Männer sah, die sehr schnell auf sie zukamen. Sie stellten sich als Kriminalbeamte vor und zeigten Peer und Suse ihre Dienstausweise. Peer erklärte ihnen, dass alles in Ordnung sei und sie die Giftflasche suchten. Die beiden begleiteten sie bis Suse wirklich nach einigem erfolglosen Herumscharren im Waldboden eine Flasche fand, die mit einem Totenkopf gekennzeichnet war und auf der Kaliumcyanid stand. Die 1-Liter-Flasche war fast leer. Es befand sich nur noch einen Daumen breit Flüssigkeit darin. Suse war stolz die Flasche so schnell gefunden zu haben und Peer lobte sie. Die Beamten beobachtet Peer, wie er mit Suse respektvoll umging. Sie baten beide mit ihnen zu kommen und Suse begleitete sie ohne Kommentar zum Dienstfahrzeug. Auf der Fahrt zur Dienststelle versuchte Peer sie zu beruhigen, dass man ihr helfe. Er bemerkte ihre zunehmende Unruhe. Auf der Dienststelle vernahmen sie Suse alleine in einem Zimmer und wollten Peer ebenfalls als Verdächtigen vernehmen und belehrten ihn entsprechend. Er klärte die Beamten auf, dass er Beamter des LKA sei und nur zufällig mit Suse Kontakt bekam. Einen Dienstausweis führe er nicht mit, weil er sich im Urlaub befände. Er bat sie, den Kollegen Schneider und Schmidt vom LKA zu informieren, die ihnen den Sachverhalt bestätigen würden. Er habe morgen einen wichtigen unaufschiebbaren Termin. Er konnte es ihnen nicht verdenken, dass sie ihn mit Vorsicht wie einen Verdächtigen behandelten. Sie telefonierten mit einigen Personen im LKA und erreichten schließlich KHK Schneider, der mit Peer sprechen wollte. Peer schilderte ihm den Verlauf des Abends. Dass Suse wohl aufgrund seiner Einladung vom Vorabend zu ihm Vertrauen fasste und am heutigen Abend überraschend in der Gaststätte auftauchte und ein Geständnis ablegte. Sie schien psychisch schwer angeschlagen. Er bat Schneider den Kollegen in Osnabrück zu bitten, ihn wieder gehen zu lassen, weil er morgen einen wichtigen unaufschiebbaren Termin wahrnehmen müsse. Peer gab den Hörer wieder an einen der Beamten der nach kurzem Gespräch sich bei Peer entschuldigte und ihm erklärte, dass er gehen könne. Peer bat darum, sich von Suse verabschieden zu dürfen, was ihm gestattet wurde. Er umarmte Suse und erklärte ihr, dass er jetzt gehen müsse, weil er noch etwas zu erledigen habe. Es sah es ihr an, wie dankbar sie war. Er fragte sich, ob es zu dem Drama gekommen wäre, wenn ihr jemand zugehört und ihre Einsamkeit bemerkt hätte. Jetzt würde man ihr zuhören. Dafür musste ein Mensch sterben. Er ging zurück in die Gaststätte und bedankte sich für die Hilfe. Der Wirt fragte, ob sie den Pfleger umgebracht habe. Es sähe wohl so aus, erklärte Peer und ließ sich ein Pils geben. Das Ganze war ihm sehr nahe gegangen.

....."Hallo mein Herr! Hallo, hören sie mich?" Sven sah hoch in das Gesicht einer jungen Frau mit Uniform.

"Sie wollten in Offenburg umsteigen. Wir werden in 15 Minuten dort einlaufen."

Sven bedankte sich und die junge Frau setzte sich ihm gegenüber und erkundigte sich, ob er nicht hungrig sei. Sie habe nicht bemerkt, dass er im Abteil oder ihm Speisewagen gegessen habe.

"Ja sehen sie, ich habe es nicht nötig und sollte abnehmen." Dabei legte er die Hand auf seinen Bauch. Die Schaffnerin lachte und war der Auffassung, dass er es ganz und gar nicht nötig hätte, zu fasten.

Sven bedankte sich nochmals "Es ist wirklich sehr nett von ihnen, dass sie sich um mich kümmern. Wahrscheinlich hätte ich es tatsächlich nicht gemerkt, dass ich schon in Offenburg bin."

"Sie waren so in Gedanken versunken, dass ich mir dachte, sie daran erinnern zu müssen. Wo waren sie in Gedanken oder darf ich es nicht fragen?"

"Ach ja, ich war wirklich sehr weit weg. Ihre Anwesenheit tut mir gut und brachte mich wieder zurück in die Realität. Sie tragen einen Ehering. Sind sie verheiratet?"

"Ja, mein Mann arbeitet auch bei der Bahn. Wir haben ein Kind und es ist manchmal nicht einfach, unsere Arbeitszeiten aufeinander abzustimmen. Wir sind sehr froh, dass meine Mutter gelegentlich unser Kind nehmen kann."

Der Zug wurde langsamer, die Schaffnerin stand auf und erklärte Sven, dass sein Anschlusszug auf dem Bahnsteig gegenüber in etwa 5 Minuten einlaufen werde. Sven bedankte sich nochmals und lobte die junge Frau, dass ihm ihre Aufmerksamkeit wirklich gut getan habe und er ihr wünsche, dass sich die Arbeitszeiten für sie und ihren Mann in Zukunft besser koordinieren ließen. Der Zug hielt, Sven nahm seine kleine Reisetasche, die schon einige Jahrzehnte alt war und ihn an die Zeit mit Chantal erinnerte. Er verließ den Zug, der inzwischen hielt und ging zum gegenüberliegenden Bahnsteig, wo etliche Reisende schon warteten. Er brauchte nicht lange warten. Der Zug lief pünktlich ein und er suchte nach einem Wagen, der nicht so stark besetzt war. In dem Abteil, das er wählte, saßen bereits 2 Personen. Er fragte, ob die Plätze noch frei wären, was sie mit Schulterzucken zu bestätigen schienen. Sven setzte sich und stellte seine kleine Reisetasche neben sich. Der Zug rollte an. Sven sah aus dem Fenster, ohne die vorübergleitende Landschaft wahrzunehmen. Seine Gedanken entflohen in die Vergangenheit......

Er würde ab morgen wieder Sven Berger sein, auch wenn er für die drei vor ihm liegenden Tage noch Peers Personalien benutzte. Er stand am anderen Morgen um 8 Uhr auf. Nach einem ausgedehnten Duschbad zog er sich die frisch gewaschene Wäsche an und benutzte reichlich Eau de Toilette. Er fuhr bald los, um rechtzeitig in Goslar zu sein. Wenn er in keinen Stau geriet, würde er schon in der Mittagszeit eintreffen. Er freute sich auf Chantal wie ein kleines Kind, dem sein größter Wunsch erfüllt wurde. Er durfte nur nicht an Claudia denken. Seine Fahrt quer durch Niedersachsen zu Chantal in den Harz ließ sein Herz höher schlagen. Die Euphorie, die von ihm Besitz ergriff, empfand er wie einen Rausch. Er fragte im Hotel, ob er seine Reisetasche schon abstellen könne. Seine Bekanntschaft werde erst gegen 16 Uhr auftauchen. Der Portier hinter der Rezeption sah ihn ein wenig abschätzig an und ließ einen Pagen Peers Reisetasche in einen Raum hinter der Rezeption bringen. Peer bedankte sich und machte einen kleinen Spaziergang durch die Stadt und sah sich die Rathausuhr an, die ihm als Attraktion beschrieben wurde. Seinen Pkw ließ er auf einem Parkplatz stehen und vergaß im Hotel nach Parkmöglichkeiten zu fragen. Er bewunderte die vielen gut erhaltenen Fachwerkhäuser und musste Passanten fragen, wie er wieder zu dem Hotel "Harzer" fand. Das Hotel erreichte er gegen 15 Uhr. Noch eine Stunde, die sich zu einer Ewigkeit hinzog. Er war so nervös, wie schon lange nicht mehr.

Immer wieder sah er auf die große Uhr hinter der Rezeption. Ein Page fragte ihn sehr dezent, ob er etwas trinken möchte. Er hatte Durst. Er bestellte ein Pils und ließ die Uhr nicht mehr aus den Augen. Die Zeiger schlichen so langsam über das Ziffernblatt, dass er den Portier schon fragen wollte, ob die Uhr defekt sei. Er riss sich zusammen und leerte sein Glas Bier in einem Zuge aus. Der ihn bedienende Page fragte beflissentlich, ob er noch ein Pils möchte. Ja, Peer wollte noch ein Pils und sah auf der Uhr, wie der kleine Zeiger die 4 fast berührte. Der große Zeiger stand kurz vor der 12. Das Pils leerte er wieder in einem Zuge und beobachtete den großen Zeiger, der auf der 12 landete, ohne dass sich etwas tat. Was hatte er falsch gemacht? Stimmte die Zeit nicht? War ihnen etwas dazwischen gekommen? Der Page wollte ihm noch ein Pils bringen. Peer bedankte sich, sein Durst sei gestillt. Der große Zeiger wanderte langsam zur 1 und Peer geriet in Panik. Plötzlich vernahm er einen lauten spitzen Schrei, bei dem er erschreckt zusammenzuckte. Darauf rief eine ihm wohlbekannte weibliche Stimme laut und triumphierend, "Mein Peer ist da!" Er konnte sich nicht schnell genug umdrehen. Zwei Arme umschlangen ihn und ein warmer weicher Mund drückte sich auf seine Lippen. Er roch den Duft ihrer Haare und spürte die weiche warme Haut Chantals. Ein Glücksgefühl durchströmte ihn, wie er glaubte, es noch nie gespürt zu haben. Er nahm sie fest in seine Arme und wollte sie gar nicht mehr loslassen. Neben ihnen räusperte sich eine junge Frau, die sie bat, sich doch erst einmal in der Hotellobby hinzusetzen, weil sie etwas mit ihnen besprechen müsse. Sven, so nennen wir von nun an unseren Unglücksraben oder Glückskind, stellte sich mit seinem richtigen Namen der jungen Frau vor, die sich als Beauftragte Wielands auswies. Sie war Kriminalbeamtin des BKA und zum Zeugenschutzprogramm abgestellt. Sie fragte ihn nach seinem Ausweis oder Dienstausweis, den Sven aber zu Hause vergaß. Sie bat um Verständnis, dass sie Wieland anrufen müsse. Sie telefonierte kurz, kam zurück und bat um den Ausweis von Sven. Sie sah kurz hinein, nickte und gab ihn wieder zurück. Werden sie in Zukunft nicht mehr verdeckt arbeiten, fragte sie. Unter diesen Personalien nicht mehr. Aber wahrscheinlich nie mehr. Es hat auch wirklich gereicht. Chantal klammerte sich an ihn und wollte ihn nicht mehr loslassen, so als würde sie befürchten, dass er flüchten könnte. Die sie begleitende junge Dame lächelte und bat, die Schlüssel von der Rezeption zu holen und die Zimmer aufzusuchen. Dort könne man sich in Ruhe über einige wichtige Modalitäten unterhalten. Als Sven frage, welche Personalien er für den Meldezettel verwenden sollte, teile die junge Kriminalbeamtin ihm mit, dass die Meldezettel schon vom BKA ausgefüllt dem Hotel vorlägen. Er könne sich mit seinem richtigen Namen ansprechen lassen. Seine Legende sei wohl gesperrt, weswegen es ratsam sei, die Personalien nicht mehr zu benutzen. Sven fragte nach ihrem Namen, aber sie schüttelte den Kopf und meinte, wenn er unbedingt einen Vornamen wünscht, hieße sie Carmen. Es ist besser, keine Namen zu benutzen. Man könne in Chantals Situation nicht vorsichtig genug sein. Sie standen auf. Erst jetzt konnte Sven Chantal genauer betrachten. Ihr kastanienbraunes leicht gewelltes Haar umrahmte ihr ovales unauffällig geschminktes Gesicht und ließ sie noch weiblicher erscheinen, als sie ihm in Erinnerung war. Bekleidet war sie mit einer mit dezenten Stickereien und Applikationen versehenen Jeanshose, einer weißen mit Spitzen besetzten Bluse und einer Jeansjacke, die mehr wie ein Bolero aussah und ebenfalls Stickereien aufwies. Dadurch wirkte sie sportlicher aber auch damenhafter. Die eng anliegende Bekleidung hob ihre weiblichen Konturen hervor, die durch ihre geschmeidigen Bewegungen noch unterstrichen wurden. Sie war eine atemberaubende Erscheinung, die alle Blicke auf sich zog. Auch ihre Schuhe waren so geschmackvoll auf ihre Bekleidung abgestimmt, dass er herausfinden wollte, wer Chantal modisch beriet. An der Rezeption ließen sie sich die Schlüssel geben und Peer war erstaunt, als der Portier ihn und Chantal mit Misses und Mister Braun ansprach und ihm einen Schlüssel übergab. Carmen nahm ihren Schlüssel in Empfang und ließ den Portier wissen, dass Mister Mc Allister erst in 3 Stunden anreise. Sven ließ sich vom Portier seine Reisetasche geben, der ihm gegenüber plötzlich sehr freundlich war. Sie begaben sich zu ihren Zimmern im 4. Stock, in dem sie den Lift benutzten. Kaum war Chantal mit Sven alleine in ihrem Zimmer, bei dem es sich zur Verblüffung Svens um eine Suite handelte, als Chantal ihn umarmte und ihn lange küsste und dabei Tränen des Glücks verlor. Auf dem Weg zu ihren Zimmern betrachtete Sven Chantal verstohlen aus den Augenwinkeln. Ihr Gesicht und ihre Augen leuchteten und strahlten ein Glück aus, wie es Sven noch nie bei einer Frau sah. Auch seine Gefühle für sie überwältigten ihn und er wusste, dass er bei aller Leidenschaft, die ihre Zweisamkeit erfüllte, einen kühlen Kopf bewahren musste, um sie beide nicht durch unbedachte Reaktionen zu gefährden. Wieland erwähnte im letzten Telefongespräch Aktivitäten der ihnen nach dem Leben trachtenden Personen, die höchst bedenklich waren. Beim Wechseln seiner Bekleidung musste Sven feststellen, dass ihm Kleidung fehlte, die zu Chantals Outfit passen würde. Nach etwas mehr als einer Stunde, in der Chantal sich im Bad frisch gemacht und ihr Make-up erneuerte, klopfte Carmen und fragte, ob sie hereinkommen dürfe. Sie betrat die Suit und Sven fragte sie sofort, warum man für Chantal und ihn eine Suit genommen habe."

"Es gehört zu den atmosphärischen Begleitumständen, mit dem wir versuchen, das Leben von extrem gefährdeten Zeugen ein wenig lebenswerter zu machen, um so Depressionen gar nicht erst aufkommen zu lassen. Wir müssen uns auf die Persönlichkeit der Zeugen einstellen, was nicht bedeutet, dass wir für jeden Zeugen diese Voraussetzungen schaffen. Es gibt Zeugen, die ganz andere Bedürfnisse haben."

Carmen teilte mit, dass ihr Chef Wieland in etwa 2 Stunden eintreffen werde und mit ihnen ein Gespräch führen wolle, wo er ihnen ihre Gefährdung und die zukünftigen Belastungen schildern wolle. Einer plötzlichen Eingebung folgend, frage Sven, ob eine Heirat zwischen Chantal und ihm möglich und sinnvoll wäre oder ob ihre Gefährdung noch unkalkulierbarer würde. Er beobachtete, wie Chantal ihre Augen aufriss, sich ihr Mund einen Spalt öffnete und sie ihn anstarrte, ohne ein Wort zu sagen.

"Das kann ich ihnen nicht beantworten. Es sprechen sowohl Gründe dafür als auch dagegen. Das müssten sie mit Herrn Wieland besprechen. Er hat wesentlich mehr Erfahrung in solchen Fragen. Es hängt sehr vom kriminellen Hintergrund ab, von dem die Gefährdung ausgeht. Ich bin noch nicht lange beim Zeugenschutzprogramm und kenne keinen solchen Fall."

Carmen erläuterte ihnen das Prozedere, wenn Chantal für eine Zeugenaussage vom BKA zur Gerichtsverhandlung gebracht wird. Chantal werde mit Perücke und Schminktechnik so hergerichtet, dass man sie später nicht werde wiedererkennen können. Auf Umwegen werde sie ins Gerichtsgebäude geschleust und immer von zwei BKA-Beamten begleitet. Ihr werde als Zeugin ein Rechtsanwalt zur Verfügung stehen, den das BKA finanziere. Der werde Fragen nach ihrem Aufenthalt und persönlichen Daten unterbinden. Die Verteidigung werde obligatorisch Beweisanträge stellen, um das Gericht zu veranlassen, den Aufenthaltsort von Chantal festzustellen, weil es nach der Strafprozessordnung vorgesehen ist. Dies werde Chantals Rechtsanwalt unterbinden, weil ladungsfähige Anschrift das BKA sei. Es sei Chantal im Einzelnen erläutert worden. Ihr Vertrauen zu den Mitarbeitern des BKA sei aber nicht sehr groß, weil sie auch mit Mitarbeitern der Ermittlungsbehörden in Frankreich schlimme Erfahrungen machen musste, die mit ihren Peinigern kooperierten. Dem einzigen Menschen, dem sie grenzenlos vertraue, sei Sven. Es schmeichelte ihm, aber er wusste, dass Chantal nur durch das BKA wirklich geschützt werden konnte, wobei es einen absoluten Schutz nie würde geben können. Sven hätte gerne den Ermittlungsstand gegen die international agierenden Menschen-, Drogenhändler und Mörder gekannt. Carmen konnte darüber nicht viel sagen, weil sie nicht informiert war. Sie erhalte von ihrem Chef immer sehr konkrete Anweisungen, an die sie sich strikt halten müsse. Ob ihrem Chef der Ermittlungsstand bekannt sei, wisse sie nicht. Er werde nur über bestimmte Ergebnisse informiert, die für das Zeugenschutzprogramm wichtig seien. Sie bat Sven, Chantal das ganze Prozedere noch mal im Detail zu schildern, dass ihm als Kriminalbeamten nicht unbekannt sein dürfte. Sie könne sich durchaus vorstellen, dass eine Heirat Chantals ihren Schutz verbessern könnte. Es würde nach einer Caroline Bogner gesucht. Sie hätte inzwischen schon einen neuen Namen und eine neue Biografie. Heirate sie, verändere sich damit ihr Name noch mal, sofern sie es wolle. So weit Carmen informiert sei, suchten die Kriminellen einen Studenten namens Peer. Den gibt es nicht mehr und seine Legende wurde gesperrt. Nicht einmal der Nachname von Peer sei ihnen bekannt. Sie wisse, dass man einem in Marseille sitzenden Kriminellen den Vorwurf mache, sich nicht den Nachnamen von Peer gemerkt zu haben. Chantal ermahnte sie, den Namen Peer nie wieder zu nennen. Ihr Freund heiße Sven. Chantal sagte daraufhin "Mein Sven!" und umarmte ihn wieder mit einem langen Kuss, was Sven in Gegenwart von Carmen peinlich war. Die Zeit verging wie im Fluge und Sven spürte seinen Hunger, weil er wieder den ganzen Tag nur an Claudia hatte denken müssen und darüber das Essen vergaß. Carmen sah, dass Sven auf die Uhr schaute, und schlug vor, ins Hotelrestaurant zu gehen. Ihr Chef werde auch bald eintreffen. Sie setzten sich an einen Tisch für 4 Personen und Carmen bat, nur Gespräche über allgemeine Themen zu führen. Sie bestellten und Chantal fragte Sven, ob er eine Flasche guten Rotwein bestellen würde. Ihren Wunsch zu erfüllen, war für Sven ein Herzensanliegen. Während sie speisten, entwickelte sich ein unverfängliches Gespräch über Oper und Theater. Chantal war in Frankreich ein Mal in Begleitung eines Prominenten, der sie als "Begleiterin" bezahlte, in der Oper gewesen. Es hätte ihr sehr gefallen. Die Oper habe als Titel den Namen von ihrer jetzigen Begleitung Carmen getragen. Sven lenkte von Chantals Opernerfahrung ab und berichtete von seinem Opernbesuch in Kassel vor einigen Jahren, wo ebenfalls Carmen auf dem Spielplan stand. Ein Kollege begleitete ihn, der in seinem Leben noch nie eine

Oper gesehen und gehört hatte und so begeistert war, dass er ihm auf dem Rückweg fast alle Opernarien vorsang. Sie waren so ins Gespräch vertieft, dass sie das Kommen von Wieland erst bemerkten, als er an ihrem Tisch stand und sie begrüßte. Er setzte sich zu ihnen und bestellte beim Kellner einen großen Salatteller, mit der Bemerkung, dass er dringend abnehmen müsse. Carmen unterrichtete ihren Chef, während er auf seinen Salatteller wartete, dass Sven sich mit dem Gedanken trage, Chantal zu heiraten, ob dies Probleme für die Sicherheit beider mit sich brächte. Wieland zeigte keine Regung.

"Zunächst einmal meinen sie wohl Frau Desiree Jessica Schubert. Eine Chantal gibt es nicht mehr. Sie ist nicht mehr existent. Ich sehe schon einige Vorteile für Desiree. Welche Nachteile für sie entstehen, kann auch ich nicht übersehen. Ich würde es unterstützen, wenn man mich fragt. Desiree sollte aber ihre Schulausbildung weiter verfolgen. Sie hat doch bekundet, einen mittleren Bildungsabschluss machen zu wollen. So wie ich Desiree bisher kenne, kann sie es problemlos schaffen. Wenn sich daran eine Berufsausbildung anschließt, steht ihr die Welt offen. Sven würde ich sehr beneiden, wenn er sich entschließen sollte, Chantal, Verzeihung Desiree zu heiraten. Ich überlege, ob ich mich nicht scheiden lassen sollte, denn solch eine hübsche und kluge Frau, wie Desiree, als Partnerin zur Seite zu haben, wünscht sich wahrscheinlich jeder Mann. Aber das wird Desiree wohl selbst entscheiden wollen. Vielleicht wählt sie so gar mich?"

Beim letzten Satz lächelte er Desiree zu, die einen sehr verlegenen Eindruck machte, wobei ihre Wangen sich immer mehr röteten, was vermutlich nicht nur am genossenen Rotwein lag.

Sven stand auf und bat für einen Augenblick um Entschuldigung. Er verließ das Restaurant und erkundigte sich an der Rezeption, wo er jetzt noch rote Rosen bekommen könne. Die Dame, die den Portier vertrat, überlegte und meinte ihr Kollege, der am Tage ihre Aufgabe wahrnehme, wüsste es sicher. Sie bat um einen Moment, rief jemanden an und bedankte sich. Sie fragte Sven, wie viele Rosen er möchte. Wenn sie welche auftreiben könnte, möchte er 23 Rosen. Die Anzahl entsprach Desirees Alter. Sie bat wieder um einen Augenblick, telefonierte und teilte ihrem Gesprächspartner mit, dass 23 rote Rosen benötigt würden. Sven war entzückt, dass ihm die Dame an der Rezeption diesen Wunsch erfüllen konnte. Als er fragte, wie lange es dauern könne, bat sie ihn kurz zu warten. In der Nähe sei eine Gärtnerei, die das Hotel mit Blumen beliefere. Sie habe dort auf den Rat des Portiers die Besitzerin erreichen können, die ihm gleich die Blumen bringen werde. Er wartete gar nicht lange und eine Dame betrat mit einem großen Strauß roter Rosen das Hotel. Er zahlte für den Strauß 70 DM und bedankte sich, dass man ihm zu dieser späten Stunde behilflich gewesen sei. Den Strauß hinter dem Rücken verbergend, ging er ins Restaurant zum Tisch zurück, wo Wieland mit seinem Salatteller beschäftigt war. Sven überreichte Desiree zu deren großer Überraschung den Strauß roter Rosen und fragte sie:

"Chantal, Entschuldigung, Desiree, willst du meine Frau werden?"

Desirees Gesicht glühte, sie sah Sven mit weit aufgerissenen strahlenden Augen an und hauchte "Ja, ja, ich will!" Am Nebentisch begannen einige Gäste zu klatschen, die den Heiratsantrag wohl mitbekommen hatten. Bald darauf klatschten alle Restaurantgäste, wobei einige so gar aufstanden. Sven war äußerst verlegen und wusste nicht, wie er reagieren sollte. Er stand auf und rief den Gästen zu, "Vielen, vielen Dank!" Herr Wieland und Carmen beglückwünschten beide und Wieland gestand leise, dass es wohl eine der schönsten Stunden in seiner Laufbahn als Kriminalbeamter gewesen sei. Der Kellner tauchte mit einer Flasche Sekt auf und beglückwünschte Desiree und Sven, die Flasche sei der Glückwunsch des Hotels. Desiree sah man ihr Glück an. Sie war Sven über den Tisch um den Hals gefallen und küsste ihn so innig, dass wieder einige Gäste klatschten. Sie hatten die Flasche noch nicht leer, doch

Wieland bestellte eine weitere und drückte seine große Zufriedenheit über die Entwicklung aus und bemerkte wieder, wie er Sven beneide. Auch Carmen war anzusehen, dass sie vom Glück der beiden angesteckt wurde. Sie war gelöst und verplapperte sich immer wieder beim Vornamen von Desiree. Desiree hätte alle, die mit ihr in den letzten Wochen zu tun bekamen, mit ihrem Charme verzaubert. Wieland bedauerte, dass die Gäste die Ereignisse mitbekamen, weil es riskant sei. Es sei aber nun mal geschehen.

Für Sven war es ein unvergesslicher Abend, den er nie vergessen würde. Auch dieses Wochenende ging zu Ende ging. Sven war von seinen Reaktionen selbst überrascht worden. Er kannte Desiree nur kurze Zeit und war ihrem Charm erlegen. Noch ein paar Wochen zuvor wollte er Claudia heiraten. Ihn beschlich das Gefühl, ein Spielball seiner Gefühle geworden zu sein. Er bereute es aber nicht. Beim Abschied am späten Sonntagabend versprach Wieland die formellen Voraussetzungen zu schaffen, dass beide in einigen Wochen heiraten könnten. Er warnte beide, dass große Belastungen auf sie zukämen, die sie zusammen meistern könnten und müssten. Sven sei vom Fach und könne dadurch ihnen bei der strikten Geheimhaltung der Identität Chantals behilflich sein. Wieland versprach Sven ihn über alles Relevante zu unterrichten, dass er wissen müsse. Die Fahrt Svens nach Hannover stellte für ihn den Beginn eines Lebensabschnittes dar, den er jetzt trotz aller Ängste, die er hatte durchleben müssen, nicht mehr missen wollte. Claudias Abschied brach ihm fast das Herz. Dass er kurz darauf eine neue Liebe fürs Leben finden würde, hätte er vor Wochen noch für unmöglich gehalten.

.... *Durch einen Schaffner, der Svens Fahrkarte sehen wollte, wurde er aus seinen Erinnerungen geholt. Der Schaffner informierte ihn, dass er in Radolfzell in den Anschlusszug nach Lindau steigen müsse, um nach Ludwigshafen zu kommen. Die Landschaft, die draußen vorüberzog, kannte Sven aus Urlaubstagen, die er im Schwarzwald mit seiner Ehefrau Jessica verbrachte. Ein tiefes Gefühl der Trauer ergriff ihn. Alle Frauen, die er über alles liebte, verließen ihn. Claudia konnte ihm nicht verzeihen.*

Jessica wurde ihm von der Seite gerissen und ohnmächtig musste er zuse-
hen, wie Irina sich selbst zerstörte. Dachte er an Claudia, blieb für ihn
immer die Frage offen, was wollte sie ihm am Tag ihrer Trennung mittei-
len. Wie oft machte er sich Vorwürfe, sie nicht zuerst angehört zu haben.
Die Erinnerung an Claudia würde er bis an sein Lebensende im Herzen
tragen, wie Poeten dies wohl formulieren würden. Es war das Glück, das
er durch sie erfuhr und nie vergessen wollte. Oft wünschte er sich in den
letzten Jahren, mit Lars tauschen zu können. Vieles wäre ihm erspart ge-
blieben. Aber er hätte auch das höchste Glück nicht erfahren, das einem
Menschen geschenkt werden konnte. Er war ein rational denkender
Mensch, der nicht an Vorbestimmungen glaubte. Für ihn waren es Zufäl-
le, die aber durch die Verhaltensweisen der Menschen untereinander be-
einflusst und unbewusst gesteuert wurden. Ein kleiner Bahnhof am Rande
des Bodensees war sein Ziel. In Ludwigshafen wollte er in einem kleinen
Hotel direkt am See 14 Tage verbringen und wollte sich treiben lassen. Als
er sein Ziel erreichte, nahm er seine kleine Reisetasche, die ihn nun schon
einige Jahrzehnte begleitete, und ging den kurzen Weg zum Hotel, wo sein
Gepäck bereits eingetroffen und er vom Personal begrüßt wurde. Wie
würde sein neuer Lebensabschnitt aussehen?

Am nächsten Tag frühstückte er spät und ließ sich die regionale Tage-
zeitung geben, um sich ein wenig über die Region zu informieren. Nach
einigen Seiten stieß er auf eine mehrspaltige Meldung, über einen Vortrag
einer Professorin Claudia Karsten, die mit ihrem 31-jährigen Sohn seit
fünf Jahren in Konstanz lebte und an der Uni Soziologie lehrte. Wie
elektrisierte las Sven den Artikel durch und fragte die Bedienung, ob ihm
erlaubt sei, den Artikel herauszuschneiden? Er hatte nie wieder von Clau-
dia gehört. Er erinnerte sich aber an ihren Nachnamen, weil er damals
überlegte, ihre Eltern um Vermittlung zu bitten. Es konnte doch kein Zu-
fall sein. Da sie einen Sohn mit 31 Jahren hatte, würde sie wohl geheiratet
haben, was nahe lag. Ein fürchterlicher Verdacht stieg ihn ihm hoch. Doch
das konnte nicht sein. Er rinnerte sich, Claudia damals gefragt zu haben,
ob sie verhüte, was sie bejahte. Wollte sie ihm nicht damals etwas Wichti-
ges mitteilen, woran er sie mit seinem Geständnis gehindert hatte. Er
wusste, was er jetzt klären musste.

Es war so viel Zeit vergangen. Auch wenn sie sich heute noch an die

Presse wenden sollte, wenn er ein Gespräch mit ihr suchte, er würde es in Kauf nehmen.